中国历代通俗演义

后汉演义

上

蔡东藩／著

中国大百科全书出版社　知识出版社

图书在版编目（CIP）数据

后汉演义.上/蔡东藩著. -- 北京:知识出版社，2013.3
(中国历代通俗演义)
ISBN 978-7-5015-7074-4

I.①后…II.①蔡…III.①章回小说 - 中国 - 现代
IV.①I246.4

中国版本图书馆CIP数据核字(2012)第274742号

HOUHAN YANYI SHANG

后汉演义．上

蔡东藩　著

出 版 人　姜钦云
出版统筹　张京涛
责任编辑　易晓燕
责任校对　王云霞
责任印制　吴永星
出版发行　中国大百科全书出版社　知识出版社
地　　址　北京市西城区阜成门北大街 17 号
邮　　编　100037
网　　址　http://www.ecph.com.cn
电　　话　010-88390725
印　　刷　三河市双升印务有限公司
开　　本　787 毫米 ×1000 毫米　1/16
字　　数　367 千字
印　　张　16.5
版　　次　2013 年 3 月第 1 版
印　　次　2024 年 10 月第 10 次印刷
书　　号　ISBN 978-7-5015-7074-4
定　　价　68.00 元

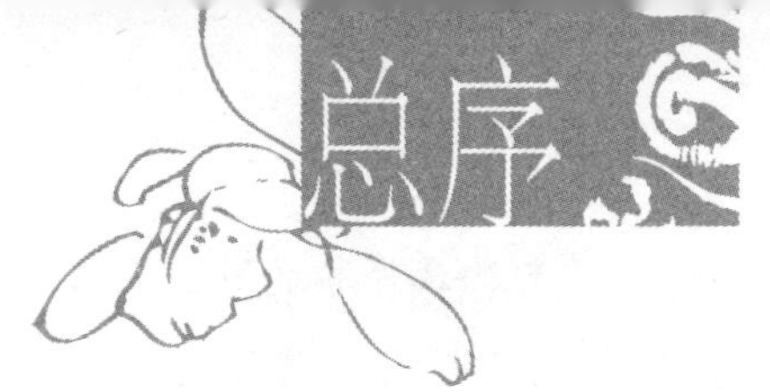

蔡东藩（1877—1945），名郕，字椿寿，号东藩，浙江萧山人，卓越的历史学家和演义作家。他自幼聪颖好学，儿时即读《资治通鉴》等史书，时人称为“神童”。蔡东藩14岁中秀才。1910年进京朝考以优入选，第二年春赴福建以知县候补。因不满官场恶习，数月后即托病回乡，其后长期以写作和在小学教书为生。抗日战争爆发后，他辗转避难，长期流离在外，于1945年3月5日（日本投降前夕）逝世。

自1916年起，蔡东藩用10年的心血和惊人的毅力，写就了《中国历代通俗演义》，又名《历朝通俗演义》，包括《前汉演义》《后汉演义》《两晋演义》《南北史演义》《唐史演义》《五代史演义》《宋史演义》《元史演义》《明史演义》《清史演义》和《民国演义》，共11部，21册，1040回，约600万字。这套书时间跨度自秦朝到民国九年，涵盖2000多年的中国历史。全套书主本信史，旁征野史，观点平实，内容丰富，是通俗史的经典之作。其内容跨越时间之长、出现人物之众、篇制之巨，堪称历史演义之最。蔡东藩也因此被人誉为“一代史家，千秋神笔”。

蔡东藩主张遵循正史，在这套书中，他严格地做到了“无一事无来历”“以不使观者往往为所惑乱”。该套书在史料的选择和运用上，遵循“以正史为经，务求确凿；以逸闻为纬，不尚虚诬”的原则，取材谨慎，严格追求历史的真实性。蔡东藩对中国历史作过深入的研究，他熟悉典籍，为人又十分谨慎，甚至养成了“考据癖”。有这样良好的基础，他写历史演义，才能“语皆有本”，力求其主要情节均有历史记载作为根据。这套作品还大量穿插了琐录，以作者自己的话来说就是“几经搜讨，几经考证，巨政固期核实，琐录亦必求真”。更加难能可贵的是，蔡东藩不屈于强权，在编撰《民国演义》期间，曾收到恐吓信及子弹，书局也因此要他“隐恶扬善”，但蔡东藩仍不改其初衷。而在写到一些秘史逸闻时，蔡东藩则以正史为经，以逸闻为纬，并对逸闻多加考证，以传神之笔，描述了既不失真又栩栩如生的人物形象。同时，本书的语言浅显易懂。蔡东藩在讲述历史的同时，用自己的生花妙笔，演绎了一段段有声有色的白话故事。此外，作者对于历史事件和历史人物的评价和点评也随文附出，自写自批自评，使该书具有“义以载事，即以道情”的特点。所以这套演义既具有“史”的真实性，又具有“文”的生动性；既具有较高的史学价值，又可以当作入门民族历史的读物来品读。

跟其他的史书相比，蔡著有着不可替代性，它不仅准确地挑出了历史的大线索，寻求历代兴亡的“关键”，劝善惩恶，褒是斥非，还关注了历史深处的人的命运。从蔡著中，我们可以感受到活的历史，体验到个人命运与国家、文化之间密不可分的联系。这套书以王朝的兴替为主线，侧重于改朝换代的前因后果，因此，从了解历史沿革的角度上来看，这套书相当不错。但如果想了解其他方面，比如经济、文化等方面的细节，它就不能满足了。另外，由于时代的局限性，作者有一些观念过于陈腐，这也是在所难免的。

1916 年，蔡东藩的《清史演义》出版后，便立刻风靡海内外，并多次再版，累计销量超过千万册。据说毛泽东很爱读蔡东藩的历史演义，顾颉刚、二月河等历史学家和作家也非常推崇这套历史读物。

此次出版，编者结合了市面上的各种版本，并根据正史进行考证，务求延续蔡东藩严谨的作风，将繁体改为简体，并消灭其中的字词及标点的错误。而对原书中蔡东藩自批自评的特色，则毫无遗漏地保存下来了。

希望读者朋友能够喜欢。

编者

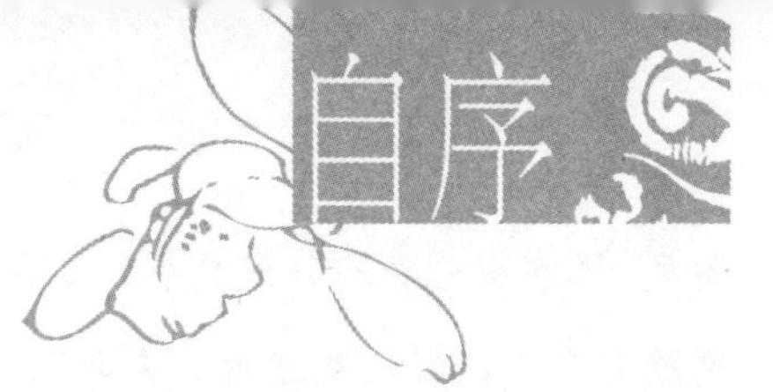

客岁编《前汉演义》，就二百一十年间之事迹，撮要演述，而于女宠外戚之祸，独详载无遗，举前辙所以戒后车也。乃者赓续汉事，复及东京，并暨西蜀。而窃按东京，历数与西京略同，而其亡国之厉阶，则亦肇自女宠，成于外戚。或者谓后汉之亡，宦寺方镇实尸之，于女宠外戚似无与焉。岂知木朽则虫生，墙罅则蚁入，不有女宠外戚之播弄于先，何有宦寺方镇之交讧于后？四星耀斗，百桷摧栋，阳弱阴强，刘轻曹重，其所由来者渐矣，繇辨之不早辨也。昔范蔚宗作《后汉书》，于后妃列传中，一则曰权归女主，再则曰委事父兄，三则曰终于陵夷，大运沦，神宝亡，盖嗟叹之不足，故长言之。他如外戚党锢等传中，且连类并书，又复特创新例，作《宦者传》，冠其文曰："邓后以女主临政，帷幄称制，下令不出闺闱之间，不得不委用刑人，寄之国命。"又曰："自曹腾说梁冀，竟立昏弱，魏武因之，遂迁龟鼎。"夫邓后，女宠也；梁冀，外戚也；曹腾，宦寺也；魏武，方镇也；穷原尽委，举一例百，不已昭然揭橥欤？洎乎昭烈偏安，聊延一线，而其后复为一黄皓所误，则宦官之流毒使然。诸葛公所痛恨于桓灵者，不意于后主时又见之，良可慨已！惟史册浩繁，谁遑卒阅？至若编年纪事，各书不一而足，阅者更未免有汪洋之叹，反不若近代之通行《东西汉演义》暨《三国志演义》，则脍炙人口，俗之欢迎也。夫东西汉之叙事脱略，且多臆造，应为有识者所鄙夷。若罗氏所著之《三国志演义》，则脍炙人口，加以二三通人之评定，而价值益增。然与陈寿《三国志》相勘证，则粉饰者十居五六。寿虽晋臣，于蜀魏事不无曲笔，但谓其穿凿失真，则必无此弊。罗氏第巧为烘染，悦人耳目，而不知以伪乱真，愈传愈讹，其误人亦不少也。本编续《前汉演义》之体例，始于新莽之篡汉，终于司马氏之代魏，中历东汉蜀汉之二百数十年，事必纪实，语不求深，合正稗为一贯，俾雅俗之相宜，而于兴亡之大关键，如女宠，如外戚，酿而为阉祸，迫而为兵争，尤三致意焉。先民有言，“文不苟作”，鄙人固无当斯言，特以视附会荒唐，无关世道者，则相去殆有间欤？海内君子，幸鉴正之！

中华民国十五年秋节，古越蔡东藩叙

后汉世系图

（25—220）

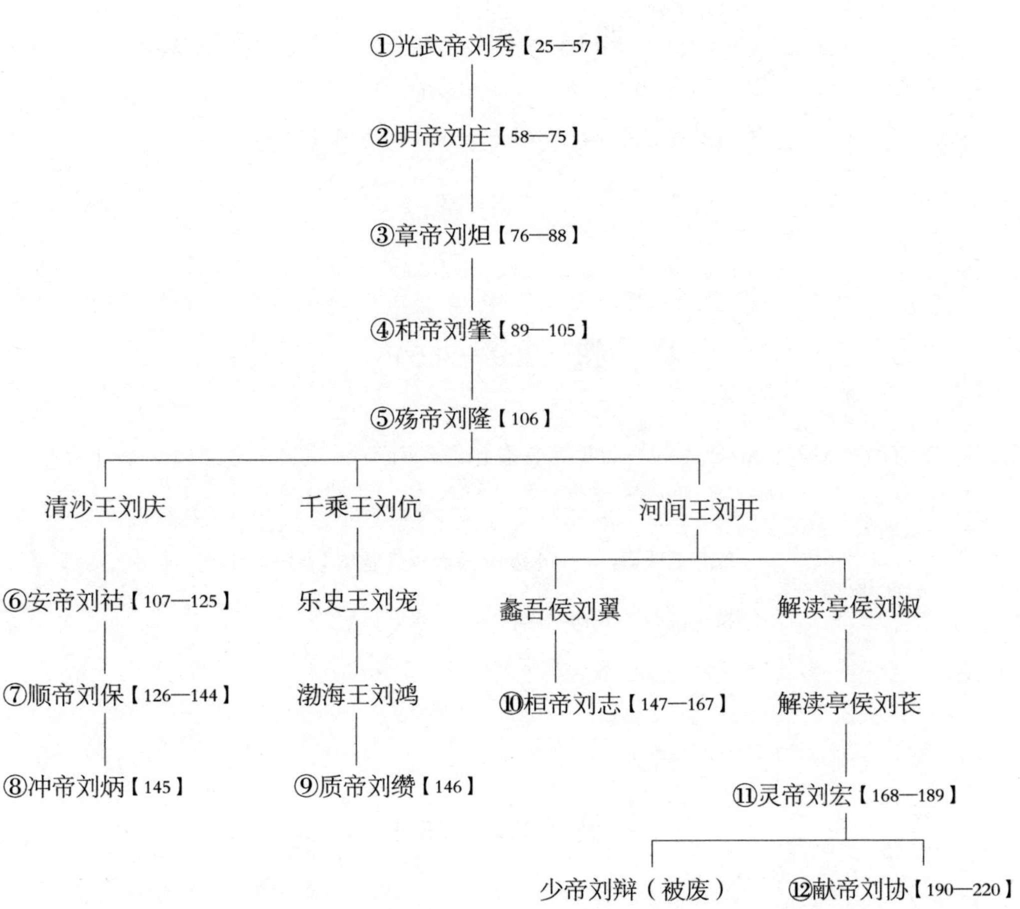

①光武帝刘秀【25—57】
②明帝刘庄【58—75】
③章帝刘炟【76—88】
④和帝刘肇【89—105】
⑤殇帝刘隆【106】
清沙王刘庆
千乘王刘伉
河间王刘开
⑥安帝刘祜【107—125】
乐史王刘宠
蠡吾侯刘翼
解渎亭侯刘淑
⑦顺帝刘保【126—144】
渤海王刘鸿
⑩桓帝刘志【147—167】
解渎亭侯刘苌
⑧冲帝刘炳【145】
⑨质帝刘缵【146】
⑪灵帝刘宏【168—189】
少帝刘辩（被废）
⑫献帝刘协【190—220】

三国世系图

（220—280）

蜀汉（221—263）

①昭烈帝刘备【221—223】——②后主刘禅【223—263】

魏（220—265）

①文帝曹丕【220—226】——②明帝曹叡【227—239】——③齐王曹芳【240—254】

燕王曹宇——东海王曹霖——④废帝高贵乡公曹髦【254—260】

燕王曹宇——⑤元帝曹奂【260—265】

吴（222—280）

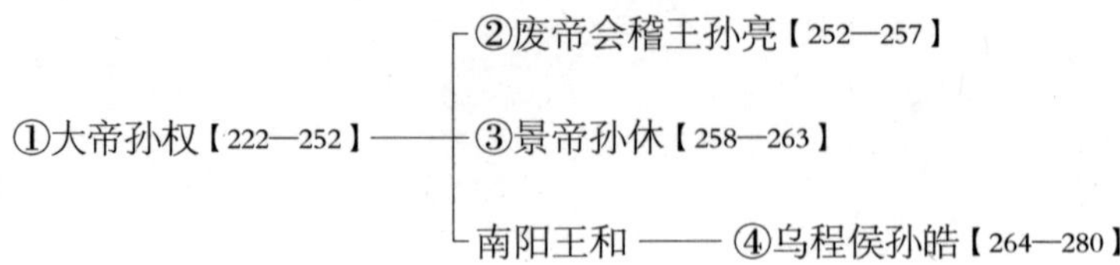

上

第一回

假符命封及卖饼儿　惊连坐投落校书阁

有汉一代，史家分作两撅，号为前后汉，亦称东西汉，这因为汉朝四百年来，中经王莽篡国，居然僭位一十八年，所以王莽以前，叫作前汉，王莽以后，叫作后汉。且前汉建都陕西，故亦云西汉，后汉建都洛阳，洛阳在关陕东面，故亦云东汉。《前汉演义》由小子编成百回，自秦始皇起头，至王莽篡国为止，早已出版，想看官当可阅毕。此编从《前汉演义》接入，始自王莽，结局三国。曾记陈寿《三国志》谓后汉至献帝而亡，当推曹魏为正统。司马温公沿袭寿说，也将正统予魏，独朱子纲目，黜魏尊蜀，仍使刘先主接入汉统，后人多推为正论。咳！正统不正统，也没有什么一定系绪，败为寇，成为王，古今来大概皆然，何庸聚讼？一部廿四史从何说起，便是此意。不过刘先主为汉景帝后裔，班班可考，虽与魏吴分足鼎峙，地方最小，只是就汉论汉，究竟是一脉相传，必欲拘拘然辨别正统，与其尊魏，毋宁尊蜀。罗贯中尝辑《三国演义》，名仍三国，实尊蜀汉，此书风行海内，几乎家喻户晓，大有掩盖陈寿《三国志》的势力。若论他内容事迹，半涉子虚，一般社会，能有几个读过正史？甚至正稗不分，误把罗氏《三国演义》当作《三国志》相看，是何魔力，摄人耳目。小子不敢訾议前人，但既编《后汉演义》应该将三国附入在内。《前汉演义》附秦朝，《后汉演义》附三国，首尾相对，却也是个无独有偶的创格。可谓戛戛独造。惟小子所编历史演义，恰是取材正史，未尝臆造附会；就使采及稗官，亦思折衷至当，看官幸勿诮我迂拘呢。

若要论及后汉的兴亡，比前汉还要复杂。王莽篡国，祸由元后，外戚为害，一至于此。光武中兴，惩前毖后，亲揽大权，力防外戚预政。明帝犹有父风，国势称盛。章帝继之，初政可观，史家比诸前汉文景，不意后来宠任后族，复蹈前辙。和帝以降，国事日非，外立五帝，安帝懿帝质帝桓帝灵帝。临朝六后章帝后窦氏，和帝后邓氏，安帝后阎氏，顺帝后梁氏，桓帝后窦氏，灵帝后何氏。妇人无识，贪揽国权，定策帷帘，委政父兄，嗣主积不能容，势且孤立，反因是倒行逆施，委心阉竖。于是宦官迭起，与外戚争持国柄，外戚骄横不慎，动辄为宦官所制，辗转消长，宦官势焰熏天，横行无忌，比外戚为尤甚，正人君子，被戮殆尽。天变起，人怨集，盗贼扰四方，不得已简选重臣，出为州牧，内轻外重，尾大不掉。势孤力弱的外戚，欲借外力为助，入清君侧，结果是外戚宦官，同归于尽，国家大权，归入州牧掌握。一州牧起，群州牧交逼而来，又酿成一番州牧纷争的局面，或胜或败，弱肉强食，董卓曹操，先后逞凶，天子且不知命在何时，还有什么汉家命令？当时中原一带，尽被曹氏并吞，惟东南有吴，西南有蜀，力保偏壤，相持有年，曹丕篡汉，仅存益州一脉，不绝如缕，又复出了一个庸弱无能的呆阿斗，终落得面缚出降，赤精衰歇，都随鼎去，岂不可悲？岂不可叹？慨乎言之。总计自光武至章帝，是君主专政的时代，自和帝至桓帝，是外戚宦官更迭擅权的时代，自桓帝至献帝，是宦官横行的时代。若献帝一朝，变端百出，初为乱党交讧时代，继为方镇纷争时代，终为三国角逐时代，追溯祸胎，实启宫闱。母后无权，外戚宦官，何得专横？外戚宦官无权，乱党方镇，何得骚扰？古人有言：“哲夫成城，哲妇倾城。”这是至理名言，万世不易呢。即如近数十年间之乱事，亦启自清慈禧后一人，可谓古今同慨。

大纲既布，须叙正文。且说王莽毒死汉平帝，又废孺子婴，把一座汉室江山，平白地占据了去，自称新朝，号为始建国元年，佯与孺子婴泣别，封他为定安公，改大鸿胪府为定安公第，设吏监守。所有乳母佣媪，不得与孺子婴通语，一经乳食，便把他锢置壁中。尊孝元皇后为新室文母，命孝平皇后为定安太后，一是姑母，一是女儿，所以仍得留居深宫。当下封拜功臣，先就金匮策书，按名授爵。这金匮是梓潼人哀章，私造出来，持至高庙，欺弄王莽，见《前汉演义》末回。王莽视为受命的符瑞，就借此物欺弄吏民。计金匮中所列新朝辅佐，共十一人，首列王舜、平晏、刘歆、哀章，莽号为四辅，令舜为太师安新公，晏为太傅就新公，歆为国师嘉新公，章为国将美新公，四辅以后，就是甄邯、王寻、王邑，莽又号为三公，令邯为大司马承新公，寻为大司徒章新公，邑为大司空隆新公。尚有四人号为四将，甄丰为更始将军，孙建为立国将军，王兴为卫将军，王盛为前将军。这一道新朝诏旨颁将出来，哀章是喜得如愿，买得一套朝衣朝冠，昂然诣阙，三跪九叩，谢恩就封。余如王舜、平晏、刘歆、甄邯、王寻、王邑、甄丰、孙建等八人，本是王莽爪牙，即日奉命受职。只有王兴、王盛两姓名，乃是哀章随笔捏造，当然无人承认，好几日没有影响，哀章不敢直陈，只是背地窃笑。偏王莽遣人四访，无论贫富贵贱，但教与金匮中姓氏相符，便命诣阙授官。事有凑巧，访着一个城门令史，叫作王兴，还有一个卖饼儿，叫作王盛，当即召他入朝，赐给衣冠，拜为将军。这两个凭空贵显，还道身入梦境，仔细审视，确是无讹，无端富贵逼人来，也乐得拜爵登朝，享受荣华。天落馒头狗造化。

莽又因汉家制度，未免狭小，特欲格外铺张，自称为黄帝虞舜后裔，尊黄帝为初祖，虞舜为始祖，凡姚、妫、陈、田、王五姓，皆为同宗，追尊陈胡公为陈胡王，田敬仲为田敬王，济北王安齐王建孙，为济北愍王。其实齐王建本姓田氏，齐亡后尚沿称王家，因以为姓。莽借端附会，故由齐追及虞舜，由虞舜追及黄帝。硬要夸张。立祖庙五所，亲庙四所，称汉高祖庙为文祖庙，凡惠、景以下诸园寝，仍令荐祀。惟汉室诸侯王三十二人，贬爵为公，列侯一百八十一人，贬爵为子，所有刚卯金刀的旧例，不得再行。向来汉朝吏民，于每年正月卯日，制符为佩，或用玉，或用金，或用桃木，悬以革带，一面有文字镌着云：“正月刚卯”，谓可避一年疫气。金刀乃是钱名，形如小刀，通行民间，莽以刘字左偏，有卯有金，右偏从刀，故将刚卯金刀，一律禁止，另铸小钱通用，径只六分，重约一铢。又欲仿行井田遗制，称天下田曰王田，人民不得私相买卖。如一家不满八口，田过一井，应将余田分给九族乡党。且不准私鬻奴婢，违令重罚，投御魑魅。后从国师刘歆奏议，遵照周制，立五均司市泉府等官。此外所有官职，多半改名，大约是不古不今的称号，胡弄一番，换名不换人，有何益处？后世亦多蹈此辙。惟俸禄尚未酌定，往往有官无俸。后来又欲踵行封建，封了好几千诸侯，但用菁茅及四色土，作为班赏，并没有指定采邑，但给月钱数千，使居都中。看官试想！这种制度，果可行不可行呢？

正在喜事纷更的时候，忽由徐乡侯刘快，起兵讨莽，进攻即墨，莽方拟遣将往御，那即墨已传来捷报，刘快已经败死了。原来快系汉胶东恭王授次子，恭王授系景帝五世孙。有兄名殷，嗣爵胶东王，莽降殷为扶崇公，殷未敢叛莽，独快却志在讨逆，纠众数千人，从徐乡趋即墨城，意欲踞城西向。偏即墨城中的吏民，闭城拒守，快众多系乌合，不能久持，渐渐溃散。守吏趁势杀出，把快击走，快竟窜死长广间。殷闻弟快起兵，惶恐得很，紧阖城门，自系狱中，一面上书谢罪。莽既得捷报，只命快妻子连坐，赦殷勿问。越年为始建国二年，莽恐刘氏余波，仆而复起，索性将汉室诸侯王，一体削夺，废为庶人。只有前鲁王刘闵，中山王刘成都，广阳王刘嘉，曾颂莽功德，侈陈符命，故仍得受封列侯。无耻之徒。嗣复由立国将军孙建等，奏言："汉氏宗庙，不当复在长安，应与汉室一同罢废。"莽欣然许可，惟言国师刘歆等三十二人，夙知天命，夹辅新朝，可存宗祀。歆女为皇子妃，使仍刘姓，余三十一人皆赐姓王氏，并改称定安太后为黄皇室主，示与汉绝婚。

定安太后虽是莽女，却与乃父性情不同，自从王莽篡位以后，镇日里闷坐深宫，愁眉不展，就是莽按时朝会，亦屡次托病，未尝一赴。莽还道她年方二九，不耐孀居，所以将她改号，好与择配，暗思朝中心腹，虽有多人，惟孙建最为效力，建有子豫，又是个翩翩少年，若与黄皇室主配做夫妻，恰是一对佳偶。当下召入孙建，与他密商，建欣然受命，归询子豫，也是喜出望外。得皇后为妻室，且是现成帝婿，有何不愿？于是想出一法，由豫盛饰衣冠，装束得与子都宋朝相似，带着医生，托词问疾，竟至黄皇室主宫中。宫中侍女，不敢拦阻，将他放入。豫得进谒黄皇室主，说是奉旨探视。黄皇室主大为惊异，又见他一双色眼，尽管向自己脸上瞟将过来，料知来意不佳，慌忙退入内室，传呼侍女，责她擅纳外人，亲加鞭扑。豫立在外面，听得内室有鞭扑声，当然扫兴而去，报知王莽。莽始知女儿志在守节，打消前议。

谁知此事一传，偏有一个绔袴郎君，艳羡黄皇室主，要想与她做个并头莲。这人为谁？乃是更始将军甄丰子甄寻。寻素来佻达，专喜渔色，前闻王莽要招孙豫为婿，不由得因羡生妒，背地含酸。后来豫事无成，寻私心窃幸，还道是大好姻缘，应该轮着自己身上，死在目前，还想快活。朝夜思想，定下一计，便悄悄的自去施行。从前寻父甄丰，与王舜刘歆等，同佐王莽，不过依莽希荣，尚未欲导莽篡位，至符命诸说，纷然并起，丰等也不得不顺风敲锣，争言符瑞。莽既据国，尝遣五威将帅，分使五方，颁示符命四十二篇，笼络人心，因此符命诸说，充满天下。且内外官吏，一陈符命，往往封侯，有几个不愿捏造，辄互相嘲戏道："汝奈何没有天帝除书？"统睦侯司命陈崇，司命官名，由莽创造。密白王莽道："符命可暂用，不可久用，若长此过去，好人都好借此作福，反致生乱。"

莽点首无言，俟崇退出，即颁出命令，谓非五威将帅所颁，尽属无稽，应下狱论罪。嗣是符命伪谈，渐渐绝口。甄丰本为大司空，资格名位，不亚王舜刘歆，就是甄寻亦得受封茂德侯，官居侍中，兼京兆大尹。至莽封功臣，依照金匮符命，但拜丰为更始将军，使与卖饼儿王盛同列，不但与王舜刘歆等人，相去太远，甚且也不及弟，连甄邯都出丰上，丰父子当然怏怏。实在由丰素性刚强，平时未免唐突莽前，所以莽有意贬抑，借着符命为名，把丰贬置下列。丰子寻垂涎莽女，错疑莽真信符命，遂从符命上做出文章，先借别事一试，只说新室应当分陕，设立二伯，甄丰可为右伯，太傅平晏可为左伯，得周公召公故事。这道符命呈将进去，竟得王莽批准，令甄丰为右伯，使他西出。丰尚未行，寻越觉符命有效，又是一篇进陈，内言："故汉氏平帝后，应为甄寻妻。"满望王莽再行准议，好教黄皇室主下嫁过来，做个乘龙娇客。哪知宫中传出消息，很是不佳，据言："王莽怒气勃勃，谓黄皇室主为天下母，怎得妻寻？"寻才知弄巧成拙，若再不走，必被逮捕，当下密取金银，一溜烟似的逃出家门。不到半日，果有许多吏卒，来围甄第，入捕甄寻。甄丰尚未知寻所犯何罪，及问明情由，也吓得魂飞天外，急忙自己寻觅，意欲绑子入朝，为自免计。偏偏四觅无着，又经朝使坐索，迫令交出，一时无法对付，只好拼着老命，服毒自尽。朝使见甄丰已死，又入室搜捕，终不得寻，乃回去复命。莽闻寻出走，下令通缉，一面穷究党羽，查得国师刘歆子侍中刘棻，棻弟长水校尉刘泳，及歆门人骑都尉丁隆，与大司空王邑弟左关将军王奇等，统是甄寻好友，一股脑儿拿入狱中，逐加讯问。数人因甄寻在逃，无从对质，自然极口抵赖，不肯承认。案情悬宕多日，那在逃未获的甄寻，竟被获到。寻本跟着一个方士，逃入华山，蛰居多时，想到外面询探音信，适被侦吏遇着，便将他一把抓住，解入长安。他与刘棻等虽是友善，惟此番想娶故后，假托符命，全是他一人作主，未曾商诸别人，既经到案，却也自作自认，供称刘棻等不过相识，并未通谋。偏问官有心罗织，严刑逼供，没奈何将刘棻等牵扯在内。刘棻等已被扳入，百喙难辞，遂都连坐罔上不道的罪名，谳成死罪。倒是生死朋友，患难与共。还有刘棻的问业师，系是莽大夫扬雄，莽大夫三字头衔，乐得叙出。也做了此案的嫌疑犯，竟遭传讯。雄字子云，蜀郡成都人，素来口吃，却具才思，平时尝慕先达司马相如，每有著述，辄为模仿。汉成帝时，由大司马王音举荐，待诏宫廷，献入《甘泉》《河东》二赋，得邀成帝特赏，授职为郎，嗣经哀平两朝，未获超迁，平居抑郁无聊，但借笔墨消遣，著成《太玄经》及《法言》。《法言》是摹拟《论语》，文尚易解，《太玄经》摹拟《周易》，语多难明。独刘歆借阅一周，尝语扬雄道："《太玄经》词意深奥，非后生小子所能知，将来恐不免复瓿呢。"瓿音部，是贮酱小瓮。话虽如此，意中却很重雄才，特令子棻拜雄为师，学习奇字。此时雄得为莽大夫，方在天禄阁校书，忽闻被刘棻案情牵连，要去听审。自思年过七十，何苦去受严刑，不如一死为愈，乃即咬定牙龈，竟从阁上跃下，跌了一个半死半活。我说他是条苦肉计。朝吏见他老年投阁，撞得头青面肿，很觉可怜，慌忙将他扶起，令人看守，自去返报王莽，具述惨状，且说他并未知情。莽才令免议，但命将甄寻刘棻等，一并诛死。

更有一种可笑的事情，莽欲仿行虞廷故事，流刘棻至幽州，放甄寻至三危，殛丁隆至羽山，三人已经就戮，却将他尸首载入驿车，辗转传致，号为三凶。此外牵连朝臣，也不下数百人。独扬雄九死一生，想去趋奉王莽，特著一篇《剧秦美新文》，谨敬呈入。时人因此作谣道："惟寂寞，自投阁，爱清静，作符命。"为此一谣，文名鼎鼎的扬子云，遂致贻讥千古。雄至王莽天凤五年，方才病死。小子有诗咏扬雄道：

才高依马算文豪，一落尘污便失操。
赢得头衔三字在，千秋笔伐总难逃。

扬雄投阁以后，却有一位铁中铮铮的老成人，为汉殉节，亘古流芳，与扬雄大不相同。欲知此人为谁，待至下回说明。

本回除楔子外，叙入王莽封拜功臣，爰照金匮符命，分授四辅三公四将，连卖饼儿亦得厕入。夫以王莽之狡诈，宁不知金匮之为伪造？其所以依书封拜者，无非为欺人计耳。不知欺人实即欺己，以卖饼儿为将军，宁能胜任？多见其速亡而已，宁待法令纷更，激成众怒，而始决莽之必亡耶？莽女为汉守节，不类乃父，尚有可称，何物甄寻，欲妻故后，其致死也固宜。刘棻丁隆等人，不免枉死，史家因其同为逆党，死不足惜，故不为辨冤。扬雄甘为莽大夫，投阁不死，反为《美新》之文以谄媚之，老而不死是为贼，区区文名，何足道乎？揭而出之，亦维持廉耻之一端也。

第二回

毁故庙感伤故后　挑外衅激怒外夷

却说前汉哀帝时候，有个光禄大夫龚胜，年高德劭，经明行修，他因王莽擅权，上书乞休，退归楚地原籍，家食自甘，不问世事。及莽已篡位，意欲罗致老成，特遣五威将帅，赍着羊酒，问候胜家，嗣又召为讲学祭酒，胜一再托疾，不肯应命。莽立夫人王氏为皇后，即王盛女，见《前汉演义》。生有四男，长子宇为了卫姬一案，被莽逼死，卫姬系平帝生母，莽不令入宫，宇谋近卫姬，事泄被杀，亦见《前汉演义》。次子获无故杀奴，亦由莽迫使自杀；三子安向来放荡，为莽所嫉，因立四子临为太子。且为临招致师友各四人，一是故大司徒马宫，令为师疑；一是故少府宗伯凤，令为傅丞；一是博士袁圣，令为阿辅；一是故京兆尹王嘉，令为保拂，音弼。这便叫作四师。又用故尚书令唐林为胥附，博士李充为奔走，谏大夫赵襄为先后，中郎廉丹为御侮，这便叫作四友。胥附奔走先后御侮语，见《诗经》。莽假古立官，故有是名。四师四友以外，还欲添设师友祭酒，因再派吏至楚，使持玺书印绶，征胜入都。

吏奉莽命，到了楚地，料知胜不愿就征，预先邀同郡守县吏，及三老诸生，约千余人，齐集胜门，强为劝驾。胜自称病笃，奄卧床上，首向东方，朝服拖绅，方邀朝使入室，朝使入付玺书，并给印绶，胜当然辞谢，经朝使先劝后迫，定要胜应召入朝，胜喟然叹道："胜素愚昧，更兼老病侵寻，朝不保暮，若迫令起行，必死途中，转负新朝养老盛意，如何是好？"朝使听了，倒也不敢硬逼，退居郡舍，每阅五日，必与郡守一问起居，且向胜子及胜徒高晖，屡言朝廷厚意，将加侯封，就使病不能行，亦当出居传舍，示有行意，此事关系子孙，不可错过等语。晖等颇为所动，入内白胜，胜作色道："我受汉家厚恩，愧无以报，今年已老迈，旦暮入地，难道尚好出事二姓么？"说罢，即命二子预备后事，自己绝粒不食，饿至十有四日，气绝而亡，年终七十九岁。朝使闻得死耗，尚疑胜有诈谋，亲与郡守往吊，审视尸体，果已绝气，方才慨然辞去。胜家当即开丧，门徒毕集，代为料理。忽有一老翁策杖前来，径至灵帷前哭了一场，哭毕又叹惜道："熏以香自烧，膏以明自销，呜呼龚生，竟夭天年，非吾徒也！非吾徒也！"一面说，一面走，扬长自去。确是一奇。大众莫名其妙，也不知他何姓何名，后来到处查问，有人识他是个彭城隐士，年约百岁，姓名不传，但共号为彭城老父罢了。

朝使复报王莽，莽也为唏嘘。未必真情。转思唐林唐尊纪逡诸人，俱系一时名士，幸已罗置朝端。尚有齐人薛方著名已久，亦应遣使招徕。乃更命安车驷马，往迎薛方，方向来使拜谢道："尧舜在上，且有巢由，今明主方著唐虞盛德，小臣愿守箕颍高风，请善为我辞。"措词甚妙。皮使人回复朝命，备述方言，莽听他称颂自己，很觉惬意，遂不复再征。南郡太守郭钦，兖州刺史蒋翊，常因廉直得名，当王莽居摄时，已皆托病辞职，终身不起。又有沛人陈咸，此非前汉时陈万年子。曾为哀帝时尚书，莽杀何武鲍宣，见《前汉演义》。咸即惊叹道："易称见机而作，不俟终日，我亦好从此去了。"当下谢职归田。莽篡汉后，召为掌寇大夫，仍称病不就。咸有三子参、丰、钦，俱已出仕，由咸陆续召归，杜门不出。平时尚用汉家祖腊，或说他未合时宜，咸勃然道："我先人怎知王氏腊呢？"遂家居以终。此外还有齐人栗融，北海人禽庆苏章，山阳人曹竟，并以儒生为吏，因莽辞官。这都是洁身自好的志士，可法可传，比诸莽大夫扬雄，原是清浊不同呢！历举志士，维持风节。惟孝元皇后死后诔文，还是莽大夫扬雄所作，语虽寥寥，尚将他列入汉家，不把那新室文母四字，提叙出来。曾记得诔语有云：

太阴之精，沙麓之灵，作合于汉，配元生成，著其协于元城。

相传孝元皇后王政君，初生时曾有奇异，母李氏梦月入怀，方孕政君，所以诔文中说为太阴之精。政君为元城人，元城郭东，有五鹿墟，就是春秋时代的沙麓地方，春秋鲁僖公十四年，沙麓崩，《春秋传》作沙鹿。晋史卜得爻辞，见有阴为阳雄，土火相乘二语，尝叹为六百四十五年后，宜有圣女兴起，大约应在齐国田氏。是一个亡国妇人，何有圣女？王氏为齐王建后裔。见前回。王贺徙居元城，正当沙麓西偏，孙女便是王政君，为元帝后，经元成哀三朝，尚然健在。哀帝时由政君摄政，正与鲁僖公十四年，相隔六百四十五载，所以诔文中说为沙麓之灵。扬雄援据故事，叙入诔文，原为颂扬元后起见。但汉无元后，或不致为王莽所篡，是元后实系亡汉罪魁，何足称道。不过她见莽篡位，也觉悔恨，且莽改称元后为新室文母，与汉绝体，越令元后不安。莽又毁坏刘氏宗庙，连元帝庙亦被拆去，独为新室文母预造生祠，就将元帝庙故殿基址，作为文母纂食堂。纂音撰，具也。建筑告成，号称长寿宫。特请元后过宴，元后至新祠中，见元帝庙废彻涂地，不禁惊泣道："这是汉家宗庙，当有神灵，为何无端毁去，颓坏无余？若使鬼神无知，何必设庙？倘或有知，我乃汉家妃妾，怎得妄踞帝堂，自陈馈食呢？"王莽听了，毫不介意，仍请元后入席，元后不得已坐下，勉强饮了几杯，便即起身告归，私语左右道："此人慢神太甚，怎能久叨天祐？我看他败亡不远哩！"语虽近是，但试问由何人纵成？

莽见元后怏怏回去，料她心怀怨恨，不得不格外巴结，卖弄殷勤，所有一切奉养，常亲往检视，不使少慢。那元后却愈加愁闷，镇日里不见笑颜，汉制令侍中诸官，俱着黑貂，莽独使改着黄貂，独元后宫中的侍御，仍着黑貂，且不从新莽正朔，每遇汉家腊日，自与左右相对，饮酒进食，总算度过残年。好容易过了五载，至王莽始建国五年二月，得病告终，享寿八十有四。若早死一二十年，当可少许免咎。莽为元后持三年服，奉柩出葬渭陵，虽与元帝合墓，中间却用沟夹开。所建新室文母庙中，岁时致祭，反令元帝配食，设座床下，这真叫作阴阳倒置，妇可乘夫了。想就是阴为阳雄之验。

惟元后在日，曾云王莽不得久安，莽总道是老妪恨语。哪知元后殁时，已经内外变起，岌岌不宁。先是莽遣五威将帅王骏，率同右帅陈饶等，北抚匈奴，使单于交出汉玺，改换新朝图印，镌文为新匈奴单于章。匈奴乌珠留若提单于，即囊知牙斯。问明情由，才知汉朝绝统，另易新皇，却也没甚话说，就将图印换讫。陈饶恐单于变计，再求故印，即将原印用斧劈毁。到了次日，果由单于遣人持印，出语王骏道："我闻汉朝制度，凡诸侯王以下印绶，才称为章，我虽受汉册封，原是称玺，今易去玺字，又加新字，是与中国臣下，毫无分别了！我不愿受此新章，仍须还我旧印为是。"陈饶闻言，将原印取示，已经分作数片，且与语及新朝体制，与汉不同。番使返白单于，单于知己受欺，待至莽将南归，便即勒兵朔方，伺隙入寇。

警报到了长安，莽正欲耀武塞外，特改号匈奴单于为降奴服于。莽生平无甚奇巧，不过善改名目。简派立国将军孙建等，募兵三十万人，约期大举，进击匈奴。且分匈奴国土为十五部，饬立前单于呼韩邪子孙十五人，同为单于。呼韩邪子孙，散处朔漠，各有职使，哪个肯来应命？莽乃再遣中郎将蔺苞，副校尉戴级，率兵万人，多赍金帛出塞，招诱呼韩邪诸子，前来听封。匈奴右犁汗王咸，居近中国，闻有金帛相赠，不免心动，因率子助、登二人，来会蔺苞戴级，蔺、戴即传述莽命，拜咸为孝单于，赐给黄金千斤，杂缯千匹，助为顺单于，赐给黄金五百斤。咸受金后，便欲挈子同归，不意蔺苞戴级，将他二子截留，只准咸一人归廷，咸怏怏自去。蔺苞戴级，遂把助、登传送长安，王莽大喜，封苞为宣威公，拜虎牙将军，级为扬威公，拜虎贲将军。事为乌珠留单于所闻，顿时大怒道："先单于受汉宣帝恩，原不可负，今天子非宣帝子孙，如何得立！我岂肯从他伪命么？"当下纵兵入塞，大杀吏民。莽得知消息，更选出十二部统将，令分率募兵三十万众，各赍三百日粮草，分道并出，为灭胡计。将军严尤，亦奉命与征，独上书谏莽道：

> 臣闻匈奴为害，所从来久矣，未闻上世有必征之者也。后世如周秦汉征之，亦未闻有得上策者，周得中策，汉得下策，秦无策焉。当周宣王时，猃狁内侵，至于泾阳，命将征之，尽境而还。其视戎狄之侵，譬犹蚊虻之螫，驱之而已，故天下称明，是谓中策。汉武帝选将练兵，约赍轻粮，深入远戍，虽有克获之功，胡辄报之，兵连祸结，三十余年，中国罢耗，罢音疲。匈奴亦创艾，而天下称武，是谓下策。秦始皇不忍小耻而轻民力，筑长城之固，延袤万里，转输之行，起于负海，疆境虽完，中国内竭，卒丧社稷，是谓无策。今天下遭阳九之厄，比年饥馑，西北边尤甚，若发三十万众，具三百日粮，必东援海代，南取江淮，然后乃备，计其道里，一年尚未集合，兵先至者聚居暴露，师老械敝，势不可用，此一难也。边既空虚，不能奉军粮，内调郡国，不相及属，此二难也。计一人三百日食，须用粮十八斛，非牛力不能胜，牛又当自赍食料，加二十斛，重矣，胡地沙卤，辄乏水草，以往事揆之，军出未满百日，牛必尽毙，余粮尚多，人不能负，此三难也。胡地秋冬甚寒，春夏多风，多赍釜鍑薪炭，重不可胜，兵士又不服水土，动有疾疫之忧，故前世伐胡，不过百日，非不欲久，势有不能，此四难也。辎重自随，则轻锐者少，不得疾行，虏徐逃遁，势不能及，幸而逢虏，又累辎重，如遇险阻，衔尾相随，虏要遮前后，危且不测，此五难也。大用民力，功不可必立，臣窃忧之，今既发兵，宜纵先至者，令臣尤等深入霆击，但期创艾胡虏足矣。若必穷兵累日，转饷经年，非臣之所敢闻也。严尤助逆，本不足取，但其言可采，故录之。

王莽得书，不肯听从，仍饬照前旨办理。看官试想，这三十万兵士，三百日粮草，岂是容易所能办到？百姓又最怕当兵，最怕输粮，地方官刑驱势迫，东敲西逼，招若干壮丁，备好若干刍粟，还要陆续转运出去，不是雇船，就是装车，舟子车夫，又没有多少工资，统皆畏缩不前，眼见得有年无月，不能成事。严尤所言，还多从塞外立说，其实内地已不堪征求，民皆疲命，始终总是一死，不如去做盗贼，还可劫掠为生。国家之乱，大率如此。莽待了数月，闻得兵粮尚未办齐，更遣中郎绣衣执法各官，四面督促勒定严限，一班似虎似狼的奸吏，乐得依势作威，压迫州郡，于是法令愈苛，地方愈乱。那匈奴却屡为边寇，外患日甚一日，莽所遣派各将帅，都因兵饷未集，不敢出击，一听胡骑纵横边境，饱掠而去。从前北方一带，自汉宣帝后，好几代不见兵革，户口浸繁，牛马满野。至莽与匈奴构衅，人畜不及迁避，多被掠夺，又害得尸骸盈路，朔漠一空。莽尚望孝单于咸，肯为效力，牵制匈奴，所以咸子助、登，入都以后，还是好生看待，优赐廪饩。助不幸病死，莽令登代为顺单于，哪知孝单于咸，前次出塞归廷，自恨为莽将所欺，便去告诉乌珠留单于，涕泣谢罪。乌珠留单于，贬咸为于粟置支侯，且令他入寇中国，将功补过。咸乃令子角出没塞上，会同匈奴部众，骚扰不休。莽将陈钦王巡，出屯云中，分兵防堵，捕得匈奴游骑，讯知为咸子角部下，忙即报达王莽。莽当然发怒，立将顺单于登拿下，枭首市曹。

一波未平，一波又起，西夷钩町王弟承，起兵攻杀牂牁大尹周钦，扰乱西陲。钩町与牂牁相近，汉武帝时，征服西南，建置郡县，但蛮夷部酋，往往仍使王号。钩町王亡波，曾助汉兵平乱，得受册封，传至王莽时候，被莽派出五威将帅，传达朝命，硬要他贬王为侯。钩町王邯，系亡波支裔，自思未曾得罪，何故遭贬？免不得与五威将帅，略有违言。偏莽得了五威将帅报告，遽使牂牁大尹周钦，诱杀钩町王邯，全是鬼蜮手段。邯弟承为兄报仇，倾国大举，攻入牂牁，把钦击死。牂牁附近诸州郡，慌忙连合拒守，飞章上闻。莽正想专力灭胡，不防西夷也这般厉害，只好另简冯茂为平蛮将军，往讨钩町。茂方起行，又得益州警耗，乃是蛮夷部落，响应钩町，攻杀益州大尹程隆。莽闻蛮夷迭叛，恐冯茂兵少势孤，不足平蛮，乃令茂大发巴蜀犍为吏士，就地征饷，分讨蛮夷。这消息传到西域，各国亦皆有贰心。车师先叛，降入匈奴。戊已校尉刁护，戊己校尉，系汉时所置。遣吏属陈良终带，扼守要害，免得匈奴车师串同入寇。陈良终带潜怀反侧，竟将刁护刺死，胁掠吏士二千余人，也去投降匈奴。匈奴收纳良带，使为乌贲都尉。莽方想扫平匈奴，谁料到变端百出，连西域也是生乱，边吏胆敢刺死校尉，去做胡奴，那时无名火高起三丈，更派使至高句丽国，征发兵民，要他速渡辽河，夹攻匈奴。高句丽为汉武所灭，夷作郡县，虽遗种尚受侯封，却没有什么兵甲，急切如何成行？偏王莽一再催逼，恼动高句丽遗众，索性拒绝莽使，也为寇盗。

嗣是东西南北诸边疆，无一不乱，弄得王莽顾此失彼，跼蹐不安。未几焉耆国又叛，西域都护但钦被戕，越使王莽焦急，临朝时常带愁容。群臣见莽有忧色，还要当面献谀，只说是夷狄为乱，无伤圣德，不久便可荡平。莽亦意气方张，未肯悔过，但务剿袭古制，粉饰太平。自从小钱颁行，民感不便，莽更作金银龟贝钱布诸品，号为宝货，种类错杂，名目纷繁，民间愈觉烦扰，屏诸不用，但将汉朝遗留的五铢钱，卖买交易。莽乃将宝货停办，另铸五十大钱，使与一文小钱并行，所有汉朝的五诛钱，概令销毁，如百姓尚敢私藏，罪当投荒。官吏借端搜索，闹得鸡犬不宁，偶被搜出，即将全家充戍，如有私铸铜钱，责令五家连坐，一并充军。最可恶的是犯人夫妇充发出去，不准完聚，竟将妇女另行改配，或罚做军人奴婢，永不放还，这真是古今罕有的虐政。莽仿行周官王制，周官即《周礼》，王制即《礼记》。特置卒正连率，同帅。及大尹属令属长州牧，更分六乡六尉六队六服，合为万国，所有郡县名称，辄为变易，一郡易至五名，官吏都不能记忆。莽且自为得计，以为制度改定，天下自然平定。因此召集公卿，日夕会议，聚讼纷纭，甚至各处案件，申报上来，无暇批发出去，就是守令各官，也不遑考绩，听他作恶舞弊，贻害闾阎。每岁虽有绣衣执法，与十一公士，十一公，即前四辅三公四将等官，公之掾属称士。特节出巡，名为察吏善恶，稽民勤惰，实是纵他出刮地皮，到处索贿，死要铜钱。地方官怎肯破囊？无非是取诸民间，移作赆仪。有几处吏民抱屈，诣阙诉冤，亦被尚书搁置，连年守候，不得告归。至若拘系郡县，无故待质，也是沉滞得很，往往至莽下赦文，然后得出。这是乱时通病，不特新莽时为然。就是内外卫兵，本可一年交代，或且迟至三年，边兵陆续招赴，不下一二十万，都要仰食县官，县官无从取给，只好暴敛横征。五原代郡诸民，受祸最烈，为乱最早。莽不问民生疾苦，只知遣兵征剿，百姓外遭胡寇，内受兵灾，除死以外，几无他法。还亏匈奴乌珠留单于，一病遂死，右骨都侯须卜当，方执大权，素与于粟置支侯咸友善，把他拥立，劝咸与中国和亲，咸自称乌累若鞮单于，颇怨乌珠留将他贬号，也把乌珠留诸子降职，且尚未知子登死状，所以依看须卜当计议，遣使入塞，有意请和。莽查得须卜当妻，就是王昭君女须卜居次，因此封昭君兄子王歙为和亲侯，王飒为展德侯，使他赍着金币，往贺单于即位，伪言侍子登无恙，但教单于送出陈良终带诸人，便可将登遣归。单于贪得莽赂，又欲与登相见，遂捕交陈良终带，及手杀刁护贼芝音等人。王歙兄弟，将良带等押解长安，莽援《周易》“焚如死如”的遗训，放起一把大火，把良带等推入火中，烧成灰烬！良带等原是该杀，但必用火烧，亦是过虐。下令召还诸将，罢归屯兵，一番劳师动众的大祸，总算暂时打消。是年王莽改元号为天凤元年。小子有诗咏道：

未谙武略想平胡，功未成时万骨枯。
买得罪人付一炬，可怜民命已难苏。

莽与单于言和，单于遣使报谢，并迎侍子登归国。登已早死，如何遣还？欲知王莽对付情形，容待下回再表。

偏爱者不明，好诈者必败，是二语好为王氏姑侄，作一注脚。孝元皇后之宠莽，全为爱莽而起，莽以媚术博姑母之欢，使之堕入计中而不之觉。迨莽篡窃汉祚，始悔偏爱之失策，晚矣。夫帝可弑，国可盗，则汉室宗庙，何不可毁？孝元后之且惊且泣，料莽不永，纯是妇人咒詈口吻，岂真能预测先几？且黑貂汉腊，何益夫家，大事已去，小节无论已。莽挟诈以欺国人，而不足以欺外夷，匈奴发难，边警迭闻，尚不肯从严尤之请，竟欲大举平胡，北征之师未出，而东西南三面，变端迭起，莽已旰食之不遑，尤复师心稽古，一何可笑。孔子所谓“反古之道，灾必及身”，况如莽之身为乱贼，无在非诈乎？好诈必败，王莽其已事也。

第三回

盗贼如蝟聚众抗官　父子聚麀因奸谋逆

却说乌累单于，遣使至长安报谢，拟即迎登回国，王莽如何交得出？只托言登方病死，当令人送丧出塞，一面厚赆胡使，遣令归报。乌累单于，又觉得为莽所欺，但因自己新立，威信未行，不能不暂时容忍，姑与言和。不过近塞戍兵，仍听劫掠，未尝禁止。莽闻边境未靖，还想讨伐匈奴，适值天变迭兴，彗星出现，乃不敢动兵。既而灾异不绝，日食无光，莽不知责己，但知责人。太师王舜，大司马甄邯，已经早死，莽独咎太傅平晏，免去尚书事省侍中兼职；又将继任大司马逯并，一并策免。哪知变异越多，时有所闻：当夏陨霜，草木枯死，盛暑时黄雾四塞，新秋后大风拔树，雨雹杀牛羊。至天凤二年仲春，日中现星，都下人民，讹言黄龙堕死黄山宫中，相率往观。莽自称黄德，不免寒心，令有司捕系百姓，问及讹言缘起，亦无从证实。适匈奴又遣使到来，求登尸骸，莽因复遣王歙等送登棺木，出至塞下，当由须卜当子大且渠奢，来迎登丧。歙等将棺木交讫，复传述莽命，另赠乌累单于金帛，叫他改号匈奴为恭奴，单于为善于。用了若干金帛，买出恭善两字，有何益处？并封须卜当为后安公，大且渠奢为后安侯，各给印绶，并赐多金。大且渠奢称谢而返，报知乌累单于。乌累单于利得金帛，就依了莽命，遇有使节往来，暂称恭奴善于。既得实惠，何惜虚名？莫谓胡儿不智！惟部兵入塞寇掠，仍然如故。

越年夏季，长平坂西岸堤崩，泾水不流，莽遣大司空王邑巡视。邑还朝奏状，偏有几个媚臣谐子，向莽上寿道："'河图'所谓'以土填水'，应该匈奴灭亡，速讨勿迟！"如何附会上去？莽以匈奴虽然言和，尚是寇盗不息，非大加惩创，不足示威。凑巧群臣有这种计议，正好趁势发兵，乃遣并州牧宋弘，及游击都尉任明等，先出屯边，准备北讨。复令五威将帅王骏，西域都护李崇，率同戊己校尉郭钦等，往抚西域，也欲仿汉武遗计，截断匈奴右臂，免得相连。王骏等到了西域，诸国多出郊迎接，奉献方物。骏因焉耆国前杀但钦，意欲乘便袭击，为钦报仇，当下使戊己校尉郭钦，与偏将何封，另率精兵后进，自与李崇先行。焉耆国王，刁猾得很，佯遣人恭迓骏崇，谢罪乞降。骏以为乐得前进，好使焉耆无备，可以得志。哪知焉耆境内四布伏兵，一俟骏兵入境，突然杀出，把骏围住。李崇见不是路，拍马返奔，单剩骏陷入围中，冲突不出，竟致毙命。焉耆兵复追赶李崇，幸喜郭钦何封，率兵驰至，才得将崇救免，复麾众敌焉耆兵，焉耆兵也即退去，遗下老弱数百人，被郭饮等杀得精光，引兵归报。莽拜钦为填外将军，填同镇。封剼胡子，剼音芟，绝也。何封为集胡男；令李崇退镇龟兹，静待后命。

天下不如意事，十常八九，那平蛮将军冯茂，往击钩町，差不多已两三年，兵马调动了好几万，赋敛民财，值十取五，弄得怨声载道，仍一些儿没有功劳，反报称部下士卒，多染疫病，十死六七。顿时触动莽怒，立将冯茂召还，下狱论死。别遣宁始将军廉丹，统兵往剿。大发天水陇西骑士，及巴蜀吏民十万人，浩荡前进，转输相望。

初至时还算得手，斩馘数千；后来蛮夷据险死拒，丹军渐至疲困，疫气熏蒸，粮道不继，仍落得无功而还。越隽蛮酋任贵，见官军再举无成，也乘隙为乱，杀死太守枚根，自称邛谷王。莽再想发兵继进，哪知内地乱民，已经蜂起，骚扰的了不得，还有什么余力，与蛮夷角逐呢？这叫作剥皮及肤。

先是莽有事四夷，岁需浩大，特设出六筦名目，课税民间：一盐税，二酒税，三铁税，四名山大泽采办税，五赊贷税，六铜冶税。如有人违法不纳，即科重罪，贫民无自谋生，富民亦不能自保，当时草泽中间，已多伏莽，再加蠹胥猾吏，代为驱迫良民，叫他去投盗贼，于是愈聚愈众，到处揭竿。临淮人瓜田仪，依据会稽长州，首先发难。未几即有琅琊妇人吕母，也聚党数千人，入海为盗。吕母是一个老妪，为何胆敢作乱？她本来家况小康，未尝犯法，只因有子为海曲县吏，被县宰冤枉杀死，遂致吕母忿起，散财募士，招致少年百余人，攻入海曲，杀死县宰，取首祭子。自思祸已闯大，不能中止，索性逃入海中，明目张胆，去做强盗。就近的亡命无赖，陆续趋附，竟至一万多人。未几又有新市人王匡、王凤，也纠结徒众，出没江湖。原来荆州岁饥，人民无谷可食，都到野田间去采凫茈，即荸荠。烹食为生，你抢我夺，免不得有争斗情事。王匡、王凤，本是就地土豪，出与排解，处置公平，大众统皆悦服，愿受指挥。独地方官罔恤民艰，非但不知赈给，还要向他加征，饥民忿恨异常，遂推匡凤两人为首领，反抗官吏，聚众起事。南阳人马武，颍川人王常成丹，也是著名盗目，闻风趋集，一同入伙，就借洞庭湖北的绿林山，作为巢窟。绿林山势甚险峻，可居可守，党徒聚至七八千人，四出打劫搬回山中。官吏虽派兵往捕，终因山高势险，不敢深入。一班绿林豪客，竟得快活逍遥。后世称盗薮为绿林，便本此事。同时南郡人张霸，江夏人羊牧，亦分头为盗，党羽亦不下万人。王莽连闻盗警，没奈何遣使招抚，叫他急速解散，方可赦罪。群盗方兴高采烈，怎肯听命？使臣只好返报，莽问及盗贼情形，使臣禀白道："百姓因法禁烦苛，不得安居，力作所得，又不敷租税，就使闭门自守，还要被铸钱挟铜的邻伍，牵连犯罪，大众无从求生，只得去做盗贼了。"莽见他出言不逊，立即撵逐出朝，革职为民，另遣他人查办。他人不敢实报，复称乱民狡黠，应该捕诛；或谓时运适然，不久必灭。莽很觉惬意，辄命超迁，自己亲往南郊，祷天禳灾，采办五彩药石，熔一铜斗，像北斗形，长二尺五寸，号为威斗，谓可厌胜众盗。斗既铸成，付司命官掌管，莽出巡时，令他背负前行，入令在旁相随，仿佛与儿戏一般。无非欺人。

好容易混过一两年，已是天凤五年了。前此诸盗，一处不得荡平，反增添了好几处警耗。琅琊人樊崇，勇猛绝伦，为群盗所敬惮，奉为盗魁，盘踞莒县，一岁间聚至万余人。又有樊崇同郡人逄安，及东海人徐宣、谢禄、杨音，亦皆起应樊崇，转掠青徐二州间。再加刁子都，《汉书》作力子都。横行东海，独张一帜，亦在徐兖二州，打家劫舍，出没无常。莽改抚为剿，屡遣兵吏防御。偏是这班兵吏，只能欺贫压懦，不能获丑歼渠，一遇盗贼，大都畏缩不前，反被盗贼击退，这真徒唤奈何了。

天凤六年春月，莽因盗贼四起，特令太史推算三万六千岁历纪，决定六岁一改元，下书布告天下，自言当如黄帝升天，意在诳耀百姓，销解盗贼。谁知百姓已瞧透机关，知莽专事欺人，无一尊信，反加诽笑，群盗更无所畏忌，越聚越多。会匈奴乌累单于病死，弟舆继立，号为呼都尸道皋若鞮单于。他因乌累单于在世时，常得中国厚赂，至此也想骗取金银，特令须卜当子大且渠奢，入报嗣位日期，并献各种方物。莽又想入非非，召入和亲侯王歙，阴嘱秘谋，使他照计行事。歙依了莽命，带着一队人马，托词送奢，偕行出塞，使奢往召须卜当，同来领赏。须卜当转告单于，单于眼巴巴的望得财帛，一闻赏赐颁来，当然心喜，便令须卜当父子，往会和亲侯王歙。不意王歙见了须卜当，说是朝廷有旨，要他入都觐见。须卜当不禁诧异，但手下没甚兵士，只有两子随来，长子大且渠奢，又被王歙管束，不得脱身，乃命次子回报单于，自与奢入都见莽。莽见须卜当父子入朝，格外优待，面拜须卜当为须卜善于，兼后安公。看官道莽怀何意？无非欲诱服匈奴，他想匈奴易主，未见得服从中国，只有须卜当为王昭君女夫，素主和亲，若将须卜当立为单于，自然感恩降服，又恐须卜当身在匈奴，不便应允，所以将他诱来，特赐尊号，并拟出兵护送，使他归国为王。实是呆想。哪知呼都尸道皋单于，接得须卜当次子归报，非但不得财帛，且将须卜当父子劫去，气得两目圆睁，立即调动兵马，入寇边疆。是时严尤为大司马，知莽失计，曾劝莽勿迎须卜当，莽不肯听尤。及闻匈奴侵入边界，欲遣尤与廉丹，共击匈奴，赐姓征氏，号为二征将军，且面加慰勉，大致说是诛舆立当，舆即单于，名见上文。可使匈奴久服，一劳永逸。严尤独面驳道："陛下且先忧山东盗贼，匈奴事且置作后图。"莽闻言变色，竟将严尤免官，改擢降符伯董忠为大司马，广募天下丁男，及死罪囚吏民奴，充作锐卒，并税天下吏民家资，三十取一，厚兵聚饷，出讨匈奴，又征集天下奇能异士，为冲锋选。说也可笑，竟有数人应召前来，或言能渡水不用舟楫，只用马匹接连，足渡百万兵士；或言出兵不费斗粮，但教服食药物，便能永久不饥；或言插翅能飞，一日远翔千里，不难窥探敌情。首二说未便立试，只自言能飞的技士，叫他当场试演。那人取出两翼，乃是鸟羽编成，系诸身上，两翼中间，绾住机纽，用手一扳，果然徐徐飞起，约数十步，便即堕落，不能再飞。也是后世飞机的滥觞，不可蔑视。莽亦明知无用，但欲激励他人，夸示外国，不得不随便收纳，使为理军，赏给车马。忽有夙夜即东莱不夜城，莽时改为夙夜。连帅韩博，保荐一人，用着大车四马，装载入都。这人叫作巨毋霸，生长蓬莱海滨，身长一丈，腰大十围，卧尝枕鼓，箸尝用铁，轺车不能载，三马不能胜，所以特用大车四马，载至阙下。王莽召见巨毋霸，果然是个硕大无朋的人物，却也暗暗称奇。待巨毋霸行过了礼，略问数语，便叫他充当卫士，随侍銮舆。巨毋霸谢恩退朝，那王莽忽然踌躇起来，暗思自己表字，叫作巨君，韩博应亦知悉，如何不令巨毋霸改名，公然敢触犯忌讳？并且毋霸两字，也觉可疑，莫非叫我毋行霸道，故意替他取这名字，侮弄朕躬？越想越恨，竟不管他是是非非，传旨召博入都，从重处罪。博还道荐贤有功，特蒙宠召，匆匆的赴都听命，不料一到阙下，便见卫士趋出，宣读莽诏，说他慢上不敬，绑出斩首。可怜博希旨求荣，反害得身首两分，不明不白。谁叫你去巴结逆莽。博既杀死，由莽命巨毋霸改名，号为巨母氏，取义在文母授玺，助己霸王的意思。巨字犯讳，何故不改？

越年本为天凤七年，莽依六岁改元的诏命，改号为地皇元年。春夏二季，只是筹备兵马，想击匈奴。适须卜当奇寓长安，不得回国，愁病而亡。莽令须卜当子大且渠奢，袭爵后安公，且将庶女陆逯任，嫁为奢妻，陆逯系莽女封邑，莽改称公主为任，故名陆逯任。奢得为莽婿，倒也安心住下。莽更加意抚慰，谓俟兵马调齐，总当送他回国，立为单于。无如莽有此想，天不相容，莽尝改称未央宫前殿，叫作王路堂，忽被一阵极大的秋风，吹倒许多墙壁。莽以为天变告儆，或由临为太子，安独向隅，舍长立幼，因致上干天怒。乃封安为新建王，临为统义阳王，撤销皇太子名称，聊自解嘲。

先是临母王氏，因二子宇、获被杀，时常悲悼，涕泣失明。宇子名宗，曾封功崇公，私服天子衣冠，擅刻玺章，又由莽查出情弊，迫令自尽。宗姊妨为卫将军王兴夫人，诅姑杀婢，莽使中常侍躉恽责妨，躉音带。并及王兴，兴夫妇又皆自杀。莽自娶王氏，又将孙女亦嫁王家，好古者奈何如是？莽后王氏，既哭二子，又哭孙儿孙女，遂致悲上加悲，激成疾病，奄卧不起，莽令临入侍母疾，日夕在侧。偏有一个黠婢原碧，生有三分姿色，楚楚动人，更兼口齿伶俐，眉目轻佻，王氏倚为心腹，宠爱逾恒。该女却不安本分，常向莽殷勤献媚，引得莽欲火上炎，往往瞒着王氏，与她演几出秘戏图。至临入宫奉母，时与原碧相见，原碧又卖弄风骚，勾动临心。临虽已娶刘歆女为妻，他觉得原碧姿容，比妻尤艳，况由她自来勾引，乐得移篙近舵，兜搭成欢。父子聚麀，倒是古训。俗语说得好："月里嫦娥爱少年。"临年正少壮，与原碧谐欢鱼水，比乃父大不相同，原碧很是快意。不过原碧既为莽所幸，怎得再与临私通？倘或发觉，坐致送命，因此喜中带忧，有时与临欢卧，装出一种嗟叹声，说出几句蹊跷话。临不禁心疑，搂住细问，才知她怕着这老厌物，自己也不觉吃惊。原碧又故意撤手，欲与临中断情缘，此时临已为所迷，怎肯中止？辗转思想，只有弑父一法，尚可免患，当下告知原碧，正中原碧心坎，既得除去眼中钉，复好做个现成妃子，哪有不赞成之理？于是两人商定，待时下手。临妻刘愔，得父歆家传，能观星象，夜见金木二星，聚会一处，心知有异，趁着临回至东宫，即与临语道："星象告变，恐宫中将有白衣会。"临听了白衣会三字，想是指着丧服，大约莽命该死，谋将有成，心下当然暗喜，却未便与妻说明，支吾一番，又跑入中宫，告知原碧。原碧得了此信，正拟安排毒药，俟莽入宫，加入茗中，把他毒死。偏莽颁下诏书，贬临为统义阳王，迁出宫外，临只好向母告辞，又与原碧流涕诀别，姑从缓图。莽因妻病未痊，虽将临迁出东宫，尚未遣令就国。临既不得见慈母，又不得会情女，满怀怅望，愁极无聊，乃寄书与母，略言父皇待遇子孙，很是严酷，前次兄侄等多壮年早死，臣儿年亦及壮，恐母后不测，儿亦不知命在何时。王氏见书，愈增伤感，就将临书搁置案上，可巧莽入宫问疾，览着临书，又起了一种疑心，意欲彻底查问，及见妻病垂危，不便发作，因将临书藏入袖中，忿然趋出。过了数日，莽妻竟死，由莽饬令左右收殓，不准临入宫会丧，待至丧葬已毕，就要将临事追究，仔细考察。得知临与原碧通奸，当下召入法吏，拿下原碧，把她刑讯起来。原碧是个柔弱女子，禁不起粗鞭大杖，一经敲扑，就一五一十，供出实情，通奸以外，还有逆谋。当由问官详报，莽立命捶死原碧，并嘱心腹人刺毙问官，把尸首并埋狱中，省得他传扬出丑。掩耳盗铃，徒滋人怨。一面赐临鸩毒，逼命饮下，临不肯取饮，宁可自刭，拔刀刺胸，须臾毙命，莽赐谥曰缪。又有诏书付与刘歆，谓临本不明星学，事由临妻刘愔妄言，致临犯罪云云。这数语明是归咎刘愔，叫歆转嘱女儿。歆自恐坐罪，慌忙将女儿召去，责备一番。愔无从诉冤，含泪回来，服药自尽，这是地皇二年正月间事。

这一月内，莽子新建王安，及莽孙公明公寿，统皆病死，匝月四丧，莽还不自恐惧，反毁坏汉武汉昭两帝庙室，腾出空址，作为子孙葬地。看官试想王莽所为，恶不恶，凶不凶呢？小子有诗叹道：

亲生骨肉且寻仇，事到其间也可休。
祸变至斯犹未悟，恶人到底不回头。

莽既这般凶恶，报应不远，自然要东反西乱，来杀这逆莽了。欲知后来乱事，且看下回再详。

古人有言："外宁必有内忧。"独王莽则先挑外衅，而内忧乃因之而起，此则莽自欲速祸，故有此变例耳。莽不欲用兵夷狄，则租税当不至过苛，租税不苛，则盗贼亦不至过繁，天下方受莽欺而不之察，若莽能噢咻示惠，逆取顺守，其或能保全身家，亦未可知。乃外夷未叛而莽独迫之，平民未乱而莽又殴之，何其悖谬若此！意者其天夺之魄而益其疾欤？况内有逆子，又有淫婢，暗设机谋，欲行大事，祸机伏于肘腋，莽之不死亦仅矣。然天不欲莽之死于儿女子手，姑使之自翦子孙，然后孤危莫救，供人脔割，足快众心。恶愈稔者报愈酷，非药死所足蔽辜也。

第四回

受胁迫廉丹战死　图光复刘氏起兵

却说钜鹿地方，有一男子马适求，闻莽暴虐不道，意欲纠合燕赵壮士，入都刺莽，事为大司空掾属王丹所闻，立即上告，莽即发兵捕到马适求，把他磔死。又遣三公大夫，穷治党与，辗转株连，杀毙郡国豪杰数千人。于是人心益愤，共思诛莽。魏成大尹李焉，素与卜人王况友善，况进语李焉道："新室将亡，汉家复兴，君姓李，李音属征，音止。征有火象，当为汉辅，不久必有应验了。"焉深信况言，厚自期许。况又东凑西掇，集成谶文十万言，出示焉前。焉奉为秘本，嘱吏抄录，吏竟窃书逃走，入都报莽，莽忙命捕焉及况，下狱杀死。汝南人郅恽，研究天文历数，知汉必再受命，慨然上书，劝莽还就臣位，求立刘氏子孙，方能顺天应人，转祸为福。莽自然动怒，饬将恽拘系诏狱，转思恽未起逆谋，不过妄言无忌，情迹还有可原，因此格外加恩，下令缓决，后来下诏大赦，才得将恽释放。想是恽命未该死，故得重生。真正侥幸。莽见人心思汉，越起恶心，索性遣虎贲将士，携着刀斧，驰入汉高庙中，左斫右劈，毁损门窗户牖，又用桃汤赭鞭，鞭洒屋壁，即将高庙作为兵营，使轻车校尉住著。又记起王况谶文，谓汉室当兴，李氏为辅，因特拜侍中李棽为大将军扬州牧，赐名为圣，遣令统兵击贼。上谷人储夏，自请招降盗首瓜田仪，莽即授官中郎，使他招抚。储夏去了一躺，取得仪降书，返报王莽，请莽加恩封赏。莽又令储夏召仪入朝，面授官爵。谁知储夏再往，仪已死去，只得向莽复命。莽再命往求仪尸，厚加棺殓，代为起冢设祠，赐谥瓜宁殇男，想借此羁縻余盗。偏偏一盗甫死，又添出男女强盗两人，男强盗叫作秦丰，在南郡间纠众人，劫掠良民；女强盗叫作迟昭平，家居平原，粗通文字，擅长博弈，居然招集亡赖少年，约数千人，也想入山落草，做个一时无两的女大王。前有吕母，后有迟昭平，可谓无独有偶。莽闻报惊心，召集群臣，详询平盗方略。群臣尚应声道："这都是天囚行尸，命在漏刻，何必多忧？"独左将军公孙禄抗声道："盗贼蜂起，咎在官吏，现在太史令宗宣，迷乱天文，贻误朝廷；太傅唐尊，崇饰虚伪，偷窃名位；国师刘秀，即刘歆，详见后文。颠倒五经，毁灭师法；明学男官名。张邯，地理侯孙阳，造作井田，使民弃业；义和亦官名。鲁匡，创设六筦，毒虐工商；说符侯崔发，阿谀取容，壅塞下情，为陛下计，亟应诛此数人，慰谢天下。更宜罢讨匈奴，仍与和亲，休兵息民，方可图治。臣看新室大患，不在匈奴，却在这封域间呢！"对牛弹琴，徒失人格。这一席话，说得莽翘起短须，现出一张哭丧脸，遽命殿前虎贲，将禄驱出，但严令内外牧守，督捕盗贼。荆州盗王匡、王凤等，盘踞绿林，气焰甚盛，牧守接到莽诏，不敢违慢，只好选募壮士二万人，往讨绿林。王匡等出来迎击，大破官军，荆州牧自去督战，又被王匡等击败，夺去许多辎重，吓得荆州牧屁滚尿流，慌忙返奔。约行里许，忽突出一大队强徒，截住去路，为首一位彪形大汉，须眉似戟，手持一竿长矛，厉声呼道："好汉马武在此，尔等快留下头来！"后来马武降汉，称为中兴名将，故此处独留身分。荆州牧魂飞天外，忙命驱车旁逸，哪知马武的长矛，已刺入车中，回手一钩，立将车辕钩倒，把一个金盔铁甲的荆州牧，覆出地上。荆州牧已拼着一死，又听马武大叫道："我等为饥寒所迫，苛政所驱，不得已落山为盗，并非敢戕杀命官，怎奈汝等蠹吏，不思救民，反要虐民，岂不可恨！我今权寄下汝首，叫汝知过必改，勿再肆虐，如若不信，请看此人！"说着，手中矛起，刺死骖乘一将，呼啸而去。荆州牧方敢爬起，旁顾左右，已皆散走，只有一尸首横在地上，越觉得胆战心寒，勉强按定惊魂，呆立片刻，才见逃兵陆续趋回，七手八脚的竖起复车，请令乘坐，急急的奔归州署，此后再不敢轻出击贼，但闭门高卧罢了。

王匡等杀败官军，复攻破竟陵城，转掠云社安陆，虏得妇女数十人，仍回绿林山中，纵欢取乐。百姓失去妻女，无从追寻，报官也是无益，徒落得家离人散，十室九空，皇天有眼，也不使绿林盗贼，安享温柔，蓦然降下一场大疫，把绿林山中的喽罗，瘟死无数，可见盗贼亦有恶报。盗目乃不敢安居绿林，分途引散。王常成丹西入南郡，号为下江兵。王匡王凤马武，及支党朱鲔张卬等北入南阳，号为新市兵。莽遣司命大将军孔仁，出徇豫州，再起严尤为讷言大将军，与秩宗大将军陈茂，同略荆州。两路已发，又接东海警报，盗魁樊崇，势甚猖狂，乃更命太师王匡，与更始将军廉丹，率兵讨崇。莽曾改更始将军为宁始将军，至此复称更始。是时郡国官吏，多畏盗如虎，不敢进剿，惟冀平连帅田况，素称勇敢，募得壮丁四万人，各给库械，明定赏格，刻石为约，樊崇等闻风知惧，相戒不入。况上书自请击贼，所向皆克，莽擢况领青徐二州牧事。况又上书白莽，略言："盗贼始发，为势甚微，咎在地方长吏，不以为意，县欺郡，郡欺朝廷，实百言十，实千言百，朝廷忽略，不加督责，遂致蔓延连州。及遣发将帅，出击盗贼，又索郡县供张，竭资迎送，犹恐不足，尚有何心再顾盗贼？将帅复不能躬率吏士，奋勇前敌，每战辄为贼所创，遂致罢兵豢寇，酿成巨变。今洛阳以东，连年饥馑，米石数千钱，臣闻朝廷复遣太师与更始将军，东向讨贼，二人为爪牙重臣，兵多人众，沿途饥匮，何处供求？愚以为不如慎选牧尹，明定赏罚，叫他收合灾民，徙入大城，积藏谷食，并力固守，贼来攻城，急不得下，退亦无从掠食，势难久存，然后可剿可抚，攻必破，招必降。若徒然多遣将帅，劳苦郡县，恐为害且过盗贼，请陛下即日征还各使，俾郡县少得休息。臣况既蒙委任，二州以内，自可平定，愿陛下俯允臣言，定能奏效。"这一篇奏章，正是当时良策，偏莽阴加猜忌，疑他沮挠军心，遽召况为师尉大夫，另派别人替代。

况一入都，齐地遂空，樊崇等只畏田况，闻况奉调入朝，相率庆贺。可巧女盗吕母病死，余盗多散归樊崇，党羽益盛，遂有意窥齐，严申约束，杀人抵命，伤人偿创，居然定出军律，檄示山东。那莽太师王匡，与将军廉丹，奉命东征，就择定地皇三年孟夏，辞行出都，文武百官，都至都门外饯行。适值天下大雨，全军皆湿，有几个老成练达的长者，看着兵士带水拖泥，不禁背地长叹道："是谓泣军，泣军不祥。"天雨也是常事，实因人心怨莽，才有是言。王匡廉丹，共率锐士十万人，长驱东进，沿途征饷索械，备极严苛，东人作歌谣云："宁逢赤眉，莫逢太师；太师尚可，更始杀我。"原来樊崇闻匡丹东来，必有大战，恐党徒与官兵混斗，致不相识，因令徒众用朱涂眉，作为记号，嗣是号作赤眉。崇自申明纪律以后，稍禁虏掠，反不若官军过境，驱胁吏民，廉丹颇得军心，惟纵兵为虐，比匡尤甚，故时人有此歌谣。百姓恐慌得很，更兼饥不得食，大率扶老携幼，奔入关中。关吏次第报闻，差不多有数十万人，莽不得已开发仓廪，派吏赈饥，吏多贪污，窃取廪粟，饥民仍不得一饱，十死八九。中黄门王业，掌管长安市政，有事白莽，莽问及饥民情形，业诡答道：“这等皆是流民，并非真由饥荒，臣看他流寓都门，还是持粱齿肥呢！”乃出取市上所卖粱饭肉羹，入宫示莽，说是流民所食，大概如是。莽信作真言，遂以为关东饥荒，全是虚报，乃一再遣使至军，催促廉丹，赶紧剿贼。丹得书惶恐，夜召掾属冯衍，出书相示。衍乘间进说道：“海内人民，怀念汉德，好比周人追思召公，人所鼓舞，天必相从，将军今日，莫若屯据大郡，镇抚吏士，选贤与能，兴利除害，方可显扬功烈，保全福禄，何必冲锋陷阵，委身草野，反弄得功败名丧，贻笑后人呢？”丹摇首不答，衍乃退出。越宿即拔营再进，到了无盐，正值土豪索卢恢等，据城附贼，丹与王匡，麾兵进攻，一鼓直入，杀死索卢恢，斩首万余级。当即飞书告捷，莽遣中郎将赍着玺书，慰劳军士，晋封匡丹为公，赏赐有功将吏十余人。王匡既得荣封，急思荡平盗贼，探得赤眉别校董宪等，聚众数万，据住梁郡，乃遽令出兵击宪。廉丹进谏道：“我军新拔坚城，不免劳乏，今且休士养威，徐徐进行！”匡忿然道：“行军全靠锐气，既得胜仗，正好鼓勇深入，君若胆小，我愿独进。”说着，便号令军士，速赴梁郡，自己一跃上马，扬鞭出城。丹不好坐观，也只得带领亲兵，随后继进。行至成昌，望见前面排着贼阵，几与泰山相似，军士不战先慌，纷纷倒退，王匡连声喝阻，尚不肯止。那贼众已驱杀过来，势如潮涌，锐不可当，匡知不能支，也即退走，惯说大话，往往无能。贼众在后追赶，杀毙官军无数。匡抱头逃回，正与廉丹相值，高声说道：“贼势浩大，不可轻敌，快逃走罢！”丹不觉瞋目道：“能战方来，不能战便死，奈何遽走！”匡满面怀惭，俯首无言。丹越觉气愤，从怀中取出印绶符节，掷付与匡道：“小儿可走，我为国大将，除死方休。”一面说，一面即跃马前进，突入贼军。贼一拥齐上，把丹困住垓心，丹格杀贼徒数十人，终因寡不敌众，力尽身亡。为莽战死，殊不值得。麾下校尉汝云王隆等二十余人，同声说道：“廉公已死，我等何为独生？”当即 拼命血斗，并皆战死。只王匡已经走脱，不得不据实报闻，莽下书哀悼，谥丹为果公。国将哀章，自愿赴军平贼，也要出去送死了。莽即遣章东行，与王匡合力御盗。又使大将军阳浚屯兵敖仓，大司徒王寻统兵十万，镇守洛阳。嗣闻严尤陈茂一军，先胜后败，未见得利，免不得焦灼万分，乃拟遣风俗大夫司国宪等，俱是莽时官名。分巡天下，饬除井田奴婢山泽六筦诸禁，与民更始。

书尚未发，忽觉得一声霹雳，突出一位汉家后裔，起兵南阳白水乡，即舂陵封地。要来讨灭王莽，索还汉室江山。真命天子出现，应该大书特书。这人为谁？乃是汉景帝七世孙，为长沙定王发嫡派，本姓是刘，单名为秀，表字文叔，身长七尺三寸，美髯眉，大口隆准，确是汉朝龙种，比众不同。从前景帝生长沙定王发，发生舂陵节侯买，买生郁林太守外，外生钜鹿都尉回，回生南顿令钦，钦娶湖阳樊重女为妻，生下三子，长名縯，次名仲，又次名秀。秀生时，适有嘉禾一茎九穗，因以秀字为名。九龄丧父，寄居叔父刘良家，成童后好稼穑。长兄縯，表字伯升，独有大志，好侠养士，常笑秀为耕佣，比诸高祖兄仲。秀受兄揶揄，也觉业农非计，乃入都求学，拜中大夫许子威为师，肄习尚书，能通大义，嗣因资用乏绝，仍然归家。秀有一姊，曾适新野人邓晨，彼此谊关郎舅，时相往来。一日邀秀至穰人蔡少公家，适值宾朋满座，叙谈朝事，晨与秀都是后生，幸得少公招呼，参坐末席。少公素习图谶，与大众述及谶语道："将来刘秀当为天子！"座中有一人起问道："莫非就是国师刘秀么？"

原来莽臣刘歆，也尝究心谶纬，依着谶文，故意改名为秀，回应上文。所以座客闻少公言，还道是秀为国师，容易得为天子，故有是问。少公尚未及答，但听末座上笑声忽起，接说一语道："怎见得不是仆呢？"大众闻声瞧着，乃是刘秀发言，都不禁哄堂大笑。谁知果然是他。秀扬长趋出，晨亦告退。

宛人李守，曾为莽宗卿师，素好星历谶纪，尝私语子通道："刘氏不久当兴，李氏必将为辅。"通将父语记诸心中，也想做个攀龙附凤的功臣，至新莽地皇三年，新市兵窜入南阳，平林人陈牧廖湛，也聚众千余人，起应王匡王凤，号平林兵，闹得南阳境内，风鹤皆惊。李通从弟李轶，因向通进说道："今日四方扰乱，想是汉室当兴，南阳宗室，只有伯升兄弟，泛爱容众，可与共谋大事，愿兄勿失此机！"通欣然道："我意也是如此。"可巧刘秀来宛卖谷，通与轶乘便迎入，与商起义，秀并不推辞，即与订约，归告兄縯。縯自王莽篡位后，常怀不平，暗中散财倾产，结交豪杰，约莫有百余人，至此一齐召集，面与计议道："王莽暴虐，海内分崩，今复枯旱连年，兵革并起，这是天亡逆莽的时候，我等正好举事，起复高祖旧业，平定万世了！"众豪杰统拍手赞成，乃分遣亲友四出，招募士卒，自发舂陵子弟，指日兴师，子弟视为畏途，各谋躲避，竞言伯升造反，必将杀我。嗣见刘秀亦穿着军装，披绛衣，戴大冠，不由得惊疑道："他是有名谨厚，为何也这般装束，莫非果好起事么？"竟究是谨厚的好处。乃稍稍趋集，共得子弟七八千人，縯自称柱天都部，秀年方二十有八，助兄举义，专待李通兄弟到来。通使弟轶出招徒众，自在宛城暗暗布置，准备起应。不料事机未密，被人发觉，当由守吏带着兵役，来捕李通。通闻风逃去，通父守与全家眷属，不及奔避，尽被拘去。官吏立即报莽，莽立即下令族诛，共死六十四人。一事未成，便至倾家，也觉可怜。縯探得李通家属，俱被捕戮，料知通不能起应，乃使族人刘嘉，往说平林新市诸头目，求他帮助。嘉素有口才，凭着那三寸舌，说动了两路兵，彼此定议，合兵进攻长聚，又捣入唐子乡，诱杀湖阳县尉。沿途夺取财物，却是不少，盗众欲据为己有，刘氏子弟，也要分肥，两下里争夺起来，势且决裂，亏得刘秀临机应变，好言劝解族人，令将所得财物，尽畀两路盗兵，盗众方才喜欢，愿与刘秀共攻棘阳。棘阳守兵寥寥，两三日即得夺下，李轶邓晨，亦从他处招得壮丁，来会刘縯。縯拟进取宛城，率众至小长安聚，忽来了莽将甄阜梁邱赐，带领兵马，截住中途。縯怎肯退还？自然麾众接战，已杀得难解难分，蓦见天空中降下大雾，笼住两军，咫尺不辨南北，莽军多系骑兵，趁势蹴踏，縯众统是徒步，如何支持？一时纷纷四散，溃走各方。此次縯倾寨前来，连家眷都带在后面，满望顺风顺势，直达宛城，不防途中遇着这般败仗，只好各走各路，顾不得家属存亡。刘秀亦匹马奔逃，路旁碰着女弟伯姬，急忙唤令上马，并骑前奔。走了半里，又与姊遇，复促令上马同逃。姊即邓晨妻室，单名为元，见秀已挟妹同走，怎好三人一马？便扬手一挥道："弟妹快走！此时已不能顾我了！毋令一齐丧命！"秀还想要劝，怎奈后面喊声震地，有追兵驱杀过来，那时只得急走，可怜姊元及三女儿，尽被追兵杀死。还有秀从兄刘仲，及族人数十，亦败死乱军中。

缜退保棘阳，收集残兵，十去四五，及见秀与妹到来，心中稍慰。秀与述及姊元兄仲，陷入敌兵，恐怕不能生还，缜待了许久，未见踪迹，想是已死，禁不住涕泪交并。俄而新市平林两路贼目，入见刘缜道："莽将甄阜梁邱赐，已渡过潢淳，屯兵泚水，闻他兵势浩大，不下十万，所有辎重，悉数留住蓝乡，他却断桥塞路，示无还心，眼见得来夺棘阳，与我拼命，我等寡不敌众，弱不敌强，如何抵御？不如弃城先走，还可保全生命！"刘缜听了，很是焦急，只得好言劝慰，教他少安毋躁，另筹良谋。正惶惑间，忽有一人驰入，朗声呼道："下江兵已到宜秋，何不前去乞援呢？"刘秀在旁接口道："李兄前来，好了好了！"却是一条生路。缜尚未知来人为谁，及刘秀与他说明，才知便是李轶的从兄李通。当下延通入座，问及下江兵来历，通答说道："通未曾起事，家属先亡，只剩得孑身孤影，奔走四方。探闻下江兵帅王常，颇有贤名，特地致书相招，邀他来攻宛城，今彼已到宜秋，又知君困守棘阳，所以急忙赶来，请君往会下江兵。"缜问通曾否熟识王常，通答说道："素来相识，何妨往见？我等俱有口舌，还是怕他不成？"刘缜大喜，即与通同行，并嘱秀随往，一径至宜秋军营。营兵见缜等驰至，问明来意，缜即答说道："愿见下江一位贤将，与议大事。"兵士当即入报。此时下江营内，王常以外，尚有成丹等人，共推王常出见，常乃迎入缜等，见缜兄弟姿表不凡，已是起敬。两下问答姓名，叙及军事，缜口讲指画，词辩滔滔，再加李通从旁参议，常顿时大悟道："王莽残虐，百姓思汉，今刘氏复兴，就是真主，常愿助君一臂，佐成大功。"豪爽得很。缜笑答道："事若得成，难道我家独享么？"当下面订契约，起座告别，常送出营外，还白党徒，成丹等齐声道："大丈夫既经起事，当思自主，何必依人？"常摇首道"王莽苛酷，致失众心，现在人皆思汉，蠢然欲动，所以我等得乘机起事，但欲建大功，必须应天顺人，若徒负强恃众，虽得天下，亦必复失，试想秦皇项羽，何等威武，尚致覆亡，何况我等布衣，啸聚草泽呢？今南阳诸刘，举族起兵，我看他来议诸人，统是英雄，非我辈所能及，若与并合，必成大功，这是上天保佑吾侪，不可错过！"成丹张卬，方才悦服，即与常引兵至棘阳，与缜相会，新市平林诸兵，见有援兵到来，亦皆欢跃。这一番有分教：

漫道鲸鲵吞海甸，好看龙虎会风云。

欲知刘缜如何调度，且至下回叙明。

食人之禄，忠人之事，此为古今通论。但如廉丹之战死成昌，史家不言其死节，或反大书特书曰：“赤眉诛廉丹。”夫赤眉贼耳，廉丹助逆，亦不过一贼而已，以贼杀贼，独书曰诛，词似过激。然即此可以见出处之大防，助逆而死，死且遭讥，为人臣者，顾可不择主而事乎？刘縯倡义，秀乃辅之，阅史者必以为秀之中兴，实赖长兄，不知秀亦非真事田产，无志光复者，观其安知非仆之言，已见雄心；乃绛衣大冠，身服军装，而族中子弟，谓谨厚者亦复如是，此正所以见秀之权略耳。遵时养晦，一飞冲天，秀之才实过乃兄，宜乎兄无成而弟独得国也。

第五回

立汉裔淯水升坛　破莽将昆阳扫敌

却说刘縯会合下江兵，气势复振，连新市平林诸兵，亦改易去志，摩拳擦掌，专待厮杀。縯令各路兵分作六部，休息三日，大排筵宴，与各将士痛饮一宵，申立盟约，时已为新莽地皇三年十二月中。各将士过了三日，便请縯发令出兵，縯谓出兵尚早，当再缓数天。好容易到了除夕，大众方预备守岁，忽由縯传发军令，叫他潜师夜起，进袭蓝乡。蓝乡距棘阳城约数十里，莽将甄阜、梁邱赐，曾在该处留屯辎重，见前回。縯为劫粮起见，留秀守城，自率各路人马，偃旗息鼓，悄悄地行至蓝乡。蓝乡辎重屯聚，非无守兵，只因除夕守岁，大都饮酒至醉，睡梦甚酣，蓦被縯军攻入，连逃避都是不及，还有何心保守辎重？有几个脚长手快的，披衣急起，开步就逃，侥幸保住头颅；若少许迟慢，便做了刀下鬼奴。縯等扫尽守兵，就将所屯辎重，一股脑儿搬运回城，天色不过黎明，已经是正月元日了。縯又点齐军士，置酒犒劳，大众喜气洋洋，巴不得立攻沘水，诛死莽将。縯见士气可用，立命毕饮，引军再出，直向沘水进发。莽将甄阜、梁邱赐，方接得蓝乡败报，辎重尽失，急得仓皇失措，不意敌众复到眼前，没奈何出兵抵敌。縯分部兵为左右翼，使下江兵攻东南，自率本部攻西南。甄阜、梁邱赐，也分队接仗，阜拒縯众，赐敌下江兵。下江兵锐厉无前，才阅半时，便把赐阵突破，赐望后退走。甄阜方督兵奋斗，望见赐军已溃，不禁气沮，部下愈加汹惧，一动百动，尽皆散走，阜禁遏不住，随势返奔。偏后面有潢淳水阻住，急切无从飞渡，一大半不顾死活，纷纷投水，一小半是尚在徘徊，被后面追兵赶到，乱戮乱剁，杀毙了万余人。甄阜、梁邱赐心慌意乱，先后毙命。潢淳水中，又溺毙无数。尚有残众好几万人，得渡彼岸，统觅路逃生去了。寥寥数语，却写得有声有色。

莽将严尤陈茂，闻知下江新市诸兵，连合刘縯，杀毙甄阜、梁邱赐，料知宛城垂危，慌忙引着大军，前来守宛。早有探马报达刘縯。縯因宛城坚固，倘被莽兵守住，与前途大有妨碍，因即陈师誓众，焚积聚，破甑釜，鼓行直前。两军在淯阳相遇，縯匹马当先，持槊陷阵，各将士奋勇继进，一当十，十当百，百当千，杀得莽兵东逃西散，人仰马翻。严尤陈茂，从未经过这般厉害，只恐丧掉性命，拍马走还，连部兵都不暇顾及。兵士见无主将，多半投械乞降，逃去的不过二三成。縯乘胜进攻宛城，查点降卒，不下二三万，自己部兵也有一二万，加入新市平林下江三大部，差不多有十万人，此外尚有陆续投附，今日数十，明日数百，真是多多益善，如火如荼。縯即扎下大营，命各军分布城外，把一座宛城，围得铁桶相似。诸将以兵多无主，不便统一，欲立刘氏为主，借从人望。南阳豪杰，均拟立縯，独新市平林诸头目，惮縯威明，选出一个庸懦无能的人物，奉为汉帝。这人也是刘氏宗室，名玄字圣公，系是春陵侯买长子熊渠曾孙，前回所叙郁林太守外，就是熊渠少弟。与刘縯兄弟系出同支，曾在平林军中，列入头目，号为更始将军，生性懦弱，元甚勇略，新市渠帅王匡王凤朱鲔张卬，平林渠帅陈牧廖湛，都欲利用刘玄，暗中定议，叫他做个傀儡皇帝，方好任所欲为。縯尚未闻知，及各渠帅与縯说明，縯始慨然道："诸将军欲推立汉裔，厚情可感，惟愚见略有不同，目下赤眉啸聚青徐，有众数十万，若闻得南阳，已立宗室，必然照样施行，彼一汉帝，此一汉帝，两帝不能并立，怎能不争？况王莽未灭，宗室先自相攻，坐失威权，如何再能破莽？自古以来，首先称尊，往往不能成事，陈胜项羽可为前鉴，今春陵去宛三百里，尚未攻克，便想尊立，是使后人得乘吾敝，宁非失策？愚意不如暂称为王，号令军中，若赤眉所立果贤，我等不妨往从，当不至夺我爵位。否则西破王莽，东收赤眉，然后推立天子，也不为迟。"刘縯此议，未尝轻玄，而轻玄之意，自在言外。南阳诸将，听了縯语，当然称善，就是王常亦极口称同。不料新市党徒张印，怒目起座，拔剑击地，且悍然道："疑事无功，今日我等已经定议，不得再有二言！"縯只好含忍过去，默然无语。诸将见縯且如此，乐得做个好好先生，于是决议立玄，就在清水岸上，筑起一坛，择期二月朔日，立刘玄为皇帝。玄首戴帝冕，身服皇袍，由诸将帅拥登坛上，南面升座，大众都称臣拜贺。玄不敢坐定，战兢兢的起立座前，心中七上八下，好似小鹿儿乱撞。听得众人山呼万岁，不由得面庞发赤，冷汗直流。如此无用，何不固辞？待至朝贺礼毕，惘然下坛。回入营中，自有一班捧戴的臣工，预先拟定国号，称为更始。又封拜王匡王凤为上公，朱鲔为大司马，刘縯为大司徒，陈牧为大司空，刘秀为太常偏将军，此外诸将，亦各有职使，不及备述。史家载是年为更始元年，削去王莽地皇年号。但是十月，莽亦被诛，事见后文。划清眉目。

且说王莽闻刘縯起兵，大加震惧，特悬出重赏，购缉刘縯，如有人将縯擒住，封邑五万户，赐金十万斤，位居上公。又令长安中官署，及天下乡亭，各绘縯象，每旦起射，作为厌胜。呆贼。一面佯示镇定，命有司广选淑女，得一百二十一人，送入都中，莽亲自审视，个个是美貌娉婷，最看中有一丽姝，乃是杜陵人史谌女儿，轻盈袅娜，艳冶无双，可惜薄命！当下选为继后，召入史谌，特给黄金三万斤，当作聘礼，还有车马奴婢，杂帛珍宝，不可胜计。莽年已六十有八，须发尽白，他却用煤涂发，用墨染须，假充壮年男子。且使史氏女出外复入，载以凤辇，直至殿前下舆，由莽行亲迎礼，出殿迎女，至上西堂同牢合卺，备极隆仪。封史谋为和平侯，拜宁始将军，谌子二人，并授官侍中。又将一百二十名淑女、悉数纳入后宫，赐号和嫔美御，和为上号，计三人，禄秩如公；嫔为次号，计九人，禄秩如卿；又次为美，计二十七人，禄秩如大夫；又次为御，计八十一人，禄秩如元士。既要纵乐，何必附会古制，多设名目？这一百二十人添居宫内，意欲轮流召幸，可奈年力已衰，不能如愿。

乃再征方士入宫，叫他制合仙药，务使返老为童，可御诸女。方士等有何仙术？无非把提神兴阳的药品，熔合成丸，供莽服食。莽略觉有济，勉力合欢，也是这一百二十个美人儿，数合遭晦，无端做那老贼的玩弄品！想莽贼亦自知速死，乐得肆淫。莽又大赦天下，饬令四方盗贼，一律解散，不咎既往，若有迷惑不返，将遣百万雄师，一体剿绝。复命各路将士，赶紧进兵，沿途遇贼来降，不得妄杀，否则合力殄灭云云。此等文书，连日颁发，约莫有好几十万。偏文告日多一日，乱端亦日盛一日，俄而刘玄称帝的消息，传入宫中，又俄而刘縯围宛，刘秀等又别攻颍川，下昆阳，拔郾县，入定陵，急得王莽无心纵乐，不得不召集群臣，会议发兵。当时只有大司空王邑，大司徒王寻，系莽心腹子弟，最算效忠，当由莽遣令至洛，大发郡国兵马，拟召集百万，号为虎牙五威兵，使邑便宜行事，得专封赏。邑乘驿先行，寻复继进，既到洛阳，分头征兵，好容易调动四十二万人，号称百万，直指昆阳。莽又选募知兵能人，得六十三家，人数有好几百，使至军前参谋。再命巨毋霸为垒尉，归王邑王寻节制。巨毋霸能役使猛兽，特至上林兽圈内，放出许多虎豹犀象，使作前驱，一路上张牙舞爪，耀武扬威，直抵王邑王寻营中。就是严尤陈茂，收合败兵，尚有二三万人，一并与王邑王寻会合，旌旗辎重，千里不绝，自从秦汉以来，没有见过这般大军，几乎好横行天下，无人敢当。反跌下文。刘秀正奉更始皇帝命令，带同王凤王常李轶等，连下数城，留守昆阳，闻得莽军大至，乃遣偏师数千人，往截阳关。数千人到了关前，正值莽兵远远驰来，望将过去，好似蚂蚁攒集，不胜指数。更奇怪的是前驱大将，身长体伟，面丑髯张，坐下一乘极大的兵车，两面插着虎旗，带领一大群猛兽，摇尾前来，汉兵见所未见，不知是何妖魔，来助新莽，你也惊，我也慌，索性回头就跑，逃还昆阳。刘秀问他何故逃归？大众一片哗声，说得莽军如何厉害，如何怪异，不但守兵闻言大骇，连王凤王常李轶诸人，也是面面相觑，形色仓皇。衬跌刘秀。独刘秀从容自若，还像没事一般。王凤忍不住说道：“莽兵如此奇悍，来迫我城，小小昆阳，眼见是固守不住，何如知难先退，还得共保身家？”众皆应声如响，无一异词，刘秀慨然道：“今兵谷既少，突遇强寇，全靠将士并力抵御，方可图功，若望风解散，必至玉碎，万难瓦全。况宛城未下，不能相救，再加昆阳一破，寇众长驱直进，恐在宛诸部，亦被灭亡。诸公不思同心合胆，共立功名，反欲牢守妻子财物，难道妻子财物，果能就此保全么？”眼界独超。王凤等闻言发恨道：“刘将军有何胆略，竟敢如此？”秀一笑而起，诸将各分头理装，亟欲出走，忽又有探马报入，莽兵已至城北，迤逦数百里，不见后队，大约总有数十万人。诸将听了，越加失色，转思敌临城下，走亦嫌迟，只可别图良策，暂济眉急。当下无人可商，只有刘秀纡徐不迫，究未知他有何良谋，乃再与秀计议。秀答说道：“诸公若听我言，未必有败无成，今日城中只有八九千人，势难出战，幸亏城坚濠阔，尚可相持。但外无救兵，内乏现粮，最多亦不过守住旬余，眼前只有派出数人，至郾与定陵两县，招集守兵，背城一战，方可解围。究竟谁守谁出，还请诸公自认。”王凤因敌已凭城，不敢轻出，因高声答应道：“我愿居守！”秀再问何人敢出，好多时不闻声响，乃毅然直任道：“诸公既都愿守城，由秀自往。”言未毕，又有一将道：“我亦愿往！”全是激出来的。秀见是李轶应声，遂邀与同行，留王凤王常居守，自率壮士十人，束装停当，待夜乃发，还有将军宗佻，见秀义勇可嘉，亦愿从行。共计有十三人，乘着天昏月黑，潜开南门，跨马衔枚，向南疾走。莽军初临城下，统在城北驻扎，休息一宵，约定诘旦攻城，未尝顾及城南，秀等十三骑竟得驰脱。也有天幸。

到了翌晨，王邑纵兵围攻昆阳，严尤向邑献议道；“昆阳虽小，城郭甚坚，今刘玄盗窃尊号，乃在宛城，我军不若乘锐趋宛，彼必骇走，宛城得胜，哪怕昆阳不服哩！”邑摇首道：“我前为虎牙将军，围攻翟义，一时不得生擒，便遭诘责，今统兵百万，遇城不拔，如何示威？我当先屠此城，喋血再进！”说着，即指挥部众，环绕昆阳城，约数十匝，列营百数，钲鼓声达数十里。一面竖起楼车，高十余丈，俯瞰城中，且用强弩乱射，箭如飞蝗，城中守兵，辄受箭伤，甚至居民汲水，统是背着门户，不敢昂头。再用冲车撞城，泥土粉坠如雨。王凤等提心吊胆，寝食不遑，没奈何投书乞降。王邑不许，自谓旦夕可下此城，要想杀个痛快，表扬声威。严尤复进谏道：“兵法有言，围城必阙一角，宜使守兵出走，免得死斗，况有兵逃出，亦可使宛下伪主望风破胆，岂不更善？”邑勃然道：“我正要屠尽此寇，还好纵令逃走么？”又不听尤言，意气甚豪。是夜有流星坠入营中，到了诘旦，复有黑气蔽营，状如山倒，当营陨下，营兵统皆惊伏，诧为奇事。覆败之兆。

约莫过了旬余，已是六月朔日，城中守卒，待援不至，已觉得无法再生，可巧刘秀李轶等，悉发郾定陵两邑守兵，冒险进援。两邑兵也不过万人，由秀自为前锋，领着步骑千人，向着王邑大营，远远挑战。王邑在营中遥望，见来兵寥寥无几，不值一扫，因只遣数千人出敌。秀麾兵猛进，斩首数十级，竟把敌兵吓退，诸将不禁喜跃道：“刘将军生平，见小敌尚有惧容，今遇大敌，反觉勇气百倍，真正奇极，我等愿前助刘将军。”不如是不成为刘将军。于是人人思奋，个个争先，随着刘秀追杀过去，又枭得数百颗头颅。邑闻前军败退，再遣数千人援应，也阻不住汉兵，反被他砍倒无数，只好纷纷倒退。刘秀得直抵城下，遥呼守兵道：“汝等无恐！宛下兵已悉数来援了！”看官听着，这是秀故意伪言，安定城中士心。城上守兵，虽略有所闻，但见来兵不多，尚未敢出城夹击。秀又使弁目佯堕军书，使王邑部兵拾去，书中无非说是宛兵大至，请守吏无恐等语。王邑得书，也觉惊心，但尚自恃人多势旺，足敷抵御，下令诸营不得妄动，自与王寻等列阵城西，依水待着。也欲摆背水阵么？昆阳城西北有滍川，东流入汝，王邑就在岸上踞住。刘秀选得敢死士三千人，直冲邑阵，统是以一当百，不顾死生。从来行军接仗，越惜命越是要死，越拼命越是得生，秀部下都是拼命，邑部下都是惜命，所以邑兵虽众，反不及秀军的厉害，好容易突入中坚，杀得邑兵七零八落。呆头呆脑的王寻，还想上前拦截，被刘秀大喝一声，吓退三步，秀部下的敢死士，知是敌营大将，一拥上去，你一刀，我一枪，把王寻砍落马下，立时毙命。王邑见王寻被杀，无心恋战，只有退走一法。各营复守着军令，不便出援，那汉兵胆气越壮，喊杀声震动天地，再加昆阳城内的守兵，望见援军得胜，也由王凤等带同出城，来凑顺风。莽军垒尉巨毋霸，本尚依令守营，耐心待命，及闻王寻阵亡，王邑退却，不由得咆哮起来，当即驱出猛兽，冲突汉兵。汉兵倒也着忙，只恐为兽所噬，稍稍住脚。蓦听得雷声大震，雨势狂奔，豁喇喇的几阵怪风，竟将虎豹犀象等吹转，反去冲动巨毋霸。巨毋霸弄得没法，也只好向后退走，后面就是滍川，退无可退，偏猛兽不省人事，尽管向巨毋霸挤去，巨毋霸立脚不住，扑通一声，坠入水中，身重脚沉，不能上跃，简直是无影无踪，漂入水国去了。这叫作巨而毋霸，名足副实。巨毋霸一死，各营皆震，统是不待军令，弃营乱跑。虎豹犀象等兽，还在岸边狂窜，往往连人带兽，并堕入水。水复骤涨，就使素善泅水的兵士，也落得无技可施，活活溺死。王邑严尤陈茂等，跨马凫水，亏得水中有许多死尸，替他填底，才得渡过彼岸，狂奔而去。刘秀传令军士，不必穷追，但命将敌营辎重，搬运入城，一时不能尽取，听令遗留，待至明日再取。所有数十万莽兵，除死亡数万人外，任他四逸，自与诸将缓辔入城，真是好整以暇。次日再令兵士出搬辎重，仍然不尽，接连搬运了好几日，还有零碎杂物剩下，付诸一火。这便是昆阳大捷，成就了汉室光复的首功。小子有诗赞道：

身当大敌反从容，一鼓能销百万锋。
水涨血流风效顺，天公毕竟助真龙。

昆阳解围，群情鼓舞，更可喜的是一座宛城，早由刘缜攻下了。欲知宛城攻克情形，待看下回分解。

刘伯升知首事之难成，劝诸将不必立玄，言固甚是。但伯升亦自犯首事之戒，若稍示退让，姑且韬晦，则使他人当其咎，而一己受其成，亦未始非权宜之善策。惜乎其英锋太露，为人所嫌，卒至宵小播弄，不得其死，可悲亦可悯也。若乃弟文叔，则深知此道矣，见小敌反怯，见大敌独奋，令人无从端倪。昆阳一战，以什不及一之兵士，能摧王邑王寻之军锋，是何神勇，得此奇捷，虽天心助顺，风雨齐来，然必有义勇之过人，始得仰邀天佑耳。史称昆阳一役，为汉室中兴之基础，本回摹写声容，亦觉笔酣墨舞，有其事不可无其文，勿遽以小说目之可也。

第六回

害刘縯群奸得计　诛王莽乱刃分尸

却说昆阳大捷以前，宛城守将岑彭，已经出降。彭字君然，系是棘阳人氏，居守本县。棘阳为刘縯所夺，彭率家属奔往甄阜，阜责他不能固守，拘彭母妻，令他立功赎罪。至阜败死，彭得挈领母妻，奔入宛城，与副将严说共守。刘縯等进军攻宛，约经数月，城中粮食已尽，望援不至，累得势穷力竭，只得与严说一同出降。诸将欲将彭处斩，縯独劝阻道："彭系宛城吏士，尽心固守，不失为义！今既举大事，当表义士，不如封他官爵，方可劝降。"刘玄乃封彭为归德侯，隶縯麾下。岑彭亦中兴名臣，故详叙履历。宛城既下，再加昆阳解围，汉威大震，海内豪杰，往往起应，杀死牧守，自称将军，用刘玄更始年号，静待诏命。刘秀由昆阳出略颍川，屯兵巾车乡，擒住郡掾冯异，面加讯问。异字公孙，颍川郡父城人，少好读书，颇通兵法，曾为颍川郡掾，监督五县。当时留居父城，与父城县长苗萌，为莽拒汉。及闻刘秀出兵略地，料他必来攻父城，父城守兵甚少，因欲向旁县招兵，孑身外出，不料被秀军擒住。押入见秀，异既供述姓名履历，复申说道："异孑然一身，无关强弱，死亦何妨，但有老母留居城中，若明公肯释异见母，异愿归据五城，聊报公恩！"秀听他语诚意美，即纵令回去。异返至父城，对着苗萌，极言刘秀仁明，不如归降，萌依了异言，即与异出降刘秀，异为传檄四城，尽令归汉，秀即留异与萌，共守父城。

嗣是縯秀二人，威名日盛，新市平林诸将，阴怀猜忌，尝向刘玄处进谗，以为刘縯不除，必为后患。刘玄本不识好歹，又被他一番浸润，当然动心，乃与诸将商定密谋，待机发作。会王凤李轶等，自昆阳城输运粮械，接济宛城，诸将以为时机已至，即入献狡谋，借着犒军名目，大会将吏，縯当然在列。刘玄见縯佩剑，故意的说他奇异，欲即取视，縯性情豪爽，不知有诈，当即拔剑出鞘，付与刘玄。玄接剑在手，把玩不释，新市平林诸将，不禁着急，忙使绣衣御史申徒建，献上玉玦，玄仍然不发一言。我说他还是厚道。诸将无可奈何，只暗怨刘玄无能，未几罢会，玄将剑仍付与縯，返身入内，縯携剑趋出，大众皆散。縯舅樊宏，私下语縯道："我闻鸿门大会，范增尝三举玉玦，阴示项羽，今日申屠建复献玉玦，我看他居心叵测，不可不防！"縯似信非信，微笑无言。其实刘玄向縯取剑，明是有人教他，待縯将剑奉上，便好诬他谋弑罪名，把他杀死。偏玄迟疑未决，不敢照行，申屠建献入玉玦，就是叫玄速决的意思，玄又不省，总算縯命尚未绝，才得脱身。但縯以为刘玄庸弱，不足深虑，因此一笑作罢。独新市平林诸将，未肯就此罢休，又去联络李轶，一同设法。轶本在刘縯部下，不属新市平林党派，偏他谄事新贵，卖友希荣，竟甘心做那两党爪牙，与谋除縯。从前刘秀在宛，曾见轶行为奸诈，劝縯不可信任，縯以为用人不疑，待遇如故，谁知他反复无常，果如秀言。这是刘縯粗豪之失。有部将刘稷，勇冠三军，当刘玄称帝时，稷怒说道："此次起兵讨逆，全是伯升兄弟两人做成，更始何功，乃敢称尊号呢？"玄颇有所闻，特授稷为抗威将军。

稷不肯受命，玄遂与诸将陈兵数千人，召稷入问，不待开口，便将他拿下，喝令推出斩首。恼动了刘縯一人，挺立玄前，极力固争。玄又觉没有主意，俯首踌躇。不意座旁立着朱鲔李轶，左牵右扯，暗中示意，逼出刘玄说一拿字，道声未绝，已有武士十余人，跑到縯前，竟将縯反绑起来。縯自称无罪，极口呼冤，偏偏人众我寡，不容分说，立被他推至外面，与稷同斩。一位首先起义的豪杰，竟枉送性命，徒落得三魂渺渺，驰入鬼门关去了。阅至此不禁长叹。

刘秀时在父城，闻得阿兄遇害，痛哭一场，当即起身诣宛，见了刘玄，并不多言，只引为己过。司徒官属，向秀迎吊，秀亦惟依礼答拜，不与私谈。又未敢为縯服丧，一切起居饮食，仍如常时。有人问及昆阳战事，他却归功诸将，毫不自矜。何等深沉？原非乃兄所能及。刘玄见秀不动声色，反觉得自己怀惭，乃拜秀为破虏大将军，封武信侯，再遣王匡进攻洛阳，申屠建李松等进攻武关。

两路兵马，领命去讫。那王莽闻得昆阳大败，险些儿心胆俱碎，还想诡托符命，镇压人心。明学男张邯，进言符命，妄引《易经》同人卦九三爻辞云："伏戎于莽，升其高陵，三岁不兴。"

这三语说作当代的谶文，莽系帝名，升即刘伯升，高陵即高陵侯子翟义，伯升与义，在新室下暗伏兵戎，最多不过三岁，终不能兴。亏他援引，亏他解释。群臣听邯满口荒唐，未免窃笑，不过对着莽前，还只得顺旨阿谀，齐呼万岁。莽又令东方将士，解送罪犯数人入都，途次扬言是刘伯升等，已经擒获，特送入正法云云。百姓也知他是骗语，无人轻信，付诸一笑。假面具总要戳破。时有莽将军王涉，素信道士西门君惠，惠好谈天文谶记，尝语王涉道："谶文谓刘氏复兴，国师公姓名，就当应谶文了。"涉记着惠言，往告大司马董忠，复与忠屡至国师殿中，谈及谶纬，国师不应。既而王涉屏人与语道："涉欲与公共安宗族，奈何公不肯信涉呢？"国师就是刘歆，早已晓得谶文，因改名为秀。他见涉语真情挚，才答说道："我仰看天文，俯察人事，东方必能有成。"涉接口道："我知新都侯幼年多病，指莽父。功显君平素嗜酒，指莽母。未见得定有生育，现在新室皇帝，恐非我家所出。涉与莽同宗，故自称我家。现在董公指董忠。主中军，涉领宫卫，公长子伊休侯主殿中，歆长子名叠，封伊休侯，为莽中郎将。若能同心合谋，劫帝降汉，彼此宗族，都可保全，否则难免夷灭了！"歆不禁心动，赞成涉议，且语涉道："当待太白星出现，方可举事。"涉将歆言转告董忠，忠因司中大赘莽时官名。起武侯孙伋，亦尝主兵，不得不邀令同谋。伋却也许诺，归至家中，神色顿变，食不下咽，但妻瞧着，料有他事，一经研诘，伋竟和盘说出。但妻大惊，劝伋速去讦发，一对混帐夫妻。伋尚觉不忍，经妻舅陈邯得知，从旁怂恿，且云伋不自首，邯当独告，伋无可奈何，只得同去告发。莽忙使卫士分召忠等，忠方阅兵讲武，忽闻诏使到来，便欲应召，护军王咸进说道："谋久不发，恐致漏泄，不如斩使起事，免为人制！"

忠不敢遽发，当即入朝。刘歆王涉，也是奉召前来。莽先召忠入，使黄门官伋萺问状，忠含糊对答：即由中黄门把忠拿住，忠正拟拔剑自刎，又听得侍中王望传旨，但说出大司马反四字，已被中黄门锋刃交下，将忠砍死。莽意欲厌凶，再使虎贲诸士，持斩马剑分砍忠尸，盛以竹器，使用醯醢毒药白刃丛棘，掺杂器中，掘坎埋着，又是奇想。

一面下令收捕忠族。惟不闻传召歆涉二人，歆涉已知忠被诛，料亦难免，并皆自杀，莽亦不加查究。看官道是何故？他因歆为勋戚，涉系宗室，统是心膂重臣，若将他声罪定罚，反致张扬内乱，不如令他自尽，反好暗瞒过去，因此不愿明言。且查得歆子伊休侯，素性恭谨，实未与谋，但免去中郎将官职，另授中散大夫。歆本汉宗正刘向子，饶有才名，能承父业，平居尝汇集群书，编成《七略》，上达汉廷：一辑略，二六艺略，三诸子略，四诗赋略，五兵书略，六术数略，七方技略。都下人士，无不因他广见博闻，啧啧称赏，只是助莽为逆，热中富贵，终弄到身死名裂，赔笑后人，这岂不是一朝失足，千古衔悲呢？语重心长，为文人者其听之！话休叙烦。

且说王莽内遭离叛，外覆师臣，愁得坐卧不安，未遑顾及军事，乃征还王邑为大司马，进张邯为大司徒，崔发为大司空，苗䜣为国师，自己但饮酒啖鱼，排遣愁闷，暇时又披览军书，倦辄假寐，不复就枕，连那一百二十个美人儿，也是无心顾及。忽又接得外来警报，乃是成纪人隗崔隗义，起兵应汉，推崔兄子嚣为上将军，移檄郡国，号召四方，所有雍州牧安定大尹，俱被杀死，凡陇西武都金城武威酒泉敦煌等郡县，统被夺去。急得莽愁上加愁，长叹了好几声，转思檄文上面，不知如何说法？密令心腹卫士西出，取得一纸，还都呈阅。莽见檄文所说，历数自己罪恶，约十余条，第一条就是鸩杀平帝。当下出坐王路堂，召集公卿，启示从前为安汉公时，代帝请命的策书，并装出一种涕泣情形，晓谕群臣。平帝有疾，莽仿周公遗事，藏策金縢。事见《前汉演义》。正在装腔作势的时候，又有两处急报传来，一是导江郡卒正公孙述，起兵成都；一是故钟武侯刘望，起兵汝南。莽以成都较远，公孙述又不是汉裔，倒还无甚要紧，只是刘玄未平，又出了一个刘望，却是可忧。未几又闻望自立为帝，连故将严尤陈茂，统去投降，不由得失声大叫道：“反了反了。”叫煞也是无益。亟派亲信将吏出都，探听虚实。好几日得了回报，方知刘望已死，严尤陈茂并皆伏诛。莽又觉手舞足蹈，连声呼道：“好好！”才说到第二个好字，复听得将吏接口道：“不好哩！刘望与严尤陈茂，统被刘玄部将刘信击死，现在刘信占住汝南了！”莽复惊起道：“有这等事么？”忽又有人驰入道：“不好了！不好了！”莽只说两个好字，反引出三个不好来。莽大骇道：“为什么大惊小怪？”那人说道：“刘玄部将王匡攻洛阳，申屠建李松攻武关，已是猖獗得很，今又有析县人邓晔于匡，起兵相应，自称辅汉左右将军，攻入武关。武关都尉朱萌，已投降了他，右队大夫宋纲阵亡，连湖县都失守了！”索性将四方乱事，并作一束，随笔写下，较为突兀得势。莽闻武关攻破，已觉得藩篱撤去，势甚可危，再加湖县是京兆属县，也致失守，简直是寇入堂奥，祸等燃眉。当下无可为计，慌忙召入王邑张邯崔发苗䜣四大臣，及一班文武百官，商量御寇要策。王邑等仓皇失色，不知所出，崔发独进言道：“臣闻《周礼》及《春秋左传》，俱言国有大灾，宜哭以厌之，故《易》亦云先号咷而后笑，今事变至此，正宜号泣告天，亟求救解！”好一条良策。莽不待说毕，便起座道：“快去快去！”说着即下殿乘舆，由群臣簇拥出城，直至南郊，降舆跪祷，自陈符命本末，且仰天泣语道：“皇天既将大命授与臣莽，何不殄灭众贼？若使臣莽有罪，愿下雷霆殛死臣莽！”天将假手磔汝，不屑雷霆。说罢，拊胸大哭，哭止再祷，磕了无数响头，然后起立，再命词臣作告天策文，自陈功劳千余言，一面召集诸生小民，使他朝夕会哭，特命有司给与粥饭，视有哭得悲哀，并能朗诵策文，即拜为郎官。于是登舆回朝，策拜将军九人，号为九虎，令率北军精兵数万人，东出御寇。好像儿戏。待九虎临行时，要他送入妻子，作为抵押，每人又只给钱四千。此时宫中尚藏有六十匮黄金，一匮约万斤，此外各官署中，统有好几匮藏着，珠玉珍宝，尚不胜计，莽越加吝惜，只有每人四千文，作为赏赐。试想这般将士，尚肯为莽效力么？

九虎将至华阴回溪，据险自守，于匡率弓弩手数千人，登高挑战，邓晔率二万余众，从阌乡南山，绕道北行，直出回溪后面，突入九虎营垒。九虎将顾前失后，顿时慌乱，于匡从高阜望见晔军，当即驰下夹击，杀得九虎将大败亏输，夺路四逸。二虎将史熊王况，诣阙待罪，莽问他余众何在？史熊王况对答不出，抽刀自刎。尚有四虎将窜去，不知下落，只郭钦陈翚成重三虎将，收集散卒，退保京仓。邓晔开了武关，迎入汉将李松兵马，共攻京仓，数日不下。晔使弘农掾王宪为校尉，率数百人渡过渭水，攻城略地，所过皆降。李松亦遣偏将韩臣等，西出新丰，杀败莽将波水将军，追奔至长门宫。诸县大姓，亦纠众来会，各称汉将，王宪乘势招集，直逼长安都城。莽赦城中囚犯，各给兵械，杀豨大猪名豨。与盟道："如有与新室异心，社鬼当记罪不贷。"盟毕饮血，令后父宁始将军史谌，带领出敌。谋至渭桥，各罪犯一哄而散，单剩谌一人一马，如何御寇？立即拍马逃回。城外各路兵士，乐得恃众横行，发掘莽祖父妻子坟墓，毁去棺廓，并将莽九庙明堂辟雍，尽付一炬，火光照彻城中，昼夜不绝。十月朔日，各兵攻入宣平城门，正值莽司徒张邯出巡，被大众劈头乱砍，立即倒毙。莽司马王邑，带回王林王巡䢾恽等，分头堵御，哪里抵得住一班乱兵？勉强支持了一日，乱兵汹涌异常，各官府邸第，尽行逃亡。到了次日，城中少年朱弟张鱼等，恐被掳掠，也投入乱兵，充作前导，火烧作法门，斧劈敬法闼，敬法殿之小门。哗声大呼道："反虏王莽，何不出降？"连呼了好几声，里面仍绝无声响。各少年恐有埋伏，不敢遽进，但烦劳那祝融氏作了先锋，接连放火，火势窜入掖廷，延及承明宫。宫中为莽女黄皇室主所居，就是汉平帝的皇后，莽女自投火中，还算节烈，故特为叙明后号。她见火已向迩，不能避免，遂望火泣下道："我何面目再见汉家？"说着竟奋身一跃，自投火中，眼见得乌焦巴弓，随那祝融氏去了。莽避居宣室前殿，但见宫人妇女等，披头散发，踉跄奔入道："奈何奈何？"莽亦没法相救，但披着绀服，青赤色为绀。佩着玺绂，手持虞帝匕首，令天文郎持栻在前，栻即近时星盘之类。自己回旋坐席，随着斗柄所在，且坐且语道："天生德于予，汉兵其如予何？"到死还要做作，可笑。转眼间又过了一夜，乱兵愈逼愈近，群臣仓皇趋进，劝莽避入渐台。莽已二日不食，头眩目晕，一时不能起行，由群臣扶掖出殿，南下阁道，西出白虎门，门外已有轻车待着，由莽登车前行，少顷已到渐台。渐台筑在池中，上架桥梁，四面皆水，群臣以有水可阻，因劝莽至此暂避。莽下车后犹抱持符命威斗，过桥登台，从官尚有千余人。司马王邑，日夕战守，累得人困马乏，返奔入宫，四处寻莽，不见形影，乃展转至渐台，途中遇见子王睦，脱去衣冠，意欲逃生，邑怒叱道："我为大司马，汝为侍中，应该为主死节，为何逃去？"睦不得已退至台下，邑亦随入，父子共替莽固守。时乱兵已杀入殿中，狂呼狂叫道："反贼王莽何在？"适有宫女出室，颤声答应道："已往渐台。"大众遂赶至台前，围绕至数百重，望见桥梁已断，一时不能进去，只用强弩乱射。台上众官，亦接连放箭，两下里对射一阵，矢已皆尽。乱兵见台上无箭，便用板迭桥，蜂拥而入，王邑父子，及亹恽王巡等，还想堵住台门，奋力接战，战至天暮，究竟众寡不敌，并皆战死。死得无名。乱兵攻入台门，拾级登台，台上尚有众官守着，又接斗了好多时，陆续毙命。著名的是苗䜣唐尊王盛王揖赵博，卖饼儿也结果了。以及中常侍王参等，均皆被杀。台上已无莽臣踪迹，单不见莽一人，校尉公宾就，已与众兵混做一淘，想去杀莽报功，蓦见有一人持着玺绶，从内室中出来，便问他道："玺绶从何处得来？"那人回顾道："就在内室！"正问答间，又有众兵到来，便由公宾引入室中，寻至西北角上，果有尸身卧着，仔细一认，正是王莽，当下乱刀分尸，劈作数十段，只有莽首为公宾所枭，持报王宪。其实下手杀莽，便是夺取玺绶的人物，那人本是商民，姓杜名吴。莽年三十八岁为大司马，五十一岁居摄，五十四岁称尊，六十八岁诛死，自居摄至伏诛，居然改元四次，共计一十八年。小子有诗叹道：

粉身碎骨有谁怜，死后还教臭万年。
用尽机心翻速祸，才知翘首有苍天。

王宪得了莽首，遂自称汉大将军，拥兵入宫。欲知王宪如何处置，待至下回叙明。

有大过人之才智，方有大过人之功业，观刘文叔之所为，而益信矣。当其昆阳大战，冒险直前，何等奋勇？及闻兄縯被害，束身诣宛，独能不动声色，躁释矜平，奸党不能害，刘玄不能杀，乃知刘縯之死，非无自取之咎，令乃弟处之，亦何至死于非命乎？莽至死且欲欺人，乱兵四逼，尚欲效法周孔，卒至身膏锋刃，授首他人，作伪心劳日绌，如莽其尤甚者也。而后世之机械变诈者，亦可以知返矣。

第七回

杖策相从片言悟主　坚冰待涉一德格天

却说王宪拥兵入宫，官吏已皆逃散，只有一班妇女，无从趋避，统是缩做一堆，抖得杀鸡相似。宪见妇女们多有姿色，免不得惹起淫心，当令众兵出外驻扎，只说是妇女无辜，不宜侵犯，但发出库藏金帛，分犒众兵。大众得了犒赏，却也应令趋出，独王宪住下东宫，到了夜间，就去传召一班美女，叫她们侑酒侍寝，就是王莽继后史氏，偷生怕死，也只好出见王宪，供他糟蹋，直闹得一塌糊涂。胜似嫁与老夫。宪居然穿帝服，乘法驾，向商人杜吴处，取得天子玺绶，出警入跸，也想做起皇帝来了。京仓守将郭钦等，闻得京师失守，王莽毙命，没奈何出降汉营。李松邓晔，驰入都城，将军申屠建赵萌，从后继至，查得王宪私怀玺绶，奸占后宫，即把他捕出斩首，宪只快活了三四日，也落得身首两分。乐极悲生，奈何不慎？当下取莽首级，派人传送至宛。刘玄命将莽首示众，百姓恨莽切骨，多去掷击，甚至将莽舌割下，切作数片，分啖立尽。刘玄因都城已下，会议行止，忽由洛阳传到捷报，乃是上公王匡，已将洛阳收降，缚住莽太师王匡，国将哀章，械送宛城。王匡缚王匡却是异闻。刘玄乃待了数日，等到囚犯解入，遣刑官问讯数语，立命诛死。哀章挟诈得官，至此也送命了。又闻得莽将李圣、孔仁，并见前文。俱皆败亡，豫洛肃清，诸将都劝玄暂都洛阳，不必远诣长安。玄本来没有决断，就依了众议，命破虏大将军刘秀，行司隶校尉事，先往洛阳整修宫府，以便定都。

秀自遭兄丧，不愿与闻政事，尝在官舍中闲居度日，想起从前游学长安时，曾自明志愿，留有二语云："仕宦当作执金吾，官名。娶妻当得阴丽华。"现在身为大将军，比长安城中的执金吾，似乎还胜过一筹，独阴丽华年约及笄，未知她曾否适人？遂着人往探消息。丽华系南阳新野人，秀前适新野，见过一面，虽是淡妆素服，却生得姿容韶秀，落落大方。秀心中时常记着，以为娶妻不得如丽华，宁可终鳏，自古英雄多好色。所以在舂陵时，年至二十有八，尚未成婚。也是丽华应配真龙，到了十有九岁，尚未许字，至刘秀着人探问，与丽华兄阴识谈及，识已无父，乐得与阿妹作主，叫她去做汉大将军妻室。丽华亦喜逢佳配，便由阴识与来人说明，托他还报。秀欣如所望，当即聘娶，六礼告成，两美合璧，自然如鱼得水，好合无尤。及秀奉玄命为司隶校尉，乃与阴氏告别，仍使归居新野，自率吏士径赴洛阳。于是置僚属，作文移，从事司察，一秉旧章。待至宫府修成，报知刘玄，玄择日起行。

当时三辅官吏，京兆左，冯翊右，扶风，号为三辅。东迎刘玄，见玄麾下诸将，首戴冠帻，服近妇人，莫不暗中窃笑，惟见了司隶僚属，都不禁心喜道："不图今日复见汉官威仪。"嗣是皆归心刘秀，不愿属玄。玄既都洛阳，遣使招降赤眉。樊崇等闻汉室复兴，却也有心归汉，因留部众分驻青徐，自与部目二十余人，径投洛阳，入见刘玄。玄并封为列侯，未给国邑。崇等见刘玄没甚威仪，已失所望，又不得采邑分封，更难如愿，厮混了一二旬，乘隙出走，返入老营。分为二部，崇与逄安为一部，尚有徐宣谢禄杨音等党羽，另成一部，仍然反抗汉命，略地称兵。此外又出了一个淮南王，乃是庐江连帅李宪，曾由王莽命为偏将军，出徇江淮，因闻王莽被杀，遂据住庐江，自称淮南王。刘玄诸将，却无意东封，独谋北略，当下议派遣大将，往定河北。大司徒刘赐，继縯后任，系是刘玄从兄，独谓刘秀才可大用，应即遣往，朱鲔等意在阻秀，语多蹊跷，赐却一力保举，驳去众议，乃令秀行大司马事，持节渡河，镇抚州郡。蛰龙出海了。秀不带多兵，但率亲从数百骑逾河，沿途无犯，察官吏，明黜陟，赦囚徒，革除王莽苛禁，规复前汉官名，吏民大悦，争持牛酒迎接道旁，秀一律却还，婉言慰谕，无不欢呼。再前行至鄴城，有一士人杖策追来，报名求见，秀立命延入，下座相迎。这人为谁？乃是南阳人邓禹，系东汉佐命元功，为将来云台二十八将的领袖。郑重言之。他少时游学长安，曾与秀同学，气谊相投，至是久别重逢，当然欢慰，寒暄甫毕，秀却笑问道："我得承制封拜，仲华远来，莫非想做官么？"原来仲华是邓禹表字，故秀有是称。禹笑答道："禹不愿为官。"秀又笑说道："官不愿为，何苦仆仆风尘，前来寻我？"禹应声道："但愿明公威加四海，禹得效尺寸功劳，垂名竹帛，便足称快了。"并非不愿做官，实想做个功臣。秀鼓掌大笑，就留禹同食同宿，与语军情。禹乘势进言道："现今山东未安，赤眉等到处扰乱，动辄万计，更始乃是庸才，不能刚断，部下诸将，又没有什么豪杰，不过志在财帛，但顾目前，明公试想这等庸奴，岂能深谋远虑？尊主安民，将来四方分崩，必致败亡！从来帝王崛兴，必须天时人事，相与有成，今更始方立，天变不绝，便是不得天时；且中兴大业，岂凡夫所能胜任？便是不协人事。明公虽得为藩辅，终属受制他人，不能自主，依禹愚见，如公盛德大功，为天下所响服，何不延揽英雄，收服人心，立高祖大业，救万民生命，一反掌间，天下可定，胜似俯首依人，事事受制哩！"秀不觉大悦，"安知非仆"之志愿，从此激成。令禹常居左右，事必与商，且饬部众呼禹为邓将军。

先是秀居兄丧，阳为谈笑，阴寓悲伤，枕席间常有泪痕。父城留守冯异，当秀入洛阳时，路过父城，异尝开门出迎，奉献牛酒，秀乃令为主簿，使前县长苗萌为从事。异遂从秀至洛，且荐举同里铫期铫音姚。叔寿段建左隆等，并为掾吏。嗣是异一心事秀，秀亦推诚倚任。异见秀平时纳闷，料知秀不忘乃兄，时为劝解。秀摇手道："卿勿多言。"及秀往河北，得遇邓禹说了一篇独立的计议，异亦稍有所闻，也向秀进说道："更始乱政，百姓失依，譬如人当饥渴，一遇饮食，容易充饱，今公专任方面，宜急分遣官属，徇行郡县，理冤结，布惠泽，方好收拾人心！"秀点首称善，依议施行。复北向至邯郸，骑都尉耿纯，出城迎谒，秀温颜接见，偕纯入城。纯字伯山，钜鹿宋子县人，父艾为王莽济平尹，至刘玄称帝，使李轶招抚山东，艾即请降，纯亦随见，轶使艾为济南太守，并因纯应对不凡，承制拜为骑都尉，授纯符节，令他抚集赵魏各城。纯奉令往抚，留寓邯郸，因此得迎谒刘秀。秀待遇有恩，自然惬意，及趋退后，复见秀部下官属，各有法度，益加敬服，意欲格外结纳，特献马及缣帛数百匹。纯亦中兴名臣之一。故赵缪王子刘林，缪王为景帝七世孙，名元。尚在邯郸，入见刘秀道："赤眉现在河东，但教决水灌去，就使他众至百万，也好使作鱼鳖了。"秀以为此计太忍，默然不应，竟留耿纯守邯郸，自率邓禹冯异等出徇真定。

刘林因计不见听，怏怏不乐，自思卜人王郎，向与友善，不若就去问卜，使决后来吉凶。郎素好诞言，见了刘林，便为道贺。林愕然问故，郎说道："谁不知刘氏当兴？君系刘氏宗室，难道不就此复封么？"林与言献计刘秀，不得见从，甚是可惜，郎又说道："君可径自称尊，何必仰仗别人？"林颇有难色，郎复进策道："我闻得王莽在日，曾由将军孙建，谓有妄男子武仲，冒充成帝子子舆，已经诛讫，君本姓刘，何妨就作为子舆，号召四方？"《汉书·王莽传》，曾有武仲冒充子舆，谓为成帝小妻所生，今特借口补叙。林笑道："我自我，子舆自子舆，怎可混充？如我可冒充子舆，君亦尽可冒充了！"郎跃起道："君若肯助我起事，我就冒充刘子舆。"好好卖卜，也想称尊，真是该死。这一席笑语，竟至弄假成真，遂去连结赵国大豪李育张参等，决议起兵。育与参本认识王郎，平时常向郎卜易，却有几句被郎说着，所以信郎甚深。此次郎欲起事，想他必有把握，因此慨然允许，就将家中私财，搬取出来，招募壮丁，不到旬日，就聚集至数千人。当下拥戴王郎，就在邯郸城内，据住官舍，南面称尊。邯郸百姓，晓得什么真假子舆，并且无拳无勇，如何反抗？只好让他去做皇帝。独有耿纯不服，与从吏夤夜出走，手中尚持着汉节，发取驿舍车马数十乘，载与俱驰，奔归宋子。至王郎派人捕纯，纯早已飏去。郎遂假称刘子舆，传檄郡国，略言圣公未知，误称帝号，翟义不死，已诣行宫，一派荒诞无稽的文告，布示远近，吏民哪里知晓？闻风响应。于是赵国以北，辽河以西，多半向郎上表，自请投诚。上谷太守耿况，已受刘玄使命，遣子弇驰赴长安，贡献方物。弇字伯昭，年方二十有一，与属吏孙仓卫包偕行，道出宋子县，正值耿纯带领从兄䜣宿植等，约有数百人，起程北趋，弇与纯本不认识，见纯从行多人，不由得诧异起来，探问行人，才知邯郸有独立消息，称尊的叫作刘子舆，耿纯不肯从命，所以他往。弇乃与孙仓卫包两人，共商行止，仓与包应声道："刘子舆既为成帝后人，应承正统，我等舍此不归，还想远行，果将何往？"弇不以为然，按剑叱责道："子舆小丑，终为降虏，我今至长安，与国家说明，渔阳上谷的兵马，勇悍可用，然后求得使节，还出代郡，大约在途数十日，便可归至上谷，征发击骑，驱除小寇，好似摧枯拉朽，立见扫平，两君不识去就，恐误投匪人，转眼间就要灭族了！"弇未识破假子舆，又欲去投刘玄，亦非良策，惟知邯郸不能成事，也觉有识。仓包未信弇言，竟悄然逃去，亡归王郎。只剩弇踯躅道旁，孤踪西向。忽有途人传说，谓刘秀转赴卢奴，自思卢奴与上谷相近，不如还投刘秀，较还得计，乃即返辔北行。

时耿纯已与秀相会，报知王郎为乱，势甚猖獗，秀恐幽蓟一带，为郎所欺，因拟先定幽蓟，还击王郎，可巧耿弇亦至，遂留为长史，与他同行至蓟州。既得入蓟州城，乃令功曹王霸，募兵市中，将攻邯郸。霸字元伯，系颍阳人氏，少为狱吏，慷慨有大志，前时秀略颍川，道出颍阳，得霸与俱，命为功曹令史，至此奉令募兵，偏市人无一应募，转用冷语相侵，霸不禁怀惭，还白刘秀。秀见人心未附，便拟南归，官属也都有归志，独耿弇进谏道："明公从南方到此，大势未定，奈何南行？现在渔阳太守彭宠，与公有同乡谊，弇虽家世茂陵，但弇父方为上谷太守，耿弇籍贯，借他自述，省得另表。耿弇王霸皆中兴之名臣，故叙笔不略。若征发两郡兵马，控弦万骑，直捣邯郸，还怕什么假子舆呢？"

秀乃有留意，惟官属统思南归，相率喧哗道："死且南首，奈何北行入囊中？"秀笑指耿弇道："这是我北道主人，何用多募？"随即依了弇议，致书渔阳上谷，征发援兵，时已为更始二年春月了。秀尚留住蓟城，专待两郡兵马到来，进击王郎。不料王郎移文至蓟，购索刘秀，标明十万户为赏格。有一个故广阳王刘嘉子接，嘉系武帝五世孙。贪得厚赏，纠众应郎，全城扰乱，讹言百出，纷纷说是邯郸兵至，将捉刘秀。秀因兵单将寡，不便久留，当即带领亲信将士，出南城门，城门已闭，由铫期斩关夺路，方得走脱。晨夜南驰，未敢轻入城邑，行至芜蒌亭，天寒风烈，食尽肠鸣，冯异至民间乞得豆粥，取供刘秀，秀勉强食讫，复起行至饶阳。一班从吏，连豆粥都不得觅食，真是饿肠辘辘，无力再行。秀乃伪称邯郸使人趋入驿舍，索供饮食，驿吏依言进供。偏是这班从吏，好像地狱中放出饿鬼，争先抢食，顷刻便尽。那驿吏当然动疑，自去槌鼓数十通，托言邯郸将军，不久便到，众皆失色，秀亦升车欲驰，忽然情急智生，徐徐还坐道："既系邯郸将军到来，我等应当相见，不妨从缓！"一面说，一面传语驿吏道："请邯郸将军入见！"催一句，愈妙。驿吏本是假语，偏刘秀要当起真来，哪里寻得出邯郸将军？只好含糊对答。秀方知驿吏诈谋，安坐了好多时，才起身呼众道："邯郸将军，想是路上逗留，我等也不便久待了。"众皆应声而出，秀即上车驰去。赖有机变。仍然昼夜兼行，一路上蒙犯霜雪，冻得面无人色，肤皆破裂。吃得苦中苦，方为人上人。到了下曲阳，传闻邯郸追兵，即在后面，大众又惊慌得很，急趋至滹沱河。前驱候吏，还言河水长流，无船可渡，秀再命王霸往视，霸驰至河滨，但见流水潺潺，寒风猎猎，东西南北，并无一船，不由得嗟叹起来。转思追兵在后，死生总须一渡，不如扯一个谎，叫众人齐至河边，再作计较。乃趋还白秀道："河冰方合，正好速渡，"此君也有应变才。众闻言大喜，开步便走。说也奇怪，待至大众临河，果然冰坚可涉，当即依次渡河，渡到对岸，冰又解散，霸暗暗称奇，一时也无暇说明。莫非人定胜天。及抵南宫，兜头刮起一阵大风，雨随风下，滴沥不绝，累得大众衣衫尽湿，冷不可当。又是一番苦楚。秀见道旁有一空舍，当即下车避入，好在空舍中贮有积薪，复有宿麦，并且厨灶兼全，邓禹冯异，就做了两个火夫，一爇火，一抱薪，锅中煮饭，灶上烘衣。秀脱去外袍，烘了片时，略觉干燥，麦饭亦已煮熟，便由异盛了一碗，奉与刘秀，尚有余饭未尽，与众同食，不够半饱，但稍稍得过饭瘾，已算幸事。此时也不遑寻问主人，由秀登车复走，众亦随出。趋至下博，四面各有歧路，不知所从，俄有白衣老人，踉跄前来，并未问及行踪，即举手指示道："努力努力！此去南行八十里，就是信都，信都太守，尚为长安守住此城，可以前往。"秀正要向他称谢，不意白衣老人回头急走，倏忽不见，大众不胜惊异，秀亦知白衣老人不是凡品，遂依他指导，径往信都。信都太守任光，表字伯卿，籍隶宛县，素性谨厚，少为县吏，汉兵至宛，见光衣服鲜明，意欲加害，亏得光禄勋刘赐，替他救免，荐为安集掾，寻拜偏将军，随秀至昆阳，同破王邑王寻，得迁信都太守。及王郎僭号，传檄信都，光不肯服从，独与都尉李忠，县令万修等，协力固守。郡掾持檄劝光，光将他斩首示众，招集精兵四千人，为死守计。适刘秀狼狈到来，光正虑孤城难全，得秀亲至，喜出望外，立即开城迎入，吏民素闻秀仁名，亦皆欢呼万岁。秀略述途中苦况，并言王郎势大，恐难与敌，意欲还见刘玄，请兵北讨。任光见秀兵寥寥，自己亦不过数千部众，只有护秀西行的能力，没有助击王郎的军容，心下颇费踌躇，李忠万修，亦谓不若派兵送秀，以便请兵。正迟疑间，忽报和戎太守邳彤来会，光当然出迎，与同见秀。彤字伟君，家世信都，曾为莽和成卒正，居下曲阳，前次秀徇河北，彤举城出降，因改名和成为和戎，使彤居守。彤感念秀德，故与任光同无贰心。两人皆隶名云台，故分叙履历。彼此相见益欢，共商行止。彤闻秀议定西行，慨然谏阻道："海内吏民，歌吟思汉，已有数年，所以更始称尊，天下响应。今卜人王郎，假名乘势，集众乌合，虽得牢笼燕赵，究属根本未固，若明公号召二郡兵民，仗义往讨，何患不克？今欲舍此西归，非但空失河北，必且惊动关雒，堕威失机，甚非良策！试想明公西去，邯郸无事，必且缮兵整甲，长驱南来，吏民谁肯千里送公？统皆系念妻孥，中途逃归，人心一散，尚可复收么？"秀恍然道："伟君所言甚是，我当照行。"遂留住信都，光即行文旁县，征发兵士，好几日只得四千人，秀尚嫌不足，欲向城头子路及刁子都两处借兵，当有一人闪出道："不可不可！"正是：

莫呼将伯求为助，毕竟男儿当自强。

欲知何人出谏刘秀，待至下回报明。

邓禹杖策追秀，相见之下，从容计划，即进秀以兴汉之谋，此为中兴名臣所未及。故虽智不及良平，勇不及韩彭，而后人推为功臣之冠，良有以也。王郎僭号，刘林助虐，秀狼狈南趋，几不得免，豆粥麦饭，何等困穷？孟子所谓"天降大任于斯人，必先苦其心志，劳其筋骨，饿其体肤，然后动心忍性，增益其所不能。"彼刘秀亦犹是耳！必至如滹沱河之不得济，乃出神力以助之，河冰甫合，复继以大风雨，此正天之巧为磨炼也！非历过诸艰，宁能造成真主乎？

第八回

投真定得婚郭女　平邯郸受封萧王

却说刘秀欲向城头子路，及刁子都处乞援，即有一人出为谏止，那人就是信都太守任光。光进说道："城头子路刁子都，俱是亡命盗贼，何足深恃？兵不在多，但教协力同心，自能成功。明公前破莽将时，尝以一敌十，何患王郎？"秀乃罢议。究竟这城头子路，乃是何人？他姓爰名曾，字子路，本东平人，曾与肥城人刘诩，起兵卢县城头，因号为城头子路，聚众至二十万，寇掠河济间。刘玄初立，曾与诩亦上表称贺，玄拜曾为东莱太守，诩为济南太守，皆行大将军事，暂示羁縻。刁子都起兵东海，前文已经叙及，见第三回。惟刁子都亦受刘玄封爵，拜扬州牧。后来城头子路刁子都，皆为部下所杀，这且慢表。随笔了过。惟刘秀既听了任光，不愿乞援，遂拜任光为左大将军，兼信都都尉；李忠为右大将军，邳彤为后大将军，仍任和戎太守；万修为偏将军，并封列侯。李忠字仲都，东莱黄县人，万修字君游，扶风茂陵人，补叙履历，不略功臣。这数人皆身任军将，从秀出城，留南阳人宗广领信都太守事。耿纯自请回乡招兵，前来会师，秀即令去讫。任光多作檄文，颁示河北，文中伪云：大司马刘公，率城头子路刁子都各兵，有众百万，从东方来，击诸反虏等语。河北吏民，本多为王郎所欺，望风听命，此次得了檄文，又不禁惶惑起来，转相告语，未知适从。秀挈众至堂阳县境，时已昏暮，趁着天色昏黑，扬旗纵火，散骑泽中，吓得堂阳县吏，魂魄飞扬，急忙开城迎降。转至贯县，县吏无法抵敌，也照堂阳一般，出城迎入。昌城人刘植，方聚兵数万，据城自守，当由秀使人招抚，植即投诚。秀使植为骁骑将军，仍领旧部，于是兵威少震。可巧耿纯亦招集宗族宾客，共二千余人，连老幼男女一并带来，与秀相见。秀使为前将军，封耿乡侯，纯从兄䜣宿植，并皆授职偏将军，拨兵为助，令他兄弟前抚宋子城，县吏却也听命。纯使䜣宿植归烧庐舍，然后返报。秀问纯何故毁及家庐，纯答说道："明公单车出使，镇抚河北，本没有什么重赏，可以饵人，不过靠着平时德惠，曲示怀柔，才见士众乐附，所过皆降。今邯郸自立，北州疑惑，纯虽举族归命，老弱皆行，犹恐宗人宾客，或有异心，仍然逃归，因此烧去庐舍，绝他返顾，方能使他凝神一志，服事明公哩！"秀不禁赞叹。再命纯带领前军，北向出发，降下曲阳，进攻中山。秀亦率众继进，得拔卢奴，再传檄至边郡，令他共击邯郸，郡县又陆续响应。惟故真定王刘扬，聚众十余万，联合王郎，未肯归附。秀颇以为忧，骁骑将军刘植献议道："植与扬有一面交，愿借三寸不烂的舌根，说使归降！"秀闻言大喜，便令植往说刘扬。植只带得随身数骑，径往真定，过了数日，便即返报道："扬已被植说下了，但扬欲与公结为姻亲，植亦替公承认，事同专擅，特来请罪。"秀惊疑道："我尚无子女，如何联姻？有妹伯姬，又许字李通为继室，已有成议了。"应上起下。植答说道："扬有甥女郭氏，愿奉箕帚。"秀又以曾娶阴氏为嫌，植笑答道："天子一娶九女，诸侯且一娶三女，两妻也不得为多，况刘扬新附，若不与结为姻亲，如何可恃？植所以擅事代允哩！”谢媒酒稳当了。秀乃心喜，即令植赍着金币，送作聘礼，自己也即随往，扬率众迎接，开馆延宾，择了一个黄道吉日，即将甥女郭圣通，装束停当，送至宾馆，与秀成婚。秀见郭氏丰容盛鬋，华服靓妆，虽不及阴丽华的秀雅，却也纤秾合度，不等凡姝。当下行过了礼，洞房合卺，并枕交欢，不消细叙。嗣闻女父郭昌，素有义行，曾将田宅财产数百万，让与异母兄弟，名著全国。女母刘氏，乃是真定恭王普女儿，普为景帝七世孙。生长王家，独循礼教，持身节俭，有贤母风。秀想父母如此，该女当必不俗，因此由爱生敬，由敬生宠，比从前待遇阴氏，加厚三分。叙明郭氏家族，复伏下被废祸根。

过了数日，就出击元氏房子二县，先后攻下。再进至鄗，鄗城县长，却也不敢迎敌，投书请降；偏有大姓苏氏，不愿迎秀，竟去召入王郎将吏李恽，率兵来敌汉军。当有探马报知耿纯，纯请秀暂留驿舍，自领前军埋伏城隅，专待李恽到来。恽不防有伏，昂然驰至，被纯挺马突出，兜头一枪，把李恽刺落马下，各兵惊溃，纯乘胜抢入城中，得将鄗城据住。查得大姓苏氏头目，杀死数人，余皆崩角稽首，不敢违命。鄗城一下，移军进攻柏人，王郎木将李参，方在柏人驻扎，听得汉军前来，便引兵至要路截击，两下交锋，汉军很是奋勇，杀得李参招架不住，奔还柏人。刘秀麾兵追赶，直抵城下，扑攻数日，不能得手。适有汉中校尉贾复，长史陈俊，奉着汉中王刘嘉命令，诣营下书。此刘嘉与前文广阳王同名异人。秀立即召见，取阅来书，才知嘉已得势，定都南郑，收降武当山草寇延岑，集众数十万人，此次与秀通问，意在联盟，且将贾复陈俊，荐入秀营，俾作臂助。秀览毕大悦，赐令二人旁坐。问明履历，二人答称同居南阳，不过互分县籍，复字君文，系南阳冠军县人，俊字子昭，系南阳西郑县人。书法见前。秀与嘉系出同支，嘉为舂陵侯刘买玄孙，是秀族兄，王莽时被黜为民，刘玄即位，封嘉为汉中王，秀因族兄举荐人才，定必不谬，且看他英姿吐属，确非庸常，乃即拜复为破虏将军，俊为安集掾。两人方拜命趋出，忽有弁目入报道：“舍中儿犯法不谨，被军令祭遵格毙了！”祭，读如债。秀勃然道：“祭遵敢擅杀我舍儿么？”说着，顾令左右，即欲捕遵。主簿陈副在侧，忙进说道：“公尝欲军队整齐，今遵奉法不避，明明是仰承公令，怎得言罪？”秀乃省悟，赦遵不究，且进拜遵为刺奸将军。尝语诸将道：“诸卿当慎防祭遵，他敢杀我舍中儿，必不肯私庇诸卿哩！”甚得用人之道。诸将听了，当然畏服祭遵。遵字弟孙，颍川颍阳人，少好经书，家本饶富，独遵如贫人，恶衣菲食，及丧母时，亲自负土起坟，县吏目为鄙吝，屡加侵侮，遵乃散财结客，击杀县吏，时人因此惮遵，至秀破王邑王寻，还过颍阳，遵孑身投谒，居秀门下，遂得逐渐知名。遵亦中兴名臣。

秀军久围柏人，兼旬不克，或劝秀留此无益，不如移军钜鹿，进图东北，秀乃引兵略钜鹿郡，拔广阿城。夜间披览地图，见邓禹在旁，便指示道：“天下郡国甚多，现在什只得一，汝前言反掌可定，谈何容易？”禹答说道：“方今海内扰乱，人望明君，如望慈母，总教有德便兴，不在大小缓急哩！”要言不烦。秀一笑而罢。越宿再拟进兵，忽闻外面哗声不绝，急忙传问，有人报称渔阳上谷兵马，已到城外，恐是由王郎遣来。帐下诸将，听了此言，未免失色。秀将信将疑，亲登城楼，俯首诘问，蓦见来军中跃出一人，倒身下拜，仔细审视，不是别人，乃是蓟城相失的耿弇。当下大喜过望，即命开城延入，详问一番。弇备述颠末，方知渔阳上谷兵马，实是耿弇招来。先是蓟城乱起，弇迟走一步，未及相随，待至混出城门，追了数里，仍然不及，自思前行无益，不如北还上谷，发兵助秀。当下掉头急走，归见父况，请发兵急攻邯郸。况正接得王郎檄文，踌躇莫决，既闻弇言，便即集众会议，功曹寇恂，门下掾闵业同声道："邯郸猝起，未可信响，今闻大司马秀，系刘伯升母弟，尊贤下士，何不相从？"况皱眉道："邯郸方盛，我不能独拒，如何是好？"寇恂道："今上谷完固，控弦万骑，正可详择去就，恂愿再东约渔阳，齐心合众，邯郸便可荡平了。"况颇以为然，乃遣恂东往渔阳。时渔阳太守彭宠，亦由王郎移檄，促令归附，宠部下多欲从郎，独安乐令吴汉，护军盖延，狐奴令王梁，劝宠从秀，宠也觉狐疑。吴汉出止外亭，尚欲设法谏宠，适有一儒生趋至，面目文秀，汉召与共食，询及道路传闻。生言邯郸所立，实非刘氏，只有大司马刘公，所至归心。吴汉大喜，便诈为秀书，征发渔阳兵士，嘱生持往见宠，且使具述所闻。生如言持去，汉复随入，两人先后白宠，方将宠心说动。可巧寇恂驰到，证明邯郸伪主，请宠速发突骑二千人，步兵千人，与上谷会师，同攻邯郸。宠依言发兵，即令吴汉盖延王梁为将，与恂偕行。南经蓟郡，偏遇王郎大将赵闳，并力杀去，将闳砍死。恂使吴汉等守待界上，匆匆报知耿况，况即照渔阳兵数，调发出来，亦令三人为将，一是寇恂，一是耿弇，一是上谷长史景丹。三人领兵出境，与吴汉等相会，六条好汉，所向无前，沿途击斩王郎将士，约三万级，连下涿郡中山钜鹿清河河间等二十二县，直抵广阿。摹写声容数语已足。遥见城上遍悬大汉旗帜，便由景丹勒马高呼道："城守为谁？"守兵答道："是汉大司马刘公！"其声震耳。丹等大喜，便令耿弇前导，共至城下。适值刘秀登城，弇一见便拜，起身入城，具述大略。秀即使弇迎入诸将，诸将一一参见，秀看他个个威武，统系将才，便依次问明籍贯姓字：寇恂答称昌平人，字子翼；景丹答称栎阳人，字孙卿；吴汉答称宛人，字子颜；盖延答称安阳人，字巨卿；王梁字君严，与盖延籍贯相同，俱是二十八将中人，籍贯姓氏由他自述，与初叙耿弇时略同。耿弇前已从秀，当然不必问答了。秀问毕大悦道："邯郸将帅，屡言发渔阳上谷兵，我亦谓将发二郡兵马，聊与相戏，不意二郡将吏，果为我前来，我当与诸君共图功名便了。"于是宰牛设宴，大飨将士，待至饮毕，立即开城出兵，东赴钜鹿，令景丹寇恂耿弇吴汉盖延王梁六人，俱为偏将军，一面承制封拜，遥授耿况彭宠为大将军，并封列侯。军至钜鹿，正遇刘玄所遣尚书仆射谢躬，亦率兵来讨王郎，两下会合，将钜鹿城团团围住，守将王饶，固守不下。忽由信都传来急报，乃是城中大姓马宠，潜降王郎，迎纳郎将，执住留守宗广，及右大将军李忠家属。忠不禁大怒，因马宠弟随为校尉，当即召入，把他格死，诸将皆大惊道："君家属在人手中，奈何格死人弟？"忠慨然道："为国忘家，敢纵贼不杀么？"秀闻言赞美，便使忠还救家属，忠尚不肯往，旋闻刘玄已遣兵攻破信都，乃使忠还行太守事。王郎又遣将倪宏刘奉，率数万人来救钜鹿，秀率部将至南䜌音恋。逆战，前军失利，景丹麾使突骑出击，纵横驰骤，大破敌兵，倪宏等仓皇遁去，秀欣然道："我闻朔方突骑，乃天下精兵，今果所见不虚了！"道言甫毕，即由耿纯献议深："久围钜鹿，徒致疲敝，不若往攻邯郸，邯郸一破，钜鹿不战自服了！"说得甚是。秀乃留将军邓满攻钜鹿，自督将士进攻邯郸，连战皆捷，直抵邯郸城下。王郎势穷力蹙，使谏议大夫杜威至军，奉书乞降。秀责王郎伪充刘氏，罪在不赦，杜威不肯承认，还说王郎是成帝遗体，秀奋然道："就是成帝复生，天下且不可得，况是个假子舆呢？"快语。威复说道："明公以仁信著名，今日邯郸既降，亦应封邯郸主为万户侯。"秀又答道："他敢冒充汉裔，待以不死，也算宽仁，还要想做万户侯么？"威知不可说，转身自去。秀督兵猛攻，又过了二十多日，城内不能支持，王郎少傅李立，夜开城门，纳入汉兵，王郎刘林，从后门出走，觅路窜去。秀将王霸，与臧宫傅俊等人，夤夜追郎，郎被追及，一介卜人，何来武勇？立被王霸一刀劈死，枭了首级。只有刘林不知去向，无从追寻。当即携首归报，秀录霸功劳，加封王乡侯，连臧宫傅俊等，亦并给厚赏。臧宫字君翁，颍川郏人，初为亭长，继入下江兵中，转从刘秀，屡立战功；俊字子卫，亦为颍川襄城县亭长，襄城为俊故里，合族聚居，及秀至襄城，俊投入秀军，家族被莽吏收诛，故秀与王邑交战时，俊争先突阵，杀敌最多。两人俱列入云台。两人与霸同郡，甚是投契，在军中常与霸同营。惟霸善驭士卒，恤死抚伤，事必躬亲，所以后来刘秀即位，任霸为偏将军，兼领宫俊两部兵马，另用宫俊为骑都尉，事见后文。

且说刘秀既收复邯郸，诛死王郎，所有郡县吏民，与王郎往来文书，悉令毁去，顾语诸将道："好使反侧子自安。"一面部署吏卒，支配各营，众言愿属大树将军。看官道大树将军为谁？原来是偏将军冯异。异为人谦退不矜，与诸将相遇，常引车避道，进退皆有表识，秩序井井；每当休息时候，诸将并坐论功，独异屏居大树下，毫不置议，因此军中呼异为大树将军。秀闻众言，也为赞许，待异益厚。护军朱祐，系南阳宛人，素与刘秀兄弟交游，留居幕中，至是从容语秀道："更始不君，未能定国，惟公有日角相，中庭骨起状如日，故云日角。天命所归，不宜自误！"秀不待说毕，便笑语道："快召刺奸将军，收逮护军。"文叔也会使诈。祐乃不敢复言。会由长安使至，持入刘玄封册，封秀为萧王，即令罢兵西归，另派苗曾为幽州牧，韦顺为上谷太守，蔡充为渔阳太守。秀暗暗惊异，面上却未曾流露，照常迎入使人，依册受封。又复细询来使，始知刘玄迁都长安，大封功臣，所以自己亦得封拜。究竟刘玄如何迁都？如何授封？应该就此叙明：自从刘玄由宛迁洛，居住了四个月，长安军将申屠建李松，屡遣人请玄入关，玄乃令刘赐为丞相，入关缮修宫室，更始二年二月，宫室复旧，遂由申屠建李松等，迎玄至长安，入长乐宫，升坐前殿，郎吏两旁站立，玄面有怍容，惟俯首摩席，不敢仰视。实是无用。诸将朝贺已毕，李松赵萌，劝玄封功臣为王，朱鲔独抗议道："从前高祖有约，非刘氏不王，今宗室且未曾加封，如何得封他人？"松与萌乃请先封宗室，后封诸臣，于是封刘祉为定陶王，祉系刘玄族兄。刘庆为燕王，庆系刘秀族兄。刘歙为元氏王，歙为刘秀族父。刘嘉为汉中王，嘉并见前。刘赐为宛王，赐亦刘秀族兄。刘信为汝阴王。信为赐从子。宗室毕封，乃封王匡为泚阳王，王凤为宜城王，朱鲔为胶东王，王常为邓王，申屠建为平氏王，陈牧为阴平王，张印为淮阳王，廖湛为穰王，胡殷为随王，李通为西平王，李轶为舞阴王，成丹为襄邑王，宗佻为颍阴王，尹尊为郾王。独朱鲔辞不受命，乃令鲔为左大司马，又使赵萌为右大司马，李松为丞相，共秉内政。命刘赐李轶镇抚关东，李通镇荆州，王常行南阳太守事。赵萌有女，颇具姿色，由萌纳入后宫，大得玄宠。因此玄委政赵萌，萌专权自恣，任情予夺，群小膳夫，都向萌极力逢迎，萌各授官爵，俱着锦衣，长安有歌谣云："灶下养，中郎将。烂羊胃，骑都尉。烂羊头，关内侯。"为此种种腐败，遂致关中人士，大失所望。至刘秀得平邯郸，遣使告捷，玄乃封秀为萧王。秀受命后，不由得惶惑不定，昼卧邯郸宫温明殿中，默想方法。耿弇乘间趋入，向秀说道："吏民死伤甚多，弇愿归上谷，添招兵马。"秀应声道："王郎已破，河北略平，还要添什么兵马？"弇答道："王郎虽破，兵革方兴，圣公无才，定难成事，恐不久便将败灭了。"秀惊起道："卿失言了，我当斩卿！"弇又说道："大王待弇，情同父子，弇所以敢披赤心。"秀半晌才说道："我何忍害卿？卿且说明！"弇申说道："百姓患苦王莽，复思刘氏，闻汉兵起义，莫不欢腾，如脱虎口，复归慈母。今圣公为天子，诸将擅命山东，贵戚纵横都内，政治昏乱，比莽更甚，怎能不败？大王功名已著，天下归心，若决计自取，传檄可定，否则恐转归他姓了！"前有邓禹，后有耿弇，前推后挽，自见成功。秀听了弇言，点头无语。忽又有一人进言道："大王请听弇言，幸勿迟疑！"秀瞧将过去，乃是虎牙将军铫期。小子有诗咏道：

明良会合最称难，要仗臣心一片丹。
莫道攀龙原易事，庸才何自庆弹冠？

欲知铫期如何陈词，容至下回再叙。

刘秀既娶阴丽华，复纳郭氏女为室，阴先郭后，理应以阴为正妻，郭为次妻。乃以刘赐见助之故，加宠郭氏，厥后且立郭氏为后，名不正，则言不顺，无怪其凶终除末也。本编于秀娶阴氏，不过标题，而独干郭女之成婚，特为揭出，所以志先事之未慎耳。王郎之败，本意中事，以之敌秀，不亡何待？惟玄于入关以后，委政宵小，不思笼络刘秀，徒假以萧王之虚名，令秀速归，是正所以促其离心耳。蛟龙得势，志在奔腾，宁待耿弇铫期之谏阻乎？

第九回

斩谢躬收取邺中 毙贯强扬威河右

却说虎牙将军铫期，趁着耿弇进言的时候，也入内白秀道："河北地近边塞，人人习战，号为精勇，今更始失政，大统垂危，明公据有山河，拥集精锐，如果顺从众心，毅然自主，天下谁敢不从？请明公勿疑！"秀闻言大笑道："卿尚欲如前称�么？"原来铫期出蓟州城时，为众所阻，期奋戟大呼道："趩！"众皆披靡，方得出城。看官道趩字何义，古时惟天子出入，才得警跸，跸与趩同，乃是辟除行人的意思。秀因期直前勇往，气敌万夫，平时很加器重，所以有此戏言。于是决计自立，出见长安来使，与言河北未平，不便还都，来使只好辞去。其实邯郸内外，原已早平，就是钜鹿，也相继投降，秀不过设词拒复，未肯西归。从此秀自据一方，竟谢绝了更始皇帝。句中有刺。是时梁王刘永，擅命睢阳，永为梁孝王八世孙，更始元年由刘玄使永袭封。公孙述称王巴蜀，见第六回。李宪自立为淮南王，见第七回。秦丰自号楚黎王，见第四回。张步起琅琊，董宪起东海，延岑起汉中，田戎起夷陵，并置将帅，侵略郡县。又有铜马、大彤、高湖、重连、铁胫、大枪、尤来、上江、青犊、五校、檀乡、五幡、五楼、富平、获索等贼，乘势蜂起，名目繁多，多约一二十万，少约数万，大约不下数十万众，所在寇掠。秀拟出兵四讨，先遣吴汉北往，调发各郡兵马，幽州牧苗曾已到，不肯听命，被吴汉拔剑出鞘，乘曾不备，把他砍死。当下夺得兵符，四处征调，北州震慑，莫不望风而从，发兵来会，共计得数万骑，由汉引兵南行。还有耿弇亦奉着秀令，至渔阳上谷二县征兵，亦收斩韦顺蔡充，苗曾韦顺蔡充共见前回。招得许多突骑，南下返报。可巧秀出至清阳，接着两路人马，自然喜慰。便拜吴汉耿弇为大将军，往讨铜马贼。铜马贼帅东山荒秃上淮况等，方在鄡城，鄡音臬。闻得刘秀引军进攻，意欲先发制人，立即遣众挑战。秀却令各军坚壁不动，伺贼至他处劫掠时，却潜出偏师，截击要路，夺回财物，一面断贼粮道。贼求战不得，求食无着，勉强支持数日，累得饥乏不堪，夤夜遁去。汉军从后追蹑，到了馆陶，大破贼众，一大半弃械乞降，尚有余众四窜。适值高湖重连两路贼兵，从东南来，与铜马余众会合，又来抵御汉军。秀乃鼓励兵士，进至蒲阳交战，复将贼众杀得大败。贼势穷力蹙，只好投降。秀封贼目为列侯，贼尚不自安，只恐将来有变。秀窥知贼意，饬令各军归营，自乘轻骑巡行各寨，降众方相语道："萧王推心置腹，亲疏无二，我等能不替他效死么？"嗣是全体悦服。秀因将降众分配各营，得众数十万，因此关西号秀为铜马帝。莫非权略。

秀又探得赤眉别帅，与青犊、上江、大彤、铁胫、五幡，合十余万众，在射犬城，当即乘锐进击，连毁数十营垒，贼皆西遁。秀顺道南略，招谕河内吏民。河内太守韩歆，举城出降。歆同邑人岑彭，前曾受刘玄封爵，得为归义侯，见第六回。嗣为淮阳都尉，道阻不得就任，乃至河内依歆。歆既出降，彭亦进见，面语刘秀道："彭蒙前司徒矜全，未曾报德，今复得遇大王，愿为大王效力！"秀温语奖勉，即令彭与吴汉，往击邺城。

邺城由谢躬居守，从前与刘秀共定邯郸，还屯邺中，见前回。秀南击青犊，曾使人语躬道："我追贼至射犬，必能破贼，尤来在射犬山南，必当惊走，若仗君威力，击此散虏，定可一鼓歼灭了！"躬亦称好计。及秀破青犊，尤来果北走隆虑山，躬留将军刘庆，及魏郡太守陈康守邺，自率将士往击尤来。偏偏穷寇死斗，锋不可当，躬反吃了一大败仗，遁还邺城。秀因躬留邺中，动遭牵掣，此次乘躬外出，先遣辩士说下陈康，然后轻兵继进，径入城中。谢躬尚全无所闻，还至城下，门正开着，便纵辔进去，不意城门左右，埋伏汉军，一声鼓号，便把躬拖落马下，用绳捆住。岑彭尚欲数躬罪状，独吴汉瞋目道："何必再与鬼徒说话？"道言未绝，已从腰间拔出佩剑，手起剑落，把躬劈作两段。当下枭首徇众，众皆慑服，不敢异言。躬亦南阳人氏，与刘秀同乡，前曾与秀相识，同事刘玄，至此积不能容。躬妻尝密诫道："君与刘公积有嫌隙，乃不知预备，恐遭暗算！"躬视为迂谈，终为所戮。就是躬妻亦被陈康拘禁，连将军刘庆也被拘住，结果是难免一死，同归于尽。臣殉主，妻殉夫，也似不可厚非。

吴汉岑彭，既平定邺城，仍使太守陈康留戍，自引部兵回报刘秀。秀欲乘胜北上，略定燕赵，自思长安孤危，将来必为赤眉所破，因又拟遣兵西出，伺衅并吞。乃拜邓禹为前将军，特分麾下精兵二万人，属禹调度，所有偏裨以下，许得自选，指日西行。禹即部署粗定，向秀告辞，秀复问禹道："更始虽入关中，朱鲔李轶等，尚据守洛阳，若我辈北去，将军又复西行，他必来窥我河内。河内新定，地方完富，不可不择人居守。究竟是何人可使，还请将军教我。"禹答说道："偏将军寇恂，文武全才，足当此任。"秀点首称善，遂召恂入帐，面授恂为河内太守，行大将军事。恂先辞后受，并请任贤为助。秀因中说道："从前高祖尝任用萧何，关中无阻。我今举河内委公，愿公坚守转运，给足军粮，率厉士马，能勿使他兵北渡，便是现今的萧酂侯。萧何曾封酂侯。至若扼住河上，为公外援，我自当另遣良将便了。"恂拜谢而去。秀再命冯异为孟津将军，使统魏郡河内各兵马，屯守河上，拒遏洛阳，异亦受命启行。既至孟津，择要筑垒，屏蔽河内，河内太守寇恂，越得安心筹备，具糇粮，治器械，接济北军，源源不绝。萧王刘秀，自然放胆北进，往击北寇去了。

是时刘玄方封李轶为舞阴王，田立为廪丘王，使与大司马朱鲔，白虎公陈侨，带领部曲，号称三十万众，保守洛阳，又令武勃为河南太守，管领粮食。闻得刘秀北行，将乘虚进攻河内，冯异早已料着，特写了一书，遣人投与李轶，书中略云：

> 愚闻明镜所以照形，往事所以知今。昔微子去殷而入周；项伯叛楚而归汉；周勃迎代王而黜少帝；霍光尊孝宣而废昌邑，彼皆畏天知命，睹存亡之符，见废兴之事，故能成功于一时，垂业于万世也！苟令长安尚可扶助，延期岁月，亦恐疏不间亲，远不逾近，公岂真能安居一隅哉？今长安坏乱，赤眉临郊，王侯构难，大臣乖离，纲纪已绝，四方分崩，异姓并起，是故萧王跋涉霜雪，经营河北。方今英俊云集，百姓风靡，虽邠岐慕周，不足以喻。公诚能觉悟成败，亟定大计，论功古人，转祸为福，在此时矣！若待猛将长驱，严兵围城，虽有悔恨，亦无及已！

李轶得书，踌躇了好多时，暗想从前起事，本与刘秀兄弟，很相亲爱，悔不该陷没刘縯，构成嫌隙。现在刘玄庸弱，不足有为，赤眉渠帅樊崇逄安谢禄杨音等，分道入关，樊崇等见第七回。西兵连败，长安危急，眼见他不能久存，若又事刘秀，恐触彼前嫌，复难自全，不得已含糊作复，交与来使带回。冯异正待使归报，既得复书，忙展开一阅，但见书中写着：

轶本与萧王首谋造汉，结死生之约，同荣枯之计；今轶守洛阳，将军镇孟津，俱据机轴，千载一会，思成断金，惟期转达萧王，愿进愚策，以佐国安人。

冯异览罢，已知轶意，当然喜慰。反间计已得告成了。遂只留数千人屯守，自督锐卒万余，北攻天井关，连拔上党两城，再回师河南，略定成皋以东十三县，削平各堡，收降至十余万众。河南太守武勃，闻得成皋一带，俱降冯异，不由得愤惧交乘，忙率兵万人，往徇成皋。到了士乡亭边，正值冯异引兵到来，两下相见，不及答话，便即彼此交锋。异军素皆整炼，又皆是百战雄师，无人可敌，偌大武勃，怎能抵挡得住？大约交战了一二时，勃众多半败退，独有勃不顾死活，还想上前厮杀，巧巧碰着大树将军，见前。横刀拦住，刀戟相交，不到几个回合，但听得砉的一声，勃首已经落地，太不经杀。败兵慌忙逃散，一半儿做了刀头鬼，冯异趁势攻下河南。果然李轶在洛，不发一兵，坐听武勃授首，袖手旁观。异因李轶践言，才将轶原书报知刘秀。秀此时已至河北，连破尤来大枪五幡等贼，追至顺水北面，突被贼众袭击，仓促抵御，竟为所败。秀只率数骑急走，后面有群贼追来，刃及马腹，马负痛欲倒，亏得秀纵身一跃，投落岸下。说时迟，那时快，将军耿弇，带同突骑王丰等，前来寻秀，见秀危急万分，当即奋力杀贼，砍死贼目数人，方将余贼击退。王丰见秀在岸下，忙下马引秀，把他扶起岸上，执辔相授。秀足已受伤，抚住丰肩，方得上马。耿弇上前请安，秀顾弇微笑道："几为贼笑！"是镇定语。言未已，又有贼众鼓噪前来，耿弇忙弯弓力射，箭无虚发，射倒前驱贼数名，贼始骇退，弇乃保秀入范阳。余众为贼所迫，前已四散，及贼已退归，才敢趋集，诸将大半聚首，互问主子，都云不见，众皆错愕，不知所为。大将吴汉道："卿等但期努力，就使我王失踪，尚有王兄子等在南阳，何患无主呢？"诸将听着稍稍安心。过了数日，才知秀已退保范阳，乃相偕往会。秀得收集将士，搜乘补阙，不到旬日，军势复振，乃复进兵安次，再击贼众。贼众飘忽无常，一党败去，一党复来，秀军虽连日得胜，终究相持不下，五校贼尤为猖獗，竞斗不退。恼动了一位强弩将军，姓陈名俊字子昭，籍隶南阳，目无北虏，杀到难解难分的时候，挺身突出，与贼渠短兵相搏，拖贼下马，格去贼手利刃，挥拳击贼，中脑毙命。再持短刀杀入贼队，所向披靡，贼方才胆落，纷纷窜去。俊又当先追击，直赶至二十余里，斫死贼目数人，然后驰还。刘秀望见叹息道："战将若尽能如此，还有何忧？"力赞陈俊，与前文分叙中兴功臣，同体异文。正赞叹间，陈俊已到面前，报称贼众已退入渔阳。秀且喜且忧道："渔阳险固，贼若负奔自守，倒也未易荡平！"俊答说道："贼众轻佻，无粮可因，全恃剽掠为生计，最好是我出轻骑，绕过贼前，谕令百姓坚壁清野，阻绝贼锋，贼进不得食，退无所据，自然解散，不战可平了！"秀依计而行，即遣俊带领轻骑，驰出贼前，巡视民间堡砦，劝令缮守，且代为了望保护，所有田野积聚，一并收藏。贼众无从掠取，果然饥乏，逐渐散去，刘秀益称俊为神算。

正要遣将平贼，适接到冯异捷报，附上李轶原书，秀览罢后，即手书报异，略言季文多诈，切勿轻信。季文即李轶字。一面将原书颁示守尉，饬令戒备，部将多以为非策。哪知萧王秀是计中有计，将乘此借刀杀人，报复兄仇。也是李轶自取其祸，不得谓刘秀忌刻。约阅月余，轶竟被人刺死。主使的乃是朱鲔。鲔与轶同守洛阳，分领部曲，本来是没甚嫌隙，至轶书宣露，鲔始知轶有异谋，使人毙轶。复遣部将苏茂贾强，领兵三万余人，渡过巩河，直攻温邑，再由鲔自率数万兵马，进捣平阴，牵制冯异。警报与雪片相似，迭传河内，太守寇恂，当即勒兵出城，移文属县，谕令发卒御敌，同会温下，军吏都向恂谏阻，谓宜待众军毕集，方可前往。恂慨然道："温邑为郡城屏蔽，失去温邑，郡城将如何保守呢？"

遂不从众议，驱兵急进。既至温下，诸县兵亦陆续到来，就是冯异也遣兵来援，士马四集，旌旗蔽空。恂令士卒乘城，大呼刘公兵到，接连喧噪了好几声。望见敌军阵动，便麾兵出击，踊跃直前，敌军里面的苏茂，最是胆怯，不战先溃；贾强勉力支持，禁不住恂军奋迅，只好退去。一经退走，阵伍便乱，那寇恂如何肯舍？自然招呼各军，并力追来，渐渐逼至河滨。苏茂渡河先遁，茂部下多半溺死；贾强迟了一步，即被恂军围住，一时冲突不出，竟至战死。武勃不武，贾强不强，何况一庸弱的刘玄呢？残众不及渡河，都为恂军所获。恂长驱渡河，拟迫洛阳，可巧冯异亦引兵过河，击朱鲔途次，与恂会师，同至洛阳城下，环攻了一昼夜。见城上守兵尚盛，料非旦夕可下，乃收兵退归，各向刘秀处报捷。秀闻河内有警，惟恐失守，及恂书传入，方大喜道："我原知寇子翼可重任呢？"子翼即寇恂字，见前文。诸将联翩入贺，并上尊号，秀摇首不答。忽有一将闪出道："大王自甘谦退，难道不顾宗庙社稷么？今宜先即尊位，然后可言征伐，否则彼此从同，究竟谁王谁贼？"快人快语。秀闻声审视，见是前锋将马武，不禁作色道："将军休得妄言，莫谓钢刀不利呢！"想是言不由衷。武乃趋退。

先是武为绿林豪客，表字子张，也是南阳人氏。自从刘玄称尊，武与刘秀同事刘玄，共破王寻，因此倾心刘秀，后来又随谢躬同攻王郎，王郎破灭，谢躬受诛，武乃投入刘秀麾下，充当前锋。秀爱他才勇，颇加信任，至此独拒绝所请，引军还蓟。马武履历至此补出。复令马武为先驱，耿弇景丹等为后应，吴汉为统帅，出兵数万，穷追尤来等贼，斩首至三千余级，直至俊靡，方才班师。余贼窜入辽西辽东，为乌桓貊人所抄击，杀掠殆尽。惟都护将军贾复，追五校贼至真定，十荡十决，大破贼党，身上亦受了许多创痕，退卧营中，几不能起。当下报达刘秀，秀大惊道："贾复勇敢绝伦，我尝不令他自统一军，正恐他轻敌致伤，今果至此，岂不是失我名将？我闻他妻室有孕，如若生女，将来即为我子妇，幸得生男，我女即嫁彼为媳，不使他忧及妻子呢！"叙得得体。这一番言语，传入复耳，复格外感激，静心调养，竟得渐痊。因即驰赴蓟城，与秀相见，秀慰劳甚厚，待遇益隆。复字君父，亦南阳人，少时习尚书学，师事舞阴人李生，李生见复英姿卓荦，许为将相器。后事汉中王刘嘉，任为校尉。及刘秀出略河北，复辞嘉从秀，战必先登，不顾身家，真定一战，受伤颇重，危而复安，好算得一大幸事。复亦二十八将之一。小子有诗赞道：

摧锋陷阵敢争先，勇士轻生不受怜。

幸有天心阴鉴佑，伤痕复合庆生全。

贾复至蓟，正值同僚诸将，共议劝进，复当然列名，究竟刘秀曾否允议，待看下回自知。

刘秀之出师河北，为蛟龙出水之权舆，而其危难之处，亦不亚于昆阳遇敌之时。东北有群贼，西南有群敌，秀以孤军支柱其间，一或失算，即有跋前疐后之虞，岂非危难交迫乎？幸而吴汉岑彭，诱斩谢躬，邺城下而不忧牵掣；寇恂冯异，击毙贾强，河内固而不患侵陵，故本回事迹颇繁，而独以二事为标目，揭其要也。若夫贼众乌合，本不足道，驱而逐之，尚非难事，然顺水一役，以智勇深沉之汉光武，且为贼党所乘，几不得兑，战事岂可轻言乎？故刘氏之得中兴，虽曰人事，岂非天命？

第十回

光武帝登坛即位　淮阳王奉玺乞降

却说刘秀在蓟，诸将又共思劝进，表尚未上，偏秀又下令启行，从蓟城转至中山，大众只好整装随行。及已到中山城下，秀尚无意逗留，不过入城休息，权宿一宵，诸将趁此上表，请秀速上尊号。秀仍不许，诘旦复出城南趋，行至南平棘城，又经诸将面申前议，秀答说道："寇贼未平，四面皆敌，奈何遽欲称尊呢？"诸将见秀无允意，正欲退出，将军耿纯奋进道："士大夫捐亲戚，弃乡土来归大王，甘冒矢石，无非欲攀龙附凤，借博功名，今大王违反众意，不肯正位，士大夫望绝计穷，尽有去志，恐大众一散，不能复合，大王亦何苦自失众心呢？"秀沉吟半晌，方答说道："待我三思后行。"口吻已渐软了。说着，复前行至鄗，沿途接得两处军报，一是平陵人方望等，从长安劫取孺子婴，到了临泾，立婴为帝，自称丞相，当被刘玄闻知，遣部将李松往攻，一场交战，望被击毙，连孺子婴亦死乱军中。婴自被王莽废黜，黜居定安公第中，及年近弱冠，尚不能识猪狗，莽尝以女孙妻婴，即王宇女。及莽已受诛，婴才得自由，不料方望等把他劫去，硬加推戴，做了一个月傀儡皇帝，竟致毙命，这真叫作祸不单行呢！了过孺子婴。还有一个公孙述，击走刘玄部将李宝，已自立为蜀王，此时复听了功曹李熊谀言，僭称帝号，纪元龙兴。述字子阳，本系茂陵人氏，因自成都发迹，遂号为成家，即用李熊为大司徒，使弟光为大司马，恢为大司空，招集群盗，奄有益州。刘秀闻得孺子婴惨死，尚为叹惜，惟公孙述胆敢称帝，未免不平，因思一不做，二不休，不如依了诸将的计议，乘时正位，免落人后。主见已定，再召冯异至鄗，与决可否。异奉命进谒，从容献议道："更始必败，天下无主，欲保宗庙，惟仗大王，大王正应俯从众请，表率万方！"秀答说道："我昨夜梦赤龙上天，醒后尚觉心悸，恐帝位是不易居呢！"异听言甫毕，忙下席拜贺道："天命所归，精神相感，还有什么疑义？若醒后心悸，这是大王素来慎重，乃有此征，不足为凭。"秀尚未及答，忽有军吏入报道："有一儒生从关中来，自称为大王故人，愿献祥符。"秀问及姓名，军吏答称姓强名华。秀猛然记着，便向军吏说道："我少年游学长安，曾有同舍生强华，今既到来，应该由他进见便了。"军吏闻言，便返身出帐，引入强华。秀起座相迎，顾视强华，形容非旧，状态犹存，当然有几分认识，便向他寒暄数语，然后询及来意。强华从袖中取出一函，双手捧呈，秀接过一阅，封面上标明赤伏符三字，及被阅内文，开首有三语云：

刘秀发兵备不道，四夷云集龙斗野，四七之际火为主。

秀看这三语，已觉费解，乃复质问强华。强华道："大汉本尚火德，赤为火色，伏有藏意，故名赤伏符。所云四七之际，四七为二十八，自从高祖至今，计得二百二十八年，正与四七相合。四七之际火为主，乃是火德复兴，应该属诸大王，愿大王勿疑！"借口释义。秀开颜为笑道："这果可深信么？"强华道："谶文相传，为王瑞应，强华何敢臆造呢？"

究是何人所造，我愿一问。秀乃留华食宿，与谈古今兴废事宜，夜半乃寝。翌晨即由诸将递入表文，大略说是：

受命之符，人应为大，万里合信，不议同情，周之白鱼，曷足比焉？今上无天子，海内淆乱，符瑞之应，昭然著闻，宜答天神，以塞群望。

秀批准众议，乃命有司就鄗南设坛，择日受朝。有司至鄗城南郊，看定千秋亭畔，五成陌间，筑起坛场，高约丈许。并拣选六月己未日，为黄道吉辰，请萧王刘秀即皇帝位。届期这一日，巧值天高气爽，旭日东升，萧王刘秀，戴帝冕，服龙袍，出乘法驾，由诸将拥至南郊，燔柴告天，禋六宗，祀群神，祝官宣读祝从，文云：

皇天上帝，后土神祇，眷顾降命，属秀黎元，为人父母，秀不敢当。群下百辟，不谋同辞，咸曰：王莽篡位，秀发愤兴兵，破王寻王邑于昆阳，诛王郎铜马于河北，平定天下，海内蒙恩，上当天地之心，下为元元所归。谶记曰：刘秀发兵捕不道，卯金修德为天子。与赤伏符又不同？秀犹固辞，至于再，至于三，群下佥曰：皇天大命，不可稽留。秀敢不敬承？钦若皇天，祇承大命。

祝文读毕，祭礼告终，萧王刘秀，缓步登坛，南面就座，受文武百官朝贺，改元建武，颁诏大赦，改名鄗邑为高邑。是年本为更始三年六月，史家因刘秀登基，汉室中兴，与刘玄失败不同，所以将正统归于刘秀，表明建武为正朔，且因秀后来庙号，叫作光武，遂沿称为光武皇帝。小子依史演述，当然人云亦云，此后将刘秀二字搁起，改名光武帝，看官不要驳我前后矛盾呢！特笔叙明。

且说刘玄称尊三载，毫无建树，部下诸将，多半离心。再加赤眉称兵入关，守将闻风瓦解，因此关中大震。河东守将王匡张卬，又为汉前将军邓禹所破，奔回长安，私下语诸将道："河东已失，赤眉且至，我等不如先掠长安，径归南阳，事若不成，复入湖池为盗，免得在此同尽呢！"诸将均以为然，遂由张卬入白刘玄，劝玄为东归计。玄默然不应，面有愠色，卬乃退出。是夕即由刘玄下令，使王匡陈牧成丹赵萌等出屯新丰，李松移军掫城，守边拒寇。张卬心甚怏怏，复与将军申屠建等密谋，欲劫刘玄出关，仍行前计，建等亦皆赞成。还有御史大夫隗嚣，就是前时自称上将军，应玄招抚，入关受职，隗嚣见第六回。至是闻光武即位，也劝玄见机让位，归政河北。玄哪里肯从？嚣因与张卬等通谋，指日劫玄，不料为玄所闻知，竟诱申屠建入殿，伏甲出发，把建杀死。一面遣人召嚣，嚣早已防着，称疾不入。玄遂使亲兵围住嚣第，并捕张卬，嚣与门客突围夜出，奔还天水。卬却号召部曲，返击玄宫。玄亲督卫士，且守且战，哪知卬纵火烧门，烈焰飞腾，急得刘玄走投无路，慌忙开了后门，挈领妻子车骑百余人，奔往新丰，投依赵萌。萌女为刘玄夫人，见第八回。见玄夫妇狼狈来奔，当即迎纳。玄与谈及张卬叛乱，并疑王匡等亦有异志，意欲一并除去。萌乃替玄设计，诡传玄命，并召王匡陈牧成丹三人，入营议事。陈牧成丹，闻召即至，突被萌兵杀出，砍死了事。只有王匡命未该绝，偏偏迟了一步，当有人通知风声，匡急忙拔营入都，与张卬合兵拒玄。玄既庸弱无能，还要猜忌他人，安得不亡？玄遣赵萌收抚陈牧成丹两营，往攻长安。张卬王匡据城相持，连日未下。玄再遣使至掫城，召还李松，自与松督兵援萌，猛扑长安城门。张卬王匡，出战败绩，分头窜去。玄乃得返入长安，故宫被毁，残缺不全，因徙居长信宫。

怎奈内讧未平，外寇又至，那赤眉渠帅樊崇等，竟从华阴长驱驰入，追近长安。先是赤眉部众，分道西进，见前回。连败刘玄诸将，会集华阴。适有方望弟方阳，欲为兄望报仇，因迎谒樊崇，乘间献议道："更始荒乱，政令不行，故使将军得至此地，今将军拥众甚盛，西向帝都，乃尚无一定名号，反使人呼为盗贼，如何可久？计不如求立宗室，仗义讨罪，那时名正言顺，自不致有人反抗了！"崇徐答道："汝言亦自有理，我当照行。"原来崇部下有一齐巫，尝托词景王附身，为崇所信。景王就是高帝孙刘章，当时曾与平吕氏，复安刘宗，得由朱虚侯晋封城阳王，歿谥曰景。齐巫借此惑众，或笑巫妄言不道，动辄致病。因此部众亦惮服齐巫，并及景王。崇得方阳计议，颇思求立景王后裔。齐巫亦乘机怂恿，乃决意探访景王后人。可巧军中掠得刘氏子二名，一名茂，一名盆子，二人原是一门弟兄，盆子最幼，为樊崇右校刘侠卿牧牛，呼为牛吏。侠卿查问盆子履历，确是景王嫡派，当下报知樊崇。崇尚嫌他出身卑微，不足服众，因再四觅景王支裔，共得七十余人，及与盆子兄弟，互叙世系，惟前西安侯刘孝，及盆子兄弟，总算是直接景王。崇乃率众进至郑县，令在城北筑起坛场，设立景王神主，祷告一番，然后书札为符，共备三份，置诸箧中。两份系是空札，惟一份写着上将军三字。上将军的名义，系是樊崇创说，以为古时天子将兵，尝称上将军，因将这三字作为代名。刘孝年长，先就箧中摸取，启视札中，不得一字。刘茂继进，也摸了一个空札。独盆子取得上将军符号，樊崇遂扶盆子南向，领众朝谒，再拜称臣。盆子年仅十五，披发跣足，敝衣垢面，蓦见诸将下拜，不禁大骇，惶急欲啼。比刘玄还要不如。樊崇忙劝慰道："不必惊恐，好好藏符！"盆子因惧成愤，竟将符号啮破，掷弃坛下，仍然还依侠卿。侠卿为制绛衣赤帻，轩车大马，使得服御乘坐，盆子反视为不便，往往偷易旧衣，出与牧儿闲游。侠卿乃将盆子锢居一室，不准出入，就是樊崇等亦未尝问候，不过假名号召，愚弄人民。崇本欲自为丞相，因不能书算，才将丞相职衔，让与徐宣，自为御史大夫，使逄安为左大司马，谢禄为右大司马，他如杨音以下，尽为列卿，或称将军。于是向西再进，直抵高陵，张卬王匡便往迎降，反导樊崇等入攻长安。刘玄闻赤眉到来，亟遣将军李松，领兵出御，自与赵萌闭城拒守。侍郎刘恭，系是刘盆子长兄，前曾入关事玄，受封式侯，此次闻赤眉拥弟为帝，来攻都城，不得不诣狱待罪。玄无暇究治，但望李松杀退赤眉，尚可求全。哪知李松败报，传入都中，不但松军败死多人，连松都被活擒了去。玄心慌意乱，忙召赵萌入议战守，偏是待久不至，再四催促，反报称不知去向，累得玄仓皇失措，顿足呼天。忽又有一吏入报道："陛下快走！赤眉已入都城了！"玄颤声道："何人敢放赤眉入城？"吏答说道："就是李松弟李泛。"玄不及再问，抢步出宫，上马独行。奔至厨城门，门已大开，加鞭急驰，蓦听后面有妇女声，连呼陛下，且云陛下何不谢城？于是速忙下马，向城门拜了两拜，这是何礼？令人不解。再上马出城，落荒遁去。

樊崇等既得李松，使人走语城门校尉李泛，叫他速开城门，方活乃兄。泛为救兄起见，当然开门纳入，赵萌等统皆投降。补叙明白。刘恭尚留狱中，及闻刘玄出走，乃脱械出狱，追寻玄至渭滨，才得相见。右辅都尉严本，托词从玄，阴怀叵测，欲将刘玄献与赤眉。为邀功计，因此劫玄至高陵，领兵监守。樊崇等虽入长安，不得俘玄，遂颁令远近，说是圣公来降，圣公即刘玄字，见前。封为长沙王，若过二十日，虽降勿受。玄已穷蹙得很，得此命令，只好遣刘恭往递降书。当由樊崇等准令投降，使谢禄召玄进见。玄随禄还都，肉袒登殿，殿上坐着十有五龄的小牛吏，倒也没甚凶威，只两旁站着许多武夫，统是粗眉圆眼，似黑煞神一般，吓得刘玄不敢抬头，没奈何屈膝殿庭，奉上玺绶。何如一死？刘盆子不发一言，旁有丞相徐宣，代为传命，总算说了免礼二字，玄始敢起立。张卬王匡等人，怒目视玄，手中按着佩剑，各欲拔刀相向。还是谢禄心怀不忍，急引玄退坐庭下。卬等尚未肯干休，又经谢禄代为说情，刘恭极力吁请，仍然无效。卬与匡同白盆子，必欲杀玄报怨。盆子有何主见？只是闭口无言，卬不待应允，便挥玄出去。玄含泪趋出。刘恭追呼道："臣已力竭，愿得先死！"说罢，即拔出佩剑，意图自刎。亏得樊崇眼快，慌忙下殿阻恭。恭请崇赦免刘玄，方可不死。崇乃还告盆子，请赦玄为畏威侯。盆子自然许可，就是张卬等亦惮崇势力，未便遽抗，玄始得暂保头颅，就借谢禄居宅，作为寄庐。刘恭又进告樊崇，谓应实践前言，封玄为王，借示大信。崇也以为然，方封玄为长沙王。惟光武帝闻玄破败，犹怀前谊，有诏封玄为淮阳王，所以史家相传，但把淮阳王三字，作为刘玄的头衔。至若赤眉授玄的封爵，却搁过不提，这且毋庸絮表。看官莫视作闲笔。惟刘玄既依着谢禄，更兼刘恭随时保护，幸得苟且偷生。也不过是个寄生虫。无如赤眉暴虐，苛待吏民，京畿三辅，即京兆，左冯翊，右扶风。不堪受苦，还觉得刘玄为主，较为宽平，因拟纠众入都，将刘玄救出虎口，仍把他拥戴起来，好与赤眉为难。可巧光武帝所遣的邓禹，扫平河东，渡河西进，沿途严申军律，不犯秋毫。关中人民才将救取刘玄的计策，暂从搁置，专待邓禹到来。外如关西一带的百姓，已是扶老携幼，往迎禹军，禹辄停车慰勉，俯从民望，百姓无不感悦，真个欢声载道，喜气盈衢。禹部下亟请入关，偏禹老成持重，不欲速进，独面谕诸将道："我兵虽多，不耐久战，且前无寇粮，后乏馈运，一或深入，反多危险！赤眉新拔长安，粮足气盛，未可猝图，必须待他群居致变，方得下手，现不若往略北道，就食养兵，俟衅乃动，一鼓可下，何必劳敝将士，与这盗贼拼命呢？"部将才不复多言。禹即北徇栒邑，所过郡县，陆续归附。惟长安人民，眼巴巴的望着王师，不意禹军迂回北去，愈望愈远，好多时没有影响，又欲试行前计，盗取刘玄。张卬等恨玄切骨，一得消息，正好借这名目，把玄杀死，当下与樊崇等说明利害。崇亦觉得留玄贻患，乃召谢禄入商，嘱使杀玄。禄尚不忍许，卬勃然道："诸营长多欲篡取圣公，一旦失去，合兵来攻，公岂尚能自存么？"说得谢禄也为所动，退至宅中，伪言至郊外阅马，邀玄同行。玄只得从去，及出诣郊外，由禄指示兵士，将玄挤落马下，用绳缢死。是夕为刘恭所闻，方把尸骸收殓，草草藁葬，两年有余的过渡皇帝，弄到这般结局，也觉可怜。莫非自取。后来邓禹入长安，接奉光武帝诏谕，为玄徙葬霸陵。玄有三子求、歆、鲤，奉母往洛阳，俱得封爵。求受封为襄邑侯，承玄遗祀；歆为谷孰侯；鲤为寿光侯，这都是光武帝的例外隆恩。小子有诗叹道：

不是真龙是假龙，玄黄血战总成凶。

圣公一死犹称幸，妻子安然沐帝封。

刘玄死时，光武帝已入洛阳。欲知光武帝入洛情形，且至下回再叙。

少康复夏，宣王绍周，历史上传为美谈，若汉光武之中兴，亦夏少康周宣王之流亚耳。自鄗南即位，而帝统有归，当时之盗名窃字者，至此始逐渐湮没。盖明月出而爝火无光，理有固然，亦何足怪？必假强华之呈入谶文，资为号召，得毋犹迹近欺人乎？彼庸弱如刘玄，与光武相差甚远，乃欲拥众称尊，是真所谓不度德、不量力者。况古人有言，无为祸首，将受其咎。项羽百战百克，犹难免垓下之败亡，何物刘玄，敢贪天位？无惑乎其肉袒奉玺，逃死不遑也。然玄以弱败，非以暴亡，子孙得受世禄，虽曰幸事，亦有由来，项王无嗣，更始有儿，读史者可知所鉴矣。

第十一回

刘盆子乞怜让位　宋司空守义拒婚

却说光武帝即位以后，曾授大将军吴汉为大司马，使率朱祐岑彭贾复坚谭等十一将军，往攻洛阳。洛阳为朱鲔所守，拼死拒战，数月不下。光武帝自鄗城出至河阳，招谕远近。刘玄部将廉邱王田立请降。前高密令卓茂，爱民如子，归老南阳，光武帝特征为太傅，封褒德侯。茂为当时循吏，故特夹叙。一面遣使至洛阳军前，嘱岑彭招降朱鲔。彭尝为鲔校尉，持帝书入洛阳城，劝鲔速降。鲔答说道："大司徒被害时，鲔曾与谋。指刘鄗冤死事。又劝更始皇帝，毋遣萧王北伐，自知罪重，不敢逃死，愿将军善为我辞！"彭如言还报，光武帝笑说道："欲举大事，岂顾小怨？鲔果来降，官爵尚使保全，断不至有诛罚情事。河水在此，我不食言！"彭复往告朱鲔，鲔因孤城危急，且闻长安残破，无窟可归，乃情愿投诚。当由彭遣使迎驾，光武帝遂自河阳赴洛。鲔面缚出城，匍伏请罪。光武帝令左右扶起，替他解缚，好言抚慰。鲔当然感激，引驾入城。光武帝驻跸南宫，目睹洛阳壮丽，与他处郡邑不同，决计就此定都。洛阳在长安东，史称光武中兴为后汉，亦称东汉，便是为此。回应前文，语不厌烦。光武帝封朱鲔为扶沟侯，令他世袭。这也未免愧对乃兄。鲔不过一个寻常盗贼，侥幸得志，但教保全富贵，已是满意，此后自不敢再有贰心了。

御史杜诗，奉着诏命，安抚洛阳人民，禁止军士侵掠。独将军萧广，纵兵为虐，诗持示谕旨，令广严申军纪，广阳奉阴违，部兵骚扰如故。遂由诗面数广罪，把他格死，然后具状奏闻。光武帝嘉诗除害，特别召见，加赐棨戟。棨戟为前驱兵器，仿佛古时斧钺，汉时惟王公出巡，始得用此；杜诗官止侍御，也得邀赐，未始非破格殊荣。嗣是骄兵悍将，并皆敬惮，不复为非，洛阳大安。惟前将军邓禹，已由光武帝拜为大司徒，令他迅速入关，扫平赤眉。禹尚逗留栒邑，未肯遽进，但遣别将分攻上郡诸县；更征兵募粮，移驻大要，留住冯愔宗歆二将，监守栒邑。谁知冯愔宗歆，权位相等，彼此闹成意见，互相攻杀，歆竟被愔击毙。愔非但不肯服罪，反欲领兵攻禹。累得禹无法禁遏，不得已奏报洛阳。邓禹实非将才。光武帝顾问来使道："冯愔所亲，究为何人？"使臣答称护军黄防。光武帝又说道："汝可回报邓大司徒，不必担忧；朕料缚住冯愔，就在这黄防身上呢！"来使唯唯自去。光武帝便遣尚书宗广，持节谕禹，并嘱他暗示黄防。果然不到月余，防已将愔执住，交与宗广，押送都门。是时赤眉肆虐，凌辱降将，王匡成丹赵萌等，不为所容，走降宗广。广与共东归，行至安邑，王匡等又欲逃亡，为广所觉，一一诛死，但将冯愔缚献朝廷。愔膝行谢罪，叩首无数。光武帝欲示宽大，贷罪勿诛；叛命之罪，不可不诛，光武虽智足料人，究难为训。一面再促邓禹入关。

禹自冯愔抗命，军威稍损，又复徘徊河北，未敢南行。于是梁王刘永，自称为帝，见第九回。招致西防贼帅佼强，联络东海贼帅董宪，琅琊贼帅张步，据有东方。还有扶风人窦融，累代仕宦，著名河西，尝与酒泉太守梁统等友善，归附刘玄，授官都尉。

至是因刘玄败死，为众所推，号为大将军，统领河西五郡，武威张掖酒泉敦煌金城，称为河西五郡。抚结豪杰，怀辑羌胡。此外又有安定人卢芳，诈称武帝曾孙刘文伯，煽惑愚民，占据安定，自称上将军西平王，且与匈奴结和亲约。匈奴迎芳出塞，立为汉帝，复给与胡骑，送归安定，声焰渐盛。就是隗嚣奔还天水，见第十回。仍然招兵买马，蟠踞故土，自为西州上将军。三辅耆老士大夫，避乱往奔，嚣无不接纳，引与交游。以范逡为师友，赵秉苏衡郑兴为祭酒，申屠刚杜林为持书，马援王元等为将军，班彪金丹等为宾客，人才济济，称盛一时。邓禹闻他名震西州，乃遣使奉诏，命嚣为西州大将军，使得专制凉州朔方事宜。嚣答书如礼，与禹连和。禹乃放心南下，往击赤眉。

赤眉将帅，虽奉刘盆子为主，但不过视同傀儡，无一禀命。建武元年腊日，赤眉等置酒高会，设乐张饮，刘盆子出坐正殿，中黄门等持兵后列。酒尚未行，大众离座喧呼，互相争论。大司农杨音，拔剑起詈道："诸卿多系老佣，今日行君臣礼，反敢扰乱至此，难道宫殿中好这般儿戏么？若再不改，格杀毋悔！"大众听了，并皆不服，霎时间闹做一堆，口舌纷争，拳械并起。刘盆子慌得发抖，幸经中黄门扶他下座，躲入后廷。杨音见不可当，只好却走。乱众大掠酒肉，饱嚼一顿，还想入内杀音。卫尉诸葛稚，勒兵入卫，格毙乱党百余人，方得少定。余众陆续散去，稚始引兵退出，杨音亦得驰归。惟刘盆子遭此一吓，不敢出头，但与中黄门同卧同起，苟延性命。当时掖庭里面，尚有宫女数百人，赤眉置诸不问。不去掠做婢妾，还算有些礼义。可怜这班宫女，镇日幽居，无从得食，或在池中捕鱼，或就园中掘芦菔根，即萝卜根。胡乱煮食，终究是不得疗饥，死亡累累，积尸宫中。尚有乐工若干人，衣服鲜明，形容枯瘦，出见刘盆子，叩首求食。盆子使中黄门觅得粮米，每人给与数斗，才得一时救饥。未几又复绝粮，仍做了长安宫中的饿鬼。俗语说得好："宁作太平犬，毋为乱世人。"照此看来，原非虚言。建武二年元旦，赤眉等又复大会，聚列殿廷。式侯刘恭，料知赤眉无成，已在前夜密教盆子，嘱使让位。是日樊崇以下，俱请盆子登殿受朝。盆子尚有惧意，勉强跟着刘恭，慢步出来。恭即开口语众道："诸君共立恭弟为帝，厚意可感；但恭弟被立一年，扰乱日甚，恐将来徒死无益，情愿退为庶人，更求贤才为主，惟诸君省察！"崇等随声作答道："这皆崇等罪愆，与陛下无涉！"恭复固请让位。突有一人厉声道："这岂是式侯所得专主？请勿复言！"恭被他一驳，惶恐避去。盆子记着兄言，急解下玺绶，向众下拜道："今蒙诸君推立天子，仍无一定纪律，党徒四掠，人民怨愤，盆子自知无能，所以愿乞骸骨，退避贤路。必欲杀死盆子，下谢臣民，盆子亦无从逃避。若承诸君不弃，曲赐矜全，贷我一死，感且无穷！"说着，涕洒如雨。亏他记忆，不忘兄教。樊崇等见他情词悱恻，不禁生怜，乃皆避席顿首道："臣等无状，辜负陛下，从今以后，不敢放纵，请陛下勿忧！"语毕皆起，抱持盆子，仍将玺绶佩上，盆子号呼多时，终由樊崇等竭力劝解，护送入内。待大众退出后，各闭营自守，不复出掠。三辅同声称颂，所有避乱的百姓，争还长安，市无虚舍。不意赤眉等贼心未改，连日不得劫掠，已皆仰屋唏嘘，且人民返集都中，免不得携筐提篋，载货同归。赤眉越加垂涎，又复出营打劫，一倡百和，索性大掠一番，无论财货粮食，一股脑儿取夺得来。蓦闻汉大司徒邓禹，领兵西来，大众无心对敌，遂收取珍宝，纵火焚阙，把宫庭付诸一炬，方将刘盆子载出，拔队西行。众号称百万，自南山转掠城邑，驰入安定北地，沿途所过，鸡犬皆空。邓禹已经入关，探得长安空虚，倍道进兵，径入长安，屯兵昆明池，大飨士卒。嗣率诸将斋戒三日，礼谒高庙，收集十一帝神主，遣使奉诣洛阳。光武帝加封禹为梁侯，此外各功臣亦晋封侯爵，各赐策文。文云：

在上不骄，高而不危；制节谨度，满而不溢。敬之戒之，传尔子孙，长为汉藩！

封赏已毕，便就洛阳建置宗庙社稷，并在城南设立郊天祭坛，始正火德，色仍尚赤。正在制礼作乐的时候，突接到真定警报，乃是真定王刘扬，与绵蔓县贼勾通，私下谋反。光武帝乃遣将军耿纯，持节往幽冀间，借着行赦为名，探验虚实，便宜行事。扬为郭夫人母舅，从前光武帝尝投依真定，得纳郭氏，结为姻亲。见第八回。至光武即位，扬忽阴生异志，不愿称臣。他与光武帝世系相同，均为高祖九世孙，又尝项上患瘿，故诡造谶文，说是赤九之后，瘿扬为主，意欲借此欺人，传闻远近。纯既至真定，留宿驿舍，探得扬造作讹言，谋反属实，乃邀扬相见。扬因纯母为真定刘氏，颇有亲谊，料纯不敢为难，且胞弟让与从兄绀，俱各拥兵万人，势亦不弱，怕什么一介朝使？于是带领将士，及兄弟二人，昂然出城，亲至驿舍中拜会。纯出舍相迎，延扬入内，备极敬礼，复请扬兄弟一同面谈。扬兄弟不以为意，就令将士留待门外，大踏步趋入舍中。纯与他周旋片刻，只说有密诏到来，当闭门宣读，俟门已扃闭，立即指麾从吏，把扬兄弟三人拿下。扬兄弟还自称无罪，经纯详诘反状，说得他有口难分。诏命一传，三首骈落。当下开门径出，宣布扬兄弟逆案，举首示众，众皆瞠目无言。纯又谓汝曹无罪，应该奏闻天子，立扬亲属，仍为汝主。众情尤为悦服，喏喏连声，遂引纯入真定城。纯慰抚刘扬家属，叫他静听后命，方才还报。光武帝果封扬子德为真定王，使承宗祀，真定复平。想仍为了郭夫人面上。

上党太守田邑，举部请降。光武帝使邑持节，招降河东军将鲍永。永即前司隶校尉鲍宣子，宣为王莽所杀，永伏居上党，以文学知名。更始二年，征永出仕，迁擢尚书仆射，行大将军事，镇抚河东。永领兵赴任，击破青犊等贼，得超封中阳侯。至刘玄破败，三辅道绝，光武帝遣使招谕，永尚有难意，拘系使人。及田邑持节招降，方知刘玄已死，乃释放来使，遣散部曲，封上将军列侯印绶，但与故客冯衍等，幅巾束首，径诣河内见驾。光武帝召永入问道："卿拥有重兵，今已何往？"永离席叩首道："臣前事更始，不能保全故主，负惭实甚，若再拥众求荣，更觉无颜。所以一并遣散，束身来归。"光武帝作色道："卿言亦未免自大呢！"说着，即挥永使退。时怀县守吏为刘玄亲将，负固不服，光武帝遣将往击，多日不克，乃更召永与语，使永招降。永与守吏素来相识，奉命往抚，片言即下。帝始大喜，拜永为谏议大夫，引令对食，且赐他上商里宅，永拜辞不受。寻闻东海盗帅董宪，分兵扰鲁，因拜永为鲁郡太守，拨兵数千，使他平乱。永受命即行，独永客冯衍，向有才名，与永来归，也想博取爵位，借展才能。偏光武帝恨他迟迟来降，废黜不用，衍未免失望。永就职时，私自慰衍道："从前高祖诛丁公，赏季布，俱有微权，今我与君同遇明主，何必过忧？"衍意终未释。后来做了一任曲阳令，诛获剧盗，仍然不得超迁，坎壈终身，惟著述甚富，传诵当时。后人谓光武知人，尚失冯衍，几拟衍为贾长沙即贾谊。董江都一流人物，说亦难信，看官但阅《冯衍列传》自有分晓，毋庸小子哓哓了。叙入鲍永，所以阐扬桓鲍夫妇之前行，至附评冯衍，阴短文人，亦自有特见。

且说光武帝援据谶文，始登大位，因见人心悦服，诸事顺手，乃将赤伏符作为秘本，事多仿行。符中曾有谶语云："王梁主卫作玄武。"玄武系水神名号，光武帝以为司空一职，管领水土，想符中玄武名目，当是司空代词。可巧王梁为野王县令，当即遣使召入，擢梁为大司空。王梁履历已见第八回中。梁自随光武帝，平定邯郸，便令他出宰野王。至入任司空，才未称职，年余罢去，改用长安人宋弘。弘曾为哀平时侍中，王莽使为共工，及赤眉入关，胁弘就职，弘投入渭水，经家人救出，佯作死状，始得免归。光武帝闻他清正有操，特征为大中大夫。弘正色立朝，仪容端肃，更为光武帝所称赏，乃迁为大司空，使代王梁后任，加封栒邑侯。弘持身俭约，所得俸禄，分赡九族，因此位列公卿，不啻寒素。光武帝体贴入微，徙封弘为宜平侯。宜平采邑，比栒邑为多。弘仍分给族里，家无余资。尝荐沛人桓谭为给事中，为帝鼓琴，辄作繁声。弘朝服坐府第中，召谭加责，不稍徇情。既而光武帝大会群臣，复使谭入殿弹琴。弘正容直入，惹得谭手足失措，弹不成声。光武帝未免惊异，顾问桓谭。谭尚未及答，弘离席免冠，顿首谢罪道："臣荐谭入侍，无非望他忠诚辅主，称职无惭。不料他诡道求合，反令朝廷耽悦郑声，这是臣所荐非人，理应坐罪！"光武帝闻言改容，仍令戴冠，嘱谭退席，不复听琴。弘更别求贤士，引为侍臣。一夕入宫进谒，见御座旁所列屏风，尽绘列女。光武帝屡次顾及，弘即从旁进规道："未见好德如好色，圣训果不谬呢！"光武帝听着，即命将屏风撤去，向弘微笑道："闻善即改，卿以为何如？"弘答说道："陛下德业日新，臣不胜喜庆呢！"光武帝有二姊一妹，长姊名黄，次姊名元。元即邓晨妻室，先已殉难。见前文第四回。妹名伯姬，已嫁李通为继室。建武二年，追封次姊元为新野长公主，又封长姊黄为湖阳长公主，妹伯姬为宁平长公主。召通入卫，封固始侯，拜大司农。独湖阳长公主，方在寡居，光武帝怜她岑寂，特与语及大臣优劣，微窥姊意。公主说道："我看朝上大臣，莫如大司徒宋公，威容德器，非群臣所可及！"光武点首道："我知道了。"光武颇重名节，奈何欲姊再醮？待至宋弘进见，乃令公主坐在屏后，自出语弘道："俗语有言：'贵易交，富易妻，'这也是常有的人情，卿可知此否？"弘正色道："臣闻贫贱交，不可忘；糟糠妻，不下堂！"光武帝不待说毕，便回顾公主道："事不谐了！"公主怏怏返入，弘亦徐徐引退，一场婚议，从此打消。小子有诗赞宋弘道：

> 夫宜守义妇宜贞，礼教昌明化始成。
> 毕竟宋公能秉正，糟糠不弃两全名。

帝姊不得再婚，帝后却已册定。欲知何人为后，请看下回再详。

刘永刘扬，虽系汉家支裔，与盗贼不同，然皆非帝王气象，不足有为，遑问一刘盆子？但盆子固非欲为帝者。一介童子，为盗所掠，得充牧牛小吏，幸全生命，已自知足。无端被迫，胁使为帝，惶怖之念，出自真诚，观其承受兄教，向众宣言，亦非蚩蚩无知者比。厥后之得保首领，廪禄终身，亦天之所以报其谨厚耳。永、扬皆死，而盆子不死，有由来也。彼湖阳长公主之寡居，度其年已逾三十，就令不耐守孀，光武亦宜正言晓谕，完彼贞节。万一不可，亦惟有代为择偶已耳。乃使之自择大臣，且令其坐诸屏后，公然炫鬻，微宋弘之守正不阿，岂非导人为不义之行，使之易妻娶孀乎？光武为中兴令主，犹有此失，而宋公之威容德器，诚哉其不可及欤！

第十二回

掘园陵淫寇逞凶　张挞伐降王服罪

却说建武二年五月，册立郭贵人为皇后，子强为皇太子。郭氏即刘扬甥女，随驾入洛。当光武帝即位时，得产一男，取名为强。时阴丽华也迎入洛阳，阴丽华见第七回。与郭女同受封贵人。丽华容色，实过郭女，并且性情和顺，毫无妒意，光武帝本欲立她为后，她却以为郭氏有子，理应正位中宫，且郭氏生长王家，与自己出身不同，所以情甘退逊，将后位让与郭氏。看到后来，实可不必。光武帝乃立郭氏为后，就将二岁幼儿，作为储君。这且待后再表。帝又分封宗室，封叔父良为广阳王；后来徙封赵王。族父歙为泗水王；族兄祉为城阳王；歙子终为淄川王；追谥兄縯为齐武王；仲为鲁哀王；縯子章授封太原王；后来徙封齐王。仲殁无子，命縯次子兴过继，袭封鲁王。封爵已定，乃再拟荡平群寇。惟一时人心未靖，乱端不已，除上文所述诸渠魁外，尚有渔阳太守彭宠，破虏将军邓奉，相继造反，警信频闻。提叙一笔，暗伏下文。光武帝虽遣将出讨，但尚无暇全力对付，只好先就近处着手，次第廓清。自从刘玄败死，诸将吏散处南方，未肯归命洛阳。光武帝召集诸将，会议出师，当下向众宣言道："郾城最强，次为宛城，何人敢率兵进击？"语未绝口，即有一人突出道："臣愿攻郾城！"光武帝见是执金吾贾复，就笑说道："执金吾前去击郾，朕复何忧？宛城当属大司马便了！"复领兵自去。另遣大司马吴汉，往略宛城。郾城守将尹尊，曾由刘玄封为郾王，与贾复相持月余，城中食尽，因即出降。就是宛城为宛王刘赐所守，一经吴汉兵到，退保淯阳，未几亦即归降。两处先后报捷，光武帝因赐本族兄，前曾共事，所以召赐入见，封为慎侯。再命贾复进略召陵新息，统得平定。复有部将过颍川郡，妄杀良民，正值河内太守寇恂，调往颍川，立即拘复部将，枭首示众。复引为己耻，顾语左右道："寇恂敢杀我部将，藐我太甚，我当前去见恂，手刃此仇！"遂自颍川进发。粗莽可笑。恂闻复挟怒前来，料无好意，故不愿与见。姊子谷崇语恂道："崇为军将，应带剑侍侧，就使有变，也可抵挡得住，相见何妨！"恂摇首道："我闻蔺相如不畏秦王，独为廉颇屈志，彼区区赵国，尚知先公后私，难道我反悍然不顾么？"好寇君。乃饬属县盛设酒肴，遇有执金吾军入界，全体供给，一人须兼二人饮食，县吏自然遵令，不敢怠慢。恂托词出迎，行至中途，因疾折回。复正勒马待着，按剑欲试，不意恂已驰归，惹得怒上加怒，亟欲勒兵追恂。偏部兵已皆被酒，不愿进行，复亦孤掌难鸣，只好罢休。恂使谷崇具状奏闻，光武帝召复班师，并征恂入朝。恂奉命进谒，见复在御座前，急起欲避。光武帝与语道："天下未定，两虎怎得私斗？朕当与两卿和解，互释前嫌。"说着，赐令共坐，宴叙甚欢。及退出殿外，复令同车并出，两人曲体主心，自然释怨平争，言归于好，恂复辞回颍川去了。

大司马吴汉，方自宛城往略南阳，忽报檀乡贼与五校贼会合，寇掠魏郡清河。光武帝召汉还师，自督诸将至内黄，进击五校贼，大破贼众，收降至五万余人。适值吴汉领兵来会，乃将军事付汉，折回都中。汉与檀乡贼连战数次，无不获胜，斩馘数万，降服数万。先是檀乡贼徒，统是刁子都余党，刁子都见前文。子都为部曲所杀，余众转走檀乡，后纠集他处盗匪，号为檀乡贼，共计得十余万名。及为吴汉所败，或死或降，所余无几，遁入西山，再推贼目黎伯卿为渠帅。伯卿负嵎数月，仍被吴汉捣破，窜死崖谷间，河右复安。光武帝接得捷书，亲往慰抚，增封吴汉采邑，由舞阳侯晋封广平侯。此外随汉同征，尚有建义大将军朱祐，大将军杜茂，执金吾贾复，扬化将军坚镡，偏将军王霸，骑都尉刘隆马武阴识等，亦各有功绩，俱得奖叙。朱祐字仲先，南阳宛人，曾从刘氏起义，转战有年。杜茂字诸公，南阳冠军人，自光武帝出徇河北，投入麾下，效力戎行。坚镡字子伋，颍川襄城人，尝为郡县掾吏，颇有干才，或向帝前推荐，方得召用，积功为扬化将军。惟刘隆字元伯，本与光武帝同宗，乃父名礼，前与安众侯刘崇讨莽，并皆败死，隆年尚幼，幸得免祸，后来游学长安，刘玄召为骑都尉，隆见玄不能成事，托词迎取家眷，转至河内从光武帝，光武帝使仍旧职，加封列侯。四人俱列二十八将中，故特提叙。至若贾复王霸马武履历，已见前文，不复追叙。独阴识为阴贵人兄，受封阴乡侯，光武帝因他从军有功，拟加封邑。识叩头固让道："臣托属掖庭，累加爵土，不可以示天下，幸勿加恩！"光武帝见他意诚，乃不复加封。识小心谨慎，未尝以贵戚自骄，就是出征有功，亦谦退不伐，因此为士论所称。却是难得。

光武帝慰劳已毕，复遣汉还定南阳，连下涅阳郦穰新野诸城。复与偏将军冯异，北击五楼五幡诸残贼，所向皆捷。偏大司徒邓禹，入关抚民，又经赤眉还寇长安，屡战不利，竟从长安退至高陵，兵士饥困，几难成军。于是光武帝另费踌躇，不得不改遣他将，往讨赤眉。赤眉前次出关西行，意欲入陇，回应前回。陇右方为隗嚣所据，遣将杨广统率锐卒，迎头截击。杀得赤眉七零八落，慌忙回走，所掠财物，抛弃殆尽。道出阳城山谷中，适遇大雪，冻死多人，尸骸满道，没奈何再返长安。他想长安内外，十室九空，无从再掠，且长安已由邓禹守住，料不易入，不如往发汉朝陵寝，或可劫取遗藏，免致落空。乃一哄而往，闯入园陵，守陵吏民，逃得精光，赤眉得任意掘坟。最注意的是后妃各冢，连棺椁尽被劈开，有几椁用玉匣为殓，尸皆未烂，面目如生。查汉制收殓后尸，自腰以下，用玉为札，长一尺，阔二寸半，垂至两足，用黄金缕缀系，叫作玉匣，尸骸得借宝玉精华，历久不朽。谁知这种奢华的制度，反使各女尸身后不安，当时短命致死，颜色未衰，却被赤眉贼触动淫心，竟把她剥去衣服，赤条条的卧在地上，侮辱一番。这也可谓生死交。更可怪的是吕后遗骸，全然不变，面色反比生时娇嫩，至此也竟受污。待到污辱以后，尸才变色，这难道是生前淫妒，应该受此恶报么？吕后死时，年已将迈，乃遭此报，定是天道恶淫，故孔圣谓丧欲速朽。独霸陵为文帝遗冢，文帝素尚俭德，如所幸慎夫人等，衣不曳地，想来总没有什么厚殓，故赤眉不去发掘，幸得保全。更有杜陵为宣帝墓所，却由汉中豪帅延岑，引众居守，赤眉不敢过犯，安然如故。延岑系南阳人，也是一个绿林流亚，起兵汉中，杀败汉中王刘嘉，据境称雄。刘嘉向关中乞师，刘玄尚未败没，特遣部将李宝，领兵往会，与嘉并击延岑。岑寡不敌众，乃由汉中北出散关，进屯杜陵。他虽往来剽掠，迹同盗贼，但与赤眉相比，尚觉得稍有纪律，差胜一筹。邓禹闻赤眉发掘陵寝，亟令将士往击，反为赤眉所败，伤亡甚众。禹乃督兵自出，行至云阳，又接长安警耗，被赤眉乘虚捣入，长安失守，累得禹无路可归。会闻赤眉将逄安，往攻延岑，也想伺隙进袭。好容易到了长安城下，正要麾兵攻扑，偏又来了赤眉将谢禄，一场交战，禹又败走，不得已退至高陵。军中随带粮食，本属有限，渐渐的食尽囊空，势难久持，因特奏报洛阳，急求接济。光武帝筹划再四，已知邓禹兵敝，不堪再用。此时惟有偏将军冯异，智勇兼优，可代禹任，乃特召异入见，嘱令西征。异拜命出都，光武帝亲送至河南，赐异车马宝剑，并面嘱道："三辅人民，迭遭变乱，生灵涂炭，无所依诉，今遣卿讨贼，并非欲卿略地屠城，期在平定安集，救民疾苦。朕看诸将亦多健斗，往往未善抚循，独卿平日能驭吏士，所以委卿重任，卿此行须除暴安良，勿负朕望！"保民而王，莫之能御。异顿首受教，拜别车驾，向西进发。途中宣布威德，民皆畏服，群盗多降。光武帝还居洛阳，连接冯异军书，知异威爱并用，定能胜任，乃决计召还邓禹，专任冯异。会得邓禹奏称，刘玄旧将廖湛，联合赤眉，并攻汉中，汉中王刘嘉，出谷迎战，大破寇众，阵斩廖湛，嘉因军士乏食，就谷云阳，正好乘便招抚云云。光武帝准禹所请，令禹传诏谕嘉，禹当然照行。嘉妻为来歙女弟，歙系光武帝姑子，与帝戚谊相关，因即劝嘉从命。嘉始浼禹转达表文，自请效顺，将表文驿递洛阳，并言廖湛一死，赤眉失势，近日赤眉将逄安，又被延岑击败，约毙十余万人，臣料赤眉不久必灭，俟臣筹足军食，便可一鼓歼灭等语。先生休矣！何必妄想？光武帝已遣异代禹，不改初衷，因复颁诏寄禹，略云：

> 卿慎毋与穷寇争锋，赤眉无谷，自当东来，吾以饱待饥，以逸待劳，折棰笞之，非诸将忧也，卿其速归，无得复妄进兵！

邓禹得诏，尚以无功为耻，未肯遽归洛阳。可巧三辅大饥，人自相食，城郭皆空，白骨蔽野，赤眉无从掳掠，果然东下，余众还有二十万人。光武帝得知消息，使破奸将军侯进等，出屯新安，建威大将军耿弇等出屯宜阳。出发时复传谕道："贼若东走，可引宜阳兵会新安；贼若南走，可引新安兵会宜阳。"一面令冯异择险邀击，决歼此虏。创业之主，必有良谋。异奉命进驻华阴，正值赤眉东来，即扼要拒击，先后六十余日，交战至数十仗，多胜少败，收降赤眉将卒五千余人。

未几已是建武三年，朝命异为征西大将军，节制西行人马，且促邓禹交代，限期还都。禹还想鼓励饥卒，邀击赤眉，仍然失利，才率车骑将军邓弘等东归。途次与冯异相遇，又欲与异共攻赤眉。贪功之心，何竟至此？异从容道："异与贼相拒数十日，虽得俘获贼将，但贼众尚多，须推示恩信，徐徐招诱，未可遽劳兵力！且皇上已遣诸将分屯渑池，使异在西夹击，彼此并力，一举聚歼，乃是万全的计策。公不若遵旨东还，待异荡平此虏便了。"禹听了异言，还道异不肯分功，益加猜忌。就是邓弘亦有此私意，决欲一战，遂自请为先锋，引兵遽进。赤眉齐来接仗，交战多时，见弘军微有饥容，却不望前进，反向后退。弘军当然追逼，赤眉抛弃辎重，纷纷却走，弘军尚不知是计，但见辎重车上，有豆载着，争相掬食，顿致行伍散乱，无心恋战。不防赤眉翻身杀转，猛击弘军，弘军已经乱伍，仓促间不能成列，自然四溃，弘亦只得返奔。邓禹在后面望着，忙邀冯异一同往援，两人并辔驰往，麾动部兵，截杀赤眉。复酣斗了好一歇，赤眉稍稍退去。还是诱敌。异亟向禹进谏道："赤眉小却，并非真败，我军已多饥倦，宜暂休息，毋使前进！”禹不肯听异，反驱兵急进。异未便停马，相偕进军，蓦听得几声胡哨，赤眉等四面兜集，踊跃来前。禹与异慌忙对敌，怎禁得赤眉涌至，驰突入阵，把禹异两军冲作数截。禹异两军，已是饥乏得很，望见敌势汹涌，统皆怯战，觅路乱逃。禹亦自知不支，但率亲兵二十四骑，冲开血路，径向宜阳奔去。邓弘已早经遁走，不知去向，单剩得冯异一军，也是东逃西散，如何支持？异急走至回溪阪，溪长四里，旁有峭壁，状甚陡峻。异弃马逾溪，与麾下数人跃登峻阪，方得驰脱。这番战仗，汉军死伤至三千余人，余皆散逸。还亏冯异脱身回营，下令收集溃卒，军士方知异无恙，夤夜奔投，复得万人，守住营壁。越日复由异整兵募众，遍召各处城堡戍卒，一并会聚，再与赤眉约期会战。赤眉恃胜生骄，轻视冯异，待至战期已届，便令万人为前驱，凌晨挑战。异早经部署，申定号令，一闻寇至，但使锐卒一二千人，出营交锋。赤眉见异军寥寥，越加蔑视，存了一种灭此朝食的妄想，悉众来围异军。异乃纵兵大出，与赤眉鏖战一场，两下里旗鼓相当，兵刃交接，呐喊声震动远近，好容易杀到日昃，还是未分胜败，相持不舍。异却把红旗一招，突有一支人马，向赤眉阵中搅入，衣服与赤眉相同，赤眉错认是自己党羽，慌忙招呼，谁料到劈头一撞，都害得颈血模糊，十死五六。赤眉后队，顿时大乱。再经异麾军纵击，杀毙赤眉，不可胜计。看官道这支人马，究从何处杀来？原来冯异知赤眉势盛，但凭力敌，未易杀退，所以预先设计，令壮士千人，改服赤眉衣饰，夜伏道旁，约用红旗为号，叫他捣乱贼军。果然赤眉中计，一败涂地。当由异军追至崤底，截住男女八万人，谕令降者免死。八万男女，一体匍伏，束手归诚。尚有残众十余万，东走宜阳。将恃谋，不恃勇，于此可见。异驰书报捷，光武帝特赐玺书云：

赤眉破平，士卒劳苦，始虽垂翅回溪，终能奋翼渑池，可谓失之东隅，收之桑榆，方论功赏，以答大勋。

玺书既下，光武帝复亲率六军，至宜阳截住赤眉。赤眉正拼命东走，到了宜阳，见前面戈铤耀日，旌旗蔽天，当中拥着汉天子御驾，黄屋大纛，八面威风。吓得赤眉叫苦不迭，如樊崇逢安等人，经过百战，杀人未尝眨眼，至此亦仓皇失措，不知所为。当下经众会议，只有乞降一法，乃遣刘恭持书请降。恭既至汉营，得见光武帝，行过了礼，呈上降表。光武帝准令降顺，恭面请道：“盆子率百万众降陛下，敢问陛下如何待遇？”光武帝接说道：“待他不死便罢。”王言如纶。恭因即返报，盆子率徐宣以下三十余人，肉袒归降，献上所得传国玺绶，并将所有兵甲，悉数缴付，堆积宜阳城外，高与熊耳山相齐。光武帝令县厨赐食，降众正苦饥馁，随到随食，总算十万余人，并得一饱。光武帝见降贼甚多，恐有反复，特就次日清晨，大陈兵马，遍布洛水岸旁，令盆子等随驾观兵，且顾语盆子道：“汝自知当死否？”盆子跪答道：“罪原当死，但求陛下恩赦呢！”光武帝微笑道：“儿亦太黠，宗室中原无愚人！”说至此，又顾问樊崇等道：“汝等曾悔降否？朕愿遣汝等回营，鸣鼓相攻，再决胜负，可好么？”好权术。徐宣等叩头道：“臣等出长安东都门，君臣计议，已愿归命圣德，惟百姓可与图成，难与虑始，所以未曾遍告。今日得降，如脱去虎口，得依慈母，诚喜诚欢，还有什么悔恨呢？”光武帝语徐宣道：“卿可谓铁中铮铮、庸中佼佼了！”乃敛兵归营。更谕诸降将道："汝等大为不道，所过成墟，屠老弱，溺社稷，污井灶，残暴已极，本应骈诛。但朕念汝等尚有三善：攻破城邑，几遍天下，妻妇未尝弃易，算是一善；立君能用宗室，算是二善；他贼乘乱立君，待至危急，往往弑君持首，乞降邀功，独诸卿尚知大义，奉主来降，算是三善。朕所以网开三面，法外行仁，此后总宜洗心革面，共享太平！"降将都一齐跪下，齐呼万岁。光武辨论善恶，亦俱得当。光武帝挥众令起，启行还都，令降将分居洛阳，每人赐宅一区，田二顷，余众给资遣归。惟杨音与帝叔刘良有旧，良先依刘玄，玄败没时，独良得杨音礼待，才得免害。因此光武帝为叔报德，封音为关内侯，得与徐宣安享天年。刘恭替刘玄报仇，刺死谢禄，系狱自首，亦得贷死。独樊崇逢安，居洛数月，又想造反，谋泄被诛。不死胡为？光武帝矜怜盆子，赏赐甚厚，使为叔父良部下郎中。盆子病目失明，方令免官，尚给荥阳均输官地，食税终身。小子有诗咏道：

牛吏何堪作帝王，崤山一跌便沦亡。
得全首领犹云幸，总为童儿质尚良。

赤眉已平，余寇犹炽，免不得再加征伐，劳动王师。欲知后来情事，且看下回续叙。

项羽掘始皇冢，后人以凶残嫉之，顾未有如赤眉之甚者。赤眉不法，发掘园陵，裸辱女尸，阅《汉书·刘盆子传》中，载入此事，谓有玉匣附殓者，多被淫秽，姓氏不概传，独于吕后则标明之。意者其亦嫉吕后生前之奢淫，特揭此以为后人戒欤？邓禹已入长安，不能捍卫陵寝，咎实难辞，乃复以饥疲之卒，贪功邀战，屡致失利，甚且累及冯异，同致复师。微异之奋翼渑池，则赤眉东来，众尚二十万，即如光武之勒兵亲征，截击宜阳，胜负亦未可料，安能不战屈人乎？光武能专任冯异，卒成大功。至若刘盆子之降，待以不死，陈兵示威，笑语屈贼，光武固一英辟也欤？而樊崇逢安之自外生成，终遭诛殛，何一非恶贯满盈之果报也！

第十三回

诛邓奉惩奸肃纪　戕刘永献首邀功

却说赤眉既降，关中无主，盗贼又乘机蜂起，各据一隅。下邽有王歆，新丰有芳丹，霸陵有蒋震，长陵有公孙守，谷口有杨周，陈仓有吕鲔，汧骆有角闳，长安被张邯占住，各称将军，互相攻击。独延岑屯据杜陵，击破赤眉将逢安，意气自豪，再移部众入蓝田，僭称武安王，分置牧守，居然想做关中霸主。闻得征西大将军冯异进兵，亟诱同张邯等众，共攻异军。一番接仗，竟被异军杀毙千余人。张邯等战败先逃，延岑亦向东南窜去。异进驻上林苑中，号令远近，先抚后剿，所有前时附近诸堡砦，附属延岑，至此都向异投诚。异又遣复汉将军邓晔，辅汉将军于匡，领兵追岑。到了析县，正值岑督众围城，一遇邓晔等到来，慌忙解围对敌，偏部众惩着前败，不敢再战，裨将苏臣等投械先降。岑不敢再持，奔归南阳，又被汉建威大将军耿弇等，迎头截击，斩首三千余级，生擒将士五千余人。岑势孤力竭，但率数骑奔投秦丰，嗣复转诣西蜀，下文自有交代。惟邓奉本光武帝姊夫邓晨兄子，从征有功，官拜破虏将军。自吴汉出略南阳，兵多侵暴，连邓奉故乡新野县中，亦遭蹂躏。奉返省乡里，庐舍荡然，不由得怒气填胸，竟纠合流氓，造起反来。乡里遭殃，何妨劾奏吴汉，奈何造反？当即攻入淯阳，逐去守兵。顾应前回。尚有堵乡人董欣，杏聚人许邯，亦纠众应奉，四出骚扰。董欣攻入宛城，拘住南阳太守刘欣，幸汉扬化将军坚镡，尚未远去，一闻宛城失守，便引兵夜至城下，使壮士悄悄登城，斩关纳入兵士，一鼓而进。欣未曾防备，势难招架，只好弃城窜去，逃归堵乡。光武帝时已闻警，亟授岑彭为征南大将军，使讨邓奉董欣，且拟添将助彭。适值王常自邓来归，常即前时下江帅，与光武帝同破莽军，转事刘玄。玄曾命常为廷尉大将军，封知命侯，进爵邓王。至是方挈眷入洛，谒见光武。光武帝与语道："王廷尉良苦，每念前时与同艰险，无日忘怀！奈何至今始来相见哩？"常顿首谢道："臣蒙大命，得效鞭策，始遇宜秋，继会昆阳，幸赖陛下威武，终破大敌。更始不量臣愚，委任南州。赤眉入关，伤心失望，以为天下复失纲纪。今闻陛下即位河北，如日重明，臣等得见阙廷，虽死亦无遗恨了！"光武帝笑说道："我与卿戏言，不必介意，今得见卿，南顾无忧了。"遂指常语诸将道："王将军曾率下江诸将，辅翼汉室，心如金石，真好算是忠臣呢！"于是面授常为汉忠将军，使与朱祐贾复耿弇郭守刘宏刘嘉耿植等，一同南下，由征南大将军岑彭节制。彭率众至杏聚，击破许邯，邯穷蹙始降。再顺便进攻堵乡，董欣向邓奉乞援，奉率锐卒万余，往救董欣，两人并力拒守。岑彭等连攻数月，尚不能克。到了建武三年夏间，光武帝下诏亲征，带领六军出都。行至叶县，适遇董欣别将数千人，沿途拦阻，车驾不得前进，正要麾兵开道，巧值彭亦引兵杀到，前后夹攻，一霎时扫得精光。光武帝进军堵阳，邓奉不禁胆怯，夜奔淯阳。董欣独力难支，自缚出降。积弩将军傅俊，骑都尉臧宫，奉着帝命与岑彭等追赶邓奉，驰抵小长安，得及奉兵，当然再战。奉抵死格拒，酣斗经时，互有杀伤。

蓦闻光武帝亲来接应，车骑大至，汉军越加奋勇，杀死奉兵无数，奉欲逃无路，迫急乃降。光武帝记奉前功，且由吴汉起衅，拟从赦宥。岑彭与耿弇进谏道：“邓奉背恩造反，致王师暴露经年，罪无可逭！若不诛奉，何以惩恶？”说得光武帝不便徇情，乃将奉正法示众。国法原是难容。惟许邯董欣，幸得贷免。光武帝启驾还都，但使岑彭与傅俊臧宫等三万余人，南击秦丰去了。

过了月余，得虎牙大将军捷报，说是刘永授首，睢阳报平。究竟刘永如何败死？应该详叙情形。永在睢阳僭称帝号，专据东方。见十一回。内有沛人周建等为爪牙，外有佼强董宪张步等为羽翼，除国都睢阳外，如济阴山阳沛楚淮阳汝南等二十八城，俱归管辖，差不多将青兖徐三州包括了去。光武帝曾拜盖延为虎牙大将军，使与降将苏茂，相偕东征。茂本刘玄部将，前与朱鲔共守洛阳，鲔既出降，茂亦归命。及随盖延东行，独不肯受延节制，分军自去，掠得数县，据住广乐，反向刘永处遣使称臣。永拜茂为大司马，封淮阳王。盖延独进攻睢阳，且奏达苏茂叛状，光武帝再遣驸马都尉马武，骑都尉刘隆，护军都尉马成，偏将军王霸等，往助盖延，为延副将，合攻睢阳城。彼此经过好几次战仗，城中兵不能取胜，闭门死守。两下里复相持数旬，延尽收田间禾麦，作为军粮，守兵无粮可因，渐生恟惧，当被延军窥出间隙，缘梯夜登，入城击永。永不知所措，亟引兵走出东门，延等追杀一阵，横尸遍野，只剩得骑士数十人，保住刘永家属，奔往虞城。虞城人不愿纳永，反将永母及妻子，一并杀死，永仓皇走脱，得抵谯邑。永将苏茂佼强周建等，合兵三万余人，至谯救永，永复得成军，再拟拒延。延连拔薛城沛城，斩鲁郡太守梁邱寿，及沛郡太守陈修，长驱追永。永率苏茂等三将军，至沛西逆战，又吃了一大败仗。不得已再弃谯城，转奔湖陵，苏茂奔还广乐，惟佼强周建，还是与永同行，未曾舍去。

盖延乘胜略地，收抚沛楚临淮各城。光武帝也遣大中大夫伏隆，持节使青徐二州，招谕郡国。青徐群盗，多望风请降。就是琅琊盗帅张步，亦迎谒伏隆，敛兵听命。隆许为归报，嘱步静候朝旨，步乃使掾吏孙昱，随隆诣阙，贡献鳆鱼。鳆似蛤，即石决明。光武帝迁隆为光禄大夫，仍使隆赍着诏书，拜步为东莱太守。隆即与步掾孙昱，仍向东行。哪知为刘永所闻，忙遣人立步为齐王，并封东海贼帅董宪为海西王。步贪得王爵，欲背隆约。及隆持诏前来，竟摆起国王的架子，拒诏不受。隆探悉情隐，因向步晓谕道：“高祖与天下约，非刘氏不得封王；今君果去逆效顺，总不失为万户侯，何必贪受伪封，但顾目前，不顾日后哩？”步不以为然，惟留隆共守青徐二州，隆愤然道：“君不受朝命，必有后悔！我奉命到此，谕君反正，岂肯随君附逆？我就此返报便了。”说着，持节欲行，步却麾动左右，把隆拘住，锢居一室。隆缮就密书，交付从吏，嘱使乘间脱身，归报朝廷。从吏一住数日，觑得步兵防检少疏，乘夜逸出，好容易奔还洛阳，把隆书呈递进去。光武帝立即展阅，但见书中写着：

臣隆奉使无状，受执凶逆，虽在困厄，授命不顾。步固桀骜，属吏知其反叛，心不附之，愿以时进兵，无以臣隆为念！臣隆得生到阙廷，受诛有司，此其大愿；若令没于寇手，以父母昆弟长累陛下。愿陛下与皇后太子永享万国，与天无极！臣隆待死上言。

光武帝览罢，知隆已陷入寇中，亟召隆父伏湛，示隆来书，且流涕与语道："隆节同苏武，忠诚贯日，朕却恨他不如姑许，自求生还哩！"这是无聊慰语，莫被光武瞒过。湛泣拜而退。湛为济南伏胜九世孙，世传经学。伏胜为秦时耆儒，见《前汉演义》。高祖伏孺，徙居琅琊郡东武县；父伏理曾为高密太傅。湛承父荫，补充博士弟子员；王莽时为绣衣执法；刘玄入关，使为平原太守；光武帝即位，闻湛才名，征拜尚书，令订旧制。至是因伏隆被执，意欲加慰湛心，擢任公卿。时邓禹已早还都中，自愧无功，缴上大司徒及梁侯印绶，光武帝赐还侯印，但将大司徒一职，悬缺不补。回应前回。此次拟迁擢伏湛，正好使他代任大司徒，乃即日锡命，使行大司徒事。未几即命他实授，加封阳都侯，一面调遣大司马吴汉，率同骠骑大将军杜茂等，会攻刘永。并拟另派别将，专讨张步。忽由幽州牧朱浮，驰使告急，请速济师。顿令光武帝不遑东顾，又要筹及北防。

这朱浮告急的原因，便是为了彭宠造反，逼迫幽州。彭宠本为渔阳太守，尝发突骑助光武军，得平王郎。至光武正位，封赏功臣，如宠所遣的吴汉王梁，皆位跻三公，宠仍守原官，不获超迁，因此不平。光武帝也未免负宠。幽州牧朱浮，年少好客，尝向渔阳征取银米，充作廪饩。宠不肯照发，且有怨言。浮致书责宠，讥他为辽东白豕，只好夸示辽阳，不足比衡河右。宠得书越加恨浮，浮更密表谮宠，光武帝乃征宠入都。宠请与浮一同就征，奉诏不许，宠遂怀疑惧。宠妻素好干政，劝宠不必应征，尽可自主；此外属吏亦无人劝行，于是迁延不发。宠有从弟子后兰卿，随光武帝居洛阳，光武帝因遣令谕宠，宠留住子后兰卿，竟出兵二万余人，往攻朱浮。又因上谷太守耿况，也是功高赏薄，与己相同，不妨诱与同反。于是一再遣使，驰诣上谷。哪知有去无来，所遣使人，俱被耿况斩首了。彭宠造反，前回已曾提及，此外所叙各事，参观前文便知。光武帝闻朱浮被攻，曾遣游击将军邓隆，引兵援浮。隆与浮立营太远，呼应不灵，被宠兵突破隆营，隆仓促走脱，部下多死。浮不能相救，只好还守蓟城，与宠相拒。既而涿郡太守张丰，也与宠连兵，自称无上大将军。宠得一帮手，气焰越张，索性大举围蓟。朱浮不敢出战，惟飞章入洛，乞请援师。

光武帝得报，想了数日，一时腾不出兵马粮饷，乃令来使还报，教他静守毋战，俟筹足军实，方可来援等语。浮又固守了好几月，城中粮尽，人自相食，那外面却攻扑甚急，险些儿陷没全城，就使弃城不顾，也是无路可出，眼见得危急万分，朝不保暮。亏得上谷太守耿况，遣到两三千骑兵，冲破围城一角，浮得趁此机会，开城杀出，由上谷兵在外接应，才得走脱。只蓟城吏民，不及随行，上谷兵又复退去，无人相救，没奈何出降宠军。宠既得蓟城，复陷右北平上谷数县，遂自称燕王，北通匈奴，南结张步，又收集朔方遗贼，称雄一隅。光武帝时思北讨，但恐刘永未平，一或远征，免不得顾此失彼，患生眉睫，所以耐心待着，只望盖延吴汉两军，早日平永，便好移师北行。偏偏事多周折，波浪层生，前次睢阳城已经攻下，只逃脱了刘永一人。及盖延往略沛楚，永又从间道还至睢阳，睢阳人又反城迎永。盖延再去围攻，急切又不能得手。惟吴汉一军，行至广乐，与永将苏茂连战数次，茂奔广乐见上文。茂败入城中。吴汉督兵猛攻，四面架起云梯，将要登城，不防来了一个周建，带着大队十多万人，救茂击汉。

汉自率轻骑，前去截击，虽是敌众我寡，倒也未尝胆怯。一场混战，毕竟杀不过茂众，看看将败退下去，汉不禁性起，怒马向前，挺戟突阵，刺死敌兵数人。蓦然来了一箭，射中马首，马负痛一蹶，把汉掀翻地下，幸亏左右将士，抢前力救，才得将汉扶归。汉膝上受伤，不能起立，困卧榻上，诸将只得闭垒自固，一听周建入城。到了日晚，吴汉尚病不能兴，未免呻吟。杜茂等入语道："大敌在前，公乃因伤久卧，恐致摇动众心，还请详察。"汉听言未毕，便跃然起坐，裹创出帐，椎牛飨士，下令军中道："贼众虽多，统皆乌合，胜不相让，败不相救，并没有什么忠义。今日为诸君立功时候，杀贼封侯，在此一举，望诸君勉力。"麾下不禁鼓舞，齐称得令，将士同心，不忧不胜。于是士气复振，待旦厮杀。到了昧爽，城中已有鼓角声，传入汉营。汉知周建等又来挑战，遂选四部精兵黄头吴河等，黄头系首戴黄巾，为敢死士。及乌桓突骑三千余人，作为先驱，自督诸将随出，号令全军，闻鼓齐进，退后立斩。当下大开营门，严阵以待。望见周建领兵出来，即由汉亲自擂鼓，蓬蓬勃勃，激动士气，前驱奋勇杀出，后军继进，一股脑儿冲入建军。建军抵挡不住，立即返奔，被汉军快马追上，守卒不及闭门，顿至门前挤住，彼此争入，结果是全城捣毁，周建苏茂，夺路遁去。汉入城安民，留杜茂陈俊居守，自率兵追蹑建茂，直抵睢阳。建与茂入城见永，相偕守御。汉会同盖延，昼夜急攻。城中被困，已将百日，兵吏皆有菜色，再加建茂败兵，从外窜至，人数虽是较多，粮食越加不济，没奈何保住刘永，溃围出走。延军截住辎重，从后追击。永等拼命乱跑，将抵酂城，众已四散，连建茂亦自去逃生。只有永将庆吾，还是跟着，眉头一皱，计上心来，竟悄悄的拔出佩刀，向永脑后劈去，永未曾预防，当然被杀，庆吾遂枭了永首，迎献延军。延令庆吾携首入都，伏阙呈报，庆吾得受封为列侯。好侥幸。

永弟防尚守住睢阳，闻得永已毙命，也开城出降。独永子纡随着建茂，同至垂惠。建茂因立纡为梁王，收合余烬，再图起复。永将佼强走保西防，仍与建茂等，遥为声援，共保刘纡。纡且使人至剧城，传报嗣立情状，剧城为张步所居，正在拥兵拓土，夺得齐地十二郡，侈然自大。既接刘纡使命，意欲尊纡为帝，自称定汉公。也想模仿王莽么？独琅琊太守谏阻道："梁王尝归附刘宗，所以山东听命，今若尊立彼子，恐众情未必翕从。且齐人多诈，不可不防！"步乃罢议，但将来使遣归。王闳即王莽从弟，王谭子。颇有胆略，为莽所忌，遣为东郡太守。至刘玄为帝，闳率东郡三十余万户，拜表降玄，玄因令闳移守琅琊。张步起事，受永封爵，闳与战不胜，单骑见步，步陈兵相见，怒目视闳道："步有何过，乃为君所不容，屡次见攻？"闳按剑道："闳为大汉太守，奉命守土，今文公张步字。拥兵相拒，不服朝命，闳只知讨贼，管什么有过无过呢？"步为闳所折，不禁心服，遂离席跪谢，陈乐献酒，待遇如上宾礼，仍使闳守郡如故。闳此次进谏，是知刘纡不能成事，意欲张步仍归顺洛阳。步但不愿帝纡，未肯从洛，且杀死洛阳使臣伏隆，据境自雄。正是：

狐鼠徒知争窟穴，蟪蛄原不识春秋。

张步尚是专横，彭宠却已速死。究竟宠何故毙命，请看官续阅下回。

邓奉为邓晨兄子，与光武帝戚谊相关，乃以新野被掠之嫌，遽敢造反，实属罪无可贷。光武帝之欲加赦宥，未免徇私。岑彭耿弇，共请正法，所言甚当。卒之叛臣伏罪，国法得伸，光武帝之曲从众请，诚哉其以公灭私也。刘永亦高祖后裔，名位与光武相类，光武可帝，永亦未尝不可帝；但永之才智，不逮光武，必欲据有青齐，抗衡河洛，不败何待？不死胡为？惟庆吾既为永臣，乃乘永穷蹙之时，遂加手刃，携首求功，光武帝竟封为列侯，毋乃过甚。帝尝语盆子诸臣，谓其奉主来降，不失为善，是明知弑臣之非义，奈何犹加封赏也？耿弇诸将，能谏阻光武之赦奉，不知谏阻光武之封吾，其亦一得一失也欤！

第十四回

愚彭宠卧榻丧生　智王霸举杯却敌

却说彭宠僭称燕王，已阅年余。光武帝意欲亲征，预备六军出发，文武百官，未敢异议。独大司徒伏湛上疏谏阻，略云：

> 臣闻文王受命，而征伐五国，犬戎密须耆邘崇。必先询之同姓，然后谋于群臣，加占蓍龟以定行事，故谋则成，卜则吉，战则胜，然后俟时而动，三分天下而有其二。陛下承大乱之后，受命而兴，出入四年，灭檀乡，制五校，降铜马，破赤眉，诛邓奉之属，不为无功。今京师空匮，资用不足，未能服近而先事边外，似属非宜。且渔阳之地，逼接北狄，黠虏困迫，必求其助。又今所过县邑，尤为困乏，大军远涉二千余里，士马罢劳，转粮艰阻。今兖豫青冀中国之都，寇贼纵横，未及归化。渔阳以东，本备边塞地，贡税微薄，安平之时，尚资内郡，况今荒耗，岂足先图？而陛下舍近务远，弃易就难，四方疑怪，百姓怨惧，诚臣之所惑也。愿远览文王重兵博谋，近思征伐前后之宜，顾问有司，使极愚诚，采其所长，择之圣虑，以中土为忧念，则不胜幸甚！

光武帝览疏，方才罢议。但使建义大将军朱祐，建威大将军耿弇，征虏将军祭遵，骁骑将军刘喜等，出略北方。涿郡太守张丰，叛应彭宠，为宠屏蔽，祭遵以张丰不除，无从灭宠，乃引军先行。倍道至涿郡城下，一鼓登城，城中大乱，张丰仓促欲奔，被功曹孟厷缚住，献与遵军。丰素信方术，有道士向丰谀媚，谓丰当为天子，且用五彩囊裹住一石，令丰系诸肘后，伪云石中有玉玺，俟得就尊位，方可剖取。丰信为真言，因即谋反。此次做了罪囚，推至遵前，遵诘问反状，丰尚述道士讹言，举肘示遵。遵令将五彩囊解下，取出一石，用椎击破，并无玉玺，便掷石示丰，丰始知被诈，仰天叹道："当死无恨。"真是呆鸟。遵即命推出斩首，传诣洛阳。光武帝闻张丰伏诛，撤去渔阳羽翼，当然心慰。惟因岑彭往击秦丰，数月不得捷音，见前回。乃将朱祐调回，使助岑彭。留祭遵屯良乡，刘喜屯阳乡，使耿弇进击渔阳。弇因父况与宠同功，迹近嫌疑，且无兄弟留侍京师，益恐遭忌，未敢独进。因上书求还洛阳，愿将渔阳事让与祭遵。光武帝览悉内容，即下诏赐弇道："将军尝举宗相依，为国忘家，功效卓著，今何嫌何疑，反欲求征？且屯兵涿郡，勉图方略，平叛课功。"弇接到诏谕，乃暂驻涿郡，并作书禀父，请况为国效力，夹攻彭宠。况得书后，已知弇意，便遣弇弟耿国入侍。光武帝嘉况忠诚，晋封况为隃麋侯。会因彭宠出兵两路，分攻祭遵刘喜，一路由宠引兵数万，自击祭遵；一路使弟纯领着匈奴骑兵，约有好几千人，往击刘喜。纯行至军都，忽刺斜里突出一彪人马，大刀阔斧，拦住厮杀，纯不及措手，慌忙倒退。有两个匈奴统将，不识利害，向前接战，谁知上谷骑士，比胡骑还要厉害，左冲右突，无人敢当。且有一位青年骁将，横槊当先，飘飘飞舞，锋刃到处，流血淋漓，两个匈奴军将，都做了无头鬼奴，余众自然骇散，纯亦逃归。看官道来将为谁？就是耿况次子耿舒。倒戟而出。况曾遣谍骑，往探渔阳消息，既知彭纯出发，即遣次子耿舒，率锐邀截。纯却不曾防备，适被耿舒横击一阵，败回渔阳。军都乃是县名，本已附属彭宠，此次由耿舒乘胜进攻，也是唾手得来。宠闻彭纯败还，军都失守，不由得心惊胆落，连忙引兵折回，自保巢穴，尚恐祭遵刘喜，与耿况连兵捣入，日夕不安。就是渔阳城内的百姓，也是担忧得很，未遑宁处。

蹉跎过了数月，已是建武五年。彭宠妻夜卧床间，恍恍惚惚，觉得自己裸体登城，被髡徒推堕城下，骇极大呼，才得惊寤，醒后始知是一场噩梦，大为惶惑。越夕由宠升堂，闻火炉下有虾蟆声，阁阁乱鸣，宠将火炉移开，并不见有虾蟆形迹，再令左右掘地寻觅，亦无影响。为此种种怪异，便召卜人筮易，术士望气，统云不必防外，但当防内。宠闻言细思，只有从弟子后兰卿，由洛阳到来，见前回。莫非蓄有阴谋，潜图为变？乃将他调戍边防，不令居内。且欲祀神禳灾，先期斋戒，移居静室。苍头子密等三人，见宠心绪烦乱，后必无成，遂暗中密谋，拟将宠夫妇杀死，往降汉营。当下伺宠卧着，趱将进去，把宠缚住床上，再出告外吏，说是大王斋禁，令众归休。待外吏散去，又伪传宠命，收缚奴婢，分置密室，然后召出宠妻。宠妻不知何因，趋入斋室，蓦见宠被绳捆住，忍不住惊叫道："叛奴造反！"说到反字，已被子密等揪住头发，用掌击颊，打得宠妻面目红肿，不敢作声。谁叫你唆宠造反？宠慌忙大呼道："快为诸将军办装，不必多言！"子密等乃释放宠妻，随她入取宝物，但留一奴守宠。宠顾语道："汝为我所爱，想为子密胁迫至此，若肯解我缚，当使女珠嫁汝，家中财物，与汝同分！"守奴颇为所动，出视户外，见子密尚未他去，因不敢替宠释缚。子密等取得金玉珍宝，复将宠妻牵入宠室，迫使缝两缣囊，盛贮各物，宠妻不敢不从。到了缣囊缝就，已经夜半，子密又放开宠手，使他亲写手敕，谕告城门将军，但言今遣子密等往报子后兰卿，速即开门，毋令稽留。宠已同傀儡一般，如言写就，子密便拔刀在手，剁落宠头；转身把宠妻也是一刀，首随刀落。当即取两首盛入囊中，与宠书一并携着，出室跨马，赚开城门，径奔洛阳。斋室门至晓不开，外吏敲门不应，踰垣进去，见宠夫妇尸身委地，各无头颅，不禁大骇。当下召齐官属，查缉凶手，早已不知去向。尚书韩立等，收殓宠夫妇遗尸，立宠子彭午为王，召入子后兰卿为将军。才经数日，又被国师韩利，枭取午首，持献汉征虏将军祭遵。遵驰诣渔阳，夷宠家族，然后遣使奏闻。就是子密亦驰至阙下，呈上宠夫妇首级，光武帝封子密为不义侯。既云不义，如何封侯？

北方既平，只有东南一带，尚未告靖。征南大将军岑彭，与秦丰部将蔡宏相持，累月不见胜负，光武帝已遣朱祐往助，复传诏责彭逗留。彭且惧且奋，不待祐至，便夜勒兵马，佯云当西向进击，又故意纵去俘虏，使他还报秦丰。丰即悉众西行，邀击彭军。彭却引兵潜渡沔水，悄悄东进，袭破丰将张扬。又从川谷间伐木开道，进捣黎邱。黎邱是秦丰巢穴，在西方接得警报，慌忙还救。彭与诸将驻营东山，严兵待着。丰与蔡宏夤夜攻彭，彭开营迎击，大破丰军，丰遁还黎邱。蔡宏被彭军追及，回马再战，一个失手，头已落地，彭遂进逼黎邱。秦丰相赵京，方守宜城，惧威出降。彭据实上奏，光武帝进封彭为舞阴侯，拜赵京为成汉将军。彭引京同围黎邱，就是建义大将军朱祐，也领兵会彭，共攻秦丰。丰有女夫田戎，尝拥众夷陵，自称扫地大将军，闻得秦丰被围，惊惶得很，即欲降服洛阳。惟丰有数妻，一妻母家姓辛，有兄辛臣，曾在田戎帐下，入谏田戎道："今四方豪杰，各据郡国，洛阳地处四塞，未必稳固，不如按甲敛兵，静待时变！"戎摇首道："强大如秦王，尚为征南所围，何况是我？我已决计降汉了！"本意原是不错。乃留辛臣守夷陵，自率众沿江泝沔，进向黎邱，拟至岑彭处请降。不意辛臣盗取珍宝，弃去夷陵，先从间道降彭，但作书招戎。戎恨他前后反复，且恐他先进谗言，祸将不测，因此未敢降汉，反说是往救秦丰，与丰合兵，表里相应。岑彭留朱祐围城，自引兵攻击戎营，又是好几月不下。后来戎支持不住，连战皆败，部将伍公投降彭军，戎逃归夷陵。光武帝亲至黎邱，慰劳吏士，封赏至百余人。探得城中势弱，兵只千余，粮亦将尽，不久可克，乃令朱祐独攻黎邱，使彭与积弩将军傅俊，往讨田戎。一面谕令秦丰，出降免死。丰复命不逊，乃将军事委任朱祐，期在必克，自己启驾还都。彭与俊移军夷陵，尽力攻扑。戎出兵搏战，伤亡无算，遂将夷陵弃去，向西逃走。彭追至秭归，因戎越山奔蜀，不便穷追，方才班师。独朱祐围攻秦丰，丰自知孤危，忙向外郡飞召党羽，还援巢穴。适有丰将张康，从蔡阳进援，与祐军鏖战兼旬，并将粮食输送秦丰，城内又复得食，拼命坚守。祐分兵绕出张康营后，先断张康粮道，然后鼓动部曲，捣入康营，康军自然溃乱，不战便走。祐从后追击，将抵蔡阳，巧值截粮军回来，拦住康前，康进退无路，免不得手忙脚乱，被祐赶至马前，一刀砍死。祐枭取康首，回示黎邱守兵。守兵俱有惧色，但因粮食未尽，还想坐守过去。至建武五年夏间，兵尽粮竭，丰无法可施，只得与母妻九人，肉袒出降。祐囚丰入都，光武帝责他负嵎不服，罪无可赦，因即谕令正法，敕祐还师。又了结一个盗首。另遣捕虏将军马武，骑都尉王霸，往攻垂惠，再击刘纡。纡向海西王董宪求救。宪正拟率众赴援，不意兰陵守将贲休，举城降汉，遂致宪怒气上冲，先去围攻兰陵。虎牙大将军盖延，方屯楚郡，闻得兰陵被围，愿与平狄将军庞萌，同援兰陵。光武帝答诏道："宪巢窟在郯，若直捣郯城，兰陵自可解围了。"这却是釜底抽薪的妙计。盖延奉诏，领兵出发，途次屡接兰陵警报，危在旦夕，不得已先诣兰陵。董宪但遣偏将挑战，由延军一阵击退，长驱入城。入城也是失着。过了一宵，宪竟纠合大队，合围兰陵。延始知中计，引兵突出，方去攻郯。一误再误。光武帝得报，急传谕责延道："朕令将军先去攻郯，无非欲掩他不备，使他情急还援，将军失算，先救兰陵，不能击退贼众，尚欲往攻郯城，贼既知备，兰陵益危，岂不是一举两失么？"延等已至郯城，不能复返，只好奋力督攻，果然守备甚固，累攻不下。那兰陵城已被宪陷入，贲休战死，枉送了一条性命。独刘纡待宪不至，使苏茂出招徒党。茂收得五校遗众，还救垂惠，约有四千余人，截击汉军粮路。汉骑都尉马武，闻信驰救，见茂来军不多，意在轻视，正在交战时候，城中复突出周建，引兵夹击，武腹背受敌，慌忙冲开血路，奔至王霸营前，大呼求救。霸佯作痴聋，坚壁不出，军吏统劝霸出军，霸摇首道："茂招集亡命，来势甚锐，马都尉已经败还，但望我军出援，士无斗志，若我军开营接战，军心不一，势必两败。今我闭营固守，示不相援，贼必乘胜轻进，逼压马军，马军无援可恃，不得不拼死与战，待至贼众疲乏，我出乘彼敝，何忧不胜？诸君但听我号令便了！"军吏方才退去，整甲待命。已而苏茂周建，带着两路兵马，围裹马军。马武见霸不肯出救，愤然下令，与茂建决一死斗，两下里喊杀连天，撼动山谷。约有两三个时辰，霸尚按兵不动，营中壮士路润等，忍耐不住，截发请战，霸乃下令出救，却不开前门，独引精骑潜出后帐，绕至敌军背后，喧呼入阵。茂与建正双战马武，蛮横得很，谁料后队已乱，来了一位金盔铁甲的大将军，摆动一干方天画戟，左挑右拨，破入中坚。建急忙回马接战，未及三合，胁上已为戟所伤，负痛亟走。苏茂瞧着，也即舍了马武，觅路退回。马武正危急万分，见来将击退茂建，当然大喜，仔细审视，正是王霸。便将前时恨霸的心思，变作感激，索性再奋余勇，驱杀一阵。霸部下统是生力军，踊跃追击，杀得敌众大败亏输，奔入城中，霸与武才收兵回营。又越两日，茂建复鼓众出来，独至王霸营前挑战，霸却安坐营中，与军吏饮酒作乐，谈笑自如。又要作怪。突有一贼箭飞来，将近霸颊，霸用手中所执的酒杯，轻轻格去。杯系铜制，但听得叮当一声，箭坠席前，军吏统皆变色，霸镇定如故，徐语军吏道："苏茂带着客兵，来救此城，我料他粮食不足，所以一再挑战，幸图一胜。今我闭营休士，以逸待劳，便是不战屈人，指日可下了。"军吏似信非信，好容易俟至日暮，营外已无哗声，敌皆退尽。夜半有逻骑入报，谓茂建不得入城，奔往他方。霸拈须微笑道："我已知他不能久持了。"军吏又请发兵往追，霸又笑道："穷寇勿追，况在昏夜？料他亦无能为呢！"越宿由城中守将周诵，递到降书，霸慨然允降，与马武勒兵入城。周诵当然迎谒，不必絮述。惟周诵究是何人？为何不顾茂建，径来降汉？原来诵系周建兄子，与建有嫌，且因苏茂招来贼众，不守法度，徒耗粮食，城中积粟已罄，势必俱尽，因此拒绝茂建，决计降汉。惟刘纡本在城中，猝然闻变，亟率卫士数十骑，夺门出走，奔往西防，投依佼强。周建负创未愈，又恨兄子为变，怒不可遏，激动创痕，流血不止，就在途中毙命。茂走至下邳，与董宪合军。时盖延攻郯未克，顿兵城外，忽由平狄将军庞萌，起了歹意，竟嗾动军士，反袭延营。延猝不及防，仓皇走脱，北渡泗水，沉舟毁桥，方得截住庞萌。萌本为下江盗首，转依刘玄，玄令为冀州牧，使随谢躬同攻王郎，郎死后躬亦被戮，见前文。乃归降光武。平时颇知逊顺，为光武帝所信爱，尝谓托孤寄命，非萌莫属，因拜为平狄将军。知人则哲，惟帝其难之。至是与盖延共讨董宪，诏书独不及庞萌，萌暗里怀疑，且因延违诏无功，恐延嫁祸己身，所以遽叛。延具状奏闻，光武帝不禁大愤，且与诸将玺书道："我尝称庞萌为社稷臣，卿等能勿笑我妄言否？老贼罪当族诛，愿卿等各厉兵秣马，会集睢阳，待我亲往督战。"这玺书颁发出去，随即启跸亲征，行抵蒙城，闻知彭城失陷，太守孙萌，为萌所执，几至被杀。还亏郡吏刘平，伏住太守身上，泣求代死，方得释免。光武帝不遑休息，留下辎重，竟率轻骑驰赴亢父。日已将暮，从臣奏请停跸，不得邀允，再驰越十余里，始至任城留宿。庞萌自号东平王，探悉车驾亲征，飞报董宪。宪令刘纡入兰陵，苏茂佼强，合助庞萌。萌亟移屯桃城，阻住车驾来路。桃城距任城仅六十里，总道御跸亲临，定有一场恶战，谁料待了三日，并无音响。不由得大惊道："前闻汉帝远来，昼夜兼行，疾驰至数百里，今乃高坐任城，不发一兵，究是何意？真正令人不解呢！"乃与茂强等猛攻桃城，城中已知帝驾在迩，可以无恐，自然安心静守。萌连攻二十余日，仍不能下。忽由光武帝亲督大军，前来援应，车骑如云，驺从如雨，所有吴汉王常盖延马武王霸等百战良将，一齐会集，尽抵桃城。

庞萌等望尘先怯，没奈何硬着头皮，率众迎敌，仿佛似卵敌石，如蛾扑火，不消半日，已经十死四五。苏茂佼强，引兵先溃，庞萌也落荒窜去。小子有诗咏道：

用人容易识人难，误把忠奸一例看。
犹赖庙谟能补过，叛臣一举便摧残。

桃城围解，光武帝入城犒赏，休军数日，复启行南下。欲知驾幸何地，且至下回再表。

彭宠与耿况，同助光武，宠因功高赏薄，怏怏失望，且又为朱浮所激，卒至反戈，情迹虽似可原，然耿况不反，而宠独反，宠将何以自解乎？宠妻一妇人耳，不以大义劝夫，反且促成叛乱，祸生梦寐，衅起帷廧，其夫妇同死也宜哉！惟宠为逆，而光武讨之，子密既为宠奴，竟敢手刃其主，亦一逆也！光武明知其非义，乃封以侯爵，又以不义为名，不义可侯，谁愿守义？以视庆吾之得受侯封，其误尤甚。及秦丰伏诛，董宪未灭，刘纡以睢阳余孽，奔赴宪军，死灰复燃。盖延失计，马武又败，幸有智勇深沉之王霸，能战能守，谈笑却戎。光武帝录取人才，胜任者多，不胜任者少，此所以一失之彭宠，再失之庞萌，而终无碍于中兴也。

第十五回

奋英谋三战平齐地　困强虏两载下舒城

却说光武帝自桃城启行，转幸沛郡，亲祠高庙，复进至湖陵，探得董宪刘纡，合众数万，屯据昌虑，因即督兵往攻。到了蕃县，与昌虑相隔百里，忽又由探马走报，董宪招诱五校余贼，进逼建阳。诸将以贼来较近，请即出击，光武帝面谕道："五校远来，粮必不继，食尽自退，何必与群贼争命呢？不如坚壁待敝，自足制胜！"与前回王霸义意，大致相同。诸将乃奉谕静守。过了数日，五校食尽，果然引去。惟庞萌苏茂佼强三人，自桃城败走后，辗转奔依董宪。宪拥众生骄，不甚戒备，光武帝却探知消息，督率将士，驰至昌虑。不待安营布阵，便使将士分攻宪营，四面并举。宪慌忙分兵四防，勉强支持了三昼夜，被汉军捣破营壁，一齐突入，刀枪杂进，好似斫瓜切菜一般。宪不能再持，跨马急奔，庞萌亦与宪同走，逃往缯山。苏茂不及偕行，走依张步，刘纡乱窜出营，惟佼强解甲请降。光武帝既得大捷，再遣吴汉率军追剿，宪与萌复自缯山潜出，招集散卒百余骑，还入郯城。吴汉等从后追至，宪萌兵微将寡，自知不能守郯，再奔朐城。吴汉不肯遽舍，仍然追去。朐城属东海郡，形势险固，储粮颇多，宪萌依次扼守，就是吴汉乘间围攻，倒也不能遽下。惟刘纡穷无所归，东跑西走，厮混了好几日，被随兵高扈，剁落头颅，持献汉营。

光武帝因梁地已平，还幸鲁地，致祭孔子。且使建威大将军耿弇，进兵向剧声讨张步。步闻耿弇将至，亟遣部将费邑屯兵历下，又分兵驻守祝阿，另就泰山钟城等处，列营数十，专待交锋。耿弇渡河直进，先攻祝阿，半日即下，却故意开城一角，纵令守兵逸去。守兵齐奔钟城。钟城人闻祝阿失陷，当然恟惧，你也逃，我也走，只剩得空垒数所，阒寂无人。弇却不往夺取，反引兵转攻巨里。巨里为费邑弟费敢所守，当然报闻费邑。弇使人到处砍树，扬言将填塞坑堑，一面严令军中，促修战具，限期三日，当力破巨里城。这消息又为费邑所闻，邑恐乃弟失守，自率锐卒三万余人，来救巨里。耿弇得报，喜语诸将道："我正欲诱他前来，今他果中我计，是自来送死了！"遂派将士三千人，直压巨里城下，自引精兵万人，往截费邑来路，择得一座高山，上冈伏着。那费邑仗着锐气，驱兵过来，才到山前，只听山上一声鼓响，竖起一面大旗，上书一个耿字，随风飘荡，却没有一人下山。邑伫望多时，不见人影，便顾语部曲道："这是疑兵，不必怕他！"说着，仍挥军前进，哪知山上的鼓声，又复继起，并有数百人出现山顶，持械欲下。邑又待了半晌，仍然不见下来，又要纵辔前行，偏是鼓声越紧，旗帜越多，迷眩耳目，令人莫测。原是一条疑兵计。猛听得一声呐喊，已有无数人马，冲入军中。邑急忙对敌，怎禁得来兵势盛，好似生龙活虎，不可捉摸；且军心已经散乱，无复行列，越弄得手足无措，血肉横飞。邑正要退走，不防一大将跃马来前，劈头一刀，不及趋避，慌忙把头一偏，却晦气了左臂，竟被砍断。邑痛彻心腑，自然昏晕过去，撞落马下，再由来将顺手砍下头颅，了结性命。好头颅已被人取去了，军中失了主帅，顿时大溃，迟逃一步的，都登鬼箓。看官不必细猜，便可知汉将耿弇，计斩费邑，先用旗鼓乱彼耳目，然后从山旁绕出，骤入彼阵，使邑措手不迭，马到成功。费敢在巨里城中，已知乃兄来援，拟即出兵接应，无奈城下有汉兵数千，堵住城门，未便轻出，弇之拨兵压城，原是为此。只好登陴遥望，守待援军。蓦见汉兵大至，先驱执着长竿，血淋淋的悬着一颗首级，急切里尚难辨认，但闻汉兵高呼道："这是费邑头颅，汝等细看，若再不出降，也要与这头颅相似了！"费敢审颜察貌，果是兄首，不由得涕泪交流。守卒莫不惊慌，无心守御，夤夜出走，敢亦遁归剧城。弇入城收取积聚，又分兵连下四十余垒，得平济南。

张步亟使弟蓝，率兵二万守西安，更征集诸郡吏士万余人守临淄，两城相隔四十里。弇进抵画中，居二城间，饬诸将校部署人马，约五日后会攻西安。与前计大同小异。至五日期届，诸将校齐集听命，弇令大众蓐食，夜食床蓐间，故曰蓐食。待旦至临淄城。护军荀梁，因军令与前不符，入帐申请道："攻临淄不如攻西安，临淄有急，西安必且往救；西安有急，临淄却不能赴援，且前令原会攻西安，何必改约？"弇喟然道："汝不知兵机，无怪相疑。西安虽小，却甚坚固，蓝兵又精，未易攻克。若临淄名为大城，守兵乃是乌合，一鼓可下。我前言将攻西安，明是声东击西的计策，今我不攻西安，独攻临淄，掩人无备，容易得手。临淄一下，西安亦孤，张蓝与步隔绝，必且亡去，一举两得，莫如此计。否则顿兵坚城，死伤必多，就使得克，张蓝必还奔临淄，并兵合势，与我相持，我深入敌地，复无转输，不出旬月，便是束手坐困了。奈何攻西安，不攻临淄？"荀梁方默然退去。弇即乘夜出兵，径攻临淄，城内果不及备，半日即下。再拟移攻西安，那张步已弃城遁去，奔回剧城。于是荀梁等拜服弇谋。弇乃揭榜安民，严禁军中掳掠，惟张步罪在不赦，若自来受死，毋得轻纵，手到擒来。这数语传入剧城，步不禁大笑道："我自兴兵以来，战胜攻取，如尤来大枪十数万众，我且踹营破灭，今大耿兵不如彼，又皆转战疲劳，反说出这般大言，要想擒我，岂不可笑？看我与彼一战，究竟谁胜谁负？"正要诱你出来。当下与三弟张蓝张弘张寿，及大枪降盗重异等兵，号称二十万，进至临淄城东，连营数里，指日攻城。弇闭城严守，不与争锋。事为光武帝所闻，恐弇寡不敌众，驰书劳问。弇复奏道："臣得据临淄，深沟高垒，守备有余，张步从剧县来攻，疲劳饥渴，臣不与交战，待他气竭欲归，当发兵追击，用逸待劳，用实击虚，约阅旬日，步首可坐致了。"这复文已呈递行在。弇乃出兵淄水，列阵岸旁。重异领着旧部，径来挑战。弇军即欲迎战，偏弇故意示怯，反令各军退回小城，但使都尉刘歆，及泰山太守陈俊，分兵列阵，驻扎城下。重异疑弇军怯战，越逼越紧，就是张步，亦自恃兵众，随后涌至，冲动刘歆陈俊两军，歆与俊不得不战，遂即督兵接仗，奋斗起来。临淄本属齐都，旧有王宫，宫中有台，半已圮毁，惟基址尚存。弇登台了望，见城外两军交战，势甚汹涌，因即下台跨马，麾动健卒，跃出东门，向步军横突过去。步连忙拦阻，阵势已乱，被弇兵一场蹂躏，伤毙甚多。急得步招架不住，忙令弓弩手放箭射弇，弇用盾遮护，且战且进，突有一流矢穿入弇股，弇仍不惊慌，但执刀截去箭镞，督兵如故。毕竟步兵多势盛，虽然杀伤不已，还是不肯退去，战至日暮，方才败却。弇亦鸣金收军，翌晨复勒兵出列城下。光武帝时在鲁地，接得弇书，尚自放心不下，因引军东行，亲往救弇，先遣人向弇报知。弇方拟与步再战，陈俊进说道："强寇势盛，不如闭营休士，静待驾至，再与决斗未迟！"弇奋然道："乘舆且至，臣子当椎牛酾酒，接待百官，奈何反以贼虏遗君父呢？"说毕，遂出兵待战。适值步众趋至，便接住厮杀，自旦及暮，大破步众，积尸满濠。弇料步将退，特令偏师绕出步背，分伏两旁。待至天昏月黑，步果引退，才行半里，两面伏兵突出，纵横驰骤，所向披靡，步众都有归志，不意冤家路狭，竟碰着两支催命军，并且昏黑不辨，如何对敌？只好夺路乱奔。偏弇军很是厉害，在后力追，逃得越快，追亦愈紧，步抱头先窜，后队往往剩落，都做了无头的僵尸，直至钜昧水上，去临淄城已八九十里，追兵方渐渐缓行；但沿路收截辎重，约有二千余车，饱载而回。究竟谁胜谁负？过了数日，光武帝驾至临淄，弇率诸将从容迎谒，拜伏道旁，当由帝面慰数语，令弇等起身入城。及车驾进至齐王故宫，下舆升座，大飨群臣。酒酣席散，再由光武帝赐谕耿弇，嘉奖功绩，略云：

昔韩信破历下以开基，今将军攻祝阿以发迹，此皆齐之西界，功足相方。而韩信袭击已降，见《前汉演义》。将军独拔劲敌，其功乃难以信也！又田横烹郦生，及田横降，高帝诏卫尉即郦商。不听为仇，张步前亦杀伏隆，若步来归命，吾当诏大司徒释其怨，又事尤相类也。将军前在南阳，建此大策，常以为落落难合，有志者事竟成也！

先是光武帝尝幸舂陵，亲祠园庙，大会故人父老，置酒旧宅，欢宴竟日，耿弇曾扈驾同行。及启驾还都，弇曾向驾前献议，请收上谷兵，定彭宠，取张丰，平张步等。光武帝大为嘉纳，依议进行。后来张丰受擒，彭宠授首，弇皆与征有功。至是弇受命专征，复得击走张步，所以末数语中，说他有志竟成。弇再拜谢奖。光武帝休息一宵，便即与弇进攻剧城。步经过一番大创，才知耿弇多谋，不可力敌。晚得迟了。且闻光武帝亲来督攻，越加惊慌。张蓝张弘张寿，比步还要胆小，分兵自去；步亦停足不住，弃城出奔。城中无主，待到御跸临城，自然开门迎降。弇不暇进城，再引兵穷追张步，步往奔平寿。可巧苏茂出招旧部，得万余人，来援张步。步与语及战败情形，茂作色道："善战如延岑，又率着南阳健卒，尚被耿弇击走，见第十三回。大王奈何遽攻彼营？茂一出即还，难道不能少待么？"步赧然道："负负，事已至此，也不必再说了。"已而弇军大至，纷纷薄城，步不敢出战，惟与茂婴城拒守。光武帝使人招步，嘱令斩茂来降，不失封侯。步竟将茂杀死，自奉茂首，出诣弇营，肉袒请降。弇送步至剧城，请光武帝发落；自入城中安抚兵民。见步众尚有十多万人，因特竖起十二郡旗帜，鸣鼓示众，使步兵各自认旗上郡名，分立旗下。步兵依令分投，再由弇检点名数，嘱令毋哗。一面收验辎重，尚有七千余车，当即酌给步众，使他得资归乡，众皆拜谢去讫。步至剧城，匍伏谢罪，光武帝不食前言，封步为安邱侯，并传诏赦免步弟，步弟蓝弘寿相继归降。就是琅琊太守王闳，亦诣剧投诚。光武帝迁陈俊为琅琊太守，并使弇荡平余贼，自率张步还都，令与妻子同居洛阳。陈俊入琅琊境，盗贼皆散。弇略地至城阳，尽降五校余党，齐地悉平，乃振旅还朝。张步居洛未久，复起异心，潜挈妻子逃奔临淮，意欲再招旧部，入海为盗，被琅琊太守陈俊截住，立即击死；妻子一体骈诛。可为伏隆雪恨。话分两头。

且说齐地告平以后，忽忽间又阅一载，就是建武六年，一交春令，便得了两处捷音。小子不能双管齐下，只好依次写来。自从李宪据住庐江郡，僭号淮南王，见第七回。至建武三年，居然自称为帝，也设立九卿百官，管辖九城，有众十余万，区区九城，也想做皇帝么？越年由汉扬武将军马成，奉诏讨宪。马成字君迁，系南阳郡棘阳县人，少为县吏，光武帝前徇颍川，使成守郏，至光武移军河北，成弃官渡河，屡从征伐。建武纪元，迁官护军都尉，越四年授扬武将军，使率诛虏将军刘隆，振威将军宋登，射声校尉王赏，调发会稽丹阳九江六安四郡兵马，进攻舒城。马成为二十八将之一，前文已叙过二十七将，至成乃毕。舒城为李宪根据地，设守甚严，马成到了城下，巡阅一周，见他城高濠阔，已觉得不易攻取，并且城上守兵，多半雄壮，甲仗等又很鲜明，断非指日可下。乃择地安营，但求自固，不求进取。一面上表洛阳，具述情势，谓须俟一二年后，方可报功。光武帝复谕马成，准他便宜行事。成遂坚壁不动，宪屡出挑战，始终严守，数月不接一仗。惟分兵袭宪粮道，截夺了好几次，于是逐渐围城，四面筑栅，还是以守为攻。宪复遣兵冲突，屡被击退。直至建武六年，城中食尽，乃鼓励将士，并力扑城，不到旬日，便即攻入。宪拼命杀出，连妻子都不及带走，落荒窜逸。马成将李氏家属，全体诛戮，更遣将追捕李宪。隔了两日，有人持首来献，问明底细，乃是宪部吏帛意杀宪来降。马成乃传首诣阙，乘势略定九城，江淮悉平。成奏凯班师，晋封平舒侯；帛意亦得邀封渔浦侯。同时吴汉亦攻下朐城，擒住董宪妻孥。宪与庞萌夜走赣榆，乘虚袭入，偏为琅琊太守陈俊所闻，亟引兵往攻。宪萌无兵可守，再走泽中，途穷日暮，四顾仓皇，随从只有数十骑，又都是刀残械缺，甲胄不全。宪不禁唏嘘道："数年称王，一朝覆灭，妻被人掳，子被人掠，家亡国破，尚有何言？"说至此，顾语从骑道："诸卿依我数年，为我所累，流离辛苦，竟弄到这般结局，岂不可怜？此后请各择羁栖，努力自爱！"骑士等听了此言，并皆涕下。猛觉得后面尘起，又有追兵杀来，宪萌忙即飞奔，行近方与，竟被来将追及，一阵扫荡，宪即毙命，首级为来将取去。来将乃是吴汉部下的校尉韩湛，湛枭取宪首，复追觅庞萌。萌从乱军中逃出，夜无可归，趋入方与人黔陵家内。黔陵见他狼狈情形，一再盘诘，由萌说出真名真姓，陵佯为留宿，趁他睡熟时候，取刀杀萌，把首级送往吴汉军前。汉即将宪萌二首，传诣洛阳，并报明韩湛黔陵两人的功劳，两人俱得沐封侯。黔陵封侯，比诸庆吾帛意等较为得当。山东亦平，各将吏奉诏西归。小子有诗咏道：

扰扰中原太不平，真人崛起渐澄清。
鼠偷狗窃俱无效，才识兴王莫与京。

东征已毕，光武帝乃续议西征。欲知西征详情，容至下回再叙。

张步拥兵数年，据有齐地，初事刘玄，继臣刘永，彼亦以尊刘为得计，奈何托身非入，独于白水真人而忽之。意者其亦如朱鲔等之戴圣公，樊崇等之戴盆子，如其易与而阳奉之欤？伏隆被杀，耿弇出征，彼尚恃强生骄，大言不惭。迨三战以后，铩羽请降，宜其惩前毖后，安老洛阳；乃犹潜逃临淮，妄图入海，一误再误，不死何待？大盗毙而良将功成，此识时者之所以为俊杰也。马成攻舒，两载乃下，智略似未及耿弇，然卒能扫锄强虏，肃清江淮，其亦一人杰矣哉！彼吴汉等之得平董宪庞萌，未始无功，但宪与萌已成弩末，汉犹积久而后平之，其功尤出马成下。观本回叙事之有详略，便知功绩之有高下云。

第十六回

诣东都马援识主　图西蜀冯异定谋

却说建武六年复月，光武帝因关东平定，乃拟西略陇蜀，先抚后攻。蜀地为公孙述所据，称王称帝，自霸一方。惟陇西一带，要算隗嚣为西州领袖，名盛一时。公孙述两见前文，隗嚣为西州大将军，见十一回。嚣前曾附汉，助击赤眉，尝受汉大司徒邓禹署爵，号为西州大将军，专制凉州朔方事宜。及赤眉平定，嚣特遣使上书，称颂功德。光武帝答书示谦，用敌国礼。会陈仓人吕鲔拥众数万，与公孙述联合，入寇三辅。汉征西大将军冯异，且战且守；嚣复遣兵助异，击走吕鲔。异与嚣俱上书言状，光武帝手书报嚣，格外嘉奖。书中有云：

> 慕乐德义，思相结纳。昔文王三分，犹服事殷，但驽马铅刀，不可强扶。数蒙伯乐一顾之价，伯乐为古时之善相马者。而苍蝇之飞，不过数步，即托骥尾，得以绝群。将军南距公孙之兵，北御羌胡之乱。指卢芳。是以冯异西征，得以数千百人，踯躅三辅。微将军之助，则咸阳已为他人禽矣。今关东寇贼，往往屯聚，志务广远，多所不暇，未能观兵成都，与子阳角力。子阳系公孙述表字。如令子阳到汉中三辅，愿因将军兵马，旗鼓相当。倘肯如言，蒙天之福；即智士计功割地之秋也。管仲曰："生我者父母，成我者鲍子。"自今以后，手书相闻，勿用旁人解构之言。

看官阅到此书，应知光武帝待遇隗嚣，也好算是推诚相与了。时公孙述已经称帝，特用大司空扶安王印绶，遣使授嚣。嚣因光武帝相待不薄，未便背汉，特将来使斩首，出兵防边。述闻报大怒，即日发兵击嚣。嚣连破述军，述亦无可如何，置作缓图。适关中汉将，屡上书请攻西蜀，光武帝将原书寄嚣，意欲使嚣会师同讨。嚣以为时机未至，因遣长史上书，极言三辅单弱，刘文伯在边，卢芳诈称刘文伯，见第十一回。未宜谋蜀。光武帝始疑嚣阴持两端，音问渐疏，就使略通信使，也与对待群臣一般，不少假借。因此嚣亦改易初衷，渐有异图。嚣有部将马援，表字文渊，系扶风郡茂陵县人，曾祖父马通，尝仕汉为重合侯，因坐兄马何罗叛案，伏法受诛。见《前汉演义》。援再世不显，少年又复丧父，依兄为生，具有大志。长兄况另眼相看，尝谓援当大器晚成。未几况竟病殁，援守制期年，不离墓侧。又敬事寡嫂，不正衣冠，未敢相见。叙此以告人弟。嗣为扶风郡督邮，押送罪犯至司命府，王莽尝置司命官，纠察吏民。罪犯辗转哀号，援不觉动怜，纵使他去，自己亦亡命北地。会遇王莽行赦，乃寓居牧畜。过了几年，得有牛马羊数千头，谷数万斛，附近人士，多往归附。援尝语宾客道："大丈夫穷当益坚，老当益壮！"宾客亦叹为至言。及王莽末年，四方兵起，援复叹息道："人生积蓄财产，须要赒济亲朋；否则徒为守钱奴，有何益处？"鄙吝者其听之！乃将家产分给兄弟故旧，自着羊裘皮裤，转游陇汉间，后来寄寓西州。适值隗嚣奔还天水，收揽人才，因即招援入幕，使为绥德将军，与参谋议。援与公孙述少同里闾，素相认识，至是嚣满怀犹豫，联汉联蜀未能决定，特使援先往蜀中，觇察虚实。援既到成都，总道述相见如旧，欢语平生。谁知述盛设仪仗，方延援入，彼此一揖，略谈数语，便令援出居客馆。一面替援制就衣冠，向宗庙中大会百官，特设宾座，邀援入宴。述坐着銮驾，旗旄警跸，呵道前来，既入庙门，才下舆见援，屈躬示敬。当下开筵相待，备极丰腆。酒至半酣，便令左右取入衣冠，送至援前，愿授援侯封官大将军。援起座语述道："天下久乱，雌雄未定，公孙不吐哺走迎国士，与图成败，乃徒知修饰边幅，如木偶相似，这般情形，怎能久留天下士呢？"说罢，就拱手告辞，掉头径去。匆匆返至西州，入语隗嚣道："子阳乃井底蛙，未知远谋，妄自尊大，不如专意东方为是！"独具只眼。嚣乃使援再奉书洛阳。援行抵阙下，报过了名，即由中黄门引见光武帝。光武帝在宣德殿下，袒帻坐迎，笑颜与语道："卿遨游二帝间，今来相见，令人生惭！"援顿首称谢道："当今时代，不但君择臣，臣亦择君；臣本与公孙述同县，少相友善，前次臣往蜀中，述乃盛卫相见，今臣远来诣阙，陛下安知非刺客奸人，为何简易若此？"光武帝复笑说道："卿非刺客，乃是一个说客呢。"援答说道："天下反复，盗名窃字的，不可胜数，今见陛下恢廓大度，同符高祖，才知帝王自有真哩。"光武帝因留援在都，常使从游。过了数月，方使大中大夫来歙，持节送援，西归陇右。隗嚣见援回来，很是欢昵，与同卧起，详问东方流言，与京师得失。援因进说道："前到洛都，引见十余次，每与汉帝接谈，自朝至暮，确是一位英明主子，比众不同。且开心见诚，毫无隐蔽，阔达多大略，与高帝智识相同。又博览政事，文辩无比，真是古今罕见哩！"嚣复问道："究竟比高帝何如？"援答说道："略觉不如，高帝无可无不可，今上颇好吏士，动必如法，又不喜饮酒。"说到此句，嚣不禁作色道："如卿所言，比高帝还胜一筹！怎得说是不如呢？"既而大中大夫来歙，去后复来，传旨谕嚣，并劝嚣遣子入侍。嚣闻刘永彭宠，均已破灭，乃遣长子恂随歙诣阙。马援亦挈家偕往，同至洛阳。光武帝使恂为胡骑校尉，封镌羌侯。惟马援居洛数月，未得要职，自思三辅地旷，最宜屯垦，因上书求至上林苑中，自去屯田。光武帝准如所请，援乃辞去。光武帝不遽用援，未知何意？独隗嚣虽遣子入侍，终不免心怀疑贰，尝与部吏班彪，谈及秦汉兴亡沿革，且谓应运迭兴，不当再属汉家。彪却谓汉德未衰，必当复兴。嚣尚不以为然，彪退作王命论，反复讽示。论文有云：

> 昔尧之禅舜曰："天之历数在尔躬。"舜亦以命禹。洎于稷契，咸佐唐虞，至汤武而有天下。刘氏承尧之祚，尧据火德而汉绍之，有赤帝子之符，故为鬼神所福飨，天下所归往。由是言之，未见运世无本，功德不纪，而可崛起在此位者也。俗见高祖兴于布衣，不达其故，至比天下于逐鹿，幸捷而得之，不知神器有命，不可以智力求也。悲夫！此世之所以多乱臣贼子者也。夫饿莩流隶，饥寒道路，所愿不过一金；然终转死沟壑，何则？贫穷亦有命也！况乎天子之贵，四海之富，神明之祚，可得而妄处哉？故虽遭罹厄会，窃其权柄，勇如信布，强如梁籍，成如王莽，然卒润镬伏锧，交醢分裂。又况幺么，远不及数子，而欲暗干天位者乎？昔陈婴之母，以婴家世贫贱，猝富贵不详，止婴勿王。王陵之母，知汉王必得天下，伏剑而死，以固勉陵。夫以匹妇之明，犹能推事理之致，探祸福之机，而全宗祀

于无穷，垂策书于春秋，而况大丈夫之事乎？是故穷达有命，吉凶由人，婴母知废，陵母知兴，审此二者，帝王之分决矣。英雄陈力，群策毕举，此高祖之大略，所以成帝业也。若乃灵瑞符应，其事甚众，故淮阴留侯，谓之天授，非人力也。英雄诚知觉寤，超然远览，渊然深识，收陵婴之明分，绝信布之觊觎，拒逐鹿之瞽说，审神器之有授，毋贪不可冀，为二母之所笑，则福祚留于子孙，天禄其永终矣！

嚣见了此文，仍然未悟。彪见他执迷不返，遂托故辞去，避迹河西。河西五郡大将军窦融，与彪同籍扶风郡，窦融见第十一回。闻彪去嚣来游，即遣使延入，辟为从事，待若上宾。彪乃替融划策，知无不言。先是融僻居河西，与洛阳隔绝音问，惟随着隗嚣，遵受建武正朔，嚣尝发给将军印绶，与通往来。及嚣有异志，特遣辩士张玄，游说河西，劝融联络陇蜀，为合纵计。融曾召部属计议，部吏多谓汉承尧运，历数延长，今皇帝姓名，实应图谶，且宅中主治，兵甲最强，将来必当统一天下，务请倾心结纳，毋惑异言云云。融乃婉谢张玄，遣令回去。及得见班彪，听他计议，更决意事汉，使他撰成表文，交与长史刘钧，驰诣洛阳。光武帝将有事陇蜀，亦发使招谕河西，途次与钧相遇，乃即偕钧同还。钧入阙上书，由光武帝好言慰劳，特赐盛宴，并令折回复谕，授融为凉州牧，赐金二百斤。融自是有绝嚣意，虽尚通使节，不过虚与应酬。嚣矜己饰智，自比周父，每欲僭称王号。河南开封人郑兴，曾为凉州刺史，免官寓居，得嚣敬礼，引为祭酒，兴因一再谏嚣，毋徒自尊。嚣意虽不怿，倒也未敢遽违正议，毅然称王。兴已窥悉嚣意，特借归葬父母为名，辞嚣东归。见机而作。还有茂林人杜林，素有志节，由嚣破格优待，引为治书。林见嚣反复无常，不愿屈事，屡次托疾告辞。嚣不肯令归，且出令道："杜伯山，林字伯山。天子不能臣，诸侯不能友，譬如伯夷叔齐，耻食周粟，今且暂为师友，待至道路清平，必使遂志！"到了建武六年，三辅早平，林弟成正当病逝，乃许送丧回籍。林已东去，嚣复生悔，密遣刺客杨贤，追杀杜林。即此可见嚣之必败。贤追至陇坻，见林亲推鹿车，护送弟丧，不由得感叹道："现当乱世，谁知行义，我虽小人，何忍杀义士？"乃随林出陇，掉头亡去，林始得安抵扶风。

看官听说：隗嚣部下的豪杰，第一个要推马援，马援以外，如班彪郑兴杜林，统是博学多闻，饶有见识。嚣不能慰留，自失羽翼，遂至黄钟毁弃，瓦釜雷鸣。一班贪功徼利的鄙夫，怂恿嚣前，要想他为皇为帝，迫入阱中。当时有一个部将王元，靠着三分膂力，藐视中原人物，便乘机语嚣道："从前更始入关，四方响应，天下喁喁，相望太平，一旦败坏，大王几无处安身。竟称嚣为大王。今南有子阳，北有文伯，江湖海岱，王公十数，尚欲信儒生迂谈，弃千乘宏基，羁旅危国，希图万全。这真是覆辙相循，求得反失。现在天水完富，士马精强，元请以一丸泥，为大王东封函谷关，乃是万世一时的机会。否则蓄养士马，据险自守，旷日持久，静待世变，就使图王不成，也足称霸。总之大鱼不可离渊，神龙失势，穷等蚯蚓，愿大王三思为是。"嚣未曾听罢，已经颔首，及听毕以后，不由得眉飞色舞，意气洋洋。独治书申屠刚进谏道："愚闻人与必天归，汉帝乃是天授，非全是人力所能为。今玺书屡至，委国全信，欲与将军共同吉凶，试想一介布衣，尚且不负然诺，况万乘至尊，何致背约？将军若疑虑却顾，自招祸变，恐不免上负忠孝，下愧当世呢！"嚣听了刚言，又觉得愀然不乐，俯首沉吟。

实是一个多疑少断的人物。刚乃趋出，元亦引退。嚣总不欲终事汉室，且依了王元的后策，徐起图功。乃再遣部吏周游诣阙，佯表殷勤。

游道出关中，过征西大将军冯异营前，竟为仇家所杀。于是谣言纷起，谓异将自为咸阳王，不服汉命，故杀嚣使。甚至有人上书劾异，居然以假当真。异入关已三年有余，除暴安良，人民悦服，闻得流言摇惑，心不自安，因上书乞请还都，亲侍帷幄。光武帝优诏不许，但使宋嵩西往，赍示弹章。异惶恐陈谢，申请入朝。光武帝方图陇蜀，欲与异面商，乃准令入谒。异既至阙下，叩首行礼，光武帝顾语群臣道："这是我起兵时主簿，为我披荆棘，定关中，功劳很大呢！"说着，又旁令中黄门，取出珍宝衣服钱帛，当面赐异。异受赐再拜，光武帝谕令起坐，温言与语道："芜蒌亭豆粥，滹沱河麦饭，至今不忘，恨尚无以报卿。"事见前文。异复起身拜谢道："臣闻管仲对齐桓公，愿君毋忘射钩，臣无忘槛车，君臣相勉，终霸齐国！臣今愿陛下毋忘河北时，臣亦不敢忘陛下隆恩！"异被获邀赦，亦见前文。光武帝大喜，召异同入内庭，与商陇蜀事宜。光武帝说道："朕因将士久劳，本欲将二子置诸度外，怎奈公孙述未肯敛迹，隗嚣又阴持两端，将来必为朕患，卿意究应如何处置？"异答说道："臣看两人分据西南，非大加惩创，终难降服，臣虽不才，愿为国家效力！"光武帝又说道："关中为陇蜀要冲，最关紧要，卿亦未便遽离，必不得已，朕当亲至长安，调度兵马，先行讨蜀。"异乃申陈陇蜀地势，及行军纪略，差不多有数千言，至日昃方才退出。嗣复引见数次，定议讨蜀，始辞回关中。前时异受命西征，未挈家眷，至此接奉特旨，令带妻子同行，无非是坦怀相待的意思。

是时公孙述方收集延岑田戎两军，令岑为大司马，封汝宁王；戎亦邀封翼江王。延岑奔蜀，见十三回。田戎奔蜀，见十四回。特使部将任满，与戎同出江关，沿途收戎旧部，窥取荆州诸郡。一面妄引谶纪，说是孔子作《春秋》，尊周尚赤，周尚赤。共得十二公；汉亦用赤帜，自汉高至平帝，中加吕后称制，也是十二代，历数已尽，一姓不能再兴。又引《录运法》中遗语，谓"废昌帝，立公孙"尚有"括地象"云"帝轩辕受命公孙氏握"，"援神契"云"西太守，乙卯金"。述曾任蜀郡太守，故把西太守三字，作为己证，且将乙字作轧字讲解，谓将轧绝卯金。种种附会，诱惑人心。再因《掌文》中常刻公孙帝三字，诩作奇瑞，移书远近。光武帝尚不欲遽讨，作书贻述，内云：

> 图谶言公孙即宣帝也，代汉者当涂高，君岂高之身耶？乃复以《掌文》为瑞，王莽何足效乎？君非吾乱臣贼子，仓促中人皆欲为君事耳，何足数也！君日月已逝，妻子弱小，当早为定计，可以无忧。天下神器，不可力争，宜留三思！是书原不能折服公孙述。

书后署名，称述为公孙皇帝，称呼亦误。述置诸不答。部下有骑都尉荆邯，向述献议，请急速发兵东向，令田戎出据江陵，延岑出汉中，定三辅，又收降天水陇西，与汉争衡。述召问群臣，博士吴柱等，多言不宜远出；有弟名光，亦劝述依险自固。累得述欲前又却，瞻顾彷徨。也是隗嚣一流人。延岑田戎，屡请发兵，述又以为降将难恃，未足深信。惟出入警跸，添置仪卫，夸示表面上的威风。且立两幼子为王，使食犍为广汉各数县。左右谓成败难定，将士暴露，不应遽封皇子，专顾私恩，述亦不从。于是人心懈体，阴兆土崩。光武帝恨述倔强，势难罢手，当即亲幸长安，谒祠园陵。各陵前被赤眉毁掘，已由冯异入关，修葺告成。回应十二回，亦不可少。及光武帝谒祠已毕，遂命建威大将军耿弇，虎牙大将军盖延等七军，从陇道伐蜀。兵将启行，先遣来歙赍奉玺书，往谕隗嚣，令他即日发兵，夹击公孙述。歙已迁官中郎将，一到天水，即将玺书交付与嚣，嚣阅书后，好多时不发一言。歙问他愿否出兵，嚣仍不应。歙不禁愤起，奋然责嚣道："朝廷以君知臧否，识废兴，并将手书赐示足下，足下曾效忠国家，遣子入侍，今乃接书不决，忽思背约，上叛君，下负子，忠信何在？恐不久便要族灭哩！"说得隗嚣作色起座，投袂欲入。歙欲拔剑刺嚣，究竟嚣多卫士，无从下手，乃杖节出厅，登车欲行。偏由嚣将王元，目顾兵士，意图害歙；嚣亦怒不可遏，竟使牛邯追歙，用兵围住。还是他将王遵谏阻，谓两国相争，不斩来使，况歙为汉帝外兄，郑重将命，歙为光武姑子，见前。加刃无益，徒激彼怒！伯春嚣子恂字。留质洛阳，何苦以一子易一使，不如遣归为是！嚣尚以爱子为念，乃纵歙使归，惟使王元领兵万骑，出据陇坻，伐木塞道，阻住汉军前行。这一番有分教：

一着误施全局去，三军尽覆满城哀。

隗嚣既抗阻汉军，免不得有一场战事。欲知胜负如何，待至下回再详。

公孙述据蜀自雄，隗嚣负陇自固，当其号令一隅，延揽物望，亦若庸中佼佼者流，以视赤眉铜马，固相去有间矣。然述多夸而嚣多疑，疑与夸，皆非霸王器也。马援笑述为井底蛙，而劝嚣事汉，已料二子之不足有为。及东至洛阳，见光武帝之脱帻相迎，即有君择臣臣择君之语，一见倾心，愿效奔走，援诚不愧智士，抑光武帝之驾驭英雄，令人心服故也？至若冯异之遭人谗构，而光武不以为疑，且以河北故事相劝勉，然后进图讨蜀，与定密谋。大树将军，原非彭宠庞萌可比。然非光武之推诚相与，亦安能感人肺腑乎？且光武不忘河北之难，异不忘巾车之恩，君臣一德，安不忘危，以此定国，有余裕矣。彼隗嚣公孙述辈，曷足以知之？

第十七回

抗朝命甘降公孙述　重士节亲访严子陵

却说王元奉着隗嚣命令，出据陇坻，阻遏汉军。汉军尚未知确音，贸然前往，途次遇着来歙，也不过说是隗嚣拒命，未及王元出兵情形。耿弇盖延诸将，以为陇坻一带，尚无阻碍，待至来歙别归，即匆匆赶路，期在速进。哪知王元已安排妥当，静待汉军。汉军行近陇坻，见前途塞住木石，已觉惊心，但尚未遇兵将，还想进去。当下将木石搬徙，徐徐引入，好容易开通一路，走了一程，又是七丫八杈，横截道路；再辟再走，费去了许多气力，还是不能尽通。并且羊肠峻阪，逐步崎岖，害得军不成伍，马不成群。蓦闻陇上鼓角齐鸣，一彪军从高趋下，持着长枪大戟，奔向汉军。汉军已人困马倦，如何抵敌？没奈何倒退下去。那敌势很是凶悍，再加领兵主将，就是隗嚣部下主战的王元，锐气方张，迫人险地，满望一鼓荡平汉军，怎肯轻轻放过？汉军叫苦连天，慌忙退走，已是不及，前队多被杀死，后队自相蹴踏，又伤毙了许多。耿弇盖延，虽都是能征惯战，怎奈势不相敌，无法可施，也只好引兵出险，且战且行。何故轻进？王元紧追不舍，又来了隗嚣大队，漫山蔽谷，悉众前来。汉军只恨脚短，逃得不快。嚣与元步步进逼，一些儿不肯放松，恼了汉捕虏将军马武，激厉勇士，返身断后，手持一干长戟，向嚣兵冲杀过去，勇士一齐随上，击毙追兵数百人。嚣兵乘兴进来，不防有这场回马阵，倒吓得脚忙手乱，一齐退去，嚣与元也恐有失，鸣金收回，汉军才得退入长安。

光武帝时已还都，闻诸将败还，亟令耿弇移军漆邑，祭遵移军汧城，使吴汉等保守长安，另遣冯异出屯栒邑。异奉命即往，行至半路，有探马报称嚣将行巡，来攻栒邑，兵已下陇。异申令将士，倍道亟进。部将统言虏兵方盛，不可与争，宜择地安营，徐思方略。异勃然道："虏兵临境，幸得小胜，便思深入，若栒邑被取，三辅动摇，岂不可虑？兵法有言：'攻者不足，守者有余。'我若得先至据城，用逸待劳，便可阻住虏马，并不是急欲与争呢！"确是有识之言。乃长驱急驰，竟得入城，但使将士静守，偃旗息鼓，待着敌军。行巡引众至城下，见城上毫无守备，总道是唾手可取，不如休息片时，再行督攻。部众得令，并皆下马散坐，无复纪律。异从城楼上悄望，备悉虏情，当即击鼓扬旗，麾兵杀出。行巡未及防备，当然着忙，部下越加惊乱，上马亟奔，被异追杀数十里，斩获无算，方才收军回城。同时祭遵在汧，亦得击走王元军，汉军复振。北地诸豪长耿定等，俱闻风献表，背嚣降汉。马援在上林苑屯田，上书阙廷，具陈破嚣计划，且言，"臣非负嚣，嚣实负臣，臣初次诣阙，嚣曾与约事汉，不料他反复如此，所以臣愿献密议，决除此虏。"光武帝因召援进见，面询方略。援请先翦羽翼，继攻腹心。光武帝乃给发突骑五千，带领前往，便宜从事。援即往来游说，离间嚣将高峻任禹等人。嚣自觉势孤，始上书谢过，略云：

吏民闻大兵猝至，惊恐自救，臣嚣不能禁止兵有大利，不敢废臣子之节，亲自追还。昔虞舜事父，大杖则走，小杖则受。臣虽不敏，敢忘斯义！今臣之事，在于本朝，赐死则死，加刑则刑，如遂蒙恩，更得洗心，死骨不朽！

书至阙下，诸将以嚣虽陈谢，言仍不逊，请光武帝诛嚣质子，大举入讨。光武帝心尚未忍，复使来歙至汧，传递复谕。谕云：

昔柴将军柴武。与韩信书云：信系韩王信，非淮阴侯。"陛下宽仁，诸侯虽有亡叛而后归，辄复位号，不诛也。"以嚣文吏晓义理，故复赐书，深言则似不逊，略言则事不决。今若束手听命，复遣恂弟诣阙，则爵禄获全，有浩大之福矣。吾年垂四十，在兵中十载，不为浮语虚词，如不见听，尽可勿报！

嚣得谕后，已知光武帝察破诈谋，竟不作答。凉州牧窦融，遣弟友上书，自陈忠悃。适因隗嚣叛命，道梗不通，友从中途折回，另遣司马席封，从间道至长安，呈上书奏。光武帝答书慰藉，情意兼至。融乃贻书责嚣，语多剀切，由小子再录如下：

伏维将军国富政修，士兵怀附，亲遇厄会之际，国家不利之时，守节不回，承事本朝。后遣伯春即嚣子恂，见上。委身于国，无疑之诚，于斯有效。融等所以欣服高义，愿从役于将军者，良为此也。而忿悁之间，改节易图，君臣分争，上下接兵，委成功，造难就，去纵义，为横谋，百年累之，一朝毁之，岂不惜乎？殆执事者贪功建谋，以至于此，融窃痛之。当今西州地势局迫，民兵离散，易以辅人，难以自建。计若失路不返，闻道犹迷，不南合子阳，则北入文伯耳。夫负虚交而易强御，恃远救而轻近敌，未见其利也。融闻智者不违众以举事，仁者不违义以要功，今以小敌大，于众何如？弃子徼功，于义何如？且初事本朝，稽首北面，忠臣节也。及遣伯春，垂涕相送，慈父恩也。俄而背之，谓吏士何？忍而弃之，谓留子何？自起兵以来，转相攻击，城郭皆为丘墟，生民转于沟壑，今其存者，非锋刃之余，则流亡之孤。迄今伤痍之体未愈，哭泣之声尚闻，幸赖天运少还，而将军复重其难，且使积疴不得遂瘳，幼孤复将流离，其为悲痛，尤足愍伤，言之可为酸鼻，庸人且犹不忍，况仁者乎？融闻为忠甚易，得宜实难。忧人太过，以德取怨，知且以言获罪也。区区所献，惟将军省焉！想是班彪手笔。

融既贻嚣书，专待使人返报。过了旬日，使人回来，甚是懊怅，报称被嚣斥归。融也觉动怒，召集河西五郡太守，部署兵马，并上疏行在，请示师期。光武帝优诏褒美，且因融七世祖广国，为孝文皇后亲弟，文帝后窦氏，见《前汉演义》。曾封章武侯，谊关姻戚，特赐汉祖外属图等，表示情好。一面敕令右扶风太守，修理融父坟墓，祭用太牢。所有四方贡献珍物，往往转赐与融，使命不绝。融当然感激，毁去嚣所给将军印绶，令武威太守梁统，刺死嚣使张玄，更发兵攻入金城，大破嚣党先零羌封何，夺得牛马羊万头，谷数万斛，充作军实，守候车驾西征。嚣因汉军压境，河西失和，自觉孤立无助，不得已遣使诣蜀，称臣乞援。仍要向人称臣，何苦背汉？述封嚣为朔宁王，遣兵往来，与为犄角。嚣正拟发兵内犯，又闻得汉将冯异，夺去安定上郡各城，因即率步骑三万人，往攻安定。行抵阴繁，适与冯异相遇，交战数次，不获一胜，快快引还。再令别将攻汧，又为祭遵所破，退回天水。两番跋涉，统是空劳，反丧失了若干士卒，若干刍粮。嚣将王遵，屡次进谏，俱不见纳，会得来歙招降书，因潜挈家属径投洛阳，诣阙请降，得拜大中大夫，封向义侯。光武帝欲亲往讨嚣，偏遇日食告变，乃暂罢军事。诏求直言，并敕公卿以下，举贤良方正各一人。先是建武五年，光武帝尝访求高士，得周党王良等人，三征始至。周党字伯况，籍隶太原，素有清节，王莽篡位，更托疾杜门，足迹不涉乡里。及征车迭至，不得已奉命诣阙，布衣敝巾，坦然入见。到了光武帝座前，虽然跪伏，却是未尝呼谒，但自言山野布衣，不谙政事，仍请放还云云。光武帝并未加责，叫他退朝候命。独博士范升，上疏奏劾道：

臣闻尧不须许由巢父，而建号天下；周不待伯夷叔齐，而王道以成。伏见太原周党等，蒙受厚恩，使者三聘，乃肯就车；及陛见帝廷，党不以礼屈，伏而不谒，偃蹇骄悍，有失臣道。党等文不能演义，武不能死君，钓采华名，希得三公之位。臣愿与坐云台之下，考试图国之道，倘不如臣言，臣愿伏虚妄之罪；果党等敢私窃虚名，夸上求高，亦当罪坐不敬，为天下戒。臣昧死上闻。

光武帝览毕，将原疏颁示公卿，另行下诏道：

自古明王圣主，必有不宾之士，伯夷叔齐，不食周粟；太原周党，不受朕禄，亦各有志焉。其赐帛四十匹，许遂所志。

党受诏即归，与妻子隐居渑池，著书成上下篇，寿考终身。邑人共称党为贤，设祠致祭，岁时不绝。惟东海人王良，受官沛郡太守，迁任大中大夫，进为大司徒司直，在位恭俭，妻子不入官舍，布被瓦器，如寒素时。司徒史鲍恢，因事至东海，过候王家，良妻布裾曳柴，方从田间归来，恢素未相识，错疑是良家佣妇，便昂然与语道："我为司徒掾属，便道至此，欲见王司直夫人！"良妻答道："妾身便是！掾史得无劳苦么？"恢不禁惊讶，慌忙下拜，并问良妻有无家书。良妻答称："在官言官，不敢以家事相烦。"恢叹息而还。贤妇风范，比义夫尤为难得。后来良因病辞归，病愈后应征复起，道出荥阳，探访故友。故友不肯出见，但传语道："不有忠言奇谋，乃窃取大位，岂不可耻？奈何尚仆仆往来，不自惮烦呢？"良听了此言，未免自惭，乃谢病归里，终不就征。此外尚有太原人王霸，隐居养志，亦被征入都，引见时称名不称臣，有司向霸诘问，霸答道："天子有所不臣，诸侯有所不友，原是儒生本分呢！"时大司徒伏湛免官，进用尚书令侯霸为大司徒，侯霸素重王霸名，情愿推贤让能，王霸独乞病告归，偕妻逃隐，茅屋蓬户，安享余年。又如北海人逢萌，雁门人殷谟，累征不起，并为逸民。

最著名的乃是七里滩边的钓夫，羊裘一袭，遗范千秋，小子述及姓名，想看官应亦早有所闻，此人非别，本姓是庄，单名为光，表字子陵，会稽郡余姚县人。汉史避明帝名讳，改庄为严。因此后人只称他为严子陵先生，不叫他做庄子陵。特别提出，复特别辨明。光武帝少时游学，曾与他一同肄业，到了光武即位，他却移名改姓，避家他去。光武帝忆念故人，令会稽太守访问踪迹，不见下落；再令海内各处搜求，亦无影响。光武帝终不肯忘怀，口述形容，使画工绘成肖像，到处物色。"天下无难事，总教有心人。"果然有人奏报，说在齐国境内，有一男子身披羊裘，屡钓泽中，面目与画图相似。光武帝大喜道："这定是子陵无疑了！"仿佛得宝。忙命有司备安车，携玄纁，往齐礼聘。严光接着，尚未肯自道姓名，只说是："朝廷误征。"使臣哪里肯放？不论他是真是假，定要请他上车，三请三却，毕竟一难当十，被朝使手下的随员，前推后挽，竟将他拥至车上，飞驰入都。光武帝闻光到来，尚防他乘间逸去，特命就舍北军，妥给床褥，使太官主膳之官。朝夕进膳，奉若神明。大司徒侯霸，与光为旧识，忙使部属侯子道，奉书问候。光踞坐床上，启书读讫，半晌才顾问道："我与君房相别已久，侯霸字君房。君房素有痴疾，今得为三公，痴疾可少愈否？"奇人奇语。子道答道："位居鼎足，怎得再痴？"光正色道："既无痴疾，为何遣汝来此？"子道接口道："司徒闻先生辱临，本欲即来问候，适因公务匆忙，未能脱身，愿俟日暮稍闲，前来受教。"光又笑道："汝言君房不痴，这岂不是痴想么？天子使人征我，三请方来，我尚不欲见人主，难道就先见人臣？"子道听罢，也不便多与絮聒，但求光复书还报。光托言手不能书，只好口授，因接说道："君房足下，位至鼎足，甚善。怀仁辅义天下悦，阿谀顺旨要领绝！"说到末语，便即住口。子道再欲请益，光大笑道："君莫非来买菜么？求益何为？"原是够了。子道乃返报侯霸。霸将光语录出，封奏进去。光武帝微哂道："这也是狂奴故态，不足计较！"说着，即命驾出宫，亲往访光。早有人向光报闻，光置诸不理，高卧如故，佯作闭目熟睡状。亦太矫情。光武帝亲至床前，见光坦腹卧着，因用手抚腹道："咄咄子陵，何故不肯相助为理？"光仍然不起，良久始张目熟视，也不陈谢，但答说道："从前唐尧有天下，帝德远闻，尚有巢父洗耳。士各有志，奈何相迫如是？"光武帝喟然道："子陵，我竟不能屈汝么？"乃升舆还宫。既而令侯霸邀光入阙，略迹谈情，与叙旧事，光始从容坐论，不复倨傲。光武帝婉颜问光道："君看我比前日何如？"光答道："似胜往时！"光武帝鼓掌大笑，留光食宿，与同寝卧。光用足加帝腹上，伪作鼾声，好一歇方才移去。到了诘旦，即由太史入奏，谓客星侵犯御座，状甚危迫。光武帝笑说道："朕与故人子陵共卧，难道便上感天象么？"因面授光为谏议大夫，光并不称谢，亦不辞行，拂袖自去。返至富春山中，仍旧做那耕钓生涯，年至八十乃终。今浙江省桐庐县南，有严陵濑，与七里滩相接，背后有山，叫作严山，山下有石，能容十人，就是严光钓鱼处，俗呼为严子陵钓台。地因人传，流芳百世，可见得亮节高风，比那封侯拜相，还要光荣十倍哩！热中者可以返省。这且搁过不提。

且说渔阳告平以后，光武帝尝使茂陵人郭伋，就任渔阳太守。伋镇抚百姓，纠除群盗，境内咸安。惟卢芳窃据北塞，屡引匈奴兵入寇，大为边患。伋复整勒士马，修缮堡砦，阻绝胡骑南下，一尘不惊，人民得安居乐业，户口日蕃，中外都称为贤太守。会因大司空宋弘，有事免职，朝臣多举伋代任。光武帝以卢芳未平，不便将伋内调，所以未曾允议。建武七年春三月晦日，太史又奏称日食，有诏令百官各上封事，毋得言圣。当时杜林郑兴等人，弃繻归乡，见前回。统由光武帝闻名召入，各授官职：林为侍御史，兴为大中大夫。此次因变陈言，谓应俯从众议，调任郭伋为大司空，且言日月交会，数应在朔，今日食每多在晦，乃是月行太速，故有此变。君为日象，臣为月象，君元急故臣下促迫，致见咎征，望陛下垂意洪范，勉思柔克等语。光武帝也优诏褒答，惟仍不愿调回郭伋，却令妹夫李通代任。通首先倡义，弼成大业，身尚公主，仍然谦恭自持，不敢骄盈，故得保全爵位，以功名终。富贵寿考，全赖谦冲。太傅褒德侯卓茂，已经病殁，特赐棺茔地，表彰耆硕。叙笔载明生卒，亦无非阐扬名士。并因前侍御史杜诗，累任沛郡汝南各都尉，所在称治，乃更调任南阳太守。南阳为光武帝故乡，从龙诸臣，半出南阳，历任太守，反视为畏途，只恐得罪贵戚。及杜诗莅郡，兴利除害，政治清平，无论贵贱，一体翕服。又修治陂池，广拓土田，在郡数年，家给人足，时人比诸前汉的召信臣。信臣曾为南阳太守，也是一位施德行惠的好官。南阳人所以传出两语云："前有召父，后有杜母。"小子亦有一诗，录述于后：

黄堂太守一麾来，万汇全凭只手栽。
召父已亡推杜母，养民毕竟仗贤才。

转眼间又是一年，光武帝顾念陇西，又要遣将往讨了，欲知何人西征，待至下回发表。

隗嚣据有西州，自称上将军，因时乘势，崛起图功，原不必定居人下。迨既受邓禹之承制封拜，则君臣之名义已定，又何得再怀反侧乎？设当光武讨蜀之时，率兵效命，功且十倍窦融，他日即不得封王，公侯可坐致也。乃惑于蜚言，反复不定，始则助汉而诛蜀使，继且叛汉而为蜀臣，同一屈膝，朝秦暮楚胡为者？况洛阳如旭日，而蜀如朝露，一可恃，一不可恃，于可恃者而背之，不可恃者而亲之，甚矣其愚也！彼如严子陵之孤身高蹈，抗礼阙廷，后世不讥其无君，反称其有节，诚以其敝屣富贵，超出俗情，云台诸将，且不能望其项背，遑论隗氏子哉！若周党王霸逢萌诸人，亦子陵之流亚，而王良其次焉者也，然亦足以风矣。

第十八回

借寇君颍上迎銮　收高峻陇西平乱

却说建武八年春月，中郎将来歙，与征虏将军祭遵，奉命西征，进取略阳。遵在途遇病，折回都中，独歙率精兵二千余人，伐山开道，绕出番须回中，直抵略阳城下。守将叫作金梁，在城安坐，一些儿没有豫备。等到城外鼓声大作，方才登陴了望，足未立定，头已不见。怪语。原来歙远道进行，实为偷袭城池起见，途中并未声张，到了城下，还是悄悄的整备云梯，架住城堞，一经办妥，方击鼓麾众，缘梯直上。可巧金梁跑上城来，正好凑那歙兵的快手，一刀劈去，适中头颅，呜呼哀哉！城中失了统将，或逃或降，才阅片时，便由歙据住略阳城。有溃卒走报隗嚣，嚣大惊道："这军从何处进来？有这般神速哩！"话尚未毕，王元行巡诸部将，已闪出两旁，请即发令出军。嚣使元拒陇坻，巡守番须口，王孟塞鸡头道，牛邯戍瓦亭，自率大众数万人，围攻略阳。略阳为西州要冲，自为歙所攻入，飞章奏捷，光武帝闻报大喜，笑语诸将道："来将军得攻克略阳，便是捣入隗嚣腹心，心腹一坏，肢体自然渐解了！"忽又由吴汉等，呈上表章，报称出师应歙。光武帝又复懊恨道："谁叫他进兵？须知隗嚣失去要城，必悉锐往攻，略阳城坚可守，旷日不下，嚣兵必敝，那时方好乘危进兵了！"知己知彼，百战不殆。说着，忙遣使持节西出，追还吴汉等人，听令来歙独守略阳。并非弃歙，实已早知歙才。隗嚣率众往攻，把略阳城团团围住，四面攻扑，终不能下。公孙述亦遣部将李育田弇，助嚣攻歙，亦不能克。好容易过了两三月，一座略阳城，仍然无恙，惹得隗嚣发急，斩木筑堤，决水灌城，费尽无数计划。歙督兵固守，随机肆应，箭已放尽，即毁屋断木，作为兵器，誓死不去。光武帝闻略阳围急，乃下诏亲征，部署既定，便即启行，光禄勋郭宪进谏道："东方初定，车驾未可远征。"光武帝摇首不答，宪拔出佩刀，截断乘舆中马缰，帝终不从。西行至漆邑，诸将亦多言王师重大，不宜深入险阻，累得光武帝也费踌躇，不能遽决。适值马援夤夜到来，报名求见，光武帝立即召入，与商军情，且述及群议，使定行止。援驳去众口，独伸己见，力言隗嚣将士，已兆土崩，王师一进，必破无疑，又在帝前聚米为山，指划形势，详陈路径，何处可攻，何处可守，说得明明白白，昭然可晓。光武帝不禁大悟道："虏已在我目中了！"次日早起，即麾军大进，抵高平第一城。凉州牧窦融，率领五郡太守，及羌虏小月氏等番兵前来相会，共计得步骑数万人，辎重五千余车。光武帝置酒待融，遍犒来军，趁着兴高采烈的时候，合兵上陇，分道深入，势如破竹。隗嚣闻报，自知不能抵敌，退保天水，略阳城才得解围。大中大夫王遵，自弃嚣归汉后，得帝宠眷，参与军谋，王遵降汉，见前回。此次随驾西征，因与嚣将牛邯，素相友善，遂奏明光武帝，作书招邯。书云：

遵前与隗王歃盟为汉，自经历虎口，践履死地，已十数矣。于时周洛以西，无所统一，故为王策，欲东收关中，北取上郡，进以奉天人之用，退以惩外夷之乱，数年之间，冀圣汉复存，当挈河陇奉旧都以归本朝，生民以来，臣人之势，未有便于此时者也。而王之将吏，群居穴处之徒，人人抵掌，欲为不善之计。遵与孺卿即邯字。日夜所争，害几及身者，岂一事哉？前计抑绝，后策不从，所以吟啸扼腕，垂涕登车，幸蒙封拜，得延论议。每及西州之事，未尝敢忘孺卿之言。今车驾大众，已在道路，吴耿骁将，云集四境，而孺卿以奔离之卒，拒要厄，当军冲，其形势何如哉？夫智者睹危思变，贤者泥而不滓，管仲束缚而相齐，黥布杖剑以归汉，去愚就义，功名并著。今孺卿当成败之际，遇严兵之锋，宜断之心胸，参之有识，毋使古人得专美于前，则功成名立，在此时矣。幸孺卿图之！

牛邯得书，观望了好几日，觉得西州一隅，终非汉敌，不如依书投降，乃谢绝士众，奔诣行在。光武帝慰勉有加，亦拜为大中大夫。邯为隗嚣部下的骁将，一经归汉，全体瓦解，不待王师云集，已是望风趋附。约阅一月，嚣将十三人，属县十六城，兵士十余万，俱向行在乞降。嚣惶惧的了不得，亟使王元赴蜀求援，自挈妻子奔往西城，投依大将军杨广。就是蜀将田邽李育，一时也不能还蜀，退保上邽。光武帝到了略阳，来歙率众出郊，迎驾入城。

当下置酒高会，因歙攻守有功，赐坐特席，位居诸将上首，至欢宴已毕，又赐歙妻缣一千匹，歙当然拜谢。光武帝又进幸上邽，驰诏告嚣道：“汝若束手自归，保汝父子相见，不咎既往，必欲终效黥布，亦听汝自便！”嚣仍不答报。甘为黥布，有死而已。光武帝传诏诛恂，即嚣子。使吴汉岑彭围西城，耿弇盖延围上邽，加封窦融为安丰侯，融弟友为显亲侯，此外五郡太守，亦俱封列侯，一股脑儿遣令还镇。融尚自请从军，另求派员代镇凉州，光武帝复谕道：“朕与将军如左右手，乃屡执谦退，转失朕望，其速返原镇，勉抚士民，毋擅离部曲！”这数语柔中寓刚，反令融爽然若失，拜辞行在，率众西去。光武帝调度各军，满拟即日平嚣，然后凯旋。忽接到都中留守大司空李通奏报，略言颍川盗起，河东守兵亦叛，京师骚动，请即回銮靖寇云云。光武帝不禁叹息道：“悔不从郭子横言，今始觉费事了！”横即郭宪字，语见上文。说罢，即自上邽起程，昼夜东行，马不停蹄。途次赐岑彭等书云：“两城若下，便可将兵南击蜀虏。人生苦不知足，既平陇，复望蜀，每一发兵，头发皆白，未知何日能肃清哩！”这是聪明人口吻。及既还洛阳，幸尚安谧，前颍川太守寇恂，已入任执金吾，扈跸往还，随侍左右。光武帝因与语道：“颍川逼近京师，亟应平乱，朕思卿前守颍川，盗贼屏迹，今仍委卿前往，当可立平。卿忠心忧国，幸勿辞劳！”恂答说道：“颍川人民，素来轻狡，闻陛下远逾险阻，有事陇蜀，遂不免为匪徒所惑，乘间思逞；今若乘舆南向，先声夺人，贼必惶怖归死，怎敢抗命？臣愿执锐前驱便了。”光武帝乃使命驾南征，使恂先驱。直至颍川，果然盗贼尽骇，沿路跪伏，自请就诛。恂禀命驾前，但诛盗首数人，余皆赦免。郡中父老，夹道迎恂，且共至驾前匍伏，乞复借寇君一年。为官者，不当如是耶？光武帝勉从众请，乃留恂暂居长社，安抚吏人，收纳余降，自率禁军还宫。适东郡济阴县亦有盗贼，警报入都，光武帝再遣大司空李通，与大将军王常，领兵剿捕。又因东光侯耿纯，尝为东郡太守，威信并行，因召他诣阙，拜为大中大夫，使与大兵共赴东郡。东郡闻纯入界，无不欢迎，盗贼九千余人，皆诣纯乞降，大兵不战而还。诏即令纯为东郡太守，连任五年，境内帖然。后来病殁任所，赐谥成侯。东汉功臣，多能牧民，如纯，如恂，其尤著者。

且说吴汉岑彭，围住西城，月余未下，光武帝传诏至军，叫他遣归羸卒，但留精锐，免得虚糜粮食等语。汉情急邀功，未肯遽遣，又探得杨广病死，城中失恃，越想并力攻城，日夕不息，军令倍严，吏士日久苦役，不免逃亡。嚣将王捷，登城大呼道："汉军听着！我等为隗王守城，誓死无二，必欲与我相持过去，愿以颈血相易，我为首倡，请汝等看来！"说到末语，竟拔刀挥颈，血溅头殊，身尚立着，好一歇方才扑倒。何故乃尔？汉军见他无故自杀，统皆诧异，又想他人人拼命，就使攻下城池，亦必有一场恶斗。眼见是性命相搏，彼此俱难免伤亡，惧心一起，不觉气馁，遂致易勇为怯，懈弛下去。岑彭因持久不克，想出一计，分兵至谷水下流，用土堵住，使水势涌入城中。谷水由西至东，绕过西城，下流被遏，水无去路，自然向城中灌入，渐涨渐高，距城头仅及丈许，守兵虽然恟惧，却还未肯出降。蓦听得城南山上，鼓声四震，有一大队披甲勇士，长驱驰下，先行执着一杆大旗，上书一个斗方大的蜀字，炫人眼目，且乘风大呼道："蜀兵有百万人到来了。"一面说，一面直迫汉垒。汉军猝不及防，竟被冲破，且因来军大声恫吓，多半骇散。暮气已深，怎能再战？吴汉岑彭，也不能支持，觅路退去。就是谷水下流的汉兵，都一哄儿逃得精光。其实蜀兵只有五千人，由嚣将王元借来，用了一条虚喝计，竟得吓退汉军，安然入城，城内水已骤退，复得安居。王元且勒兵复出，来追汉兵。汉兵已经乏粮，且恐蜀兵大至，无心恋战，遂由吴汉下令，焚去辎重，逐步退走。待至王元追来，还亏岑彭返斗一阵，击走王元，才得全师东归。惟校尉温序，为嚣将苟宇所获，迫令降嚣，序怒叱道："叛虏怎敢迫胁大汉将军？"说着，持节乱挞，打倒数人。宇众大愤，争欲杀序，宇摆手道："这是当代义士，可给彼剑！"乃拔剑付序，序接剑在手，亟拈须衔入口中，顾语左右道："既为贼所杀，毋令须污血！"说毕，把剑一横，魂归天上。不没忠臣。从事王忠，随序陷虏，苟宇却令他收殓序尸，送归洛阳。光武帝特赐墓地，并召序三子为郎。序本太原人氏，留葬洛中，乃是旌示忠臣的意思。

自从吴汉等引兵退还，耿弇盖延亦撤围引归，独祭遵尚留屯汧城。未几已是建武九年，遵病殁营中，讣至洛阳，光武帝悲悼异常，令冯异驰领遵营，派员护丧东归。遵为人廉约小心，克己奉公，所得赏赐，尽给士卒，家无私财，身无华服，取士专用儒术，对酒设乐，必雅歌投壶，饶有儒将风规。遵妻裳不加缘，相夫克俭，惟生男不育，终致无嗣。遵兄午买女送遵，使为遵妾，遵为国忘家，却还不受，临殁时不言家事，但遗嘱从吏，只用牛车载丧，薄葬洛阳。及丧至河南，有诏令百官先会丧所，然后由车驾素服亲临，哭奠尽哀，予谥曰成，葬后尚就墓御祭，顺道存问家属。遵妻当然拜谒。光武帝见他家无婢妾，室宇萧条，不由得悲感道："怎得忧国奉公，如祭征虏一流名将呢？"嗣后帝思遵不忘，辄加叹息。无非是借励诸将。惟自冯异接任，吏士亦俱悦服，驻守如故。独隗嚣不愿再居西城，移居冀邑，复遣兵分略各城，于是安定北池天水陇西，复为嚣有。只因粮饷不继，屡患乏食，嚣又积劳成病，多卧少起，没奈何出城谋食，惟得了数斛大豆，粗粝不堪下咽，越觉恚愤得很，还入城中，病即加剧，不久便死。

部将王元周宗等，立嚣少子纯为王，总兵据冀，仍向公孙述处称臣乞援。述将田弇李育，已经归蜀，述复使田弇北行，惟将李育留住，换了一个赵匡，与弇同至冀城，援助隗纯。汉将冯异，奉诏进讨，相持未下。公孙述欲大举攻汉，为纯纾忧，特使翼江王田戎，大司徒任满，南郡太守程泛，率兵数万人下江关，攻入巫峡，拔夷陵夷道二县，据住荆门虎牙两山，横江架桥，并设关楼，面水倚山，结营自固，差不多有进窥两湖，退挟三川的威势。汉大司马吴汉等，尚屯兵长安，光武帝特使来歙监军，马援为副，观察陇蜀情势，取示进止。歙因上书献策道：

公孙述以陇西天水为藩蔽，故得延命假息，今若平荡二郡，则述智计穷矣。宜益选兵马，储积资粮，昔赵之将帅多贾人，高帝悬之以重赏，今西州新破，兵民疲馑，若招以财谷，则其众可集。臣知国家所给非一，用度不足，然有所不得已也。

光武帝览奏，乃诏令有司备谷六万斛，用驴四百头输运，尽至汧城交卸，积作西征军需。到了秋高马肥，兵精粮足，特遣歙为统帅，率同征西大将军冯异、建威大将军耿弇、虎牙大将军盖延、扬武将军马成、武威将军刘尚等，共攻天水。冯异已与蜀将田弇赵匡，会战数十次，蜀兵伤亡过半，再加耿弇等率兵会集，士气百倍，大破蜀兵，阵斩田弇赵匡。独隗纯留居冀城，使王元等驻扎落门，依险拒守；还有高平第一城，又为嚣将高峻所据，未肯服汉。于是冯异等进攻落门，耿弇等进攻第一城，两路分攻。越年未下，冯异且在军抱病，竟至谢世，光武帝赐谥节侯，令异长子彰袭爵，且复议亲征西州。执金吾寇恂，已自长社还洛，仍然随驾起行。既至关中，恂叩马谏阻道：“长安道里居中，应接近便，安定陇西，闻车驾出驻长安，必然震惧，自当望风来降，若必以万乘之尊，亲履险阻，实非所宜，颍川前辙，不可不戒！”也说得是。光武帝不以为然，驱车再进，直抵汧城，方使恂招降高峻。峻本已由马援说下，受汉封为关内侯，拜通路将军，所以汉军出入，峻常为引导，不致阻碍。援说高峻，见前回。及吴汉等败还长安，峻乃复归故营，据住高平，坚守不下。寇恂奉诏谕峻，峻遣军师皇甫文出谒，语多倨傲，貌亦骄盈，两下里辩驳一番，惹动寇恂怒意，顾令左右缚文，拟置死刑。文尚不肯服礼，反唇相讥，诸将向恂进谏道：“高峻拥兵万人，且多强弩，西遮陇道，连年不下，今欲将峻招降，奈何反杀峻使？”恂瞋目道：“要斩便斩，怕他什么？”说着，即命把文处斩，将首级交文随员，使他带归。且嘱令传语道：“军师无礼，已经正法，欲降即降，不降固守！”斩钉截铁。这数语传将进去，峻竟开城出降，迎纳汉军。诸将莫名其妙，都向恂请问道：“杀死来使，反得降峻，究是何因？”恂答说道：“皇甫文系峻腹心，受遣来会，我看他辞意不屈，必无降志。我若将他放还，反损军威，惟杀死了他，使峻胆落，自不得不降了。”诸将才拜贺道：“寇君神算，我等不及。”恂将峻解往行在，幸得免诛。中郎将来歙，因落门尚未攻破，即与耿弇盖延等，鼓励将士，猛扑不休，守兵不能再支，各有降意，周宗行巡苟宇赵恢，拥着隗纯，开门出降；独王元引着残部，突围奔蜀，陇右乃平。光武帝令将隗氏宗族，徙居京师，自率寇恂等还朝。后来隗纯复与宾佐数十人，潜逃朔方，行至武威，被地方官捕住，杀死了事。小子有诗咏道：

敢将螳臂当王车，一举三年便覆家。

父死子降犹受戮，可怜全族半虫沙。

得陇望蜀，光武帝已操成算。至建武十一年春间，遂遣大司马吴汉，率同刘隆臧宫刘歆三将，与征南大将军岑彭，会师伐蜀。毕竟蜀地能否荡平，再至下回分解。

陇右未平，颍川又乱，处兴亡绝续之交，其欲制治也难矣。幸有寇恂扈驾南征，节钺一临，盗贼四伏，非素得民心者，其能若是乎？父老遮道，乞借寇君，莫谓小民果蚩蚩也。厥后西赴高平，斩皇甫文于城下，成算在胸，卒收劲敌，不战屈人，寇君有焉。他若耿弇七军，轻进致败，吴汉诸将，劳师无功，谋之不臧，乌能制胜？视寇君有愧色矣。独祭征虏公而忘私，国而忘家，人皆去而彼独留，功未竟而命先陨，何怪光武帝之哀恸逾恒乎？要之云台诸将，非无优劣，本书叙人述事，自有阳秋，阅者于夹缝中求之，即知所区别矣。

第十九回

猛汉将营中遇刺　伪蜀帝城下拼生

却说征南大将军岑彭，自引兵下陇后，不与陇西战事，但在津乡驻兵，防御蜀军。津乡地近江关，江关为蜀兵所踞，堵塞水陆，负嵎自雄。岑彭屡督兵往攻，终因江关险阻，不能奏功。光武帝乃遣大司马吴汉，率同刘隆臧宫刘歆三将，调发荆州兵六万余人，骑五千余匹，行抵荆门，与彭会师。彭曾备有战舰数十艘，所用水手，统从各郡募集，不下一二千名。吴汉谓水手无用，多费粮食，拟酌量遣归。想是惩着西域前辙，哪知情势不同。彭独言蜀兵方盛，今靠水战得利，方可深入，怎宜遽减水手？两下里互有龃龉，特表达洛阳，请旨定夺。光武帝复谕道："大司马惯用步骑，未习水战，荆门事决诸征南公，大司马毋得掣肘"云云。明见千里。彭得伸己见，越加感奋，当下号令军中，募攻浮桥，有人先登，应受上赏。俗语说得好："重赏之下，必有勇夫。"

遂由偏将军鲁奇，应募前驱，鼓棹直上。可巧东风狂急，吹满征帆，奇船顺势向前，直冲浮桥。桥旁设有攒柱，丛木为柱。柱上有反扎钩，钩住奇船，早被蜀兵瞧着，齐来截击。奇拼死与斗，且令随兵燃着火炬，飞掷桥楼，火随风猛，风促火腾，那桥楼是用木造成，一经燃烧，势不可遏。复有许多黑焰，迷乱蜀兵眼目，如何再能打仗？又加岑彭等率着众舰，顺风并进，所向无前，蜀兵大乱，溺毙至数千人。蜀大司徒任满，措手不及，被鲁奇一刀砍死。蜀南郡太守程泛，下桥欲奔，被刘隆跃登岸上，手到擒来。只有蜀翼江王田戎，飞马逃生，得还江州。岑彭等驰入江关，禁止军中掳掠，沿途人民，都奉献牛酒，迎劳彭军。彭辞还不受，面加慰谕，百姓大悦，开门争降。当下露布告捷，举刘隆为南郡太守，并录叙鲁奇首功。有诏悉依彭议，命彭为益州牧，所下各郡，即由彭兼行太守事。彭进军江州，探得城内积粮尚多，料不易下，但留偏将冯骏围攻，自引兵直指垫江，攻破平曲，取得粮米数十万斛，分给各军。大司马吴汉，攻克夷陵，筹备露桡数百艘，露桡，船名。桡系小楫，露系在外，故名露桡。在后继进。还有护军中郎将来歙，虎牙大将军盖延等，亦引兵入蜀。蜀中大震，公孙述忙授王元为大将军，使与领军环安，出拒河池。凑巧来歙盖延，两路杀到，即与元安两军接战，自午至暮，大破蜀兵，斩馘数千。元与安狼狈奔回，歙等复捣破下辨城，麾军再进，至夜深时，方才下营。军中不遑安寝，但凭几假寐，守待鸡鸣。不料双目蒙眬的时候，忽觉心中一阵奇痛，惊醒睡魔，用手抚胸，有物格住，不瞧犹可，剔灯审视，乃是亮晃晃的匕首，插入胸前，血流不止，连忙叫起帐后卫士，使请盖将军入营。盖延闻信，飞奔进来，见歙已遭毒手，禁不住泪下潸潸，不能仰视。歙瞋目叱延道："虎牙何敢作此态！今我为刺客所伤，无从报国，故呼君嘱托军事，乃反效儿女子哭泣么？须知刃虽在身，尚能勒兵斩公，奈何不察？"歙被刺未即死，恐亦由性暴所致。延勉强收泪，愿听歙遗命。歙乃使从吏取过纸笔，自写遗表道：

臣夜人定后，为何人所贼，伤中臣要害，不敢自惜，诚恨奉职不称，以为朝廷羞。夫理国以得贤为本，大中大夫段襄骨鲠可任，愿陛下裁察！又臣兄弟不肖，终恐被罪，陛下哀怜，数赐教督。

写到末句，实已忍不住苦痛，把笔掷去，抽刃出胸，大叫一声，竟尔气绝。盖延大恸一场，替他棺殓，立遣人赍歙遗表，驰奏殿庭。光武帝闻报大惊，省书流涕，特赐给策文，追赠歙征羌侯印绶，予谥节侯。另命扬武将军兼天水太守马成，继歙后任。一面部署六军，亲出征蜀，由洛阳进次长安。公孙述闻得车驾亲征，亟使部将王元延岑与吕鲔公孙恢等，悉众出拒广汉，及资中要隘；又遣他将侯丹率二万余人，屯守黄石。岑彭令臧宫领兵五万，从涪水至平曲，截住延岑，自分兵引还江州，另溯都江上流，往袭侯丹，出丹不意，把他击走。当即倍道急进，日夕不停，直驰二千余里，径抵武阳。武阳守吏，立即骇走，只有一座空城，被彭安然据住。彭再使锐骑进击广都，距成都仅数十里，势若风雨，无人敢当。公孙述高坐成都，总道汉兵尚相持平曲，隔离尚远，不料岑彭从黄石进兵，数日间即至广都，反绕出延岑等背后，不由得慌张万分，举手中杖掷击地上，顿足狂呼道："汉军有这般迅速，莫非神兵不成？"你已倒运，自然有此急变。当下募兵出守广都，并飞报延岑等人，叫他分兵还援。延岑方陈兵沅水，与臧宫相持不决。宫因兵多食少，转输不继，正觉得进退两难，不能持久，适光武帝遣使诣岑彭营，有马七百匹。宫得知此信，情急智生，竟伪传诏命，截留来马，使骑士跨马张旗，登山鼓噪，一面麾动战船，逆流而上，两岸夹着步骑各军，进薄蜀营，呼声动地，旗影蔽天。延岑正接到成都警信，忐忑不定，又见汉军水陆大集，越觉惊忙。登高遥望，对山复有许多敌骑，由高趋下，几不知有多少兵马，会集来攻。大众都是股栗，回头就跑，延岑亦急忙返奔，霎时间旗靡辙乱，好似风卷残云，向西四散。臧宫纵兵追击，但教刀快戟长，乐得把头颅多剁几颗。蜀兵怎敢还手？尽管向前急奔。越是逃得快，越是死得多，最便宜的是弃械乞降，倒还有一条生路，不致毙命。所有辎重粮草，统让送了汉军。总算慷慨。延岑只引了数十骑，走回成都。臧宫军至平阳乡，收得降兵，差不多有十多万人。全蜀精锐，已经荡尽，就是一向主战的王元，也束手无策，举众来降。非但对不住隗嚣，也恐对不住公孙述。光武帝连得捷音，尚欲招降公孙述，遣使致书，晓示祸福，并举大义相勉，誓不相害。述览书叹息，出示心腹将常少张隆，少与隆俱劝述降汉。述瞿然道："废兴由命，天下岂有降天子么？"还要夸口。少隆等不敢再言，自思亡在旦夕，相率忧死。

光武帝因平蜀有日，不必亲往督军，下令回銮，将入都城，忽有急报传来，乃是征南大将军舞阴侯岑彭，又被公孙述遣人刺死。彭自进军广都，所驻营地，叫作彭亡，当时未知地名，因即下寨，及有人传报，彭始知地名不祥，拟即徙往别处。适有一弁目来降，自称为公孙述亲随，被挞来奔。彭不防有诈，收入帐下，到了夜半，竟被降卒混入，把彭刺死。当由大中大夫郑兴，代领部曲，飞使奏闻。彭治军有法，秋毫无犯，邛谷王任贵，闻彭威信，数千里驰使输诚，并贡方物，光武帝方重加倚任，满望他进扫成都，特授懋赏；一闻被刺，当然生悲，遂将任贵所献各物，尽赐彭妻子，且赐谥彭为壮侯。一面敕大司马吴汉，即日进军，继彭入讨。吴汉接诏，便由夷陵出发，率三万人溯江直上，至鱼涪津。述已遣将魏党公孙永，踞住津口，结筏自固。吴汉挥动将士，一鼓击退，乘胜进围武阳，又遇述婿史兴来援，把他痛击一阵，扫得精光，兴单骑逃免。会有诏令至吴汉营，嘱汉直取广都，据蜀心膂，汉奉命急进，捣入广都城，守兵尽遁，再遣轻骑绕成都市桥，成都吏民，无不震惊，将士等陆续夜遁，述虽严刑示惩，尚不能止。那光武帝虽屡次闻捷，还恐成都兵众，总有一番鏖斗，所以必欲降述，因复颁书谕述道："勿以来歙岑彭，受害自疑，今若亟来诣阙，保汝宗族安全，否则后悔难追！"述得书后，仍无降意。总要做个死皇帝。甚至江州为冯骏所夺，田戎已被擒去，还想坚持到底，不肯转头。光武帝待述复报，始终不至，乃复传谕吴汉道："成都虽困，守兵尚有十余万，不可轻敌！卿但坚据广都，勿与争锋，待他力屈计穷，前去奋击，自然一战可下了！"吴汉急欲邀功，未肯依谕，竟率步骑二万人，进逼成都；去城约十余里，阻江为营，中架浮桥，自引兵立营江北；使副将武威将军刘尚，率万余人，屯江南，相去二十余里；当下奏达朝廷，具陈进兵安营情况，且谓可立破成都。光武帝大惊失色，忙亲书手谕道："近敕公千条万端，奈何临事错乱？既已轻敌深入，又与尚隔江立营，缓急不能相倚；若贼出兵缀公，别遣大众攻尚，尚营一破，公还能站得住么？速速引还广都，幸勿急攻！"英主见识，毕竟过人。这道手谕，交付亲将，叫他飞寄吴汉，究竟途程辽远，朝发不能夕至，那吴汉果为述将所困，险些儿败没虏中。原来公孙述因汉军相迫，特遣部将谢丰袁吉，率众十余万，分作二十余营，并出攻汉。又命别将万余人，渡江击尚，使他不能相救。汉与谢丰等大战一日，竟至挫衄，退入营中。谢丰袁吉，便将汉营围住。汉待尚不至，料知尚被牵制，无法驰援，乃召集将士，面加鼓励道："我与诸君逾越险阻，转战千里，无攻不胜，得入深地。今与刘尚两处受围，声援隔绝，祸且不测，计惟潜师救尚，并力御贼，诚能同心合力，人自为战，大功可成；否则一败无遗，如何报命？成败在此一举，愿诸君努力！"诸将齐声应诺。赖有此尔。于是飨士秣马，闭营三日，固守勿出。谢丰等攻扑数次，亦不得入，索性不去挑战，专待汉军食尽，然后再攻。哪知汉伺他懈弛，夜半开营，引军疾走，竟得渡过江南，驰入尚营。谢丰等尚未察觉，等到天明，望见汉营中旗帜高张，烟火不绝，还道汉营如故，哪知吴汉已与刘尚合军，击退江南蜀兵，蜀兵走入谢丰营中，丰等才悔中计，莫非半死不成？不得已分兵南渡，攻击汉尚。汉与尚早已守候，见他越江过来，不待蜀兵成列，便张开左右两翼，夹击过去。蜀兵仓促，接仗已觉着忙，再加两面受敌，越发招架不住，不过人数众多，总想勉力支撑，幸图一胜。偏汉兵越斗越勇，蜀兵愈战愈怯，渐渐的势不相当，败退下去。袁吉一个失手，竟被汉将砍倒，结果性命。两将中死了一人，顿时全军慌乱，如山遽倒。谢丰麾军急退，自为后拒。恰巧吴汉追到，与谢丰交战数合，砉的一声，已把丰头脑劈去，倒毙马下，蜀兵大溃。汉与尚追杀一阵，毙敌无算，获甲首五千余级，方才勒兵回营。适值朝使亦至，交付光武帝手书。吴汉阅罢，不禁伸舌，幸亏转败为功，还好有言相答；乃即留尚拒述，自领兵还驻广都，具状奏闻，深自引责。光武帝又复谕道："公还广都，很属得宜，述必不敢舍尚击公，若彼先攻尚，公可从广都赴援，彼此相应，破述无疑了。"汉懔遵谕旨，不敢违慢，待至蜀兵来攻，方才应敌。果然述兵屡出，由汉率军屡击，八战八克，复逼成都。还有臧宫一支人马，也得拔绵竹，破涪城，斩公孙恢，长驱直达，与吴汉共会成都城下，并力合攻，捣入外郭。急得公孙述不知所措，慌忙召入汝宁王延岑，向他问计。岑答说道：“男儿当死中求生，怎可束手待毙？今惟有倾资募士，决一死战。若能击退汉兵，财物复可积聚，何足介怀？”述乃悉出金帛，募得敢死士五千人，充作前锋，使岑统领残兵，作为后继。一声号令，麾众齐出，几似疯狗一般，逢人便噬。吴汉见来势凶猛，勒军遽退，至市桥中拣一旷地，列阵待着。岑令前锋鸣鼓挑战，暗率部众绕道，袭击吴汉背后。汉只遏前敌，不及后顾，竟被延岑冲破后队，搅乱阵势。汉军腹背受敌，当然溃散，汉被挤入水中，几至灭顶，亏得眼明手快，攀住马尾，马系汉素常骑坐，能识人意，方得将汉徐徐引出。好在臧宫兵尚未遽溃，百忙中援应一阵，蜀兵始退，汉得安回营中。兵事真不可测。检查兵士，丧失尚不过千余人，只是粮食将尽，不过七日可支，乃令阴具船只，伺隙欲归。谒者张堪，方奉使命劳军，输送缣帛，在途又受官蜀郡太守，驰诣成都，闻得军中乏粮，汉有退志，因亟往见汉，谓述亡在即，不宜退师。汉勉从堪议，使臧宫屯兵咸门，自在营中偃旗息鼓，故意示弱，诱令蜀兵出战。约阅三日，公孙述亲出搏战，直攻汉营；令延岑往敌臧宫，两路并举。岑拼命死斗，三合三胜，宫几难支持，忙使人向汉求援。汉与述已战了半日，未分胜负，急切不便援宫，但见述兵已有饥色，特使护军高午唐邯，领着锐卒万人，向述众横击过去。这支兵马，乃是汉留住营中，故意不发，待至述兵已疲，才令突出。述不防有此生力军，挺击过来，连忙号召将士，拦阻兵锋，已是不及。高午持槊急进，猛刺述胸，述痛不可耐，撞落马下，左右抵死救护，才得扶起述身，舁至车上，逃入城中。延岑在咸门酣战，得知述负伤消息，当然惶急，鸣金退回，反被臧宫还杀一阵，伤了许多人马。好容易入城见述，述已晕过两次，经岑唤醒，勉强睁眼一看，不禁下泪，模糊说了数语，无非是嘱咐后事，挨到日暮，便即毙命。岑为具棺殓，草草办就，到了翌晨，自觉无术拒守，乃开城出降。吴汉等纵辔入城，枭述尸首，传诣洛阳，尽屠公孙氏家族，并将延岑处斩，戮及妻孥，再纵火烧述宫室，付诸一炬，是为建武十二年事。述欲称帝时，曾梦有人与语云：“八厶子系，十二为期。”醒后告知妻室，妻答说道：“朝闻道，夕死尚可，况期限十二呢？”想是急思为后，故有此语，但不知杀头时候，可追悔否？述因即僭号。至是全家灭亡，刚刚应了十二为期的梦兆。妖梦是践。光武帝闻汉入城屠掠，遣使责汉，又谕副将军刘尚道：“城降三日，吏民从服，孩儿老母，人口万数，一旦纵兵放火，居心何忍？汝系宗室子孙，尝居吏职，奈何亦为此残虐？仰视天，俯视地，未必相容，大非朕伐罪吊民的初意呢！”一将功成万骨枯，故王者耀德不观兵。

先是述尝征广汉人李业为博士，业称疾不起，述惭不能致，使人持药酒相迫。业抚膺叹道：“古人云：‘危邦不入，乱邦不居。’我情愿饮药便了。”遂服毒自尽。述又聘巴郡人谯玄，玄亦不应，述又劫以毒药。玄慨然道：“保志全高，死亦何恨？”遂对使受药。玄子瑛叩头泣血，愿出千万钱赎父，方得幸免。至成都残破，玄已早终。更有蜀人王皓王嘉，亦不肯事述。述先将他妻子系住，胁令出仕。皓对来使说道：“犬马尚且识主，况我非犬马，怎得妄投？”说着，竟拔剑自刎。述竟将他妻子杀死。王嘉闻皓自杀，也即戕生。犍为人费贻，漆身为癞，佯狂避征；同郡任永冯信，都伪托青盲，巧辞征命。此次光武帝因蜀地告平，申命吴汉等访求遗逸，方得查出数人志节，奉诏表李业闾，祀谯玄以中牢，为王皓王嘉伸冤，抚恤后裔，特诏费贻任永冯信入都，面授官职。永信同时病殁，惟贻入见后，拜为合浦太守。此外如述将程乌李育，颇有才能，亦由光武帝下诏叙用，不令向隅。又追赠述故臣常少为太常，张隆为光禄勋。常少张隆，见前文。于是西土悦服，莫不归心。小子有诗咏道：

抚我为君虐我仇，安民有道在怀柔。
井蛙小丑何知此？身死家亡地让刘。

蜀地平定，吴汉等振旅还朝。欲知后事如何，且看下回再表。

公孙述一夸夫耳，无他功能，乘乱窃据，但以僻处西陲，依险自固，故尚得苟延岁月，僭号至十有二年。及关东已平，王师西指，述不能用荆邯之策，空国决胜，乃徒豢二三刺客，戕来歙，害岑彭，何济于事？彼既不愿为降天子，何勿堂堂正正，与决胜负？成固甚善，败亦有名，仅恃此鬼蜮伎俩，暗杀汉将，汉将岂能一一被刺乎？来歙岑彭，不幸遇刺，而吴汉臧宫诸将，长驱直前，进捣成都，述尚欲死中求生，背城借一，卒至洞胸坠马，亡国覆宗。诈术果可恃耶？不可恃耶？项羽谓天实亡我，非战之罪；公孙述谓废兴有命，是皆不度德，不量力，一败涂地，乃诿诸天命，无聊之语，可笑亦可悯也！

第二十回

废郭后移宠阴贵人　诛蛮妇荡平金溪穴

却说蜀地告平，全军凯旋，凉州牧窦融，上表称贺，有诏令融与五郡太守，一同入朝。融遂与武威太守梁统、张掖太守史苞、酒泉太守辛彤、敦煌太守竺曾、金城太守库钧，奉诏入都。既抵阙下，即缴上安丰侯凉州牧印绶。光武帝赐还侯印，即日召见，赏赐恩宠，无与伦比。寻拜融为冀州牧，融辞不就任。适大司空李通，因病去职，由扬武将军马成，暂行代理，未尽胜任，乃进融为大司空；并授梁统为大中大夫。凉冀二州，另行简员镇守。好在陇蜀已平，西北无事，只有卢芳伪称刘文伯，连结匈奴乌桓，常为边患。屡见前文。骠骑大将军杜茂等，奉诏往讨，历久未平，芳部将随昱留守九原，阴通汉军，欲胁芳降汉。芳与十余骑逃入匈奴，昱即诣阙请降，得拜五原太守，封镌胡侯。后至建武十六年间，芳复入居高柳，遣使奉上降书。光武帝乃立芳为代王，令他和辑匈奴。芳申请入朝，奉诏批准。及芳南至昌平，又遇朝使传谕，叫他折回。芳不免疑惧，仍背汉投胡，既而病死。自是函夏无尘，全国统一。光武帝增封功臣，得三百六十五人，外戚封侯，计四十五人，惟宗室诸王，却为了将军朱祐计议，反降封为公侯。如赵王良，由广阳徙封。齐王章、即刘縯长子。鲁王兴，縯子过继刘仲，均见前。三人统称为公。长沙王兴、真定王德、即刘杨子。河间王邵、中山王茂四人，俱景帝后裔。统称为侯。更封孔子后裔孔安为宋公，周公后裔姬常为卫公，此外宗室封侯，共一百三十七人。光武帝久在兵间，厌心武事，且知天下疲耗，益欲息肩，自陇蜀平定后，非遇急警，不复言兵。皇太子强，年已十余，有时侍侧，问及攻战方略，光武帝正色道："从前卫灵公问陈，孔子不对，此事非尔所宜问呢！"此实一权宜之语，并非至训。邓禹贾复，知帝欲偃武修文，不愿功臣拥众京师，乃投戈讲道，修明儒学。耿弇等亦缴还大将军印绶，并以列侯就第。朱祐尝荐贾复端重，可为宰相，光武帝置诸不答。惟移封邓禹为高密侯，使食四县。贾复为胶东侯，使食六县。李通已封固始侯，位兼勋戚，因得与邓禹贾复，参议国家大事，恩遇从隆。其余功臣数百人，不过给与廪禄，令他安享太平，不复重用。保全功臣，莫如此策。至若朝廷宴会，辄召功臣集饮，济济盈堂，无不守礼。光武帝当大宴时，历问群臣道："卿等若不得遇朕，果有何为？"邓禹起答道："臣尝学问，可做一文学掾吏。"光武帝笑道："这也未免太谦了！卿志行修整，可官功曹。"及问至马武，武答言："臣粗具膂力，可为守尉，督捕盗贼。"光武帝又笑说道："且自己不为盗贼，做个亭长罢了！"武平素嗜酒，任气使性，常在御前折辱同列，故光武帝随事加诫，略示裁抑。但功臣稍有过失，帝必曲为优容，所有远方进贡珍甘，亦尝先赐列侯，不少悭吝。故功臣皆怀德畏威，不生怨望，安上全下，比那高祖时代，迥然不同。这是光武帝的识量过人，故有是良法美意，卓越古今。应该称扬。

独骠骑大将军杜茂，尚留守北方，备御匈奴。光武帝不欲劳兵，特使吴汉等北往，督徙边民，尽入内地，但谕茂缮治城障，阻住胡烽。茂令兵士屯田筑堡，毋敢少疏。

会因军吏冤杀无辜，遂致连带免官，减削食邑，由修侯降为参蘧乡侯，另命蜀郡太守张堪为骑都尉，使他往领茂营。匈奴闻茂去职，乘隙进攻，兵至高柳，被张堪督兵邀击，大破胡兵，飞章告捷。光武帝因令茂为渔阳太守，兼辖军民。茂赏善罚恶，公正无私，吏士并乐为用。匈奴以高柳被挫，再图报复，竟发万骑入渔阳。才入境内，即有数千健卒，当头截住，仿佛与长城相似，丝毫不能动摇。再加张堪领着后队，鸣鼓继进，锐厉无前，把胡骑冲得七零八落。匈奴将帅，连忙奔还，十成中已丧失了四五成，从此畏堪如神，不敢近塞。堪乃劝民耕稼，特就狐奴地方，开稻田八千余顷，不到数年，桑麻菽麦，偏地芃芃。百姓踊跃作歌道："桑无附枝，麦穗两歧；张公为政，乐不可支！"总计堪守郡八载，户口蕃庶，物阜民康。光武帝欲征堪内用，堪竟病逝，有诏褒扬政绩，赐帛百匹。堪字君游，系南阳郡宛县人，少时已有志操，号为圣童，入蜀时不私秋毫，布被终身。中兴循吏，杜诗以外，要算张堪。赞美循吏，借以风世。

沛郡太守韩歆，亦刚直有声，建武十三年间，大司徒侯霸病逝，特擢歆为大司徒。歆就职后，每好直言，尝在帝前指天画地，不少隐讳。光武帝未免动怒，歆仍不少改，在任二年，坐被谴归。未几又颁诏申责，歆愤激自杀，子婴亦死。都人士替他呼冤，为帝所闻，乃追赐钱谷，具礼安葬。遇主如光武，且以直言贾祸，遑问他人。后来欧阳歙戴涉，相继为大司徒，俱坐罪论死，光武帝亦稍稍严急了。最错误的是废后一事，为光武帝平生大累。事在建武十七年间。光武帝既立郭氏为皇后，嫡子强为皇太子，相安有年，见十二回。郭后复生子四人，一名辅，一名康，一名延，一名焉。阴贵人亦生五子，长名阳，次名苍，次名荆，又次名衡，名京。尚有一子名英，为许美人所出。许美人无宠，当夕甚稀，故只生一男。就中总算这位阴贵人，最得宠爱，光武帝有时出征，尝命阴贵人随行。阴贵人初次生男，曾在元氏县中分娩，彼时从征彭宠，适当有娠，故在行辕中产儿，取名为阳，两颊甚丰，至十岁时能通《春秋》，光武帝目为奇童。夺嫡之兆，已寓于此。建武十五年，大司马吴汉等，上书请封皇子，三奏乃许。使大司空窦融告庙，封皇子辅为右翊公，英为楚公，阳为东海公，康为济南公，苍为东平公，延为淮阳公，荆为山阳公，衡为临淮公，焉为左翊公，京为琅琊公。这是因年序封，故与上文叙次不同。诸子受封，才及月余，有诏令天下州郡，检核垦田户口。刺史太守，依诏施行，次第奏报。独陈留吏牍中夹入一纸，上书二语云："颍川弘农可问，河南南阳不可问。"

光武帝瞧着，问所从来，吏人谓由长寿街上拾取，误夹牍中。这是因光武好谶引惹出来。光武帝因疑生怒，顿有愠色。东海公阳，年才十二，适侍帝后，便乘间进言道："河南帝城，必多近臣，南阳帝乡，必多近亲；田宅逾制，不便细问，故有是言！"

光武帝大悟，再使虎贲将穷诘吏人，吏人无从隐蔽，所对如东海公语。光武乃更遣谒者巡行河南南阳，纠察长吏，实地钩考，免得徇私。但自此爱阳有加，自悔立储太早，不得使阳为冢嗣。天下事不宜生心，一有芥蒂，免不得形诸词色。郭皇后暗中窥透，当然怀嫌，因此对着帝前，往往冷嘲热讽，语带蹊跷。光武帝积不能容，遂致夫妻反目，动有违言。到了十七年冬月，竟突然下诏道：

皇后怀势怨怼，数违教令，不能抚循他子，训长异室。宫闱之内，若见鹰鹯，既无关雎之德，而有吕霍之风，岂可托以幼孤，恭承明祀？今遣大司徒戴涉，时涉尚未坐罪。宗正刘吉，持节往谕，其上皇后玺绶。阴贵人乡里良家，归自微贱，自我不见，于今三年。两句援引《诗经》，为追忆之词。宜奉宗庙为天下母。异常之事，非国休福，不得上寿称庆，特颁诏以闻。

诏既颁发，群臣互相错愕，莫敢发言。郭皇后只好缴出印绶，徙居别宫。那色艺兼优的阴贵人，竟得超居中宫，母仪天下。句中有刺。殿中侍讲郅恽进奏道："臣闻夫妇情好，父子间尚且难言，况属在臣下，怎敢参议？但望陛下慎察可否，勿令天下贻议社稷，方可无忧！"光武帝答道："卿能曲体朕意，朕亦不为已甚哩！"乃暂不易储，更进郭后次子辅为中山王，号郭后为中山太后。余如东海公阳以下，俱进封为王。嗣且命赵齐鲁三公，均复王爵，这且待后再表。

且说光武帝即位以后，尝出幸春陵，亲祠先人园庙，旋又改春陵乡为章陵县，永免徭役，比拟高祖时代的丰沛。至建武十七年冬季，复至章陵祭祖，治旧宅，观田庐，置酒作乐，大会宗室，无论男妇老幼，并得列席。酒至半酣，诸母相与絮语道："文叔光武帝小字，见前文。少时谨信，与人交际，无甚款曲，不过柔顺有容，素无争忤。谁料今日尊荣至此！"光武帝凑巧听见，不由得接口道："我御天下，亦欲以柔道为治，并不致后先矛盾哩！"说着，鼓掌大笑。诸宗室相率腾欢，至日暮方才散席。越宿由光武帝谕令有司，为宗室尽建祠堂，然后命驾起行，还至宫中，已将残腊。倏忽间又是建武十八年了，孟春无事，过了一月，忽得蜀郡警报，乃是守将史歆，据住成都，自称大司马，猝攻太守张穆，穆逾城走入广都，飞书乞援。光武帝亟令大司马吴汉，率同臧宫刘尚二将，领兵万余，往讨史歆。汉至武都，再发广汉巴蜀三郡兵马，进围成都，数旬即下，把史歆擒斩了事。宕渠人杨伟，朐忍人徐容等，本已为史歆诱惑，各纠众数千人，与歆相应。吴汉等既收复成都，再乘桴沿江，进至巴郡。杨伟徐容，闻风骇走，终被汉军擒诛，余党皆降，徙居南郡长沙。蜀郡复平，汉等还朝复命。

不意南方交阯，突出了两个蛮女，公然聚众造反，寇掠岭南六十余城。吕母迟昭平后，复出了两个蛮女，甚是奇特。两蛮女叫作征侧征贰，本是一对姊妹花，为麊冷县雒将女儿。麊冷音糜零，交阯僻处南海，从前未设郡县，为土人所分据，随地垦田，有雒王雒将雒民等名。面貌不过寻常，身材很是长大，力举千钧，霸占一方。侧尤骁勇，已嫁与朱鸢人诗索为妻，她却不安家室，惟与妹征贰玩刀耍枪，练习武艺。及刀枪纯熟，自谓技艺无敌，想做一个南方女大王。可号为井底雌蛙。于是号召徒众，待机即发。适交阯太守苏定，执法相绳，饬令缴械散众，不得生事。侧与贰遂愤然发难，攻陷郡城，苏定出走，南方大乱。九真日南合浦各蛮夷，哗然起应，郡守纷纷内避，被她闹得一塌糊涂，所有岭南六十余城，并罹兵阨。侧竟自立为王，令贰为大将，两蛮女振动雌威，名闻远近。警报传到洛阳，光武帝怎能坐视？便选出虎贲中郎将马援，使为伏波将军，令与扶乐侯刘隆，督率楼船将军段志等，南下讨贼。援前为大中大夫，与来歙同为监军。见十八回。歙尝奏言陇西侵残，羌种杂沓，非马援不能平定。光武帝因拜援为陇西太守，援连破叛羌，征服余众，缮城治坞，辟田劝耕，陇西以安。嗣被召为虎贲中郎将，屡得进见，尝与光武帝谈论兵法，意俱相合。再出讨皖城妖人李广，一鼓即平。这是补叙之笔。至是复受命南征，航海前进。军至合浦，段志得着急病，竟至逝世。援令弁目护丧归葬，自与刘隆并领水军，水尽登岸，辟山通道，得达浪泊。征侧方安据交阯，南面称尊，总道是天高地迥，任所欲为，蓦闻汉军已至浪泊，也不禁吃了一惊。当下升帐点兵，得数万人，使妹征贰为先锋，自为后应，至浪泊中搦战。两阵相交，金鼓连天，约莫有两三个时辰，蛮众究竟乌合，敌不过百战雄师，一败便走，势若散沙。征侧征贰，但靠着两臂蛮力，目无中原，至此才知王师厉害，觅路逃走。援驱军追杀，斩首数千级，收降万余人，女流究属无用，不堪一战。趁势至交阯城下，四面围攻。征侧自觉孤危，即与征贰商议道："我与汝奋臂一呼，远近响应，不到数月，得攻克六十余城，满望杀往岭北，进据中原，哪知中朝天子，遣到精兵猛将，锐不可当，现今坐困危城，如何是好？"征贰想了多时，才答说道："据妹子看来，此城断不可守，不如奔往金溪穴中，扼险自固，就使猛将如云，亦不能捣破此穴，待他粮尽引退，我等复好出据此城了。"征侧点首称善，随即弃城夜遁。马援闻知，率众力追，行抵金溪，连战数阵，蛮众除杀死外，多半溃散。惟征侧征贰两姊妹，拼命逃走，得入金溪穴中，穴甚深邃，四围有大山包住，只有一口可通，也是险仄得很。侧与贰窜入此穴，使残众堵住穴口，大有一夫当关，万夫莫开的形势。援率众到了穴前，察视四周，除穴口外，竟是无缝可钻，倒也踌躇得很。自思航海南来，费尽千辛万苦，得入此地，倘若畏难即退，岂不是尽隳前功？况且留此两妇，终究是将来祸祟，理应斩草除根，方免后患。于是下令军士，随山伐木，就谷口筑起巨栅，容纳全师；再命游骑巡弋四围，截虏蛮众，想得几个俘虏，询问路径，或有一线可通，便好令他向导，捣杀进去。谁知一住半月，竟无人迹，山上瘴气熏蒸，军士一不小心，往往触瘴致疾，真个是欲退不得，欲进不能。援却抱定主意，誓灭此虏，勉令将士围住谷口，一面分兵略定各郡，收聚粮食，输运军前。征侧征贰总以为汉军无法，定必速退，且穴中曾备有粮草，足资一年，但教安心耐守，自可解围。螺蚌缩入壳中，能长此不开么？不意过了数月，汉兵不退，又过数月，仍然不退，直至岁暮年阑，汉兵尚在谷外扼住，未曾退去。穴内粮食，已将告罄，且水道亦被汉兵塞断，涓滴不见流入，害得又饥又渴，无可为生。勉强过了残冬，已是建武十九年正月。侧与贰不能再伏穴中，只得驱众杀出，众兵已困惫不堪，没奈何硬着头皮，冲出谷口，汉兵早已出栅待着，见一个，杀一个，见两个，杀一双，吓得蛮众又复倒退。马援知蛮众不济，传令投降免死，蛮众听着，遂一齐抛去兵械，匍匐乞降。惟征侧征贰两人，罪在不赦，只得不管死活，舍命格斗，结果是跌倒地上，双双就擒，当由汉军缚住，推至马援面前，两人跪倒磕头，哀求饶命。马援作色道："无知贱婢，也想抗拒天朝，今日还想求生么？"说毕，即令刀斧手将两人推出，一同枭首，献入都中。恐洛阳城中，难得见此好头颅？有诏封援为新息侯，食邑三千户。援乃宰牛酿酒，大飨将士，且笑且语道："我从弟少游，与我志趣不同，尝谓人生在世，但教饱食暖衣，乘下泽车，跨款段马，做一个郡县掾吏，老守坟墓，乡里间称为善人，也好知足，何必奔波劳碌，妄求功名？我当初意不谓然，今至浪泊西里，转战年余，下潦上雾，毒气弥漫，仰视飞鸢摇摇，似堕水中，卧念少游平生时语，几不可得。还亏诸君戮力，得破二妇，乃先受恩赏，独得佩金拖紫，食采封侯，真令我且喜且惭了！"将士等都离席跪伏，喧呼万岁。援复令起饮，至醉方散。越日又率楼船大小二千余艘，战士二万余名，四处搜捕余孽，斩获五千余人，岭南乃平。援再至交阯，设立铜柱，上书：“大汉伏波将军马援建此。”然后振旅而还。小子有诗咏道：

何来蛮女敢称雄，负险经年扼谷中。
幸有老成操胜算，坚持到底庆成功。

欲知马援还朝情形，待至下回再详。

光武帝能容功臣，独不能容一妻子，废后之举，全出私意，史家多讥其不情。吾谓光武之误，不在于废后之时，而在于立后之始。阴氏女娶于先，郭氏女纳于后，岂可因出身之贵贱，为后先之倒置乎？况“娶妻当得阴丽华”，光武帝已有成言，本昵爱之初衷，得相攸于微贱，正应立彼为后，不负前盟。故剑可求，杜陵之遗规犹在，何得以郭氏之早生皇子，超列中宫？古人有言：“慎厥初，惟厥终。”未有初基不慎，而可与之图终者也。彼征侧征贰，以南方之妇女，敢尔称兵，想亦由戾气所钟，故有此异事耳。幸而伏波往讨，务绝根株，千里奔波，一年耐久，卒得擒二妇于窟穴之间。倘非坚持不敝，贯彻始终者，亦安能若是耶？伏波铜柱，照耀千秋，宜哉！

第二十一回

雒阳令撞柱明忠　日逐王献图通款

却说马援讨平交趾，振旅还朝，将抵都门，朝中百官，或与援素有交谊，并皆出都远迎。待援到来，彼此下马欢叙，就在驿馆中休息片时。平陵人孟冀，系援老友，亦在座中，当即起身称贺。援笑说道：“我望先生劝善规过，奈何亦作此俗谈？从前伏波将军路博德，开置南方七郡，见《前汉演义》。不过受封数百户，今我不过擒斩二妇，略具微劳，乃得叨封大邑，滥沐恩荣，功薄赏厚，如何持久？究竟先生如何教我？”谦谦君子。冀答谢道：“愚实未足知此。”援又说道：“方今匈奴乌桓，尚扰北边，我还想自请出击，男儿要当拚死边野，用马蓐裹尸还葬。怎能僵卧床上，在儿女子手中讨生活呢？”老当益壮，此公固不负前言；但亦未始非后来谶语。冀接入道：“既为烈士，原该如此。”大众亦无不赞叹。随即相偕入都，由援诣阙复命，奏明一切。光武帝当然慰劳一番，特赐援兵车一乘。援谢恩退朝，复因从征军士，除战死外，遇疫身亡，差不多十中四五，乃具录上闻，请得许多银粮，抚恤兵士家属，慰死安生，这且无庸细表。

且说建武十九年正月，五官中郎将张纯，及太仆朱浮等计议，谓人子当事大宗，降私亲，应为本支先祖，增立四庙。光武帝览奏后，自思昭穆次第，当为元帝后裔，乃追尊宣帝为中宗，更祀昭帝元帝于太庙，成帝哀帝平帝于长安，舂陵节侯买。以下于章陵，各设太守令长，为典祠官。正在制礼作乐的时候，忽报河南原武县中，出了一班妖贼，为首的叫作单臣傅镇，拘住守吏，据有县城，自称大将军。光武帝特遣前辅威将军臧宫，发黎阳营兵数千人，往讨贼众。原武城内，积粟甚多，贼得据粮坚守，累攻不克，反丧亡了若干士卒。光武帝未免忧劳，特召集公卿王侯，商议方略。群臣多请悬赏购募，东海王阳独进说道：“妖巫胁众为乱，势难久持，就中必有心中悔恨，意欲出亡，只因外围紧急，无从脱身，没奈何拼命死守。今宜敕军前缓围，纵令出城，贼众解散，渠魁孤立，一亭长亦足擒斩了。”足智多谋，可称肖子。光武帝甚以为然，即遣使传谕军前，令臧宫缓围纵贼，果然，贼众陆续出奔，顿致城内空虚。宫得一鼓入城，击毙单臣傅镇，原武遂平。嗣是光武帝愈爱东海王，只有皇太子强，自母后被废后，常不自安；又见东海王逐日加宠，越觉生忧。殿中侍讲郅恽，遂进白太子强道：“殿下久处疑位，上违孝道，下近危机。从前殷高宗为一代令主，尹吉甫亦千古良臣，尚因纤芥微嫌，放逐孝子。《家语》载：曾参出妻，不复再娶，尝谓高宗以后，妻杀孝子，尹吉甫以后，妻放伯奇，吾上不及高宗，中不比吉甫，何如不娶？至若《春秋》大义，母以子贵，为殿下计，不如引愆让位，退奉母氏，方为不背所生，毋亏圣教呢！”太子强听了恽言，便表请让位，愿为外藩。光武帝不忍遽许，强又密托诸王近臣，再三恳请，乃决意易储，当即下诏道：

《春秋》之义，立子以贵。东海王阳，皇后之子，宜承大统。皇太子强，崇执谦退，愿备藩国，父子之情，重久违之，其以强为东海王。此诏。

强奉诏后，便缴上太子印绶，即日册立东海王阳为太子，改名曰庄。惟郭后母子，虽皆被废，光武帝顾念郭氏亲属，恩尚未衰。郭况为故后亲弟，受封绵蛮侯；郭竟为故后从兄，尝官骑都尉，从征有功，受封新郪侯；竟弟匡亦得封发干侯；郭梁为故后从父，早死无子，有婿陈茂，且因外戚贻恩，封南䜌侯。䜌读若绵。况谦恭下士，颇得声誉，光武帝亦格外恩宠，更徙封况为阳安侯，食邑比前加倍。至建武二十年间，徙封中山王辅为沛王，即令中山太后郭氏为沛太后，即郭皇后，见前文。又进况为大鸿胪，车驾屡至况第，会集公卿列侯，一同宴饮，赏赐况金银缣帛，不可胜计。京师称况家为金穴。况母刘氏，素号郭主，至病殁时，由光武帝临丧送葬，百官大会，并迎况父郭昌遗柩，由真定至洛阳，与郭主合葬。追赠昌为阳安侯，予谥曰思。这也算是光武帝不忘旧情，所以有此恩遇呢！虽属厚恩，究难补憾。话休絮烦，惟帝姊湖阳长公主，经宋弘拒婚后，见十一回。总算守孀全节，光武帝格外怜悯，厚赐财物。因此公主得豢养家奴，数以百计。家奴中良莠不齐，有几个狡悍苍头，往往倚势作威，横行都市，甚至白日杀人，避匿主家，地方官不便往捕，致成悬案。会公主出外闲游，即令苍头骖乘，昂然从行。究竟不似节妇行为。雒阳令董宣，正因前案未了，屡次候着，可巧碰见了公主苍头，正是杀人要犯，便即驻车下马，拦住公主辇前，不令前行。公主不免动怒，欲叱董宣。宣拔出佩刀，划地有声，直斥公主纵奴为暴，罪当连坐。一面令苍头下车，词色甚厉，苍头无奈，下车谢罪。哪知董宣竟不容情，把手中宝刀一挥，将苍头劈作两段；然后放公主过去。公主究是女流，一时不便与争，只好悻悻的驰还宫中，向帝前哭诉一番。妇人不知己过，专用这般伎俩。光武帝也不禁动怒，立召宣入，责他冲撞公主，令左右执棰挞宣。宣叩头道："愿乞容臣一言，然后处死！"光武帝勃然道："汝尚有何言？"宣答说道："陛下圣德中兴，乃令长公主纵奴杀人，如何制治天下？臣不须棰，请自杀便了！"说着，用头撞柱，血流满面。光武帝听言辨色，也觉得董宣理直，怒为少平，因嘱小黄门官名。将宣扶住，不使再撞，但令他叩谢公主。宣不肯依谕，再由小黄门揿住宣头，叫他对公主叩首。宣两手据地，终不肯俯。公主顾光武帝道："文叔为布衣时，藏匿亡命，吏役不敢至门，今贵为天子，反不能威行一令么？"光武帝笑答道："天子与布衣不同。"究竟是聪明主子。说至此，复语宣道："强项令可即出去！"

宣依谕即出。寻复有诏嘉宣守法，特赐钱三十万。宣拜受恩赐，散给诸吏。从此宣搏击豪强，威震都下。宣字少平，陈留人，都人为作歌道："桴鼓不鸣董少平。"后来在任五年，因病去世，年已七十四岁。有诏遣使临视，只一布被覆尸，妻子相向对泣，内室惟大麦数斛，敝车一乘，使人还报光武帝。帝很是叹惜，命用大夫礼安葬。史家因他历任守令，好刚任杀，特列入酷吏传中，虽是尚宽禁暴的意思，但看他不畏豪强，非常廉洁，究竟是一位好官。试问古今以来的守令，能有几个似董少平呢？可为董君吐气。光武帝待遇董宣，还算不薄，惟对着三公，却是不肯轻轻放过。自从大司徒韩歆，逼令自杀，见前文。继任大司徒戴涉，又为了太仓令奚涉罪案，失察下狱，竟坐死刑，并将大司空窦融，牵入在内，亦令罢官。独大司马吴汉，就职有年，未尝遇谴，平时谨慎小心，持重不苟，一经出师，朝受诏，夕即就道，并没有什么留滞。至若从驾出征，或有挫失，诸将皆惶惧不安；惟汉意气自如，仍然整理器械，训勉士卒。光武帝尝使人战视，得知情状，每叹为吴公大才，隐若敌国，所以一心委任，到老不衰。汉妻孥因汉出兵，偶买田宅，汉还家诘责道："将士在外，粮饷不足，奈何多买田宅哩？"说着，即将田宅分给兄弟外家。总计汉居官二三十年，不筑一第；夫人先死，薄葬小坟。至建武二十年间，一病不起，光武帝亲往临视，问所欲言，汉答说道："臣本愚蒙，无甚知识，但愿陛下慎勿轻赦哩！"轻赦二字，怎能包括大政？汉此语亦未免有失。及车驾还宫以后，汉即谢世，有诏予谥曰忠。发北军五校轻车甲士送葬，如前汉大将军霍光故事。另任中郎将刘隆为骠骑大将军，行大司马事。擢广汉太守蔡茂为大司徒，太仆朱浮为大司空，这也不必细表。

单说伏波将军马援，有志从戎，不遑宁处，尝因匈奴乌桓，屡扰北方，震惊三辅，因此复自请防边。光武帝乃令援出屯襄国，令百官祖饯都门，黄门郎梁松窦固，时亦在列。援顾语二人道："人生幸得贵显，当使可贱，如卿等长欲富贵，须居高思危，小心自保，幸勿轻弃鄙言！"两人口虽答应，心中却未以为然。原来松为大中大夫成义侯梁统长子，曾尚帝女舞阴公主，固为窦融弟显亲侯友长子，亦尚帝女涅阳公主。两人俱得为馆甥，贵宠逾恒，总道是与国同休，怕什么意外变故？援与梁统窦友，同官为僚，尝相来往，因恐他嗣子青年，挟贵致骄，故出言相诫。未始非一片好意，谁知反种下祸根。语毕即行，引兵自去。

说起这个乌桓国，本是东胡支裔，西汉初年，匈奴单于冒顿，翦灭东胡，余众奔回乌桓鲜卑二山，分为二部，在乌桓山一支，就号作乌桓国，在鲜卑山一支，亦号作鲜卑国。《前汉演义》中亦曾叙及。二部苟延残喘，仍不得不臣服匈奴。及武帝时卫青霍去病。为将，屡破胡虏，匈奴乃衰，乌桓乃徙入内地，分居上谷渔阳右北平辽东诸郡间，背胡事汉，生齿渐蕃。昭帝元凤年间，乌桓欲报前仇，出掘匈奴单于祖墓，匈奴复击破乌桓。大将军霍光，曾遣度辽将军范明友，率二万骑往辽东，邀击匈奴。匈奴兵已早出境，明友转袭乌桓，斩获甚多。嗣是乌桓复与汉有隙，匈奴部酋，乘间引诱乌桓，连兵寇汉，直至光武中兴，仍然不息。事迹虽已见《前汉演义》，但此书亦不能不叙。马援出屯襄国，部署兵马，越年领三千骑出五院关，掩袭乌桓。乌桓兵先已扬去，援追赶一程，只斩得虏首百级，收兵南归。乌桓却狡黠得很，伺援班师，复来尾追。还亏援星夜趋还，才得全师；但马已死了千余匹。

鲜卑与中国，本不相通，因见乌桓扰边，屡有劫掠，也不禁暗暗垂涎；再加匈奴亦遣人招诱，自然利欲熏心，同来生事。建武二十一年秋间，鲜卑引万余骑入塞，寇掠辽东。太守祭彤，系故征虏将军祭遵从弟，素有勇略，能开三百斤强弩。至是闻鲜卑入境，自率数千人迎击，披甲持刀，当先陷阵，部兵一拥齐上，杀死虏众多人，虏兵统皆骇走，急不择路，各跃入断涧中，溺毙过半。祭彤穷追出塞，斩首至三千余级，获马好几千匹。于是鲜卑震怖，不敢入犯。可巧匈奴亦连年旱荒，人畜多死，也不能南下寇汉，朔方少安。先是西域各国，已为汉属；王莽篡位，贬易侯王，西域因此瓦解，转降匈奴。匈奴征求无厌，诸国皆不堪命，且闻光武中兴，汉威再震，乃复遣使入洛，乞请内附。光武帝因天下初定，未遑外事，竟谢绝番使，不从所请。莎车王贤，承袭祖父遗业，雄长西域，未肯臣事匈奴，特与鄯善王安，贡献方物，再求属汉。廷臣如窦融等，并上言莎车王事汉，初衷不改，宜加赐位号，毋失彼望。光武帝乃赐贤西域都护印绶，及车旗锦绣等物。前汉本有西域都护，中经莽乱，此官乃废。偏敦煌太守裴遵，得知此事，独奏称夷狄无信，不可假以大权，遂致光武帝翻悔前言，收还西域都护印绶，另命贤为汉大将军。出尔反尔，亦属不合。贤从此怀恨，虽将印绶缴还，尚诈称大都护，蒙骗各国。各国未识真假，只得听命。贤逐渐骄横，意欲并吞西域，先向各国苛求赋税，稍不如意，便发兵相迫。各国敌他不过，没奈何请命洛阳，遣子入侍，愿另简都护，镇定西陲。无如光武帝坚持初意，见了各国侍子，但用金帛为赏，一律遣归。各国闻信，忙与敦煌太守裴遵檄文，托他代为申奏，仍请留侍子，置都护，威惩莎车。遵当然代奏，光武帝迁延不报，各国侍子，久留敦煌，均怀归志，竟分途潜返。莎车王贤，知汉廷无意西方，遂致书鄯善，劝令绝汉。鄯善王安，不纳贤书，且将来使杀死，贤因发兵报怨，攻入鄯善。鄯善王迎战败绩，逃往山中。贤复移兵袭杀龟兹王，并有龟兹国土，气焰益张。鄯善王安，再上书洛阳，复请遣子入侍，速简西域都护。光武帝使人复谕道："朝廷方偃武修文，不欲劳师勤远，若诸国力不从心，东西南北，尽请自便。"这也太觉迂拘。鄯善王得此复谕，乃与车师等国，悉附匈奴。

匈奴在前汉时代，呼韩邪单于入朝归命，与汉和亲，娶得汉宫美人王昭君，产下一男，叫作伊屠知牙师。惟呼韩邪已有二妻，生了数子，故伊屠知牙师不得继立，至呼韩邪死后，长子雕陶莫皋嗣为单于，号称复株累若鞮单于。雕陶莫皋奉母遗训，传国与弟，弟且麋胥，得嗣立为搜谐若鞮单于。且麋胥再传弟且莫车，为车牙若鞮单于。且莫车又传弟囊智牙斯，为乌珠留单于。囊智牙斯在位时，正值王莽篡汉买嘱匈奴，改授新匈奴单于章。至囊智牙斯病殁，弟咸入嗣，名乌累若鞮单于。咸复传弟呼都而尸道皋若鞮单于，名叫作舆。舆弟就是伊屠知牙师，应由右谷蠡王进为左贤王，左贤王即匈奴储君，累世单于，往往经过此职。偏舆心想传子，诬杀伊屠知牙师。当时恼动了一个贵官，系是日逐王比，为乌珠留单于长子，私下怨恨道："依兄终弟及的制度，右谷蠡王应该序立，否则我为前单于长子，应该由我继承，怎得诬杀右谷蠡王，妄思立子呢？"差不多似吴公子光。自是与舆有嫌，庭会稀疏。舆竟立子乌达鞮侯为左贤王，且派遣心腹，监领比部下士卒。既而舆死，乌达鞮侯立为单于。未及一年，又复病逝，弟蒲奴进承兄位。适值旱蝗为灾，赤地数千里，人马死亡大半，蒲奴恐中国出师，乘隙进击，乃遣使入塞，至渔阳乞求和亲，复敦旧好。光武帝亦遣中郎将李茂，传达复命。独日逐王比，满怀怨望，无从发泄，也密遣汉人郭衡，赍奉匈奴地图，南诣西河，恳请内属。前时由舆所派的心腹将士，监领比众，至此忙报知蒲奴，请即诛比。比弟斩将王亦一官名。在蒲奴帐下，得悉风声，慌忙驰报乃兄，比且惧且愤，遂召集八部兵四五万人，说明蒲奴兄弟，不当为主；并为伊屠知牙师伸冤。八部酋长，相率赞成，遂即联同一气，共抗蒲奴。蒲奴遣兵讨比，见比护众自固，不敢进攻，靡然退去。于是八部共推比为主，仍袭先祖遗名，叫作呼韩邪单于，一面款塞通诚，愿为藩蔽。光武帝闻报，询问公卿，众谓天下初定，中国空虚，不应受此降虏。惟五官中郎将耿国，援据孝宣帝故事，力请受降。光武帝依耿国言，许令归附。比遂自称呼韩邪单于，向汉称臣，作为外藩。匈奴从此分为南北了。小子有诗咏道：

招携怀远本仁声，况复胡人自款诚。
夷狄浸衰中国利，朔方从此少兵争。

南匈奴奉藩称臣，汉廷上下，共相庆贺。忽由南方传来急报，乃是武威将军刘尚，战殁蛮中。究竟如何战殁，待至下回叙明。

兼听则明，偏听则暗，人情大都如此，而抚有国家者，尤不可不三复斯言。试观光武帝为中兴令主，犹以女兄一言，几欲置董宣于死地。曾亦思皇亲犯法，庶民同罪？公主纵奴杀人，罪应连坐，乃反欲因董宣之守法，加以不测之诛，可乎不可乎？微董宣之直言无隐，拼死撞柱，则光武且为公主所蒙，而宣且枉死矣！此偏听之所以最易生憎也。尤可怪者，西域内附，一再却还，至日逐王比，款塞通诚，议者犹以拒绝为得计，夫不能自强，即闭关坚守，亦难免外侮之内侵。幸耿国排除众议，独伸己见，而光武帝亦恍然知悟，慨允投诚，可见西域之谢绝，实由无人为之谏诤耳。兼听则明，斯事亦其一证乎？

第二十二回

马援病殁壶头山　单于徙居美稷县

却说洞庭湖西南一带，地名武陵，四面多山，山下有五溪分流，就是雄溪樠溪西溪沅溪辰溪。这五溪附近，统为蛮人所居，叫作五溪蛮。相传蛮人是槃瓠种，槃瓠乃是犬名。古时高辛氏帝喾，屡征犬戎，犬戎中有个吴将军，勇敢绝伦，无人可敌。帝喾乃悬赏购募，谓有人能得吴首，当配以少女。部下尚无人敢去，独有一犬，为宫中所蓄，毛具五采，取名槃瓠，他虽然不能人言，却是能通人性，竟潜至犬戎寨下，啮死吴将军，衔首来归。帝喾以犬虽有功，究竟人畜两途，不便践约，还是少女为父守信，自愿下就槃瓠。槃瓠负女入南山，作为夫妇，生了六男六女，互相配偶，辗转滋生，日益繁盛。这是无稽之谈，不足尽信。历代多视为化外，听他自生自养，只有他出来骚扰，不得不用兵征剿，稍平即止。建武二十三年，蛮酋单程等，又出掠郡县，由武威将军刘尚，奉诏往征，沿途遇着蛮众，一击便走，势如破竹。安知非诱敌计？尚以为蛮众无能，乐得长驱深入，好乘此捣穴平巢，谁知越走越险，越险越艰，满眼是深山穷箐，愁雾浓烟。此时正是建武二十四年春季，点明年月。天方暑湿，瘴气熏人，军士不堪疲乏，尚亦自觉难支，正拟回马退归，忽蛮峒中钻出许多蛮人，持刀执械，蜂拥前来。那时尚不及奔回，只好舍命与争。怎奈蛮众四至，数不胜计，霎时间把尚军围住，尚冲突不出，力竭身亡；手下都被杀尽，无一生还。未始非平蜀时候，屠戮蜀人之报。蛮众得了胜仗，愈无忌惮，便出寇临沅。临沅县令飞章告急，并陈明刘尚败没情形。光武帝又遣谒者李嵩，及中山太守马成，引兵前往，虽得保住临沅一城，终究是惩尚覆辙，未敢轻进。光武帝待了数月，不见捷音，免不得与公卿谈及，面有忧容。伏波将军马援，已自襄国还朝，闻得蛮众不平，复向光武帝前，自请出征。兵乃凶事，何苦常行。光武帝沉吟半晌，方与语道："卿年已太老了！"援不待说毕，便答说道："臣年虽六十有二，尚能披甲上马，不足言老。"光武帝仍然沉吟，援急欲一试，便走至殿外，取得甲胄，穿戴起来，再令卫士牵过战马，一跃登鞍，顾盼自豪，示明可用。光武帝在殿内瞧着，不禁赞叹道："矍铄哉是翁！"乃命援出征。带同中郎将马武耿舒刘匡孙永等人，并军士四万余人，经秋出发，故友多送援出都，援顾语谒者杜愔道："我受国厚恩，年老日暮，常恐不得死所，今得受命南征，万一不利，死亦瞑目；但恐权豪子弟，在帝左右，或有蜚言，耿耿此心，尚不能无遗恨呢！"实是谶语。杜愔闻言，也觉得援语不祥，惟不便出口，只好劝慰数语，珍重而别。

看官阅过前回，应知援前次北征，曾规诫梁松窦固二人，二人不能无嫌，其实援与二人，积有嫌隙，尚不止为此一事。从前援尝有疾，梁松往援家问候，直至援榻前下拜，援高卧如故，不与答礼。及松去后，诸子并就榻问援道："梁伯孙松字伯孙。系是帝婿，贵重朝廷，公卿以下，无不惮松，大人奈何不为答礼？"援慨然道："我为松父友，彼虽贵，难道可不识尊卑么？"诸子才不敢再言。但松即从此恨援。援有兄子严敦，并喜讥议廷臣，援引为己忧，当出军交阯时，亦尝致书诫勉，教他谨言慎行，勉效龙伯高，毋效杜季良。伯高名述，当时为山都长，季良名保，为越骑司马。会保有仇人上书，劾保蔽群惑众，并连及梁松窦固，说他与保交游，共为不法；一面觅得马援诫兄子书，作为证据。光武帝览奏后，召责松固，且示及援书，松固叩头流血，方得免罪，但将保褫职，擢述为零陵太守。自经此两番情事，松与固并皆嫉援，松且尤甚。援亦知两人挟嫌，恐他从中谗构，故与杜愔谈及后患。既知两人为患，何必定要出征。不过因皇命在身，未遑他顾，所以引军南下，冒险直前，途中饱历风霜，到了下隽，已是腊尽春来的时候。援在下隽县城中，度过残年，即使人探明武陵路径，计有两道可入，一从壶头山进去，路近水险；一从充县进去，路远地平。中郎将耿舒，谓不如就充县进行，较为妥当。援却拟舍远就近，免得旷日费粮。将帅各持一议，再由援上书奏明，无非说是急进壶头，扼贼咽喉，成功较速等语。光武帝当然从援，复诏依议。援遂由下隽出发，行至临乡，距壶头山约数十里，蛮众已闻援将至，出来堵截，被援驱杀一阵，斩获至二千余人，蛮众四散，尽向竹林中逃去。援命军士四处追寻，不见一贼，乃即进诣壶头山。壶头山高一百里，广袤至三百里，是第一著名的天险；再加急湍深滩，千回百折，几乎没有一片坦途，费了若干时日，才寻出一块平原，扎下营寨。举头相望，见蛮众已在高冈守着，堵住隘口，虽有千军万马，一时也杀不上去，援只得耐心静守，俟机再动。怎奈一住数日，并无机会，天气忽尔暴热，瘴疠交侵，士卒多染疫身亡，援亦不免困惫，乃穿壁为屋，入避炎气。有时闻蛮众鼓噪，不得不力疾出来，防备不测，甚至喘息频频，还要三令五申，亲厉将士。左右见他尽瘁王事，无不叹惜，有几个且为涕下。中郎将耿舒，系建威大将军耿弇胞弟，因见前议不用，终致顿兵壶头，饱尝艰苦，心中很觉不平，遂寄书与弇，大略说是：

> 前舒上书当先击充，粮虽难运，而兵马可用，军人数万，争欲先奋，今壶头竟不得进，大众怫郁，行且坐死，诚可痛惜！前到临乡，贼无故自至，若夜击之，即可殄灭。伏波类西域贾胡，到一处辄止，以是失利，今果疾疫，皆如舒言。

耿弇得书，恐舒困顿蛮中，连忙将原书入奏。光武帝乃授梁松为虎贲中郎将，使他赍诏责援，且代监军。这个差事，想是由梁松运动得来。及松行抵壶头，援已病殁，松正好借端报怨，飞书上闻，不但劾援贻误军机，并诬援在交阯时，曾取得无数珍宝，满载而归，甚至与援同行的马武，及于陵侯侯昱等，昱系前大司徒侯霸子。亦交章毁援，俱云援载宝还朝，确有此事。光武帝信以为真，立遣使收还新息侯印绶，还想追论援罪。至援柩运归，妻子不敢报丧，惟在城西买田数亩，草草藁葬，宾客故人，莫敢往吊。援妻子尚恐被谴，与援兄子严草索相连，诣阙请罪。光武帝方颁出松书，令他自阅。妻子才知为松所诬，连忙上书诉冤，书上至第六次，辞甚哀切，方得从宽。原来援在交阯时，尝饵薏苡仁，俗呼米仁。得祛风湿，轻身益气，后来功成将归，特因南方薏苡，颗粒较大，因收买数斛，载回家中。哪知松等诬为珠宝，几遭奇祸，僚友不为一言，还是前云阳令朱勃，与援同郡，独诣阙上书，为援讼冤。书云：

> 臣闻王德圣政，不忘人之功；采其一善，不求备于众。故高祖赦蒯通，即蒯彻，避汉武讳，改彻为通。而以王礼葬田横，大臣旷然，咸不自疑。夫大将在外，谗言在内，

微过辄记，大功不计，诚为国之所慎也！昔章邯畏口而奔楚，燕将据聊而不下，岂其甘心末规哉！末规犹言下计。悼巧言之伤类也！窃见故伏波将军新息侯马援，拔自西州，钦慕圣义，间关险难，触冒万死，孤立群贵之间，旁无一言之佐；驰深渊，入虎口，宁自知得邀七郡之使，膺封侯之福耶？建武八年，车驾西讨隗嚣，国计狐疑，众营未集，援建宜进之策，卒破西州。及吴汉下陇，冀路断隔，惟狄道为国坚守，士民饥困，寄命漏刻；援奉诏西使，镇慰边众，乃招集豪杰，晓谕羌戎，卒救倒悬之急，存几亡之城，兵全师进，因粮敌人。陇冀略平，而独守空郡，兵动有功，师进辄克，诛锄先零，缘入山谷，猛怒力战，飞矢贯胫。又出征交阯，土多瘴气，援与妻子生诀，无悔吝之心，遂斩灭征侧，克平一州。间复南讨，立拔临乡，师已有功，未竟而死，吏士虽疫，援不独存。夫战或以久而立功，或以速而致败，深入未必为得，不进未必为非，人情岂乐久屯绝地，不思生归哉？惟援得事朝廷二十二年，北出塞漠，南渡江海，触冒蛮瘴，为国捐躯，乃名灭爵绝，国士不传，海内不知其过，众庶未闻其毁，卒遇三夫之言，横被诬罔之谗，三夫见《韩子》，即三人，言市中有虎之讹。家属杜门，葬不归墓，怨隙并兴，宗亲怖栗，死者不能自讼，生者莫为伸冤，臣窃伤之！臣闻《春秋》之义，罪以功除，圣王之亲臣有五义，若援所谓以死勤事者也。愿下公卿平援功罪，宜绝宜续，以厌海内之望！臣年已六十，常伏田里，窃感栾布哭彭越之义，冒陈悲愤。战栗阙庭，伏乞明鉴。

这书呈入，光武帝始许援归葬旧茔。好在武陵蛮亦已乞降，由监军宋均奏报，于是援事更不追问了。看官阅此，应疑前次征蛮，何等艰难，后来收降蛮众，为何又这般容易？说将起来，仍不得不归功马援。援在壶头数月，军士原劳顿不堪，蛮众登高拒守，不得下山，也是饥困得很。谒者宋均，本在援营监军，探得蛮众疲敝，意欲矫制归降，得休便休。惟援已病殁，军中无主，何人敢赞同均议？均却毅然说道："忠臣出境，有计议可安国家，何妨专命西行！"

乃矫制调伏波司马吕种，赍着伪诏，驰入蛮营，晓示恩信；一面鸣鼓扬旗，作进攻状。蛮酋单程，不免惶惧，因与吕种定约，情愿投降。种返报宋均，均复邀单程出见，好言宣抚，特为设置长吏，事毕班师。途次先遣使上书，自言矫制有罪，听受处分。光武帝略罪论功，待均还朝，敕赐金帛。惟马援四子，不得嗣封，援葬后亦无赠恤明文，但置诸不论罪罢了。未免寡恩。是时大司空朱浮免官，进光禄勋杜林为大司空，林受任数月，又复去世，大司徒蔡茂亦殁。乃更擢陈留太守玉况为大司徒，太仆张纯为大司空。既而玉况又卒，光武帝又记起前议，要想变易旧章。原来故建义大将军朱祐，曾奏称唐虞时代，契作司徒，禹作司空，并无大字名号，圣贤且未敢称大，后人岂易当此？应令三公并去大名，以法经典，奏入不报。此时朱祐已殁，遗疏尚存，又值蔡杜等人，接连病逝，光武帝以大字不祥，不如追从祐议，令二司不得称大，并改大司马为太尉。即日将行大司马事刘隆，免去职衔，另授太仆赵熹为太尉，大司农冯勤为司徒。特叙此事，为下文叙述各官标明沿革。熹与勤无甚奇勋，特以从驾有年，积劳已久，得膺上选。惟司空张纯，为前汉富平侯张安世玄孙，世袭封爵，敦谨有守，建武初先来朝谒，故仍使复国。建武五年，拜为大中大夫，使率颍川突骑，安集荆徐扬各州，管领粮道，接济诸将帅军营，颇称有功。嗣又屯田南阳，迁五官中郎将。有司奏称前代列侯，若非宗室，不宜复国，光武帝因纯有勋劳，未忍削夺，但徙封武始侯，比富平禄食减半。及继杜林为司空，志在萧规曹随，即萧何曹参，见《前汉演义》。清静无为，故亦无特迹可纪。光武帝亦注重安民，不喜纷更，故自中原平定以后，惟简用二三老成人，作为三公。如蔡茂杜林诸徒，半是清廉有操，靖共尔位，虽与开国功臣，劳逸不同，但太平时候，得此守法奉公的大吏，也可谓称职无惭了。持论平允。至若守令中间，却有几个著名的循吏：桂阳太守卫飒，九真太守伍延，卢江太守王景，都是为民兴利，教养有方。还有江陵令刘昆，遇着火灾，向火叩头，火竟灭熄，再迁为弘农太守，弘农多山，山中有虎，并皆负子渡河。事为光武帝所闻，特召昆入问道："前在江陵，反风灭火，后守弘农，虎北渡河，究竟有何德政，能致是事？"昆答说道："这也不过偶然遇此呢！"却是真话。左右听了，不禁窃笑。光武帝独赞叹道："这真是忠厚长者，言无虚饰，若他人作答，不是自夸，便是贡谀了！"遂命书诸策中，面授昆为光禄勋，昆始谢恩退去。未几又有前京兆掾第五伦，管领市政，素有清名。光武帝召伦入见，与语政事，伦奏对称旨，遂拜伦为会稽太守。伦莅政后，为政廉平，民皆称颂，备述贤吏，不没循声。光武帝也有意劝廉，增置吏俸，禄养既足，方使专心牧民，这未始非上以是求，下以是应呢！重禄劝官，本是要道。

且说匈奴日逐王比，既自立为单于，向汉称藩，时人遂称比为南单于。光武帝特遣中郎将段彬，音琛。副校尉王郁，往授南单于玺绶，且准令入居云中。南单于欣然受命，一面遣子入侍，奉表谢恩。光武帝复嘉谕南单于，使得徙居西河郡美稷县，并授段郴为中郎将，王郁为副，嘱他留戍西河，拥护南单于。南单于亦设置诸侯王，助汉捍边。凡云中五原朔方北地定襄雁门上谷代八郡边民，前时避寇内徙，至此各赐钱谷，悉数遣归。独北匈奴单于蒲奴，恐南单于导引汉兵，乘间进击，乃将从前所掠汉民，陆续放还，且遣使至武威郡，乞请和亲。武威太守据实奏闻，光武帝令群臣集议，连日不决。皇太子庄进言道："南单于新来归附，北虏自恐见伐，故前来请和；若遽尔允许，恐南单于将有贰心，不如勿受为是。"光武帝乃复谕武威太守，谢绝来使。朗陵侯臧宫，扬虚侯马武，却联名上书，请击北匈奴，略谓匈奴贪利，不知礼信，穷乃稽首，安即侵盗，现在北虏饥荒，疲困乏力，万里死命，悬诸陛下，诚使命将出塞，招募羌胡，厚加购赏，并力攻击，不出数年，定可平虏等语。光武帝不愿依议，独下诏答复道：

> 《黄石公记》曰："柔能制刚，弱能制强。舍近谋远者，劳而无功；舍远谋近者，逸而有终。故曰：务广地者荒，务广德者强，有其有者安，贪人有者残。残灭之政，虽成必败。"今国无善政，灾变不息，百姓惊惶，人不自保，而复欲远事边外乎！孔子曰："吾恐季孙之忧不在颛臾。"且北狄尚强，而屯田警备，传闻之事，恒多失实。诚能举天下之半，以灭太寇，岂非至愿！苟非其时，不如息民。诸王侯公卿，其各知朕意！

越年为建武二十八年，北匈奴又遣使诣阙，贡马及裘，更请和亲，并请音乐，且求率西域诸国胡客，一同朝贡。光武帝再令三公以下，商议可否。当有一位文学优长的掾史，胪陈计议，拜表上闻。正是：

明主倦勤惟偃武，词臣弭笔且和戎。

欲知何人具奏，所奏何词，容待下回再叙。

光武帝优待功臣，独于伏波将军马援，轻信梁松之谗，立收印绶，不使归葬，后人多讥光武之寡恩，为盛德累，固矣！夫马援之进军壶头，尝上书奏闻，明邀俞允，即使失策，光武亦不能辞责，况不过兵士劳顿，并无败军覆师之罪，光武何嫌？乃以梁松一言，暴怒至此。意者其由松为帝婿，有舞阴公主之媒孽其间，乃激成此举欤？援既知萋言之可惧，而不先引身乞退，自蹈祸机，殆亦明于料人，昧于责己耳！南单于款塞通诚，不妨受降，惟不宜徙入内地，华夷之界，不可不严，一或溃防，后患匪浅。汉虽未遭其害，而典午适当其祸，推原祸始，不能不为光武咎。光武对内则失之伏波，对外则失之南单于，为政固非易事哉。

第二十三回

纳直言超迁张佚　信谶文怒斥桓谭

却说北匈奴一再求和，公卿等聚议纷纷，尚难解决。独司徒掾班彪，陈述己见，请光武帝暂与修和，并为草拟诏书，大略如下：

臣闻孝宣皇帝敕边守尉曰："匈奴大国，多变诈，交接得其情，则却敌折冲；应对失其宜，则反为所欺。"今北匈奴见南单于来附，惧谋其国，故屡乞和亲；又远驱牛马，与汉合市，重遣名王，多所贡献，斯皆外示富强，以相欺诞也。臣见其贡益重，其国益虚；求和愈数，为惧愈多。然今既未获助南，则亦不宜绝北，羁縻之义，理无不答。谓可颇加赏赐，略与所献相当，明加晓告以前世呼韩邪郅支行事。报答之辞，必求适当，今立藁草并上曰：下文是代诏书口吻。"单于不忘汉恩，追念先祖旧约，欲修和亲，以辅身安国，计议甚高，为单于嘉之！往者匈奴数有乖乱，呼韩邪郅支，自相仇隙，并蒙孝宣帝垂恩救护，故各遣侍子，称藩保塞。其后郅支忿戾，自绝皇泽；而呼韩附亲，忠孝弥著。及汉灭郅支，遂保国传嗣，子孙相继。今南单于携众向南，款塞归命，自以呼韩嫡长，次第当立，而侵夺失职，猜疑相背，数请兵将，归扫北庭，策谋纷纭，无所不至。惟念斯言不可独听，又以北单于比年贡献，欲修和亲，故拒而未许，将以成单于忠孝之义。汉秉威信，总率万国，日月所照，皆为臣妾，殊俗百蛮，义无亲疏，服顺者褒赏，叛逆者诛罚，善恶之效，呼韩郅支是也。今单于欲修和亲，款诚已达，何嫌而欲率西域诸国，俱来献见！西域国属匈奴与属汉何异！单于数连兵乱，国内虚耗，贡物裁以通礼，何必献马裘！今赍杂缯五百匹，弓鞬韥丸一，矢四发，遗单于；又赐献马左骨都侯右谷蠡王，并匈奴官名。杂缯各四百匹，斩马剑各一。单于前言先帝时，所赐呼韩邪竽瑟箜篌皆败，愿复裁赐。念单于国尚未安，方厉武节，以战攻为务，竽瑟之用，不如良弓利剑，故未以赍。朕不爱小物，于单于便宜，所欲遣驿以闻。"

光武帝得书后，颇觉彪言有理，即照他所拟草诏，缮发出去，所有赏赐各物，亦俱如彪言。北匈奴受诏而去。会值沛太后郭氏，即废后。见二十一回。得病身亡，光武帝命从丰棺殓，使东海王强奉葬北邙。并使大鸿胪郭况子潢，得尚帝女淯阳公主，进潢为郎。亲上加亲，还是不忘故后的意思。且因东海王强去就有礼，加封鲁地，特赐虎贲旄头钟簴等物，徙封鲁王兴为北海王。兴系齐武王刘縯子，见前文。惟自东海王强以下诸兄弟，虽俱受王封，还是留居京都，未尝就国。当时诸王竞修名誉，广结交游，门下客多约数百，少亦数十人。王莽从兄王仁子磐，自莽被灭后，幸得免祸，家富如故，平时雅尚气节，爱士好施，著名江淮间。旋因游寓京师，与士大夫往来，名誉益盛，列侯公卿，喜与接谈，就是诸王邸中，亦常见王磐足迹。故伏波将军马援，有一侄女，嫁磐为妻。援却不甚爱磐，且闻他出入藩邸，愈为磐忧，尝与姊子曹训道："王氏已为废族，为子石计，磐字子石。理应屏居自守，乃反在京浪游，妄求声誉，我恐他不免遭殃呢！”已而复闻磐子肃来往北宫，及王侯邸第，乃复语司马吕种道：“国家诸子并壮，不与立防，听令交通宾客，将来必起大狱！卿等须预先戒慎，免得株连！”观人不可谓不审，料事不可谓不明。吕种似信非信，总道诸王势大，可以无虞，因此将援言撇诸脑后，也在藩邸中奔走伺候，曲献殷勤。哪知郭氏殁后，便有人诣阙上书，说是王肃父子，漏网余生，反得为王侯宾客，终恐因事生乱，亟宜加防。光武帝览书生愤，便饬郡县收捕王肃父子，并及诸王宾佐，辗转牵引，系狱至千余人。吕种亦遭连坐，不禁悔叹道：“马将军真神人呢！”但祸已临头，嗟亦无及，就使没有什么大罪，到此已玉石不分，无从辩诉。冤冤相凑，又出了一种杀人的巨案。从前刘玄败没，光武帝尝封玄子鲤为寿光侯。鲤记念父仇，迁怨刘盆子兄弟，因将盆子兄故式侯刘恭，乘间刺死。鲤与沛王辅友善，案情且连及沛王。故鲤坐罪下狱，沛王亦一同被系。光武帝恨上加恨，遂将王肃父子，并诸王宾客，相率处死。沛王系狱三日，经王侯等力为救请，才得释出，乃一并遣令归国，不得仍留京师。诸王奉诏，不得不入朝辞行，分道去讫。

皇太子庄，春秋渐高，留居东宫，光武帝欲为选师傅，辅导储君，因向群臣咨问，令他各举所知，太子舅阴识，已受封原鹿侯，官拜执金吾，群臣俱上言太子师傅，莫如阴侯。独博士张佚进说道：“今陛下册立太子，究竟为天下起见呢？还是为阴氏起见呢？为阴氏起见，阴侯原可为太子师傅；若为天下起见，应该选用天下贤才，不宜专用私亲！”光武帝点头称善，且顾语张佚道：“欲为太子置师傅，正欲储养君德，为天下计；今博士且能正朕，况太子呢？”当下拜佚为太子太傅，佚直任不辞，受职而退。还有太子少傅一缺，另任博士桓荣，各赐辎车乘马等物。荣沛郡人，资望比张佚为优，少时游学长安，师事博士朱普，习尚书学，家贫无资，佣食自给，十五年不归问家园。及朱普病殁，送丧至九江朱家，负土成坟，遂在九江寓居，教授生徒，多至数百人。王莽末年，天下大乱，荣怀藏经书，与弟子逃匿山谷，虽时常饥困，尚是讲学不辍。待乱事既平，乃复出游江淮，仍以教授为生。建武十九年，始得辟为大司徒掾属，年已六十有余。弟子何汤，为虎贲中郎将，在东宫教授尚书。光武帝尝问汤师事何人，汤以荣对，乃召荣入见，令他讲解尚书，确有特识，因即擢为议郎，亦使教授太子。寻复迁为博士，常在东宫留宿，朝夕讲经。太子庄敬礼不衰，及为太子少傅，荣已七十余岁，乃大会诸生，具列车马印绶，欢颜语众道：“今日得蒙厚恩，全由稽古得力，诸生可不加勉么？”以学术博取富贵，志趣亦卑，桓荣一得自矜，不足为训。越二年复改任太常，事见后文。

且说建武三十年仲春，光武帝命驾东巡，行至济南，从驾诸臣，俱表陈光武帝功德，宜就泰山行封禅礼，光武帝不许，毅然下诏道：

> 朕即位三十年，百姓怨气满腹，吾谁欺，欺天乎！曾谓泰山不如林放乎！何事污七十二代之编录！若郡县远遣吏上寿，盛称虚美，必髡、令屯田。特诏。

诏书既下，群臣既不敢复言，待至光武帝东巡已毕，即奉驾还宫。好容易过了两载，已是建武三十二年，光武帝偶读《河图会昌符》，谶记书名。有云：“赤刘之九，会命岱宗。”不由得迷信起来，暗想前次东巡，群臣都劝我封禅，彼时我未见此书，还道封禅无益，所以驳斥。今谶文如此云云，莫非真要我行此古礼？乃命虎贲中郎将梁松等，按索河洛谶文，计得九世封禅，共三十六事。不知从何书查出。司空张纯等，即希旨上书，奏请封禅，略云：

自古受命而帝，治世之隆，必有封禅以告成功焉。《乐·动声仪》曰：动声仪，系《乐》纬篇名。“以雅治人，风成于颂。”有周之盛，成康之间，郊祀封禅，皆可见也。《书》曰：“岁二月东巡狩，至于岱宗柴。”则封禅之义也。说得牵强。伏见陛下受中兴之命，平海内之乱，修复祖宗，抚存万姓，天下旷然，咸蒙更生，恩德云行，惠泽雨施，黎元安宁，夷狄慕义。《诗》曰：“受天之祜，四方来贺。”今摄提之岁，《尔雅》云：“太岁在寅，曰摄提格。”苍龙在寅，德在东宫，太岁号苍龙。宜及嘉时，遵唐帝之典，继孝武之业，以二月东巡狩，封于岱宗。明中兴，勒功勋，复祖统，报天神，禅梁父，祀地祇，传祚子孙，万世之基也。谨拜表上闻。

这书呈入，便蒙批准。未免自相矛盾。司空张纯，忙将汉武帝封禅旧例，纂辑成编，呈将进去。光武帝以汉武故事，尝有御史大夫从行，此次援照旧仪，就命纯比御史大夫，伴驾东出。择定二月初吉，启行出都，沿途仪仗，比前较盛。既到东岳，便柴望岱宗，封泰山，禅梁父，俱如汉武成制。惟刻石文，另行撰就，无非是歌功颂德的套话，小子无暇记录。但封禅礼告成以后，准备回銮，不料张司空骤然得病，医药罔效，延挨了三五日，一命呜呼。想是东岳请他修文去了。光武帝不免扫兴，当即拨司空从吏，护丧西归，自己亦匆匆还宫。惟既行封禅礼，不得不循例大赦，蠲免泰山郡一年田租，且改建武三十二年为中元元年。擢太仆冯鲂为司空，使继纯职。哪知司徒冯勤，也是一病不起，惹得光武帝越加懊怅，暂时不令补缺，直至孟冬时候，方授司隶校尉李欣为司徒。群臣尚一意贡谀，竞言祥瑞，或谓京中有醴泉涌出，或谓都下有赤草丛生，就是四方郡国，也奏称甘露下降，说得百灵效顺，四海蒙庥。君有骄心，必有佞臣。一班公卿大夫，且上言天下清宁，祥符显庆，宜令太史撰集，传诸来世。还是光武帝虚灵不昧，未肯听许，所以史官只略载一二，不尽铺张。会值孟冬蒸祭，冬祭曰蒸，见《礼记》。光武帝使司空告祠高庙，先日颁诏云：

昔高皇帝与群臣约，非刘氏不王，吕太后贼害三赵，赵幽王友，赵恭王恢，赵隐王如意。专王吕氏。赖社稷之灵，禄产伏诛，天命几坠，危朝更安。吕太后不宜配食高庙，同祧至尊。薄太后母德慈仁，孝文皇帝贤明临国，子孙赖福，延祚至今。其上薄太后尊号曰高皇后，配食地祇，迁吕太后庙主于园，四时上祭，垂为永典，毋愆尔仪。

嗣是起明堂，筑灵台，作辟雍，又在北郊设立方坛，主祀地祇，略与南郊祭天坛相似，惟形式不同。费了若干工役，才得告成，乃宣布图谶，昭示天下。先是光武帝从强华言，援据赤伏符谶文，乃即帝位。见前文。及四方寇乱，依次削平，越觉得谶文不爽，迷信甚深，给事中桓谭，尝上书规谏道：

臣闻人情忽于见事，而贵于异闻。观先王之所记述，咸以仁义正道为本，非有奇怪虚诞之事。盖天道性命，圣人所难言也，自子贡以下，不得而闻，况后世浅儒，能通之乎？今诸巧慧小才伎数之人，增益图书，矫称谶记，以欺惑贪邪，诖误人主，焉可不抑远之哉！臣谭伏闻陛下穷折方士黄白之术，甚为明矣；而乃欲听纳谶记，又何误也！其事虽有时合，譬犹卜数只偶之类。陛下宜垂明听，发圣意，屏群小之曲说，述五经之正义，略雷同之俗语，详通人之雅谋，则不必索诸虚无，太平自庶几矣！臣自知愚戆，谨冒死上陈。

光武帝览疏，甚是不怿。及建筑灵台，择视地点，又欲决诸谶文，谭复极言谶文不经，光武帝大怒道："桓谭非圣不法，罪当处死！"谭不胜惊惧，叩头流血，方蒙宽宥，惟尚降谭为六安郡丞。谭怏怏就道，得病即死，年已七十余岁。何不早去？又有大中大夫郑兴，因光武帝语及郊祀，拟从谶文取断，兴直答道："臣不览谶文。"光武帝作色道："卿不览谶文，莫非不信谶么？"兴慌忙叩谢道："臣素愚昧，书多未读，并非不信谶文。"光武帝方才无语，但终不留任内用。后来兴被侍御史讦奏，说他出使成都时，私买奴婢，应该加罪，遂谪兴为莲勺令。兴赴任后，正欲缮修城郭，以礼教民，又奉朝命免官，归老开封原籍。兴素好古学，尤通《左氏周官》，善长历数，如杜林桓谭诸人，往往向兴问业，取承意旨，故世言《左氏春秋》，多半宗兴学说。兴归里后，但至阌乡授徒，三公屡加征辟，不肯复起，得以寿终。识见比桓谭为高。子众能承父学，下文自有交代。

未几已是中元二年，光武帝已六十三岁，还是昧爽视朝，日昃乃罢，暇时辄召入公卿郎将，与谈经义，至夜静方才就寝。皇太子庄，常伺间进言道："陛下明若禹汤，独不似黄老养性，未免过劳，愿从此颐养精神，优游自适。"光武帝摇首道："我乐为此事，并不觉疲劳呢！"话虽如此，究竟年老力衰，不堪烦剧，竟于中元二年二月间，染病日剧，在南宫前殿中，寿毕归天。总计光武帝在位，共三十三年，起兵春陵，迭经艰险，终能光复旧物，削平群雄，可见他智勇深沉，不让高祖。至天下已定，务用安静，退武臣，进文吏，明慎政体，总揽权纲。并且崇尚气节，讲求经义，耳不听郑声，手不持玩好，与王侯等持盈保泰，坐致太平，比那高祖谩骂儒生，诛夷功臣，纵吕后祸刘，实是相差得多哩！也是确评。惟妻妾易位，嫡庶乱序，嬖幸梁松，薄待马援，晚年尚迷信图谶，侈志东封，这虽是瑕不掩瑜，免不得有伤盛德呢！小子有诗咏道：

郁葱佳气早呈祥，帝业重光我武扬。
三十三年膺大统，功多过少算明王。
苏伯阿善望气顾视春陵乡，尝叹语云："气佳哉，郁郁葱葱然！"

光武帝崩，太子庄当然嗣位，是为孝明皇帝。欲知明帝即位情形，待至下回再详。

光武帝惩诸王之滥交，并令就国，乃慎选太子师傅，为储养计。阴识本太子母舅，原不宜为太子师，张佚斥群臣之谬论，请择用天下贤才，议固近是，乃其后居然自任，未闻有至德要道，进勖东宫，岂太子果不必指导欤？《后汉书》不为张佚列传，想因其无行可述，故略而不详。至少傅桓荣，独详为记载，有褒美意，但观其夸示诸生，称为稽古之力，但亦一借学沽名，骏而不醇。荣且如此，佚更可知，光武之因言举人，得毋为佚所欺乎？桓谭以善琴干进，尤不足道；及论图谶之不经，却是持正之谈。彼郑兴之学识，较谭为优，而光武帝俱斥而远之，亦思依谶东封，有何效益。匝月而张纯病死，逾年而车驾宾天，谶语果可信耶？不可信耶？光武邈矣！后之人幸勿过事迷信也。

第二十四回

幸津门哭兄全孝友　图云台为后避勋亲

却说明帝继承大统，即日正位，年已三十，命太尉赵熹主持丧事。时经王莽乱后，旧典多散佚无存，诸王前来奔丧，尚与新天子杂坐同席，藩国官属，亦得出入宫省，与朝廷百官无别。熹独正色立朝，横剑殿阶，扶下诸王，辨明尊卑；复奏遣谒者，监视藩吏，不得擅入，诸王且并令就邸，只许朝夕入临；整礼仪，严门卫，内外肃然。不可谓非赵熹才能。尊皇后阴氏为皇太后，奉葬光武帝于原陵，庙号世祖。光武帝曾有遗言：一切葬具，俱如孝文帝制度，务从节省，不得妄费。因此多从朴实，屏去纷华。志此以见光武之俭。山阳王荆，为明帝同母弟，性独阴刻，专喜害人。当闻丧入临时，哭亦不哀，且伪作飞书，用函密封，嘱使苍头冒充郭况家奴，送交东海王强。强展开一阅，大为惊异。但见书中写着：

君王无罪，猥被斥废，而兄弟至有束缚入牢狱者；指沛王辅事，见前文。太后失职，别守北宫，及至年老，远斥居边，海内深痛，观者鼻酸。及太后尸柩在堂，洛阳吏以次捕斩宾客，至有一家三尸伏堂者，痛亦甚矣！今天下有丧，弓弩张设甚备，梁松饬虎贲吏曰："吏以便宜从事，见有非法，而拘常制封侯，难再得也！"郎官窃恶之，为王寒心屏息。今天下方欲思刻害王以求功，宁有量耶？若归并二国之众，东海与鲁。可聚百万，君王为之主，鼓行无前，功易于泰山破鸡子，轻于四马载鸿毛，此汤武兵也。今年轩辕星有白气，星家及喜事者，皆云白气者丧，轩辕女主之位。又太白前出西方，至午犹现，主兵当起。又太子星色黑，日辄变赤，黑为病，赤为兵，请王努力从事！高祖起亭长，先帝兴白水，何况于王为先帝长子，本故副主哉？上以求天下，事必举；下以雪沉没之耻，报死母之仇，精诚所加，金石为开。当为秋霜，毋为槛羊；虽欲为槛羊，又可得乎？窃见诸相工言王贵天子法也。人主崩亡，闾阎之伍，尚为盗贼，欲有所望，何况王耶？夫受命之君，天子所立，不可谋也。今嗣帝乃人之所置，强者为右，愿君王为高祖先帝所志，毋为扶苏秦始皇长子。将闾秦始皇庶子。徒呼天也。

是书却无署名，不过来人传言，谓是大鸿胪郭况亲笔。强亦不暇细讯，但将来使执住，解送阙下，并将原书呈入。明帝命将使人系狱，不令穷治，惟留心访察。知系山阳王荆所为，谋害东海王，自思荆为胞弟，未便举发，不如暂从隐秘。但遣荆出止河南宫，至丧葬事毕，首先令荆还国。一面颁发诏令道：

方今上无天子，下无方伯，若涉渊水，而无舟楫。夫万乘至重，而壮者虑轻，实赖有德左右小子。高密侯禹，元功之首；东平王苍，宽博有谋；其以禹为太傅，苍为骠骑将军。弼予小子，钦哉惟命！

原来东平王苍，系明帝同母长弟，少好经书，具有智略，明帝素与友爱，因特留任骠骑将军，位居三公上。高密侯邓禹，年已垂老，自从关中东归，深居简出，不求荣利。

有子十三人，各使学成一艺，修整闺门，教养子孙，俱可为后世法则。光武帝在位时，曾因他杖策定谋，足为功首，所以特加宠异，至是复拜为太傅，进见时却令东向，待若宾师。臣当北面，东向系宾师之位。禹就职逾年，已是永平纪元，朝贺以后，即患癃疾，好容易延至五月，禄寿告终。明帝优加赙赠，予谥曰元。分禹封为三国，令禹长子震嗣爵高密侯，次子袭封昌安侯，三子珍封夷安侯。接连是东海王强，亦已病故，讣至阙下，明帝从阴太后出幸津门亭，遥为举哀，使司空冯鲂持节至鲁，护理丧事。诸王及京师亲戚，一体会葬，予谥恭王。强本封东海，嗣加鲁地。见前文。从前鲁恭王余，景帝子。好筑宫室，建造灵光殿，规模宏敞，虽经变乱，此殿独存。光武帝怜强无罪，自愿逊位，故特加给鲁地，令他徙居鲁殿，安享天年。偏强寿命不永，殁时只三十四岁。遗疏以子政不肖，未便袭封，愿仍还东海郡，让还鲁地。明帝不忍依议，仍使政承袭旧封。果然政纵淫渔色，行检不修。后至中山王焉病逝时，焉系郭后所出，见前文。政往中山送葬，见焉妾徐姬，姿容韶秀，竟将她诱取了去，据为己妾。又盗迎掖庭出女，载入都中，日夕图乐。鲁相及豫州刺史，奏请诛政，有诏但削去薛县，薄惩了事，政幸得令终。这是后话不表。已为章帝时事。

且说西海一带，西海即青海。向为羌人杂居地，秦初有无弋爰剑，为秦所拘，乘间脱去，匿居岩穴间。嗣出与劓妇相遇，谐成夫妇，劓女自耻失容，常用发覆面，羌人遂沿为习俗。且因爰剑匿穴不死，必有后福，遂共推为酋长，徙居河湟。后来子孙日蕃，各自为种，或因地得名，或因人得名。秦汉时叛服靡当，汉武帝始遣将军李息，讨平群羌，特置护羌校尉。宣帝因先零羌寇边，复使后将军赵充国，击破先零，屯田设戍。元帝时又有叛羌，再遣右将军冯奉世出剿，才得平定。自从爰剑五传至研，颇称豪健，威服诸羌，子孙遂以研为种号。再传八世，又出了一个烧当，雄武与研相同，子孙更自名为烧当种。王莽末年，中原大乱，四夷内侵，羌人亦还据西海，入寇金城。时隗嚣据有陇西，不能平羌，索性发粟接济，诱他拒汉。嗣经来歙马援两将军，一再征讨，羌势少衰。独烧当玄孙滇良，为先零卑湳诸羌所侵，发愤图强，招携怀远，竟得收集各部，袭破先零卑湳，据有两羌土地。滇良死后，子滇吾嗣，辗转收抚各羌种，教他攻取方略，作为渠帅。羌种沿革，已见大略。中元二年秋间，滇吾与弟滇岸等，带着步骑五千人入寇陇西。陇西太守刘盱，出兵拒战，为羌所败，丧亡五百余人。滇吾得了胜仗，趁势号召诸羌，于是为汉役属的羌人，亦起应滇吾，相率犯边。明帝方才嗣立，忙遣谒者张鸿，领兵出塞，会同陇西长史闲飒，共讨滇吾。哪知到了允吾县唐谷间，中了滇吾的埋伏计，四面兜击，全军覆没。于是再起马武为捕虏将军，使与监军使者窦固，中郎将王丰，右辅都尉陈欣等，调集兵士四万人，大击滇吾。行至金城郡浩亹才，正值羌众前来，马武系百战老将，便当先冲锋，奔杀过去。羌众不能抵敌，向后退去，武得斩首六百级，乘胜追抵洛都谷。谷中两面削壁，不便驱驰，羌人却得依险返攻，来战汉军，汉军措手不及，前队多死。还亏马武行军有律，不致自乱，徐徐的退出谷外，安就坦途。羌众却也狡黠，掉头自去，相引出塞。武检点军士，已伤毙了千余人，尚幸全军锐气，未尽消失，乃复整阵追击，直抵塞外。羌人总道汉军败退，不致再追，乐得放心安胆，解甲韬弓，信口唱着番歌，向西归去。不意汉兵从后杀到，吓得羌众魂散魄驰，人不及甲，马不及鞍，又没有山谷可以暂避，偏偏在东西邯间，碰着大敌。东西邯有水分流，中央筑亭，叫作邯亭，邯亭左右，邯水分绕，因名东西邯。这乃是往来大道，并无险阻，汉兵正好纵击，大杀一阵，剁落四千六百颗头颅，擒住一千六百个生口。滇吾滇岸拼命逃生，余众或降或奔，不在话下。武乃振旅还朝，得增封邑八百户。越二年，武即病终。垂暮得功，比伏波福运为优。

同时辽东太守祭彤，亦遣偏将讨赤山乌桓，斩将搴旗，大获胜仗，威声四震，绝塞无尘。所有沿边屯卒，各请罢归，俾得休息。明帝因羌胡远遁，四海无惊，正好追承先志，修明礼教。乃与东平王苍等，议定南北郊祀礼仪，及冠冕车服制度，宗祀光武帝于明堂，登灵台，望云物，临辟雍，行大射礼。总算是父作子述。嗣复援照古制，就辟雍养老，创设三老五更；三老知天地人三事，五更知五行更代，并不是有三人五人。当下拜李躬为三老，桓荣为五更。三老服都纻大袍，织纻为美布，故曰都纻。戴进贤冠，即古淄右冠。扶玉杖；杖端刻玉为鸠，故称鸠杖，亦号玉杖。五更衣冠，与三老相同，惟玉杖不扶。明帝先至辟雍礼殿，就坐东厢，遣使用蒲轮安车，往迎三老五更。待他到来，由宾阶升堂，明帝亦起座相迎，作揖如仪。三老就东面，五更就南面，三公设几，九卿正履，明帝亲袒割牲，执酱而馈，执爵而酳，祝哽在前，祝噎在后，实行那夏商周的遗制。及养老礼成，始引太学弟子升堂，由明帝自讲经义，徐为引伸，诸儒执经问难，冠带缙绅，都来观听，环列桥门，以亿万计。于是赐荣爵关内侯，三老五更，皆以二千石禄养终身。李躬事不见列传，且未得侯封，不知何故令为三老？荣年已逾八十，屡因衰老乞归。明帝但加赏赐，不令告退，且始终以师礼相待，未尝失敬。荣由少傅调任太常，明帝犹随时存问，往往亲临太常府中，使荣就东面坐着，特设几杖，召集公卿百官，及荣门生数百人，向荣问业。诸生或向帝请益，帝辄谦让道："太师在是，不必问我！"至罢讲散归，尽把太官供具，移赐与荣。荣有疾病，太官太医奉诏往视，陆续不绝。既而疾笃，由荣上疏谢恩，让还爵土。明帝又亲往问候，入街下车，拥经而前，抚荣垂涕，面赐床茵帷帐、刀剑衣被，好多时方才别归。自是公卿问疾，不敢复乘车到门，步至荣室，悉拜床下。及荣寿终，明帝亦亲自变服，临丧举哀，赐葬首阳山。荣长子雍早殁，少子郁应当袭爵，郁愿让封与兄子汎，明帝不许，郁乃受封，所得租赋，仍畀兄子，明帝甚以为贤，召为侍中。郁之贤，实过乃父。惟明帝既尊礼师傅，复追忆功臣，特就南宫云台中，图绘遗像，共得二十八将，再加王常李通窦融卓茂四侯，合成三十二人。当时诸人多已物故，赖有云台遗迹，表著千秋，特将官爵姓名，照录如下：

太傅高密侯邓禹　　中山太守全椒侯马成
大司马广平侯吴汉　　河南尹阜成侯王梁
左将军胶东侯贾复　　琅琊太守祝阿侯陈俊
建威大将军好畤侯耿弇　　骠骑大将军参蘧侯杜茂
执金吾雍奴侯寇恂　　积弩将军昆阳侯傅俊
征南大将军舞阳侯岑彭　　左曹合肥侯坚镡
征西大将军阳夏侯冯异　　上谷太守淮阳侯王霸

建义大将军鬲侯朱祐　　信都太守阿陵侯任光
征虏将军颍阳侯祭遵　　豫章太守中水侯李忠
骠骑大将军栎阳侯景丹　　右将军槐里侯万修
虎牙大将军安平侯盖延　　太常灵寿侯邳彤
卫尉安成侯铫期　　骁骑将军昌成侯刘植
东郡太守东光侯耿纯　　城门校尉朗陵侯臧宫
捕虏将军扬虚侯马武　　骠骑将军慎侯刘隆
横野大将军山桑侯王常　　大司空固始侯李通
大司空安丰侯窦融　　太傅褒德侯卓茂

这三十二人的籍贯，小子在前文中，俱已叙明，故不赘述。惟自邓禹至刘隆，共二十八将，并佐光武帝中兴，相传为上应二十八宿，或竟说他是星君下凡，这未免穿凿附会，不值一辩，所以小子亦不敢妄录。但将云台所纪，史官所采，依次列入罢了。尚有伏波将军马援，也是个中兴功臣，光武帝误听梁松，把他薄待，难道明帝也将他失记么？说来又有原因，还请看官听着：马援元配贾氏，早殁无子，继娶蔺氏，生有四子三女，少子客卿，幼即岐嶷，六岁能应接诸公，专对宾客，援甚加钟爱，因名为客卿。自援家遭谗失势，客卿亦哭父病亡，蔺夫人不胜悲悼，尝患怔忡，外事由援子廖防等主持，内事由援女料理。少女年仅十岁，才逾二姊，独能整办家事，驾驭僮仆，且勤且俭，事若成人；惟因生性好劳，常患疾苦。蔺夫人令卜人占验，卜人说道："此女虽有小恙，将来必当大贵，卜兆实美不胜言。"旋又召相士审视诸女，相士又言少女极贵，他日当为国母，不过子嗣稍艰，若养他人子为子，比亲生还要加胜哩！蔺夫人虽然心喜，但因遭际多艰，也未敢信为真言。援兄子严，见叔父被谗，祸由梁松窦固，不胜悲愤，本来与窦家结婚，为此将她离绝。且闻从妹生有贵相，特为求进掖庭，是时光武帝尚未崩逝，严即上书吁请道：

臣叔父援辜恩不报，而妻子特获恩全，戴仰陛下，为天为父。人情既得不死，便欲求福。窃闻太子诸王妃匹未备，援有三女，大者十五，次者十四，小者十三，仪状发肤，上中以上；皆孝顺小心，婉静有礼，愿下相工，简其可否？如有万一，援不朽于黄泉矣。又援姑姊妹，并为成帝婕妤，葬于延陵，臣严幸得蒙恩更生，冀因缘先姑，当充后宫。谨冒死以闻。

这书呈入，总算蒙旨恩准，派遣宫监，至援家选女，仔细端详，第三女最为韶秀，乃将她选入东宫。女年尚只十三，却能奉承阴后，旁接同列，礼仪修备，人无间言。后来年渐长成，越加颀晰，又生成一头美发，光润细长，常笼发四起，梳成大髻，尚觉有余，再将发梢绕髻三匝，方无余发。眉不施黛，惟左眉角稍有小缺，略加点染。身长七尺二寸，亭亭玉立，袅袅花姿，又能不妒不悍，上下咸安。看官试想如此淑媛，能不令人怜爱么？明帝未即位时，已是宠爱异常，至嗣承大统，便册为贵人。永平二年，竟立贵人马氏为后。可巧云台绘象，与立后同时，东平王苍至云台观图，独不见有马援遗容，便转问明帝道："何故不画伏波将军遗像？"明帝但微笑不答。揣明帝的用意，无非因援为后父，不便列入，省得他人滋议，其实是举不避亲，何妨列入？明帝意欲示公，反觉得不免怀私呢！小子有诗咏道：

薏苡冤深已掩忠，云台又复未铭功。
伏波若有遗灵在，地下应悲主不公。

马援不列云台，马后却传名千古，欲知马后懿行，待至下回续叙。

储君被废，往往不得其死，独东海王强，随遇而安，乃得令终。强固贤者，明帝亦未尝非贤，观其不信蜚言，亲爱如故；及闻强病殁，奉母后至津门亭，哭泣尽哀，宁非情义兼至者耶？然强年方逾壮，即致病殁，亦何莫非由几经忧虑，乃促天年，追溯厉阶，吾犹不能无咎于光武也！惟明帝嗣位以后，功臣多已凋谢，邓禹马武，岿然仅存，一则进为太傅，半载即终；一则出平叛羌，未几亦殁。明帝追念功臣，绘象云台，共得三十二人，垂为纪念，此亦未始非扬激之方。但以马伏波之关系后戚，特为避贤，未免为一偏之见，彰善瘅恶，当示大公，若必以亲疏别之，则陋矣。

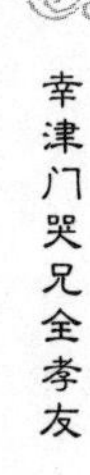

第二十五回

抗北庭郑众折强威　赴西竺蔡愔求佛典

却说马皇后正位中宫，尚无子嗣，惟后前母姊女贾氏，亦得选列嫔嫱，产下一男，取名为炟，后爱炟如己出，抚养甚勤，尝语左右道：“人未必定自生子，但患爱养不至呢！”嗣又因皇子不多，每加忧叹，见有后宫淑女，辄为荐引，既得进御，待遇尤优。阴太后尝称她德冠后宫，故命立为后。平居能诵《周易》，好读《春秋》《楚辞》，尤喜阅周官董仲舒书，持躬节俭，但用大练为裙，不加缘饰。每月朔望，诸姬入朝，见后袍衣粗疏，反疑是绮縠制成，就近注视，方知是寻常粗帛，禁不住微笑起来。后已知众意，随口解嘲道：“这缯特宜染色，所以取用，幸勿多疑。”后宫莫不叹息。明帝尝欲试后才识，故意将群臣奏牍，令后裁阅，后随事判断，并有条理，独未敢以私事相干。幸遇贤后，不妨相试，否则启后宫干政之渐。有时明帝出游，后辄谓恐冒风寒，婉言规谏。一日车驾往游濯龙园，六宫妃嫔，多半相随，独皇后不往，妃嫔等素蒙后爱，俱请明帝召后同行，明帝笑说道：“皇后不喜逸乐，来亦不欢，不如由她自便罢！”后来后闻帝言，也不以为愠，但遇帝游览，往往称疾不从。是时国家全盛，海内承平，明帝政躬有暇，屡至濯龙园消遣。园近北宫，因欲增筑宫室，与园相连，当下传谕有司，召集工匠，大加兴筑。适值天气亢旱，盛夏不雨，尚书仆射钟离意，特诣阙免冠，上疏切谏道：

> 伏见陛下以天时小旱，忧念元元，降避正殿，躬自克责。而比日密云，终无大润，岂政有未得天心者耶？昔成汤遭旱，以六事自责曰：“政不节耶？使民疾耶？宫室荣耶？女谒盛耶？苞苴行耶？谗夫昌耶？”窃见北宫大作，人失农时，此所谓宫室荣也。自古非苦宫室小狭，但患人不安宁，宜且罢止，以应天心。臣意以匹夫之才，得叨重禄，擢备近臣，不胜愚款，昧死上闻。

明帝览疏，当即答谕道：“汤引六事，咎在一人，其冠履，勿谢。”意乃整冠而退。是日即下诏停止工作，减省不急，果然天心默应，即沛甘霖。会明帝赐降胡十缣，尚书郎误十为百，转交大司农。大司农登入计簿，复奏上去，被明帝察破过误，顿时大怒，立召尚书郎入责，将加笞杖。钟离意慌忙入谒，叩头代请道：“过误乃是小失，不足重惩；若以疏慢为罪，臣当首坐。臣位大罪重，郎官位小罪轻，请先赐臣谴便了！”说罢即解衣待缚。明帝闻言，怒始渐平，仍令衣冠如故，并贷免尚书郎。意乃拜谢趋出。惟明帝素好讥察，发人隐私，每遇大臣有过，辄加面斥，近侍尚书以下，且亲手提曳，不肯少恕。尝因事怒斥郎官药崧，甚至自执大杖，欲加敲扑；崧惧走床下，明帝怒甚，连声疾呼道：“郎出郎出！”崧答说道：“天子穆穆，诸侯煌煌，未闻人君，自起撞郎？”紧急时，尚能韵语，却是绝好口才。明帝听着，倒也转怒为笑，掷杖赦崧。崧才出床下，谢恩乃去。但朝臣惟恐忤旨，莫不惴栗，独钟离意犯颜敢谏，屡次封还诏书，同僚有过被谴，辄为救解。明帝亦知他忠诚，终因直道难容，出为鲁相。意本会稽郡山阴人，以督邮起家，至鲁相终身。药崧河内人，性亦廉直，官终南阳太守。虎贲中郎将梁松，永平初已迁官太仆，松恃势益骄，屡作私书，请托郡县，致被明帝发觉，饬令免官。松尚不知改省，反阴怀怨望，捏造飞书，讪谤朝廷，结果仍事发坐罪，下狱论死。终为马伏波所料。先是明帝为太子时，常与山阳王荆，令梁松持取缣帛，往聘郑众。众即前大中大夫郑兴子，有通经名，见二十三回。性独持正，既与梁松晤谈，便慨然答道："太子储君，无外交义，就是藩王，亦不宜私交宾客。旧防具在，还请为我婉辞！"松复劝驾道："长者有意，不宜故违。"众正色道："犯禁触罪，何如守正致死？"遂将缣帛却还，不肯就聘。及松罹死罪，松友连坐多人。众虽与松相识，终因却聘一事，得免干连，明帝且召众为明经给事中，再迁众为越骑司马，仍兼给事如故。会北匈奴又乞请和亲，明帝特遣众北行，持节报命。南匈奴须卜骨都侯，闻知汉与北庭修和，内怀嫌怨，意欲叛汉。因通使北匈奴，请他发兵相迎。众出塞后，探悉情形，遂缮好奏牍，嘱从吏驰递阙廷，大致谓宜速置大将，防遏二虏交通。明帝乃命就塞外置度辽营，使中郎将吴棠行度辽将军事，出驻五原；再遣骑都尉秦彭，出屯美稷，监制南北两匈奴。惟郑众径诣北庭，见了北单于，长揖不拜，北单于面有愠色，左右喧呼道："汉使何不下拜！"众勃然答道："众为汉臣，只拜天子，不拜单于。"北单于益怒，令左右曳众出帐，派兵围守，不与饮食。众语虏众道："单于不欲与大汉和亲，倒也罢了；既欲和亲，应该优待汉使。须知和亲以后，谊关甥舅，不啻君臣，奈何与使人为难呢？如必迫众下拜，众宁可自杀，不愿屈膝。"说着，拔出佩刀，意欲自刎。虏众不禁慌张，一面劝众息怒，一面转报单于。单于恐众或自尽，有碍和议，乃改颜相待，更遣使人随众还都。朝议又拟遣众往报，众不愿再行，因上书陈请道：

> 臣伏闻北单于所以要致汉使者，欲以离南单于之众，坚西域三十六国之心也。又当扬汉和亲，夸示邻敌，令西域欲归化者，局促狐疑，怀土之人，绝望中国耳！汉使既到，便偃蹇自骄；若复遣之，虏必自谓得谋，其群臣之劝虏归汉者，亦不敢复言。如是则南庭动摇，乌桓亦有离心矣。南单于久居汉地，具知形势，万一离析，必为边害，今幸有度辽之众，扬威北陲，虽勿报答，不敢为患。惟陛下裁察！

明帝览书，不肯照准，仍令众即日北往。众复上言道："臣前奉使北庭，不为匈奴下拜，单于尝遣兵围臣，幸得脱免，今衔命再往，必见陵折。臣诚不忍持大汉节，屈膝毡裘，如令臣为匈奴所屈，实损大汉威灵，故请陛下俯察愚忠，收回成命！"云云。明帝依然不听，一味专制。众不得已出发，途中尚再四上书，固争不已，惹得明帝性起，竟饬使召还，系众下狱。后因匈奴使至，面问众与单于争礼情形，匈奴使臣据实对答，且言众意气壮勇，不亚苏武，明帝乃赦免众罪，遣归田里。

东平王苍，以至亲辅政，声望日隆，不免有位高震主的嫌疑，乃连上数疏，奉还骠骑将军印绶，情愿退守屏藩。明帝不忍拂意，许他归国，仍将骠骑将军印发还，使得兼职。此外三公却改易数人，永平三年，太尉赵熹，司徒李欣，皆免官，另任南阳太守虞延为太尉，左冯翊郭丹为司徒。越年丹复免职，连司空冯鲂，一并罢去，改用河南尹范迁为司徒，太仆伏恭为司空。又越二年，皇太后阴氏寿终，年已六十，尊谥

光烈，合葬原陵。九江太守宋均，即前伏波监军，矫制平蛮。自莅任后，政宽刑简，百姓又安。向来郡中多虎，随处安设槛阱，终难免患，均命将槛阱撤去，虎患反息。有人谓虎已渡江东行，故得弭患。后来邻郡多蝗，独飞至九江境，辄东西散去，不害禾稼，因此名传远近。明帝闻均贤名，征拜尚书令，每有驳义，多合上意。均尝语僚友道："国家每喜文法廉吏，以为足以止奸。均见文吏好为欺谩，廉吏只知洁身，实与百姓无益；常思伏阙谏诤，无如积习难返，一时尚未可进言，他日总当一伸素愿呢！"未几均被调为司隶校尉，终不得言，有人向明帝报闻，明帝亦为称善，但也未能遽改旧俗，只好迁延过去。忽夜间梦一金人，顶上含有白光，驰行殿庭，正要向他诘问，那金人突然飞升，向西径去。不由得惊醒转来，开目一瞧，残灯未灭，方知是一场春梦。诘旦视朝，向群臣述及梦境，群臣俱不敢率答。独博士傅毅进言道："臣闻西方有神，传名为佛，佛有佛经，即有佛教。从前武帝元狩年间，骠骑将军霍去病，出讨匈奴，曾得休屠王所供金人，置诸甘泉宫，焚香致礼，现在已经乱后，金人当不复存。今陛下梦见的金人，想就是佛的幻影呢！"梦兆亦何足凭，傅毅乃以佛对，也是多事。这一席话，引起明帝好奇思想，遂遣郎中蔡愔秦景，西往天竺，求取佛经。

天竺就是身毒国，身毒读如捐笃，即天竺之转音，今印度国便是。距洛阳约万余里，世称为佛祖降生地。佛祖叫作释迦牟尼，为天竺迦维卫国净皈王太子，母摩耶氏梦天降金人，方才有娠，生时正当中国周灵王十五年，天放祥光，地涌金莲，已有一种特别预兆。及年至十九，自以为人生在世，离不开生老病死四字，欲求解脱方法，惟有屏除嗜欲，自去静修。乃弃家入山，日食麻麦，参悟性灵。经过了十有六年，方得成道，独创出一种教旨，传授生徒。教旨又分深浅，浅义的名小乘经，深义的名大乘经。小乘经有地狱轮回诸说，无非劝化愚民；大乘经有明心见性诸说，乃是标明真谛，这也是一种独得的学识。不过与儒家不同，儒家讲修齐平治，佛氏主清净寂灭；修齐平治，是人己兼顾的，清净寂灭，是专顾自己的。也是确论。相传佛祖释迦牟尼，尝在鹿野苑中，论道说法。又至灵山会上，拈花示众，借灯喻法。从前天竺多邪教，能使水火毒龙，好为幻术，当释迦苦修时，邪教多去诱惑，释迦毫不为动。及道术修成，摧制一切，众邪帖服，都信心皈依，愿为弟子。男号比邱，女号比邱尼，剃须落发，释累辞家。释迦教他防心摄行，悬示五大戒：一戒杀，二戒盗，三戒淫，四戒妄言，五戒饮酒。这五戒外，尚有许多细目，男至二百五十戒，女至五百戒。总计释迦在世，传教阅四十九年，甚至天龙人鬼，并来听法。后至拘尸那城圆寂，圆寂便是尸解的意思。或说他圆寂以后，复从棺中起坐，为母说法，待至说毕，忽空中现出三昧火，把棺焚去，本体化作丈六金身，涌起七尺圆光，顶上肉髻，光明透彻，眉间有白毫，毫中空右旋，宛转如琉璃筒，俄而不见。语太荒唐，不足听信。弟子大迦叶与阿难等五百余人，追述遗绪，辑成经典十二部，嗣是辗转流传，渐及西域。

惟中国在秦汉以前，未闻有佛教名目，武帝时始携入金人，才有佛像。哀帝元寿元年，西域大月氏国，使伊存至长安，能诵佛经，博士弟子秦景宪，请他口授，语多费解，因此也不以为意。至蔡愔秦景，奉了明帝诏令，出使天竺，经过了万水千山，饱尝那朝风暮雾，方才到天竺国，访问僧徒。天竺人迷信佛教，僧侣甚多，闻有中国使人到来，却也欢迎得很，彼合掌，此拱手，虽是言语不通，尚觉主宾相洽；且有翻译官互传情意，更知中使奉命求经，于是取出经典，举示二人。愔与景学问优长，在洛阳都城中，也好算是文人领袖，偏看到这种经典，字多不识，还晓得什么经义？幸有沙门摄摩腾竺法兰，略知中国语言文字，与愔景二人讲解，尚可模糊领略，十成中约晓一二成。沙门就是高僧别号，住居寺中，愔景与他盘桓多日，好似方外交一般，遂邀他同往中原，传授道法。两沙门也欲观光，慨然允诺，遂绘就释迦遗像，及佛经四十二章，用一白马驮着，出寺就道。绕过西域，好容易得至洛阳，愔景入阙报命，并引入摄竺两沙门，谒见明帝。两沙门未习朝仪，奉旨得从国俗，免拜跪礼，何必如此？惟呈上佛像佛经，由明帝粗阅大略。佛像与梦中金人，未必适符，但也不暇辨别异同。所有佛经四十二章只看了开卷数语，已是莫名其妙，急切不便索解，想总是玄理深沉。遂命就洛城雍门西偏，筑造寺观，供置佛像，即使摄竺两沙门，作为住持，就是驮经东来的白马，亦留养寺中，取名为白马寺。寺内更造兰台石室，庋藏佛经，表明郑重的意思。这便是佛经传入中国的权舆。表明眉目。

明帝日理万机，有什么空闲工夫，研究那佛经奥义？王侯公卿以下，多半是不信佛道，当然不去顾问；只有楚王英身处外藩，闻得佛经东来，意欲受教，特遣使入都，向二沙门访求佛法。二沙门录经相示，楚使亦茫乎若迷，不过将如何斋戒，如何拜祭，得了一些形式，返报楚王英。英遂照式持斋，依样膜拜，在楚宫中供着佛像，朝夕顶礼，祈福禳灾。适当永平八年，有诏令天下死罪，得入缣赎免。楚王英也遣郎中赍奉黄缣白纨三十匹，托鲁相转达朝廷。表文有云：

托在藩辅，过恶累积，欢喜大恩，奉送缣帛，以赎愆罪。

明帝瞧着，很觉诧异。煞是奇怪。当即颁下复谕道：

楚王诵黄老之微言，尚浮屠之仁祠，洁斋三月，与神为誓，何嫌何疑？恐有悔吝，其将缣帛发还，以助伊蒲塞桑门之盛馔。特此报闻。伊蒲塞亦僧徒别名，语本天竺，桑门即沙门。

楚王英接得复谕，颁示国中，于是借信佛为名，交通方士，创制金龟玉鹤，私刻文字，冒作祯祥。哪知后来竟求福得祸，化祥为灾，好好一位皇帝介弟，反弄得削藩夺爵，亡国杀身。小子有诗叹道：

无功无德也封王，只为天潢属雁行。
我佛有灵宁助逆，贪心不足总遭殃。

楚狱将起，先出了一种藩王逆案。欲知何人构逆，容待下回表明。

郑众出使匈奴，抗礼不屈，幸得脱身南归，是固可谓不辱使命者矣。明帝必欲令众再往，是使之复入虎口，于国无益，于身有害，无惑乎众之一辞再辞也。况众已具

陈情迹，言之甚详，而明帝犹未肯听纳，强迫忠臣于死地，果胡为者？及召还系狱，嫉众违命，微虏使言，则罪及忠臣，几何不令志士短气耶？明帝对于药崧，欲自杖之，对于郑众，乃轻系之，虽其后闻言知悟，而度量之褊急，可以概见，盖已不若乃父矣。洎乎梦见金人，即令蔡愔秦景等，万里西行，往求佛法，夫修齐平治之规，求诸古训而已足，奚必乞灵于外族？就令佛家学说，亦有所长，究之畸人之偏身，未及王道之中庸，而明帝乃引而进之，反开后世无父无君之祸，是亦一名教罪人耳。邱琼山之讥，岂刻论哉？

第二十六回

辨冤狱寒朗力谏　送友丧范式全交

却说广陵王荆，自奉诏还国后，仍然怀着异图，应二十四回。暗中引入术士，屡与谋议，且日望西羌有变，可借防边为名，称兵构乱。事为明帝所闻，特将他徙封荆地。荆越加恚恨，至年已三十，复召相工入语道："我貌类先帝，先帝三十得天下，我今亦三十岁，可起兵否？"相工支吾对付，一经趋出，便向地方官报明。地方官当即奏闻，朝廷遣使责问，荆因逆谋发觉，不免惊惶，自系狱中。明帝尚不忍加罪，仍令衣租食税，惟不得管属臣吏，另命国相中尉，代理国事，慎加约束。荆犹不肯改过，潜令巫祝祈祷，为禳解计。国相中尉只恐自己坐罪，详报上去，廷臣即劾他诅咒，立请加诛。诏尚未下，荆已自杀，胆小如此，何必主谋？明帝因荆为同母弟，格外怜恕，仍赐谥为思王。嗣且封荆子元寿为广陵侯，食荆故国六县，又封元寿弟三人为乡侯。荆死逾年，东平王苍入朝，时在永平十一年。寓居月余，辞行归国。明帝送至都门，方才与别。及还宫后，复怀思不置，特亲书诏命，遣使赍给东平太傅，诏曰：

> 辞别之后，独坐不乐，因就车归，伏轼而吟，瞻望永怀，实劳我心。诵及采菽，以增叹息。采菽见《诗经》，系天子答诸侯诗。日者问东平王：处家何等最乐？王言：为善最乐。其言甚大，启予多矣。今送列侯印十九枚，诸王子年五岁以上能趋拜者，皆令带之，王其毋辞。

原来光武帝十一子，惟临淮公衡，未及王封，已经殇逝，尚有兄弟十人，除明帝得嗣统外，要算东海王强，及东平王苍，最为循良。强逾壮即殁，事见前文；苍却持躬勤慎，议政周详，比东海王更有才智，所以保全名位，备荷光荣。独楚王英为许美人所生，许氏无宠，故英虽得沐王封，国最贫小。明帝嗣阼，系念亲亲，却也屡给赏赐，并封英舅子许昌为龙舒侯。偏英心怀非望，居然有觊觎神器的隐情，前次访求佛法，并不是有心清净，实欲仗那佛氏灵光，呵护己身。嗣是私刻图印，妄造灵符。到了永平十三年间，忽有男子燕广，诣阙告变，弹劾楚王英，说他与渔阳人王平颜忠等，造作图书，谋为不轨等语。明帝得书，发交有司复查。有司派员查明，当即复奏上去，略称楚王英招集奸猾，捏造图谶，擅置诸侯王公将军二千石，大逆不道，应处死刑。明帝但夺英王爵，徙英至丹阳泾县，尚赐汤沐邑五百户；又遣大鸿胪持节护送，使乐人奴婢妓士鼓吹随行。英仍得驾坐辎軿，带领卫士，如有游畋等情，准卫兵持弓挟矢，纵令自娱。子女既受封侯主，悉循旧章，楚太后许氏，不必交还玺绶，仍然留居楚宫。时司徒范迁已殁，调太尉虞延为司徒，复起赵熹行太尉事。楚王谋泄，先有人告知虞延。延因藩戚至亲，未便举发，延挨了好几日，即由燕广上告，惹动帝怒，且闻虞延搁住不奏，传诏切责，延惧罪自尽。又枉死了一个。楚王英至丹阳，得知延不为奏明，尚且遭谴，自己恐再撄奇祸，索性也自杀了事。事闻阙下，有诏用侯礼葬祭，赙赠如仪，封燕广为折奸侯。一面且穷治楚狱，历久不解，自京师亲戚，及郡国吏士，辗转牵连，嫌重处死，嫌轻谪徙，差不多有千人；尚有数千人被系，淹滞狱中。何必兴此大狱？先是光武帝舅樊宏，曾受封寿张侯，光武帝母为樊重女，见前文。宏子倏承袭父爵，累世行善，戒满守谦。明帝因东平王苍，亲而且贤，特将寿张县移益东平，改封倏为燕侯。倏弟鲔尝求楚王英女为子妇，倏从旁劝阻道："前在建武年间，我家并受荣宠，一门五侯，樊宏兄弟，并得封侯。当时只教一语进谏，便是子得尚主，女得配王，不过天道忌盈，贵宠太过，适足招灾，所以可为不为。今我家已不如前，怎得再联姻帝族？且尔只有一子，为何弃诸楚国呢？"鲔不愿从谏，竟为子赏娶得英女。及楚狱一起，倏已早逝，明帝曾闻倏前言，且追怀旧德，令倏诸子俱得免坐。英尝私录天下名士，编成薄籍，内有吴郡太守尹兴姓名，是簿被有司取入，按名逮系，不但将尹兴拘入狱中，甚且连掾史五百余人，俱执诣廷尉，严刑拷讯。诸吏不胜痛楚，多半致死，惟门下掾陆续，主簿梁宏，功曹驷勋，备受五毒，害得肌肤溃烂，奄奄一息，终无异词。续母自吴中至雒阳，烹羹馈续。续虽经毒刑，却是辞色慷慨，未尝改容，及狱吏替续母进食，续不禁下泪，饮泣有声。狱吏诧问原因，续且泣且语道："母来不得相见，怎得不悲？"狱吏本未与续说明，又怪他何由得知？还要细问，续答说道："这羹为我母所调，故知我母必来。我母平日截肉，未尝不方，断葱以寸为度，今见羹中如是，定由我母到此，亲调无疑。"说至此，更涕泪不止。孝思可嘉。狱吏乃转达有司，有司具状奏闻，明帝也不觉动怜，才将尹兴等一并释放，使归原籍，禁锢终身。虽得不死，痛苦已吃得够了。

颜忠王平，连坐楚狱，情罪最重，自知不能幸生，索性信口扳诬，竟将隧乡侯耿建、郎陵侯臧信、护泽侯邓鲤、曲成侯刘建等，一股脑儿牵引进去。四侯到庭对簿，俱云与颜忠王平，素未会晤，何曾与谋？问官不敢代为表白，还想将他们诬坐。侍御史寒朗，亦尝与问，独以为四侯蒙冤，使他们退处别室，再提平忠二人出讯，叫他们说明四侯年貌。二人满口荒唐，无一适符，朗遂入阙复陈，力为四侯辨诬。明帝作色道："汝言四侯无罪，平忠何故扳引？"朗亦正容答道："平忠两人，自知犯法不赦，所以妄言牵引，还想死中求生！"明帝又问道："汝既知此，何不早奏？"越问越呆。朗答说道："臣虽察知四人冤情，但恐海内再有人告讦，故未敢遽行奏陈。"明帝不禁怒骂道："汝敢首持两端么？"竟是使气。说着，即回顾左右道："快将他提出去！"左右不敢怠慢，便牵朗欲出。朗又说道："愿伸一言而死，小臣不敢欺君，无非欲为国持正罢了！"明帝道："他人有否与汝同情？"朗答言无有。明帝复问道："汝何故不与三府共商？"三府，即三公府。朗伸说道："臣自知罪当族灭，不敢多去累人。"明帝问他何故族灭？朗复说道："臣奉诏与讯罪犯，将及一年，既不能穷极奸状，乃反为罪人讼冤，料必将触怒陛下，祸且族灭；但臣终不敢不言，尚望陛下鉴臣愚诚，翻然觉悟！臣见决狱诸人，统说是妖恶不道，臣民共愤，与其失出，宁可失入，免得后有负言，因此问一连十，问十连百。就是公卿朝会，陛下问及得失，亦无非长跪座前，上言旧制大逆，应该惩及九族，今蒙陛下大恩，止及一身，天下幸甚。及退朝归舍，口虽不言，却是仰屋叹息，暗暗呼冤，惟无人敢为直陈。臣自知死罪，理在必伸，死亦无恨了。"明帝意乃少解，谕令退去。过了两日，车驾亲幸洛阳，按录囚徒，得理出千余人。时适天旱，俄而大雨，明帝亦为动容，起驾还宫。夜间尚恐楚狱有冤，彷徨不寐，起坐多时，马皇后问明情由，亦劝明帝从宽发落，于是多半赦免。惟颜忠王平，不得邀赦，竟在狱中自尽。侍御史寒朗，自悔监狱不严，就系廷尉，明帝不欲穷治，只将朗免去官职，释归薛县故乡。任城令袁安，擢为楚郡太守，莅任时，不入官府，先理楚狱，查得情迹可矜，即具奏请赦。府丞掾吏，并叩头力争，谓纵容奸党，应与同罪，断不宜率尔上陈。安奋然道：“如有不合，太守愿一身当罪，决不累及尔曹！”也是一条硬汉。到了复谕下来，果皆许可，得全活四百余家。明帝且下诏大赦，凡谋反大逆，及诸不应宥诸囚犯，尽令免死，许得改过自新。一面敬教劝学，尚德礼贤，凡皇太子及王侯公卿子弟，莫不受经。又为外戚樊氏郭氏阴氏马氏诸子立学南宫，号为四姓小侯，特置五经师，讲授经义。他如期门羽林诸吏士，亦令通孝经章句。此风一行，人皆向学，连匈奴亦遣子肄业，愿冰陶熔。义士如范式李善等，俱由公府辟举，破格录用。

式字巨卿，山阳人氏，少游太学，与汝南人张劭为友，劭字元伯，游罢并告归乡里，式与语道：“二年后拟过拜尊亲。”劭当然许诺。光阴易过，倏忽两年，劭在家禀母，请具馔候式，母疑问道：“两年阔别，千里结言，难道果能践约么？”劭答说道：“巨卿信士，必不误期。”母乃为备酒餐，届期果至，升堂拜饮，尽欢乃去。已而劭疾不起，同郡人郅君章殷子征，日往省视，劭叹息道：“可惜不得见我死友！”子征听了，却忍耐不住，便问劭道：“我与君章，尽心视疾，也可算是死友了，今尚欲再求何人？”劭呜咽道：“君等情谊，并非不厚，但只可算为生友，不得称为死友；若山阳范巨卿，方可为死友哩！”郅殷两人，未曾见过范式，并觉得似信非信。越数日，劭竟告终，时式已为郡功曹，梦见劭玄冠垂缨，曳履前呼道：“巨卿！某日我死，某日当葬，君若不忘，能来会葬否？”

式方欲答言，忽然惊觉，竟至泣下。翌日具告太守，乞假往会，太守不忍拂意，许令前往。式即素车白马，驰诣汝南。劭家已经发丧柩至圹旁，重量逾恒，不肯进穴，劭母抚棺泣语道：“元伯莫非另有他望么？”乃暂命停柩。移时见有单车前来，相距尚远，劭母即指语道：“这定是范巨卿！”及素车已近，果然不谬。式至柩前，且拜且祝道：“行矣元伯！死生异路，永从此辞？”寥寥十二字，已令人不忍卒读。众闻式言，并皆泣下。式即执绋引柩，柩已改重为轻，当即入穴。式又留宿圹间，替他监工，待至墓成，并为栽树，然后辞去。如此方不愧死友。

后来式又诣洛阳，至太学中肄业，同学甚众，往往不及相识。有长沙人陈平子，与式未通謦咳，却已知式为义士。一夕罹疾，服药无效，逐日加剧，势且垂危，妻子含泪侍侧，平子唏嘘与语道：“我闻山阳范巨卿，信义绝伦，可以托死。我歿后，可将棺木舁置巨卿户前，必能为我护送归里，汝切勿忘！”言毕再强起作书，略说旅京得病，不幸短命，自念妻弱儿幼，未能携榇归籍，素仰义士大名，用敢冒昧陈请，求为设法，倘得返葬首丘，存歿均感云云。书既写就，嘱妻使人送与范式，掷笔即逝。妻子依嘱办理。式方出门，未遇使人，至事毕归寓，见门前遗置棺木，已觉惊异，及入门省视案上，拾得平子遗书，展阅一周，竟至平子寓所，替他妻子安排。令得引柩回家，且亲送至临湘，距长沙止四五里，乃将平子原书取出，委诸柩上，哭别而去。平子尚有弟兄，闻知此事，亟往追寻，那范式已早至京师，不及相见了。此事比前事尤难。

长沙官吏，也有所闻，因乘掾属上计时，汉制郡国州县，每岁应入呈计簿，故称上计。表奏范式行状，三公争欲罗致，驰书征召，式尚不肯起；嗣经州吏举为茂才，方才诣阙受官，累迁至荆州刺史。式既到任，行巡至新野县，县吏当然相迎。前有导骑一人，伛偻前来，式似曾相识，就近审视，确是同学友孔嵩，便把臂与语道："汝莫非孔仲山么？"仲山系嵩表字，嵩南阳人，家贫亲老，特隐姓埋名，为新野县佣卒，至此不便再讳，只好直认。式复叹息道："尔我尝曳裾入都，同游太学，我蒙国厚恩，位至牧伯，尔乃怀道隐身，下侪卒伍，岂不可惜？"嵩笑答道："侯嬴长守贱业，侯嬴，系战国时魏人，年七十，为大梁门卒，信陵君闻名，往聘，嬴不肯起。晨门自愿抱关，见《论语》。孔子欲居九夷，士不得志，贫贱乃是本分，何足叹息呢？"也是一个志士。式敕县吏派人代嵩，嵩以为受佣未毕，不肯退去。及式还官舍，当即上登荐牍，未几即由公府辟召。嵩就征赴都，途次投宿下亭，有数盗前往窃马，闻知为嵩所乘，互相责让道："孔仲山乃南阳善士，怎可盗他坐骑呢？"盗亦有道。遂将马送还，当面谢罪。后来式迁庐江太守，嵩亦官至南海太守，并有循声。可见得义士所为，穷达不移，正自有一番德业哩！就是李善亦南阳人氏，从前本为李元家奴，建武中南阳患疫，元家相继病殁，惟孤儿续才生数旬，家资却有千万，诸奴婢互相计议，欲将婴儿杀死，分吞财产。善独力难支，潜负续逃隐瑕丘，亲自哺养，乳竟流汁，得饲孤儿，历尽许多艰苦，方得将续逐渐养成。续稍有知识，即奉善若严父，有事辄长跪请白，然后敢行。闾里都为感化，相率修义。及续年十岁，善挈续归里，诉诸守令，守令乃捕系诸奴婢，一鞫即服，分别诛戮，仍将旧业归续收管，嗣是善义声远闻。时钟离意方为瑕丘令，上书荐善，有诏令善及续并为太子舍人，公府复引善入幕，委治烦剧，事无不理，因再迁至日南太守。善从京师赴任，道出南阳，过李元墓，预脱朝服，持锄刈草，亲治鼎俎，供诸墓前，跪拜垂涕道："君夫人！善在此！"及祭毕后，尚留居墓下，徘徊数日，然后辞去。既至日南，惠爱及民，怀来异俗。再调为九江太守，途中遇病，仓促寿终。续为善持服，如丧考妣，后来亦官终河南相，以德报德，两贻令名，岂不是行善有福么？唤醒世人。独叶令王乔，具有幻术，每月朔望，尝自县诣阙入朝，独不见有车骑相随，朝臣并惊为异事，明帝亦为动疑，密令太史伺乔踪迹。太史复称乔将至时，辄有双凫从东南飞来，于是静待凫至，举网抛凫，变作一舄。诏令尚方官名。验视，乃是前时赐给尚书官属，舄尚如新。尤奇怪的是当乔入朝，叶县门下鼓自能发声，响彻京师。后来空中有一玉棺，徐降至叶县大庭，吏人用力推移，终不能动。乔恍然曰："想是天帝召我呢！"乃沐浴衣服，僵卧棺中。俄而属吏就视，已无声息，越日才为盖棺，舁葬城东，土自成坟。是夕县中牛皆流汗喘乏，好是负重过甚，疲惫不堪，百姓益以为神，替他立庙，号叶君祠。吏民祠祷，无不应验；若有违犯，立致祸殃。或说他即仙人王子乔，即周灵王太子晋，相传为吹笙缑岭，跨鹤升天。是真是假，小子亦无从证实，但究不如范式李善等人，可为世法呢！小子有诗咏道：

淑世应当先淑身，子臣弟友本同伦。
试看义士临民日，不借仙传化自神。

还有高尚不仕的志士，也有数人，待至下回再表。

广陵王荆，与楚王英罪案相同，而楚狱独连坐数千人，岂楚事更甚于荆事耶？荆有三十举兵之言，见诸史传，谅必非后人虚诬。英则私造图书，而镌刻之为何文，未尝详载，是荆之罪证已明，而英之罪证，尚有可疑。英死而案已可了矣，乃辗转牵引，连累无穷，至寒朗拼生力辩，方得少回君意，何明帝之嫉视楚狱若此？意者其以英为许氏所出，不若荆之为同母弟欤？然以同母异母之嫌，意为轻重，明帝亦未免不明矣。若范式李善，信义可风，为古今所罕有，类叙以风后世，著书人固自有苦心也。

第二十七回

哀牢王举种投诚　匈奴兵望营中计

却说东汉初年的高士，最著名的是严子陵，子陵已见前文。后来复有扶风人梁鸿，与妻孟光，偕隐吴中。鸿字伯鸾，父让尝为王莽时城门校尉，迁官北地，使奉少皞祭祀，遭乱病殁，鸿无资葬父，用席裹尸，草草瘗埋。后来受业太学，博通经籍，因落魄无依，不得已至上林苑中替人牧豕，偶然失火，延及邻居，当即过问所失，用豕作偿，邻主人尚嫌不足，乃愿为作佣，服劳不懈。乡间耆老，见鸿非常人，免不得代为气忿，交责佣主，佣主人始向鸿谢过，将豕还鸿。鸿不受而去，仍归扶风。里人慕鸿高义，争与议婚，鸿一一辞谢。惟同县孟氏有女，年已三十，体肥面黑，力能举臼，尝择配不嫁，父母问为何因？女答说道："须得贤洁如梁伯鸾，方可与婚。"貌陋而心独明。父母闻言，便托人代达女言，传入鸿耳。鸿喜得知己，就向孟女家纳聘，女既许字，即预制布衣麻屦，及筐筥织绩等具，及吉期已届，不得不盛饰前往。相处七日，鸿不与答言，孟女乃跪请道："妾闻夫子高义，择偶颇苛，妾亦谢绝数家，今得为夫妇，两意相同，乃七日不答，敢不请罪？"鸿方与语道："我欲得布衣健妇，俱隐深山，今乃着绮罗，敷粉黛，岂鸿所愿？鸿所以不便与亲昵！"孟女道："夫子深甘高隐，妾自有衣服预备，何必劳心？"说着，即退入内室，不消片时，已将盛饰卸尽，改易布衣椎髻，操作而前，鸿大喜道："这才不愧为梁鸿妻，能与我同志了！"因名孟女曰光，字曰德曜。同居数月，毫无间言，孟光独发问道："妾闻夫子欲隐居避患，今奈何寂然不动，莫非欲低头相就么？"鸿从容答道："我正欲徙居哩！"一面说，一面即摒挡行李，搬入霸陵山中，耕织为业，琴书自娱；暇时搜集前代高士，如四皓以来二十四人，共为作颂，借以为励。四皓，并隐居商山，见《前汉演义》。后来复隐姓改名，与妻子避居齐鲁间，转适吴中，依居富家皋伯通庑下，替人赁舂。每日归餐，孟光已具食以待，不敢在鸿前仰视，举馔相饷，案与眉齐。事为皋伯通所闻，不禁诧异道："彼既为人作佣，能使妻相敬如此，定非凡人。"乃邀鸿在家食宿，鸿得闭门著书，共十余篇。已而病剧，始将真姓名相告，且出言相托道："我闻延陵季子，曾葬子嬴博间，不归乡里，亦愿举此相托，幸勿令我子奔丧回乡。"伯通面为许诺。及鸿已殁，伯通为寻葬穴，至吴要离冢旁，得有隙地，便欣然道："要离烈士，伯鸾清高，可令相近，地下当不致岑寂了。"恐怕是志趣不同。安葬已毕，孟光挈子拜谢，仍回扶风去讫。鸿有友人高恢，少好黄老，尝隐居华阴山中，与鸿互相往来，及鸿东游思恢，尝作诗云："鸟嘤嘤兮友之期，念高子兮仆怀思；想念恢兮爰集兹，嗣终因道远音稀。"不复相见，恢亦终身不仕，相继告终。还有扶风人井大春，单名为丹，少时亦在太学受业，通五经，善谈论，京中人相语云："五经纷纶井大春。"建武末年，沛王辅等，留居北宫，皆好宾客，遣使请丹，并不能致。信阳侯阴就，为阴皇后弟，向五王求钱千万，谓能使丹应召。五王即出资相给。阴就却暗嘱吏役，出丹不意，把他强劫至府，故意用菜饭饷食。

丹推案起立道：“丹以为君侯能供甘旨，故强邀至此，奈何如此薄待呢？”就闻言后，乃改给盛馔，并亲自陪食，食毕就起，左右进辇。丹从旁微笑道：“夏桀常用人驾车，君侯岂也愿为此么！”两语甫毕，盈庭失色，就不得已用手挥辇，徒步趋入，丹亦扬长自去，卒得寿终，这且不消细叙。

且说明帝在位十余年，国家方盛，四海承平，只有汴渠历年失修，常患河溢，兖豫百姓，屡有怨咨。明帝意欲派员修治，适有人荐乐浪人王景，善能治水，乃召景诣阙，令与将作谒者官名。王景，调发兵民数十万，往修汴堤。汴渠自荥阳东偏，至千乘河口，延袤约一千余里，王景量度地势，凿山开涧，防遏要冲，疏决壅积，每十里立一水门，使水势更相回注，不致溃漏，于是修筑堤防，得免冲激。好容易缮工告竣，已是一年有余，糜费以百亿计。但东南漕运，全赖汴渠，从前河汴合流，水势泛滥，运船往往出险，至王景监工修治，分泄河汴水道，漕运方可无忧了。是时哀牢夷酋柳貌，率众五万余户，乞请内附，明帝当然照准，遣使收抚，乘便勘验地形。哀牢先世有妇人沙壹，独居牢山，捕鱼为生，一日至水中捕鱼，偶触一木，感而成孕，产下男孩十人。忽水中木亦浮出为龙，飞向牢山，九孩骇走，一孩尚未能行，背龙坐着，龙伸舌舐儿，徐徐引去。沙壹时亦惊避，待龙去后，返觅十孩，却是一个不少，惟幼孩从容坐着，毫不慌张。沙壹系是蛮人，声同鸟语，常谓背为九，坐为隆，因名幼孩为九隆。语近荒诞。后来诸孩长大，九兄以幼弟为父所舐，必有吉征，乃共推为王。可巧牢山下有一夫一妇，生得十女，适与沙壹十儿相配，遂各娶为妻室，真是无巧不成话。辗转滋生，日益繁衍。九隆回溯所生，不忘本来，因令种裔各刻画身体，状似龙鳞，且背后并垂一尾，缀诸衣上。到了九隆病死，世世相继，遂就牢山四面，分置小王，随地渔猎，逐渐散处，惟与中国相距甚远，未尝交通。至建武二十三年间，哀牢王贤栗，督率部众，乘筏渡江，击邻部鹿茤，鹿茤人不及预备，多被擒获。不意天气暴变，雷雨交作，大风从南方刮起，撼动江心，水为逆流，翻涌至二百余里，筏多沉没，哀牢人溺死数千名。贤栗心尚未死，再遣六部酋进攻鹿茤。鹿茤部酋正拟兴兵报怨，闻得哀牢又来扰境，当即倾众出战。这番接仗，与前次大不相同，鹿茤人个个愤激，个个勇敢，杀得哀牢部众东倒西歪。哀牢六王，不知兵法，还想与他蛮斗，结果是同归于尽。残众抢回尸骸；分别藁葬，当夜被虎发掘，把尸骸一顿大嚼，食尽无遗。贤栗得报，方才惊恐，召集部众与语道：“我等攻掠边塞，也是常事，今进击鹿茤，偏遭天谴，摧残至此，想是中国已有圣帝，不许我等妄动，我等不如通使天朝，愿为臣属，方算上策。”大众齐声应诺。乃于建武二十七年间，率众东下，至越嶲太守郑鸿处乞降。鸿当即奏闻，有诏封贤栗为哀牢王，令他镇守原地。嗣是岁来朝贡。到了永平十二年，哀牢王贤栗早死，嗣王叫作柳貌，又挈五万户内附。明帝遣使勘抚，得接复报，遂决议建设郡县，即将柳貌属境，分置哀牢博南二县，罢去益州西部都尉，特置永昌郡，并辖哀牢博南，始通博南山，度兰沧水。惟山深水湍，跋涉维艰，行人多视为畏途，尝作歌云：“汉德广，开不宾，度博南，越兰津，度兰沧，为他人。”中国人素惮冒险，即此可见一斑。歌谣虽是如此，但往来使人，每岁不过数次，却也无甚关碍。再加西部都尉郑纯，调任永昌太守，为政清平，化行蛮貊，自哀牢王柳貌以下，各遵约束，岁贡维谨，西南一带，帖然相安，不在话下。

惟北匈奴阳为修和，阴仍寇掠，回应二十三回。仆射耿秉，耿弇从子。屡上书请击北匈奴，明帝尚不欲遽讨，令显亲侯窦固，及太仆祭肜等，商议进止。众议以为应遣将出屯，相机进取。明帝乃拜耿秉为驸马都尉，副以骑都尉秦彭，窦固为奉车都尉，副以骑都尉耿忠，弇子。并为置从事司马，出屯凉州。转瞬间已是永平十六年，耿秉等急欲邀功，奏请出塞北伐，明帝因命祭肜出征，使与度辽将军吴棠，征集河东河西羌胡各兵，及南单于兵万一千骑，出高阙塞；再遣窦固耿忠，率酒泉敦煌张掖甲卒，及卢水羌胡万二千骑，出酒泉塞；耿秉秦彭率武威陇西天水募兵，及羌胡万骑，出居延塞；骑都尉来苗，护乌桓校尉文穆，率太原雁门上谷渔阳右北平定襄各郡兵马，及乌桓鲜卑兵万余骑，出平城塞，四路兵共伐北匈奴。窦固耿忠行至天山，适与北匈奴西南呼衍王相遇，一番交绥，斩首至千余级，追杀至蒲类海，取得伊吾庐地，特置宜禾都尉，留吏士屯田伊吾庐城。耿秉秦彭，袭击北匈奴南部勾林王，颇有杀获，进至绝幕六百余里，直抵三沐楼山，四望无人，乃收兵南归。来苗文穆，至勾河水上，虏皆奔走，无从截夺，也即退回。祭肜吴棠与南匈奴左贤王信，出高阙塞，驰行九百余里，不见一虏，只前面有一山相阻，山势不甚高峻，信却指为涿耶山，说是冈峦回阻，不便前进，因勒马下寨，好几日不闻动静，只好却还。其实王信与祭肜，两不相合，所以妄言误事。嗣经朝廷察觉，说棠与肜逗留畏懦，将他革职，召还系狱。肜系故征虏将军祭遵从弟，素性沉毅，屯边有年，信及外夷，此次坐罪被系，当然有人替他救解，不过数日，便即释出。肜且惭且恨，竟至呕血不止，临终嘱语诸子道："我蒙国厚恩，奉命出征，不能立功报国，死且怀惭；从前所得赐物，理应一律呈还，汝等能承我志，当自诣军营，效死戎行，聊补我恨！"言讫遂逝。遗恨无穷。长子逢依嘱上簿，具呈遗言。明帝已知肜忠诚，再拟任用，陡闻肜病重身亡，不胜惊悼，因召逢入见，详问乃父病状，悲叹不已，抚恤有加。及肜葬后，次子参遵父遗命，投入奉车都尉窦固营中，随征车师，后文另表。乌桓鲜卑，统慕祭肜威信，有时使人入京，每过肜冢，必拜谒号泣。辽东吏民，因肜前为太守，却寇安边，追怀功德，特为立祠致祭，四时不懈。生虽失荣，死俱含哀，可见得公道尚存，虽死犹生呢？好作后人榜样。

是年秋季，北匈奴复大举入寇，直指云中，太守廉范，督率吏士，出城拒敌。吏见虏众势盛，恐自己兵少难支，乃请范回城保守，移书他郡求援。范微笑道："我自有却敌的方法，何用多忧！"说着，遂令军士安营静守，不准妄战。好在虏兵初至，倒也有意休息，未尝相逼。俄而日暮，范令军士各交缚两炬，三头爇火，环绕营外，好似有千军万马，趋集拢来。虏兵远远望见，总道是汉救兵至，不禁惶骇，正拟待旦退兵，不防汉营中已扬旗鸣鼓，出兵前来。那时不知有多少兵马，还是走为上计，一声哗噪，弃营尽走，却被范驱杀一阵，送脱了几百颗头颅。尚恐汉兵追蹑，狼狈急奔，甚至自相践踏，伤亡至千余人，嗣是不敢再向云中。范字叔度，系杜陵人，世为边郡牧守。独范父客死蜀中，范年十五，闻讣哀恸，往迎父丧。蜀郡太守张穆，为范祖廉丹故吏，厚资赆范，范一无所受。携榇东行，路过葭萌，载船触石，竟致破没，范两手抱柩，随与俱沉。幸由旁人怜范孝义，并力捞救，才得免死。柩亦捞起，舁归安葬。

乃诣都求学，师事博士薛汉，终得成名。既而薛汉连坐楚狱，伏法受诛，楚狱，见前回。故人门生，莫敢过问，惟范收尸殓葬，为有司所奏闻。明帝大怒，召范入责道：“薛汉与楚王同谋，交乱天下，汝不与朝廷同心，反敢收殓罪人，难道不畏王法么？”范叩头道：“臣自知无状，但以为汉等受诛，身已伏辜，尸骸暴露，臣与汉谊属师生，不忍漠视，因此草草收殓，罪当万死！”明帝听着，怒亦少平，因复问道：“卿是否廉颇后人，与前右将军褒、大司马丹，有亲属关系否？”范答说道：“褒系臣曾祖，丹系臣祖考呢？”明帝叹道：“怪不得有此胆量，朕嘉卿知义，权贯卿罪！”范乃叩谢而退。孝义可风，故特详叙。自是义声益著，得举茂才，再迁为云中太守。却故有功，名扬中外，嗣复历任武威武都二郡太守。随俗化导，并有政绩，再调守蜀郡。蜀俗素尚词辩，互讼短长，范每以醇厚相励，禁止告讦。成都民物丰盛，邑宇逼仄，旧制禁民夜作，冀免火灾，百姓更相隐蔽，屡兆焚如。范撤销旧令，但严令储水，火一触发，得水即灭，百姓称便。乃讴歌范德，编成数语云：“廉叔度，来何暮？不禁火，民安作，平生无襦今五裤！”范在蜀数年，坐事免归，居家考终。先是范与洛阳人庆鸿为刎颈交，始终不渝，时人谓前有管管仲。鲍，鲍叔。后有庆廉。庆鸿亦慷慨好义，位至琅琊会稽二郡太守，所至俱有政声，不消絮述。会由益州刺史朱辅，报称白狼王唐菆等，菆音丛。慕化归义，献上歌诗三章，重译以闻。明帝颁下史官，备录歌诗，第一章是“远夷乐德歌”歌云：

大汉是治，与天意合。吏译平端，不从我来。闻风向化，所见奇异。多赐缯布，甘美酒食。昌乐肉飞，屈伸悉备。蛮夷贪薄，无所报嗣。愿主长寿，子孙昌炽！

次章为“远夷慕德歌”歌云：

蛮夷所处，日入之部。慕义向化，归日出主。圣德深恩，与人富厚。冬多霜雪，夏多和雨。寒温时适，部人多有。涉危历险，不远万里。去俗归德，心向慈母。

末章为“远夷怀德歌”歌云：

荒服之外，土地硗确。食肉衣皮，不见盐谷。吏译传风，大汉安乐。携负归仁，触冒险狭。高山岐峻，缘崖磻石。木薄发家，百宿到洛。父子同赐，怀抱匹帛。传告种人，长愿臣仆！

白狼以外，又有槃木等百余部落，俱在西南寨外，素与中国不相往来，至此皆举种称臣，奉献方物。端的是东都昌盛，不让西京。小子有诗咏道：

哀牢内附白狼归，万里蛮荒仰汉威。
读罢夷歌三迭曲，炎刘火德庆重辉。

南夷既已归附，乃更从事西戎，又出了一位大名鼎鼎的英雄，底定前功。欲知此人为谁，待至下回发表。

哀牢为西南夷之一部，龙种之说，实属讹传。彼夷人未知文教，数典忘祖，故诞言以夸示部众耳。《班书》虽援有闻必录之例，但以讹传讹，愈足滋惑。近儒谓中国

无信史，说虽过甚，要亦不能无讥。历代史家，首推迁固，彼且如此，遑论自郐以下乎？祭肜等四路出兵，无功而返，肜竟因此坐罪，呕血致死，论者惜之。廉范独以寡击众，有却敌之大功，而且历任郡守，迭著循声，此正当亟为褒扬，风励后世。较诸梁鸿井春诸人，第知正己，未及正人者，固尤为有关世道也。

第二十八回

使西域班超焚虏　御北寇耿恭拜泉

却说奉车都尉窦固，前与诸将出讨北匈奴，他将俱不得功赏，独固军至天山，斩获颇多，加位特进。固本前大司空窦融从子，父友曾受封显亲侯，友歿固嗣，又曾尚涅阳公主，显荣无比。明帝因他旧住河西，熟悉边情，所以委令北伐。及天山战胜，功出人上，复有诏令耿秉诸将，并受固节度。固得有专阃权，遂欲踵行汉武故策，招抚西域，截断匈奴右臂，用夷制夷。当下派使西行，特选出一个智勇深沉的属吏，令与从事郭恂，同往西域。这人为谁？乃是故文吏班彪少子超。彪擅长文辞，官至望都长而终。长子固，字孟坚，九岁即能属文，及年已成人，博通书籍，所有九流百家诸言，无不穷究。明帝召诣校书部，使为兰台令史，撰述史传。有弟名超，字仲升，少有大志，不修细节。当兄固应诏时，自与母随入都中，至官署中充作书佣，终日劳苦，所得寥寥，尝投笔愤慨道："大丈夫无他志略，尚当效傅介子张骞，立功异域，博取侯封！怎能郁郁久事笔墨间呢？"傅张立功，并见《前汉演义》。左右听了，都不禁暗笑，超奋然道："小子怎知壮士志，奈何笑人？"男儿当自强。既而与相士叙谈，问及将来穷达，相士道："今日一布衣，他日当封侯万里！"超笑问原因，相士指超面道："君燕颔虎颈，飞行食肉，这就是万里侯相呢！"未几果得朝廷特诏，令超与兄固同官，亦得拜兰台令史。就职年余，又复因事免官，独窦固器重超才，殷勤款接，及出握兵符，遂调超为假司马。前次追虏至伊吾庐城，超尝执戈前驱，得胜回营，事见前回。至此与郭恂同使西域，奉令即行。

自光武帝修文偃武，不愿用兵，西域一带，由他自主。因此车师鄯善等国，又去依附匈奴。见二十一回。莎车王贤，恃强用兵，并吞于置大宛诸国，使部将君得率兵监守。于置遣将休莫霸，收合余众，攻杀君得，自立为王。莎车王贤，当即大愤，督领诸国数万人，往攻休莫霸。偏又为休莫霸所败，伤亡过半，贤脱身走归。休莫霸进围莎车，身中流矢，方才退兵，途次陨命。国相苏榆勒等，共立休莫霸兄子广德为王。时龟兹王则罗，为国人所杀，则罗本莎车王贤少子，国人既敢杀死则罗，当然不服莎车，龟兹为莎车所并，亦见二十三回。又恐莎车往攻，索性联属匈奴，先击莎车。两下里争战不休，互有杀伤。于置王广德，正好乘他疲乏，使弟仁督兵万人，直逼莎车城下。莎车王贤连被兵革，不堪再增一敌，没奈何遣使出城，至广德营中请和，愿将己女配与广德。广德踌躇半晌，方才允诺。待贤将女送交，便一拥而去。好容易过了一年，莎车城外，复来了于置兵马，差不多有三四万人。莎车王贤登城俯眺，遥见广德押住阵后，跨马扬鞭，指挥如意，乃高声呼语道："汝为我女夫，无端兴兵相犯，究欲何为？"

广德答说道："正因王为我妇翁，久不相见，所以前来问候！今愿请王出城结盟，再修前好。"贤听了此言，又似广德无意构衅，但既欲修盟，为何带来许多人马？当下狐疑不决，因向国相且运商议。且运忙说道："广德为大王女婿，谊关至戚，何妨出见？”贤遂释去疑团，坦然出城。广德跃马相迎，彼此问答，未及数语，忽由广德一声暗号，突出壮士数十名，拥至莎车王贤马前，把贤拖落马下，捆绑起来。贤尚想且运出救，哪知且运正私召广德，叫他前来捉贤，一见广德得手，便大开城门，纳入于置兵马，趁势将贤妻子，一并拿下。当即由广德留下将士，与且运同守莎车，自押贤等归国，未几竟将贤杀死。大约是妆奁未足，故将头颅赔送。匈奴闻莎车被灭，恐广德乘此强盛，将为己害，乃征发龟兹焉耆尉黎等国骑兵，得三万人，统以五将，合围于置。广德料不能敌，遣使乞降，并出长子为质，每岁贡给罽絮等物。匈奴乃退，另立莎车王贤子齐黎为莎车王，广德心惮匈奴，未敢与争。惟西域诸国，要算广德最强，次为鄯善国王。鄯善自服属匈奴后，国内无事。见二十一回。

嗣王广休养生息，势亦日昌，班超与郭恂等先到鄯善，国王广却殷勤款待，礼意甚周。越数日忽渐疏懈，超密语吏属道：“诸君可知鄯善薄待么？我想鄯善王广，必因有北虏使来，未识所从，故礼不如前，智士能明几知微，况已情迹昭著呢？”道言甫毕，适有鄯善役使，来饷酒食，超故意问道：“匈奴使来已数日，今在何处？”鄯善本讳莫如深，不意被超一口道破，还道超已有所闻，只好和盘说出。超将役使留住，闭门不放，潜集吏士三十余人，与共饮酒，酒至半酣，蹙然语众道：“卿等与我共来绝域，本欲建立大功，邀取富贵，今虏使才到数日，国王广礼意浸衰，倘彼见我吏属寥寥，出兵拘拿，械送匈奴，恐我等骸骨，徒为豺狼所食，奈何！奈何！”吏士闻言，俱愁眉相答道：“事已如此，只得甘苦同尝，死生愿从司马！”遣将不如激将。超奋起道：“不入虎穴，怎得虎子？为今日计，惟有乘着昏夜，火攻虏使，彼不知我等多少，定然惊骇，我若得将虏使击毙，鄯善自然胆落，功成名立，在此一举了！”大众听着，又觉得危疑起来，半晌才说道：“请与郭从事熟商！”超瞋目道：“吉凶决在今夜，郭从事系文俗吏，闻此必恐！一或谋泄，反致速死，如何算得壮士呢？”仍是激将。众见超面带怒容，未免慑服，乃愿从超计。超即命吏士整束停当，待至夜半，率众三十余人，径奔匈奴使营。可巧北风大起，吹彻毛骨，众且前且却，尚有惧容，超与语道：“这正是天助成功，尽可放胆前行，无庸顾虑！”说着，遂令十人持鼓，绕出虏帐后面，且密嘱道：“如见有火光，即当鸣鼓大呼，万勿失约！”十人领命去讫。又使二十人各持箭械，趋至虏帐，夹门埋伏。超自率数骑，顺风纵火，前后鼓噪声同时响应，虏使从梦中惊醒，走投无路，仆从越加惶怖，顿致大乱。超首先突入虏营，格毙三人，吏士一拥齐上，竟将虏使击毙，并杀虏使随兵三十余人，一面纵火焚营，把虏众百余名，一齐烧死。时已天明，超率众返告郭恂，恂方得闻知，不禁大骇。真是饭桶。既而俯首沉吟，超已知恂意，举手与语道：“从事虽未同行，但休戚与共，超亦岂欲独擅己功？”恂乃心喜，面有欢容。因人成事，还想分功。超即召鄯善王广，取示虏使首级，广吓得面色如土，再经超宣汉威德，叫他从今以后，勿得再与北虏交通，否则虏首可作榜样，幸毋后悔！广连忙伏地叩头，唯唯听命，遂纳子为质，随超还报。窦固大喜，且陈超功，并请选使再抚西域。明帝览奏，欣然说道：“智勇如超，何不再遣，还要派什么别人？”当下拜超为军司马，令他续成前功。窦固奉命，因复遣超西往于置，并欲拨兵为助。超答说道：“于置国大路遥，就使带兵数百，亦不足济事，多反为累，超但将前时从行三十六人，往彼宣抚，相机处置，便已敷用了。”言毕遂行。

好多日才抵于置，于置王广德，雄视西域，虽尝接见超等，却是傲然自若，不甚敬礼，且召巫入问向背。巫假意祷神，费了许多做作，方张目说道：“神有怒意，谓于置王何故竟欲向汉？汉使有騧马骑来，可取以祠我！”广德素来迷信，即使人向超求马。超已侦得巫言，谓须巫亲自来取，巫竟如言趋至，超不与多言，突拔佩刀劈巫，砉然一声，巫首落地，有胆有识。便持了巫首，进示广德，且将前时制服鄯善情形，当面陈述，令广德自择进止。广德惊出意外，派人调查鄯善，果有虏使被杀、遣子入质等情，乃亦决计附汉，不属匈奴。匈奴本有将吏留守于置，监护广德，广德即暗地发兵，攻杀匈奴将吏，携首献超。超随身带有金帛，当即出赠广德，与广德以下诸官属。夷人素性贪利，得了馈遗，自然额手相庆，愿听约束。于置鄯善为西域望国，两国既已归汉，余国多半听从，依次遣子入侍。西域与汉绝交，已有六十五年，至此乃复与汉往来，奉汉正朔。独龟兹王建，为匈奴所立，未从汉命，并据有天山北道，攻杀疏勒王，另使龟兹贵人兜题，为疏勒主。疏勒在于置西北，超意欲袭取，就从间道入疏勒境，先遣从吏田虑，往抚兜题，拨吏士十余人随往，临行嘱虑道：“兜题非疏勒种，国人必不用命，卿前去招抚，若彼不即降，可乘虚执取，切勿有误！”虑也有干略，应声即往。到了兜题所居的槃槖城，报名进见，兜题却无降意，语多含糊。虑见他卫卒寥寥，即回引从士，抢步上前，立将兜题拖下，用绳捆住。兜题左右，不过数人，没一个前护兜题，统去躲闪一旁。虑得将兜题牵出，飞驰白超。超亟往疏勒，尽招该国将吏，慷慨与语道：“龟兹无道，横行劫杀，汝等正当为故主报仇，奈何降虏？”国人答以力不从心，只好缓图。超又说道：“我乃大汉使臣，来抚汝国，汝能从我号令，何患狡虏？现在故主有无遗裔，应该迎立为王！”国人答言故主无子，只有兄子榆勒尚存。超即命迎入，使王疏勒，更名为忠，国人大悦。当下牵入兜题，遍问大众道：“此人可杀否？”众齐称可杀，超却喟然道：“杀一庸夫，有何益处？不如把他放还，使龟兹知大汉威德，不在多诛。”众又相率赞成。超乃命将兜题释缚，叫他归告龟兹王，速即降汉。兜题幸得免死，诺诺连声，拜谢而去。此等人，原不值污刀。超既抚定疏勒，遣人往报窦固。固正奉诏出师，往讨车师，因檄超暂留疏勒，不必遽归，自与驸马都尉耿秉，骑都尉刘张，领兵出敦煌，越塞至蒲类海，击破白山虏兵，直入车师。车师向分前后二庭，前王居交河城，后王居务涂谷，相去约数百里，从前尝附属西汉，汉衰乃转归匈奴。窦固入车师境，因虑后王道远，山路崎岖，不如就近攻击前王。独耿秉谓车师前王，乃后王安得子，若先攻后王，并力取胜，那时前王自服，不待劳师。固沉吟未决，秉奋身起座道：“秉愿前行！”说着，即出营上马，挥兵北进，众军不得已随行。至务涂谷相近，攻破虏垒，斩首数千级，后王安得大恐，慌忙出门迎秉，脱帽长跪，抱秉马足，俯首乞降。秉引与见固。固令安得招降前王，前王当然听命。车师全定，乃奏请复置西域都护，分设戊己校尉。当下简选陈睦为都护，司马耿恭为戊校尉，留屯车师后王部金蒲城，谒者关宠为己校尉，留屯前王部柳中城。固班师入塞，静候朝命，朝旨令他罢兵还京，固不敢违慢，自然南归。

未几已是永平十八年仲春，北匈奴闻汉兵已归，便遣左鹿蠡王率二万骑兵，往攻车师后庭。车师后王安得，本来庸弱，不能抵拒，当即飞使至金蒲城，向耿恭处乞援。恭部下不过二三千人，未便多出，但令司马领兵三百，往救安得。看官试想，三百人如何济事？一至务涂谷旁，不值虏军一扫。匈奴兵杀尽汉兵，气焰愈盛，立即捣入务涂谷，乱斫乱杀，可怜车师后王安得，也被剁死乱军中。虏骑乘胜长驱，进薄金蒲城，耿恭乘城搏战，预用毒药涂上箭镞，待至虏骑蚁附即令吏士四射，且射且呼道："汉家箭有神助，若被射着，必有奇变！"虏骑不免中矢，顾视创痕，果皆沸裂，于是人人皆惊。凑巧天起狂风，继以暴雨，恭军正在上风，顺势逆击，杀伤甚众。匈奴兵益疑恭为神，相顾错愕道："汉兵深得神佑，我等枉送性命，不如罢休！"乃相率引去。恭料匈奴必再窥西域，乃巡视疏勒城旁，此非疏勒国城。见有涧水可固，因即引兵据住。到了春去夏来，虏骑果复大至，来攻疏勒城。恭悬赏募士，得壮夫数千名，前驱陷阵，自率兵吏随后继进，击破虏骑，杀获颇多。虏尚未肯弃去，屯驻城下，堵住涧水，不使流入城中。恭回城拒夺，因军士无从得水，也觉焦灼，急命在城中阱井，掘地深十五丈，不得涓滴，害得全军皆渴，不得已压笮马粪，取汁为饮。恭仰天长叹道："我闻从前李贰师，即李广利。尝拔佩刀刺山，涌出飞泉，今汉德重昌，岂无神明默佑？我当虔诚祷祝便了！"遂整肃衣冠，向井再拜，且拜且祝，约阅片时，竟有泉水奔出，滔滔不绝，大众皆称万岁。是即至诚格天。恭令吏士暂且勿饮，运水上城，和泥涂补，并沃水示虏，虏兵诧异道："汉校尉真是神灵，何可再犯？"一声喧哗，万骑齐遁。恭也不去追赶，缮城自固罢了。

且说明帝在位，已阅一十八年，皇子炟为马后所爱，已早立为太子，年已二九。此外尚有八子，俱系后宫妃嫔所出，长名建，封千乘王，幼年殇逝；次名羡，封广平王；又次名恭，封钜鹿王；又次名党，封乐成王；又次名衍，封下邳王；又次名畅，封汝南王；又次名恭，封常山王；最幼名长，封济阴王。诸王年皆童稚，均留居京师，未曾就国。明帝尝亲定封域，每国不过数县，比诸兄弟所封，才得一半。马皇后进言道："诸子只食采数县，得毋太嫌减损么？"明帝答道："我子岂宜与先帝子相同？但得岁入二千万，供彼衣食，已不为不足了。"意在言外，非徒俭约而已。当时司空伏恭，已经罢职，改任大司农牟融为司空。司徒邢穆，接续虞延后任，回应二十五、二十六回。就职两年，适值淮阳王延，骄恣无度，延系明帝异母弟，为废后郭氏所出，已见前文。有人上书劾延，说他与姬兄谢弇，及姊婿韩光，招致奸猾，造作图谶，尝有祷禳咒诅等情。事下案验，连邢穆也受嫌疑，下狱论死，弇与光并皆伏法，惟延得因亲减罪，徙封阜陵，止食二县。另用大司农王敏为司徒。未几敏又病殁，召汝南太守鲍昱入都，擢为司徒。昱即故司隶鲍宣孙，前鲁郡太守鲍永子。宣娶桓少君为妻，鹿车回里，善修妇道，时人称为桓鲍，与梁孟齐名。鲍梁鸿孟光见前回。永与昱先后出仕，桓少君尚福寿康宁，昱尝从容进问道："太夫人可忆挽鹿车时否？"少君应声道："先姑有言，存不忘亡，安不忘危，我怎敢相忘呢？"可巧鲍宣女，亦一贤妇。既而少君寿终，永丁忧回籍，服阕复入任司隶校尉，守法不阿，权戚敛手，终因抗直忤旨，出为东海相，病终任所。昱初为高都长，诛暴安良，再迁为司隶校尉，奉法守正，有祖父风。三世为司隶校尉，却是难得。旋出为汝南太守，筑陂捍田，政绩卓著。及代王敏为司徒，明帝特赐他钱帛什器，彰奖功能，昱子德亦得除为郎官，可见得善人遗泽，数世不衰。鲍宣虽然枉死，子孙终得显官，扬名后世，乃祖有知，也应含笑。就是桓少君的四德三从，从此亦扬徽彤管，并美留芳。小子有诗赞道：

修德由来获报隆，蝉联三代振家风。
须眉巾帼同千古，挽鹿齐心贯始终。

鲍昱得列三公，甫经年余，国内忽遭大丧，乃是明帝驾崩，事须详表，试看下回自知。

西汉有张骞，东汉有班超，皆一时人杰，不可多得。吾谓超之功尤出骞上，骞第以厚赂结外夷，虽足断匈奴右臂，而浪糜金帛，重耗中华，虽曰有功，过亦甚矣。超但挈吏士三十六人，探身虎穴，焚杀虏使，已见胆力；厥后执兜题，定疏勒，指挥任意，制敌如神，而于中夏才力，并不妄费，此非有大过人之才智，宁能及此？耿恭以孤军屯万里外，两却匈奴，始以药矢吓虏，具征谋略，继以拜井得泉，更见精诚，守边如恭，何需长城为哉？惜乎陈睦关宠，皆不恭若，车师将定而仍未定，此古人之所以闻鼙思将也。

第二十九回

拔重围迎还校尉　抑外戚曲诲嗣皇

却说永平十八年秋月，明帝患病不起，在东宫前殿告崩，享年四十八岁。遗诏无起寝庙，但在光烈皇后更衣别室，庋藏神主。光烈皇后，即阴皇后，见二十五回。前时所筑寿陵，椁广一丈二尺，长一丈五尺，不得逾限，万年后只许扫地为祭，四时设奠，如有违命，当以擅议庙制加罪。故宫廷遵照遗言，未敢加饰。在位十八年，谨守建武制度，不稍逾越。外戚不得封侯干政，馆陶公主系明帝女弟，为子求郎，明帝不许，惟赐钱千万，并语群臣道："郎官上应列宿，出宰百里，一或失人，民皆受殃，所以不便妄授呢！"群臣齐称帝德，百姓亦安居乐业，共庆承平。不过明帝好尚刑名，察察为治，所有楚王英及淮阳王延狱案，牵累多人，未免冤滥。至如求书天竺，也觉多事，反启邪说诬民的流弊，这也是美中不足，隐留遗憾哩！抑扬悉当。话休叙烦，且说太子炟已将冠，即日嗣位，是为章帝。奉葬先帝于显节陵，庙号显宗，谥曰孝明皇帝，尊马皇后为皇太后。迁太尉赵熹为太傅；司空牟融为太尉，并录尚书事；进蜀郡太守第五伦为司空。伦履历已见前文，在蜀郡时，政简刑清，为各郡最，故章帝擢自疏远，俾列三公。忽由西域迭传警报，乃是焉耆龟兹二国，连结北匈奴，攻没都护陈睦。北匈奴亦出兵柳中城，围攻汉校尉关宠。朝廷方有大丧，未遑发兵救急。车师亦为北匈奴所诱，叛汉附虏，与匈奴兵共攻疏勒城。校尉耿恭，督励军士，登陴拒守，好几月不得解围，储粟已空，没奈何煮铠及弩，取食筋革。恭与士卒推诚相与，誓无贰志，所以众虽饥疲，仍然死守。北单于知恭已困，必欲生降，因遣使招恭道："如肯降我，当封为白屋王，妻以爱女！"恭佯为许诺，诱使登城，用手格毙，焚磔城上。北单于大怒，更益兵围恭；恭再接再厉，坚守如故，一面遣使求援。柳中城亦危急万分，再三乞救。有诏令公卿会议，司空第五伦谓嗣君初立，国事未定，不宜劳师远征。似是而非。独司徒鲍昱进议道："今使人置身危地，急即相弃，外增寇焰，内丧忠臣，岂非大失？若使权时制宜，后来得无边事，尚可自解；倘匈奴藐视朝廷，入塞为寇，陛下将如何使将？望彼效忠？况两部兵只有数千，匈奴连兵围攻，尚历旬不下，可见他兵力有限，不难击走。今诚使酒泉敦煌二太守，各率精骑二千人，多张旗帜，倍道兼行，出赴急难，臣料匈奴疲敝，必不敢当，大约四十日间，便可还军入塞了！"章帝依议，乃使征西将军耿秉，出屯酒泉，行太守事；即令酒泉太守段彭，与谒者王蒙皇甫提，调发张掖酒泉敦煌三郡人马，及鄯善骑士，共得七千余人，星夜赴援，终因道途辽远，未能遽至。时已改岁，下诏以建初纪元。适值京师及兖豫徐三州，连月不雨，酿成旱灾，章帝令发仓赈给，且下咨消灾弭患的方法。校书郎杨终上疏，略谓近时北征匈奴，西开三十六国，百姓频年服役，转输烦费，怨苦所积，郁为戾气，请陛下速行罢兵，方足化戾成祥云云。司空第五伦，亦赞同终议，独太尉牟融，与司徒鲍昱，上言征伐匈奴，屯戍西域，乃是先帝遗政，并非创行，古人有言，三年无改，方得为孝，陛下不必因此加疑，但当勤修内政，自可回天。昱又专名上书，谓臣前为汝南太守，典治楚狱，即楚王英事。逮系至千余人，或死或徙，窃念大狱一起，冤累过半，且被徙诸徒，骨肉分离，孤魂不祀，更为可悯；今宜一切赦归，蠲除锢禁，能使死生得所，当必上迓休祥！章帝乃诏令楚案连坐，及淮阳事牵累，流戍远方，尽可回里，共计得四百余家，相率称颂。会接酒泉太守段彭捷书，报称进击车师，攻交河城，斩首三千八百级，获生口三千余人，北匈奴骇退，车师复降。章帝阅毕，当然心慰，不再发兵，但交河城与柳中相近，同在车师前庭。段彭等所得胜仗，只能救出关宠，未遑顾及耿恭。适值关宠积劳病殁，谒者王蒙等，欲引兵东归，独耿恭军吏范羌，时在军中，固请迎恭同还。诸将不敢前进，惟给范羌兵二千人，从山北绕行。途次遇着大雪，平地约高丈许，还亏羌不辞艰险，登山过岭，吃尽辛苦，方得到疏勒城。城中夜闻兵马声，疑是虏骑凭陵，登城俯瞰，互相惊哗。范羌忙遥呼道："我就是范羌，汉廷遣我来迎校尉哩！"

城上闻言，始欢呼万岁，开门出迎，相持涕泣。越宿恭与俱归，只挈亲吏二十六人，出疏勒城，余众任他逃生。恭行未里许，后面尘头大起，虏骑陆续追至，当由恭率范羌等，且战且走，经过许多危险，才生入玉门关。亲吏已死了一半，只余一十三人，统是衣履穿决，困顿不堪。中郎将郑众守关，乃为恭等具汤沐浴，并出衣冠相赠，一面上疏奏陈恭功略云：

耿恭以单兵固守孤城，当匈奴之冲，对数万之众，连月逾年，心力困尽，凿山为井，煮弩为粮，出于万死，无一生之望；前后杀伤丑虏，数千百计，卒全忠勇，不为大汉耻。恭之节义，古今未有，宜蒙显爵，以厉将帅，不胜幸甚。

章帝得奏，尚未答复，恭已驰入洛阳，司徒鲍昱，复奏恭节过苏武，应加爵赏。乃拜恭为骑都尉，恭司马石修，为洛阳市丞，张封为雍营司马，范羌为共丞，余九人皆补授羽林军将。赏亦太薄。恭母先殁，恭追行丧制，有诏使五官中郎将马严，赍赐牛酒，劝令释服，夺情就职。恭既退闲，奈何不许追服？寻复迁恭为长水校尉，恭只得受命，莅任去讫。章帝不欲再事西域，诏罢戊己校尉，及都护官，召还班超。超尚寓居疏勒国，奉诏将归，疏勒国全体惊惶，不知所措。都尉黎弇流涕道："汉使弃我，我必复为龟兹所灭，与其后日死亡，不如今日魂随汉使，送与东归！"说罢，即引刀自刎。超虽然悲叹，究因皇命在身，未敢迟留，便启行至于置国。国中王侯以下，闻知超越境东归，并皆号泣，各抱超马脚，相持不舍。超大为感动，留抚于置，越旬日复至疏勒。疏勒两城，已投降龟兹，与尉头国连兵背汉。超率吏士斩捕叛徒，击破尉头，疏勒始得复安。于是拜本陈状，仍请留屯西域，章帝才收回前命，准超后议，事且慢表。且说马太后平素谦抑，从未举母家私事，有所干请，就是兄弟马廖马防马光，虽得通籍为官，终明帝世未尝超迁，廖止为虎贲中郎，防与光止为黄门郎。及章帝嗣位，即迁廖为卫尉，防为中郎将，光为越骑校尉。廖等倾身交结，冠盖诸徒，争相趋附。司空第五伦恐后族过盛，将为国患，因抗疏上奏道：

臣闻忠不隐讳，直不避害，不胜愚狷，昧死自表。《书》曰："臣无作威作福，其害于而家，凶于而国。"《传》曰："大夫无境外之交，束脩之馈。"近代光烈皇后，虽友爱天至，而卒使阴就归国，徙废阴兴宾客。其后梁窦之家，互有非法，明帝即位，竟多诛之。自是洛中无复权戚，书记请托，一皆断绝。又谕诸戚曰："苦身待士，不如为国，戴盆望天，事不两施。"臣常刻著五脏，书诸绅带。而今之议者，复以马氏为言。窃闻卫尉廖以布三千匹，城门校尉防以钱三百万，私赡三辅衣冠，知与不知，莫不毕给。又闻腊日亦遗其在雒中者钱各五千。越骑校尉光，腊日用羊三百头，米四百斛，肉五千斤。臣愚以为不应经义，惶恐，不敢不以闻。陛下情欲厚之，亦宜有以安之！臣今言此，诚欲上忠陛下，下全后家，伏冀裁察。

疏入不报，且欲加给诸舅封爵，独马太后不从。建初二年四月，久旱不雨，一班谄附权戚的臣工，且奏称不封外戚，致有此变；未知他从何处说起。有司请援照旧典，分封诸舅。章帝即欲依议，马太后仍坚持不许，且颁敕晓谕道：

凡言事者，皆欲媚朕以邀福耳！一语道着。昔王氏五侯，同日俱封，黄雾四塞，不闻澍雨之应。见《前汉演义》。夫外戚贵盛，鲜不倾覆，故先帝防慎舅氏，不令在枢机之位，又言我子不当与先帝子等，今有司奈何欲以马氏比阴氏乎？且阴卫尉即阴兴，系阴后兄弟。天下称之，省中御者至门，未尝不衣冠相见，此蘧伯玉之敬也！伯玉，春秋时卫人。新阳侯指阴兴弟就，曾封新阳侯。虽刚强，微失理法，然有方略，据地谈论，一朝无双。原鹿贞侯，指阴兴兄识，曾封原鹿侯，殁谥曰贞。勇猛诚信。此三人者，天下选臣，岂可及哉？是马氏不逮阴氏远矣！吾不才，夙夜累思，常恐亏先后之法，有毛发之罪，故不惮屡言，而亲属尤犯之不止，治丧起坟，又不时觉，是吾言之不立，而耳目为之塞也！吾为天下母，而身服大练，食不求甘，左右但着帛布，无香熏之饰者，欲以身率下也！以为外亲见之，当伤心自敕，但笑言太后素好俭耳。前过濯龙门上，见外家问起居者，车如流水，马如游龙，苍头衣绿褠，领袖正白，顾视御者，不及远矣。故不加谴怒，但绝岁用而已，冀以默愧其心，而犹懈怠，无忧国忘家之虑。知臣莫若君，况亲属乎？吾岂可上负先帝之旨，下亏先人之德，重袭西京败亡之祸哉？特此布诏以闻。

这诏传出，群臣自不敢复言。惟章帝览着，不胜感叹，再向太后面请道："汉兴以后，舅氏封侯，与诸子封王相同，太后原谦德虚衷，奈何令臣独不加恩三舅呢？且卫尉年高，两校尉常有疾病，如或不讳，使臣遗恨无穷，今宜及时册封，不可稽留！"马太后抚然道："我岂必欲示谦，使帝恩不及外戚？但反复思念，实属不应加封。从前窦太后欲封王皇后兄，窦太后，即文帝后，王皇后，即景帝后。丞相周亚夫，上言高祖旧约，无军功不侯；今马氏无功国家，怎得与阴郭两后，佐汉中兴，互相比拟？试看富家贵族，禄位重迭，譬如木再结实，根必受伤，决难持久。况士大夫私望侯封，无非为上奉祭祀，下图温饱起见。今祭祀已受大官赐给，衣食更叨御府余资，如此尚嫌不足，还想更得一县，岂非过贪？我已深思熟虑，决勿加封，幸毋多疑！从来人子尽孝，安亲为上；今屡遭变异，谷价数倍，正当日夕忧惶，不安坐卧，奈何先营外封，必欲违反慈母苦衷？我素性刚急，有胸中气，不可不顺！待至阴阳调和，边境清静，然后再行汝志，也不为迟，我庶可含饴弄孙，不再预闻政事了！"义正词严，不意宫廷中有此贤母。章帝听了，只好俯首受教，唯唯而退。马太后又手诏三辅，凡马氏姻亲，如有嘱托郡县，干乱吏治，令有司依法奏闻。太后母蔺氏丧葬，筑坟微高，太后即传语弟兄，立命减削。

外亲有义行上闻，辄温言奖勉，赏给禄位；否则召入加责，不假词色。倘或车服华美，不守法度，即斥归田里，杜绝属籍。于是内外从化，被服如一，诸戚震恐，不敢逾僭。又在濯龙园中，左置织室，右设蚕房，分派宫人学习蚕织；太后尝亲去监视，饬修女工。又与章帝晨夕相叙，谈论政事，并教授小王《论语》经书，雍容肃穆，始终不怠。备录后德，可作彤史之助。

至建初三年，册立贵人窦氏为皇后。后为故大司徒窦融曾孙女，祖名穆，父名勋，并骄诞不法，坐罪免官。融年近八十乃殁，赐谥戴侯，赙赠甚厚；独因子孙不肖，尝令谒者监护窦家。嗣由谒者劾穆父子，居家怨望，乃勒令窦氏家属，各归扶风原籍。惟勋曾尚东海王强女沘阳公主，许得留住京师。偏穆又赂遗郡吏，乱法下狱，与子宣俱死，勋亦坐诛。惟勋弟嘉颇尚修饰，从未违法，乃授爵安丰侯，使奉融祀。勋遗有二女，貌皆丽姝。女母鞮阳公主，常忧家属衰废，屡次召问相士，详叩二女吉凶。相士见了长女，俱言后当大贵。女年六岁，即能为书，家人皆以为奇。至建初二年，二女并选入后宫，风鬟雾鬓，丰姿嫣然，并且举止幽娴，不同凡艳。家虽中落，尚不脱大家风度。章帝已闻女有才色，屡问傅母，及得见芳容，果然倾城倾国，美丽无双。当下引见太后，太后亦不禁称赏，另眼相看。时宫中已有宋梁诸贵人，为章帝所宠爱；至二窦女入宫后，压倒群芳，居然夺宠。长女性尤敏慧，倾心承接，不但能曲承帝意，直使宫廷上下，莫不想望丰采，相率称扬。次年三月，竟得立为皇后，女弟亦受封贵人。可惜两女虽有美色，却未宜男，入宫承宠，倏已两年有余，不得一子。惟宋贵人已有一男，取名为庆，章帝急欲立储，乃立庆为皇太子。窦皇后未便阻挠，但心中很是怏怏，免不得从此挟嫌了。貌美者，心多阴毒，试看下文自知。会因烧当羌豪滇吾子迷吾，连结诸种，入寇金城，杀败太守郝崇诏，烧当羌，见二十四回。转寇陇西汉阳，杀掠尤甚。章帝乃命马防为车骑将军，令与长水校尉耿恭，调集兵士三万人，出讨叛羌。司空第五伦谓贵戚不宜典兵，上书谏阻，章帝不从。防即受命专征，大破羌人，斩首虏四千多名，余众或降或溃；惟封养种豪布桥等二万余人，尚屯驻望典谷，负嵎不下。防又与恭进击，复得大胜，布桥亦穷蹙请降。当下露布告捷，奉诏征防还都，留恭剿抚余种。恭复选有斩获，声威远震，所有众羌十三种，约数万人，皆诣恭投诚。先是恭出陇西，曾奏称故安丰侯窦融，前在西州，甚得羌胡腹心，子固复击白山，功冠三军，宜使他镇抚河西；车骑将军马防，不妨屯军汉阳，借示威重。这也是为防划策，免他远劳，哪知防反恨恭荐引他人，夺他权威，因此奉诏还都，即嗾令监营谒者李谭，劾恭不忧军事，被诏怨望。章帝不察真伪，反将有功无罪的耿校尉，严旨催归，遽令下狱；侥幸得免死罪，褫职回里，饮恨而终。汉待功臣，毕竟刻薄。马防竟得逞志，权焰愈张。到了建初四年，海内丰稔，四境清平，有司复请加封诸舅，章帝遂封防为颍阳侯，廖为顺阳侯，光为许侯。马太后未曾豫闻，及封册已下，才得知晓，不由得喟然道："我少壮时，但愿垂名竹帛，志不顾命；今年已垂老，尚谨守古训，戒之在得，所以日夜惕厉，思自降损，居不求安，食不念饱，长期不负先帝，裁抑兄弟，共保久安。偏偏老志不从，令人唏嘘，就使百年以后，也觉得赍恨无穷了！"廖防光等闻太后言，乃上书让邑，愿就关内侯。章帝不许，始勉受侯封，退位就第。是年太后寝疾，不信巫祝小医，戒绝祷祀，未几竟崩，尊谥为明德皇后，合葬显节陵。小子有诗赞道：

俭节高风已足钦，谦尊更见德深沉。
东都母范能常在，国柄何由属妇壬。

明德太后葬后，章帝顾及私恩，加封生母。欲知封典如何，待至下回再表。

耿恭以孤军出屯塞外，部下吏士，不过数千，累撄强虏之口，能战能守，百折不挠，此诚为东汉良将，非人可及。为章帝计，正宜亟选大员，拔恭出围；乃段彭等第救关宠，不救耿恭，微范羌，恭之不遭陷没者仅矣。至郑众鲍昱，相继上请，犹第拜恭为骑都尉，未就侯封；而于马氏私戚，必欲与之爵赏，何其私而忘公，不顾大局耶？马太后谦抑为怀，始终不欲加封兄弟，观其殷勤教诲，语语出自至诚，不第为皇室计，抑亦为母家计。而章帝终违慈训，致贻长恨之叹，甚且信马防之谗间，屈死耿恭，章帝其亦有惭为子、有愧为君矣乎？而明德马后，则固足千古矣！

第三十回

请济师司马献谋　巧架诬牝鸡逞毒

却说章帝生母，本是贾贵人，见二十五回。因为马太后所抚养，故专以马氏为外家，未尝加封生母；就是贾氏亲族，也无一人得受宠荣。至马太后告崩，乃策书加贾贵人赤绶，汉制贵人，但服绿绶，惟诸侯王得用赤绶。安车一驷，宫人二百，御府杂帛二万匹，大司农黄金千斤，钱二千万，安享终身。这也毋庸细说。惟校书郎杨终，上言国家少事，应即讲明经义，近年文士破碎章句，往往毁裂大体，不合圣贤微旨，当仿宣帝博征群儒，讲经石渠阁故事，永为后世模范云云。于是召令诸儒集白虎观中，考订五经，辩论异同，使五官中郎将魏应承制发问，侍中淳于恭应制条奏。章帝亲自临决，汇编白虎议案，辑成一书；后世所传《白虎通》，就是本此。当时有侍中丁鸿，表字孝公，系是颍州郡人，父名綝，曾受封陵阳侯，綝殁后，鸿当袭封，独托称有疾，愿将遗封让弟，朝廷不许。鸿奉父安葬，把缞绖悬挂坟前，私下逃去。行至东海，与友人鲍骏相遇，骏问明行踪，出言相责道："古时伯夷季札，身居乱世，权行己志；今汉室重兴，正当宣力王事，汝但因兄弟私恩，绝父遗业，如何可行？"鸿不禁感动，垂涕叹息，乃还就陵阳。鲍骏复上书荐鸿，具陈经学至行，乃有诏征鸿为侍中，并徙封鲁阳乡侯。及白虎观开门讲经，鸿亦列席，据经论难，陈义最明，诸儒俱自愧不逮，时人因为传扬云："殿中无双丁孝公。"此外尚有少府成封，校尉桓郁，即桓荣子。兰台令史班固，见前。与雍丘人楼望，平陵人贾逵，以及广平王羡，明帝子，见前。并皆得与讲席，著有令名。越年为建初五年，二月朔日食，诏求直言极谏，大略说是：

> 朕新离供养，愆咎众著，上天降异，大变随之，诗不云乎，亦孔之丑；又久旱伤麦，忧心惨切。公卿以下，其举直言极谏，能指朕过失者各一人；遣诣公车，将亲览问焉。其以岩穴为先，勿取浮华！

未几又诏令清理冤狱，虔祷山川，略云：

> 春秋书无麦苗，重之也。去秋雨泽不适，今时复旱，如炎如焚，为备未至。朕之不德，上累三光，震栗忉忉，痛心疾首。前代圣君，博思咨诹，虽降灾咎，辄有开匮反风之应，今予小子徒惨惨而已。其令二千石理冤狱，录轻系，祷五岳四渎及名山，能兴云致雨者，冀蒙不崇朝遍雨天下之报，务加肃敬焉！

到了五月，复下诏云：

> 朕思迟直士，迟读若治，有待望之意。侧席异闻，其先至者各以发愤吐懑，略闻子大夫之志矣；皆欲置于左右，顾问省纳，建武诏书尝曰："尧试臣以职，不直以言语笔札。"直犹但也。今外官名旷，并可以补任，有司其铨叙以闻！

看官览到此诏，可知章帝诏求直士，亦无非虚循故事，非真出自至诚；否则直士征庸，理应置诸左右，常令补过，为什么调补外宫呢？讥评得当。内外臣僚，窥透意旨，待至得雨以后，即由零陵献入芝草，表称祥瑞。既而泉陵地方，又说有八黄龙出现水中。

正在铺张扬厉的时候，太傅赵熹，遽尔病终。司徒鲍昱，已代牟融后任，融于建初四年病殁。进任太尉，另用南阳太守桓虞为司徒。自赵熹病殁逾年，昱复随逝，乃更擢大司农邓彪为太尉。老成迭谢，何足称祥？忽由西域留守军司马班超，拜本入朝，大致在请兵西征，原文录后：

臣窃见先帝欲开西域，故北击匈奴，西使外国，鄯善于置，即时向化，今拘弥莎车疏勒月氏乌孙康居，复愿归附，欲共并力，破灭龟兹，平通汉道。若得龟兹，则西域未服者，百分之一耳。臣伏自念卒伍小吏，荷蒙拔擢，愿从谷吉效命绝域，庶几张骞弃身旷野。谷吉为元帝时人，张骞为武帝时人，俱见《前汉演义》。昔魏绛列国大夫，尚能和辑诸戎；况臣奉大汉之威，而无铅刀一割之用乎？前世议者，皆曰取三十六国，号为断匈奴右臂，今西域诸国，自日之所入，莫不向化，大小欣欣，贡奉不绝，惟焉耆龟兹，独未服从。臣前与官属三十六人，奉使绝域，备遭艰厄，自孤守疏勒，于今五载，胡夷情意，臣颇识之，问其城郭大小，皆言倚汉与依天等。以是观之，则葱岭可通，龟兹可伐。今宜拜龟兹侍子为其国王，系前时入侍者。以步骑数百送之，与诸国连兵进讨，数月之间，龟兹可平。以夷狄攻夷狄，计之善者也。超之得计在此。臣见莎车疏勒，田地肥广，不比敦煌鄯善间也。兵可不费中国，而粮食自足。且姑墨温宿二王，特为龟兹所置，既非其种，更相厌苦，其势必有为我所降者；若二国来降，则龟兹自破。愿下臣章，参考行事，诚有万分，死复何恨？臣超区区，特蒙神灵，窃冀未便僵仆，目见西域平定，陛下举万年之觞，荐勋祖庙，布大喜于天下，则臣超幸甚，国家幸甚！

原来超在疏勒，已与康居于置拘弥三国，合兵万人，击破姑墨石城，斩首七百级，因此欲乘势进兵，荡平西域，所以恳切陈词，亟请济师。章帝也知超非虚言，拟派吏士助超。适有平陵人徐干，与超同志，奋身诣阙，愿往为超助。章帝即令干为假司马，率领弛刑及义从千人，即日西行。弛刑，谓课功赎罪诸徒；义从，谓奋愿从行之士。超日夜待兵，已是望眼欲穿，并因莎车叛附龟兹，疏勒都尉更觉得忧劳顾番辰，亦有异志虑，凑巧干军驰至，遂相偕出击番辰，一鼓破敌，斩首千余级，番辰遁去。超更欲进攻龟兹，自思西域诸国，乌孙颇强，正好借他兵力，与约夹攻。乃奏称乌孙大国，控弦十万，故武帝尝妻以公主，至宣帝时，终得彼力，远逐匈奴；今正可遣使招慰，与其合兵，用夷攻夷，莫如此举。章帝也以为然，方遣使慰谕乌孙。使节未归，流光易逝，倏忽间已是建初七年，正月初吉，沛王辅，济南王康，东平王苍，中山王焉，联翩入朝。章帝先遣谒者出都远候，分给貂裘食物珍果，又使大鸿胪持节郊迎，再由御驾亲视邸第，预设帷床，钱帛器物，无不具备。至四王入都诣阙，赞拜不名，且由章帝起座答礼。礼毕入宫，再用辇迎接四王，至省阁乃下。帝亦兴席改容，欢然叙旧，使皇后出宫亲拜，四王皆鞠躬辞谢，不敢当礼。嗣是款留多日，直至春暮，方许诸王归国。但因东平王苍，老成重望，弁冕天潢，用再手诏挽留。直至仲秋已届，大鸿胪窦固，奏请将苍遣归，才得允许。特给苍手诏云：

骨肉天性，诚不以远近为亲疏，然数见颜色，情重昔时。念王久劳，思得还休，欲署大鸿胪奏，不忍下笔，顾授小黄门，系受诏颁发之官。中心恋恋，恻然不能言。

苍得诏后，入阙谢赐，随即辞行，章帝亲送至都门，流涕叙别，复赐乘舆服御，珍宝钱帛，以亿万计。苍还国遇疾，逾年竟殁，赙赠独隆，派使护丧，且令四姓小侯，及诸国王主，一体会葬，予谥曰宪，子忠袭爵。叙笔特详，无非善善从长之意。总计光武帝十一子，至苍殁后，仅留四人，为沛王辅，济南王康，中山王焉；以外尚有阜陵王延，在明帝时已曾削封，见二十八回。建初中复被人讦发，说他谋为不轨，又贬爵为侯。琅琊王京，时已病逝。后来惟沛王辅最贤，身后留名。济南王康，及中山王焉，屡有过失，还幸章帝顾念亲亲，不忍加罪，才得保全。就是阜陵侯延，亦仍复王爵，安享余年。这也是章帝的厚德。只是夫妇父子间，凶终隙末，终害得不夫不父，有累贤明。说来又有特因，应该约略补叙。章帝已立太子庆，庆母为宋贵人，已见前回。惟宋贵人父名扬，为文帝时功臣宋昌八世孙，原籍平林，扬以恭孝著名，隐居不仕。胞姑为马太后外祖母，马太后闻扬有二女，才艺俱优，因选入东宫，得侍储君。章帝即位，并封二女为贵人，大贵人生庆，立为太子；扬因此入为议郎，赏赐甚厚。尚有前太仆梁松二侄女，亦入宫为贵人，小贵人生皇子肇，这四贵人位置相同，并承恩宠。惟宋大贵人素善侍奉，前时供应长乐宫，即马太后所居之宫。躬执馈馔，为马太后所垂怜，子庆得为储嗣，也是马太后从中主张。惟窦皇后暗怀妒忌，视宋贵人母子，仿佛眼中钉一般。至马太后崩逝，后得恃宠生奸，尝与母沘阳公主，图害宋氏。外令兄弟窦宪窦笃，伺扬过失，内令女侍阉竖，探刺宋贵人动静，专谋架陷。俗语说得好："明枪易躲，暗箭难防。"宋贵人偶然得病，欲求生菟为药饵，菟即药品中菟丝子。特致书母家，嘱令购求；谁料此书被窦后截住，竟将它作为话柄，诬言宋贵人欲作蛊道，借生菟为厌胜术，咒诅宫廷。当下在章帝前，装出一副愁眉泪眼的容态，日夜谮毁宋贵人母子，且言宋贵人必欲为后，情愿将正宫位置，让与了她。曲摹妒妇口吻。章帝正与窦后非常恩爱，怎能不为所惑？遂将宋贵人母子，渐渐生憎，不令相见。窦皇后见章帝中计，辗转图维，想把那太子庆捽去，方好除绝根株，终免祸患。只是自己虽得专宠，终无生育，女弟轮流当夕，也总觉闭塞不通，毫无怀妊消息。这叫作秀而不实。百计求孕，始终无效，不得已求一替代的方法，把那小梁贵人所生的皇子，移取过来，殷勤抚育，视若己生。移花接木，终非良策。一面复阴使掖庭令，诬奏宋贵人通书前情，请加案验。章帝为色所迷，已弄得神昏颠倒，就批准掖庭令奏议，使他钩考。天下事欲加人罪，何患无辞？不但将宋贵人说成大恶，并连那太子庆亦诬作穷凶，一篇复奏。便由章帝下诏，废太子庆为清河王，立子肇为皇太子。诏书有云：

> 皇太子有失惑无常之性，爰自孩乳，至今益彰。恐袭其母凶恶之风，不可以奉宗庙，为天下主。大义灭亲，况降退乎？今废庆为清河王。皇子肇保育皇后，承训襁褓，导达善性，将成其器，盖庶子慈母，尚有终身之恩，岂若嫡后事正义明哉？今以肇为皇太子，使得谨守宗祧，钦哉惟命。

太子既废，复出宋贵人姊妹，锢置丙舍，再依小黄门蔡伦考验。二姊妹当然不肯诬服，偏蔡伦阴承后旨，曲为锻炼，竟说二贵人咒诅属实，请付典刑。当即奉到复诏，移徙二贵人至暴室中。暴室，署名，为宫女疾病时所居。可怜姊妹花自悲命薄，愤不欲生，彼仰药，此服毒，同时毙命。宋扬削职归里。最可恨的是郡县有司，投井下石，更将扬砌入罪案，捕系狱中，还亏扬友人张峻刘均等，替扬奔走解释，方得免罪。扬虽得出狱，悲伤憔悴，当即病亡。清河王庆，年尚幼弱，却能避嫌畏祸，不敢提及宋氏。太子肇本与相亲，晨夕过从，庆越加谦谨，勉博太子欢心。太子肇尝入白章帝，言庆并无恶意，章帝乃嘱皇后抚视，所有一切衣服，令与太子齐等，庆始得幸全。惟梁氏自松得罪后，家属并坐徙九真，松事，见二十五回。大小二梁贵人，系没入掖庭，得承恩宠，小梁贵人幸得一男，进为储君，合家亦蒙赦还，欣然相庆。哪知为诸窦所闻，又恐梁氏得志，急忙转报窦后。窦后本已加防，一闻消息，就再掉动长舌，谗毁梁氏二贵人。并言贵人父竦，潜图不轨，欲为兄松复仇。章帝竟令汉阳太守郑据，捕竦入狱，冤冤枉枉，构成罪名，竦坐是庾死，家属复徙九真。看官试想！这大小二梁贵人，尚能安然无恙么？美人善忧，况经此父死家亡，怎得不五中崩裂，两命同捐，呜呼哀哉。四贵人相继毙命，何若为平民妻，尚得相安！阴贼险狠的窦皇后，陷害了宋梁二家，尚嫌不足，更追恨及明德马太后，纳入大小梁贵人，先得专宠；并且马氏兄弟，均列枢要，也欲趁势除尽，省得夺权；于是与兄弟内外毗连，构陷马氏。马氏已失内援，未知敛抑；马廖颇能自守，但秉性宽缓，不能约束子弟；防与光尝大起第观，食客常数百人，奴婢仆从，不可胜计，积资巨亿，往往购置洛阳美田，防且多牧马畜，赋敛羌胡。不念乃父裹尸时么？为此种种骄盈，已不免惹人讥议，更有窦氏从中媒孽，自然上达九重。章帝不忍惩治，但再三加诫，随时监束。嗣是马氏威权日替，宾客亦衰。廖子豫贻书友人，语多怨诽，适为窦氏私党所闻，上表弹劾，并奏称马防兄弟，奢侈逾僭，浊乱圣化，应悉令免官，徙就封邑。章帝准议。惟因光前遭母丧，哀毁逾恒，比二兄较为尽孝，因特留住京师，助祭先后；不过一切要职，已经褫去，眼见是前盛后衰，远不相符了。天下无不散的筵席。窦后兄宪，得进任虎贲中郎将，弟笃亦迁授黄门侍郎。兄弟亲幸，并侍宫省，一班豪门走狗，朝秦暮楚，又竟至窦氏兄弟门前，奔走伺候，趋承惟谨。窦宪恃势日横，凡王侯贵戚，莫不畏惮。沁水公主明帝女。有园田数顷，颇称肥美，宪强欲购买，但给钱值，公主不敢与较，只好饮泣吞声。此外尚有何人敢与争论？独司空第五伦不甘缄默，上疏陈请道：

臣得以空疏之质，当辅弼之任，素性驽怯，位尊爵重，拘迫大义，思自策励，虽遭百死，不敢择地，又况亲遇危言之世哉？伏见虎贲中郎将窦宪，椒房之亲，典司禁兵，出入省闼，年盛志美，卑谦乐善，此诚其好士交结之方。然诸出入贵戚者，类多瑕衅禁锢之人，尤少守约安贫之节；士大夫无志之徒，更相贩卖，云集其门，众煦飘山，聚蚊成雷，盖骄佚所从生也！三辅议论者至云，以贵戚废锢，当复以贵戚洗濯之，犹解酲当以酒也。诐险趋势之徒，诚不可亲近。臣愚愿陛下中宫，严饬宪等闭门自守，无妄交通士大夫，防其未萌，虑于无形，令宪永保福禄，君臣交欢，无纤介之隙。此臣之所至愿也！臣不胜愚戆，谨此上闻。

章帝得疏，颇为留意，会与窦宪偕出巡幸，路过沁水公主园田，故意指问，急得宪满口支吾，不敢详对，章帝始知传闻是实。及还宫后，召宪严责道："汝擅夺公主园田，可知罪否？朕恐汝如此骄横，与赵高指鹿为马，有何大异？从前永平年间，先帝尝令阴党阴博邓迭三人，互相纠察，故豪戚莫敢犯法；当时诏书切切，犹以舅氏田宅为言。

今贵如公主，尚被枉夺，何况平民？国家弃汝，不啻孤雏腐鼠，有何足惜！汝自想该不该呢？”这数语很是严厉，几把窦宪的魂灵儿，撵往九霄云外，慌忙匍伏磕头，好似捣蒜一般。正在惶急万分，忽听得屏后微动，莲步悠扬，走出一位袅袅婷婷的丽姝，前来解围。好了！好了！救苦救难的观世音来了！正是：

外戚横行终忤主，内言巧啭竟回天。

欲知丽姝为谁，待至下回说明。

用夷攻夷，原攘夷之上策，但亦必才如班超，方足收功，否则平虏不足，启衅有余，几何而不丧师偾事耶！章帝驭将用人，不为无识，至待遇亲族，亦尚有恩。独于朝夕相亲之窦皇后，不能察知情伪，屡受其欺而不觉。始则二宋贵人，死于非命；继则二梁贵人，又复遭诬，并以忧死。同一抱衾与裯之妇女，岂无情谊之相关，乃以色艺之少差，竟使后来居上，坐被谗间，何其薄幸若此？宋氏废，梁氏徙，而马氏亦间接夺权，色之蛊人，顾若是其甚耶？盖自章帝溺爱衽席，开子孙无穷之祸，而后之好色者不知所鉴；无惑乎牝鸡败家，代有所闻也。

第三十一回

诱叛王杯酒施巧计 弹权戚力疾草遗言

却说窦宪被章帝切责，非常震惧，叩首不遑，幸从屏后走出丽姝，冉冉至章帝前，毁服减妆，代为谢罪。这人为谁？便是六宫专宠的窦皇后，外戚窦宪的亲女弟。她闻阿兄遭责，恐致受谴，因即趋出外庭，仗着一副媚容，替兄乞怜，力图解免。章帝见她愁眉半蹙，粉面微皱，一双秋水灵眸，含着两眶珠泪，几乎垂下，就是平时的百啭莺喉，至此也呜咽欲绝，卿真多虑，我见犹怜，不由得把满腔怒意，化作冰消。窦皇后又半折柳腰，似将下跪，当由章帝连呼免礼，轻轻把她扶住；一面令窦宪起来，叫他退去。宪得了这护身符，当然易惧为喜，再行叩谢，然后起身趋出。章帝挈着窦后，返入后宫，不消细述。惟窦宪虽得免罪，却已为章帝所憎嫌，不复再加重任。所以宪在章帝时代，只做了一个虎贲中郎将，未闻迁调，但守着本身职务，旅进旅退罢了。这还是章帝一隙之明。新任雒阳令周纡，持正有威，不畏强御，甫行下车，即召问属吏，使报大族主名。属吏止将闾里豪强，对答数人，纡厉声道："我意在详问贵戚，如马窦两家，子弟若干？照汝所说，统是卖菜佣姓名，何足计较？"属吏闻言，不禁惶恐，才将马窦子弟，约略报了数名。纡又嘱咐道："我只知国法，不顾贵戚，如汝等卖情舞弊，休来见我！"属吏唯唯，咋舌而退。纡乃严申禁令，有犯必惩。贵介子弟，却也不敢犯法，多半敛迹，京师肃清。一夕黄门侍郎窦笃出宫归家，路过止奸亭，亭长霍延，截住车马，定要稽查明白，方许通过。笃随身有仆从数人，倚势作威，不服调查，硬将霍延推开。延拔出佩剑，高声大喝道："我奉雒阳令手谕，无论皇亲国戚，夜间经过此亭，必须查究。汝系何人？敢来撒野！"也是个硬头子。窦氏仆从哪里肯让，还要与他争论，笃亦不免气忿，在车中大叫道："我是黄门侍郎窦笃，从宫中乞假归来，究竟可通过此亭否？"亭长听了，才将剑收纳鞘中，让他过去。笃心尚不甘，再加仆从怂恿，即于次日入宫，劾奏周纡纵吏横行，辱骂臣家。章帝明知笃言非实，但为了皇后情面，不能不下诏收纡，送入诏狱。纡在廷尉前对簿，理直气壮，仍不少挠，廷尉也弄得没法，只好据实奏陈。章帝竟批令释放，暂免雒阳令官职，未几又擢任御史中丞。可见章帝原有特识，不过曲为调停，从权黜陟，此中也自有苦衷呢！若抑若扬，措词甚妙。

建初八年，乌孙国遣使入朝，乞请修好，就是招谕乌孙的汉使，也同与东归。回应前回。章帝甚喜，即授超为将兵长史，特赐鼓吹幢麾；并擢徐干为军司马，别遣卫侯李邑，护送乌孙使人返国，且赐乌孙大小昆弥等锦帛。大小昆弥，系乌孙国王名，详见《前汉演义》。李邑方到于置，闻得龟兹将攻疏勒，恐道途中梗，不敢前行，反上书奏称西域难平，长史班超，拥娇妻，抱爱子，安乐外国，无内顾心，所有先后奏请，均不可从等语。事为班超所闻，不禁长叹道："身非曾参，乃蒙三至谗言，恐不免见疑当世了！"曾参事，见《战国策》。当下将妻斥去，上书沥陈苦衷。章帝知超忠诚，因传诏责邑道："超果拥妻抱子，属下千余人，岂不思归，怎能尽与同心？汝但当受超节度，就商行止，不必妄言！"又复书谕超，谓邑若至卿处，可留与从事。邑无奈诣超，超不露声色，另派干吏与乌孙使臣，同至乌孙，劝乌孙王遣子入侍。乌孙王惟命是从，即出侍子一人，送至超处。超令李邑监护乌孙侍子，偕往京师。军司马徐干语超道："邑前曾毁公，欲败公功，今何不依诏留邑，另遣他吏入京，护送乌孙侍子？"超微笑道："我正为邑有谗言，留彼无益，所以令他回京，且内省不疚，何恤人言？如必留邑在此，称快一时，如何算得忠臣呢？"及邑返京后，却也不敢再毁班超。章帝因乌孙内附，侍子入朝，益信超言非虚。越年改号元和，特遣假司马和恭等，率兵八百，西行助超。超既得增兵，复征发疏勒于置人马，共击莎车。莎车闻超出兵，特想出一法，阴使人赍着重赂，往饵疏勒王忠，叫他联合莎车，背叛班超。此计却是厉害。疏勒王忠果为所愚，竟将重赂收受，与超反对，出保乌即城。超猝遭此变，忙立疏勒府丞成大为王，召回出发兵士，假道攻忠。乌即城本来险阻，不易攻入，超军围城数月，竟未攻下。忠复向康居乞援，康居出兵万人，往救乌即城，累得起进退彷徨，愈难为力。于是分头侦察，探得康居国与月氏联姻，往来甚密，乃亟派吏多赍锦帛，往馈月氏王，托使转告康居，毋为忠援。月氏王也是好利，当即允许，立将超意转达，财可通神，莫怪夷狄。康居顾全亲谊，还管什么疏勒王忠？一道密令，转至乌即城中，反使部众将忠缚归。乌即城既失援兵，又无主子，只得举城降超。惟忠被康居执去，幸得不死，羁居了两三年，与康居达官交好，费了若干唇舌，又得借兵千人，还据损中，且与龟兹通谋，欲攻班超。龟兹却令忠向超诈降，然后发兵进击，以便里应外合。忠依计施行，遂缮好一封诈降书，写得恭顺异常，使人投呈超前。超展书一阅，已知情意，因即召语来使道："汝主既自知悔悟，誓改前愆，我亦不追究既往，烦汝代去传报，请汝主速回便了！"来使大喜，即去返报。超密嘱吏士，叫他如此如此，勿得有误。吏士奉令，自去安排，专待忠到来受擒。忠还道班超中计，只率轻骑数十人，贸然前来。超闻忠已至，欣然出迎，两下相见，忠满口谢罪，超随口劝慰。彼此谈叙片刻，似觉得胶漆相投，很加亲昵。好一个以诈应诈。吏士早已遵着超嘱，陈设酒肴，邀忠入席，超亦陪饮，帐下更作军乐，名为侑酒，实是助威。酒过数巡，超把杯一掷，即有数壮士持刀突出，抢至忠前，如老鹰抓小鸡一般，把忠拿下，反绑起来。忠面色如土，还要自称无罪。超怒目责忠道："我立汝为疏勒王，代汝奏请，得受册封。浩荡天恩，不思图报，反敢受莎车煽惑，背叛天朝，擅离国土，罪一。汝盗据乌即城，负险自固，我军临城声讨，汝不知愧谢，抗拒至半年有余，罪二。汝既至康居，心尚未死，尚敢借兵入据损中，罪三。今又诈称愿降，投书诳我，意图乘我不备，内外夹攻，罪四。有此四罪，杀有余辜，天网昭彰，自来送死，怎得再行轻恕哩？"这一席话，说得忠哑口无言，超即令推出斩讫。不到半刻，已由军士献上忠首，超令悬竿示众。立传将士千人，亲自督领，驰往损中。损中留屯康居兵，守候消息，不防班超引军趋到，一阵斩杀，倒毙至七百余人，只剩了二三百残兵，命未该绝，仓皇遁去，南道乃通。越年又改元章和，超复调发于置诸国兵二万余人，往击莎车。莎车向龟兹乞师，龟兹王与温宿姑墨尉头三国，联兵得五万人，自为统帅，驰救莎车。超闻援兵甚众，未便力敌，筹划了好多时，便召入于置王及将校等与语道："敌众我寡，势难相持，不若知难先退，各自还师。于置王可引兵东行，我却从西退回。但须待至夜间，听我击鼓，方好出发，免得为敌所乘呢！"说至此，便有侦骑入报道："龟兹诸国兵马，已经到来，相距不过数里了！"超令于置王及将校等各归本营，闭垒静守，听候鼓号。大众如言退去。超进攻莎车时，沿途已获住侦谍数人，系诸帐后。到了黄昏时候，故意释放，令得还报军情。龟兹王闻报大喜，亲率万骑，西向击超；使温宿王率八千骑，东向截于置王。超登高遥望，见各虏营喧声不绝，料他已出发东西，便返入营中，密召亲兵数千人，装束停当，待至鸡鸣，悄悄地引至莎车营前，一声号令，驰马突入。莎车营兵，因闻超军将还，放心睡着，哪知帐外冲进许多兵马，惊起一瞧，统是汉军模样，急得东奔西窜，不知所措。超麾令部众，四面兜击，斩首五千余，尽夺财物牲畜，且令军士大呼道："降者免死！"莎车兵无路可走，相率乞降；就是莎车王亦势孤力竭，只好屈膝投诚。超收兵入莎车城，再去传召全营将校，及于置国王。于置王等正因夜间未得鼓声，不免诧异，及得超传召，才知超计中有计，格外惊服。遂共入莎车城中，向超贺捷。龟兹温宿诸王，探闻消息，也觉为超所算，未战先怯，各退归本国去了。自经超有此大捷，西域都畏超如神，不敢生心；就是北匈奴亦闻风震慑，好几年不来犯边。章帝得专意内治，巡视四方，修贡举，省刑狱，除妖恶党禁，免致株连；戒俗吏矫饰，务尚安静；赐民胎养谷，每人三斛；婴儿无父母亲属，及有子不能养食，俱廪给如律，不得漠视。

临淮太守朱晖，善政得民，境内作歌称颂道："强直自遂，南阳朱季。"晖为南阳宛人。章帝幸宛闻歌，即擢为尚书仆射。鲁人孔僖，涿人崔骃，同游太学，并追论武帝尊崇圣道，有始无终，邻舍生即讦骃僖诽谤先帝，讥刺当世，事下有司。骃诣吏受讯；僖上书自讼，略言武帝功过，垂著《汉书》，自有公评。陛下即位以来，政教未失，德泽有加，臣等亦何敢寓讥？就使陛下视为讥刺，有过当改，无过亦宜含容，奈何无端架罪云云。章帝得书省览，下诏勿问；且拜僖为兰台令史，旌美直言。庐江毛义，素有清名，南阳人张奉，慕名往候。才经坐定，忽有吏人传入府檄，召义为安邑令。义喜动颜色，捧檄入内。奉转目义为鄙夫，待义复出，即起座辞归。后闻义遭母丧，丁艰回籍，及服阕后，屡征不起。奉乃赞叹道："贤士原不可测，往日捧檄色喜，实是为亲屈志；今乃知毛君节操，实异常人！"章帝亦得闻义名，征义就官，义仍然谢绝。乃赐谷千斛，并令地方官随时存问，不得慢贤。还有任城人郑均，洁身自好，有兄尝为县吏，贪赃受贿，屡谏不悛，均竟脱身为人佣，积得工资若干，归授乃兄，且垂涕与语道："财尽尚可复得，为吏坐赃，终身捐弃，不能复赎了！"兄闻言感动，改行从廉。未几兄殁，均敬事寡嫂，抚养孤侄，情礼备至。州郡交章举荐，均终不应征。建初三年，司徒鲍昱，致书辟召，又不肯赴。至六年时，由公车特征，不得已入都诣阙。章帝即使为议郎，再迁为尚书，屡纳忠言。旋即因病乞休，解组回里，一肩行李，两袖清风，仍然与寒素相等。章帝东巡过任城，亲至均舍，见均家室萧条，感叹不已，因特赐尚书禄俸，赡养终身。时人号为白衣尚书，垂名后世。看似赞美章帝，实是阐表诸贤。只会稽人郑弘，为宣帝时西域都护郑吉从孙，少为灵文乡啬夫，乡官名。爱人如子，迁官驺令，勤行德化，道不拾遗。再迁淮阴太守，境内适有旱灾，弘循例行春，课农桑，赈贫乏，随车致雨，汉制各郡太守，当春巡行属县，是谓行春。又有白鹿群至，夹毂护行。弘问主簿黄国道："鹿来夹毂，主何吉凶？"国拜贺道："仆闻三公车辐，尝绘鹿形，明府他日必为宰相！"弘付诸一笑，亦无幸心。建初八年，奉调为大司农，奏开零陵桂阳岭路，通道南蛮。先是交阯七郡，贡献转运，必从东冶航海，风波不测，沉溺相继，至南岭开通，舍舟行陆，得免此患。弘在职二年，省费以亿万计。时海内屡旱，民食常苦不足，国帑却是有余，弘又请省贡献，减徭役，加惠饥民。章帝亦颇以为然，下诏采行。元和元年，太尉邓彪免官，即令弘继任太尉。弘见窦氏权盛，恐为国害，常劝章帝随时裁抑。言甚剀切，章帝亦温颜听受，但优容窦氏，仍然如常。无非碍着牝后。虎贲中郎将窦宪，职兼侍中，出入宫禁，虽未敢公然骄恣，却是密结臣僚，引为心腹。尚书张林，雒阳令杨光，党同窦宪，贪残不法。弘忍无可忍，至元和三年间，极言弹劾，嘱吏缮陈。吏与杨光有旧交，先往告光，光闻言大惧，亟诣窦门求救。窦宪忙入白章帝，劾弘泄露枢机，失大臣体。章帝问为何因？窦即先将弘所上弹章，约略陈述。已而弘奏呈上，果如宪言。章帝不能无疑，便令左右传诏责弘，且收弘印绶，另任大司农宋由为太尉。弘始知为属吏所卖，径诣廷尉待罪。旋复有诏赦弘，弘因乞骸骨归里，好几日不得复诏，顿令弘积愤成疾，奄卧不起。临危时尚强起草疏，力斥窦宪，仿古人尸谏的遗意。是卫史鱼故事。疏中有数语最为扼要，录述如下：

> 窦宪奸恶，贯天达地，海内疑惑，贤愚嫉恶，谓宪何术以迷主上？近日王氏之祸，晒然可见！陛下处天子之尊，保万世之祚，而信谗佞之臣，不计存亡之机；臣虽命在晷刻，死不忘忠，愿陛下诛四凶之罪，以餍人鬼愤结之望！

这书呈入，章帝始遣医往视，弘已病终。妻子遵弘遗嘱，悉还从前赐物，但将布衣为殓，素木为棺，轻车减从，奔丧还乡。章帝亦不加赙赠，听令自便。这却未免辜负好官，有私外戚哩！郑弘既殁，司空第五伦，也老病乞休，有诏准令退位，惟终身赏给二千石俸秩，而加赐钱五十万，公宅一区。伦奉公尽节，言事不肯模棱，性质悫，少文采，在位以贞白见称，时人比诸前朝贡禹，后来寿逾八十，考终家中。太仆袁安，奉命继任。安字邵公，汝阳县人，祖父良，习《易》著名，安少承祖训，得举孝廉，累任阴平任城令长，迁守楚郡，再为河南尹，政号严明，吏民畏服。嗣由太仆超迁司空，守正如故。未及期月，又代桓虞为司徒，光禄勋任隗继为司空。隗字仲和，系故信都太守阿陵侯任光嗣子，好黄老言，品性清廉，与袁安并为三公，时称得人。博士曹褒，奏请考成汉礼，诏下公卿集议，安与隗各无异言，独词臣班固，谓宜广集诸儒，共议得失。章帝叹道："古谚有言：'筑室道谋，三年不成。'今欲集儒议礼，必致聚讼不休，互生疑异，笔不得下。从前帝尧作大章乐，一夔已足，何必多人？"乃即拜褒为侍中，举汉初叔孙通所订《汉仪》十二篇，令褒改订，且与褒语道："此制散略，多不合经，今宜依礼条正，使可施行！"褒乃援据古典，参入《五经谶记》，依次辑录，自天子至庶人，凡冠昏丧祭各制度，具列无遗，共成百五十篇。匆匆奏入，章帝未遑详阅，也不令有司平议，当即收付礼官，遽令施行。及章帝崩后，群臣多言褒擅更礼制，不足为法，因将新礼百五十篇，一并弃掷败字簏中。小子有诗叹道：

绵蕞朝仪不足征，操觚改制亦难凭。
一朝大礼谈何易，草草宁堪作准绳？

欲知章帝何时告崩，待至下回再表。

疏勒王忠，为超所立，乃以莎车之厚赂，甘心背超，戎狄之贪利忘义，可见一斑。幸超能将计就计，不烦血刃，缚而诛之，南道复通。或谓超专以诈计御虏，故虏亦报以诈谋。讵知兵不厌诈，本诸古训，宋襄陈余，为千古笑，况施诸戎狄间乎？厥后拔莎车，却龟兹诸国，老成胜算，游刃有余，而西域乃为之胆落。盖御虏之道，智略为先，兵力次之，不如是不足以挫彼凶横也！超真一人杰矣哉！章帝明知窦宪之奸，未能远斥，至郑弘一再进谏，又不见用，反且为窦宪所欺，收弘印绶，何其自相矛盾一至于此？意者其宁违忠谏，毋负椒房，而因有此剌谬欤？《范书》谓孝章以下，渐用色授，恩隆好合，遂忘淄蠹。数语实抉透章帝一生之大病。吕东莱讥其优柔寡断，盖犹非真知章帝者也。

第三十二回

杀刘畅惧罪请师　系郅寿含冤毙命

却说章帝在位十三年，已经改元三次，承袭祖考遗业，国势方隆，事从宽简，朝野上下，并称义安。章帝春秋方富，做了十余年的太平皇帝，优游度日，好算是福禄两全。偏至章和二年孟春，忽然得病，竟至弥留，顾命无甚要嘱，但言毋起寝庙，如先帝旧制。俄而崩逝，年只三十一岁。窦皇后素性机警，即召兄弟入宫，委任枢要；一面立太子肇为帝，当日嗣位，是谓和帝。和帝甫及十龄，怎能亲政？当由窦宪兄弟，召集公卿，提出要议，尊窦皇后为皇太后，临朝训政。公卿等畏惮权威，不敢生异。当即酌定临朝典礼，颁诏施行。到了春暮，奉葬章帝于敬陵，庙号肃宗。窦太后欲令兄宪秉政，宪尚有所顾忌，未敢遽握总枢，因让诸前太尉邓彪，召为太傅。彪字智伯，与中兴元勋高密侯邓禹同宗，父名邯，曾官渤海太守，受封鄳乡侯。彪少有至行，见称乡里，旋遭父丧，愿将遗封让与异母弟，因此益得令名，为州郡所辟召；累迁至桂阳太守，亦有政声，入为太仆，升任太尉，居官清白，为百僚式。后来因病乞休，回籍已有四五年，至是复由公车征入，接奉窦太后特诏道：

> 先帝以明圣奉承祖宗至德要道，天下清静，庶事咸宁。今皇帝以幼年茕茕在疚，朕且佐助听政，外有大国贤王，并为藩屏，内有公卿大夫，统理本朝，恭己受成，夫何忧哉？然守文之际，必有内辅，以参听断。侍中宪朕之元兄，行能兼备，忠孝尤笃，是阿妹个人私言。先帝所器，亲受遗诏，当以旧典辅斯职焉！遗诏亦未必及宪。宪固执谦让，节不可夺，今供养两宫，宿卫左右，厥事已重，亦不可复劳以政事。故太尉邓彪，元功之族，三让弥高，海内归仁，为群贤首；先帝褒表，欲以崇化。今彪聪明康强，可谓老成黄耇矣！其以彪为太傅，赐爵关内侯，录尚书事。百官总己以听，朕庶几得专心内位。于戏！读如呜呼。群公其勉率百僚，各修厥职，爱养元元，绥以中和，称朕意焉！

彪受命供职，名为朝中领袖，但国家大权，实操诸窦氏手中。窦宪虽守侍中原职，却是内干机密，出宣诏命。窦笃升任虎贲中郎将，笃弟景环，并得入为中常侍。宫廷内外，只知有窦氏兄弟，不知有太傅邓彪。彪且做了窦氏的傀儡，窦氏有所施为，辄令彪代奏，彪不能不依，窦遂得任所欲为。宪父勋尝坐罪致死，见前文。谒者韩纡，与劾勋案，此时纡已病殁，宪却为父报仇，潜令门客刺杀纡子，割得首级，往祭父墓。窦太后亦为快意，置诸不问。都乡侯畅，系齐武王刘縯孙，入京吊丧，多日不归，私与步兵校尉邓迭亲属，互相往来。迭有母名元，出入宫中，为窦太后所亲爱，畅即厚礼馈遗，托她入白太后，为己吹嘘。元直任不辞，入宫一二次，即为说妥，由太后特旨召见。畅喜如所愿，进见太后，极力谄媚，叩了好几个响头，说了好几句谀词。妇人家最喜奉承，见畅口齿伶俐，礼貌谦卑，不由得引动欢肠，当作好人看待，问答了好多时，才令退去。未几复蒙召入，历久始出。又未几再蒙召入，居然有说有笑，格外投机。

莫非要演吕后审食其故事么？宫中谁敢多嘴，只有窦宪瞧着，很是不悦，暗想太后一再召畅，定有隐情，畅若得宠，必致夺权，宁止夺权而已。不如先发制人，结果性命，再作后图。主见已定，便暗嘱壮士，伺畅行踪，乘机下手。畅正满志踌躇，专望太后赐他好处，按日至屯卫营中，听候好音，不防背后跟着刺客，一不见机，竟致饮刃，晕倒地上，断命送终。刺客早已扬去。卫兵见了畅尸，当然骇愕，立即报闻。窦太后得知消息，很是惊悼，与汝有何关系？即令窦宪严拿凶手。宪反将杀人大罪，卸到畅弟利侯刚身上，说他兄弟不和，因有此变。窦太后信为真言，就饬侍御史与青州刺史，查究刚等罪状。原来刚封邑在青州，故兼令青州刺史考治。尚书韩棱，上言贼在京师，不宜舍近就远，恐为奸臣所笑。窦宪得了此语，恐棱疑及己身，急请太后下诏责棱。究竟贼胆心虚。棱虽然被责，仍旧坚执前言。三公皆袖手旁观，莫敢发议，独太尉何敞，进说太尉宋由道："畅系宗室肺腑，茅土藩臣，来吊大忧，上书须报，乃亲在武卫，致此残酷。奉法诸吏，无从缉捕，踪迹不明，主名不定。敞得备股肱，职典贼曹，意欲亲往纠察，力破此案！偏二府执事，二府谓司徒司空。以为朝廷故事，三公不与闻贼盗，公纵奸慝，无人问咎。敞不忍坐视，愿充此役！"宋由乃许令查缉。司徒司空二府，闻敞前往钩考，亦遣侦吏随行，"天下无难事，总教有心人。"结果查得刺畅凶手，实系窦宪主使，当即奏白太后。太后勃然大怒，立向窦宪问状。何必盛怒至此？宪亦无从抵赖，匍匐谢罪。太后竟将宪锢置内宫，有意加谴。宪恐遭诛戮，自请出击北匈奴，图功赎死。

是时北匈奴岁饥，部众离叛，邻国四面侵扰，优留单于为鲜卑所杀，北庭大乱。南单于屯屠何新立，上表汉廷，请乘北虏纷争，出兵征伐，破北成南，并为一国，令汉家无北顾忧。窦太后得表，取示执金吾耿秉，秉极言可伐，独尚书宋意上书谏阻，因未定议，窦宪乃想此出去，为逃死计。究竟窦太后顾念同胞，未忍将长兄处死，不过一时气愤，把他锢禁；转思宪既有志图功，乐得遣他出去，得能立功异域，也好塞住众口，免诮失刑。于是依了宪议，且命为车骑将军，使执金吾耿秉为征西将军，为宪副将，发兵讨北匈奴。宪得出宫部署，仍然威震一时。兵尚未出，忽接护羌校尉邓训捷报，乃是击走羌豪迷唐，收服群羌等语。先是元和三年，烧当羌迷吾，与弟号吾率领羌众，复来犯边。陇西郡督烽掾李章，颇有智略，独不举烽火，暗地号召戍卒，埋伏要隘。号吾见陇西无备，轻骑入境，陷入伏中，慌忙突围返奔，偏值李章紧紧追来，强弓一发，射伤号吾坐骑，号吾被马掀下，为章所擒。章执住号吾，将献诸郡守，号吾乞怜道："我既被擒，也不畏死，但杀死一我，无损羌人，不如放我生还，我当永远罢兵，不再犯塞了。"章以为说得有理，遂转禀太守张纡，纡乃放还号吾。号吾果解散羌众，各归故地，迷吾亦退居河北归义城。至章和元年，护羌校尉傅育，贪功启衅，募人阴构诸羌，令他自斗。羌人不肯从令，复生异心，走依迷吾。育发诸郡兵数万人，即欲击羌，大兵未集，仓促出师，迷吾徙帐远去。育尚不肯罢休，自率三千骑穷追，恼动迷吾毒性，设伏三兜谷旁，邀截育军。育夜至谷口，尚不设备，顿致伏兵齐起，两面掩击，把育军杀死无算，育亦做了无头鬼奴。真是自去送死。还幸各郡兵赴救，拔出残众一二千人，迷吾引去。败报到了京师，有诏令张纡为护羌校尉，出驻临羌。迷吾复入寇金城，纡遣从事司马防，领兵截击，大破迷吾，迷吾乃致书乞降。纡佯为允许，待迷吾挈众到来，陈兵大会，置酒犒众，密将毒药置入酒中，羌众饮酒中毒，陆续倒地；迷吾亦筋软骨酥，不省人事，纡得指麾兵士，一一屠戮，且剁落迷吾首级，祭傅育墓，再发兵袭击迷吾余众，斩获数千人。诱杀迷吾计，与班超相同，但超诛诈降，纡戮真降，情迹悬殊，不能并论。迷吾子迷唐，独得逃脱，恨父被害，有志复仇，遂与诸羌种结婚交质，誓同休戚，据住大小榆谷，与纡为难。纡不能制服，拜表请兵，朝廷因纡赚杀诸羌，很是失计，因将纡免官召还，改任故张掖太守邓训代为护羌校尉。训字平叔，系故高密侯邓禹第六子，少有大志，厌文尚武，禹尝斥为不肖。哪知训熟习韬略，善抚兵民，章帝时已任乌桓校尉，与士卒同甘苦，大得众心，番虏惮训恩威，不敢近塞。嗣复调任张掖太守，边境清宁。及张纡免职，公卿多举训往代，因令改官。训莅任未几，迷唐即领兵万骑，来至塞下，一时未敢攻训，先胁令小月氏胡人，从早投服。小月氏胡，尝散居塞内，约有数千名，就中多勇健富强，不服羌种。汉吏辄随时羁縻，令拒羌人，他却能用少制众，为汉效力；只因平时有功少赏，所以依违两可，向背无常。此次迷唐招降，威驱利迫，胡人倒也不愿相从，誓与死斗。训察知情迹，便派吏安抚诸胡，叫他不必致死，自当一体保护。吏佐以为羌胡相攻，于我有利，待他两下俱疲，正好出兵尽灭，为何无端禁护，留下后患？训却出言指驳道："近因张纡失信，群羌大动，屡来犯边。综计塞下屯兵，多至二万，按时给饷，空竭府藏，尚不能有备无患，凉州吏民，命悬呼吸。今尚欲羌胡相攻，羌败胡盛，胡亡羌兴，终为我害，哪能一举灭尽？且诸胡反复无定，俱因我恩信未厚，所以致此！今若因彼迫急，用德怀柔，彼必感激厚恩，乐为我用。服胡平羌，就在此着，汝等亦怎知大计哩？"成竹在胸。当下大开城门，召入群胡妻子，安处城中，严兵守卫。羌人无从胁掠，相继引去。胡人果然感德，并言汉吏常欲图我，今邓使君待我有恩，开门纳我妻子，使免兵刃，这却是我重生父母，怎得不依？于是群集训前，跪伏叩头道："惟使君命！"

训乃简选壮丁，择得数百人，使为义从，推诚相待。胡俗耻言病死，每遇病危，即用刀自刭，训闻降胡有疾，辄使人拘持缚束，禁令自裁，但给他医治，往往服药得痊，胡人愈加感动，无论男妇长幼，莫不归仁。旋复赏赂诸羌，使相招诱。迷唐叔父号吾，便率种人八百户来降。训全数收纳，妥为抚慰；一面征发湟中秦胡羌兵四千人，出塞掩击迷唐，斩首虏六百余级，得马牛羊万余头。迷唐抵敌不住，弃去大小榆谷，逃入颇岩谷中，羌众亦逐渐散去。训方上书奏捷，汉廷共庆得人。既而和帝改年号为永元，春光初转，塞外雪消，迷唐欲复归故地，屡遣侦谍，往来榆谷，为训所闻，训亟发湟中兵六千人，使长史任尚为将，叫他缝革为船，置诸筏上，乘夜渡河，袭取颇岩谷。迷唐猝不及防，被任尚乘隙掩入，斩首千余，获生口二千人，马牛羊三百余头。迷唐仓皇走脱，收集余众，西奔千余里，诸羌种遂尽叛迷唐。烧当种豪酋东号，情愿内附，稽颡归命，余众亦款塞纳质。训抚绥诸羌，威信大行，随即遣散屯兵，各令归郡，惟留弛刑徒二千余人，分田屯垦，兼修城堡，务为休息罢了。实是邓禹肖子。

且说车骑将军窦宪，部署人马，已将就绪，便拟辞阙请行。因恐出征以后，子弟犯法，特使门生赍书，投递尚书郅寿，托他回护家属，毋令得罪。哪知郅寿铁面无私，竟将窦氏门生，拘送诏狱，且上书极陈宪罪，比诸王莽。宪当然大愤，便欲设法害寿。

寿尚不以为意，入朝遇宪，当面讥刺，说他大起第宅，擅兴兵甲，种种不法，显犯国章。宪怎肯服罪？自然争论廷前。偏是寿始终不让，仍是厉声正色，侃侃直谈。宪理屈词穷，转向太后前进谗，劾寿私买公田，诽谤宫廷。窦太后正在临朝，听得寿声浪甚高，也嫌他倨嫚无礼，便褫去寿职，命左右执送廷尉。廷尉阿旨承颜，谳成死罪，当即复奏，廷臣莫为解免。独太尉掾何敞，破案有功，得升任侍御史，此时又不忍袖手，即上书进谏，略云：

寿以机密近臣，匡救为职，若怀默不言，其罪当诛！今寿违众正议，以安宗社，岂其私耶？臣所以触死瞽言，非为寿也！忠臣尽节，以死为归，臣虽不知寿，度其甘心安之，但不欲圣朝行诽谤之诛，以伤晏安之化，杜塞忠直，垂讥无穷！臣敞谬与机密，言所不宜，罪名明白，当填牢狱，先寿僵仆，万死有余！

窦太后接阅敞书，才命减寿死罪，谪徙合浦。寿愤不欲生，竟致自刎；家属幸得免徙，仍归西平故乡。寿即郅恽子，郅恽事，见前文。窦宪既害死郅寿，气焰越盛，且因启行在即，越摆出大将威风，颐指气使。三公九卿，也有些看不过去，因联名上书，谏阻北伐。接连奏了好几本，终不见报，太尉宋由，未免惊疑，不敢再行署奏，诸卿亦多半退缩。惟司徒袁安，司空任隗，还是守正不移，甚至免冠朝堂，极力固争，仍不见从。侍御史鲁恭，素怀忠直，因再详陈利害，抗疏切谏道：

陛下亲劳圣恩，日昃不食，忧在军役，诚欲以安定北陲，为民除患，定万世之计也。臣伏独思之，未见其便。社稷之计，万人之命，在于一举。数年以来，秋稼不熟，民食不足，仓库空虚，国无储积；又新遭大忧，人怀恐惧，陛下方在谅阴，阴读如暗，天子居丧之名。三年听于冢宰，百姓阙然，三时不闻警跸之音，莫不怀思皇皇，欲有求而不得。今乃以盛春之月，兴发军役，扰动天下，以事戎狄，诚非所以垂恩中国，改元正时，由内及外也。万民者，天之所生；天爱其所生，犹父母之爱其子，一物有不得其所者，则天气为之舛错，况于人乎？故爱人者必有天报。昔太王重人命而去邠，故获上天之祐。夫戎狄者，四方之异气也，蹲夷踞肆，与鸟兽无别，若杂居中国，则错乱天气，污辱善人，是以圣王之制，羁縻不绝而已。今边境无事，正宜修仁行义，尚于无为，令家给人足，安业乐产。夫人道义于下，则阴阳和于上，祥风时雨，复被远方，夷狄自重泽而至矣！盖以德胜人者昌；以力胜人者亡！今匈奴为鲜卑所创，远藏于史侯河西，去塞数千里，而欲乘其虚耗，利其微弱，是非义之所出也！前太仆祭肜，远出塞外，不见一胡而兵已困，白山之难，不绝如綖，都护陷没，指陈睦。士卒死者如积，读若赀。迄今被其辜毒。孤寡哀思之心未弭，奈何复袭其迹，不顾患难乎？今始征发，而大司农调度不足，使者在道，分部督促，上下相迫，民间之急，亦已甚矣！三辅并凉少雨，麦根枯焦，牛死日甚，此其不合天心之验也！群僚百姓，咸曰不可，陛下独奈何以一人之计，弃万人之命，不恤其言乎？上观天心，下察人志，足以知事之得失。臣恐中国且不为中国，岂徒匈奴而已哉？惟陛下留圣恩，休罢士卒以顺天心，天下幸甚！

这篇奏章，也好算是痛哭流涕，说得激切，偏窦太后情深骨肉，置若罔闻，鲁恭亦只好罢论。惟鲁恭颇有异政，脍炙人口。他系扶风郡平陵县人，童年丧父，哀毁逾成人，嗣入太学习鲁诗，讲诵不辍，因此成名。章帝初年，召恭至白虎观讲经，为太尉赵熹所荐举，拜中牟令，专务德化，不尚刑罚。邻境有蝗虫为灾，独不入中牟界内。袁安方为河南尹，恐传闻失实，特遣掾属肥亲往视，果然不谬。恭与肥亲偕行阡陌，并坐桑下，见白雉过集座前，适有童儿在侧，亲顾语童儿道："何不捕执此雉？"童儿笑道："雉方怀雏！"亲不待说毕，瞿然起立，向恭告别道："我奉公到此，实欲觇君政绩，今虫不犯境，便是一异；化及鸟兽，便是二异；我若久留，反劳贤令供给，多致不安，请从此别！"言讫自行，返报袁安，安亦大为惊异。嗣又闻得中牟署内，生有嘉禾，乃即奏报朝廷，极言恭以德化民，屡迓天庥。章帝因征恭入阙，擢为侍御史。后人尝称鲁恭三异，作为口碑。小子亦有诗赞道：

鲁公德政起中牟，阛邑兴仁俗不偷。
草木昆虫皆沐化，一时三异足千秋！

窦太后不从恭奏，仍遣窦宪等北征；且迁窦笃为卫尉，窦景为奉车都尉，颁发国帑，为造邸第。免不得物议沸腾，又有人出来谏阻了。欲知何人进谏，待至下回表明。

刘畅以外藩奔丧，事毕即当返镇，乃恋恋不去，求见太后，果何为者？窥其意不特具幸进心，并且为求欢计。窦太后以美丽闻，度其年不过三十，色尚未衰，畅之欲为审食其也明矣。史称其素行邪僻，言简意赅，太后屡次召见，几已入彀，微窦宪之从旁下手，几何而不为雄狐之刺耶？然宪究不当擅杀藩臣，讳无可讳，乃欲出师徼功，自赎死罪；太后又为所惑，竟允宪议；杀一人且不足，尚欲举千万人之生命，作为孤注，何其忍也？郅寿直言谏诤，反致得罪，蒙冤自尽，而三公九卿，又屡谏不从，偏憎偏爱，固妇人之常态，而国纪已为之毁裂矣！太傅邓彪，名为总己，乃片言不发，袖手旁观，其负国也实甚，国家亦焉用彼相为哉？

第三十三回

登燕然山夸功勒石　闹洛阳市渔色贪财

却说窦太后许兄北征，又为弟筑宅，当有一位正直著名的大臣，再加谏阻。看官欲知他姓名，就是侍御史何敞，谏草中大略说是：

> 臣闻匈奴之为桀逆久矣！平城之围，嫚书之耻，此二辱者，臣子所为捐躯而必死，高祖吕后，忍怒含忿，舍而不诛。伏惟皇太后秉文母之操，文母，即周文王妃太姒。陛下履晏晏之姿，匈奴无逆节之罪，汉朝无可惭之耻，而盛春东作，兴动大役，元元怨恨，咸怀不悦！而猥复为卫尉笃奉车都尉景缮修馆第，弥街绝里，臣虽斗筲之人，窃自惊异。以为笃景亲近贵臣，当为百僚表仪。今众军在道，朝廷忧劳，百姓愁苦，而乃遽起大第，崇饰玩好，非所以垂令德，示无穷也！宜且罢工匠，专忧北边，恤民之困，保存元气。匪惟为宗庙至计，抑亦窦氏之福也！自知昧死，不敢不闻。

奏入不省。敞亦平陵人氏，与鲁恭同乡，两人谏草，并光史乘。还有尚书仆射朱晖，已经乞病告归，亦上疏力阻北征，仍不见从。晖字文季，籍贯已见前文，在三十一回中。幼年丧父，具有至性，年十三，适遭世乱，与外家奔入宛城，道遇贼党，劫掠妇女衣饰，众皆股栗，晖独舞刀向前道："财物可取，诸母衣不可得，今日为朱晖死日，愿与拼命！"贼见其身小志壮，倒也惊怜，哑然失笑道："童子可收刀，我从汝！"说罢，呼啸自去。强盗也有善心。后来入朝为郎，乘便入太学肄业，进止有礼，名重儒林。新阳侯阴就，慕晖贤名，躬自往候，晖避匿不见。及东平王苍，辟为掾吏，晖知苍为贤王，方才应召。苍格外敬礼，待若上宾。同邑耆儒张堪，素有学行，尝在太学见晖，与为忘年交，且把臂与语道："他日当以妻子托朱生！"晖因堪为先达，不敢遽对，别后不复相见。及堪殁后，晖闻堪妻子贫困，乃自往问候，给赡养资。晖少子颉怪问道："大人未与堪为友，何故赈给？"晖答谕道："堪虽不与我久交，但尝以知己相托，我不忍忘怀，所以有此一举呢！"晖又与同郡陈揖友善，揖早逝世，有遗腹子，尝由晖出资轶济，使得成人。及桓虞为南阳太守，召晖长子骈为吏，晖却另荐他友，不使骈往。虞叹为义士，名誉益隆。嗣由临淮太守，入为尚书仆射，以谠直闻；告老后尚因事陈言，真所谓进思尽忠，退思补过了！补述朱晖轶事，亦为通俗教育之一则。

且说车骑将军窦宪，奉了皇太后的宠命，与耿秉等同出朔方。至鸡鹿塞，度辽将军邓鸿，自捆阳塞来会，就是南单于屯屠何，亦由满夷谷出兵，来迎汉将。各军大集涿邪山，当由宪调动人马，分遣副校尉阎盘，司马耿夔耿谭，与南单于合兵万骑，进抵稽落山。适值北单于领众到来，两下交战，自午至暮，大败北虏。北单于抱头窜去，余众奔溃。窦宪得前驱捷报，亲率大军追击，诸部直至私渠北鞮海，斩名王以下万三千级，获生口马牛羊橐驼百余万头，收降北匈奴种落八十一部，约得二十余万人。史传虽有此语，恐亦未免夸张。宪与秉共登燕然山，出塞已三千余里，自谓声威远震，旷古无伦，遂令中护军班固，作文录石，表扬功德。固本擅长文辞，曾由兰台令史，迁官玄武司马，丁母丧去官。服阕后，正遇窦宪出征，招令同行，使为中护军，并兼参议。此时奉着宪命，遂得抒展长才，撰了一篇冠冕堂皇的铭词，冠以序文。文云：

维永元元年秋七月，有汉元舅车骑将军窦宪，寅亮圣明，登翼王室，纳于大麓，惟清缉熙，乃与执金吾耿秉，述职巡御，理兵于朔方。鹰扬之校，螭虎之士，爰该六师，暨南单于东乌桓西戎氐羌侯王君长之群，骁骑三万，元戎轻武，长毂四分，云辎蔽路，万有三千余乘，勒以八阵，莅以威神，玄甲耀日，朱旗绛天。遂陵高阙，下鸡鹿，经碛卤，绝大漠，斩温禺以衅鼓，血尸逐以染锷；温禺尸逐，并匈奴诸王名号。然后四校横组，星流彗扫，萧条万里，野无遗寇。于是域灭区单，返旗而旋。考传验图，穷览其山川，遂逾涿邪，跨安侯，水名。乘燕然，蹑冒顿之区落，冒顿读若墨特，系匈奴先世祖名，见《前汉演义》。焚老上之龙庭。冒顿子稽粥，号老上单于。上以摅高文之宿愤，光祖宗之玄灵；下以安固后嗣，恢拓境宇，振大汉之天声。兹所谓一劳而久逸，暂费而永宁者也！乃遂封山刊石，昭铭上德，其辞曰：“铄王师兮征荒裔，剿凶虐兮截海外，复其邈兮亘地界，封神邱兮建隆碣，熙帝载兮振万世。”

文既撰就，当即镌刻石上，班师南归。但遣军司马梁讽等，带领千骑，并携金帛，再向北方进行。沿途宣扬国威，服从有赏，不服从加诛。北虏甫经荒乱，闻得此令，自然争相趋附，求给赏赐，先后招降万余人。进抵西海，北单于正在避匿，探得汉官前来行赏，也即出迎。讽宣传诏命，嘱令归化天朝，拜受恩赐，北单于稽首受命。讽因劝导北单于，教他修复呼韩邪故事，保国安民。呼韩邪事，见前文。北单于甚喜，即率众与讽俱还。至私渠海，才知汉兵已经入塞，乃只遣弟右温禺鞮王奉贡入侍，随讽诣阙。宪因北单于未肯亲来，竟将他侍弟遣还，不与修和。南单于屯屠何馈宪古鼎，鼎容五斗，旁有篆文云：“仲山甫鼎其万年，子子孙孙永保用。”仲山甫，周人。宪将鼎进呈太后。太后大喜，且因宪立有大功，即使中原将持节慰劳，拜宪为大将军，封武阳侯，食邑二万户。宪还想沽名，辞还封爵，太后未许，经宪再三固辞，乃暂罢侯封，但使为大将军。旧制大将军位置在三公下，独宪立功回朝，威震宫廷，朝臣多阿谀取容，奏请宪位次太傅，居三公上。窦太后自然乐从，颁诏如议。于是大开仓府，分赐将吏，查得从征诸军士，系是诸郡二千石子弟，悉令为太子舍人。越年七月，复由窦太后下诏道：

大将军宪，往岁出征，克灭北狄，朝加封赏，固让不受，舅氏旧典，并蒙爵土。其封宪冠军侯，邑二万户；笃为郾侯，景为汝阳侯，环为复阳侯，各六千户，以示楙赏。其毋辞！

窦笃窦景窦环，并皆受封，惟宪仍让还，更率兵出镇凉州。征西将军耿秉，自班师回朝后，亦得封美阳侯，官拜光禄勋。另遣侍中邓迭行征西大将军事，佐宪赴镇。北单于以侍弟遣还，复使车谐储王等，款塞请朝，愿见大使。宪据实奏闻，即令中护军班固署中郎将，与司马梁讽，出迎北单于。偏南单于欲扫灭北庭，只恐北单于受汉保护，不得逞志，因发兵掩击北单于。北单于负创遁去，妻子被擒。班固等至私渠海，未得与北单于相见，折回凉州。南单于致书与宪，请即乘胜扫北。宪本来贪功，乐得依他计议，筹备兵马，至永元三年仲春，风和草长，复遣左校尉耿夔，司马任尚，出居延塞，往击北单于。星夜驰行，已出塞好几千里，未见北单于踪迹，再令侦骑四出探寻，方知北单于远驻金微山。山在漠北，去塞约五千多里，从前汉兵北征，从未到过此地。北单于挈领家属，至此匿踪，总道是个安乐窝，可以无恐，哪知汉将耿夔，执戈前驱，穷搜虏穴，竟趋至金微山下，围住虏庭，任尚等又随后继进，并力杀入。虏众不及措手，顿时乱窜，北单于慌忙逃避，已为流矢所伤，忍痛奔命，竟尔走死。所有名王以下五千余人，或被杀，或被拘，连单于母阏氏，也一股脑儿做了囚奴。老番妇，有何用处？耿夔等扫荡虏庭，乃收兵南归。窦宪拜本奏捷，叙夔首功，有诏封夔为栗邑侯。惟窦宪既平北匈奴，功勋无比，势倾朝野，用耿夔任尚等为爪牙，邓迭郭璜为心腹，班固傅毅为羽翼，刺史守令，多出窦门，苞苴公行，毫无忌惮。司徒袁安，司空任隗，却还有一些刚骨，不肯从风尽靡，因联名举发二千石等因赂得官，共四十余人。窦太后不便回护，只好将他罢去。惟窦氏兄弟，引为大恨，不过因安隗两人，素负重望，未敢中伤。还想顾全名誉，未可厚非。河南尹王调，洛阳令李阜，谄媚窦氏，得叨禄位，莅任后举动自由，却被尚书仆射乐恢，上书奏弹。窦环闻知，欲替二人说情，往候乐恢，恢竟拒绝不见，环怏怏回车。恢妻从旁劝谏道："古人尝容身避害，何必多言取祸？"恢叹急道："我在朝为官，怎忍素餐？非但王李二人，不宜轻纵，就是窦氏一家，我亦要直言纠弹呢！"说着，因复上疏抗谏道：

> 臣闻百王之失，皆由权移于下，大臣持国，常以势盛为咎。伏念先帝圣德未永，早弃万国，陛下富于春秋，纂成大业，诸舅不宜干正王室，以示天下之私！《经》曰："天地乖迕，众物夭伤；君臣失序，万人受殃；政失不救，其极不测。"方今之宜，上以义自割，下以谦自引，则四舅可保爵土之荣，皇太后永无惭负宗庙之忧，诚策之上者也！

看官试想，窦太后方宠任兄弟，怎肯为了乐恢一疏，便将他权位削去。恢待了数日，不见批答，乃再称病乞休。诏令太医视疾，恢遽称疾笃，另荐任城人郭均，成阳人高凤为代。偏又有诏令为骑都尉，恢复上疏辞谢道：

> 臣受国厚恩，无以报效。夫政在大夫，孔子所嫉；世卿持权，《春秋》所戒。圣人恳恻，不虚言也。近世外戚富贵，必有骄溢之败。今陛下思慕山陵，未遑政事，诸舅宠盛，权行四方，若不能自损，诛罚必加。臣寿命垂尽，临死竭愚，惟蒙留神！

这书呈将进去，竟邀批准，听还印绶，恢乃缴印归里。他本京兆长陵人，幼有孝行，父亲为县吏，身犯重罪，下狱待刑，恢年才十一，日至狱门，昼夜号泣，县令不禁垂怜，释亲出狱。及恢年渐长，笃志好学，成为名儒。京兆尹张恂，召恢为户曹史，秉公守法，请托不行。后任郡守，坐法被诛，故人莫敢往吊，恢独奔丧，致干吏议，终因义侠可风，从宽减免。后为功曹，同郡杨政，常当众毁恢，恢反举政子为孝廉。自是声容益著，为众所称。想是政子果可举孝廉，否则，亦未免矫情。朝臣亦交章荐举，征拜议郎，迁至尚书仆射。偏因直言遭谴，免官还乡。更可恨的是大将军窦宪，恨恢不休，又嘱托京兆尹严加管束，不使自由。京兆尹希承宪旨，越觉得狐假虎威，督饬吏属，时去监察。

恢虽居住家中，仿佛与图圄无二，不由得郁愤填胸，仰药自尽。门弟子俱往吊丧，缞绖送葬，不下数百人；就是乡闾百姓，无不衔哀。惟窦宪前杀郅寿，后杀乐恢，威焰逼人，炙手可热，还有何人不顾生死，再去老虎头上搔痒？窦氏得愈加骄横，兄弟四家，竞营台榭，穷极土木。窦笃且得加位特进，窦景迁官执金吾，窦环升授光禄勋，蟠踞内外，倾动京师。环少读经书，尚知敛范，笃与景并皆恣肆，景且尤甚。汉制执金吾属下，向有缇骑二百人，景尚嫌不足，加入家僮门役。游行都市，见列肆有珍宝玩物，辄强行夺取，不给价值。民间妇女，具有姿色，便勒令送入府中，作为妾媵；倘若不从，即将家属硬行扳诬，充作罪犯。甚至僮仆等亦贪财渔色，相率效尤，强取人物，霸占民妇，不可胜计。商廛民宅，往往关门闭户，如避寇仇。有司莫敢举奏，还是窦太后留心外事，稍有所闻，乃免去景官，使就朝请。景爵如旧，故仍得朝请。汉制春曰朝，秋曰请。出环为魏郡太守。但窦氏族中，尚有十余人得为显宦：城门校尉窦霸，乃是窦宪叔父，霸弟褒，为将作大匠，褒弟嘉为少府，此外为侍中及大夫郎。就是宪婿郭举，亦得为射声校尉，举父郭璜，并为长乐少府。即长乐宫之少府。互相连结，表里为奸。永元三年十月中，和帝出幸长安，宣召窦宪，至行宫相会。宪奉命后，自凉州入关，谒见车驾，尚书以下，统至十里外迎接，且拟向宪跪伏，齐称万岁。丑极。独尚书韩棱正色道："古人有言：'上交不谄，下交不渎！'窦大将军虽功勋赫耀，究竟是个人臣，如何得呼为万岁呢？"明明白白。大众闻言，倒也知惭，因即罢议。尚书左丞王龙，私向窦宪车从，奉献牛酒，被棱察出情弊，奏明和帝，罚为城旦。棱颍川人，素有胆略，与仆射郅寿、尚书陈宠并称。宪得知消息，虽然怀恨，却也无可如何。待至谒见已毕，仍回凉州，和帝亦即还宫。越年由宪奏称北单于走死，弟右谷蠡王于除鞬自立为单于，率众数千，款塞投诚，应即赐给册封，特置中郎将领护，如南单于故事云云。忽欲灭虏，忽欲存虏，究属何为？有诏令公卿会议，太尉宋由等，以为可行，独袁安任隗谓北虏既灭，当令南单于返居北庭，并领降众，不必再立北单于，多增一虏。说本甚是，偏廷臣多逢迎权戚，互有异言。安恐宪议得行，又独出奏驳道：

臣闻功有难图，不可豫见；事有易断，较然不疑。伏惟光武帝之立南单于者，欲为安南定北之策也！恩德甚备，故匈奴遂分，边境无患。孝明皇帝奉承先意，不敢失坠，赫然命将，爰伐塞北。洎乎章和之初，降者十万人，议者欲置之滨塞，东至辽东，太尉宋由，光禄勋耿秉，皆以为失南单于心，决不可行，先帝从之。陛下奉承鸿业，大开疆宇，大将军远师讨伐，席卷北庭，此诚宣扬祖光，崇立弘勋者也，宜审其终，以成厥初。伏念南单于屯，先父举众归德，自蒙恩以来，四十余年，三帝积累，以遗陛下，陛下深宜遵述先志，成就其业。况屯首倡大谋，空尽北虏，辍而弗图，更立新降，以一朝之计，违三世之规，失信于所养，建立于无功。由与秉本与旧议，而欲背弃先恩，夫言行君子之枢机，赏罚理国之纲纪，《论语》曰："言忠信，行笃敬，虽蛮貊行焉。"今若失信于一屯，则百蛮不敢复保誓矣！又乌桓鲜卑，新杀北单于，凡人之情，咸畏仇雠，今立其弟，则二虏怀怨，兵食可废，信不可去。且汉故事，供给南单于，费值岁亿九十余万，西域岁七千四百八十万；今北庭弥远，其费过倍，是乃空尽天下，而非建策之要也。言虽愚昧，实关至计，伏惟裁察！

这篇奏章，乃是司徒府掾周荣属稿。荣庐江人，学行俱优，安有所奏，多出荣手。窦氏门客徐齮，私下吓荣道："窦氏已遣刺客图君，君奈何不思保身，尚为司徒尽言？"荣慨然道："荣一江淮孤生，得备宰士，就使被害，也所甘心！已有言谨诫妻孥，若猝遇飞祸，不必殡殓，任令尸骸暴腐，冀得感悟朝廷，此外尚有何求呢？"这数语斥退徐齮，却也未尝招灾。越是拼死，越是不死。惟窦宪闻安奏驳，亦再三陈请，与安辩难，甚至引光武诛韩歆戴涉故事，为恫喝计。安终不少移。但窦氏有太后作主，终从宪议，竟遣大将军左校尉耿夔，持册封于除鞬为北单于；并令任尚为中郎将，持节屯伊吾，监护北庭，如南单于旧例。惹得司徒安忧愤成疾，竟致不起。小子有诗叹道：

徒知扫虏已非谋，况复兴戎更启忧。
尽有危言终不用，老臣遗恨几时休？

欲知司徒安病殁情事，容待下回叙明。

窦宪请伐北匈奴，袁安以下，多半谏阻，而窦太后独违众议，假宪以权，竟立大功，似乎儒臣之守经，未及权戚之达变。不知章和之交，北匈奴已将衰灭，一南单于即足以制之，奚必劳大众，兴大役，然后有成？窦宪贪天之力，以为己功，勒铭燕然，虚张声势，何其诞也？且阳辞侯封，阴攫兵柄，兄弟姻戚，满布朝堂，害直臣，植私党，而窦景更纵使家奴，略人妇女，夺人财货。稔恶至此，未闻宪有言相诫，宪之为宪可知矣！至若除一北单于，更立一北单于，出尔反尔，说更不经。吾料窦宪当日，必有私取赂遗之举，特史家未之载耳。天道恶盈，几何而不倾覆哉？

第三十四回

黜外戚群奸伏法　歼首虏定远封侯

却说司徒袁安，郁郁告终，汉廷失了一位元老，都人士无不痛惜，只有窦氏一门，却称快意。也不长久了。太常丁鸿，代袁安为司徒。鸿系经学名家，砥砺廉隅，为和帝所特拔。和帝年已十四，也知窦氏专权自恣，必为后患，故选鸿代安，倚作股肱。会当季夏日食，鸿即借灾进规，上书言事道：

臣闻日者阳精，守实不亏，君之象也；月者阴精，盈毁有常，臣之表也。故日食者臣乘君，阴陵阳；月满不亏，下骄盈也。昔周室衰季，皇甫之属，专权于外，党类强盛，侵夺主势，则日月薄食。故《诗》曰："十月之交，朔日辛卯；日有食之，亦孔之丑。"《春秋》日食三十六，弑君三十二，变不空生，各以类应。夫威柄不以放下，利器不以假人，览观往古，近察汉兴，倾危之祸，靡不由之。是以三桓专鲁，田氏擅齐，六卿分晋，诸吕握权，统嗣几移，哀平之末，庙不血食。故虽有周公之亲，而无其德，不得行其势也。今大将军虽欲束身自约，不敢僭差；然而天下远近，皆惶怖承旨。刺史二千石，初蒙除授，虽已奉符印，受台敕，不敢便去，久者至数十日，背王室而向私门，此乃上威损，下权盛也。人道悖于上，效验见于天，虽有阴谋，神照其情，垂象见戒，以告人君。间者月满先节，过望不亏，此臣骄溢背君，专功独行也。陛下未深觉悟，故天重见戒，诚宜畏惧，以防其祸。《诗》云："敬天之怒，不敢戏豫。"若敕政责躬，杜渐防萌，则凶妖销灭，害除福凑矣。夫坏崖破岩之水，源自涓涓；干云蔽日之木，起于葱青，禁微则易，救末者难。人莫不忽于微细，以致其大；恩不忍诲，义不忍割，去事之后，未然之明镜也。臣愚以为左官外附之臣，依托权门，谄谀以求容媚者，宜行一切之诛。间者大将军再出，威振州郡，莫不赋敛吏人，遣使贡献。大将军虽不受，而物不还主，部署之吏，无所畏惮，纵行非法，不伏罪辜。故海内贪猾，竞为奸吏，小民嗟吁，怨气满腹。臣闻天不可以不刚，不刚则三光不明；王不可以不强，不强则宰牧纵横。宜因大变，改正匡失，以塞天意！

这封奏章，若被窦太后接阅，当然不欢。偏和帝已留心政治，密嘱小黄门收入奏牍，须先呈阅一周，再白太后，因此丁鸿一疏，得达主知。即命鸿兼官卫尉，屯南北宫。是时邓迭已受封穰侯，与窦宪同镇凉州。迭弟步兵校尉磊，与母元出入长乐宫，为窦太后所宠爱；宪婿郭举，亦得邀宠。彼此互争权势，两不相容，势将决裂。和帝已有所闻，很是焦灼，默想内外大臣，多是窦氏耳目，只有司空任隗，与司徒丁鸿，不肯依附窦氏，尚可与谋。但若召入密商，必致机关漏泄，转恐速祸。想来想去，惟有钩盾令郑众，素有心计，不事豪党，且平时尝随侍宫中，可免嫌疑。因此俟众入侍，屏去左右，与议弭患方法。十四岁的小皇帝，便能谋除权戚，可谓聪明，特惜商诸宦官，未及老成，终致流弊无穷。众请先调回窦宪，一体掩戮，方可无虞。计固甚是，然已可见中官之毒谋。

和帝依言，乃颁诏凉州，但言南北两匈奴，已皆归顺，可弛边防，大将军宜来京辅政为是。一面往幸北宫，借白虎观讲经为名，召入清河王庆，共决大计。庆即前时废太子，为窦太后所谮，贬爵为王，见前文。和帝素与相爱，留居京师。此时召庆入议，也知他衔怨窦氏，必肯相助。庆果代为设法，欲援据前朝《外戚传》，作为引证，免致太后违言。惟《外戚传》不便调取，只千乘王伉，藏有副本，当由庆前往借阅，托言备查。原来章帝遗有八子，除和帝及清河王外，尚有伉全寿开淑万岁六人。伉年最长，为后宫姬妾所出，生母无宠，史不留名，章帝时已封为千乘王。全已早殇。寿母为申贵人，开淑万岁母氏，亦未详史策，大约与伉母相同。和帝永元二年，封寿为济北王，开为河间王，万岁尚幼，至永元五年，始封广宗王，一病即殇。补叙章帝子嗣，笔不渗漏。惟和帝因伉为长兄，常相尊礼。伉见庆借取《外戚传》，也不问明底细，立即取给。庆得书便归，夜纳宫中，和帝仔细披阅，如文帝诛薄昭，武帝诛窦婴，昭帝诛上官桀，宣帝诛霍禹等故事，并见《前汉演义》。虽俱载及，却是简略得很，因复令庆转告郑众，使他钩考详情。正在秘密安排的时候，窦宪邓迭等奉诏还都，和帝函使大鸿胪持节郊迎，赏犒军吏，多寡有差。时已天晚，宪等不及诣阙，须待翌日入朝。文武百官，已皆夤夜往候，如蝇附膻。哪知是夜已有变动，把邓迭兄弟，郭璜父子，一股脑儿拘系狱中。仿佛天空霹雳。自从和帝与郑众等定谋，专待宪至，即行发作。一闻宪已入都，立由郑众奉御车驾，夜入北宫，传命司徒兼卫尉官丁鸿，严兵宿卫，紧闭城门，速调执金吾五校尉等，分头往拿邓迭兄弟及郭璜父子。邓迭方回家卸装，与弟磊等畅叙离情；郭璜父子，正迎谒窦宪，事毕归家，执金吾等奉诏往拿，顺手牵来，一个没有逃脱。窦宪尚倦卧家中，未曾闻知，一到天明，门外已遍布缇骑，由门吏传报进去，方才惊起。出问情由，偏已趋入谒者仆射，宣读诏书，收还印绶，改封为冠军侯，促使就国。宪只得将印绶缴出。待至朝使出门，使人探问兄弟消息，俱已勒还官印，限令就封。俄而邓氏郭氏诸家，统来报知凶信，累得窦宪瞠目结舌，不知所为。也只有这般伎俩么？嗣复闻邓迭兄弟，郭璜父子，俱皆绑赴市曹，明正典刑。又不多时，来了许多吏役，查明宗族宾客，一齐驱出，撵归原籍。已而执金吾到来，传布严诏，催宪启行，就是窦笃窦景窦环三人，亦俱促就道，不准逗留。宪拟至长乐宫告辞，面乞转圜，偏执金吾不肯容情，催趱益急。再密令家人通书长乐宫，又被外兵搜出，拿捉了去。于是力尽计穷，没奈何草草整装，出都自去。笃景环亦分路前往。随身只许挈领妻孥，所有广厦大宅，一律封闭，豪奴健仆，一律遣散。都中人民，统皆称快，偌大的侯门贵戚，倏忽成空。傥来富贵，原同幻梦。和帝策勋班赏，称郑众为首功，封为大长秋。官名。更钩考窦氏余党，贬黜多人，连太尉宋由，亦遭连坐，饬令罢职。由惧罪自尽。太傅邓彪，慌忙告病乞休，和帝因他年老龙钟，不忍苛求，听令辞职归里，彪幸得考终。司空任隗，亦即病逝。当时惟大司农尹睦，宗正刘方，常与袁安任隗，同抗窦氏，和帝乃擢睦为太尉，兼代太傅，方为司空。并特简严能吏员，嘱使往督窦宪兄弟，逼令自杀。河南尹张酺，奉职无私，常因窦景家奴，击伤市卒，立派吏役多人，捕奴抵罪。景又使缇绮侯海等五百人，殴伤市丞，复由酺拿住侯海，充戍朔方。至窦氏得罪，朝旨森严，酺却请从宽典，慨然上疏道：

臣实蠢愚，不及大体，以为窦氏既伏厥辜，而罪刑未著，后世不见其事，但闻其诛，非所以垂示国典，贻之将来，宜下理官与天下平之。方宪等宠贵，群臣阿附，惟恐不及，皆言宪受顾命之托，怀伊吕之忠；今严威既行，又皆言当死，不复顾其前后，考折厥衷。臣伏见夏阳侯环，每存忠善，前与臣言，常有尽节之心，检敕宾客，未尝犯法。臣闻王政骨肉之刑，有三宥之义，宁过厚，毋过薄。今议者为瑰选严能相，恐其迫切，必不完全，宜量加贷宥，以崇厚德！

和帝览疏，乃有意免环，惟将宪笃景三人，遣吏威迫，先后毙命。光禄勋窦固早死，未及坐罪；安丰侯窦嘉，本奉前司空窦融祭祀，入为少府，至是亦免官就国，总算还保存食邑，尚得自全。中护军班固，为窦氏党与，和帝但将他褫职了事。偏是洛阳令种竞，前被固家奴醉骂，怀恨未忘，此次正好假公济私，竟将固捕系狱中，日加笞辱。固年已六十有余，怎禁得这般凌虐？一时痛愤交迫，遂至捐生。竞自知闯祸，不得不罗织固罪，奏明死状，有诏将竞免官，狱吏抵死。固曾为兰台令史，奉诏修撰《前汉书》，见前文。大致粗备，尚缺八表及天文志，他人不能赓续，只有固妹班昭，博学多才，特征入东观藏书阁中，属令续成。班昭字惠班，一名姬，为同郡扶风人曹寿妻。寿字世叔，不幸早亡，佳人多薄命，但不如是不足成班昭之名。昭誓志守节，行止不苟。及奉诏入宫，贞操如故，后宫多奉为女师，号曰大家。家读如姑。惟西域长史班超，虽系班固兄弟，但在外有年，鲜与窦氏往来，当然不致得罪，且已积功升官，拜为西域都护。超自攻克莎车后，威扬西域，远近震慑。回应三十一回。独月氏国王曾遣兵助汉，击破车师，因此致书班超，欲与汉朝和亲，求尚公主。超不肯转奏，竟将来书掷还。月氏王心下不平，即于永元二年，遣副王谢领兵七万，进攻班超。超部下不过数千，欲召集各国兵马，又是缓不济急，遂致士心惶惶，相惊失色。超独从容镇静，并无忧容，且召语吏士道："月氏兵势虽盛，但东逾葱岭，远道至此，粮运定然不继，怎能久持？我若固守城堡，坚壁清野，彼必饥餍求降，不过数十日，便可无事，何容过虑呢？"吏士亦无他策，只好依令奉行。月氏副王谢，自恃骁勇，前驱挑战；超督众坚守，旬月不出一兵。谢屡攻不下，又未得与超接仗，决一胜负，看看粮食将尽，不得不分兵抄掠。谁知四面都是荒野，并无粮草可取，一时情急思援，特遣使赍着金银珠玉，往赂龟兹，向他乞粮济师。偏早被班超料着，预遣兵往伏东境，待月氏使经过路旁，齐出袭击，尽行杀毙。当即枭了首级，并金银珠玉，悉数取回，向超缴令。超却把月氏使首，悬出城外，使谢闻知。谢果然大惊，遣使请罪，愿得生还。超语来使道："汝国无故犯我，罪有所归。我已知汝粮尽势穷，本当发兵乘敝，令汝片甲不回。但我朝方主怀柔，不尚屠戮，且汝既知罪，我亦乐得放汝回去。但此后须要每年贡献，休得误期，否则明日决战，莫怪无情！"来使唯唯听命，回营报谢。谢已但望生还，还有何心恋战？因即再遣使致书，愿如超约。超遂纵令西归，并不出追。恩威两尽，不怕月氏不降。谢当然感激，返告国王，说得超如何智勇还是岁贡方物，尚可无忧。月氏王也觉惊心，依了谢言，岁贡如仪。

这消息遍传西域，龟兹温宿姑墨三国，并皆震恐，也遣人谢罪乞降，超乃据实奏闻。前次都护陈睦败殁，汉廷拟弃去西域，撤销都护，及戊已校尉等官。至超复收服西域，乃将旧官重设，即擢超为西域都护，军司马徐干为长史。并使龟兹侍子白霸归国为王，特令司马姚光，护送西行。光至西域，与超会商进止。超以龟兹本有国王，叫作尤利多，若使立白霸，尤利多必将抗拒；计惟带兵同往，方足示威，压倒尤利多。光闻言大喜，即与超同往龟兹，龟兹国王尤利多果欲拒绝白霸，嗣见来兵甚众，料知难敌，只好俯首帖耳，推位让国。超即使尤利多随着姚光，共诣京师。尤利多不敢不从，便偕光出龟兹城，东往洛阳。超尚恐龟兹反复，特留居龟兹它乾城，使徐干屯驻疏勒。于是西域诸国，大半归顺。只有焉耆危须尉犁三国，因前时攻没陈睦，未敢遽降。至永元六年孟秋，超发龟兹鄯善等八国兵马，合七万名，并及吏士贾客千四百人，共讨焉耆。兵入尉犁国境，先遣使晓谕三国道："汉都护率兵前来，无非欲镇抚三国，如三国果改过向善，宜遣酋长迎师，都护当为国宣恩，赏赐王侯以下，各有彩帛；若再执迷不悟，敢抗天威，恐大兵入境，玉石俱焚，虽欲面缚出降，也已无及了！"焉耆王广，听到此语，即遣人探视超军，果然兵多将众，如火如荼，当下望风胆怯，忙遣左将北鞬支赍奉牛酒，出迎超军。超闻北鞬支曾为匈奴侍子，归秉国权，乃面加诘责道："汝为匈奴侍子，莫非尚欲臣事匈奴么？我率大兵到此，汝王不即出迎，想是汝在旁挠阻，所以迟来？"北鞬支慌忙答辩，不肯认罪。超反回嗔作喜道："汝既未曾挠阻，可即归告汝王，自来犒军！"说着，即令取帛数匹，赏给北鞬支，北鞬支拜谢而去。军吏向超进议道："何不便杀北鞬支？"超摇首道："汝等但知张威，未知立功。北鞬支在焉耆国中，威权甚重，若未入彼国，先将他杀死，适令彼国惊疑，设备守险，拼死相争，我如何得至焉耆城下呢？"无往不用智谋。军吏始皆拜服。超即麾军进行，至焉耆国界，为河所阻。河上本架桥梁，叫作苇桥，本是焉耆国第一重门户。北鞬支回国，恐超军随入，故将桥梁拆去，杜绝交通。超在桥旁虚设营寨，但留老弱数百人，使他在营外司爨，晨夕为炊，自率大队绕道驰入。越山度岭，得于七月晦日，至焉耆城二十里外安营立寨，遣人促焉耆王犒师。焉耆王广，方因北鞬支返报，与商迎超事宜，不防超军已经深入，将到城下，那时心乱神昏，急欲挈众入山，共保性命。北鞬支以为无虞，但教广出城迎超，奉献方物，便可保全。已入班超计中。议尚未定，焉耆左侯元孟，从前尝入质京师，得蒙放归，心中尚感念汉德，乃密遣人报超，谓国王将入山保守。超不待说完，驱出斩首，示不信用，并与诸国王定一会期，扬言当重加赏赐。焉耆王广，遂与北鞬支等三十人，如期出会；惟国相腹久等十七人，惧诛远遁。尉犁王汎，也闻令趋至，独危须王不至。超大陈军士，传召二王入帐，甫经坐定，超即怒目诘广道："危须王何故不至？腹久等何故逃亡？"两语说出，便顾令吏士，把二王以下诸人，全数拿下，押至陈睦所居故城，设立陈睦神主，就香案前绑住俘虏，一刀一个，杀得干干净净。陈睦有知，当亦喜出意外。当将二叛王首级，解送京都；一面纵兵抄掠，斩首五千余级，获生口万五千人，马畜牛羊三十余万头，更立焉耆左侯元孟为焉耆王。自留焉耆城半年，抚定人民。自是西域五十余国，俱纳质内附，重译来庭。和帝下诏酬庸，特封超为定远侯。诏曰：

往者匈奴独擅西域，寇盗河西，永平之末，城门昼闭。先帝深愍边氓，婴罹寇害，乃命将帅击右地，破白山，临蒲类海，取车师城。诸国震慑，相率响应，遂开西域，置都护。而焉耆王舜，舜子忠，独谋悖逆，恃其险隘，复没都护，并及吏士。先帝重元元之命，惮兵役之兴，故使军司马班超，安集于置以西。超遂逾葱岭，迄县度，出入二十二年，莫不宾从，改立其王，而绥其人，不动中国，不烦戎士，得远夷之和，同异俗之心，而致天诛，蠲宿耻，以报将士之仇。司马法曰："赏不逾月。"欲人速睹为善之利也。其封超为定远侯，邑千户，以示国家报功之至意。超受封拜爵，宿愿终偿，万里侯相的预言，至是果验。小子有诗赞道：

投笔从戎胆略豪，积功才得换征袍。
漫言生相原应贵，要仗胸中贯六韬。

西域已为超所平，北虏西羌，尚是叛服无常，屡劳征讨。欲知详情，试看下回续表。

先王立法，凡仆从侍御诸臣，悉选正士为之，所以弼主德，杜祸萌也。后世不察，乃以阉人充选，名为禁掖设防，实为宫廷养患。如和帝之欲除窦氏，不能直接外臣，但与郑众设策，计虽得行，而宦官窃权之祸，自此始矣，窦宪等俯首服罪，实属无能，孤雏腐鼠之言，不为不验；设非窦太后之纵容姑息，宪等皆不过碌碌庸才，何至骄横不法，自取覆亡乎？班固文人，党附窦氏，始至杀身；独班超能立功异域，终得封侯。大丈夫原应自奋，安能久事笔砚间？观于超之有志竟成，而固之无志可知，一荣一辱，优劣判焉乃知人生处世，立志为先，慎毋媚世谐俗为也！

第三十五回

送番母市恩遭反噬　得邓女分宠启阴谋

却说北单于於除鞬，本由窦宪主议，因得嗣立。宪本欲派兵护送，使归北庭，嗣因召还得罪，乃致中止。於除鞬闻窦氏伏辜，竟不待朝命，叛汉自去。汉廷得报，亟令将兵长史王辅，会同中郎将任尚，率领数千骑穷追。途中尚托词护送，使於除鞬不生疑心。於除鞬探悉谣传，果然中计，遂被汉兵追及，冲杀过去。於除鞬还疑汉兵误认，拍马向前，用言分辩。谁知汉长史王辅舞动大刀，抢步出阵，一声吆喝，竟将於除鞬劈落马下，结果性命。虏众慌忙四走，已是不及逃生，汉兵四面兜杀，但见得头颅滚滚，血肉横飞，霎时间便屠尽残虏，阒寂无人了。实为窦宪所害。王辅等还兵报捷，当有优诏褒奖，不消絮叙。惟南单于屯屠何，忽然病死，由弟左贤王安国嗣立；安国素乏声威，国人不甚信服。左谷蠡王师子，为安国从兄，狡黠多力，屡与汉兵掩击北庭，受汉赏赐，因此国中多敬惮师子，轻视安国。安国得为单于，师子当然为左贤王，因恐功高遭忌，不就左贤王庐帐，独徙居五原界中。安国果然怀嫌，笼络北庭降胡，欲图师子。每召师子会议，师子辄称病不往；汉度辽将军皇甫棱，亦保护师子，使得安居。安国怀愤益甚，上表汉廷，指斥皇甫棱，汉廷将棱免官，改任执金吾朱徽，行度辽将军事。但尚有一个中郎将杜崇，与皇甫棱同镇北方，未曾掉换，仍然守棱遗制，反对安国。安国再上书讦崇。崇却先令河西太守截住北使，不许通使，且转告朱徽谓安国有叛汉意，徽即与崇联衔会奏，略称安国疏远故明，亲近新降，欲杀左贤王师子等，背叛汉廷，请饬西河安定上郡一带，严兵固守，以防不测。和帝览奏，令公卿集议方法。公卿等复言夷情难测，应派干员至单于庭，与杜崇朱徽等，观察动静，如有他变，即令便宜从事云云。和帝如言施行。徽崇闻命，立即发兵击单于庭，安国闻汉兵猝至，弃帐遁去。待至汉兵南归，复引众往攻师子，师子预先察悉，急率部众入曼伯城，及安国追到城下，门已早闭，不能攻入，乃移驻五原，与师子相持。朱徽遣吏调停，安国不从，因与杜崇发诸郡兵马，往讨安国。安国两面受敌，支持不住，当然惊惶。安国舅骨都侯喜为等，恐并遭诛灭，不得已格杀安国，迎立师子。南庭原无异议，独北庭降胡，感念安国遗惠，欲与复仇，夤夜袭师子庐帐，师子几为所乘。还亏汉安集掾王恬，率卫士往援师子，击走北庭降胡。怎奈降胡愈聚愈众，共计有十五部，二十余万人，统皆蠢动，另立前单于屯屠何子逢侯为单于，肆行焚掠，奔驰出塞。若先使屯屠何北归就令，彼有内乱，亦不至扰动边疆。汉廷再遣光禄卿邓鸿行车骑将军事，与越骑校尉冯柱，会合朱徽任尚等，统领汉胡兵四万余众，出讨逢侯。

南单于师子，与杜崇同屯牧师城，专待汉兵到来，会师北进。偏逢侯先发制人，竟率万余骑围牧师城，连日攻扑。可巧邓鸿至美稷县，距牧师城不过数十里，逢侯乃闻风解围，向满夷谷退去。邓鸿至牧师城下，再与师子杜崇等，共追逢侯至大城寨，斩首三千余级，得生口万余人。冯柱亦自率偏师，追击逢侯别部，斩首四千余级。任尚更率乌桓鲜卑等众，往满夷谷邀击逢侯，复得大捷，先后斩首万七千余级。逢侯带着残众，向北窜去，汉兵不能远追，只好退归。朝议以邓鸿沿途逗留，致失逢侯，召还论罪。旋复因朱徽杜崇，轻挑边衅，并皆逮归，统令下狱，鸿徽崇三人，前后致死。但留冯柱屯守五原，另任雁门太守庞奋，行度辽将军事。但从此朔漠一带，又分作南北二部，扰攘频年，后文再表。

且说匈奴纷争的时候，羌人亦乘机思逞，再行犯边。前次羌众慑服，全仗护羌校尉邓训，恩威两济，驾驭有方，所以全羌畏怀，不敢叛乱。永元四年，训竟病殁，羌胡如丧父母，朝夕哭临，且家家为训立祠，祷祀不绝。独迷唐回居颇岩谷，阴生幸心。回应三十二回。蜀郡太守聂尚，奉调为护羌校尉，他见邓训得羌人心，也想设法羁縻，沽恩市惠，乃遣译使招抚迷唐，叫他洗心归化，仍得还住大小榆谷。真是多事。迷唐常思规复故地，惟恐后来校尉，与邓训智勇相同，因此未敢遽发；凑巧来了译使，招回榆谷，正是喜出望外，当即挈领部属，仍至大小榆谷中居住。且使祖母卑缺，至聂尚处拜谢厚恩。聂尚大喜，统道迷唐受抚，出自真诚，即遣人迎入卑缺，格外优待，并出金帛相赠。及卑缺辞归，复亲送至寨下，为设祖帐饯行；又令译使田酺等五人，护送至榆谷中。看官试想，这狼子野心的迷唐，岂是区区小惠，所可牢笼？他遣祖母入谢，明明是巧为尝试，来觇虚实，既见聂尚无威可畏，乐得乘此反侧。于是拘住田酺等人，召集诸羌，把酺等当作牛羊，破胸取血，滴入酒中，使大众各饮一杯，约为同心，再图入寇。羌众本没有什么知识，忽散忽聚，可从即从，当下奉迷唐为酋长，听从命令，进扰金城。聂尚不能制服，反向朝廷乞援。廷议自然归咎聂尚，把他褫职，改命居延都尉贯友代任。贯友惩尚覆辙，主张讨伐，先遣译使分谕诸羌，诱以财帛，令他解散。诸羌又贪得贿赂，与迷唐背盟，不肯相从。贯友乃遣兵出塞，掩击大小榆谷，擒住首虏八百余人，夺得麦数万斛。惟迷唐又得幸免，逃出谷外。贯友未肯罢休，特在榆谷附近的逢留河旁，筑城坞，作大航，建造河桥，为大举计。迷唐却也惊恐，率众远徙，至赐支河曲避居。到了永元八年，友复逝世，令汉阳太守史充，继任护羌校尉。充决计扫灭迷唐，大发湟中羌胡出塞进攻，不意人多势杂，趋向不同，反被迷唐击败，伤亡至数百人。聂尚以主抚败事，史充又以主剿丧师，统是无才所致。充坐罪免归，再调代郡太守吴祉往代。越年迷唐又率众八千人，入犯陇西，胁迫塞内诸羌，共为盗寇。诸羌复多与联合，共得步骑三万名，击破陇西守兵，杀死大夏县长，蹂躏人民。警报传达京都，诏遣行征西将军事刘尚，及越骑校尉赵世，调集汉羌胡兵三万人，出讨迷唐。尚屯狄道，世屯枹罕，再由尚司马寇盱，督诸郡兵，四面并进，声势甚盛，吓得迷唐胆战心惊，忙将老弱弃去，奔入临洮南山。尚等从后追蹑，好容易攻入山谷，与迷唐鏖斗一场，斩虏千余人，获马牛羊万余头，迷唐败走。汉兵死伤，却也不少，未敢再进，乃收兵退回。是年皇太后窦氏告崩，尚未及葬，忽由梁松子扈，令从兄禅古禅字。上书三府，即三公府。略称汉家旧典，崇贵母氏，梁贵人亲育圣躬，不蒙尊号，乞求申议等语。先是梁贵人自尽，由宫人草草藁葬，并不发丧；和帝时尚幼稚，向由窦后抚养，还道窦后是自己生母，不复忆及梁贵人。宫廷内外，都畏惮窦氏势力，何人敢与和帝说明隐情？至窦氏既败，方有人约略提及，但窦太后尚是生存，究竟还未便尽言。待到梁禅上书，正值太尉尹睦病终，由张酺进任太尉，酺召禮讯明颠末，方才入白和帝。和帝始知为梁氏所生，不禁悲恸，且泣且问道："卿意以为何如？"酺答说道："春秋大义，母以子贵，故汉兴以来，帝母无不尊显。臣愚以为宜亟上尊号，追慰圣灵，并应存录诸舅，顾全亲谊，方为两安。"和帝点首道："非卿言，朕几罹不孝了！"酺退出后，又有奏章呈入，署名为南阳人樊调妻梁嫕，音意。就是和帝生母梁贵人的胞姊，和帝当即披阅，但见纸上写着：

妾嫕同产女弟贵人，前充后宫，蒙先帝厚恩，得见宠幸，皇天授命，诞生圣明。而为窦宪兄弟所见谮诉，使妾父竦冤死牢狱，骸骨不掩；老母孤弟，远徙万里。独妾幸免，逸伏草野，常恐没命，无由自达。今遭值陛下神圣之运，亲统万几，群物得所，窦宪兄弟奸恶，既伏辜诛，海内旷然，各获其宜。妾得苏息，拭目更视，乃敢昧死自陈所天。妾闻太宗即位，指汉文帝。薄氏蒙荣；即薄太后。宣帝继统，史族复兴。宣帝祖母史良娣遭难，嗣封史恭三子为侯。妾门虽有薄史之亲，独无外戚余恩，诚自悼伤。妾父既冤，不可复生。母氏年逾七十，及弟棠等，远在绝域，不知死生。愿乞收竦朽骨，使母弟得归故郡，则施过天地，存殁幸赖矣！

和帝看到末句，亟命中常侍掖庭令，传召梁嫕入宫。嫕已在阙下候命，一经宣召，当即入宫陈明。情词确凿，并无欺饰，掖庭令复报和帝，和帝因即引见。嫕举止大方，谈吐明白，说到母家蒙冤情事，禁不住珠泪盈眶，和帝亦为流涕。遂留嫕止宫中，旬月乃出，赏赐衣被钱帛，第宅奴婢，加号梁夫人。擢樊调为羽林左监。调系樊宏族孙，宏即光武帝母舅，曾为光禄大夫。是时司徒丁鸿，早已病逝，由司空刘方继任司徒，用太常张奋为司空。三公联名上奏，太尉张酺亦列在内。请依光武帝黜吕后故事，请贬窦太后尊号，不准与章帝合葬。和帝踌躇再三，究竟抚育有年，不忍依议，乃下诏答复云：

窦氏虽不遵法度，而太后常自减损。朕奉事十年，深维大义：礼，臣子无贬尊上之文，恩不忍离，义不忍亏。案前世，上官太后亦未闻降黜，昭帝后上官氏，父安谋反被诛，后位如故。其勿复议！

手诏既下，群臣无复异言，乃奉窦太后梓宫，与章帝合葬敬陵，和帝此举，不失忠厚。尊谥为明德皇后。复将生母梁贵人，改行棺殓，追服丧制，与姊梁大贵人俱葬西陵，谥曰恭怀皇后。且追封梁竦为褒亲侯，予谥曰愍。即遣中使与嫕及梁松子扈，同赴汉阳，迎回竦丧，竦死汉阳狱中，见前文。特赐东园画棺，玉匣重衾，东园署名，主司棺椁。就恭怀皇后陵旁，建造坟茔，由和帝亲自送葬，百官毕会。征还梁竦家属，封竦子棠为乐平侯，棠弟雍为乘氏侯，雍弟翟为单父侯；食邑各五千户，位皆特进，赏赐第宅奴婢车马兵弩等类。就是梁氏宗族，无论亲疏，俱得补授郎官。梁氏复转衰为盛，宠遇日隆。皇恩不可过滥，矫枉过正，又种下一段祸根。清河王庆，亦乞诣生母宋贵人茔前，祭扫致哀，和帝当然允许，并诏有司四时给祭。庆垂涕语左右道："生虽不获供养，终得奉承祭祀，私愿已足。倘再求作祠堂，恐与恭怀皇后相似，复涉嫌疑。欲报母恩，昊天罔极，此身此世，遗恨无穷了！"嗣又上言外祖母王氏，年老罹忧，病久失医，乞恩准迎入京师，使得疗疾。有诏许如所请，宋氏家属，亦得并至都中。庆舅衍俊盖暹等，并补授为郎。惟窦氏从此益衰，夏阳侯窦环，就国后虽得幸存，终因贷给贫人，致遭廷谴，徙封罗侯，不得役属吏士。贵盛时，受人货贻，尚且无罪；衰落时出资货人，反触朝章，世态炎凉，即此可见。及梁棠兄弟，奉诏还都，路过长沙，与罗县相距甚近，竟顺道往胁窦瑰，逼令自杀。和帝方加恩诸舅，不复查问。可见得天道无常，一反一复，荣耀时不知谦抑，总难免家破身亡，贻讥后世呢！当头棒喝。

且说和帝春秋日盛，尚未立后。后宫里面已选入数人，入宫最早，承宠最隆，要算是前执金吾阴识的曾孙女儿。识为光烈皇后阴氏兄，即光武帝继后阴丽华。世为帝戚。阴女年少聪慧，知书识字，面貌亦秀丽动人，因此亦选入掖庭，即邀恩宠，受封贵人，永元八年，立为皇后。偏又有一位世家闺秀，相继充选，门阀不亚阴家，姿色且逾阴后，遂令施旦争妍，施旦即西施郑旦。尹邢斗艳，尹邢两婕妤，皆武帝时宫妃，事见《前汉演义》。正宫不免摇动，终落得桃僵李代，燕去鸿来。是女为谁？乃是故护羌校尉邓训女，前太傅高密侯邓禹孙。母阴氏，系光烈皇后侄女，生女名绥，五岁时已达书礼。祖母很加钟爱，亲为剪发，因年高目昏，误伤女额，女忍痛不言。旁人见她额上有血，未免惊问，女答说道："非不知痛，实因太夫人垂怜及我，倘若一呼，转伤老人初意，所以只好隐忍哩！"五岁弱女，能体贴老人心意，却是难得。左右俱为叹羡。六岁能作篆书，十二岁通《诗经》《论语》，诸兄每读经传，辄从旁问难。母阴氏常嘲语道："汝不学针黹，专心文学，难道想做女博士么？"女乃昼习妇工，暮读典籍，家人戏呼为女学生。父训亦另眼相看，事无大小，辄与详议。当阴后入选时候，女亦与选；适值父训病殁，在家守制，因此谢却。女日夕哭父，三年不饮酒食肉，憔悴毁容，几至人不相识，又共称为孝女。女尝梦两手扪天，荡荡正青，若有钟乳状，乃仰首舐饮。醒后亦自以为奇，询诸占梦，占者谓尧梦登天，汤梦咶天，咶与舐通。这统是帝王盛事，吉不胜言。又有相士得见女容，也是极口夸奖，称为成汤骨相。可惜是个女身。家人闻言，私相庆贺，不过未敢明言。太傅邓禹在世时，常自叹道："我统兵百万，未尝妄杀一人，后世必有兴旺的子孙。"禹从子陔，亦谓兄训为谒者时，修石臼河，岁活数千人，天道有知，家必蒙福。及女年十六，丧服早阕，衣食如常，竟出落得丰容盛鬋，广额修眉，如此方为福相。身长七尺二寸，肌肤莹洁，好似玉山上人。宫中复将她选入，大小粉黛，俱相对无颜。和帝年将及冠，正是好色华龄，一经瞧着，怎肯放过？当晚即挈入寝室，谐成好梦。一宵恩爱，似漆投胶，越日即册为贵人。好在这邓贵人承宠不骄，恭慎如故，平时进谒阴后，必小心伺候，战战兢兢，待遇同列，务极㧑谦；就是侍女隶役，亦皆好意抚驭，毫无倨容。因此阖宫悦服，誉满一时。只有一人未惬，奈何？偶然感冒，竟致罹疾，和帝忙令邓氏家属，入视医药，许得自由往来，不限时日。邓贵人反屡次陈请道："宫禁甚重，乃使外家得自由出入，上令陛下弛防，下使贱妾蒙谤，这乃是上下交损，妾实不愿叨此异恩！"和帝不禁赞叹道："他人以得见亲属为荣，今贵人反以为忧，深自抑损，真非常人可及哩！"嗣是益邀帝眷，宠逾正宫。邓贵人仍然谨饬，并不矜张。每当六宫宴会，诸妃妾竞加修饰，簪珥衣服，焕然一新，独邓贵人淡妆浅抹，自在雍容。平时衣服，或与阴后同色，当即解易；若与阴后同时进见，不敢并行，不敢正坐；每承上问，必逡巡后对，不敢与阴后同言。和帝知她劳心曲体，辄顾语道：

“贵人修德鸣谦，幸毋过劳！”既而阴后不育，邓贵人亦未得怀妊，后宫虽间有生产，辄致夭殇，贵人乃屡称有疾，另选她女入御，冀得孳生。独阴后相形见绌，妒恨日深，外祖母邓朱，出入宫掖，阴后常密与计议，拟令巫祝咒死邓贵人，然后泄恨。谁知邓贵人未曾遇祸，和帝却抱病垂危，阴后忿极，密语左右道：“我若得志，不使邓氏再有遗类！”外祖母亦曾姓邓，且邓贵人由阴氏所出，彼此戚谊相关，岂无香火情？乃存心如此，何妇人之阴狠乃尔？偏宫人多得邓贵人厚惠，竟将密语传告，邓贵人流涕道：“我尝竭诚尽心，侍奉皇后，乃不为所谅，竟致获罪于天！妇人虽不必从死，但周公请代，武王有疾，周公祷告三王，愿以身代死，事见《周书》。越姬自杀，越姬为勾践女，楚昭王妃，昭王有疾，姬先自杀，事见《列女传》。传为盛德，我当先自引裁，上报帝恩，中免族祸，下不使阴氏贻讥人彘，虽死亦得瞑目了！”人彘即戚夫人事，见《前汉演义》。说着，即欲仰药自尽。适宫人赵玉在旁，慌忙劝阻，且诈言帝疾已痊，可以无虞，贵人乃止。越日和帝果瘳，渐渐的把阴后密言，传入帝耳，于是阴后愈为和帝所憎。眼见得长秋宫中，要让与她人作主了！汉称中宫，为长秋宫。小子有诗叹道：

螽斯麟趾尽呈祥，樛木怀仁百世芳。
试看桐宫终饮恨，何如大度示包荒！阴后废居桐宫，详见下回。

毕竟阴后被废与否，待至下回再详。

夷狄无亲，非贪即狡，与其失之过爱，毋宁失之过威。窦宪既灭北匈奴，复立於除鞬，卒有后来之叛去；幸而王辅一出，叛虏授首，而北寇复平。至南单于之纷争，亦由杜崇等之左袒师子，致启兵戎。若聂尚之护送卑缺，见好迷唐，更不足道矣。迷唐为邓训所逐，徙居穷谷，防之且不暇，何可招之使归，与跖跻言仁义？匪徒无益，反且招尤，聂尚遗事其明证也。窦太后崩而梁氏复盛，邓贵人进而阴氏浸衰，外戚之兴亡，莫非由于妇女之播弄。自作之而自受之，故梁窦易势，阴邓易位。观于此而知妒妇之不可为也！史称邓贵人德冠后宫，称扬不绝；然观于后日之称制终身，不肯还政，意者其入宫之始，毋亦心灵手敏，巧于夺嫡欤？而阴后之褊浅难容，自诒伊戚，则固出邓氏下矣。

第三十六回

鲁叔陵讲经称帝旨　曹大家上表乞兄归

却说阴皇后妒恨邓贵人，已被和帝察觉，随时加防，到了永元十四年间，竟有人告发阴后，谓与外祖母邓朱等，共为巫蛊，私下咒诅等情。和帝即令中常侍张慎，与尚书陈褒，会同掖庭令，捕入邓朱，并二子邓奉邓毅，及后弟阴轶阴辅阴敞，一并到案，严刑拷讯。三木之下，何求不得？当即录述口供，证明咒诅属实，应以大逆不道论罪，定谳奏闻。和帝已与阴后不和，见了张慎等复奏，也不愿顾及旧情，便命司徒鲁恭，持节至长秋宫中，册废皇后阴氏，徙居桐宫。鲁恭由侍御史擢至光禄勋，累蒙宠信。会司徒刘方，坐罪自杀，继任为光禄勋吕盖，不久又罢，遂升恭为司徒。恭奉命废后，后已无计可施，只得缴出玺绶，搬向桐宫居住。长门寂寂，闷极无聊，即不气死，也要愁死。况复父纲仰药，弟辅毙狱，外祖母邓朱，及母舅奉毅，并皆为刑杖所伤，陆续毙命。阴邓两姓家属，都被充戍日南，单剩了自己一身，凄惶孤冷，且悔且愤，且愤且悲，镇日里用泪洗面，茶也不饮，饭也不吃，终落得肠断血枯，遽登鬼箓。谁叫你度量狭窄。宫人报闻和帝，总算发出一口棺木，草草殓讫，即日舁出宫外，藁葬平亭。邓贵人闻阴后被废，却还上书劝阻，太觉得假惺惺了。和帝当然不从。贵人即自称疾笃，不敢当夕，约莫有好几旬，有司请续立皇后，和帝说道："皇后为六宫领袖，与朕同体，承宗庙，母天下，岂可率尔册立？朕思宫中嫔御，只邓贵人德冠后庭，尚可当此！"这数语为邓贵人所闻，连忙上书辞谢，让与后宫周冯诸贵人。好容易又是月余，和帝决计立邓贵人为后，贵人且让至再三，终因优诏慰勉，方登后位。也好算得大功告成了。宫廷内外，相率庆贺；梦兆相法，果如前言。小子因一气叙下，未便间断，免不得中多阙漏，因再将和帝亲政后事，略述数条：和帝崇尚儒术，选用正士，颇与乃父相似。沛人陈宠，系前汉尚书陈咸曾孙，咸避莽辞职，隐居不仕，见《前汉演义》。常戒子孙议法，宁轻毋重。及东汉中兴，咸已早殁，孙躬出为廷尉左监，谨守祖训，未敢尚刑。宠即躬子，少为州郡吏掾，由司徒鲍昱辟召，进为辞曹，职掌天下讼狱，多所平反；且替昱撰《辞讼法》七卷，由昱上呈，颁为《三府定法》。嗣复累迁为尚书，与窦氏反对，出为泰山广汉诸郡太守，息讼安民。窦氏衰落，宠入为大司农，代郭躬为廷尉。躬通明法律，矜恕有声，任廷尉十余年，活人甚众。及躬病逝，由宠继任，往往用经决狱，务在宽平，时人以郭陈并称，交口揄扬。惟司空张奋免职，后任为太仆韩棱，棱以刚直著名，迭见前事，当然为众望所归。

太尉张酺，因病乞休，尝荐魏郡太守徐防自代，和帝进大司农张禹为太尉，征徐防为大司农。禹襄国人，族祖姑曾适刘氏，就是光武帝祖母；祖况随光武北征，战殁常山关；父歆为淮阳相。禹笃厚节俭，师事前三老桓荣，得举孝廉，拜扬州刺史。尝过江行巡，吏民谓江有伍子胥神灵，不易前渡，禹朗声道："子胥有灵，应知我志在理民，怎肯害我？"甚是。言毕，鼓楫径行，安然无恙。后来历行郡邑，决囚察枉，民皆悦服。嗣转兖州刺史，亦有政声。入为大司农，吏曹整肃，及擢拜太尉，正色立朝，为朝廷所倚重。徐防沛人，亦有令名，祖宣父宪，皆通经术，至防世承家训，举孝廉，乃入为郎。体貌矜严，品行慎密，累迁至司隶校尉，又出为魏郡太守。和帝因张酺荐引，召为大司农。适司空韩棱逝世，太常巢堪代任，未能称职，乃进防为司空。防留意经学，分析章句，经训乃明。就是司徒鲁恭，亦以通经致用。恭弟丕更好学不倦，兼通五经。章帝初年，诏举贤良方正，应举对策，约有百余人，独不同时应举，得列高第，除为议郎，迁新野令，视事期年，政绩课最。擢拜青州刺史，后复调为赵相。门生慕名就学，追随辄百余人，关东人互相传语云："五经复兴鲁叔陵。"叔陵即丕表字。东汉自光武修文，历三传而并尚经学，故士人多以此见誉，亦以此致荣。旋复调任东郡陈留诸太守，坐事免官，侍中贾逵，独奏称丕道艺深明，宜加任用，不应废弃，和帝乃再征为中散大夫。永元十三年，帝亲幸东观，取阅藏书，召见侍中贾逵，尚书令黄香等，讲解经义，丕亦在列。贾逵为贾谊九世孙，累代明经，至逵复专精古学，尝作《左氏传国语解诂》五十一篇，献入阙廷，留藏秘馆，入拜为郎；又奉诏撰《尚书古文同异》，及《齐鲁韩诗与毛氏异同》，前汉时，辕固为齐诗，申公为鲁诗，韩婴为韩诗，毛苌为毛诗。并作《周官解诂》凡十数卷，皆为诸儒所未及道，因此名重儒林。和帝迁逵为左中郎将，改官侍中，领骑都尉，内参帷幄，兼职秘书，甚见信用，盈廷俱推为经师。逵以经学成名，故特从详叙。黄香为江夏人，九岁失母，号泣悲哀，几致灭性，乡人称为至孝。年十二，为太守刘护所召，使居幕下，署名门下孝子，香得博览经典，殚精道术，京师称为天下无双，江夏黄童。嗣入为尚书郎，超迁至尚书令。看官试想！这贾侍中黄尚书两人，一个是累代家传，一个是少年博学，平时讲贯有素，一经问答，统是口若悬河，不假思索。偏鲁叔陵与他辩难，却是独出已见，持论明通，转使贾黄两宿儒无词可驳，也不免应对支吾。和帝顾视鲁丕，不禁称善，特赐冠帻履袜，并衣一袭。此时却难为贾黄。丕谢赐而退，越日复上疏道：

> 臣以愚顽显备大位，犬马气衰，猥得进见，论难于前，无所甄明，衣服之赐，诚为优过。臣闻说经者传先师之言，非从己出，不得相让；相让则道不明，若规矩准绳之不可枉也。难者必明其据，说者务立其义；浮华无用之言，不陈于前，故情思不劳，而道术愈章。法异者各令自说师法，博观其义，览诗人之旨意，察《雅颂》之终始，明舜禹皋陶之相戒，显周公箕子之所陈，观乎人文，化成天下。陛下既广纳謇謇以开四聪，无令刍荛以言得罪，既显岩穴以求仁贤，无使幽远独有遗失，则言路通而人才进，人才进而经说明，天下可不劳而理矣！

为此一疏，和帝乃下诏求贤，令有司选举明经洁行，使侍经筵，且敕边郡各举孝廉。敕书有云：

> 幽并凉州户口率少，边役众剧，束修良吏，进仕路狭。朕惟抚接夷狄，以人为本，其令缘边郡口十万以上，岁举孝廉一人，不满十万，二岁举一人，五万以下三岁举一人。

看官阅此，应疑和帝既令边郡各举孝廉，何故限人限岁，严格如此？哪知孝不易得，廉亦难能，且边郡人民，华夷杂处，性质多半愚蒙，尚未开明文化，能有几个孝子几个廉士呢？这且无容细叙。且说凉州西偏，屡有寇患，叛羌迷唐，自被刘尚赵世等击走，奔往塞外，汉兵引归。回应前回。廷议且谓尚、世畏懦，不敢穷追，应该坐罪，乃逮入诏狱，并令免职。议亦太苛。谒者王信，代领尚营，屯驻枹罕；谒者耿谭，代领世营，屯驻白石。谭复悬赏购募，招诱羌人，羌众又陆续来归。天下无难事，总教现银子。迷唐见部众离散，复起惊慌，因遣人乞降。谭令迷唐自至，方可允许。迷唐不得已趋诣汉营，谭与信会同受降，且遣迷唐诣阙投诚；余众不满二千，统皆饥乏，暂入居金城，拨给衣食。及迷唐入京，朝谒已毕，和帝令他还居榆谷，不得再叛。迷唐未便多言，拜辞西行。奈何复纵之使去？到了塞下，却不肯再回故地，他想榆谷附近，汉人已造河桥，往来甚便，如何保守得住？因致书护羌校尉吴祉，托言种人饥饿，不肯远归。吴祉得书，还道他是真言，多赐金帛，令得籴谷购畜，便即出塞。不料迷唐心变，至金城挈领部众，顺便钞掠湟中诸胡，满载而去。王信耿谭吴祉，统皆坐罪，又致夺职还乡，改用酒泉太守周鲔为护羌校尉。永元十三年秋季，迷唐复至赐支河曲，率众犯塞。周鲔与金城太守侯霸，调集诸郡兵士，湟中小月氏胡，合三万人出塞，行至允川，未见羌踪。鲔安营驻扎，使侯霸前往探哨。霸骁勇敢战，在途巡逻，忽与迷唐相遇，毫不畏缩，即向前突阵，锐不可当，羌众慌忙退走，已晦气了四百多人，做了枉死的无头鬼。霸复驱兵追剿，急得羌众走投无路，多半匍伏乞降，共计有六千余口。迷唐只带了数百残骑，奔往赐支河北，伏匿岩谷间。及霸飞章告捷，汉廷因周鲔逗留，未曾与战，饬令还都论罪；擢霸为护羌校尉。置校尉如奕棋，也属不宜。既而安定降羌烧当种叛乱，由郡守发兵剿灭，没入妇女，尽为奴婢。于是四海及大小榆谷，无复羌寇。隃麋相隃麋为东汉侯国。曹凤上书献议道：

> 西戎为害，前世所患，臣不能纪古，且以近事言之：自建武以来，其犯法者常从烧当种起事。所以然者，以其居大小榆谷，土地肥美，又近塞内，诸种易以为非，难以攻伐，南得杂种以广其众，北阻大河，因以为固，又有西海鱼盐之利，缘山滨水，以广田畜，故能强大。常雄诸种，恃其权勇，招诱羌胡；今者衰困，党援坏沮，亲属离叛，余兵不过数百人，窜走穷荒。臣愚以为宜及此时，建复西海郡县，规固二榆，广设屯田，隔塞羌胡交通之路，遏绝狂狡窥伺之谋；又殖谷富边，省委输之役，国家可无西顾之忧矣！

和帝览书，发交公卿会议，俱云可行。乃复置西河郡，即拜凤为金城西部都尉，出屯龙耆。嗣金城长史上官鸿，复开置归义建威屯田二十七部，霸亦增置东西邯屯田五部，及留逢二部，总计得三十四部。功将垂成，后因安帝永初元年，诸羌复叛，竟至中辍。惟迷唐孤弱失援，终至病死。有一子款塞来降，户口不满数千，西陲暂得少安。至若西北一带，自从班超抚定西域，各国归命，变乱不生。惟超由明帝永平十六年，奉命西行，直至和帝永元十二年，尚未得归，先后约三十载，超年将七十，思归故里。适值超掾史甘英，奉超令欲赴大秦，即罗马国。行至条支，即阿剌。西临大海，为安息人所劝阻，中道折回；安息国献入狮子，及条支大鸟，超因遣子勇偕同外使，共诣洛阳，特拜疏乞归道：

> 臣闻太公封齐，五世葬周；狐死首丘，代马依风。《韩诗外传》云："代马依北风，

飞鸟扬故巢。”夫周齐同在中土，千里之间，犹且如此，况远处绝域如小臣，能无依风首丘之思哉？蛮夷之俗，畏壮侮老，臣超犬马齿歼，常恐年衰，奄忽僵仆，孤魂弃捐。昔苏武留匈奴中，尚十九年，今臣幸得奉节，带金银，护西域，如自以寿终屯部，诚无所恨；然恐后世或因臣沦没西域，举以为戒。臣不敢望到酒泉郡，但愿生入玉门关。老病衰困，冒死瞽言。谨遣子勇随献物入塞。及臣生在，令勇目见中土，亦所慰心。望阙哀鸣，伏冀垂鉴。

这疏呈入，和帝因超居西域，得外人心，急切无人可代，只得暂从搁置，俟后再图。转眼间又是二年，超久待朝命，杳无消息。但闻妹昭入宫续史，为后宫师，因特寄与一书，浼令设法求归。昭本善文，援笔立就奏章，伏阙上陈。略云：

妾同产兄西域都护定远侯超，幸得以微功特蒙重赏，爵列通侯，位二千石，天恩殊绝，诚非小臣所当被蒙。超之始出，志捐躯命，冀立微功，以自陈效。会陈睦之变，道路隔绝，超以一身奔走绝域，晓譬诸国。因其兵众，每有攻战，辄为先登，身被创痍，不避死亡，赖蒙陛下神灵，尚得延命沙漠。至今积三十年，骨肉生离，不复相识，所与相随时人士，皆已物故。超年最长，今且七十，衰老被病，头发无黑，两手不仁，耳目不聪明，扶杖乃能行，虽欲竭尽其力，以报塞天恩，迫于岁暮，犬马齿索。蛮夷之性，悖逆侮老，而超旦暮入地，久不见代，恐开奸宄之源，生逆乱之心。而卿大夫咸顾目前，莫肯远虑，如有猝变，超之气力，不能从心，便为上损国家累世之功，下弃忠臣竭力之效，诚可痛也！故超万里归诚，自陈苦急，延颈遥望，三年于今，未蒙省录。妾窃闻古者十五受兵，六十还之，亦有休息，不任职也。缘陛下以至孝理天下，得万国之欢心，不遗小国之臣，况超得备侯伯之位？故敢触死为超求哀，匄超余年，一得生还，复见阙庭，使国家永无劳远之虑，西域无仓促之忧，超得长蒙文王葬骨之恩，子方哀老之惠。子方姓田，为战国时魏文侯师，文侯弃老马，子方为弃马非仁，收而养之。诗云：“民亦劳止，汔可小康；惠此中国，以绥四方。”超有书与妾生诀，恐不复相见。妾诚伤超以壮年竭忠孝于沙漠，疲老则便捐死于旷野，诚可哀怜。如不蒙救护，超后有一旦之变，如国家何？妾冀幸超家蒙赵母卫姬先请之贷，赵母谓赵括母，惧括败，先请得不坐罪。卫姬系齐桓公姬，桓公与管仲谋伐卫，桓公入，姬先请卫罪。并见《列女传》。愚戆不知大义，触犯忌讳。无任翘切待命之至。

和帝见了此奏，不禁感动，乃召超还朝，命中郎将任尚代为都护。超欣然奉命，与尚交代。尚问超道：“君侯在西域三十余年，远近畏怀，末将猥承君后，任重才浅，还求明诲！”超喟然道：“超已年老，耳目失聪，任君屡当大任，经验必多，何待超言？但既承明问，敢不竭愚！塞外吏士，本非孝子顺孙类，皆因平时犯罪，徙补边屯；戎狄又性同禽兽，难养易败，今君来此抚驭，他不足虑，只性太严急，还宜少戒。水清无大鱼，察政不得下和，宜改从简易，宽小过，总大纲，便可收效了！”尚虽然谢教，心下却未以为然，待超去后，私语亲吏道：“我以为班君必有奇谋，谁料他所言止此，平淡无奇，何足为训？”平淡中却寓至理，奈何轻视？遂把超言置诸脑后，不复记忆。超至洛阳，诣阙进谒，和帝慰劳数语，令为射声校尉。超素患胸疾，至是益剧，入朝不过月余，便致告终，年七十一。和帝遣使吊祭，赗遗颇厚，令长子班雄袭爵。小子有诗咏道：

久羁外域望生还，奉诏登途入玉关。
老病已成身遽逝，此生终莫享余闲！

班超如此大功，生虽封侯，死不予谥；那宦官郑众，居然得加封为鄛乡侯，真是有汉以来，闻所未闻了！欲知后事，试看下回续叙。

经者常也，六经即常道也。圣贤之所以垂训，国家之所以致治，于是乎在。自秦火一炬以后，简残编断，得诸煨余者，往往阙略不全。汉儒重兴经学，意为笺注，已失古人精义；但先王之道，未坠于地，则犹赖汉儒之力耳。鲁丕在东观讲经，能折贾黄二宿儒之口，当非强词夺理者可比。本回特从详叙，所以表章经术，风示后世。经废则常道不存，安在而不乱且亡也？班超有抚定西域之大功，年老不得召归，幸有同产女弟之博学贞操，为后宫所师事，方得以一篇奏牍，上感九重。至超归而月余即殁，狐死首丘，吾犹为超幸矣！夫苏武归而仅为典属国，班超归而仅得射声校尉，至病逝后，并谥法而且靳之，汉之薄待功臣久矣！无惑乎李陵之降虏不返也！

第三十七回

立继嗣太后再临朝　解重围副尉连毙虏

却说郑众封侯，乃是汉廷创例，和帝因他诛窦有功，班赏时又辞多就少，所以格外宠遇，竟给侯封。哪知刑余小人，只可备供洒扫，怎得视若公卿？就使郑众驯良可取，有功不矜，究不能封他为侯。贻讯作俑，这便是教猱升木，引蚁决堤。光武帝辛苦经营的天下，要为了郑众封侯，自启厉阶，终落得七乱八糟，不可收拾呢！引起下文乱事。话休叙烦，且说永元十五年间，孟夏日食，有司以阴气太盛，奏遣诸王就国。日食，乃天道之常，就使果应人事，亦为邓后临朝预兆，奈何归咎诸王，请令就国？穿凿附会，殊属可笑。原来和帝性情友爱，遵循乃父故事，令兄弟留居京师。及有司奏请遣发，和帝尚不忍分离，有诏作答道：

> 日食之异，责由一人。诸王幼稚，早离顾复，弱冠相育，常有"蓼莪凯风"之哀。《蓼莪凯风》见《诗经》。选懦仁弱之意。之恩，知非国典，且复须留。

未几又是冬日，和帝出祠章陵旧宅，光武帝改舂陵乡为章陵县，事见建武六年。令诸王一律从行。祠毕后大会宗室，饮酒作乐，备极欢洽。嗣又顺道进幸云梦，至汉水滨方拟再诣江陵，忽接到留守太尉张禹奏章，乃是谏阻远游，和帝乃还。清河王中傅卫䜣，与清河王庆并同随驾，沿途索赃，得千余万缗，事被和帝察觉，派吏鞫治，并责庆不先举发。庆答复道："䜣位居师傅，选自圣朝，臣本愚昧，但知言从事听，不便纠察，所以未得先闻。"和帝听了，颇以奏对合宜，待抄出卫䜣私赃，一并赐庆。庆辞让不许，乃拜受而退。太尉张禹，亦得蒙特赏；此外留守诸官，及随从诸臣并各赐钱帛有差。会岭南例贡生龙眼荔枝，十里一置，马递曰置。五里一侯，司望曰侯。互相传送，昼夜不辍。临武县长唐羌，具陈贡献劳苦情形，且请和帝勿重滋味。乃有诏禁止贡献，饬太官毋受珍羞。这是和帝美政，故特表明。越年司徒鲁恭，因事免官，迁司空徐防为司徒，进大鸿胪陈宠为司空。宠已由廷尉进官大鸿胪。又越年改号元兴，大赦天下，凡宗室因罪削籍，并得赐复。既而雍地忽裂，时人讶为不祥。待至十二月间，和帝不豫，逐日沉重，竟至告崩，享年只二十七岁，在位一十七年。当时储君未立，后宫生子多殇，往往视宫中为凶地，遇有生育，辄使乳媪抱出宫外，寄养民间。及车驾将崩，群臣尚未知皇嗣下落，无从拥立，不得不禀明邓后，请旨定夺。邓后却知后宫生子，遗存二人，长子名胜，素有痼疾，未便迎立；少子名隆，生才百日，已在宫外寄养，乃即令迎入，立为太子。当夜即位，尊邓后为皇太后，临朝听政。不到半月，便已改岁，定年号为延平元年，进太尉张禹为太傅，司徒徐防为太尉，参录尚书事，百官总己以听。邓太后以帝在襁褓，欲令重臣入居禁内，乃令张禹留卫宫中，五日一归府；并擢光禄勋梁鲔为司徒，使继徐防后任，备位三公。封皇兄胜为平原王，奉葬和帝于慎陵，庙号穆宗。

总计和帝在位十七年，英明仁恕，有祖父风，少年即能摈除窦氏，收揽权纲；后来尊儒礼士，纳谏爱民，凡蠲租减税，赈饥恤贫诸诏，史不绝书；遇有灾异，辄延问公卿，谕令极言得失，前后符瑞，得八十一处，皆自称德薄，抑而不宣。可惜天不假年，未壮即殁。只晚年荣封郑众，以致宦官继起用事，这乃是和帝一生遗累，种下绝大祸根。祸足亡国，故不惮烦言。丧葬既毕，清河王庆等，始俱令就国。庆追念和帝德惠，衔哀不已，甚至呕血数升，力疾就道。邓太后格外体恤，许得置中尉内史，所赐什物，皆取自和帝乘舆，俾作纪念。且因嗣皇幼弱，恐有不测，乃留庆长子祜，与嫡母耿姬，仍居清河邸中，以备非常。既有此虑，不如先立皇子胜，何必舍长立幼？一面使宫人归园，特赐周冯两贵人策书道：

朕与贵人托配后庭，共欢等列，十有余年。不获福祐，先帝早弃天下，孤心茕茕，靡所瞻仰，夙夜永怀，感怆发中。今当以旧典分归外园，惨结增叹，《燕燕》之诗，曷能喻马？《燕燕》为卫庄姜送戴妫诗。其赐贵人以王青盖车采饰辂骖马各一驷，黄金三十金，杂帛三千匹，白越四千端；布名。冯贵人未有步摇环珮，亦加赐各一具，聊为赠别，不尽唏嘘。

周冯两贵人，奉策拜赐，辞别出宫，至园寝中陪侍山陵去了。邓太后复接连下诏，大赦天下，凡建武以来得罪被锢，皆复为平民。又减节太官导官尚方内署所供服食，太官掌御厨，导官掌择御米。自非陵庙祭祀，食米不得导择，朝夕惟一肉一饭，不得妄加。郡国贡献，悉令减半，斥卖上林鹰犬，蠲省离宫别馆米炭，所有掖庭侍女，及宗戚没入诸官婢，一律遣归，各令婚嫁。会因连月下雨，郡国或患水灾，即敕二千石据实详报，为除田租刍藁，不得欺隐。各处淫祀，不入祀典，概令罢免。这都是邓太后初次临朝的美政。总束一语。既而司空陈宠病殁，命太常尹勤为司空，且进虎贲中郎将邓骘为车骑将军。骘系邓训长子，为邓太后亲兄，表字昭伯，少时为窦宪府掾，及女弟立为贵人，乃与诸弟并为郎中，和帝尝欲加封邓骘，为邓后所推让，故迁官止虎贲中郎。及后既临朝，遇有一切政务，不能不引骘入议，较免嫌疑，因擢骘为车骑将军，仪同三司。三司就是三公，汉官中向无此名，自骘为始。太后临朝，势必引用外戚，后来一跌赤族，可慨可叹！骘颇知敛抑，且受祖父邓禹遗训，居安思危。但女弟既为太后，年仅花信，不便屡见大臣，自己托在同胞，出入较便，只好勉强受命，就职任事。光阴易过，又是仲秋，那小皇帝竟感冒风寒，仓促天殇，年仅二岁，殡殓崇德前殿中。邓太后忙与骘密商，议及继统事宜。好在清河王庆子祜，尚留邸中，当由邓太后创议迎立，骘亦赞成。再由骘商诸公卿，亦无异言，便夤夜使骘持节，用王青盖车迎祜入宫，先授封长安侯，然后准备嗣位。邓太后即下诏道：

先帝圣德淑茂，早弃天下，朕奉嗣皇，夙夜瞻仰日月，冀望成就。岂意猝然颠沛，天年不遂，悲痛厥心！朕惟平原王素婴痼疾，未便继承。念宗庙之重，思继嗣之统，惟长安侯质性忠孝，小心翼翼，能通诗论，笃学乐古，仁惠爱下，年已十三，有成人之志。亲德系后，莫宜于祜。《礼》："昆弟之子犹己子。"《春秋》之义："为人后者为之子。"不以父命辞王父命，其以祜为孝和皇帝嗣，奉承祖宗，案礼议奏。

公卿等依诏定议，复奏进去；又由宫中撰就策命，交付太尉张禹，引祜受策。当由禹对祜宣读道：

惟延平元年秋八月癸丑，皇太后曰：咨长安侯祜，孝和皇帝，懿德巍巍，光于四海。大行皇帝古称帝丧，为大行，大行者，不返之意。不永天年，朕惟侯系孝章帝世嫡皇孙，谦恭慈顺，在孺而勤，宜奉宗庙，承统大业。今以侯嗣孝和皇帝后，其君临汉国，允执厥中，一人有庆，万民赖之！皇帝其勉之哉！

张禹读罢，持策与祜，祜拜受后，再由禹奉上玺绶，乃拥祜即皇帝位，是为安帝。公卿以下，循例谒贺。但因安帝年甫十三，未能亲政，仍由邓太后临朝。越月将崇德前殿的殡宫，奉葬康陵，幼主无谥，且无庙号，只称作殇帝罢了。安帝本与嫡母耿姬，同居清河邸中，帝既入承大统，耿姬不便独留，邓太后即使中黄门送她归国。惟安帝生母叫作左姬，左姬字小娥，有姊字大娥，系犍为人，伯父圣坐妖言伏诛，家属俱没入掖庭，二娥当然在列，并有才色，小娥更善史书，能词赋，为众所称。会和帝命赐诸王宫人，清河王庆素闻二女艳名，特贿托宫中保姆，求得二娥。好容易得遂心愿，将二娥拨至清河邸中，庆得左拥右抱，其乐陶陶。废太子也想纵欢么？小娥有娠生子，便是安帝。相传安帝幼时，屡有神光照室，又有赤蛇蟠护床中，近视又复不见，因此称奇。这多是附会之谈，实则安帝入嗣，由乃父无辜被废，天道有知，巧为转移而已。年至十岁，好学史书，和帝亦叹为奇童，暇辄召见，与谈文字。只大小二娥，却是始终薄命，做了清河王的姬妾，还是没福消受，一对姊妹花，相继沦谢。好花不久长。到了安帝入嗣，二娥已逝世有年了。清河王庆，就国逾年，也是形销骨损，病入膏肓，至耿姬返后，病即垂危，乃嘱清河中大夫宋衍道："清河土薄，不堪茔葬，我意欲至我母坟旁，掘穴下棺。自思朝廷大恩，尚应赐筑祠室，俾得母子并食，魂灵有所依庇，死后亦无遗恨了！"说至此，即令宋衍缮就遗表，乞将骸骨赐葬亡母宋贵人旁，越宿竟逝，年才二十有九。遗表传达京师，邓太后也觉含哀，函遣司空尹勤持节，与宗正同往吊祭，特赐龙旗九旒，虎贲百人，饰终典仪，尽仿东海王强故事。一面使掖庭令送左姬遗棺，与庆合葬广丘，谥曰孝王，长子虎威袭封。越年为永初元年，邓太后又封宋衍为盛乡侯，并分清河为二国，封虎威弟常保为广川王，这且待后再表。且说车骑将军邓骘，自与太后定策立嗣后，不欲常居禁中，屡求还第，太后乃准如所请。骘有四弟，长弟京时已去世；次弟悝得升任城门校尉；三弟弘亦得为虎贲中郎将；季弟阊尚为郎中。邓太后复增封骘为上蔡侯，悝为叶侯，叶音摄。弘为西平侯，阊为西华侯，食邑各万户。骘以定策有功，加邑三千户。邓太后前为兄弟辞封，此时何遽封为侯？骘表辞不获，出都谢使，复恳切上陈，大略说是：

臣兄弟庸秽，无能可采，谬以外戚，遭值明时，托日月之末光，被云雨之渥泽，并统列位，光昭当世，不能宣赞风美，补助清化，诚惭诚惧，不胜疚心。陛下躬天然之姿，体仁圣之德，遭国不造，仍罹大忧，开日月之明，运独断之虑，援立皇统，奉承太宗，圣策定于神心，休烈垂于不朽，本非臣等所能补效万一。而猥推嘉美，并享大封，伏闻诏书，惊惶惭怖。追睹前世倾覆之诫，退自思念，不寒而栗。臣等虽无逮及远见之虑，犹有庶几戒惧之情，常聚母子兄弟，内相敕厉，冀以端悫畏慎，一心奉戴，上全天恩，下完性命。刻骨定分，有死无二，终不敢横受爵土，以增罪累，惶窘征营，昧死待命。

邓太后接阅骘书，尚不肯许，骘再申前请，且欲窜迹穷荒，于是太后收回成命，召令还都；惟封生母阴氏为新野君，以万户供汤沐邑。虎贲中郎将邓弘，素治欧阳尚书，欧阳生字伯和，师事伏生，为前汉武帝时人。太后乃令他入傅安帝，自己亦从曹大家受经，兼习天文算数，昼治政事，夜览书籍，习以为常。好算是巾帼丈夫，可惜阴盛阳衰。偏是内忧少靖，外患又迭起不休，西域都护任尚，不肯依从班超遗诫，专务苛察，致失众心，西域诸国又相率叛汉，围攻任尚。尚上书求救，汉廷令北地人郎中梁慬为西域副校尉，使率河西四郡羌胡五千骑，星夜赴援。慬尚未至，尚已解围，因复据实报闻，有诏征尚还都，另任骑都尉段禧为都护，西域长史赵博为骑都尉，同驻龟兹它乾城。城中形势狭隘，梁慬往阅一周，谓西域方有变志，此城如何可守？乃特访龟兹王白霸，与述朝廷厚恩，嘱使勿负，且言龟兹势孤，当邀都护等入城共守。白霸本由汉廷遣归，得立为王，见三十四回。听了梁慬议论，当然乐允；惟吏士同声谏阻，霸乃不从。梁慬见众有贰心，急命从吏飞报段禧，请即引兵入龟兹城。禧遂与赵博率兵八九千至龟兹国都。龟兹部众，恨王招入汉军，却去联结温宿姑墨两国兵马，来攻白霸，共计有数万人，环绕龟兹城下，势甚汹汹。白霸原是惊惶，连段禧赵博两人，亦自悔仓促失图，被他围住。独梁慬毫无惧色，慷慨誓师，出城奋击，三战三胜。叛众自恃势盛，虽屡经败衄，尚未肯退。慬出战一次，还守数日，出战两次，又还守数日，相持至好几月，看得叛众疲敝，索性与段禧赵博等，并力出战，大杀一阵，刀过处血风乱洒，槊落处胡马齐倾，叛众抵挡不住，自然尽溃，温宿姑墨两国败兵，也即散走。慬复引兵追击，大振余威，复枭得许多头颅，夺得许多牲畜。总计先后斩虏首万余级，获生口千余人，骆驼牛羊万余头，力写梁。龟兹乃定。慬等自然奏捷。无如龟兹以外，余国尚未肯服从，遂致道路梗塞，奏报不通，待至捷书到达，差不多有百余日。一班公卿大夫，统是顾近忽远，并言西域遥隔，向背无常，朝廷多耗饷糈，吏士屯田，连年劳苦，为费亦巨，不如取销都护，迎师回朝为是。邓太后亦不欲劳兵，依了众议，就遣骑都尉王弘，发关中兵，及西陲羌胡，往迎段禧赵博梁慬等，及伊吾卢柳中屯田诸吏士。看官听着！班定远数十年的劳绩，至此乃甘心弃去，尽隳前功，说将起来，统是任尚一人，贻误大事。可见得安内攘外，全仗人才，一或误用，未有不立时败坏呢！慨乎言之。朝廷大臣，不知另举才能，出镇西域，反以为撤销都护，可无外患。谁知一误不足，还要再误，为了迎还西师一役，又惹出羌人的变乱来了。先是烧当羌酋东号，挈众内附，见三十二回。有子麻奴，随父同降，寓居安定。东号死后，麻奴继立，种人滋生日繁，散居河西诸郡县。吏人豪右，往往目为贱种，随时差役，积成众怨。及王弘奉命征调，发遣金城陇西汉阳诸羌，使迎西师，羌人还疑是调署西域，往往裹足不前。郡县官吏，严行逼迫，约有数千百骑，到了酒泉，复不愿出关，陆续逃避。官吏当作叛羌相待，发兵邀截，非杀即拘，或把他旧居庐落，尽行毁去。于是诸羌益惊，哄然尽溃，麻奴亦支撑不住，也西走出塞。先零别种滇零，与钟羌诸种，反得乘隙为乱，据住陇道，大为寇掠。一时不得兵械，就将竹竿当作戈矛，板案充作盾牌，四出滋扰。郡县官无法抵敌，不得不连章奏闻，邓太后乃使车骑将军邓骘，发兵征羌；再用任尚为征西校尉，令归邓骘节制，一同西行。小子有诗叹道：

良言不纳总无成，轻隳前功罪岂轻。

如此庸才犹屡用，边陲何日得澄清？

邓骘任尚西行征羌，究竟能否制服羌人，待至下回再叙。

邓后以贤德见称，迹其行谊，殆亦得半失半，瑜不掩瑕。和帝崩后，应援立嗣以长之大经，谘询群臣，然后定议，奈何遽以生经百日之婴儿，骤使嗣位？谓非贪立幼主，希揽政权，其谁信之？及幼主已殇，又徒与亲兄定策，迎立清河王子祜，一朝元首，乃出自兄妹二人之私意，试问国家建置三公，果何为乎？且临朝未几，即封兄弟四人为侯，违反祖制，专顾私亲，而其他之煦煦为仁，转不足道。微邓骘等之犹知退让，几何而不为窦氏也？洎乎西域变起，措置失常，梁慬有却寇之才，不使专阃，反听朝臣鄙议，甘举西域而尽弃之，定远有知，能无隐恫？况弃西域而复构西羌，虽属内外之失人，究由宫廷之失策！诗曰："哲夫成城，哲妇倾城。"邓后虽非倾城之妇人，其亦不能无讥乎？

第三十八回

勇梁慬三战著功　智虞诩一行平贼

却说车骑将军邓骘，与征西校尉任尚等，出讨诸羌，因各郡兵马尚未到齐，乃留屯汉阳，但遣前哨数千骑，窥探诸羌动静。不意到了冀西，突与钟羌相遇，急切不能抵敌，竟被杀死千余人，余众狼狈逃归。可巧西域副校尉梁慬驰归，行抵敦煌，奉诏为邓垟援应，因即引兵转赴张掖，击破诸羌万余人，斩获过半。再进至姑藏，羌豪三百余人，畏威乞降，慬曲为晓谕，遣还故地，各羌豪喜跃而去。是年边疆未靖，腹地多灾，郡国十八处地震，四十一处雨水，二十八处大风雨雹。太尉徐防，司农尹勤，相继引咎，上书辞职。邓太后准令免官，三公以灾异罢免，实自此始。命太傅张禹为太尉，太常周章为司空。宦官鄛乡侯郑众，及尚方令蔡伦，乘机干政，为邓太后所宠幸。外戚宦官，更迭干政，有何好处？司空周章，屡次规谏，并不见用。章素性戆直，因见外戚宦官，内外蒙蔽，邓太后始终未晤，免不得愤激起来，当下密结僚友，谋诛邓骘兄弟，及郑众蔡伦诸人，并且废去太后嗣皇，改立平原王胜。事尚未发，竟致漏泄机关，把章褫职；章自知不免，忙即服毒自尽。是何等事，乃敢仓促妄行？死不累家，尚是侥幸！颍川太守张敏，入为司空；司徒梁鲔病逝，仍起鲁恭为司徒。鲁恭免官，见前回。越年二月，遣光禄大夫樊准吕仓，分巡冀兖二州，赈济灾民。准上移民政策，谓赈给不足济事，应将灾民徙置荆扬熟郡。邓太后依准所议，民得少苏。会仲夏大旱，邓太后亲幸雒阳寺，令若卢狱中囚犯，解入寺中，面加讯问。官之所居曰寺，若卢狱为少府所掌，主鞫将相大臣。有一囚徒犯杀人罪，实是屈打成招，冤枉牵累，当时已奄奄一息，由吏役扛抬至前，可怜他举头四顾，尚不敢言，太后察出情隐，温言讯鞫，具得实情，乃将囚徒释免，收系雒阳令抵罪。行未还宫，甘霖大降，群臣喧呼万岁。太后虽有心恤囚，但以一妇人，亲加讯鞫，究非国法所宜。未几又接任尚败报，复致忧劳。原来车骑将军邓骘，出屯经年，因使任尚及从事中郎司马钧，带领各部兵马，出讨羌豪滇零，到了平襄，与滇零等接仗多时，尚军大败，伤亡至八千余人，慌忙遁回。此人原不堪典军。滇零得了胜仗，竟自称天子，招集武都参狼上郡西河诸羌种，东犯赵魏，南入益州，攻杀汉中太守董炳，转掠三辅，气焰甚盛。湟中诸县，粟石万钱，百姓死亡，不可胜计。朝廷既要转饷输兵，又欲发粟赈民，弄得日夜彷徨，不知所措。故左校令庞参，坐法遭谴，充作若卢狱中工作，特令子俊上书道：

> 方今西州流民扰动，而征发不绝，水潦不修，地力不复，重之以大军，疲之以远戍，农功消于转运，资财竭于征发，田畴不得垦辟，禾稼不得收入，搏手困穷，无望来秋，百姓力屈，不复堪命。臣愚以为万里运粮，远就羌戎，不若总兵养众，以待其疲。车骑将军邓骘，宜且振旅，留征西校尉任尚，使督凉州士民，转居三辅，休徭役以助其时，止烦赋以益其财，令男得耕种，女得织纴，然后蓄精锐，乘懈沮，出其不意，攻其不备，则边民之仇报，奔北之耻雪矣。臣身负罪戾，自知昧死，

区区一得，不敢不闻，伏希赐鉴。

邓太后得书后，尚在踌躇。适光禄大夫樊准，自冀州回京复命，闻得庞参上书言事，具属可行，且素知参才足任事，因上疏荐参道：

臣闻鸷鸟累百，不如一鹗。昔孝文皇帝悟冯唐之言，而赦魏尚之罪，使为边守，匈奴不敢南向。夫以一臣之身，折方面之难者，选用得也！臣伏见故左校令河南人庞参，勇谋不测，卓尔奇伟，高才武略，有魏尚之风，前坐微法，输作经时，今羌戎为患，大军西屯，臣以为如参之人，宜在行伍。惟明诏采前世之举，观魏尚之功，免赦参刑，以为军锋，必有成效，宣助国威不难矣！谨此上陈，惟陛下裁察之。

为此一疏，参得蒙恩赦罪，进拜谒者，奉使西行，监督三辅诸军，屯田防边。且诏令梁慬进屯金城。慬得三辅军报，知叛羌随处骚扰，迫近园陵，乃即引兵往击，转战武功美阳间，武功美阳皆县名。身先士卒，连败羌众，夺还被掠生口多人，截获马畜财物，不可殚述。邓太后得慬捷书，心下少慰，特用玺书劳勉，委慬剿抚诸羌，节制各军；一面从庞参计议，征还邓骘，但留任尚屯兵汉阳。骘奉诏东归，途次又接太后恩诏，拜为大将军。骘并无功劳，何得升官？可见太后全是为私。既至都门，大鸿胪持节出迎，中常侍赍牛酒犒劳，王侯以下，相率候望，络绎道中。及诣阙入谒，复特赐束帛车马，真是宠灵显赫，震耀京师。若使扫平诸羌，不知如何待遇？太后既优待邓骘，不得不加赏任尚，遂封尚为乐亭侯，食邑三百户。败军之将，且得封侯，邓太后真是愦愦。惟将护羌校尉侯霸召还，说他不能驭羌，黜为庶人，也是冤枉。即令前西域都护段禧，代为护羌校尉。怎奈羌势日盛，终不能制，永初三年孟春，三辅告急，因复遣骑都尉任仁，督领诸郡屯兵，往援三辅。仁屡战屡败，羌众越加猖獗，当煎勒姐种羌，攻陷破羌县，钟羌攻陷临洮县，连陇西南部都尉，都被擒去。司徒鲁恭，年近八十，乞请致仕，乃改任大鸿胪夏勤为司徒。勤既就职，日虑国用不足，往往仰屋兴嗟，不得已商诸太尉张禹，及司空张敏，援照前汉入粟拜爵的故例，联名上奏，许令吏民纳入钱谷，得为关内侯，或虎贲羽林郎，及五官大夫府吏缇骑营士各有差。邓太后见三公同意，自然准议。无如天灾屡降，常患饥荒，上半年河洛水溢，京师大饥；下半年并凉水溢，人自相食。接连又传到许多警报，海贼张伯路等，寇掠沿海九郡，渤海平原剧贼刘文河周文光等，遥与勾连，搅乱得一塌糊涂。还有代郡上谷涿郡间，又由乌桓鲜卑两路叛胡，一再入犯，杀败五原太守，伤毙郡中长吏。南匈奴骨都侯，阴助乌桓鲜卑，也是逆焰滔天，不可收拾；甚且南单于亦背叛汉朝，把美稷守将耿种围住，危急非常。那时汉廷将相，无从隐讳，当然奏白邓太后。邓太后很是着忙，只好与亲兄邓骘等会议，一路一路的调遣人马，前去征讨。出剿海贼的一路，委任了侍御史庞雄；出救五原一路，委任了车骑将军何熙；出击南单于一路，委任了辽东太守耿夔；又调梁慬行度辽将军事，使出为耿夔后应。军书四达，鼙鼓齐鸣，不但汉廷当日，忙乱得什么相似，就是小子一支秃笔，从今追叙，也觉得东顾西应，煞费精神了。我说是好看得很。侍御史庞雄，出剿海贼，究竟贼众乌合，不能抵敌王师，张伯路屡败乞降；渤海平原等剧贼，也望风瓦解，四处避匿。庞雄遽报肃清，有诏迁雄为中郎将，令他引兵西行，往副车骑将军何熙。那辽东太守耿夔，与行度辽将军事梁慬，统皆百战名将，一经会师，便向美稷城进发，行至属国故城，遇着南匈奴部酋奥鞬日逐王，约有三千余骑，截住途中，夔当先冲阵，慬在后继进，两将似生龙活虎一般，搅入匈奴阵中，三千人不值一扫，奥鞬日逐单骑走脱，所有辎重什物，尽被汉军夺来。

此时南单于师子，已早病亡，从弟檀嗣立为单于。永初三年六月间，曾诣阙入朝，随从有一降虏的汉人，叫作韩琮，朝毕还国，琮与语道："关东水潦为灾，兵民统皆饥死，若发兵进击，必可得志！"单于檀为琮所惑，因此叛汉兴兵，围攻美稷。至日逐王孑身败还，才知汉军仍然厉害，但还以为未曾亲睹，总要自己督兵，与汉军决一雌雄，方肯罢休。乃将美稷撤围，亲率精骑八千人，来敌汉军。凑巧与梁慬相遇，慬部下不过二三千人，单于大喜，总道以众敌寡，无患不胜，当下麾动骑兵，将慬围住。哪知慬全不惧怕，披甲持槊，跃马突阵，部曲各持械随上，一荡一决，十荡十决，把虏骑冲作数截，不能成围，只好退去；南单于檀，也是顾命要紧，奔还虎泽，未几又移寇常山。梁慬与耿夔合兵万人，倍道往援，南单于又复却还。车骑将军何熙，已到五原，击退乌桓鲜卑叛胡，庞雄亦至，熙适撄疾，闻得常山被攻，因遣雄驰救。及雄到常山，虏兵已退，遂与梁慬等会合，共得万六千人，进攻虎泽。南单于两番败走，已经胆落，又见汉军连营并进，布满旷野，越吓得魂魄飞扬，遂召责韩琮道："汝言汉人尽死，今是何等人到来，有此声威哩？"琮无辞可答，匍匐谢罪，当被单于斥退。琮本汉人，乃敢诳虏为寇，死有余辜，南单于轻信琮言，也是笨鸟。即遣奥鞬日逐王，至梁慬营中乞降；慬训斥一番，且令单于檀自来谢过，方可赦罪。单于檀接得复报，已是无可奈何，只得徒跣面缚，出来投诚。慬与庞雄耿夔等，排开兵马，列成数大队，各执兵械站着，然后传出号令，召檀进见。檀到了案前，不待斥责，已是把头乱捣，爆得怪响。经慬责他忘恩负义，不堪污刃，所以贷死，此后不得再作妄想，经须遣子为质，方才还军。檀慌忙承认，誓不复叛。方由慬等许令起来，改容相待，叫他回帐送出侍子。檀诺诺而去，不到半日，便遣子为质，且缴还前时所掠的汉民。慬等乃班师就道，移至五原。五原地方，尚有乌桓余党，出没往来，再经梁慬等领兵回击，斩获多人，残众乃降。车骑将军何熙，病不能起，竟致去世，汉廷实授梁慬为度辽将军，镇守塞下，召还中郎将庞雄，擢为大鸿胪。惟耿夔得功最少，且因他不能穷追单于，在道逗留，应该处罚，乃左迁为云中太守。北方一带，总算弭平。惟海贼张伯路，悔罪乞降，隔了一年，又复与渤海平原贼相连，攻入厌次县，戕杀长官。诏遣御史中丞王宗，督同青州刺史法雄，征集幽冀兵数万人，大举从事，连破贼党。会有赦书到来，解散贼众，贼众以军未解甲，不敢投诚。王宗听部佐计议，意欲乘间出击，法雄独进谏道："兵系凶器，战乃危机，勇不足恃，胜不可必。贼若航海入岛，未易荡平，今正可宣布赦书，罢兵解严，使他解散胁从，然后轻兵裹甲，歼除贼首，这乃所谓事半功倍呢！"确是弭盗良策。宗方才称善，收兵敛迹，但将赦书宣示贼党，令将所掠人物，一体交还，许令免死。贼遵令而行，嗣见东莱郡兵，尚未解甲，因复遁匿海岛中，惟胁从多半散去，只剩了张伯路等几个头目。过了月余，岛中无粮可用，乃入内地劫掠，法雄早已严兵待着，把他截住，见一个，杀一个，见两个，杀一双，伯路等并皆授首，海贼乃平。三路并了。

是时独叛羌未服，屡扰西陲，羌豪滇零，且进寇褒中。汉中太守郑勤，移兵驻防。汉廷因任尚久戍无功，传旨召归，令率吏民还屯长安。谒者庞参，复致书邓骘，谓宜徙边郡难民，入居三辅。骘颇以为然，且欲弃去凉州，专戍朔方。因召公卿等会议，公卿等尚有异辞，骘慨然道："譬如敝衣已破，并二为一，尚可完补；若非如此办法，恐两不可保了！"大众听了此言，只得勉强赞成。光禄勋李修，方因张禹病免，代为太尉。幕下有一个智士，方拜郎中，姓虞名诩，字升卿，系陈国武平县人。诩以谋略见称，故履历从详。少时失怙，孝养祖母，县吏举为顺孙。及既为郎中，闻邓骘决弃凉州，甚以为疑，自觉官小职卑，未便入朝驳议；只有新任太尉李修，本是当道主人，不妨直言相告，托他挽回，因即向修建议道：《通鉴辑览》误作张禹，此时禹已免官，应从《虞诩列传》。

窃闻公卿定策，当弃凉州，求之愚心，未见其便。先帝开拓土宇，劬劳后定，而今惮小费，举而弃之，一不可也。凉州既弃，即以三辅为塞，则园陵单外，二不可也。谚曰："关西出将，关东出相。"观其习兵壮勇，实过余州，今羌胡所以不敢入据三辅，为心腹之患者，以凉州在后故也。凉州士民，所以摧坚折锐，蒙矢石于行阵，父死于前，子战于后，无返顾之心者，为臣属于汉故也。今若弃其疆域，徙其人民，安土重迁，必生异志，倘猝然发难，因天下之饥乱，乘海内之虚弱，豪雄相聚，席卷而东，虽贲育为卒，太公为将，犹恐不足以御之。如此则函谷以西，园陵旧京，非复汉有，此不可三也！议者喻以补衣犹有所完，诩恐其疽食浸淫而无限极也。

李修既得诩议，大为感悟，便进诩与语道："若非汝言，几误国家大事；但欲保凉州，须用何策？"诩答说道："今凉州扰动，人情不安，防有他变。诚使朝中公卿，收罗该州豪杰数人，作为掾属，又引牧守子弟，授为散官；外示激扬，令他感激，内实拘致，防他为非，凉州有何难保呢？"这一席话，说得李修频频点首，当即入朝再议，公卿等俱同声称善。好似墙头草一般。邓骘见口众我寡，只好取消前议，但心中很是不平，意欲伺隙害诩。设心如此，全是佥人行径。会闻朝歌贼宁季，聚众数千，攻杀长史，猖狂日甚，州郡不能制，乃即命诩为朝歌长，促令指日到任。竟欲借刀杀人。故旧都为诩加忧，同时往吊，诩反笑说道："志不求安，事不避难，乃是人臣的职分！若不遇盘根错节，如何得见为利器呢？"早有成算。说罢，当即束装就道，直抵朝歌，先谒河内太守马棱，棱叹息道："君系儒生，应在朝就职，参赞谋犹，为何奉使到此？"

诩答说道："诩奉遣时，士大夫俱来吊诩，也道是诩无能为。诩既为人臣，何敢避难？诩思朝歌为韩魏郊野，背太行，山名。临大河，去敖仓只百里，青冀人民，流亡万数，贼不知开仓招众，劫库兵，守城皋，断天下右臂，可见他实无大志，不足为忧。惟目前贼势新盛，未可争锋，兵不厌权，愿明府宽假辔策，勿与拘牵，诩自然有法平贼呢！"棱慨然许诺。此公也特具青眼。诩即告别就任，悬赏购募壮士，分列三等：上等是专行攻劫；中等是好为偷盗；下等是不事家产，游荡失业。这三等莠民，令掾史以下，各举所知，招罗得数百人，由诩亲自挑选，汰弱留强，尚得百余。

当下设酒与宴，许贷前罪，嘱使投入贼中，诱令劫掠，一面伏兵待着。等到贼众前来，便由伏兵突出，并力兜拿，得擒斩数百人；余贼经此巨创，不敢出头。诩又想到别法，潜召缝纫为业，家况贫穷的男妇，叫他佣作贼衣，缝就记号，另许优给工资，遣令依计办理。百姓已恨贼切骨，得了诩命，自然往觅贼巢，替贼缝衣。贼众不知秘谋，待衣缝就，便往市里游行，不意为捕役所察，辄被拿住。捕役尚未肯与他说明，顿令贼犯莫名其妙，惊为神明，于是贼皆骇散，朝歌复安。小子有诗赞道：

不经盘错不成才，功业都从患难来。
试读升卿虞氏传，一回叹赏一惊猜。

诩既平贼，上书报功，邓骘至此，也无可如何了。欲知后事，且看下回再表。

邓骘统兵征羌，逾年两败，何功足言？及召之使归，反擢为大将军。任尚既失西域，复衄平襄，乃赏以侯封，汉廷之赏罚倒置，莫如此时！夫当日之号为良将者，无过梁慬，慬连败羌人，复制服南单于，功无与比，委以专阃，游刃有余；且胡人既服，正可调彼征羌，削平叛寇，奈何满朝将相，仓皇失措，反欲轻弃凉州耶？虞诩为国宣猷，保全西土，邓骘反视若仇敌，徙治朝歌，非诩之智能平贼，则陷谋士于群贼之中，天下皆引以为戒，不敢复闻朝廷事矣。吾嫉邓骘，吾尤不能无慊于邓太后云。

第三十九回

作女诫遗编示范　拒羌虏增灶称奇

却说永初四年九月，邓太后母新野君患疾，新野君见前文。太后亲往省母，连日留侍，未见还宫，三公上表固请，方才返驾。安帝此时已十有七岁，何不共请还政？既而新野君病剧，再去送终临丧，极尽悲哀，棺殓时给用长公主赤绂，特赠东园秘器，玉衣绣衾，东园秘器，注见前。使司空张敏持节护丧，仪比清河王临终遗制，谥曰敬君，清河王临终，见三十七回。又赐布三万匹，钱三千万。邓骘等辞还钱布，并乞退位守制，还居里第。太后尚未肯许，询诸曹大家班昭，昭因上疏复陈道：

伏惟皇太后陛下，躬盛德之美，隆唐虞之政，辟四门而开四聪，采狂夫之瞽言，纳刍荛之谋虑，妾昭得以愚朽身当盛明，敢不披露肝胆，以效万一！妾闻谦让之风，德莫大焉！故典坟述美，神祇降福。昔夷齐去国，天下服其廉高；太伯违邠，孔子称为三让，所以光昭令德，扬名于后者也。《论语》曰："能以礼让为国，于从政乎何有！"由是言之，推让之诚，其旨远矣。今国舅深执忠孝，引身自退，而以方陲未靖，拒而不许，如后有毫毛加于今日，诚恐推让之名，不可再得。缘见逮及，故敢昧死竭其愚诚，自知言不足采，聊以示虫蚁之赤心，伏冀鉴察。

邓太后素师事班昭，因即听从，许令骘等还第终丧，且封昭子曹成为关内侯。昭此时续著汉史，已经垂成，昭续《汉书》，见三十四回。出示士大夫，多半未解。故伏波将军马援从孙融，与昭同郡，得为校书郎，至阙下从昭受读。融兄名续，少甚敏慧，七岁通《论语》，十三明《尚书》，十六治《诗》，博览群《经》，又通《九章算术》。邓太后闻续才名，亦召入东观，使他参考《前汉书》再为校正。故《前汉书》百二十卷，除班氏兄妹编著外，续亦略有损益，然后大成。见《曹大家传》。班昭复作《女诫》七篇，作为内训：第一篇标目，是卑弱二字，第二篇是夫妇，第三篇是敬慎，第四篇是妇行，第五篇是专心，第六篇是曲从，第七篇是和叔妹，总计不下数千言，流传后世，近俗呼为女四书。小子无暇尽述，但记得她有一序文，照录如下：

鄙人愚暗，受性不敏，蒙先君之余宠，赖母师之典训，年十有四，执箕帚于曹氏，于今四十余载矣。战战兢兢，常惧黜辱，以增父母之羞，以益中外之累；夙夜劬心，勤不告劳，而今而后，乃知免耳。吾性疏顽，教导无素，恒恐子谷负辱清朝，《后汉书》引三辅《决录注》云：子谷即曹成子。圣恩横加，猥赐金紫，即授封关内侯事。实非鄙人庶几之望也。男能自谋矣，吾不复以为忧也。但伤诸女方当适人，而不渐训诲，不闻妇礼，惧失容他门，取羞宗族。吾今疾在沉滞，性命无常，念汝曹如此，每用惆怅，闲作《女诫》七章，愿诸女各写一通，庶有补益裨助，汝身去矣，其勖勉之！

校书郎中马融，见了七篇《女诫》，特为抄录，归示妻女，嘱令讲习，所以逐渐流传，千古不磨。此外尚有《赋颂铭诔问注哀辞书论上疏遗命》凡十六篇。至昭殁后，由子妇丁氏编成全集，自撰大家赞一则，附入集中，姑媳能文，可作彤史佳话。昭有夫妹曹丰生，亦有才慧，尝作书与昭论难，词亦可观。当昭逝世时，年已七十有余，邓太后且素服举哀，厚加赙赠，特派使臣监护丧事。这真好算作士女班头，生荣死哀了！才德如曹大家，应该褒扬。当时尚有广陵人姜诗妻，河南人乐羊子妻，也有贤名，并垂不朽。姜诗为广陵人，事母至孝，妻为同郡庞盛女，奉事尤谨。姜母好饮，江水去家约六七里，庞氏随时往汲，携归奉母。一日适遇大风，归家较迟，致母渴不能耐，诗因怒责庞氏，将她斥归。庞氏涕泣出门，借寓邻舍，日夕纺绩，托邻媪转遗姜母，数月间馈问不绝。姜母不免惊异，详问邻媪，邻媪始据实相告。姜母且感且惭，忙嘱诗召还庞氏，格外怜爱。庞氏益曲体母心，始终无违。有子少长，为姑汲流，竟致溺死，庞氏恐姑哀伤，未敢相告，但托言出外求学，未便常归。姜母更好嗜鱼鲙，又不愿独食，夫妇尝合力勤作，得资买鱼，为鲙供母，并令邻媪作陪，冀博母欢。既而孝感动天，有涌泉流出舍侧，每旦必双鲤跃起，使供母膳。庞氏亦再得生子，不致绝嗣。地方官吏，因举诗为孝廉，入拜郎中。寻复出宰江阳，颇有治绩，居官数年，病殁任所。人民为诗立祠，并将诗妻庞氏，一并绘象供奉。姜门双孝，流播千秋。举此可以劝孝。乐羊子妻，姓氏失传。羊子尝出外游行，拾得遗金一饼，还家示妻，妻瞿然道："妾闻志士不饮盗泉水，廉士不受嗟来食，齐黔娄赈饥，见饿者与语曰：'嗟！来食！'饿者以其无礼，竟不食死。奈何贪利拾遗，自污清行哩？"羊子大惭，亟将遗金还掷原地，一面寻师求学。逾年还，妻跪问归家理由，羊子道："久别怀思，并无他故。"妻起身取刀，趋近机前，指示羊子道："此织生自蚕茧，成自机杼，积缕累寸，积寸累尺，积累不已，方成丈匹，今若割断，便是自弃前功，终至无成。夫子既出外求学，应该学成乃归；若中道辍业，便与断机无异了！"羊子慌忙拦阻，情愿再出求学，妻始将刀放下。羊子遂去，七年不返。羊子尚有老母，妻殷勤奉养，又尝远馈羊子。会有邻鸡误入园中，羊子母竟盗鸡宰食，妻对鸡不餐，潸然泪下。母怪问何因，妻答说道："自伤居贫，使食有他肉。"母方有惭色，将鸡弃去。嗣有盗贼入门，逼妻受污，妻操刀趋出，盗见她执刀，便把羊子母劫住，且威吓道："汝若释刀从我，当使两全；否则先杀汝姑！"羊子妻举首仰天，长叹一声，竟举刀刎颈，流血毙命。盗也觉惊愕，舍去羊子母，扬长自去。羊子母报闻太守，太守捕盗抵罪，赐她缣帛，依礼安葬，号曰贞义。举此可以劝节。后来尚有汉中人陈文矩继妻，表字穆姜，生有二男，前妻亦有四子，文矩出为安众令，在任病故，穆姜与诸子携榇归葬。四子以穆姜本非生母，每有憎嫌；穆姜却慈爱温仁，加意抚养，衣食一切，比亲子还要加倍。邻人语穆姜道："四子不孝，可谓已甚，何不与之分居，免得受嫌？"穆姜答说道："我方欲以仁义相导，令他自知迁善，奈何反与分居呢？"邻人乃怀惭退去。嗣因前妻长子陈兴，遇疾甚笃，穆姜亲调药食，昼夜探问，不厌烦劳。好几月始疗兴疾，兴方才感悟，起呼三弟道："继母仁慈，出自天授，我兄弟不识恩养，行同禽兽，虽母德从此益隆，我辈过恶，也从此益深了！"使他自悟，方为善教。说着，遂挈三弟诣南郑狱中，具陈母德，且述自己从前不孝，乞许就狱治罪。县令却暗暗称奇，往白郡守。郡守提讯四子，四子陈述如前，郡守乃劝谕道："汝等既自知不孝，革面洗心，此后可在家侍奉，格外孝谨，借赎前愆，既往不咎，权从贷免罢了！”四子方相引归家，共至穆姜前跪下，愿受家法。穆姜道：“知过能改，还有何言？”说着，那郡中已遣吏至门，代为旌表，且免除全家徭役；穆姜率诸子拜谢。嗣是兴等悉遵母训，并为良士。穆姜年至八十余乃殁，遗命薄葬，不得好奢，诸子奉行维谨，见称乡曲。举此可以劝慈。这三妇的德行，与曹大家相较，看似贵贱不同，行为互异；但试看古今妇女，能有几人懿言美行，得如三妇？怪不得史册流芳，推为贤媛呢！这且按下不提。

且说邓太后为母服丧，逾年乃毕，复因天时久旱，亲幸洛阳狱录囚，理出死罪三十六人，余罪八十人，方才还宫。至永初七年正月，率命妇等往谒宗庙，与安帝交献亲荐，礼毕乃还，诏省时物二十三种。古礼：“天子入祭宗庙，与后并献。”此时皇后尚未册立，所以母子交献如仪。待到安帝二十二岁，方册立贵人阎氏为后。阎氏母为邓弘姨，故得册立，后文自有交代。惟屡年羌寇不绝，边警频闻，汉中太守郑勤，战死褒中，郑勤出屯褒中，见前回。主簿段崇，与门下史王宗原展，奋身捍勤，并皆斗死。骑都尉任仁，出援三辅，战无一胜，亦见前回。部下兵又不守纪律，乃由朝廷派遣缇骑，将仁絷归，下狱处死。护羌校尉段禧病殁，接替乏人，不得不再起侯霸，使他出屯张掖，防御羌人。侯霸见黜，俱见前回。羌众转寇河内，百姓多南奔渡河，络绎不绝。北军中侯朱宠，奉命率五营兵士，往守孟津；屯骑，越骑，步兵，长水，射声，为五营。并有诏令魏郡赵国常山中山数处，缮筑坞候六百十六所，分段御边。偏是沿边长吏，多籍隶内郡，不愿在外战守，纷纷请徙郡县人民，暂避寇难；朝廷亦弄得没法，乃令陇西徙治襄武，安定徙治美阳，北地徙治池阳，上郡徙治衙县。这令一下，四郡长吏，当然大喜，急促人民徙居，自己也好避开虎口。我能往，寇亦能往，岂趋避所能了事？无如百姓多恋居故土，不愿徙去，惹动官吏怒意，饬吏役刈去禾稼，撤去墙屋，毁去营堡，除去积聚，硬迫百姓移徙。可怜百姓流离分散，颠沛道旁，老弱转沟壑，妇女颠山谷，一大半送命归阴；只有一小半壮丁，还能勉强支撑，随官流徙，侥幸生存。比羌寇还要厉害。前征西校尉任尚，已经免官，再奉召为侍御史，出击叛羌。至上党牛头山，与羌众交锋数次，幸得胜仗，羌众散走，河内少安。乃撤回孟津屯兵，仍戍洛阳。俄而汉阳贼杜琦，及弟季贡，与同郡王信，聚众通羌，夺据上邽城，自称安汉将军，散布伪檄。汉阳太守赵博，潜遣刺客杜习，混入上邽，枭得杜琦首级，还献郡守。赵博以闻，诏封习为讨奸侯，赐钱百万；再令侍御史唐喜，领兵往讨杜季贡王信。信等据住樗泉营，被唐喜一鼓攻破，斩首六百余级，信亦伏诛。惟季贡逃脱，奔依滇零。适滇零病死，子零昌继为羌酋，年尚幼弱，未知大计，但使季贡为将军，别居丁奚城。这统是永初五六七年间的事情。到了永初八年，改号元初，又出了一个羌豪号多，为当煎勒姐诸羌总帅，抄掠武都汉中。巴郡有一种蛮人，当前汉开国时，曾受高祖恩诏，免输租赋，蕃息多年，因闻羌人屡扰汉中，所以奋然投效，愿为汉助。蛮俗好用板楯，与敌相斗，时人号为板楯蛮。这板楯蛮约有数千，与汉中五官掾程信会师，出击号多，号多败走，退屯陇道，与零昌合。护羌校尉侯霸，率同骑都尉马贤，复掩击号多，杀毙二百余人，号多复遁。越年侯霸病终，即令前谒者庞参接任。参招诱号多，恩威并用，号多乃率众请降。参遣号多入朝，蒙给侯印，使还原镇；参亦移治令居，专顾河西通道，防御零昌。既而屯骑校尉班雄，即班超子。出屯三辅。左冯翊司马钧，奉命行征西将军事，督率右扶风仲光，安定太守杜恢，北地太守盛包等，合兵八千余人，与庞参分道出讨零昌。参部下亦有七八千，行至勇士县东首，为杜季贡所邀击，失利引还。独司马钧等进攻得胜，乘虚入丁奚城。季贡方击退庞参，回至城下，见城上已插汉帜，并不返攻，便即窜去。明明有诈。钧令仲光杜恢盛包三人，领兵数千，出刈羌禾，临行时亦嘱他谨慎，不得分兵。光等违钧节度，四处刈禾，只管深入，被季贡伏兵掩杀，不能相救。钧恨光等不遵号令，虽有所闻，也不赴援，终至光等败没。季贡复乘胜杀来，钧见孤城难守，又复走还。光等有应死之咎，钧坐视不救，罪亦相同。事为朝廷所闻，敕将司马钧庞参，一并逮系狱中。又因北地安定上郡三处，并遭羌害，特使度辽将军梁慬，遣发边兵，救拔三郡吏民，徙入扶风界内。慬即遣南单于兄子优孤涂奴，引兵往徙，事毕回来，慬以涂奴有劳，先给羌侯印绶，然后报闻。哪知朝廷责他专擅，也召慬还都下狱。还亏校书郎中马融，力请赦免庞参梁慬二人，始蒙贷死；惟司马钧无人救解，自尽狱中。于是诏令马贤为护羌校尉，且将班雄调回，迁任尚为中郎将，督屯三辅。始终不忘此人。朝歌长虞诩，已调为怀令，进谒任尚，乘便献议道："《兵法》有言：'弱不攻强，走不逐飞！'这乃自然定理。今叛羌类皆骑马，日行数百里，来如风雨，去似断弦，若欲使步兵追击，如何能及？故虽屯兵二十余万，旷日持久，毫无效用。为使君计，莫如罢诸郡兵，各令出钱数千，就二十人兵饷，移买一马，可得万骑；万骑兵逐虏数千，尾追掩击，不患无功，这岂不是利民却敌，一举两得么？"此议尚无甚奇特，如何他人未曾想着？尚大喜道："君言甚是。"当即令诩主稿，奏达京师，复诏尽如诩议。尚汰兵买马，选得轻骑万人，袭击丁奚城。杜季贡仓促出御，终不能支，尚军得斩首四百级，获马牛羊数千头，回营报功。尚复上书奏捷，邓太后乃器重虞诩，擢诩为武都太守。诩率吏属赴任，行近陈仓崤谷间，探得前面有羌众数千，截住要道，遂停车不进，扬言须请兵保护，方可前行。羌众信以为真，分掠旁县，诩得乘虚冲过。星夜急走，每日驰行百余里，且每一驻足，必令吏士各作两灶，逐日加倍，好容易至武都。属吏私下怀疑，至是方向诩启问道："古时孙膑行军，逐日减灶，今公乃令逐日加增；且兵法尝云：'日行不过三十里，所以防备不虞。'今乃日行至二百里，究为何因？"诩笑答道："寇众我寡，徐行必被追及，速行方可远害；我令汝曹增灶，无非示虏不测，虏见我灶日增，总道是郡兵来迎，众多行速，不宜追我，因此我得无忧。从前孙膑减灶，故意示弱；我今却欲示强，情势不同，虚实互异，汝等何必多疑？"属吏方才省悟，憬然退出。嗣闻羌人因诩脱走，果来追诩，及见诩逐日增灶，然后却还，吏士越佩服诩谋。诩查阅郡兵，不满三千，又费踌躇，外面又传入警报，谓有羌众万人，围攻赤亭。诩急令军士操缜箭法，约阅二三旬，技射并精，乃令羸兵至赤亭诱敌，有退无进。羌众踊跃追来，将到城下，诩因发出弓弩手数百名，先用小弩，后用强弓。小弩不能及远，只有数十步可射，羌众以为矢力甚弱，不足为惧，遂猛扑城壕，并力急攻；诩再发号令，使弓弩手各用强弩，且命二十人专射一羌，发无不中，中无不踣，羌众前队多死，当然骇退。诩复亲率吏士，出城奋击，毙羌甚多，余羌退至数里外下营，诩亦收兵还城。翌日大开城门，环列士众，从东郭门入北郭门，复自北郭门入东郭门，回转数周，屡换军装。仍与增灶法同意，先后用一疑兵计。羌人遥望诩兵，不知有多少，士卒互相惊吓，仓皇夜走。到了浅水滩边，跃马乱渡，忽听得一声鼓号，有许多官兵杀出，齐声大呼道："羌奴快留下头来！"正是：

一呼已破群羌胆，百变尤奇太守谋。

欲知浅水滩旁的官兵，从何而来，容待下回说明。

本回叙述曹大家遗事，并录《女诫》序文，实为《列女传》增一色彩。至若姜乐陈三妇，亦随笔叙入，并非画蛇添足，殆有鉴夫人心不古，女教益衰，不得不胪述前型，为女界留一榜样，作者之寓意甚深，其用心亦良苦也。《后汉书·列女传》中，尚有一周郁妻，不能谏夫，竟致自尽，盖犹有遗憾存焉；略而不记，去取从严，比《范史》且更进一层矣。虞诩增灶，千古称奇，厥后之奇谋迭出，更见智能。自永初元年，羌人为乱，连扰至十余年，将士络绎，不绝于途，求一谋略如虞诩，不可再得，汉亦可谓无人，而诩之名乃益盛。谁谓白面书生，不可与语行军哉？

第四十回

驳百僚班勇陈边事　畏四知杨震却遗金

却说羌众奔渡浅水滩，被官军一声呼喝，已是心惊胆落；再加夜色昏暗，辨不出官兵若干，但觉得刀槊纵横，旌旗错杂，吓得羌众拼命乱跑，所有辎重，尽行弃去，命里该死的，统做了滩中水鬼，余皆逃散，再不敢还寇武都。其实这班官军，只有四五百名，由虞诩遣伏滩旁，料知羌众必从此返奔，正好乘夜掩杀，果然不出所料，大获胜仗，官军奏凯还城。诩犒劳已毕，复出巡四境，审视地势，添筑营垒百八十所，招还流亡，赈贷贫民，疏凿水道，开垦荒田。初到郡时，谷每斗千钱，盐石八千，户口只一万三千，及任职三年后，米斗八十，盐石四百，民增至四万余户，家给人足，一郡大安。此之谓为政在人。邓太后特简从兄邓遵为度辽将军，邀同南单于檀，及左谷蠡王须沈，合兵万骑，同至灵州，击破羌豪零昌，斩首八百级，有诏封须沈为破虏侯，并赐南单于以下金帛有差。至元初三四年间，中郎将任尚，也遣兵击破丁奚城，乘势招募敢死士，往攻北地，得捕诛零昌妻孥，搜得零昌父子僭号文书，把庐帐尽行毁去。尚再买结当阗种羌榆鬼等五人，使他投入杜季贡寨中，伺隙刺死季贡，携首归报；由尚替榆鬼请封，得受封破羌侯。季贡遇鬼，安得不死？三辅一带，羌势少衰。惟余羌流入益州，势尚蔓延，朝廷曾使中郎将尹就往讨，好多日不能荡平，乃将就征还坐罪，改命益州刺史张乔代领就军。乔剿抚并用，羌众或降或逃，渐归平靖。任尚已进为护羌校尉，再购募效功种羌号封，刺杀零昌，号封得受封为羌王。零昌虽死，尚有谋主狼莫，拥兵北地，未肯降附。于是尚与骑都尉马贤，合击狼莫，相持至两月余，与狼莫大战富平河畔，斩首五千，狼莫乃遁。诸羌自是知惧，次第诣邓遵营，檄械投降，陇右始平。惟狼莫在逃未获，由邓遵募得羌人雕何，伪寻狼莫，幸与相遇，狼莫引为腹心，终被刺死，将首级献与邓遵。遵报称大功垂成，且具陈雕何劳绩，诏封遵为武阳侯，食邑三千户；雕何亦得为羌侯。惟任尚与遵争功，互有龃龉，遵劾尚虚报虏首，并受赃至千万以上，邓太后偏信遵言，赫然震怒，竟派大员拘拿任尚，用槛车囚入都中。有司仰承风旨，锻炼成狱，即将尚推出市曹，枭首示众，家产俱籍没充公。尚有罪时，可诛而反赏，此次平羌，不为无功，且反弃市，真正令人不解！看官听说！自从羌人叛乱十余年，调兵遣将，岁时不绝，军需用去二百四十余亿，兵士死亡，不可胜数。至零昌狼莫刺死，群羌瓦解，三辅益州，方得不闻寇警；但并凉二州，从此耗敝，就是国家府库，亦用尽无余，汉廷元气，已渐就销磨了。到了元初七年间，立皇子保为太子，复改年号为永宁元年。皇子保为后宫李氏所生，安帝本欲立李氏为后，嗣因阎姬入宫，阎氏名姬。饶有姿色，专宠后房，且与邓太后戚谊相关，遂得由贵人进为皇后。阎姬为邓弘姨妹所生，已见前回。事在元初二年。阎后素性妒忌，视李氏如眼中钉，竟将李氏鸩死，惟保得仅存。安帝待后生男，五六年不得一产，乃立保为太子。阎后无法谏阻，只得由他册立。内外臣僚，方入宫庆贺，忽由敦煌太守曹宗，呈入奏章，请发兵击北匈奴，并取西域。

原来西域为汉廷所弃，各国复为北匈奴所制，连兵寇边。敦煌太守曹宗，曾奏荐掾吏索班，使行长史事，出屯伊吾，招抚西域。车师前王及鄯善王，复闻风请降。永宁元年，车师后王军就，连结北匈奴兵马，攻杀索班，并击走车师前王，略有北道。曹宗乃表请北征，报怨雪耻。邓太后以事关重大，不得不召集群臣，会议进止。群臣以羌寇初平，疮痍未复，不如闭住玉门关，免得劳师。太后犹豫未决，继思前西域军司马班勇，为前定远侯班超次子，颇有父风，不妨召令与议。勇奉召入阙，独与众议未合，别伸己见，大略说是：

昔孝武皇帝患匈奴强盛，兼总百蛮，以逼障塞，于是开通西域，离其党与，论者以为夺匈奴府藏，断其右臂。嗣遭王莽篡逆，征求无厌，胡夷忿毒，遂以背叛。光武中兴，未遑外事，故匈奴负强，驱率各国；及至永平，再攻敦煌，河西诸郡，城门昼闭。孝明皇帝独抒庙策，命虎臣出征西域，故匈奴远遁，边境得安；及至永元，莫不内属。间者羌人叛乱，西域复绝，北虏遂遣责诸国，备其逋租，高其价值，严以期会，鄯善车师，皆怀愤怨，思乐事汉，其路无从；前所以时有叛者，皆以牧养失宜，还为其害故也！今曹宗徒耻于前负，而不寻出兵故事，犹未度当时之宜也。夫徼功塞外，万无一成，若兵连祸结，悔无所及。况今府藏未充，师无后继，是示弱于远夷，暴音仆。短于海内，臣愚以为不可许也！旧敦煌郡有屯兵三百人，今宜复之，复置护西域副校尉，居于敦煌，如永元故事。又宜遣西域长史，将五百人屯楼兰，西当焉耆龟兹径路，南强鄯善于置心胆，北扞匈奴，东近敦煌，然后可徐图招怀，服西域而却北虏也！臣勇谨议。

这议既上，便由各尚书诘问道："今立副校尉，如何称便？但置长史屯楼兰，有何利益？"勇答说道："从前永平末年，始通西域，初遣中郎将居敦煌，复置副校尉住车师，既足节度胡虏，又禁止汉军侵扰，所以外域归心，匈奴畏威。今鄯善王尤还，为汉人外孙，若匈奴得志，尤还必死。彼等虽行同鸟兽，也知趋利避害，若使长史出屯楼兰，楼兰与鄯善相近，自足使尤还安心。故愚见以为便利呢！"道言甫毕，又有长乐卫尉镡显，廷尉綦毋参，司隶校尉崔据，同声出驳道："朝廷前弃西域，无非因西域无益中国，反多糜费，所以决计弃去。今车师已属匈奴，鄯善未可保信，一旦反复，试问班司马能保北虏不为边害么？"口亦厉害。勇复答道："朝廷分建郡国，各置州牧，岂不是防寇诘奸，安民利国么？若州牧能长保治安，勇亦愿拼此身首，长保匈奴不为边害！试想今日能通西域，北虏势必衰微，自不致常为我害。若再不遣置校尉，分屯长史，西域诸国，更觉绝望；望绝必屈就北虏，合兵窥我，恐沿边诸郡，将屡为所侵，河西城门，终日长闭，不能复开了！照此看来，为了目前惜费，反令北虏势盛，难道是长久计策么？"驳得好。镡显等理屈词穷，只好默然。忽又有一人出诘道："今若更置校尉，西域必络绎遣使，要索无厌。若一概给与，必致耗费无穷；不与便启彼异心；一旦为匈奴所迫，又要向我求救，徒致烦扰，有损无益，何必多此一举哩？"此说更属牵强。班勇瞧着，乃是太尉掾属毛轸，便开口辩难道："今若将西域让与匈奴，匈奴果肯感念汉恩，不再犯边，倒也罢了；否则匈奴得西域租赋，养兵蓄锐，来犯我境，是适为仇仇增富，暴夷增势，如何可行？勇请再置校尉，意在令西域内向，杜北虏外侵，免得费财耗国，常为我忧！且西域诸国，无他需求，不过使节往来，稍费廪饩；若为此拒绝，俾归北虏，北虏必与西域并力，入寇并凉，那时不能不防，不能不御，劳师糜饷，不可胜计！何止千亿百亿呢？”仍是引申前意。毛轸听了，也只得哑口无言。邓太后见班勇所议，确有至理，因复敦煌郡营兵三百人，置西域副校尉，使居敦煌。鄯善诸国，始无异志。惟匈奴与车师国，尚是连兵入寇，钞掠河西，待至班勇出屯，方见战功，后文再表。

且说前大将军邓骘，自母丧还第后，与诸兄庐墓守制，还算勉尽孝思。季弟阊哀恸过甚，竟至骨立，尤得时誉。及服阕后，邓太后召令复职，仍授前封，骘等固辞，乃止令并奉朝请，遇有大议，方诣阙参谋。已而邓弘病逝，邓太后亲服齐衰，安帝亦服缌麻，并往吊丧。有司请追赠弘骠骑将军，封西平侯，太后因弘有遗言，不愿加赠，但赐钱千万，布万匹。骘等复辞还不受，乃诏令大鸿胪持节，就弘灵前，封弘子广德为西平侯。嗣因弘曾为帝师，备有劳绩，复封广德弟甫德为都乡侯。都乡由西平分出，名为两侯，食邑实未尝加增，不过虚示显荣罢了。旋复封邓京子珍为阳安侯，兼职黄门侍郎。不意邓弘殁后，未及三年，邓悝邓阊，相继谢世，皆遗言薄葬，不受爵赠。早死为幸。太后并如所言，惟封悝子广宗为叶侯；阊子忠为西华侯，自是邓氏兄弟五人，惟骘尚存。何不速死？免有后责！骘子凤官拜侍中，尝与尚书郎张龛书，极称郎中马融才能，说他应居台阁。又复受中郎将任尚赠马，尚坐罪弃市，见上文。凤惧连坐，先在骘前自首，骘髡妻及凤，以谢天下，舆论称贤。邓太后尝征和帝弟济北河间王子女，济北王寿，河间王开，俱见三十四回。凡四十余人，又邓氏近亲子孙三十余人，为开邸第，教学经书，亲自监试，威爱兼施。且诏敕从兄河南尹邓豹，越骑校尉邓康等云：

> 吾所以引纳群子，置之学官者，实以方今承百王之敝，时俗浅薄，巧伪滋生，五经衰缺，不有化导，将遂陵迟，故欲褒崇圣道，以匡失俗。《传》不云乎：“饱食终日，无所用心，难矣哉！”今末世贵戚，食禄之家，温衣美食，乘坚驱良，而面墙无术，不识臧否，斯故祸败所从来也！永平中，四姓小侯，皆令入学，所以矫俗厉薄，返诸忠孝。先公既以武功书之竹帛，兼以文德教化子孙，故能束身修心，不触刑网。诚令儿曹上述祖考休烈，下念诏书本意，则足矣。其勉之哉！

邓氏子弟，素承训诫，虽似保泰持盈，有所顾忌，但声势已是赫耀，宫廷内外，无不曲意趋承。时三公已皆易人，太尉李修，已经去世，后任为大司农司马苞，不久又殁，代以太仆马英；司空张敏罢职，改任太常刘凯为司空；未几司徒夏勤免官，进刘恺为司徒，用光禄勋袁敞为司空。三公为汉廷重官，故每有沿革，备叙不遗。敞为故司徒袁安子，廉正不阿，与邓氏子弟有嫌。尚书郎张俊，有私书与敞子，述及省中秘议，当时尚无人知晓。俊有同僚朱济丁盛，品行不修，为俊所嫉，意欲上书弹劾，偏两人得悉风声，转浼同官陈重雷义，代为缓颊。陈雷俱豫章人，向系好友，并有义行，陈重得举孝廉，让与雷义，义当然不受，两人交让数次，太守张云，因相继并举，均得入为尚书郎。乡里有谣传云：“胶漆自谓坚，不如雷与陈。”随笔叙入雷陈交谊，是消纳法。此次为朱济丁盛所托，两人不知他品行失检，只因同僚相委，不便固却，乃转告张俊，乞免奏弹。俊年少气盛，怎肯听从？雷陈亦乐得辞退，复告朱济丁盛。济与盛越加衔恨，遂私赂侍史，使求俊短，得俊与敞子书稿，便即封好上奏。朝廷因他漏泄省事，拘俊下狱，且责袁敞教子不严，交通郎官，策免司空官职。敞愤急自尽，俊坐罪论死。亏得他文艺素优，在狱上书侃侃论辩，邓太后爱他文辞，特驰诏赦免死刑。俊已被刑官推出都门，引颈待戮，死里逃生，可谓侥幸万分。敞子亦得免死，并赐复敞官，仍用三公礼殓葬，继任为太常李郃。郃未几罢官，复另任卫尉陈褒。司徒刘恺，与李郃同时罢免，特简太常杨震为司徒。震字伯起，弘农郡华阴县人，父名宝，习欧阳尚书，注见前。隐居不仕。相传宝年九岁时，出游华阴山北，见一黄雀为鸱鸮所伤，坠落树下，被蝼蚁困住，宝心怀不忍，将雀取归，置巾笥中，饲食黄花，百余日毛羽丰满，纵令飞去，是夕有黄衣童子入见，向宝再拜道："我乃西王母使者，蒙君仁爱，拯我灾厄，谨酬白环四枚，令君子孙清白，位登三公，有如此环！"说毕，将环呈上，宝方才接受，转眼间童子已杳，诧为奇事。后来娶妻生子，取名为震。震少年丧父，能承遗志，博通经籍，家贫无资，课徒为生，暇辄亲植菜蔬，供养老母，门生替他种植，震却不愿，特拔起更种，免得弟子服劳，诸儒交口相赞道："关西孔子杨伯起。"嗣复有鹳雀衔三鳣鱼，飞集讲堂前，有都讲取鱼进说道："蛇鳣为卿大夫服，鳣数有三，便是三台预兆，先生当从此升迁了！"酬环衔鳣事，趁手叙明。时震年已至五十，果由大将军闻名辟召，得举茂才。四迁至荆州刺史。调任东莱太守，道经昌邑，县令王密，本由震举荐茂才，至是乘夜进谒，献金十斤。震勃然道："故人知君，难道君不知故人么？"密答说道："暮夜进馈，何人知晓？"震摇首道："天知地知，汝知我知，共有四知，何谓无知？"说着，举金掷还，密怀惭引退。震就任年余，又转为涿郡太守，持身廉介，不受私谒，子孙常蔬食步行。或劝震少营产业，留贻子孙，震正色道："使后世称我为清白吏，便是贻泽子孙，比较贻金积产，好得多哩！"四世贵显，赖此余泽。元初四年，征入为大司农，永宁元年升任司徒，朝野无不钦慕，就是邓太后亦另眼相看。惟安帝年将及壮，邓太后尚未还政，临朝如故。先是郎中杜根，奏请归政嗣皇，语甚切直，惹动太后盛怒，令用缣囊盛根，下杖扑死。刑罚亦奇。弃尸城外，竟得复苏，逃奔宜城山中，为酒家保，埋名避难。还有平原郡吏成翊世，亦奏请太后归政，坐罪系狱。越骑校尉邓康，因宗族盛满为忧，屡劝太后恬退深宫，太后不从，康谢病不朝。太后使侍婢探视，侍婢本由康家入宫，服事太后多年，当时老年内侍，多称中大人，所以侍婢奉命视康，及门通名，亦以中大人自呼，康召婢入内，厉声呵叱道："汝出自我家，敢自称中大人么？"说得侍婢满面羞惭，回宫复命，便诬康心存怨望，诈称有疾。太后不禁怒起，竟将康罢免官职；但存夷安侯旧封，遣令就国，削绝属籍。若非邓氏支裔，性命休矣。及永宁二年仲春，太后不豫，欬逆唾血，尚力疾起床，乘辇出殿，召见侍中尚书，顺便至太子宫中监视。还宫后大赦天下，赐诸园贵人，及王侯公主钱帛有差。到了春暮，病势日笃，竟尔归天，享年四十一岁，临朝至十有八年。小子有诗咏道：

屈指临朝十八年，母仪虽美总贪权。
千秋书法留遗憾，何若含饴马氏贤！马氏指明帝后。

欲知邓太后临终后事，待至下回再详。

黩武穷边，古有明戒！然既已奏功于当日，不应隳绩于后时！试思班超以二三十年之劳苦，得定西域，而却北虏，乃以后任非才，一旦轻弃，岂不可惜？勇承父志，再议屯边，朝臣多以为非计，即史家亦谓其复图西域，致贻河西以寇虏之忧。不知西域不通，河西亦未必免寇，勇之驳斥群僚，并非强词夺理。且观其后来出屯，终复父业，坐言起行，勇固为定远肖子乎！杨震不受遗金，四知之言，可质天地；并欲清白传子孙，卒能贻泽后人，休光四世。后之为子孙计者，何其熏心富贵，但知贻殃，未知贻德耶？而关西夫子杨伯起，卒以此传矣。

第四十一回

黜邓宗父子同绝粒　祭甘陵母女并扬威

却说安帝永宁二年三月，邓太后驾崩，安帝方得亲政。尊谥邓太后为和熹皇后，与和帝合葬慎陵。自从邓太后临朝以来，连年水旱，四夷外侵，盗贼内起，几至岌岌不安。还亏邓太后宵旰勤劳，知人善任，每闻民饥，辄达旦不寐，减膳撤乐，力救灾厄，故天下复安，岁仍丰穰。平时施恩布惠，常有所闻，就是废后阴氏家属，本已由和帝诏命，充戍日南，见三十六回。邓太后不念旧恶，仍令赦归，给还资财五百万。这都是太后宽仁，非寻常妇女可及。平望侯刘�櫰，尝上书安帝，请令史官著《长乐宫圣德颂》，虽不免献谀贡媚，却也非全出虚夸。不过临朝日久，未肯还政，邓氏外戚，总不免加恩太厚，遂致见讥当世，贻祸母家，下文便见叙明。小子且说安帝亲政，已将太后梓宫，奉葬慎陵，当即有一班希旨承颜的大臣，请追上安帝本生父母尊号。奏疏有云：

> 昔清河孝王至德淳懿，孝王即清河王谥法，见三十七回。载育明圣，承天奉祚，为郊庙主。汉兴高皇帝尊父为太上皇，宣帝号父为皇考，序昭穆，置园邑，太宗之义，旧章不忘。宜上尊号曰孝德皇，皇妣左氏曰孝德后，孝德皇母宋贵人，追谥曰敬隐后，以存《春秋》"母以子贵"之大义，并彰陛下孝思维则之隆规，谨此奏闻。

安帝得奏，当然准议，遂告祠高庙，使司徒持节，与大鸿胪奉策书玺绶，至清河追上尊号；并添置园邑，号孝德皇墓为甘陵；又追封敬隐后父宋杨为当阳侯，予谥曰穆，杨四子皆封列侯。孝德皇元妃耿姬尚存，尊为甘陵大贵人。嫡母为贵人，生母为皇后，嫡庶倒置，究属不宜。耿贵人为牟平侯耿舒孙女，舒即故好畤侯耿弇弟，两姓袭封；孙耿宝尚嗣侯爵，为耿贵人兄，乃召使监羽林军，侯封如故。又封帝妹侍男等四人，皆为长公主，锡类推恩，备极优渥。句中有刺。惟因中常侍蔡伦，前承窦后意旨，附会成狱，逼令宋贵人自尽，即敬隐后事，见前文。此时回溯前冤，特令伦自诣廷尉，追究罪状。伦料难免辱，即沐浴整衣，饮药毙命。伦与剿乡侯郑众，皆为邓太后所宠，尝受封龙亭侯，众已早死，伦尚为长乐太仆，时人因他功足抵罪，颇为叹惜。原来伦有才学，并有巧思，在宫中监作器械，无不精工；且有一种特别的制造，流行后世，就是古今通用的字纸。古时书契，多用竹简编成，笔或用铁，或用竹木，蘸墨为书。自秦蒙恬用兽毛作笔，柔软耐用，于是竹简亦改为缣帛。但简重缣贵，总嫌未便，经伦独出心裁，采用树皮麻头，及破布鱼网，捣煮如法，摊晒成纸，遂为后人所利用，时称为蔡侯纸。嗣伦且奉诏校书，监同通儒谒者刘珍，与博士良史等，并诣东观勘正经籍，功亦颇多。只为了屈死宋贵人一案，遂至不得令终，咎虽自取，但宦官中却也不能多得呢！褒贬得当。一蟹不如一蟹，果有中常侍江京李闰等，相继并起，取悦安帝，得窃政权。还有安帝乳母王圣，盘踞宫掖，亦得肆行无忌，与江京等朋比为奸，遂致兴起大狱，要推翻那邓氏外戚，乘间徼功。

先是安帝兄平原王胜，多病伤生，殁后无嗣，邓太后令千乘王伉孙得过继。伉系和帝长兄。得父宠已改封乐安王，得因过继与胜，袭封平原王。未几得又病逝，亦无子息，乃再命河间王开子翼为平原王，仍奉胜祀。翼容止翩翩，温文尔雅，邓太后爱他韶秀，留住京师。安帝少时，亦号聪明，所以得立。及年既逾冠，喜昵群小，失德颇多，转为邓太后所嫌。乳母王圣，常恐安帝被废，密与江京李闰等，伺察太后颜色，报闻安帝，语中免不得带着蹊跷，叫安帝预先加防。安帝还道他是好人，引作心腹，暗中却怨邓太后寡恩。及太后既崩，加封宋耿二族，尚先封邓骘为上蔡侯。嗣由王圣等妄想图功，屡谈邓氏短处，再加后宫女寺，从前受过邓太后责罚，正好乘此报怨，遂诬告邓悝邓弘邓阊，曾从尚书邓访，查取废帝故事，谋立平原王。王圣与江京李闰，复从旁煽惑，不由安帝不信，况安帝素有心迹，自然一齐发作，便嘱令有司追奏邓氏兄弟，尝图废立，罪坐大逆。当日即有复诏批准，废去邓弘子西平侯广德，都乡侯甫德，邓京子阳安侯珍，邓悝子叶侯广宗，邓阊子西华侯忠，一股脑儿俱为庶人。邓氏子弟封侯，俱见前回。邓骘本应连坐，因前时未曾与谋，但徙封罗侯，遣令就国；宗族一体免官，勒归原籍。并抄没邓骘等资财田宅，充戍尚书邓访，及访妻子等至远方。郡县官吏，更仰承上意，迫令广德及忠，并皆自尽。惟广德兄弟，与阎后有中表谊，因得不死，寓居都中。阎后母为邓弘姨，见三十九回。邓骘见家族被诬，无从诉枉，又闻王圣等从中媒孽，料知将来亦多凶少吉，一时忧愤交并，索性不饮不食，由他饿死了事。子凤见乃父绝粒，也即断食，一同毙命。骘从弟河南尹邓豹，度辽将军武阳侯邓遵，将作大匠邓畅，得知同宗并坐大罪，吓得心绪不宁，辗转图维，还是速死为上，免得逮系取辱，因皆服毒而终。只前越骑校尉邓康，前被太后削去属籍，徙往夷安，此时却得特邀宠命，征为太仆。邓康被黜，见四十回。平原王翼，也坐贬为都乡侯，遣归河间。亏得翼闭门谢客，不再与闻政事，方得幸免。朝臣自三公以下，莫敢进谏，惟大司农朱宠痛骘无辜遇祸，不忍不言，乃舆榇诣阙，肉袒上书。书中说是：

> 伏惟和熹皇后，圣善之德，为汉文母。兄弟忠孝，同心忧国，宗庙有主，王室是赖；功成身退，让国逊位，历世外戚，无与为比，当享积善履谦之祐。而横为宫人单词所陷，利口倾险，反乱国家，罪无申证，狱不讯鞫，遂令骘等罹此酷滥，一门七人，死非其命，骘父子及豹遵畅与广宗忠，并死七人。尸骸流离，冤魂不返，逆天感人，率土丧气。宜收还冢次，宠树遗孤，奉承血祀，以谢亡灵。臣自知言出必死，但愿陛下俯纳臣言，臣虽碎首，亦无遗恨矣！舆榇待罪，生死惟命。

这封书奏，却是激切得很，安帝颇为动容。偏故司空陈宠子忠，劾宠党同邓氏，竟致免官。从前和熹皇后初正中宫，三公欲追封后父训为司空，陈宠时亦在朝，谓无故事可援，打消廷议，因此邓氏与宠有嫌。宠子忠素有才誉，父殁后浮沉郎署，不能得志，所以朱宠上言，忠不愿为邓氏洗罪，竟将朱宠劾去。统是器小不堪。哪知人心未死，公论犹存，百姓也为邓氏呼冤，连上封章，吁请公卿代陈。安帝不得已加谴郡县，责他逼迫广宗等人；且令骘等遗榇，还葬洛阳，派使致祭，祠以中牢；邓氏宗戚，亦使还居都中，这且无庸细叙。惟邓氏既除，安帝得报复私嫌，遂改永宁二年为建光元年，大赦天下，封江京李闰为列侯，且令阎后兄弟阎显阎景阎耀，入为卿校，并典禁兵。

中常侍樊丰刘安陈达，皆为京闱羽翼，互作党援；乳母王圣，权势甚盛，甚至圣女伯荣，亦得出入宫掖，交通贿赂。妇女阉寺，互相炀蔽，累得安帝昏迷日甚，耳目不聪。太尉马英，已经病逝，再起前司徒刘恺为太尉。恺与司空陈褒，不过以资格充选，无甚才能；独司徒杨震，看得妇寺干政，忍不住热忱上进，即抗疏上奏道：

臣闻政以得贤为本，治以去秽为务。是以唐虞俊乂在官，天下咸服，以致雍熙。方今九德未事，嬖幸充庭。阿母王圣，出自贱微，得遭千载，奉养圣躬，虽有推燥居湿之勤，前后赏惠，过报劳苦，而无厌之心，不知纪极，外交嘱托，扰乱天下，损辱清朝，尘点日月。书诫牝鸡牡鸣，诗刺哲妇丧国。昔郑严公即郑庄公，明帝讳庄，故改庄为严。从母氏之欲，恣骄弟之情，几至危国，然后加讨，《春秋》贬之，以为失教。夫女子小人，近之喜，远之怒，实为难养。《易》曰："无攸遂，在中馈。"言妇人不得与于政事也。宜速出阿母，令居外舍，断绝伯荣，莫使往来，令恩德两隆，上下俱美。尤愿陛下绝婉娈之私，割不忍之心，留神万机，戒慎拜爵，减省献御，损节征发；令野无鹤鸣之叹，朝无小明之悔，大东不兴于今，劳止不怨于下。《鹤鸣》《小明》《大东》《劳止》俱诗名，并见《小雅》。拟踪往古，比德哲王，岂不休哉？

这疏呈入，安帝竟取示王圣。圣略通文墨，看到这奏，自然忿懑得很，佯至安帝面前，自陈被诬，且泣请出宫。安帝正加宠遇，怎肯听她出去？反用好言劝慰，待遇益优；圣女伯荣，当然照常出入，毫无禁忌。时有泗水王刘歙从曾孙环，久居京师，生成一副媚骨，专与王圣母女交通。泗水王歙，为光武族父，传国至孙护，无子国除。伯荣年已及笄，见环放诞风流，惹动情窦，免不得与他笑谑。环正欲挑逗伯荣，凑巧针锋相对，自然不待媒妁，先偷试雨意云情，枕畔密盟，愿与偕老，然后向王圣说明，再行六礼。好一个自由结婚，若生今之世，必称她为文明女子。一对野鸳鸯，变作真鹣鲽，卿卿我我，越觉情浓。伯荣遂替环入宫乞封，居然得邀恩准，使袭故朝阳侯刘护封爵，并官侍中。可谓妻荣夫贵。护为刘歙曾孙，且年龄比环为轻，不过早殁无嗣，因致绝封；环为护再从兄，怎得牵合过去？司徒杨震，又不禁愤激，再行上疏道：

臣闻高祖与群臣约，非功臣不得封，故经制父死子继，兄亡弟及，以防篡也。伏见诏书封故朝阳侯再从兄环，袭护爵为侯；护同产弟威，今犹见在。臣闻天子专封，封有功；诸侯专爵，爵有德。今环无他功行，但以配阿母女，一时之间，既位侍中，又至封侯，不稽旧制，不合经义，行人喧哗，百姓不安。陛下宜览镜既往，顺帝之则，勿使贻讯将来，则表率先端，垂誉无穷矣。

奏入不报。安帝既沉湎酒色，委政外戚内阉，及王圣母女，就是边疆有事，亦置诸度外，不愿与闻。烧当羌酋麻奴，自奔徙出塞后，虽伏居不动，终未肯向汉投诚。护羌校尉马贤，亦因他首鼠两端，不甚抚恤，遂致麻奴党羽忍良等，俱有怨言，于是怂恿麻奴，并寇湟中，转攻金城诸县。还算马贤引兵剿抚，解散诸羌，杀败麻奴。麻奴穷蹙饥困，方至汉阳太守耿种处乞降。耿种据实奏闻，安帝也无心详察，但令有司援照前例，假给金印紫绶，并赐金银彩缯，算作了事。嗣由鲜卑寇居庸关，云中太守成严，及功曹杨穆，同时战殁；鲜卑复移掠雁门定襄，并及太原。警报传达京师，亦未闻发兵防讨，只晦气了边疆百姓，被他掠去若干，饱载而去。安帝置若罔闻，反至宠臣冯石家内，连日留饮，经旬方归。也好算是无愁天子。石为故阳邑侯司空冯鲂孙，冯鲂为司空，见前文。鲂子柱曾尚明帝女获嘉公主，石得袭爵获嘉侯，兼官卫尉。生平无他伎俩，专能逢迎上意，取悦一时，却是希宠梯荣的好手段。所以安帝格外加宠，时有赏赐；且进石子世为黄门侍郎，世弟二人并为郎中。是年秋冬二季，郡国水灾，多至二十七处，地震至三十五处，安帝反令翌年改元，号为延光元年。接连又是京师雨雹，或如斗大，损及室庐；未几京外郡县，又报地震，又报大水，安帝仍然不理，耽乐如故。高句丽为武帝时所灭，夷作郡县，东道始通。见《前汉演义》。至王莽篡位，发高句丽人伐匈奴，高句丽人不愿西行，亡奔塞外，遂为寇盗。东汉初兴，复遣使朝贡，因得赐复王封。明章以来，贡使不绝；及安帝嗣立，四方多难，高句丽亦停止贡献，抄掠辽河东西。建光元年，高句丽王宫，复率马韩涉貊诸部落，进攻辽东，太守蔡讽，出战阵亡，宫复往围玄菟城，几被陷没，幸亏城北有扶余国，与汉廷通好有年，急遣子尉仇台领兵二万余人，来救玄菟，才得与郡守姚光，合破高句丽兵，宫乃遁还。既而宫死，子遂成立，姚光请乘丧往讨，朝议多半赞成，惟陈忠已擢任尚书仆射，援据《春秋》大义，不伐人丧，谓宜遣使往吊，且责让前罪。安帝巴不得疆场无事，遂从忠请。幸喜事还顺手，去使西归复命，谓高句丽嗣王遂成，情愿降汉，将前时所掠人口，一并放还，当即驰诏赦罪，东陲少安。招抚高句丽事，却还办理合宜，不得为陈忠咎。只姚光素性戆直，专喜纠发奸慝，幽州刺史冯焕，也与姚光相类，怨家遂伪造玺书，谴责两人；又矫诏传饬辽东都尉庞奋，叫他收系光焕，就地取决。奋不知有诈，遽令属吏赍诏杀光，复往幽州治焕。焕闻得光已被戮，连及自己，不如先时自尽，免得受刑。焕子绲却颖悟过人，劝父忍待须臾，察视真伪。待至辽东使人持诏到来，细阅诏书，果有疑窦，乃拒诏不受，竟上书自讼冤屈。朝廷果不知此事，立征庞奋到京，下狱抵罪。看官试想！庞奋所接的伪诏，想总由宫廷奸慝，主使出来，否则奋亦有口，岂能不辩？为何但将奋坐罪，并未究及主名哩？显见是安帝糊涂。安帝嫡母耿姬，居守甘陵，乳母王圣，及环妻伯荣，奉诏往祠陵庙，并省视耿大贵人。当即备齐车马，召集仆从，凡宫中大小宦官，及屯卫兵士，多半随行。王圣算是正使，高坐车中，威仪烜赫；伯荣算作副使，乘车先驱，绣帷高卷，故意露出娇容。但见她巧蟠凤髻，淡扫蛾眉，满头珠翠，遍体绫罗，上身披着全红猩氅，下面系着五彩蝶裙，仿佛是出塞昭君，可比那入吴西子。沿途经过郡县，所有当差官吏，都是望风伺候，先日绸缪。道里不平，发民缮治；驿传未足，派吏补充。一切供张，统皆安排妥当，专待二贵使到来。好容易盼到使车，便不管命官体统，就在石榴裙下，屈膝叩头。伯荣首先承受，竟尔端坐不动，由他拜跪。甚至河间王开，及列侯二千石，俱出郊迎谒，甘拜下风。莫非想作刘环么？等到伯荣母女，驱车过去，又取出许多金帛，献作赆仪，此外千乘万骑，亦统有馈赠。及行至甘陵，清河嗣王延平，是时清河王庆子虎威已殁，无嗣，由乐安王宠子延平过继。亦已在陵旁恭候，见了伯荣母女，也是望车拜倒，执礼甚恭。待祭过陵庙，谒过耿大贵人，徐徐的回京复命。那伯荣母女，已是出尽风头，贮满私囊，这正是一场好差事哩！小子有诗叹道：

骏奔宗庙贵钦承，淫女如何使祭陵？
浊乱如斯君不悟，履霜宁特兆坚冰！

伯荣母女，回朝复命，当有一个朝右大臣，闻知伯荣母女路上的威风，出头弹劾，欲知此人为谁，容待下回报明。

炎炎者灭，隆隆者绝，高明之家，鬼瞰其室。是为莽大夫扬雄遗言。雄之行谊不足称，但其言确有至理，豪宗贵戚，往往不能逃出数语。试观邓骘兄弟，守祖宗遗训，尚知敛抑，而卒为妇寺所诬，横罹大狱，七人毙命，全族遭殃。骘且如此，遑论窦宪耿宝诸人乎？王圣以乳养之劳，竟得干政，淫女伯荣，尤为骄横，连结中官，交通外戚，安帝不加检束，反令其出祭园陵，清河贤王地下有知，度亦不愿享此淫妇之主祭也！而清河王延平，与河间王开等，奴膝婢颜，尤为可耻。悍妪淫女，且大出风头，汉之为汉可知矣！

第四十二回

班长史捣破车师国　杨太尉就死夕阳亭

却说伯荣母女，奉命祭陵，骄纵不法，上干天变，下致人怨。尚书仆射陈忠，也不禁激发天良，缮疏上奏道：

臣闻位非其人，则庶事不叙；庶事不叙，则政有得失；政有得失，则感动阴阳，妖变为应。陛下每引灾自厚，不责臣司；臣司狃恩，莫以为负，故天心未得，灾异荐臻。青冀之城，淫雨决河；孙岱之滨，海水坌溢；兖豫蝗蝝滋生；荆扬稻收俭薄；并凉二州，羌戎叛戾；加以百姓不足，府帑虚匮，自西徂东，杼柚将空。臣闻《洪范》五事，一曰貌，貌思恭，恭作肃；貌伤则狂而致常雨。春秋大水，皆为君上威仪不穆，临莅不严，臣下轻慢，贵幸擅权，阴气盛强，阳不能禁，故为淫雨。陛下以不得亲奉孝德皇园庙，遣中使致敬甘陵，朱轩軿马，相望道路，可谓孝至矣。然臣窃闻使者所过，威权翕赫，震动郡县，王侯二千石，至为伯荣独拜车下，仪体上僭，侔于人主；长史惶怖谴责，或邪谄目媚，发民修道，缮理亭传，多设储偫，征役无度，老弱相随，动有万计，赂遗仆从，人数百匹，颠踣呼嗟，莫不叩心。河间托叔父之属，河间王开为安帝叔父。清河有灵庙之尊，指清河王延平。及剖符大臣，皆猥为伯荣屈节车下，陛下不问，必以陛下欲其然也！伯荣之威，重于陛下，陛下之柄，在于臣妾，水灾之发，必起于此。昔韩嫣托副车之乘，受驰视之使，江都误为一拜，而嫣受欧刀之诛。刑人之刀谓欧刀。臣愿明主严天元之尊，正乾纲之位，职事巨细，皆任贤能，不宜复令女使，干错万机。重察左右，得无石显泄露之奸；尚书纳言，得无赵昌谮崇之诈；公卿大臣，得无朱博阿傅之援；外属近戚，得无王凤害商之谋。自韩嫣以下故事，并见《前汉演义》。若国政一由帝命，王事每决于己，则下不得逼上，臣不能干君，常雨大水，必当霁止，四方众异，亦不能为害矣！

安帝得疏，并不知悟，反封乳母王圣为野王君。有识诸徒，俱为扼腕。忠尝因安帝亲政，奏请征聘贤才，宣助德化，又荐引杜根成翊世等，入朝录用。杜根因请邓太后归政，扑死复苏，为宜城山中酒保，至是乃为忠所闻，派吏征召，入为侍御史。成翊世亦与杜根同罪，系狱有年，也亏陈忠保救，得为尚书郎。此外尚有几个隐士，曾由内外臣工荐举，特下征车，偏数人志行高洁，不愿投身危乱，相率固辞，史家播为美谈，垂名后世。相传汝南人薛包，年少失恃，父娶后妻，不愿抚包，把他逐出，包日夜号泣，不忍远离。后母怂恿乃父，横加鞭挞，不得已在户外栖宿，每旦复入内洒扫。谁知又触动父怒，不准他栖宿户外，乃至里门旁暂居，晨昏定省，依然如故。父母倒也感惭，仍使还家同住。及父母相继亡故，诸弟求分产异居，包不能止，因将家财按股照分，惟自己情愿认亏，瘠田敝器老奴婢，悉归自取；后来诸弟屡次破产，辄复赈给，因此人人称他孝友。名达朝廷，安帝召为侍中，包誓死不肯就职，乃许令归里，在家考终。同时汝南尚有黄宪，表字叔度，父为牛医，宪少年好学，履洁怀清，年方十四，与颍川人荀淑相遇，淑目为异器，相揖与语，终日方去，临别握手道："君真可为我师表哩！"郡人戴良，才高性傲，独见宪必正容起敬，别后归家，尚惘然如有所失。良母辄已料着，便问良道："汝复见牛医儿么？"良答道："儿不见叔度，自谓相符；及既相见，毕竟勿如，叔度原令人难测哩！"还有同郡陈蕃周举，亦常相告语道："旬月不见黄生，鄙吝心又复发现了！"太原人郭泰，少游汝南，先访袁闳，不宿即去，转访黄宪，累月乃还。或问泰何分厚薄，泰与语道："奉高器量，奉高系袁闳字。譬诸泛滥，质非不清，尚易挹取；叔度汪洋，若千顷波，澄不见清，淆不见浊，这才是不可限量了！"宪初举孝廉，旋辟公府，友人劝他出仕，宪亦未峻拒，到了京师，不过住了一二月，便即告归。延光元年病终，只四十八岁，天下号为征君。黄宪以外，又有周燮，也是汝南人氏，学行深沉，隐居不仕，郡守举他为贤良方正，均以疾辞。尚书仆射陈忠，更为推荐，安帝特用玄纁羔币，优礼致聘，燮仍不起，宗族俱劝令就征，燮慨然道："君子待时而动，时尚未遇，怎得轻动呢？"他如南阳人冯良，少作县吏，沉滞多年，三十岁奉县令檄，往迎督邮，途次忽然幡悟，裂冠毁衣，遁往犍为求学，十年不归，妻子都以为道死，替他服丧，不意他学成归来，励节隐居，朝廷亦遣使往征，始终谢病，不入都门。这虽是甘心肥遁，别具高风，但也是有托而逃，所以为此避人避世呢！类叙高人，仍是箴励末俗。

且说南单于檀降汉后，北方幸还少事，就是前单于屯屠何子逢侯，与师子构衅，奔往北塞，见前文。至此亦部众分散，无术支持，仍然款塞请降。汉廷从度辽将军计议，徙逢侯居颍川郡，时度辽将军尚为邓遵。免得复乱。独北匈奴出了呼衍王，收集遗众，得数万人，又复猖獗，常与车师寇掠河西。亦见前文。朝议又欲闭住玉门关，专保内地。敦煌太守张珰，独上书陈议，分作上中下三策，上策请即发酒泉及属国吏士，先击呼衍王，再发鄯善兵讨车师，双方并举，依次讨平，为一劳永逸的至计；中策谓不能发兵，可置军司马将士五百人，出据柳中，令河西四郡供给军糈，尚得相机进行，安内攘外；下策谓弃去西域亦应收鄯善王等，徙入塞内，省得借寇赍粮，树怨助虏。这三议却是有条有理，毫不说谎，安帝将原奏颁示公卿，令他酌定可否。尚书仆射陈忠，拟采用张珰中计，因上疏说明道：

> 臣闻八蛮之寇，莫甚北虏。汉兴，高祖窘平城之围，太宗屈供奉之耻，故孝武愤怨，深惟长久之计，命遣虎臣浮河绝漠，穷破虏廷。当斯之役，黔首陨于狼望之北，财币縻于卢山之壑，狼望卢山，皆匈奴地名。府库单竭，杼柚空虚，算至舟车，资及六畜，夫岂不怀？虑久故也。遂开河西四郡，以隔绝南羌，收三十六国，断匈奴右臂。是以单于孤持，鼠窜远藏！至于宣元之世，遂备藩臣，关徼不闭，羽檄不行。由此察之，戎狄可以威服，难以化狎。西域内附日久，区区东望叩关者数矣，此其不乐匈奴慕汉之效也。今北虏已破车师，势必南攻鄯善，弃而不救，则诸国从矣。若然则虏财贿益增，胆势愈殖，威临南羌，与之交连，恐河西四郡，自此危矣。河西既危，不得不救，则百倍之役兴，不资之费发矣。议者但念西域悠远，恤之烦费，不见先世苦心勤劳之意也。方今边境守御之具不精，内郡武卫

之备不修，敦煌孤危，远来告急；复不辅助，内无以慰劳吏民，外无以威示百蛮，蹙国减土，经有明戒。臣以为敦煌宜置校尉，案旧增四郡屯兵，以西抚诸国，庶足折冲万里，震怖匈奴。谨此上闻。

这疏经安帝批准，且因前时班勇所陈，与忠议相合，遂令勇为西域长史，率兵五百人，出屯柳中。勇议见前文。勇受命即行，既至楼兰，即因鄯善诚心归汉，传诏奖勉，特加该王三绶。复派吏招抚龟兹。龟兹王白英，尚怀疑未服，勇再开诚示信，加意怀柔，白英乃自知悔罪，约同姑墨温宿二王，自行面缚，向勇乞降。勇亲为解缚，好言慰抚；令各处发步兵骑士，共讨车师。白英等既已投诚，自然从命，当下凑集万余人，受勇调度，直入车师前庭。前庭已归后王军就占领，军就仍居后庭，由北匈奴伊蠡王守住伊和谷，回应前文。被勇冲杀过去，不到多时，便捣破虏营，伊蠡王遁去；尚有军就留戍的兵士，及前庭被胁诸降卒，约有六七千名，见匈奴兵尚被击走，哪里还敢抵敌？当即逃去了一二千人，余皆跪伏军前，稽颡听命。勇全数收抚，共得五千人，仍令住居车师前庭，自至柳中屯田。柳中距前庭只八十里，呼应甚便，可以无虞。勇拟暂从休养，筹备刍粮，俟至士饱马腾，再击车师后王。好容易已越一年，系延光四年。春光和煦，塞外寒消，草木已渐生长，正好乘此兴师。勇遂发敦煌张掖酒泉三郡兵马，共六千骑，又征鄯善疏勒及车师前部兵，亦不下五六千，由勇亲自督率，往攻车师后王军就。军就亦领兵万余人，出庭迎敌，不意班勇部下，统是勇壮得很，一阵交锋，已被杀得人仰马翻，军就连忙退回，部众已丧失了好几千名。一时惶急失措，欲向北匈奴求援，又恐道远难及，没奈何硬着头皮，再图守御。偏来兵厉害得很，乘胜直入，锐不可当，部众出去招架，不是惊散，就是杀死。霎时间庭中大乱，只见外面大刀阔斧，一齐杀来，此时欲逃无路，还想拼死再战，蓦听得一声箭响，仔细审视，那箭镞已到面前，慌忙把头一偏，右肩上适被射着，痛不可耐，竟致晕倒。待至苏醒转来，四肢早经捆住，不能动弹；还有匈奴使人，也在旁边陪绑，束作一堆。俄而有数人驰至，把他两人扛抬了去，好似牛羊一般，直至汉前长史索班死处，作为祭品。号炮两振，军就与匈奴使人，头皆落地，魂灵儿从头中飞向鬼门关上挂号去了。不愿同生，但愿同死，两语可为两人写照。班勇既枭斩军就，传首京师，露布报捷。自是车师前后庭，又得开通，西域各国，复震慑汉威，陆续归附。真个是父作子述、两世重光呢！好肖子。

安帝闻得西域复通，心又放宽，乐得逍遥自在，倒把那班勇功绩，搁置一旁，并没有什么赏赉。且当时廉直大臣，第一个要算司徒杨震。永宁二年秋季，迁震为太尉，似乎知人善任，偏是小人道长，君子道消，结果是易明为昏，崇邪黜正，终落得朝廷柱石，化作尘沙，说来既觉可痛，尤觉可叹！太尉刘恺，因病免官，由震继为太尉，另用光禄勋刘熹为司徒。帝舅耿宝，已拜大鸿胪，特为宦官李闰兄弟说情，托震录用。震不肯相从，宝一再往候，且与震语道："李常侍为国家所重，欲令公辟除乃兄，主上亦曾允许，宝惟有传达上命罢了！"震正色道："如朝廷欲令三府辟召，应先敕下尚书，但凭私嘱，不敢闻命！"宝见震定意拒绝，悻悻自去。后兄阎显，亦进任执金吾，向震有所荐托，震亦不许。司空陈褒，已经罢去，后任为宗正刘授。他想讨好贵戚，一得风声，不待请托，便辟召李闰兄，及阎显意中的私亲，旬日间并见超擢。嗣复有诏为野王君造宅，王圣为野王君，见前文。大兴工役，中常侍樊丰，及侍中周广谢恽等，更相煽惑，倾动朝廷。震为汉家首辅，实属忍无可忍，因再上书力谏道：

臣闻古者九年耕，必有三年之储，故尧遭洪水，人无菜色。臣伏念方今灾害滋甚，百姓空虚，不能自赡，重以螟蝗，羌虏钞掠，三边震扰，战斗之役，至今未息，兵甲军粮，不能复给，大司农帑藏匮乏，殆非社稷安宁之福！伏见诏书为阿母兴起第舍，合两为一，合两坊为一宅里。雕修缮饰，穷极巧技；今盛夏土王，而攻山采石，转相迫促，为费巨亿。周广谢恽兄弟，与国无肺腑枝叶之属，依倚近幸奸佞之人，与樊丰王永等，分威共权，属托州郡，倾动大臣，宰司辟召，承望旨意，招徕海内贪污之人，受其货赂，至有赃锢弃世之徒，复得显用；黑白混淆，清浊同源，天下喧哗，为朝结讥。臣闻师言，上之所取，财尽则怨，力尽则叛；怨叛之人，不可复使。故曰："百姓不足，君谁与足？"惟陛下度之！

这书呈入，好似石沉大海一般，并不见答。樊丰周广杨恽等，统皆切齿，就是野王君王圣母女，亦视若仇雠，恨不将震即日摔去。且因安帝不从震言，越好肆无忌惮，匪但王圣第宅，造得非常工巧，连樊丰等一班权阉，也胆敢捏造诏书，调发司农钱谷，大匠现徒材木，各起冢舍园池，役费无数。遂致变异相寻，京都地动。杨震因屡谏不从，愤闷已极，何不引退？因岁暮不便陈词，勉忍至次年正月，申上直言道：

臣备台辅，不能奉宣德化，调和阴阳；去年十一月四日，京师地动。臣闻师言："地者阴精，"当安静承阳，而今动摇者，阴道盛也。其日戊辰，三者皆土，位在中宫，此中臣近官持权用事之象也！臣伏惟陛下以边境未宁，躬自菲薄，宫殿垣屋倾倚，枝柱而已，无所兴造，欲令远近咸知政化之清流，商邑之翼翼也。而亲近幸臣，骄溢逾法，多发徒士，盛修第舍，卖弄威福，道路喧哗，众听闻见，地动之变，近在城郭，殆为此发！又，冬无宿雪，春节未雨，百僚焦心，而缮修不止，诚致旱之征也。《书》曰："�恒旸若。"臣无作福作威玉食，惟陛下奋乾坤之德，弃骄奢之臣，以掩妖言之口，奉承皇天之戒，无令威福久移于下，则阳长阴消，天地自无不交泰矣！

震言虽然激切，怎奈安帝已为群小所蒙，任他如何说法，始终不理。且嬖幸愈加侧目，往往在安帝旁谤毁杨震，安帝已渐觉不平。惟震为关西名儒，群望所归，若一时将他除去，免不得物议沸腾，摇动大局，所以群小尚有畏心，未敢无端加害。尚知畏清议么？会有河间男子赵腾，诣阙上书，指陈时政得失，安帝不禁怒起，说他无知小民，也来多嘴，当即诏令有司，捕腾下狱。中官最恨谤言，私下嘱托有司，谳成"讪上不道"的罪名，处腾死刑。杨震身为太尉，怎能坐视不救？乃复上疏谏诤，略云：

臣闻尧舜之世，谏鼓谤木，立之于朝；殷周哲王，小人怨詈，则还自敬德。所以达聪明，开不讳，博采负薪，极尽下情也。今赵腾所坐，激讦谤语，为罪与手刃犯法有差，乞为加恩，全腾之命，以诱刍荛舆人之言，则国家幸甚！

安帝得疏，仍然不听，竟把赵腾处死，伏尸市曹。伯起！伯起！何不起身亟去？是年为延光三年，安帝想往外面游览，借着望祀岱宗的名目，出都东巡。文武百官，多半扈行，独太尉杨震，及中常侍樊丰等，却都留住京都，未尝随去。丰等因乘舆外出，越好擅用帑藏，移修第宅。原来为此，故未随行。偏被太尉掾高舒，召大匠令史等，底细考核，查出丰等前时捏造伪诏，呈与杨震。震因安帝东巡，未便举发，只好待回銮后，然后奏闻。何不飞使驰奏？丰等闻信，很是慌张，日夕与党与密商，意欲先发制人，为自保计。也是杨伯起命运该绝，不先不后，竟有星变逆行的天象，被阉党作为话柄，构成邪谋。一俟安帝回来，将到都门，急忙先去迎谒，伪言还宫须待吉时，请安帝至太学中，暂时休息，应吉乃入。安帝还道他是真心爱主，当即依议。及驾入太学，丰等得乘间密奏，说是太尉杨震，袒庇赵腾，前因陛下不从所请，心怀忿怼，意图构逆，所以上见星变，显示危机，请陛下先行收震，方可入宫。安帝尚未肯信，踌躇半晌，方语樊丰道："震为名士，难道也如此不法么？"丰应声道："震为邓氏故吏，邓氏既亡，怪不得震有异心了！"谗口可畏，震由邓骘辟举，见前文。安帝愕然点首，便夜遣中使，往收太尉印绶，策免震官。震不防有此一举，既被权阉占了先着，悔亦无益，当将印绶交出，坦然归第，闭门韬晦，谢绝交游。哪知安帝还宫以后，擢耿宝为大将军，宝与震挟有宿嫌，又由樊丰等从旁煽构，竟奏称震不服罪，仍怀怨望。有诏遣震归里。震奉诏即行，至夕阳亭，慨然语诸子门人道："人生本有一死，死不得所，也是士人常事。我叨居宰辅，明知奸臣狡猾，不能驱除；嬖女倾乱，不能禁遏，有何面目再见日月？我死后可用杂木为棺，粗布为被，盖形掩体，已自知足，不必归就墓次，添设祭祠了！"说毕，即饮鸩而死，时已七十余岁。小子有诗叹道：

拼死何如预见机，网罗陷入已难飞。
夕阳亭下沉冤日，应悔当年不早归！

杨震已死，樊丰等尚不肯干休，还要设法摆布，欲知他如何逞毒，待至下回叙明。

西域诸国，势如散沙，各酋长亦皆庸鄙，无一有为，但得中国良将一人，出而镇抚，便得制驭各国，使之帖服，非若冒顿父子之桀骜难驯也！试观班氏父子之出使，不待劳师费财，即此用夷攻夷之一策，已能指挥如意，无往不宜，谁谓外域之不可以驭乎？惟安内之谋，比攘外为尤亟，安帝有一杨震而不能用，反且听信群小，黜逐正人，汉之纲纪，自此紊矣！惟震为关西名士，当知以道事君之义，合则留，不合则去，胡为乎剌剌不休，坐听谗人之构陷，而未能自拔也？彼薛包黄宪周燮冯良诸人，则倜乎远矣。

第四十三回

秋大丧还宫立幼主　诛元舅登殿滥封侯

却说樊丰等闻杨震已死，还不肯干休，密遣心腹赴弘农郡，嘱令太守移良，派吏至陕，阻住震丧，不准他携榇归葬；并令震诸子充当苦役，走驿传书。路人共知冤情，代为流涕。野王君王圣，与大长秋江京，大长秋中官名。连结樊丰等一班权阉，复要寻事生风，谋易储位，见好中宫。先将太子保乳母王男，厨监邴吉，构成死刑，流徙家属；然后与阎皇后串同一气，谗毁太子，及东宫属下的官僚。阎后尝鸩死太子生母李氏，见前文。只恐太子长成以后，察悉毒谋，必图报复，因此处心积虑，欲将太子除去。且太子保已逾十龄，为了王男邴吉两人，无端致死，时常叹息。阎后及王圣江京等，见太子已有知识，越觉情急，遂日夜至安帝前，诉说太子过恶。安帝本爱宠阎后，再加她三寸妙舌，一副娇容，装出许多泪眼愁眉，就使明知架诬，也要顾妻舍子，枕席之言，最易动听。况又有乳母王圣，幸臣江京樊丰，从旁证实，几把那十龄童子，当作枭獍一般。看官试想这糊涂皇帝，尚能不入他彀中么？妇寺之所以可畏者，如此。当下召集公卿，拟废太子。大将军耿宝，首先赞成。惟太仆来历，与太常桓焉，廷尉张皓，同声梗议道："经有常言，人生年未满十五，过恶尚不及身；且王男邴吉，果有逆谋，亦未肯与童年说知，皇太子怎能预闻？应亟选贤良保傅，辅导礼义，自能弼成储德。若遽欲废立，事关重大，请圣恩且从宽缓，不可速行！"安帝不省，竟废太子保为济阴王，使居德阳殿西钟下。于是太仆来历，邀同光禄勋祋讽，祋，丁外反，姓也。宗正刘祎，将作大匠薛皓，侍中闾邱弘陈光赵代施延，及大中大夫朱伥等十余人，共诣鸿都门，力白太子无过，吁请收回成命。安帝闻知，勃然变色，竟使中常侍草就诏旨，至鸿都门宣读道：

> 父子一体，天性自然；以义割恩，为天下也！历讽等不识大典，而与群小共为喧哗，外见忠直，而内希后福，饰邪违义，岂事君之礼？朝廷广开言事之路，故且一切假贷；若怀迷不返，当显明刑书，毋贻后悔！

这诏读罢，除太仆来历外，统皆失色，薛皓更汗流浃背，慌忙叩首道："诚如明诏！"语才说毕，即由来历从旁呵叱道："薛君近作何言，奈何遽先背约？大臣处置国事，难道好这般反复么？"皓又惧又惭，觑隙自去。祋讽刘祎等，料知谏诤无益，依次引退。实是首鼠两端。来历独居宿阙下，好几日不肯退回，惹动安帝懊恼，使中常侍往谕尚书，叫他共劾来历。诸尚书不敢不遵，遂推陈忠领衔，劾历迹近要君，失人臣礼。陈忠奈何复为此举？安帝有词可借，便将历褫去官职，削夺国租，且黜历母武安长公主，不准入宫。原来历字伯珍，为故征羌侯来歙曾孙。歙子名褒，褒子名棱，皆袭侯爵。棱且尚明帝女武安公主，殁后公主尚存。子历既得嗣封，复因帝室姻戚，入朝登仕，由侍中迁至太仆，平素刚方持正，与权阉杜绝往来，至是因言得罪，闭户伏居，不与亲友交通，亲友亦无敢过问，可见得群阴交冱，天地晦盲了！是年京师及郡国地震，共二十三次，大水雨雹，共三十六次，安帝毫不知儆，反于永光四年二月，趁着和风丽日，鼓动游兴，挈了娇娇滴滴的阎皇后，带同国舅阎显兄弟，并及宠竖江京樊丰等人，出都南巡。六龙并驾，五凤齐飞，驺从如云，旗旄如雨，说不尽的繁华烜赫，看不完的锦绮罗丛，沿途官吏，盛设供张，忙个不了。只是百姓又都遭殃，把卖男鬻女的血钱，供作龙舆凤辇等行乐费。藻不妄抒。好容易到了宛城，安帝忽然不豫，饮食无味，寒热交侵，乐极生悲。忙令御医诊视，服药罔效。那时不便再行，只好中途折回，才抵叶县，已是病入膏肓，不可再救，眼睁睁的看着阎后，及阎显兄弟等人，想传下两三句遗嘱，怎奈痰已上壅，不能出口，一刹那间，两目上翻，呜呼归天。在位一十九年，年止三十有二。阎后记得雨露深恩，不禁大哭，阎显兄弟，与江京樊丰等在旁，连忙向后摆手，叫令休哭。待后收泪，即密语道："今皇上晏驾途中，济阴王尚在京师，倘被大臣拥立，必为所害，我等将身无死所了！"阎后听着，也觉着忙，急向大众问计。到底三五权阉，有些奸计，劝阎后秘不举哀，但言安帝病剧，移乘卧车，至入都后，方可发丧。阎后依计施行，便将帝尸置入卧车内，兼程还都，路上仍省问起居，及朝夕进食。鬼鬼祟祟的过了四日，方得驰入都中，尚佯遣司徒刘熹，往祷郊庙社稷，吁天请命。俟至晚间，方由宫中传出哀耗，令即治丧；一面迎立济北王寿子北乡侯懿为嗣，尊阎后为皇太后，授阎显为车骑将军，仪同三司。济阴王保，闻丧入哭，却被内侍阻住，不得上殿，但许在梓宫外面，遥望举哀。可怜保有冤莫白，有口难言，徒向那灵帷前大恸一场，几致晕倒地上，好多时方才趋出，接连不饮不食，约有数日。内外群僚，见他童年负屈，又能曲尽孝思，莫不唏嘘流涕，代抱不平。为后文迎立张本。北乡侯懿，尚在冲龄，阎太后贪立幼君，所以与阎显等定策禁中，迎立幼主。既已即位，然后奉安帝梓宫，出葬恭陵。阎太后即日临朝，阎显揽政。显却阴忌大将军耿宝，及野王君王圣，中常侍樊丰等人，于是交欢三公，密图进行。时卫尉冯石，迭经超迁，已代杨震为太尉，冯石见四十一回。阎显且奏闻太后，擢石为太傅，进司徒刘熹为太尉，参录尚书事，起前司空李郃为司徒。石本是个唯唯诺诺的人物，又蒙显一力保举，当然惟命是从；刘熹李郃，也得拔茅连茹，感激不遑，何人再与阎氏反对？阎显遂与三公同奏一本，弹劾大将军耿宝，中常侍樊丰，侍中谢恽周广，乳母野王君王圣，结党营私，罪俱难逭云云。阎太后立即下诏，饬拿樊丰谢恽周广下狱，严刑拷讯，三人受不起痛苦，并皆毙命。贬耿宝为辛侯，宝服毒自尽；王圣母女，流徙雁门。当日威风，而今安在？于是擢阎景为卫尉，耀为城门校尉，耀弟晏为执金吾，兄弟并处权要，威福自由。前车覆，后车鉴，奈何仍然不知？过了数月，幼主懿冒寒得病，病且日剧。中常侍孙程，前曾为邓太后服役，与樊丰江京等志趣不同，因见樊丰虽死，江京尚存，要想自己出头，总非容易，朝思夜想，不如迎立济阴王，把阎显江京等一概推倒，乃是绝好机会，稳取侯封。主见已定，即往语济阴王谒者兴渠道："济阴王本系嫡统，并无失德，先帝误信谗言，遂致废黜。若北乡侯一病不起，正好将王迎入，捽去江京阎显，事必可成！"渠喜答道："此计甚善，幸亟安排！"孙程即退约私党，秘密筹备。先是中黄门王康，曾为太子保府史，太子被废，康常叹愤，又长乐太官王国，与程素来莫逆，彼此会商，各愿效劳。十月二十七日，幼主懿竟尔殁世，阎显替太后划策，再征诸王子弟，择为帝嗣。诸王俱在外藩，中使往返需时，未能骤至，孙程忙连络十八人，约于十一月二日，共诣德阳殿西钟下。届期十八人俱到，姓氏官职，备录如下：

王国长乐太官丞。王康　黄龙　彭恺　孟叔　李建

王成　张贤　史汎　马国　王道　李元　杨佗　陈予

赵封　李刚　魏猛　苗光以上并为中黄门。

十八人聚集一处，与孙程议定密谋，截衣为誓。待至次日夜间，各持利械，闯入章台门，直登崇德殿。内侍江京刘安李闰陈达四人，守卫殿中，蓦见孙程等拥入，不知何因。京仗着累年威势，出来呵止，才说一语，已被孙程拔出短刀，砍落京首。刘安陈达李闰，惊慌得了不得，连忙向内逃入；偏是心下愈急，脚下愈慢，走了几步，即为孙程王康追及，一刀一个，杀毙刘安陈达。凶狡何益？只有李闰还是活着，抖作一堆，众人又欲将他杀死，独孙程向众摇手，但用刀搁住闰肩，厉声与语道："今日当迎立济阴王，汝若赞成，无得摇动，否则立诛！"闰已吓倒地上，浑身乱颤，忙应了几个诺字。原来闰在宫中，颇有权术，为内外所畏服，所以程胁使同事，不愿加刃。既得闰连声允诺，乃扶闰起来，共至德阳殿西钟下，迎入济阴王保，拥他登位。保年才十一，是为顺帝。孙程等宣传诏命，遍召尚书仆射以下，扈从帝驾，转幸南宫云台；程等留守省门，捍蔽内外。阎显时在禁中，听报顺帝即位，惊愕失措，不知所为。实是没用的东西。小黄门樊登，见显双眉紧蹙，踽踽不安，便向前献计，劝即用太后诏旨，传入越骑校尉冯诗，虎贲中郎将阎崇，守住朔平门，调兵御变。显如言颁诏，当即来了校尉冯诗，阎太后授诗符印，且与语道："能得济阴王，封万户侯；得李闰封五千户侯。"诗受印即出。显尚虑诗兵寥寥，特使樊登与诗偕行，至左掖门外号召吏士。哪知诗阳奉阴违，一出禁门，遽将樊登格杀，扬长自去。卫尉阎景闻报，急从省中还至外府，召集卫兵数百人，欲进盛德门。孙程传顺帝诏敕，令尚书郭镇，引羽林军出捕阎景。镇方卧病，闻命跃起，立刻点齐值宿羽林军，趋出南止车门，兜头碰着阎景，便扬声说道："阎卫尉下车听诏！"说着，即一跃下马，持节宣读诏书。景不肯下车，且怨叱道："这诏从何而来？"一面说，一面即拔剑出鞘，来斫郭镇。镇眼明手快，早已闪过一旁，掣出佩剑，刺入车中，喝一声着，景即从车中扑出，一个筋斗，仰堕地上。镇左右各持长戟，双管齐下，叉住景胸，因即将景擒住。景兵统皆溃散。当由郭镇送景入狱，景已受重伤，夜分即死。越宿辰刻，复遣使入宫，向阎太后索取玺绶。阎太后无可如何，不得不将玺绶交出，转呈顺帝。顺帝既得玺绶，便出御嘉德殿，使侍御史持节收系阎显，及显弟耀晏，一并下狱，各处死刑；并将阎太后迁居离宫。又是一贵戚推翻，报应何速？尚书令刘光等，乘机上奏道：

> 昔孝安皇帝圣德明茂，早弃天下，陛下正统，当奉宗庙，而奸臣交构，遂令陛下龙潜藩国，群僚远近，莫不失望。天命有常，北乡不永；汉德盛明，福祚孔章。近臣建策，左右扶翼，内外同心，稽合神明。陛下践祚，奉遵鸿绪，为郊庙主，承续祖宗无穷之烈，上当天心，下餍民望。而即位仓促，典章多缺，请条案礼仪，分别具奏，臣等不胜待命之至。

未几即有复诏颁出，准如所请，令有司参考旧议，规定新制。一面开南北宫门，

撤销屯兵，大封功臣。诏书有云：

> 夫表功录善，天下之通义也。故中常侍长乐太仆江京、黄门令刘安、钩盾令陈达，与故车骑将军阎显兄弟，谋议恶逆，倾乱天下，中黄门孙程王康、长乐太官丞王国等，怀忠愤发，戮力协谋，遂归灭元恶，以定王室。《诗》不云乎？“无言不仇，无德不报”。程为谋首，康国协同，其封程为浮阳侯，食邑万户；康为华容侯，国为郦侯，各九千户；中黄门黄龙为湘南侯，食邑五千户；彭恺为西平昌侯，孟叔为中庐侯，李建为复阳侯，各四千二百户；王成为广宗侯，张贤为祝阿侯，史泛为临沮侯，马国为广平侯，王道为范县侯，李元为褒信侯，杨佗为山都侯，陈予为下隽侯，赵封为析县侯，李刚为枝江侯，各四千户；魏猛为夷陵侯，食邑二千户；苗光为东阿侯，食邑千户。朝廷量功加赏，无偏无私，尔众侯其因功加懋，毋忽朕命！

看官记着：这就叫作十九侯。前时窦氏伏法，封侯惟一郑众，食邑只千五百户，已为有识所忧；此次多至十九人，推孙程为首功，封邑竟至万户，阉人得志，无逾此时。从此汉朝与宦官共天下，眼见得贻祸无穷，不亡不止了！扼要语。李闰先未预谋，故不得加封。孙程且迁官骑都尉，并得了许多金银钱帛的赏赐；就是王康以下，亦量予金帛有差。做着一注大买卖。又诏谕司隶校尉，除阎氏兄弟及江京等私亲外，悉从宽贷。用王礼葬北乡侯，起来历为卫尉。赦免王男邴吉等家属，尽令还京，各给钱币。光禄勋祋讽、宗正刘祎、侍中闾邱弘等，均已去世，诸子皆选入为郎；侍中施延陈光赵代，及大中大夫朱伥等，皆见拔用。后至公卿，安平人崔瑗，前由阎显辟为掾吏，见显迎立北乡侯，有失众望，免不得代为寒心，意欲乘间谏显，劝他改立济阴王，捕诛江京刘安陈达等人。怎奈显终日沉醉，始终不得进言，乃告长史陈禅，邀与共入求见。禅恐难挽回，迟疑未决，遂致瑗孤掌难鸣。迁延了好多日，阎氏果败，瑗亦坐斥，门人苏祇，欲上书陈述前情，替瑗解免，瑗止令勿为。陈禅已进署司隶校尉，召瑗与语道：“君何不听门生上书，乃自甘坐废呢？”瑗答说道：“前时虽有此论，未曾举行，譬如儿女子屏人私语，怎得当真？愿使君不复出口，瑗从此告辞了！”说毕遂行，还至安平，杜门绝迹。州郡闻他狷介，再行辟举，屡征不起，韬晦终身。惟杨震门人虞放陈翼，闻知樊丰周广等诛死，却回忆师恩，诣阙陈书，追讼震冤。朝右亦共称震忠，乃下诏除震子牧秉为郎，震有五子，牧秉最为著名，事见后文。赐钱百万，许将遗柩改葬华阴潼亭，远近亲友，俱来会葬。先期十余日，有大鸟高约丈余，飞集柩前，俯仰悲鸣，泪下沾地，及安葬已毕，方才飞去。会葬诸人，都为称奇，郡吏亦举状上闻，可巧天灾不已，朝廷愈惜震枉死，因敕郡守致祭墓前，祠以中牢，且用诏书代策道：

> 故太尉震，正直是与，俾匡时政；而青蝇点素，同兹在藩，《诗》云：“营营青蝇，止于樊。”樊藩同义。上天降威，灾眚屡作，尔卜尔筮，惟震之故。朕之不德，用彰厥咎，山崩栋折，我其危哉？今使太守丞以中牢具祠，魂而有灵，傥其歆享。

震冤既雪，舆论益伸，时人更为立石墓旁，图刻大鸟形状，留作纪念。忠臣义士，到底流芳，比那一班权戚幸臣，死且遗臭，相去不啻天渊呢！后人其听之。就是如阎后一流妇女，位正椒房，身为国母，也算巾帼中的第一领袖，只为了贪心不足，弄得声

名两败，徙居离宫。司隶校尉陈禅，更指斥阎太后生性妒忌，与顺帝无母子恩，请再徙居别馆，不当复行朝见礼。此议一倡，群臣相率赞成，好好一位太后娘娘，几乎要贬入冷宫，不见天日了。小子有诗咏道：

乾道主刚坤道柔，骄痴妒悍总招尤。
机关算尽徒增慨，十载雌风一旦休。

究竟阎太后再徙与否，容至下回再表。

安帝嗣子，只一济阴王，阎后先鸩死其母，复及其子，明明立为储君，乃交谮而废之，彼且自诩为得计，庸讵知阎氏赤族，已隐兆于此耶？《传》有之："众怒难犯，专欲难成。"阎后之构废济阴王，众怒之所由丛也；迎立北乡侯，专欲之所由败也。欲巧反拙，转利为害，而阎氏亡矣！孙程之谋立济阴王，即为阎氏专政之反动力。阎氏兄弟，固有可诛之罪，特惜其诛阎氏者，不出于三五公卿，而出于十九宦官，宦官得志，祸比外戚为尤烈。十九人同日封侯，汉家之气运已尽。幸而顺帝幼聪，尚能驾驭，故其祸不致遽发耳。然贻谋不臧，终为后世大息，读史至十九侯受封，已不禁为之长太息矣。

第四十四回

救忠臣阉党自相攻　应贵相佳人终作后

却说阎太后既徙居离宫，复被陈禅一疏，又将别徙，累得阎太后愁上加愁，悲复增悲。谁叫你有势行尽？还亏司徒掾周举，替她斡旋，进语司徒李郃道："昔瞽瞍尝欲杀舜，舜事瞍愈谨；郑武姜谋杀庄公，庄公誓决黄泉；秦始皇怨母失行，与母隔绝，后来终从颍考叔茅焦谏议，复修子道；书传播为美谈。今诸阎新诛，太后幽居离宫，若悲愁生疾，一旦不讳，主上将如何号令天下？陈禅所议非是，倘误从禅议，后世将归咎明公，恐明公亦无从解免了！今宜密表朝廷，仍率群臣朝觐太后，上餍天心，下副人望，方不失国家治道呢！"郃被他感动，因即上书陈述，毋从禅言，且请顺帝往朝太后。时已岁暮，倏忽逾年，改元永建，下诏大赦，顺帝乃率百官往朝阎太后。阎太后未免惭沮，并因母族衰亡，忧伤不已，害得花容憔悴，病骨支离，夜间梦寐不安，辄见顺帝生母李氏，前来索命，免不得悔恨交并，妇人心肠，能容得几多惆怅？顿致病体日重，一命呜乎。不死何为？顺帝仍援据旧典，为阎太后成服发丧，奉柩出葬，与安帝合瘗恭陵，谥曰安思皇后。司隶校尉陈禅，因前次上议不合，把他免官，召前武都太守虞诩，入朝代任司隶校尉。诩莅任仅及数月，即奏劾太傅冯石，太尉刘熹，阿附权贵，不宜在位。应该举劾。顺帝准奏，便将冯石刘熹免官，改用太常桓焉为太傅，大鸿胪朱宠为太尉。司徒李郃，亦患病乞休，另命长乐少府朱伥接任。朝廷为了虞诩一言，竟致三公并免，群臣已不禁心寒；诩又续劾中常侍程璜陈秉孟生李闰等，私受货赂，虽数人未遭严谴，终惹起同僚侧目，讥诩过苛。会当盛暑，狱中罪囚甚多，当由公卿劾诩不审天时，至盛夏且多系无辜，为吏人患。诩闻自己被劾，亟上书自讼道：

> 臣闻法禁者俗之堤防，刑罚者人之衔辔。今州曰任郡，郡曰任县，更相诿责，百姓怨穷；以苟容为贤，尽节为愚。臣所发举赃罪，不止一二，三府以下，恐为臣所奏，遂加诬劾。臣将从史鱼死，即以尸谏耳！

顺帝看了，也知诩心怀忠贞，不复加罪。惟中常张防，时方用事，每有请托受取等情弊，诩屡次案验，屡次不报。惹动诩忿懑不堪，竟自系廷尉，上书待罪道：

> 昔孝安皇帝任用樊丰，遂交乱嫡统，几亡社稷。今者张防复弄威柄，国家之祸，将重至矣！臣不忍与防同朝，谨自系以闻，无令臣袭杨震之迹，则不胜幸甚。

这书呈入，张防当然着忙，亟至顺帝前哭诉，说是虞诩加诬。顺帝也为所迷，派有司从严鞫讯，二日中传考四狱，狱吏劝诩自裁，诩奋然道："宁伏欧刀，表示远近，不愿轻自捐生！"硬头子。会宦官孙程张贤等，颇怜诩直言获谴，相率入宫，为诩营救。想是忌防夺权，故借题发挥。既见顺帝，即由孙程面奏道："陛下与臣等谋事时，常恨奸臣误国，今首正大位，乃自蹈此辙，如何得轻议先帝呢？司隶校尉虞诩，为陛下尽忠，反受拘系；常侍张防，赃罪确凿，转得法外逍遥。今上天已经垂象，客星守羽林，占主宫中有奸臣，宜急收防下狱，借塞天变，毋致贻殃！"顺帝听着，面向后顾，防正在背后，面有愠色。孙程已瞧入眼中，竟大声叱防道："奸臣张防，何不下殿！"防虽承帝宠，究竟拗不过孙程，只好趋就东厢。程又向顺帝催促道："陛下宜急收防，毋使从阿母求情！"看官阅至此语，应疑阿母何人？原来乃是顺帝乳母宋娥。顺帝入立，娥亦与谋，故得干预政权，程备悉内情，故有此语。前有王圣，后有宋娥，真是无独有偶。顺帝尚犹豫未决，再召问尚书，以便决议。尚书贾朗，素与防善，竟答称防实无辜，诩独有罪。顺帝因谕孙程等道："汝等且出，容我再思！"

程等不得已趋退。诩子颛率同门生百余人，各举白幡，在宫门外候着。凑巧中常侍高梵，乘车出来，颛等遂向他陈冤，甚至叩头流血。向宦官叩头流血，阉人之势力可知。梵下车劝慰，并愿为诩申冤，大众同声道谢。梵乃折回宫中，竭力谏诤，乃赦诩出狱，徙防戍边。贾朗等六人，罪坐阿党，贬谪有差。孙程再上言诩有大功，不应废置，顺帝因复征诩为议郎，越数日迁诩尚书仆射。诩又举荐议郎左雄，雄南郡涅阳人，以抗直闻名，故诩荐表中有云：

> 臣见方今公卿以下，类多拱默，以树恩为贤，尽节为愚，至相戒曰："白璧不可为，容容多厚福。"伏见议郎左雄，数上封事，至引陛下身遭难厄，以为儆戒，实有王臣蹇蹇之节。周公谟成王之风，宜擢在喉舌，必有匡弼之益。臣非敢援引私人，实为国家进一忠臣，以广言路，而成至治，伏惟垂鉴。

顺帝采用诩议，进拜雄为尚书，嗣又擢为尚书令。雄有犯无隐，所言皆明达政体，顺帝颇知嘉纳，无奈为阉竖所把持，不能尽用，多半为纸上空谈罢了。孙程等十九侯，自恃功高，往往上殿相争，不守臣节，顺帝已积不能容，当由有司仰承风旨，奏称孙程等干乱悖逆，久留京都，必为大患。顺帝即诏令程等免官，徙封远县，促令就国。司徒掾周举，独向司徒朱伥进言道："主上在西钟下时，若非孙程等协力定谋，怎能入承大统？今遽忘大德，苛录微疵，如或道路夭折，转使主上滥杀功臣，贻讥后世！明公何不乘他未去，亟为上表转圜？"前劝李　奏请朝后，尚有情理可说，此时却替阉人解免，太自失资格了。伥沉吟道："今诏旨方有怒意，我独上表谏阻，必致罪谴，如何可行？"举又说道："明公年过八十，位为台辅，不乘此时竭忠报国，尚有何求？就使因言得罪，犹不失为忠臣。若以举言为不足采，请从此辞！"保全几个阉人，怎得为忠？怎能报国？伥乃如言上表，果得顺帝依从，还十九侯原封，不过遣使就国的命令，仍然照行。过了年余，复召还十九侯，后文再表。且说顺帝即位以后，尚未知生母何人，至永建二年夏月，方得左右陈明，乃知生母李氏，曾藁葬洛阳城北。当下因感生哀，亲至瘗所致祭，用礼改葬，追尊李氏为恭愍皇后，号园寝为恭北陵。已而司徒朱伥老病侵寻，不能任事，太尉朱宠却因事免官，顺帝乃进太常刘光为太尉，光禄勋许敬为司徒。惟司空一职，自宗正刘授接任后，见四十二回。中经顺帝入嗣，又换易了两人：刘授免职，另用少府陶敦；陶敦免职，又另用廷尉张皓。皓与许敬俱有重名，敬历任三朝，从未昵近贵戚，所以窦邓耿阎四族，迭起迭仆，士大夫辄被牵连，独敬素守清洁，毫不污染；皓为安帝废储一事，与桓焉来历等相率廷争，为士论所推重，见前回。至此擢为司徒，也是顺帝回忆前情，特加倚畀。皓籍隶武阳，敬籍隶平舆，地以人传，毋容琐叙。

顺帝又欲征求隐士，闻得鲁阳人樊英，遁居壶山，屡征不起，乃更用策书玄纁，优礼敦聘。英尝习京氏易，京氏及京房见《前汉演义》。得通星算，善能推步灾异，远方人士，往往负笈从游。尝有暴风从西方吹来，英语门人道：“成都市必有大火，非禳解不可！”说着，遂汲水含口，向西喷去，并令门人记录日时。后有蜀客到来，传言某日大火，幸东方起一黑云，须臾大雨，火乃得灭。门人考证时日，果属相符，因此奉若神明。州郡礼请不应，安帝初召为博士，亦不就征，及顺帝备礼聘英，英仍然病辞。郡吏奉诏逼迫，硬把他载入车中，驰诣京师，英坚称病笃，不肯下舆。朝命连舆推入，直抵阙廷，英尚偃蹇不拜。顺帝瞧着，却也动怒，作色与语道：“朕能生君，能杀君；能贵君，能贱君；能富君，能贫君！君何故敢慢朕命？”英从容答道：“臣由天授命，命当死即死，陛下怎能生臣？怎能杀臣？臣见暴君如见仇雠，入朝尚且不愿，求什么贵官？平居环堵自安，南面王不易真乐，怕什么贱役？陛下怎能贵臣？怎能贱臣？禄不以道，虽万钟不受，独行己志，虽箪食不厌，陛下怎能富臣？怎能贫臣？”倔强语恰有至理。这一席话，说得顺帝无词可驳，怒亦渐平，乃令出就太医，服药疗疾，月致羊酒。过了两年，顺帝复为英设坛席，令公车导入阙中，尚书持奉几杖，视若宾师，英不得已退就臣礼，受职五官中郎将。未几又称病告辞，有诏命为光禄大夫，许得归养。朝廷遇有灾异，尝遣使致问，英所言必验；惟在朝应对，无甚奇猷，故时人或讥他纯盗虚声，不堪大用。独闻英家居时，偶然患疾，妻使奴婢拜问所苦，英必下床答拜。颍川陈实，少从英学，免不得暗暗称奇，便向英问明答拜的原因，英答说道：“夫妻共奉祭祀，取义在齐，奈何可不答礼呢？”后英至七十余岁，在家考终。同时又有处士杨厚黄琼，就征入朝。厚字仲宣，广汉郡新都县人，通术数学，入阙进谒，预陈汉至三百五十年，当有厄运，不可不戒，顺帝命为议郎。黄琼字世英，就是江夏人黄香子。香博学能文，世称江夏黄童，见前文。后官终魏郡太守。琼承父荫，拜为太子舍人，丁忧归里，服阕不起。及与杨厚并下征车，琼未便违慢，登车至纶氏县，称疾不进，有诏命县吏敦迫，不得已再行就道。前司徒李郃子固，少年好学，改名求师，得为通儒，平时雅慕琼名，因从琼途中贻书道：

> 闻公车已度伊洛，近在万岁亭，岂即事有渐，将顺王命乎？先贤谓伯夷隘，柳下惠不恭，故传曰不夷不惠，可否之间，盖圣贤居身之所珍也。诚遂欲枕山栖谷，拟迹巢由，斯则可矣；若当辅政济民，今其时也！自生民以来，善政少而乱俗多，必待尧舜之君，此为志士，终无时矣。尝闻语曰：“峣峣者易缺，皦皦者易污。”阳春之曲，和者必寡，盛名之下，其实难副。近鲁阳樊君，即指樊英。被征初至，朝廷特设坛席，如待神明，虽无大异，而言行所守，亦无所缺；乃毁谤布流，应时折减者，岂非以观听望深，声名太盛乎？自顷征聘之士，功业多无所采，是故俗论皆言处士纯盗虚声，愿先生弘此远谋，令众人叹服，一雪此言耳！

琼得书后，入朝拜官，亦为议郎，屡因灾异上书，颇邀采用，未几迁任尚书仆射，秉忠如故。顺帝时尚童年，独能虚心翕受，亦好算作东汉明君。惟西域长史班勇，平番有功，安帝时未曾加赏，顺帝永建二年，反因他出击焉耆，后期坐罪，逮系狱中，这却未免薄待功臣，太觉寡恩了！先是班勇勘定车师，更立后庭故王子加特奴为王，再使别校捕诛东且弥王，亦另立新主，车师等六国悉平。勇复大发诸国兵，击北匈奴，逐走呼延王，虏众二万余人皆降，车师一带，无复虏迹，城郭皆安。独焉耆国王元孟，未肯降服，由勇拜表奏闻，汉廷特遣敦煌太守张朗，率领河西四郡兵三千人，助勇进讨。勇征集诸国兵马，得四万余人，分为两路，往攻焉耆。使朗从北道进行，自率部众驰入南道，约会焉耆城下。朗先尝坐罪，意欲徼功自赎，遂星夜前进，直抵爵离关，焉耆兵开关搦战，被朗驱杀一阵，斩获至二千余人，残众败奔国都。焉耆王元孟，当然惊慌，急遣使至朗营求降，朗不待勇至，先期入焉耆国，受降而还。实是失信。勇在途次接得张朗军报，只好折回，据实上奏。偏有诏责他后期，召还系狱，好多日才得释出。还是因他前功足录，加恩贷罪，但官职已经褫免。勇郁愤成疾，返至家中，不久即殁。父子累建大功，徒落得身后萧条，岂不可叹？还有一种冤屈的事情，说来尤令人生愤。勇兄班雄，袭父遗封，曾为屯骑校尉，迁官京兆尹，病殁任所，子始袭爵，得尚清河孝王女阴城公主。公主为顺帝姑母，恃贵生骄，因骄思淫，竟引少年入帷，与他交欢。班始不愿做元绪公，自然与有违言，那公主却放胆横行，竟挈姘夫同坐帷中，召始进去，叱令跪伏床下。男儿总有一些气骨，看到这般情形，怎肯忍耐？顿时无名火高起三丈，立即出帷取刀，把一对奸夫淫妇，砍作四段。恰是快事。当有人报知顺帝，谁知顺帝不咎公主，单责始持刀行凶，立将始拿交诏狱，腰斩东市！甚至始同产兄弟，亦皆处死。惨乎不惨？冤乎不冤呢？这是永建五年间事。明明是导以纵淫。且说顺帝年至十五，举行冠礼，转眼间已是一十八岁，应该册立皇后。时后宫已有四位贵人，并得承宠。顺帝左右为难，意欲祷神探筹，卜定后位。尚书仆射胡广，与尚书郭虔史敞等，联名进谏道：

窃见诏书，以立后事大，谦不自专，欲假之筹策，决疑灵神。篇籍所记，祖宗典故，未尝有也。恃神任筮，既不必当贤；就使得人，犹非德选。夫岐嶷形于自然，俔天必有异表，俔天之妹，见《诗经》《大雅》。俔，譬喻也。宜参良家，简求有德，德同以年，年钧以貌，稽之典经，断之圣虑，政令犹汗，往而不返，诏文一下，形诸四方。臣等职在拾遗，忧深责重，是以焦心竭虑，冒昧陈闻。

顺帝阅过谏章，也觉得所言有理，乃决诸己意，特就四贵人中，选出一位梁氏女来，册作中宫。梁女名妠，就是和帝生母梁贵人的侄孙女，父名商，袭父乘氏侯雍遗爵，雍为梁谦次子，见前文。官拜黄门侍郎。永建三年，选商女及妹，并入掖庭，俱为贵人，擢商为屯骑校尉。商女降生时，有红光发现室中，阖家称为奇事；及女粗有知识，便喜习女工，并好读书，九岁能诵《论语》治《韩诗》，即韩婴所传之诗。颇知大义，常将列女图画，置诸座右，作为鉴戒。父商尝语诸弟道：“我先人全济河西，活人无算，虽大位不继，积德必报；若庆流子孙，当就在此女身上呢！”不望子而望女，所见亦谬，故女可兴家，子卒赤族。已女年十三，与姑同充选后宫，相工茅通，见女容止过人，便向顺帝前再拜称贺道：“这所谓日角偃月，相法上应当极贵，臣相人颇多，未见有这般贵相哩！”顺帝令太史卜兆，亦得吉占，因即封为贵人，特加宠遇，屡命侍寝，梁女尝从容辞谢道：“妾闻阳道以博施为德，阴道以不专为义；螽斯衍庆，百福乃兴。伏愿陛下普施雨露，俾得均泽，使小妾得免罪谤，已是深感皇恩了！”顺帝闻言，深以为贤，乃于永建七年正月，特在寿安殿中，册立梁贵人为皇后，赐后父商安车驷马，并增国土，迁官执金吾，布诏大赦，改永建七年为阳嘉元年。过了一载，又封商子冀为襄邑侯，连顺帝乳母宋娥，亦得受封山阳君。尚书令左雄，一再进谏，语甚切至。疏中有云：

臣闻人君莫不好忠正而恶谗谀，然而历世之患，莫不以忠正得罪，谗谀蒙幸者，盖听忠难，从谀易也。夫刑罪，人情之所甚恶，贵宠，人情之所甚欲，是以时俗为忠者少，而习谀者多；故令人主数闻其美，稀知其过，迷而不悟，以至于危亡。臣伏见诏书，顾念阿母旧德宿恩，欲特加显赏。案尚书故事，无乳母爵邑之制，惟先帝时阿母王圣为野王君，圣造生谗贼废立之祸，生为天下所咀嚼，死为海内所欢快。今阿母躬蹈俭约，以身率下，群僚蒸庶，莫不向风；而与王圣并同爵号，惧违本操，失其常愿。臣愚以为凡人之心，理不相远，其所不安，古今一也。百姓深惩王圣倾复之祸，民萌之命，危于累卵，常惧时世复有此类，怵惕之念，未离于心，恐惧之言，不绝于口。乞如前议，岁以千万给奉阿母，内足以尽恩爱之欢，外可不为吏民所怪。梁冀之封，事非机急，宜过灾厄之运，然后平议可否，封冀未迟。幸陛下裁察焉！

自左雄有此奏牍，梁商乃为子冀辞封，顺帝尚未肯遽允，章至数上，乃收回封冀成命。独山阳君宋娥，不闻让还，适值京师地震，缑氏山崩，那謇謇谔谔的左伯豪，又不能不乘机进谏，再贡忠忱。左雄字伯豪。小子有诗咏道：

野王以后又山阳，徒顾私恩乱旧纲。
独有名臣持大体，不辞苦口砭膏肓。

欲知左雄如何进言，顺帝曾否从谏，请看官续阅下回，便见分晓。

孙程之迎立济阴王，并非持正，实欲邀功；阎后之保全虞诩，指斥张防，并非怜忠，实欲沽直。小人未尝无为善之时，但其所以为善者，亦不免为营私计耳。及观其上殿争功而肺肝具见，微顺帝之童年聪颖，徙封就国，遽削其权，孙程等宁能终安乎。周举号称正士，乃反请朱伥救解，甚矣！其徒知小节，不顾大体也！梁后具有贵相，与窦后略同，正位以后，虽不若窦后之妒悍，然其后临朝专政，不能裁抑兄弟，终酿成梁冀之祸。梁商谓庆流子孙，应兴此女，庸讵知兴宗在此，覆宗亦即在此耶？夫贤德如马皇后，而马氏且未尽令终，如商所言，徒见其鄙陋而已，何足道哉？

第四十五回

进李固对策膺首选　举祝良解甲定群蛮

却说尚书令左雄，因见梁冀辞爵，宋娥独不让封，乃复借着地震山崩的变异，再上封章，略云：

> 先帝封野王君，汉阳地震，今封山阳君，而京城复震，专政在阴，其灾尤大。臣前后瞽言，封爵至重，王者可私人以财，不可以官，宜还阿母之封，以塞灾异。今冀已高让，山阳君亦宜崇其本节，毋蹈愆尤，则所保者大，国安而山阳君亦安矣。

宋娥闻得左雄再三谏诤，亦有畏心，乃向顺帝辞还封号；偏顺帝专徇私恩，不肯照准，于是山阳君封号如故，左雄所言，依然无效，但雄名由此益著。雄尝因州郡荐举，类多失实，特奏请察举孝廉，必年满四十，诸生试家法，即一家之学。文吏课笺奏，乃得应选；若有茂才异行如颜渊子奇，方可不拘年齿。子奇齐人，年十八，齐君使宰东阿，阿县大化。顺帝依议，颁诏州郡。会广陵郡有孝廉徐淑，应举入都，年未四十，台郎诘以违格，淑答说道："诏书有如颜渊子奇，不拘年齿，故本郡以臣充选！"郎官无言可驳，转告左雄，雄召淑入见，莞尔与语道："昔颜渊闻一知十，孝廉能闻一知几呢？"说得淑无从对答，默然退归。尚书仆射胡广，曾与雄议不合，出为济阴太守，所举数人，并皆失当，坐是免官。此外尚有牧守滥举，亦遭罢黜。惟汝南人陈蕃，颍川人李膺，下邳人陈球等三十余人，才足应选，得拜郎中。安丘人郎𫖮，素有声誉，由顺帝特征入阙，面问灾异，𫖮详上条陈，大要在修德禳灾，且荐举议郎黄琼，茂才李固。顺帝命𫖮为郎中，𫖮辞病不就，飘然竟去。忽由洛阳令奏报宣德亭边，平地无故自裂，阔约八十五丈，顺帝乃令公卿所举各士人，入朝对策。峨峨髦士，挟策干时，遂皆摛藻扬华，发挥己见。就中名士颇多，如扶风人马融，南阳人张衡，亦俱在列。所上策文，由顺帝亲自展览，内有一篇佳作，系详言时政得失，不涉虚浮，当即拔为第一。看官欲赏识此文，由小子抄录如下：

> 臣闻王者父天母地，宝有山川，王道得，则阴阳和穆；政化乖，则崩震为灾，斯皆关诸天心，效于成事者也。夫化以职成，官由能理。古之进者，有德有命；今之进者，惟财与力。伏闻诏书务求宽博，嫉恶严暴，而今长吏多杀伐致声名者，必加迁赏，其存宽和无党援者，辄见斥逐，是以淳厚之风不宣，雕薄之俗未革。虽繁刑重禁，何能有益？前孝安皇帝变乱旧典，封爵阿母，因造妖孽，使樊丰之徒，乘权放恣，侵夺主威，改乱嫡嗣，至令圣躬狼狈，亲遇其艰。既拔自困殆，龙兴即位，天下喁喁，属望风政。积敝之后，易致中兴，诚当沛然，思惟善道，而论者犹云方今之事，复同于前。臣伏从山草，痛心伤臆！诚以汉兴以来，三百余年，贤圣相继，十有八主，岂无阿乳之恩？岂忘爵赏之宠？然上畏天威，俯案经典，知义不可，故不封也。勤谨之德，但加赏赐，足以酬其劳苦；至于裂土开国，实乖旧典。闻阿母体性谦虚，必有逊让，陛下宜许其辞国之高，使成万安之

福。夫妃后之家，所以少完全者，岂天性当然？但以爵禄尊显，专总权柄，天道恶盈，不知自损，故至颠仆。先帝宠遇阎氏，位号太疾，故其受祸曾不旋时。老子曰："其进锐者，其退速也。"今梁氏戚为椒房，礼所不臣，尊以高爵，尚可然也；而子弟群从，荣显兼加，永平建初故事，殆不如此；宜令步兵校尉冀，及诸侍中还居黄门之官，使权去外戚，政归国家，岂不休乎？又，诏书所以禁侍中尚书中臣子弟，不得为吏，察孝廉者，以其秉威权、容请托故也。而中常侍在日月之侧，声势振天下，子弟禄任，曾无限极，虽外托谦默，不干州郡，而谄伪之徒，望风进举。今可为设常禁，同之中臣。昔馆陶公主为子求郎，明帝不许，见前文。赐钱千万，所以轻厚赐、重薄位者，为官人失才，害及百姓也。窃闻长水司马武宣、开阳城门侯羊迪等，无他功德，初拜便真，此虽小失，而渐坏旧章。先圣法度，所宜坚守，政教一跌，百年不复。诗云："上帝板板，下民卒瘅。"刺周王变祖法度，故使下民将尽病也。今陛下之有尚书，犹天之有北斗也。斗为天喉舌，尚书亦为陛下喉舌。斗斟酌元气，运乎四时；尚书出纳王命，敷政四海，权尊势重，责之所归，若不平心，灾眚必至，诚宜审择其人，以辅圣政。今与陛下共理天下者，外则公卿尚书，内则常侍黄门，譬犹一门之内，一家之事，安则共其福庆，危则通其祸败。刺史二千石，外统职事，内受法则。夫表曲者影必邪，源清者流必洁，犹叩树本而百枝皆动也。《周颂》曰："薄言振之，莫不震迭。"此言动之于内，而应之于外也。由此言之，本朝号令，岂可蹉跌？间隙一开，则邪人动心；利竞暂启，则仁义道塞。刑罚不能复禁，化导以之寖坏。此天下之纪纲，当今之急务。陛下宜开石室，陈图书，招会群儒，引问得失，指摘变象，以求天意。其言有中理，即时施行，显拔其人。以表能者，则圣听日有所闻，忠臣尽其所知。又宜罢退宦官，去其权重，第置常侍二人，方直有德者，省事左右；小黄门五人，才智闲雅者，给事殿中。如此则论者厌塞，升平可致也。臣所以敢陈愚瞽、冒昧自闻者，倘或皇天欲令微臣觉悟陛下，陛下宜熟察臣言，怜赦臣死。臣言有尽而意不尽，伏维垂鉴。

看官道这篇策文，是何人所作？原来就是南郑人李固，即故司徒李郃的令子。固五察孝廉，再举茂才，皆不应召，至是为卫尉贾建所举，乃诣阙献词。顺帝特加鉴赏，置诸高第。即日令乳母宋娥，出居外舍，并责诸常侍干预政权。诸常侍悉叩头谢罪，朝廷肃然，因拜固为议郎。马融前曾为校书郎中，因上广成颂，隐寓讥刺，忤旨被黜，及此次对策，乃复使与固同官。张衡南阳人，表字平子，素善机巧，更研精天文阴阳历算，尝作浑天仪，著灵宪算罔论，造候风地动仪，为前人所未有。当时已为太史令，衡不慕荣利，故累年不迁，好几载才得为侍中。这都由阉人当道，排摈清流，虽有名士，终致沉抑下僚，不获大用。浮阳侯孙程等，就国年余，仍复召还京师，命与王道李元，同拜骑都尉。回应前回。嗣复迁程为奉车都尉，程竟病死，追赠车骑将军印绶，赐谥刚侯。程临终遗言，愿将封邑传与弟美，顺帝将封邑中分一半畀孙美承受，一半使程养子寿袭封，这也是汉朝特别的创格。到了阳嘉四年，居然垂为定例，诏令宦官养子，俱得为嗣，承袭封爵。御史张纲，就是司空张皓子，皓为留侯张良六世孙，居官正直，至阳嘉元年病殁。纲少通经学，砥砺廉隅，既受任为御史，目睹顺帝宠遇宦官，引为已忧，慨然叹息道："秽恶满朝，不能致身事君，扫清宫禁，虽得幸生，也非我所愿哩！"当下缮就奏折，入朝进呈，奏中说是：

《诗》曰："不愆不忘，率由旧章。"溯自大汉初隆，及中兴之世，文明二帝，德化尤盛，观其理为易循易见，但恭俭守节，约身尚德而已。中官常侍，不过两人，近幸尝赐，裁满数金，惜费重民，故家给人足。夷狄闻中国优富，任信道德，所以奸谋自消，而和气盛应。顷者以来，不遵旧典，无功小人，皆有官爵，富之骄之，而复害之，非爱人重器承天顺道者也！伏愿陛下少留圣恩，割损左右，以奉天下，则治道其庶几矣！

书入不报。是时三公已换易数人，太傅桓焉，太尉朱宠，司徒许敬，皆相继罢去；用大鸿胪庞参为太尉，录尚书事，宗正刘崎为司徒，又因司空张皓出缺，进太常王龚为司空。太傅本非常职，暂从缓设。太尉庞参，就职至三年有余，最号忠直，内侍等不便舞弊，屡加谮毁，司隶亦党同阉竖，上书纠弹，独广汉郡上计掾段恭，力为庞参洗刷，请顺帝专心委任，顺帝乃任参如故。不料参后妻嫉妒，竟将前妻子推入井中，猝遭溺死，洛阳令祝良，与参有隙，当即入太尉府查勘属实，立时报闻，参因坐免，改任大鸿胪施延为太尉。越二年，施延免职，又起参为太尉。参年老多病，逾年寿终，司空张龚，继参后任。太常孔扶，迁官司空，未几又改用光禄勋王卓。司徒刘崎，亦坐事免官，特擢大司农黄尚为司徒。惟梁后父执金吾梁商，奉命为大将军，独不愿就任，托疾固辞，顺帝使太常奉策，就第册拜，商不得已诣阙受命。汉阳人巨览，上党人陈龟，并有才行，当由商辟为掾属；李固周举，亦由商特召，入为从事中郎。固见商谦和有余，刚断不足，乃上笺讽商道：

昔春秋褒仪父以开义路，贬无骇以闭利门；夫义路闭则利门开，利门开则义路闭也。前孝安皇帝，内任伯荣樊丰之属，外委周广谢恽之徒，开门受赂，署用非次，天下纷然，怨声满道。今上初立，颇存清静，未能逾年，稍复堕损，左右党进者，日有迁拜；守死善道者，滞涸穷路，而未有改敝立德之方。又，即位以来，十有余年，圣嗣未立，群下系望。可令中官博简嫔媵，兼采微贱宜子之人，进御至尊，顺助天意。若有皇子，母自乳养，无委保妾医巫，以致飞燕之祸。明将军望尊位显，当以天下为忧，崇尚谦省，垂则万方，而新营祠堂，费工亿计，非以昭明令德，崇示清俭。自数年以来，灾怪屡见，近无雨润，而沉阴郁泱，宫省之内，容有阴谋。孔子曰："智者见变思形，愚者睹怪讳名。"天道无亲，可为祗畏。如近者月食既于端门之侧，既尽也。月者大臣之体也，夫穷高则危，太满则溢，月盈则缺，日中则移，凡此四者，自然之数也。天地之心，福谦忌盛，是以贤达功遂身退，全名养寿，无有怵迫之忧。诚令王纲一整，道行忠立，明公踵伯成之高，唐虞时为诸侯，至禹即位，弃官归耕，事见《庄子》。全不朽之誉，岂与此外戚凡辈，耽荣好位者，同日而论哉？固狂夫下愚，不达大体，窃感故人一饭之报，况受顾遇而可不尽言乎？愚者千虑，必有一得，幸赐裁览！

梁商亦知固效忠，但素性优柔，终不能用。宦官十九侯中，孙程早死，王康王国彭恺王成赵封魏猛等，亦陆续病亡，惟黄龙杨佗孟叔李建张贤史汎王道李元李刚九人，与乳母宋娥，交相蛊蔽，贿赂公行。太尉王龚，每恨宦官揽权，志在匡正，因极陈诸阉过恶，请即放斥。阉党不免惊惶，各使宾客诬奏龚罪，顺帝竟偏听谗言，命龚自白。李固闻知，即进告梁商，为龚辩诬，且谓三公望重，不应赴廷对簿，请即代为表明，毋令王公蒙冤。商乃入白顺帝，才得无事。商子冀，鸢肩豺耳，两眼直视，口吃不能明言，少时游荡无行，酒色自娱，凡博奕蹴鞠诸技，却是般般精通，又喜臂鹰走狗，骋马斗鸡，此外却无甚才能，不过略通书计。为了椒房贵戚，得列显阶，初为黄门侍郎，转迁侍中虎贲中郎将，及越骑步兵各校尉，至父商为大将军，冀竟代任执金吾。阳嘉五年，改号永元，调冀为河南尹。冀居职暴恣，多为不道。洛阳令吕放，进见梁商，偶然谈及冀过，商当然责冀，冀恨放多嘴，竟遣人伏候道旁，俟经过时，把他刺死。且恐乃父察悉，伪言放为仇家所刺，请使放弟禹为洛阳令，严行捕讯。禹接任后，总道是与冀无干，但将宗亲宾佐，逐加拷问，冤冤枉枉死了一百多人。冀一出手，便冤死多人，怪不得后来要杀皇帝？梁商尚被冀瞒过，顺帝更不必说了。是年武陵蛮叛乱，幸得新任太守李进，领兵讨平，且简选良吏，抚循蛮夷，郡境乃安。过了一年，象林蛮区怜等，纠众为乱，攻县廨，戕长吏，骚扰得了不得。交阯刺史樊缤，发交阯九真兵二万余人，往救象林，兵士不愿远行，倒戈返攻，还亏樊缤乘城拒守，觑隙出击，得将叛兵驱散，城郭无恙。但叛兵投入蛮帐，蛮众益盛。适侍御史贾昌，出使日南，闻得叛蛮猖獗，亟与州郡官吏，并力合讨，怎奈岭路崎岖，蛮众负嵎自固，官兵不能与敌，战辄失利，反为所围。贾昌等飞书乞援，诏令公卿百官，会议方略，群臣等请特简元戎，大发荆扬兖豫兵马，往讨叛蛮；独大将军属下从事中郎李固，力驳众议，独献良谟，大致说云：

> 蛮荒辽远，用兵最艰，若荆扬无事，发之可也。今二州盗贼，盘结不散，武陵南郡，蛮夷未辑，长沙桂阳，数被征发，如复扰乱，必更生患，其不可一也。又兖豫之人，猝被征发，远赴万里，无有还期，诏书迫促，必致叛亡，其不可二也。南州水土温暑，加有瘴气，致死亡者，十必四五，其不可三也。远涉万里，士卒疲劳，及至岭南，不堪复斗，其不可四也。军行日三十里，而兖豫去日南九千余里，三百日乃到，计人粟五升，用米六十万斛，不计将吏驴马之食，但负甲自致，费便若此，其不可五也。军之所在，死亡必众，不足御敌，当复更发，其不可六也。九真日南，相去千里，发其吏民，犹且不堪，何况苦四州之卒，以赴万里之艰哉，其不可七也。前中郎将尹就，讨益州叛羌，益州谚曰："虏来尚可，尹来杀我。"后就征还，以兵付刺史张乔；乔因其将吏，旬月之间，破殄寇虏。此发将无益之效，州郡可任之验也。宜更选有勇略仁惠任将帅者，以为刺史太守，悉使共住交阯。今日南兵单无谷，守既不足，战又不能，可一切徙其吏民，北依交阯，还募蛮夷，使自相攻，转输金帛以为其资；有能反间致头首者，许以封侯裂土之赏。前并州刺史祝良，性多勇决；又南阳张乔，前在益州，有破虏之功，皆可任用。昔太宗加魏尚为云中守，哀帝即拜龚舍为泰山太守，今宜师其遗意，拜良等便道之官，则不待劳师，自可收效，而蛮疆之绥辑不难矣。

这议一创，公卿等却多以为然，不复坚持成见。于是拜祝良为九真太守，张乔为交阯刺史，即日就道，同赴岭南。乔至交阯，开示恩信，解散胁从，叛众或降或归，不复生乱。良到九真，单车入蛮穴中，晓谕祸福，示以至诚，蛮众亦俯首帖耳，愿遵约束，投降至数万人，俱为良筑造府舍，仍复前观，岭外复平。朝廷未接捷音，尚使公卿等各举猛士，选为将帅。尚书令左雄，时已调任司隶校尉，独将前冀州刺史冯直，保举上去。偏尚书周举，谓冯直尝坐赃免官，如何得列入荐牍？因此劾雄所举非人，免不得有阿私情弊。雄以周举得为尚书，也由自己推荐，此次恩将仇报，太觉不情，当下往诘周举道："我素重君才，故敢进言，谁知反害及自身！"举慨然答道："昔赵宣子任韩厥为司马，厥反戮宣子仆，宣子语诸大夫道：'可以贺我！'今君不以举为不才，谬升诸朝，举不敢向君阿谀，致贻君羞。不料君意与古人不同，举始自知得罪了！"雄听了举言，忙改容称谢道："吾过，吾过！幸勿介意！"遂拱手别归。时人称举为善规，雄为善改，统是当时贤士，名不虚传。还有一班窃权揽势的宦官，乘机举用私人，竞卖恩势。独大长秋良贺，清俭退厚，一无所举，顺帝暗暗诧异，召问原因，贺直答道："臣生自草莽，长居宫禁，天下人才，臣未知悉，又与士类素乏交游，怎敢滥举？昔卫鞅因景监介绍，得见秦王，智士已料他不终，若使臣妄举数人，恐士人不以为荣，反且因此见辱了！"顺帝闻言，也为叹息不置。但内侍如贺，实是不可多得。此外多招权纳贿，往往酿成祸阶，永和四年元月，中常侍张逵，竟矫诏捕人，险些儿构兴大狱，连累无辜。小子有诗叹道：

> 刑余腐竖总难容，蟠踞宫廷定兆凶。
> 亦有驯良堪任使，古今能有几人逢？

欲知张逵矫诏情事，容至下回分解。

顺帝亦中智之君，观其召试群儒，能举李固为首选，退乳母，责阉人，宫禁肃然，其与乃父之庸暗不君，似不可同日语矣。然一时之明察，终不敌群小之欺蒙，虽有直臣，挽回无几。意者其尚有遗传性之留存，明于初而昧于终欤？梁商以谦退称，亦卒蹈优柔之失，有子如冀，不能教以义方，遑问他事。李固讽商之言，尚未能直揭其弊，而商且不用，时人称商为顺帝贤辅，其然岂其然乎？及固荐引祝良张乔之抚蛮，而四府均赞成固议，卒得成功。度其时商为首弼，且握兵权，必有为之主宰其间者，况固为从事中郎，亦由商所辟召？盖亦一邓骘之流亚而已。语有之："善善从长，恶恶从短。"则商固非无一长之足采之。

第四十六回

马贤战殁姑射山　张纲驰抚广陵贼

却说中常侍张逵，素行狡黠，善能希旨承颜，得邀主眷。只是汉宫里面的宦官，多至千百，几不胜数，彼争权，此夺宠，所以互相奔竞，迭起不休。当时张逵以外，尚有小黄门曹节，及曹腾孟贲等，俱为顺帝所昵爱，揽权用事。甚至后兄梁冀，及冀弟不疑，常与往来，结为至交。大将军梁商，亦未尝禁止，反令儿辈通好权阉，作为护符，朝臣莫敢与抗。只张逵相形见绌，满怀不平，遂串同山阳君宋娥，及黄龙杨佗孟叔李建张贤史汎王道李元李刚等九侯，诬奏大将军梁商，与曹腾孟贲等阴图废立，请即加防。顺帝却正容答道："必无此事！朕想汝等共怀妒忌，故有此言！"逵等都不禁失色，当即退出。只逵因妒生恨，因恨生惧，自思一不做，二不休，不如冒险一试，先除曹腾孟贲，再作后图。当下捏造伪诏，收捕腾、贲下狱。好大胆子，想是活得不耐烦，故有此举。顺帝闻知，勃然大怒，立饬拿住张逵，交付法司，一经拷讯，水落石出，便将逵推出市曹，一刀两段。乳母宋娥，夺爵归田；黄龙等九侯，遣令就国，削去国土四分之一；释出曹腾孟贲，守职如故。自是阉党十九侯中，除已死及被黜外，只有广平侯马国，下隽侯陈予，东阿侯苗光，总算保全爵邑，富贵终身。也是这三人，不欲争权，故得幸免。这且搁过不表。

且说陇西塞外的杂羌，自经麻奴降服后，幸得少安。见前文。既而麻奴病死，弟犀苦嗣为烧当羌酋，阴有贰心，又嗾动钟羌叛汉，寇掠凉州。护羌校尉马贤，引兵出击，斩首千余级，余众多降，贤得进封都乡侯。嗣贤坐事征还，代以右扶风韩皓；皓不久复罢，由张掖太守马续继任。钟羌酋良封等，又复为乱，入寇陇西汉阳，有诏再起马贤为谒者，前往镇抚。贤至陇西，马续已击败良封，再由贤调发陇西吏士，及羌胡各骑兵，追封出塞，斩首千八百级；封穷蹙失势，被贤击毙，亲属俱降。贤复进剿钟羌支族且昌等，亦获大胜，且昌等率诸种十余万众，诣梁州刺史处投诚。汉廷乃仍使贤为护羌校尉，调马续为度辽将军。续莅任四年，恩威两济，颇得民心。独南匈奴左部句龙王吾斯车纽等，恃强不法，竟率三千余骑，入寇西河，复煽惑右贤王，合兵七八千人，进围美稷，杀死朔方代郡各长吏。度辽将军马续，因与中郎将梁并，乌桓校尉王元，发边兵及羌胡骑士，共二万余人，掩击吾斯车纽等联兵，斩馘颇多。吾斯车纽虽然败衄，却是屡散屡聚，随处骚扰。汉廷遣使赍诏，往责南单于，单于休利，本未预谋，不得已脱帽避帐，至中郎将梁并处谢罪。并却好言抚慰，遣令归庭。未几并因病乞休，后任为五原太守陈龟。龟以南单于不能驭下，外顺内叛，逼令自杀。又欲徙单于近亲，入居内郡，遂致胡人生贰，各有违言。朝廷因他办理不善，逮还都中，下狱免官。大将军梁商，拟招降叛胡，不欲多劳兵戎，乃上表申议，略云：

> 匈奴寇叛，自知罪大，穷鸟困兽，犹图救死，况种类繁炽，不可殚尽。今转战日增，三军疲苦，虚内给外，非中国之利。窃见度辽将军马续，素有谋谟，且

典边日久，深晓兵要，每得续书，与臣策合。宜令续深沟高垒，以恩信招降，宣示购赏，明其期约，如此则丑类可服，国家无事矣。

顺帝依言，诏令马续招降叛虏，毋得一意用兵。梁商又致书与续道：

中国安宁，忘战日久。良骑野合，交锋接矢，决胜当时，此戎狄之所长，而中国之所短也；强弩乘城，坚营固守，以待其衰，此中国之所长，而戎狄之所短也。宜务先所长，以观其变，设购开赏，宣示反悔，勿贪小功，以乱大谋，是所至要！

马续既接朝旨，复得商书，当然专心招抚，敛威用恩。南匈奴右贤王部抑鞮等，率领万三千口，诣续乞降，惟吾斯车纽，仍然未服。吾斯且推车纽为单于，东引乌桓，西收羌胡等数万人，攻破京兆虎牙营，戕上郡都尉及军司马，转掠并凉幽冀四州。未曾大挫强虏，徒欲一意主抚，亦为启寇之阶。朝廷尚主张退守，但徙西河治离石，上郡治夏阳，朔方治五原。待至寇势日迫，警报时闻，乃遣中郎将张耽，招集幽州乌桓诸郡营兵，出讨叛虏。耽有胆略，善抚士卒，军中乐为效死，行至马邑，与虏兵相值，一阵横扫，枭得虏首三千级，生擒无算。车纽与诸豪帅骨都侯等，心惊胆落，匍匐请降。惟吾斯窜去，嗣复收拾余烬，再来寇边。耽与马续合兵奋击，追至谷城，大破吾斯；吾斯遁入天山，与乌桓兵依险自固。耽穷兵深入，逾涧攀崖，猱升而上，连斩乌桓渠帅，夺还被掠人畜，不可胜计。吾斯复遁，虏势乃衰。偏是北寇渐稀，西羌复炽，甚至蹂躏三辅，烽火连天。原来且昌羌等投降以后，余羌亦多被马贤击走，陇右却安静了年余。已而烧当羌酋那离等复叛，又为马贤所诛。贤奉调为弘农太守，另任来机刘秉为并凉二州刺史。机与秉出都时，往辞大将军梁商，商与语道："古称戎狄荒服，蛮夷要服，是说他荒忽无常，全在镇抚得人，临事制宜，毋拂彼性。今二君素性嫉恶，太分黑白，孔子所谓人而不仁，疾之已甚，必致激乱，何况蛮夷戎狄哩？愿二君务安羌胡，防大赦小，方可无虞！"既知二君性刻，何勿上表谏诅？机等虽然应命，但本性难移，怎能遽改？到任以后，苛待群羌，多所扰发，于是且冻傅难钟羌等复叛，攻掠金城湟中，入寇三辅，杀害长吏，毒虐生民。朝廷闻警，急将机秉二人逮还，特拜马贤为征西将军，使骑都尉耿叔为副，带领左右羽林五校士，及诸郡兵十万人，出屯汉阳。大将军梁商虑贤年老难任，请改用大中大夫宋汉，顺帝不从。贤在途稽留，多日不进，时马融为武都太守，上书进谏道：

今杂种诸羌，转相钞掠，宜及其未并，亟请深入，破其支党，而马贤等处处留滞。羌胡百里望尘，千里听声，今逃匿避回，漏出其后，则必侵寇三辅，为民大害。臣愿请贤所不可，用关东兵五千，裁假部队之号，尽力率厉，埋根行首，以先吏士；三旬之后，必克破之。臣少习学艺，不更武职；猥陈此言，必受诬罔之辜。昔毛遂厮养，为众所嗤，终以一言，克定从要。从读如纵。臣又闻吴起为将，暑不张盖，寒不披裘；今贤野次垂幕，珍肴杂沓，儿子侍妾，事与古反。臣惧其将士将不堪命，必有高克溃破之忧也！高克，郑人，见《左传》。

书入不报。安定人皇甫规，闻马贤不恤军事，料其必败，亦据实上闻，顺帝既不从融言，怎肯听信皇甫规？当然搁置不理，惟遣使催促马贤进兵。贤进抵汉阳，尚是无心进战。至永和六年正月，且冻羌分道入寇，掠武都，烧陇关，蔓延甚盛，贤不得已挈领二子，及骑士五六千名，出御射姑山。羌众设伏以待，诱贤入谷，四面趋集，把贤困在垓心，贤与二子左冲右突，终不得脱，徒落得父子同殉，暴骨沙场。败报传达京师，顺帝未免叹息，特赐马贤家布三千匹，谷千斛，封贤孙为舞阳亭侯；更遣侍御督录征西营兵，抚恤死伤。惟羌众得了大胜，势焰益张。向来羌人分作两派，居住安定北地上郡西河边境，号为东羌；居住陇西汉阳金城边境，号为西羌。至是东西连合，愈聚愈多，就中有一班巩唐羌，更是蛮野，趁着汉兵败衄，长驱深入，自陇西直抵三辅，焚园陵，扰关中，杀伤长吏。郃阳令任颙，引兵截击，因寡不敌众，竟至阵亡。独武威太守赵冲，击败巩唐羌，斩首四百余级，收降二千余人，有诏令护羌校，总督河西四郡兵马，便宜行事。安定时亦被兵，郡将因皇甫规智略过人，命为功曹，使率甲士八百人，出遏叛羌。规首冒锋刃，挥兵杀敌，斫死羌人前驱数名，羌众骇退，安定解严，乃举规为上计掾，诣都报册。规乘便上疏，自请效力，疏中有云：

臣比年以来，数陈便宜，羌戎未动，察其将反；马贤始出，知其必败，误中之言，皆可考据。臣每维贤等拥众四年，未有成功，悬师之费，且百亿计，出于平民，回入奸吏，故江湖之人，群为盗贼。青徐荒饥，襁负流散。夫羌戎溃叛，不由承平，皆由边将失于绥驭，乘常守安，则加侵暴，苟竞小利，则致大害，微胜则虚张首级，军败则隐匿不言。军士劳怨，困于猾吏，进不得快战以邀功，退不得温饱以全命，饿死沟渠，暴骨中原；徒见王师之出，不闻振旅之声。酋豪泣血，惊惧生变，是以安不能久，叛则经年，臣所以搏手叩心而增叹者也。愿假臣两营二郡，屯列坐食之兵五千，出其不意，与护羌校尉赵冲，共相首尾。土地山谷，臣所晓习；兵势巧便，臣已更之；可不烦方寸之印，尺帛之赐，高可以涤患，下可以纳降。若谓臣年少官轻，不足用者，凡诸败将，非真由官爵之不高，年齿之不迈也！臣不胜至诚，没死自陈，翘首待命。

顺帝览疏，因规资轻望浅，不肯委任，规乃出都归郡。会巩唐羌复寇北地，北地太守贾福，与赵冲合兵出讨，失利退还，羌众复转寇武威。顺帝闻羌寇充斥，凉州震惊，乃复徙安定北地吏民，入居扶风冯翊；一面使执金吾张乔，行车骑将军事，引兵万五千人，屯守三辅。既而护羌校尉赵冲，招降罕种羌五千余户，复连败烧何烧当等羌，羌众乃散匿塞外，边患少纾。诏罢张乔屯兵，仍使还都。适大将军梁商得病，医治无效，顺帝亲往省问，见商卧不能起，料知危险，因问及后事，商且喘且答道："尚书周举，从前坐事免官，由臣召为从事中郎，此人清高中正，可以重任，愿陛下留意！"周举免官复起，借商口中补叙，但商知举之忠，奈何不知子之恶？顺帝允诺，嗣见商无他言，便即辞去。商更召嘱诸子道："我实不德，享受多福，生不能辅益朝廷，死或致耗费帑藏，如衣衾饭含玉匣珠贝等类，何益朽骨？况边境不宁，盗贼未息，岂尚可为我一人，虚糜国库？俟我气绝，即当载至冢舍，当即殡殓；殓已开冢，冢开即葬。祭食如我生存时，毋用三牲。孝子当善述父志，不宜违我遗言！"说毕即逝。诸子呈报遗命，顺帝不听，特赐东园寿器，涂以朱漆，饰以银镂，并玉匣什物二十八种，钱三百万，布三千匹，予谥忠侯。及出葬时，命兵车甲士护丧，皇后亲送，顺帝至宣阳门遥望灵𫐄，并作诔云："孰云忠侯，不闻其音？背去国家，都兹玄阴；幽居冥冥，靡所宜穷。"这诔文派员往读，即令商长子冀嗣封乘氏侯，并承父职为大将军，冀弟不疑为河南尹，且进周举为谏议大夫，一是报商旧绩，一是从商遗言。偏梁冀贪婪骄恣，与乃父大不相同，所有正人君子，俱为冀所不容。会值荆州盗起，连年不安，顺帝使李固为荆州刺史。固妥为慰抚，赦过宥罪，许贼更新，贼目夏渠等自缚归罪，由固遣令晓示，群贼一律反正，全州肃清。独南阳太守高赐等，受赃惧罪，恐为固所按考，特派心腹，使载金入都，重赂梁冀。冀爱财如命，悉数收受，即替他千里移檄，嘱固从宽。固不阿权贵，纠察愈严，高赐等复向冀乞怜，冀竟左迁固为泰山太守。泰山亦多盗贼，郡守尝屯兵千人，随处防剿，终不能平；固到任后，却将屯兵罢遣归农，但留战士百余人，嘱令四处招诱，不到一年，贼皆弭散。惟他处牧守，多是贪污阘茸，但知巴结上官，不知安辑百姓，因此流离载道，半为盗贼。可恨这班牧守，讳无可讳，剿不胜剿，又只好归咎人民，奏报朝廷。顺帝特改永和七年为汉安元年，大赦天下，分遣侍中杜乔，及光禄大夫周举郭遵冯羡栾巴张纲周栩刘班等八人，巡行州郡，宣谕威德，表举贤良。如刺史二千石有贪污不法，即驰驿举劾；二千石以下，许得便宜收系。乔等拜命即行，惟张纲年齿最少，气节独高，出京不过里许，至雒阳都亭，竟将车轮埋藏地下，慨然说道："豺狼当道，安问狐狸？"当下缮好奏疏，还都呈入，弹劾大将军梁冀，及河南尹梁不疑，开篇即云：

> 大将军冀，河南尹不疑，蒙外戚之援，荷国厚恩，以刍荛之资，居阿衡之任，不能敷扬五教，翼赞日月，而专为封豕长蛇，肆其贪叨，甘心好货，纵恣无厌，多树谄谀，以害忠良，诚天威所不赦！大辟所宜加也！

后文又条陈冀等十五罪，说得淋漓透彻，慷慨激昂。史传中，止言无君之心，十五罪未曾详叙故事，故本书亦只从略。时梁冀妹为皇后，内宠方盛，诸梁姻族，布满内外，纲却不顾利害，言人未言，廷臣都为震栗。幸顺帝知他忠直，未尝加谴，但不过将原奏搁起，置诸度外罢了。冀因此恨纲，辄思借端中伤。适广陵贼张婴，聚众数万，攻杀刺史二千石，寇乱徐扬间，非常猖獗；前任郡守，只求兵马卫护城廨，无一敢讨。冀乃嘱使尚书，举纲为广陵太守。纲单车赴任，但率郡吏十余人，径诣婴垒。婴不知何因，闭垒拒纲，纲手书谕婴道："我奉诏宣慰，并非征讨，汝等不必惊慌，且容我入垒明言，从与不从，悉听汝便，何必闭门拒我，自示张皇呢？"婴见纲来意和平，乃开门出迎，拜伏道旁。纲亲为扶起，偕行入垒，延令就座，问所疾苦。婴答言官吏暴虐，不得不变计逃生。纲随机晓谕道："前后二千石，多肆贪暴，致君等怀愤相聚，二千石原是有罪，但君等所为，亦属非义。今主上仁圣，欲以文德服人，特遣我来此抚慰，意在荣以爵禄，不愿迫以刀锯，这正是君等转祸为福的时会了！若闻义不服，天子必赫然震怒，征调荆扬豫兖大兵，云集垒前，岂不危甚？试想用弱敌强，怎得为明？弃善取恶，怎得为智？去顺效逆，怎得为忠？身死嗣绝，怎得为孝？背正从邪，怎得为直？见义不为，怎得为勇？利害得失，关系非轻，请君自择去就便了！"婴听纲说毕，不禁泣下道："荒裔愚民，不能自达朝廷，坐遭侵枉，遂致啸聚偷生，譬诸鱼游釜中，喘息须臾，不遑后顾。今明府开诚晓谕，使婴等再见天日，尚有何言？但恐既陷不义，一经投械，终不免拿戮呢！"纲与婴指天为誓，必不爽约，婴乃决计投诚。俟纲别去，遂遍告部众万余人，至次日齐至郡廨，与妻子面缚归降。纲再单车入垒，置酒大会，遣散叛党，任他自去。又亲为婴卜居宅，视田畴，凡子弟欲为郡吏，皆量才召用，众情悦服，南州晏然。纲论功当封，偏被梁冀从中阻挠，因此罢议。惟顺帝尚器重纲才，将加擢用，张婴等闻知消息，上书乞留，乃任纲如故。纲在郡一年，忽然抱病，竟至告终，年才三十有六。百姓扶老携幼，俱至府舍哭临；张婴等五百余人，并身服缞绖，执杖送葬，奉榇至武阳归葬，即由婴等负土为坟，顷刻即成。莫谓盗贼中，必无善人！事为朝廷所闻，也下诏叹息，拜纲子续为郎中，赐钱百万，小子有诗赞道：

敢弹首恶竟埋轮，出守防奸独布仁。
柔亦不茹刚不吐，宽严两济是能臣！

同时尚有几个好官，政声卓著，待小子下回报明。

兵不可常用，常用必败；将不可久任，久任必亡。如汉之马贤，防边有年，屡破羌人，未始非一时名将；但功多则易起骄心，位高则易生佚志，观马融之劾奏马贤，谓其野次垂幕，珍肴杂遝，儿子侍妾，事与古反，是何莫非骄佚之所酿而成？天下有骄且佚者，而尚能胜敌徼功乎？姑射一役，父子俱死，非不幸也，宜也！张纲埋轮，力劾梁冀，虽未足扫除豺狼，而直声已流传千古。至徙纲为广陵守，单车谕贼，不杀一人，而万贼归降，梁冀本欲借贼以害纲，而纲反得收贼以愧冀，乃知天下事总在人为，直道而行，艰险固不必计也！惟忠贤如纲，而不使永年，天若无知而实有知，观于李固杜乔之枉死，而纲之早殁，实为幸事；天之保全名臣，固不在命之修短间欤。

第四十七回

立冲人母后摄政　毒少主元舅横行

却说顺帝时代的名吏，却也不少，除张纲抚定广陵外，尚有洛阳令任峻，冀州刺史苏章，胶东相吴祐。峻能选用人才，各尽所长，发奸如神，爱民如子，洛阳大治。章为冀州刺史，有故人为清河太守，贪赃不法，俟章行巡至郡，当然迎谒，章置酒与宴，畅叙甚欢，太守喜说道："人皆有一天，我独有二天。"章微笑道："今夕苏儒文与故人饮酒，乃是私恩；儒文系苏章表字。明日为冀州刺史按事，却是公法，公私原难并论呢！"这一席话，说得太守忸怩不安；果然到了次日，即被挂入弹章，罢官论罪。州吏闻章秉公无私，自然不敢枉法，全境帖然。吴祐政从仁简，民不忍欺，啬夫孙性，私赋民钱，市衣奉父，父怒说道："汝尚敢欺吴公么？快去向吴公伏罪，还可恕汝！"性惶惧自首，具述父言，祐与语道："汝以亲故受污名，还可原谅，古人所谓观过知仁，便是为此。但汝父确系老成，汝当归谢，所有衣服，仍奉遗汝父便了！"性乃拜谢而去。祐遇民事讼，往往闭阁自责，然后讯问两造，多方晓谕，不尚典刑，或身自至乡，曲为和解，因此闾阎悦服，囹圄空虚。苏章宴友，吴祐还衣，后人或讥为好名，但试问后世有几多贤吏？就是巡行州郡的八使，当时号为八俊。只张纲中道折还，出守广陵，病终任所；余如杜乔周举等人，亦皆不避权贵，所上弹章，统是梁氏姻亲，及宦官党羽。可奈宫廷里面，都由宵小把持，任他如何弹劾，只是搁置不理。嗣经侍御史种暠，复行案举，方得黜去数人。杜乔到了兖州，表奏泰山太守李固，政绩为天下第一，因召入为将作大匠，再迁为大司农。太尉王龚，因病告归，太常桓焉，及司隶校尉赵峻，相继为太尉。司空王卓病终，光禄勋郭虔继任，嗣又改用太仆赵戒。就是司徒黄尚卸任后，亦接连换易两人，一是光禄勋刘寿，一是大司农胡广。惟当时梁冀用事，三公九卿，统唯唯诺诺，无所可否。惟前太尉王龚子畅，入为尚书，倒还有些乃父风规，不偏不党。汉安二年，匈奴句龙王吾斯，复率众寇并州，畅荐茂陵人马寔为中郎将，出使防边。寔募人刺杀吾斯，送首洛阳；越年又进击余党，收降乌桓余众七十余万口。朝廷下诏褒美，赐钱十万；一面册立南匈奴守义王兜楼储为单于，使他还镇南庭。兜楼储前时入朝，留居洛阳，至是由顺帝临轩，亲授玺绶，特赐车服，并命太常大鸿胪等，祖饯都门，作乐侑酒，待至饮毕，兜楼储乃拜辞还国。南庭有此主子，自然不忘汉恩，较为恭顺，北顾幸可无忧。惟西陲一带，经护羌校尉赵冲出镇，剿抚并用，连破烧何烧当诸羌，羌种前后三万余户悉降。后来护羌从事马玄，忽生异图，背冲出塞，羌众亦叛去不少。冲追击叛羌，遇伏战殁，诏封冲子义为义阳亭侯。但冲虽阵亡，羌亦衰耗，再加梁并为左冯翊，招降叛羌离湳狐奴等，陇右少安。回应前回。到了汉安三年，顺帝年已及壮，尚未立嗣，梁皇后以下，多半不育，只后宫虞美人，生下一子，取名为炳，年才二岁，顺帝乃立炳为太子，改汉安三年为建康元年，颁诏大赦。适侍中杜乔，还京复命，遂拜为太子太傅；又命侍御史种暠为光禄大夫，在承光宫中监护太子。一夕由中常侍高梵，单车迎太子入见，杜乔等向梵索诏，梵答言由帝口授，并无诏书，乔惶惑失措，不知所为，种暠独拔剑出鞘，横刃当车道："太子为国家储贰，民命所系，今常侍来迎，不持诏书，如何示信？暠宁死不从此命！"梵起初尚恃有帝谕，倔强不服，及见暠色厉词严，倒也理屈词穷，无从辩驳，因即驰还复奏。顺帝颇称暠持重，更用手诏往迎太子，太子乃入。杜乔出宫赞叹道："种公可谓临事不惑呢！"

种暠字景伯，河南洛阳人，杜乔字叔荣，河内林虑人。两人都被举孝廉，致身通显，并号名臣。未几出暠为益州刺史，乔却迁官大司农，再迁为大鸿胪。是年八月，顺帝不豫，数日即崩，年终三十，在位与安帝相同，也是一十九年。群臣奉太子炳即位，尊梁后为皇太后。两龄嗣主，如何亲政？当然援照前例，由皇太后梁氏临朝。进太尉赵峻为太傅，大司农李固为太尉，参录尚书。越月奉顺帝梓宫，出葬宪陵，庙号敬宗。是日京师及太原雁门地震，三郡水涌土裂。有诏令举贤良方正，并使百僚各上封事，极陈时政得失。前安定上计掾皇甫规，奉诏奏对道：

> 伏惟孝顺皇帝初勤王政，纪纲四方，几以获安；后遭奸伪，威分近习，畜货聚马，戏谑时间，又因缘嬖幸，受赂卖爵，轻使宾客，交错其间，天下扰扰，从乱如归，故每有征战，鲜不挫伤，官民并竭，上下穷虚。臣在关西，窃听风声，未闻国家有所进退，而威福之来，咸归权幸。陛下体兼乾坤，聪哲纯茂，指梁太后。摄政之初，拔用忠贞，指用李固。其余纲维，多所改正，远近翕然，望见太平。而地震之后，雾气白浊，日月不光，旱魃为虐，盗贼纵横，流血川野，庶品不安，谴诫屡至，殆以奸臣权重之所致也。其常侍尤无状者，亟宜黜遣，披扫凶党，收入财贿，以塞民怨，以答天诫。今大将军梁冀，河南尹不疑，处周召之任，为社稷之镇，加与王室世为姻族，今日立号，虽尊可也！惟宜增修谦节，辅以儒术，省去游娱不急之务，割减庐第无益之饰。夫君者舟也，民者水也，群臣乘舟者也，将军兄弟，操楫者也。若能平志毕力，以度元元，所谓福也；如其怠弛，将沦波涛，可不慎乎？夫德不称禄，犹凿墉之址，以益其高，岂量力审功，安固之道哉？凡诸宿猾酒徒戏客，皆耳纳邪声，口出谄言，甘心逸游，倡造不义，亦宜贬斥，以惩不轨；令冀等深思得人之福，失人之累。又在位素餐，尚书怠职，有司依违，莫肯纠察，故使陛下专受谄谀之言，不闻户牖之外。臣诚知阿谀有福，直言贾祸，然岂敢隐心以避诛责乎？臣生长边远，希涉紫庭，怖慑失守，言不尽意，昧死以闻。

这篇奏对，是专从权戚嬖幸上立言，梁冀瞧着，先已忿恨，即黜规下第，授官郎中，规知不可为，托疾辞归。州郡望承意旨，常欲陷害皇甫规，规深居韬匿，但以《诗》《易》教授门徒，幸得不死。时扬徐盗贼复盛，扬州贼范容等，据住历阳；九江贼马勉，攻入当涂，居然自称皇帝，也建立年号，封拜百官，号党羽徐凤为无上将军。就是广陵降贼张婴，自张纲病殁后，又生变志，仍然号召党羽，扰乱堂邑江都。梁太后正拟会集公卿，选将出讨，只因年残春转，朝廷改元永嘉，百僚连日庆贺，无暇问及军情。待至庆贺事毕，幼主忽罹重疾，一瞑不醒，年才三岁，宫中忙乱得很。梁太后因扬徐盗盛，恐国有大丧，愈致惊扰，特使中常侍诏谕三公，拟征集诸王列侯，然后发丧。太尉李固进言道："嗣皇虽幼，犹是天下君父，今日崩亡，人神感动，岂有身为臣子，反可互相隐讳？从前秦始皇病崩沙邱，胡亥赵高，隐匿不发，卒至扶苏被害，秦即乱亡；近北乡侯病逝，阎后兄弟及江京等，亦共隐秘，致有孙程推刃等事。这乃天下大忌，不可不防！”实是防备梁冀，故有此言。梁太后乃依固议，即夕发丧。惟顺帝只有嗣子一人，嗣子已殁，不得不别求旁支，入承大统。因征清河王蒜，及渤海王子缵，同入京师。蒜系清河孝王庆曾孙，缵乃乐安王宠孙，宠即千乘王伉子，见前回。蒜年已长，缵尚只八岁。太尉李固欲立长君，特语大将军梁冀道：“今当立嗣君，宜择年长有德，及躬与政事，夙有经验的人才，方可主治国家，愿将军审详大计，如周霍立文宣，毋效邓阎二后，利立幼君！”冀不肯从，与梁太后秘密定议，竟迎缵入南宫，授封建平侯，即日嗣位，是谓质帝，仍由梁太后临朝，遣蒜还国。于是议为前幼主安葬，卜兆山陵。李固又进谏道：“方今寇盗充斥，随处都宜征剿，军兴用费，势必加倍，况新建宪陵，劳役未休，前帝年尚幼弱，可即就宪陵茔内，从旁附筑，费可减去三分之一。从前孝殇皇帝奉葬康陵，也是这般办法，今何妨依据前制呢。”梁太后复从固言，将前幼主梓宫出葬，谥为冲帝，墓号怀陵。固遇事匡正，辄见用，黄门内侍，多半黜遣，天下都想望承平。独梁冀专欲好猜，每相忌嫉，再加阉人从中播弄，共作蜚语，架诬固罪。梁太后却不肯听信，因得无事。固又与太傅赵峻，司徒胡广，司空赵戒等，荐举北海人腾抚，有文武才，可为将帅。有诏拜抚为九江都尉，往讨扬徐诸贼。抚连战连胜，破斩马勉及徐凤范宫等，因进抚为中郎将，都督扬徐二州军事。抚又进至广陵，击毙张婴，尚有历阳贼华孟，自称黑帝，亦为抚领兵击死，东南乃平。越年改元本初，诏令郡国各举明经，诣太学受业，岁满课成，拜官有差。自是公卿皆遣子入学，生徒多至三万余人，学风称盛。扬徐一带，又已平靖，西北两隅，也还安宁，正好偃武修文，日新政治。偏是贵戚梁冀，挟权专恣，恃势横行，甚至大逆不道，公然做出弑君的事情来了。原来质帝年虽幼冲，却是聪明得很，常因朝中会议，公卿满廷，独目顾梁冀道：“这正是跋扈将军呢！”聪明反被聪明误。冀听了此言，大为忿恨，暗想如此少主，已是这般厉害，若待至长成，如何了得！不如除去了他，另立一人。乃暗嘱内侍，置毒饼中，呈将进去，质帝吃了数枚，才阅片时，便致腹中作怪，烦闷不堪，因召问太尉李固道：“食饼腹闷，得水尚可活否？”冀在旁接口道：“恐饮水后或致呕吐，不如不饮为是！”语尚未毕，那质帝已捧住胸腹，直声大叫，霎时间晕倒地上，手足青黑，呜呼哀哉。李固伏尸举哀，大哭一场。少顷梁太后到来，亦泪下潸潸。固停住了哭，面奏太后，请彻底查究侍臣，梁太后含糊答应。固欲再与梁冀说明，左右旁顾，并不见冀踪迹，乃退了出去。适司徒胡广，司空赵戒，闻丧哭临，固待他哭毕，出外与商善后事宜，且恐冀更另立幼主，因邀二人一同署名，致书与冀道：

天下不幸，仍遭大忧，皇太后圣德临朝，摄统万机，明将军体履忠孝，忧存社稷，而频年之间，国祚三绝。今当立帝，膺天下重器，诚知太后垂心，将军劳虑，必详择其人，务求圣明；然愚情眷眷，窃独有怀。远寻先世废立旧仪，近见国家践阼前事，未尝不询访公卿，广求群议，令上应天心，下合众望。且本初以来，政事多谬，地震宫庙，彗星竟天，正是将军忧劳之日。《传》曰：“以天下与人易，为天下得人难。”昔昌邑之立，昏乱日滋；霍光忧愧发愤，悔之折骨。自非博陆忠勇，延年奋发，大汉之祀，几将缺矣？至忧至重，可不熟虑？悠悠万事，惟此为大；国之兴衰，在此一举，惟明将军图之！博陆，即霍光封邑，事见《前汉演义》。

梁冀得书，方召百官入议。李固与胡广赵戒，及大鸿胪杜乔，都请立清河王蒜，说他谊属尊亲，德昭中外，正好入主宗祧。冀默不一答，仍无成议。先是平原王翼，被贬为都乡侯，遣归河间，见四十一回。翼父开时尚生存，愿将蠡吾县为翼封邑，上表请命，朝廷准议，乃改封翼为蠡吾侯。翼殁后，由子志袭封。志酷肖乃父，面目清扬，可惜是个皮相。当顺帝告崩时，曾入都会葬，为梁太后所亲见，太后尚有女弟，意欲与志为婚，合成佳偶，只因国有大丧，一时未便与议，所以遣令归国。迁延至两年有余，志年已十五，乃由梁太后召令入朝，与商婚事。适值质帝暴崩，议立新主，梁冀意中，即欲将志拥立，好做那双料国舅，永久擅权。国舅也有双料，真是奇语。不料三公会议，多主张清河王蒜，与己意殊不相合，急切又未便开口，只得闷闷无言。及公卿等退出后，时已天暮，冀吃过夜膳，正在踌躇，忽由中常侍曹腾等入见，希旨说冀道："将军累代为椒房姻戚，秉摄万机，宾伍如云，免不得稍有过失。清河王夙号严明，若果得立，恐将军必致受祸！不如立蠡吾侯，富贵当可长保哩！"冀皱眉道："我亦有此意，但公卿等未肯赞成，奈何？"腾复说道："将军据有重权，令出必行，何人敢违？"冀不待说毕，奋然起座道："我……我意决了！"冀本口吃，两我字形容毕肖。腾等欣然辞去。翌晨冀重集公卿，倡议立蠡吾侯志，怒目轩眉，语甚激切，胡广赵戒以下，俱为冀所震慑，同声接应道："惟大将军命！"独固与杜乔，坚持初议，尚有辩驳，冀不令多言，竟厉声喝道："罢会！……罢会！"语毕竟入。固亦趋出，尚望冀舍志立蒜，再贻冀书，反复申论。冀略略一阅，掷置地上。先向梁太后请下诏书，将固策免，然后至夏门亭迎入蠡吾侯志，即夕即位，夏门系洛阳西北门，门外有万寿亭。是为桓帝。梁太后犹临朝政，安葬质帝于静陵，追尊河间王开为孝穆皇，蠡吾侯翼为孝崇皇；孝穆皇陵号乐成陵，孝崇皇陵号博陵。帝生母匽氏，本蠡吾侯翼媵妾，至是在园守制，亦得尊为博园贵人。越年改元建和，正月朔日，便报日食，诏令三公九卿，各言得失；到了四月，京师地震，又诏大将军公卿等，荐举贤良方正，及直言极谏各一人。看官试想！豺狼久已当道，欲要纠正时政，必为所噬，有几个肯拼出性命，去膏豺狼口吻？如果有贤良方正，也不愿出仕乱世。至若直言极谏，更不必论了！司徒胡广，已代李固为太尉，会因盛夏日食，将广策免，进杜乔为太尉。且追论定策功勋，益封梁冀食邑万三千户；冀弟不疑为颍阳侯；不疑弟蒙为西平侯；冀子清为襄邑侯。又封中常侍刘广等，皆为列侯。太尉杜乔，守正不阿，独上书谏阻道：

> 陛下越从藩臣，龙飞即位，天人属心，万邦攸赖，不急忠贤之礼，而先左右之封，伤善害德，兴佞长谀！臣闻古之明君，褒罚必以功过，末世暗主，诛赏各缘其私。今梁氏一门，宦者微孽，并带无功之绂，裂劳臣之土，其为乖滥，胡可胜言？夫有功不赏，为善失其望；奸回不诘，为恶肆其凶。故陈资斧而人靡畏，班爵赏而物无劝。苟遂斯道，岂伊伤政为乱而已，丧身亡国，可不慎哉！

书奏不省。从前乔为大司农时，永昌太守刘君世，铸黄金为文蛇，拟献梁冀，事为益州刺史种暠所劾，致将金蛇没入国库，归与大司农收管。梁冀尚欲索取，伪与乔言，借观金蛇，乔知冀不怀好意，婉词拒绝，冀因此挟嫌。冀有小女病死，公卿都前往吊丧，乔独不赴，又为冀所衔恨。至迎立桓帝时，又与李固等反抗冀议，冀更觉切齿。不过梁太后素知乔忠，乃进乔为太尉。乔抗直如故，复谏阻冀等加封，言不见听，徒增冀恨。桓帝由梁氏得立，自然允从婚议，愿纳冀妹为后。冀想乘此大出风头，拟令桓帝特备隆仪，迎娶乃妹，偏杜乔据执旧典，只准照前汉时惠帝纳后故事，毫不增饰。冀因乔为首辅，也不便硬与争论，惟心中芥蒂益深。及冀妹既纳为皇后，冀势力益张。适都中又复地震，遂归咎首辅杜乔，将他策免，进司徒赵戒为太尉，封厨亭侯；司空袁汤为司徒，封安国侯；汤由太仆升任。起前太尉胡广为司空，封安乐侯。三公各得侯封，遂皆党同梁氏，惟命是从，只有李固杜乔，不肯附梁，免不得为所倾陷，要同时绝命了。小子有诗叹道：

邪正由来不并容，保身何若且潜踪。
先机未悟终罹祸，过涉难逃灭顶凶！

欲知李固杜乔，如何毙命，且看下回续叙。

顺帝告崩，子炳嗣立，梁皇后援例临朝，犹可说也。但不当专信乃兄，委以重任。冀本一浮荡子耳，梁后关系同胞，岂无所闻？皇甫规首先进谏，言之甚详，奈何顾恋亲谊，不为国家大局计乎？夫以明德和熹两后之贤，而母族犹不免中落，梁后夙号知书，尝引《列女图》以为鉴戒，吾未闻古今列女，好为是以私废公也！冲帝夭折，莫如迎立长君，乃偏听冀言，舍蒜立缵，其贪权固位之心，已可想见！至质帝遇毒，顷刻暴崩，若使梁后未知冀谋，奈何不从李固之言，彻底查究？晋赵穿弑灵公于桃园，赵盾归不讨贼，史以赵盾弑君书之。例以《春秋》大义，梁后亦与有罪焉！况为妹联婚，复立桓帝，李固杜乔，同时抗谏，卒不见从；冀固首恶，试问谁纵之而谁使之耶？吾以是知妇人之仁，终无当于大体云。

第四十八回

父死弟孤文姬托命　夫骄妻悍孙寿肆淫

却说李固杜乔，虽相继免职，尚在都中居住；何不速归？外戚中宦，统因他平素抗直，引为大患。桓帝即位以后，宦官唐衡左悺等，共入内进谗道："陛下前当即位，李固杜乔，首先抗议，谓陛下不应奉汉宗祀，真正可恨！"桓帝听了，也不禁愤怒起来。会值甘陵人刘文，与南郡妖贼刘鲔交通，讹言清河王当统天下，意欲立蒜邀功，当下劫住清河相谢暠，持刀胁迫道："我等当立王为天子，君当为公，否则与君不便！"暠不肯听从，怒目相叱，致被刘文等杀死。清河王蒜，素来严重，颇有纪律，闻得国相被劫，忙令王宫卫兵，出去救护。卫士等见暠被杀死，当然奋力与斗，刘文刘鲔，部众无多，一时抵敌不住，立即遭缚，推至清河王面前，还有何幸，自然奉命伏诛。偏朝廷不谅苦衷，反信奸人蜚语，劾蒜不能无罪，坐贬为尉氏侯。蒜本无反意，遭此冤诬，愤不欲生，竟仰药自尽。死得冤苦，但亦等诸匹夫匹妇之为谅，不足成名。梁冀趁此机会，诬称李固杜乔，与刘文刘鲔通谋，请逮捕治罪。梁太后素知乔忠，不许捕乔，冀即收李固下狱，迫令诬供。固怎肯承认？固有门生王调，贯械上书，替固讼冤；还有河内赵承等数十人，亦自伏斧锧，诣阙通诉。梁太后诏令赦固，固得释出狱；行至都市，百姓统欢呼万岁。梁冀闻报大惊，复入白太后，极言固买服人心，必为后患，不如趁早伏法。梁太后尚未允许，冀竟擅传诏命，复将固捕入狱中。固自知不免，因在狱中缮好手书，托狱吏转交太尉赵戒，司空胡广，书中略云：

> 固受国厚恩，是以竭尽股肱，不顾死亡，志欲扶持王室，比隆文宣。何图一朝梁氏迷谬，公等曲从，以吉为凶，成事为败乎！汉家衰微，从此始矣。公等受主厚禄，颠而不扶，倾复大事，后之良史，岂有所私？固身已矣，于义得矣，夫复何言！

赵戒胡广得了固书，明知固是当代忠臣，为冀所害，但若出头救固，也恐触忤权奸，非惟富贵不保，连身家亦且难存，因此不敢代讼，只是心中悲愧，长叹流涕罢了。千古艰难，惟一死。此外公卿大臣，名位较卑，乐得袖手旁观，免遭横祸。可怜一位为国尽忠的李子坚，子坚即李固字。竟就此死于非命，年五十有四。冀既杀李固，复使人胁迫杜乔道："请早裁决，尚可保全妻子！"乔未受明诏，怎肯为了梁冀私言，便去就死。到了次日，冀遣骑士至乔第探视，并不闻有哭声，乃入白太后，极言乔怨望不道，也不待太后命令，即捕乔下狱，当夜暴亡。并将固、乔二尸，置诸城北，榜示四衢，说他串通叛逆，故加死刑，并下令有人哭临，一并同罪。固弟子郭亮，年始成童，游学洛阳，闻得固遭枉死，即左执章钺，右执铁锧，诣阙上书，乞收固尸。朝廷不许，亮即往哭固丧，守尸不去。夏门亭长呵叱道："李杜二公，身为大臣，不知安上纳忠，乃反构造逆谋，君何为敢犯诏书，轻试刑法呢？"亮慨然道："皇天畀亮生命，使得载乾履坤；李杜二公，何人不替他称冤？亮惟义是动，不计生死，何必大言吓我？"

说得亭长亦为叹息，顾亮再说道："人生既处今世，天虽高，不敢不局，地虽厚，不敢不蹐，耳目甚近，幸毋妄言！"亭长亦有心人。既而南阳人董班，亦至固尸旁恸哭，留连不去。杜乔故掾杨匡，自陈留奔丧，星夜入都，犹著前时赤帻，托为夏门亭吏，守卫尸丧，驱逐蝇虫。三人守至十有二日，由司隶察状奏闻，梁太后也为垂怜，尽加赦宥，且听令收葬二尸。董班送固丧还汉中，杨匡送乔丧还河内，家属都随榇归里。先是李固策免太尉时，已遣三子基兹燮还乡，燮年才十三，有姊文姬，嫁与同郡赵伯英为妻，贤慧过人，因见兄弟回里，便即过问情由，且叹且泣道："李氏恐从此灭亡了！自从祖考以来，积德累仁，奈何至此？"遂密与二兄基兹熟商，豫匿季弟，托言遣往京师，里人都信以为真。未几难作，郡守接得冀书，收固三子，基兹被捕，并死狱中；独燮由文姬藏匿，幸免毒手。文姬尚忧难保，因召父门生王成入室，流涕与语道："君在先公门下，素有义声，今当以孤子相托；李氏存亡，系诸君身，愿君勿辞！"成即应声道："夙受师恩，敢不如命？"好义徒！文姬乃将燮交与王成，成偕燮沿江东下，入徐州境，使变姓名为酒家佣，自己卖卜市中，仍与燮相往来。燮有暇即从成受学，朝夕不懈。酒家知非常人，意欲以女妻燮；女年已及笄，也料燮不居人下，情愿委身相事，于是择吉成礼，伉俪甚谐。却是一出奇缘记。燮勤学如故，遂得淹通经籍。后来梁冀伏辜，赦书屡下，并求李固后嗣，燮始将本末详告酒家，酒家具礼遣归，方得为父追服，重会姊弟，复入朝拜为议郎，事且慢表。且说建和二、三年间，国政虽出权门，内外尚幸无事，惟灾异常有所闻；二年五月，北宫掖廷中德阳殿，及左掖门被火，车驾仓促奔徙，避居南宫；三年六月，洛阳地震，宪陵寝屋，俱被震坍；七月间廉县雨肉，形似羊肺，或如手掌，远近称奇；八月中有孛星出天市垣，京都大水；九月地震二次，山崩五处。太尉赵戒，因灾免官，迁司徒袁汤为太尉，大司农张歆为司徒。梁太后下诏自责，令有司赈恤流民，掩埋饿莩，务崇恩施，禁止苛刻。越年正月，太后不豫，乃归政桓帝，大赦天下，改元和平。小子因将归政诏书，录述如下：

> 曩者遭家不造，先帝早世。永维太宗之重，深思嗣续之福，询谋台辅，稽之兆占；既建明哲，克定统业，天人协和，万国咸宁。元服已加，桓帝于建和二年行冠礼。将即委付，而四方盗窃，颇有未靖，故假延临政，以须安谧。幸赖股肱御侮之助，残丑消荡，民和年稔，普天率土，遐迩洽同；远览复子明辟之义，近慕先姑归授之法，阎皇后被迁离宫，本非自愿，诏文中曲为转圜。及今令晨，皇帝称制，群公卿士，虔供尔位，戮力一意，勉同断金，展也大成，则所望矣！

梁太后既经归政，即在长乐宫养疴，迭召侍医诊治，多日无效，反致增剧，勉强起床，出幸宣德殿，召见宫省官属，及诸梁兄弟，本拟面加嘱咐，因痰喘未平，只得令左右草诏，用纸代言道：

> 朕素有心下结气，近且加以浮肿，逆害饮食，寖至沉困。比读若毗。使内外劳心请祷，私自忖度，日夜虚劣，不能复与群公卿士，共相终竟，援立圣嗣，恨不久育养，见其终始。今以皇帝及将军兄弟，委付股肱，其各自勉焉！

颁诏后还宫，越二日即致逝世，享年四十有五，尊谥顺烈皇后，合葬宪陵。桓帝生母匽贵人尚存，当由桓帝仰报慈恩，遣司徒张歆持节奉策，往诣博园，尊匽贵人为孝崇皇后，号住室为永乐宫，得置太仆少府等官，如长乐宫故事。所有朝廷政治，名为桓帝亲政，实仍在梁冀掌握中。当时颍川郡有两大耆儒，一个就是荀淑，表字伯和，出为当涂长；一个乃是陈寔，表字仲弓，出为太丘长。两人并有令名，又相友善。淑有八子，俭绲靖焘汪爽肃专，并承家学，克肖乃父，时人号为八龙。颍阴令苑康，比诸古时高阳氏才子八人，因名荀氏居里曰高阳里。寔亦有六子，长次最贤，长名纪，字元方，次名谌，字季方，齐德同行，与父寔并称三君；郡人谓元方难为兄，季方难为弟。元方子群，幼亦颖慧，寔尝过访荀淑，使长子御车，次子执杖，嫡孙年小，并载车中。淑闻寔至，令三子靖应门，五子爽行酒，俭绲等相继进食，孙彧亦在稚年，引坐膝前。两家合宴，当然尽欢。不意上感天文，德星并集，朝中太史，即奏称五百里内，有贤人相聚。大将军梁冀，但知作威作福，管什么贤人不贤人？嗣由光禄勋少府等，举淑为贤良方正，入朝对策，淑策文中多讥刺贵幸，为冀所忌，徙补朗陵侯相，莅事明理，世号神君。既而弃官归隐，家居数年，至六十七岁病终，时为桓帝建和三年。从前李固杜乔，尝师事荀淑，还有同郡人李膺，亦奉淑为师，淑殁时，膺已为牧守，自表师丧，郡县均为立祠。寔尚生存无恙，惟因权幸擅权，志不苟合，所以一官小试，终就沉沦，后文再当表见，姑从缓叙。类叙荀淑陈寔，不没名士。

梁冀嫉忠害良，终不少改，和平元年，且得增封食邑万户，连前封合三万户。弘农人宰宣，巧为迎合，上言大将军功比周公，应加封妻孥，今既封诸子，妻亦宜加号邑君。有诏依议，遂封冀妻孙寿为襄城君，兼食阳翟租，岁入五千万，加赐赤绂，仪比长公主。这位襄城君孙寿，却是一个非常淫悍的妇人，面貌却很是艳冶，善为妖态。眉本细长，却故意蹙损，作曲折形，叫作愁眉；目本莹彻，却轻拭眼眶，作泪眦状，叫作啼妆；不似愁而似愁，不必啼而似啼，也是不祥之兆。发本黑软，却半脱不梳，成一懒髻，使它斜欹半偏，叫作堕马髻；腰本轻柔，行动时却摆动莲钩，好似瘦弱不禁，叫作折腰步；齿本整齐，巧笑时却微涡梨颊，好似牙床作痛，叫作龋齿笑。龋音矩，齿痛貌。引得梁冀格外怜爱，格外宠惮，稍一忤意，便装娇撒痴，吵得全家不安。冀本好色，为妻所制，未能自由纵欲，也不免心存芥蒂。可巧父死丁忧，托言城西守制，与妻异居，其实同一美人友通期，日夕肆淫，借居丧庐，为藏娇屋，任情取乐。看官欲问友通期的来历，乃是一个歌妓，由冀父商购献顺帝，事君当进贤士，奈何购献美人？商之行为可见一斑。顺帝留住后宫，时因通期有过，仍然发还梁家，梁商遣令出嫁，偏冀心爱通期，待至商殁，便嘱门下食客，暗将通期诱来，借偿夙愿。怎奈艳妻独处，已有所闻，俟冀他出，竟率健奴，突入丧庐，搜索通期；通期未曾预防，竟被寿揪住云髻，先赏她几个耳光，然后交与家奴，把她牵归。通期本生得一头美发，由寿用剪截去，再将她花容玉面，用刀彝开，更迫令脱去外衣，笞掠至数百下，打得通期无从申诉，痛苦不堪。冀归庐闻报，吃一大惊，慌忙趋至岳家，向妻母叩头似蒜，请她至妻前说情，饶放通期。寿母乃往与缓颊，寿始将通期放归，冀急去探视，见她创痕累累，鬓影星星，禁不住肉痛起来。当即替她抚摩，婉言谢过，并延名医调治，外敷内补，好几日才得告痊。通期感冀厚意，仍然与冀续欢，亲昵如故；未几私生一男，取名伯玉，匿不敢出。偏又为孙寿所探悉，竟令子胤带着家奴，各持刀械，闯入友氏家内，不论男女老幼，一概杀死；只有冀私生子伯玉，平时常藏匿复壁中，幸得漏网，不致污刃。梁胤已灭尽友氏，扬长归报。独冀亲往勘视，惨不忍睹，忙着人买棺收殓，一一埋葬；心中虽衔恨妻孥，但畏妻如虎，未敢返家诘责，只把那私生子格外珍惜，重价雇一乳媪，育养民间，时令藏匿。自己也不愿回家，另在外舍居住。孙寿见冀挟嫌不归，也去另寻主顾，为娱乐计。可巧有个太仓令秦宫，曾在冀家充过奴仆，面目俊俏，口齿伶俐，因为冀所怜爱，荐为县令。他却并未赴任，仍在冀家出入往来，甚至深房密室，也得进出无阻。孙寿竟垂青眼，有所役使，往往令宫充当。宫小心伺候，曲尽殷勤，寿见他体心贴意，越加喜欢，有时辄屏去左右，与宫私谈，耳环厮磨，情绪密切。看官试想！这秦宫是个有名的狡徒，岂有不瞧透芳衷，欢颜相接？又况寿华色未衰，阃威又盛，这种主顾，真是毕世难逢，乐得放大了胆，趁这四目相窥的时候，将孙寿轻轻搂住。寿故作娇嗔，叱他无礼，那娇躯却全不动弹，一任秦宫拥入罗纬，解带宽衣，成就好事。好一场桃花运。嗣是宫内作情郎，外为宠竖，几乎大将军门下，要算他一人最出风头；且刺史二千石入都，求见大将军，必先谒赂秦宫，然后得通姓氏。宫又为冀夫妇互相调停，仍归和好，且劝他夫妇对街筑宅，穷极精工，左为大将军府，右为襄城君第，堂寝皆有阴阳奥室，连房洞户，曲折通幽，四围窗壁，统是雕金为镂，绘彩成图，此外尚有崇台高阁，上触云霄，飞梁石磴，下跨水道，差不多与秦朝阿房宫相似。又复广开园囿，采土筑山，十里九坂，取象崤函，山上罗列草木，驯放鸟兽，葱笼在望，飞舞自如。冀与寿共乘辇车，游观第内，前歌僮，后乐妓，鸣钟吹管，铿锵盈路，或且连日继夜，恣为欢娱。既而府第冶游，尚嫌不足，再至近畿一带，广拓林囿，周遍近畿；又在河南城西，增设兔苑，绵亘数千里，移檄各处，调发生兔，刻毛为志，人或误犯，罪至死刑。冀二弟尝私遣门役，出猎上党，冀侦得消息，恐他杀伤生兔，立派家卒往捕，杀死至三十余人。另在城西构造别墅，收纳奸亡，或取良家子女，悉为奴婢，名曰自卖人。寿又向冀谮毁诸梁，黜免外官数人，阴令孙氏宗族补缺。孙氏宗亲，都是贪婪不法，各遣私人调查富户，诬以他罪，捕入拷掠，令出金钱自赎，稍不满意，辄予死徙。扶风富豪孙奋，性最悭吝，冀遗以乘马，向他贷钱五千万，奋只出三千万缗借冀，冀竟大怒，移檄太守，冒认奋母为府中守藏婢，说他盗去白金十斛，紫金千斤，应该追缴。太守奉命维谨，即拘孙奋兄弟，逼令缴出原赃，奋等并无此事，怎肯承认，活活地被他敲死，资产悉被籍没，数至一亿七千余万缗，乱世时代，原不应拥资自豪。一大半献与梁冀，冀方才泄恨。嗣复派使四出，远至塞外，广求异物。去使多恃势作威，劫夺妇女，殴击吏卒，累得吏民痛心疾首，饮恨吞声。侍御史朱穆，本系梁氏故吏，因贻书谏冀道：

古之明君，必有辅德之臣，规谏之官，下至器物，各铭书成败，以防遗失。故君有正道，臣有正路，从之如升堂，违之如赴壑。今明将军地有申伯之尊，位为群公之首，一日行善，天下归仁，终朝为恶，四海倾覆。顷者官民俱匮，加以水虫为害，京师诸官，费用增多，诏书发调，或至十倍，各言官无现财，皆出诸于民，搒掠敲剥，强令充足。公赋既重，私敛尤深，牧守长吏，多非德选，贪聚无厌，遇民如虏，或绝命于棰楚之下，或自贼于追切之求。又掠夺百姓，皆托之尊府，遂令将军结怨天下，吏民酸毒，道路叹嗟。昔秦政烦苛，百姓土崩，陈胜奋臂一呼，天下鼎沸；而面谀之臣，犹言安宁，讳恶不悛，卒之灭亡。又永和之末，纲纪少弛，颇失民望，裁四五岁耳，而财空户散，下有离心，马勉之徒，乘敝而起，荆扬之间，几成大患；见前回。幸赖顺烈皇后，初政清静，内外向心，仅乃讨定。今百姓戚戚，困于永和，内非仁爱之心，所得容忍，外非守国之计，所宜久安也。夫将相大臣，均体元首，共舆而驰，同舟而济，舆倾舟覆，患实共之。岂可去明即昧，履危自安，主孤时困而莫之恤乎？宜时易宰守之非其人者，减省第宅园池之费，拒绝郡国馈遗，内以自明，外解人惑；使挟奸之吏，无所依托，司察之臣，得尽耳目。宪度既张，远迩清壹，则将军身尊事显，德耀无穷。天道明察，无言不信，惟冀省览！

冀得书不省，但援笔批答道："如君所言，难道仆果无一可么？"何事为可，请汝说来。穆知冀怙过，不便再谏，只好付诸一叹。越年元旦，桓帝御殿，受文武百官朝贺，冀竟带剑入朝，忽左班闪出一人，大声叱冀，不令趋入，且使羽林虎贲诸将，把冀佩剑夺下，冀倒也心惊，跪伏阶前，叩头谢罪。正是：

殿上直声应破胆，阶前权威也低头。

欲知冀曾否受谴，待至下回说明。

李固杜乔，号称忠直，而于质帝遇毒之时，既不能拼生讨贼，复不能避祸归田，得毋忠有余而智不足者耶？然无辜被害，远近呼冤，彼苍亦隐为垂怜。特生郭亮董班杨匡诸义士，拼死收骸，复有李女文姬，智能料事，明足知人，托孤弟于王成之手，而遗嗣得全。待至梁氏族灭，而李杜之后裔犹存，为善者其亦可无惧欤？梁冀凶悍无比，而独受制于艳妻，先贤所谓身不行道，不行于妻子，有明征焉。且冀私诱友通期，而冀妻即私通秦宫，我淫人妻，人亦淫我妻，报应之速，如影随形。冀至此犹不知悟，反穷极奢侈，愈逞凶威，是殆所谓天夺之魄，而益其疾者，朱穆一谏，亦宁能挽回乎？

第四十九回

忤内侍朱穆遭囚　就外任陈龟拜表

却说梁冀带剑入朝，突被殿前一人，叱令退出，夺下佩剑，这人乃是尚书张陵，素有肝胆，故为是举。冀长跪谢过，陵尚不应，当即劾冀目无君上，应交廷尉论罪。桓帝未忍严谴，但令冀罚俸一年，借赎愆尤，冀不得不拜谢而退。河南尹梁不疑，尝举陵孝廉，闻陵面叱乃兄，即召陵与语道："举公出仕，适致自罚，未免出人意外！"陵直答道："明府不以陵为不才，误见擢叙，今特申公宪，原是报答私恩，奈何见疑？"与周举同一论调。不疑听了，未免生惭，婉言送别。独冀因不疑举荐张陵，致被纠弹，当即迁怒不疑，嘱令中常侍入白桓帝，调不疑为光禄勋。不疑知为兄所忌，让位归第，与弟蒙闭门自守，不闻朝政。冀便讽令百官，荐子胤为河南尹。胤一名胡狗，年才十六，容貌甚陋，不胜冠带，都人士见他毫无威仪，相率嗤笑，惟桓帝特别宠遇，赏赐甚多。和平二年，又改号元嘉。春去夏来，天时和暖，桓帝乘夜微行，竟至梁胤府舍，欢宴达旦，方才还宫。是夕大风拔树，到了天明，尚是阴雾四塞，曙色迷离。故太尉杨震次子秉，已由郎官迁任尚书，上书谏帝微行，未见信用。俄而天旱，俄而地震，诏举独行高士。安平人崔寔即崔瑗子，崔瑗见四十三回。被举入都，目睹国家衰乱，嬖幸满朝，料知时不可为，乃称病不与对策，退作政论数千言，隐讽时政。小子特节录如下：

> 自尧舜之帝，汤武之王，皆赖明哲之佐，博物之臣，故皋陶陈谟而唐虞以兴，伊箕作训，而殷周用隆。及继体之君，欲立中兴之功者，曷尝不赖贤哲之谋乎？凡天下所以不理者，常由人主，承平日久，习乱安危，或荒耽嗜欲，不恤万几；或耳蔽箴诲，厌伪忽真；或犹豫歧路，莫适所从；或见信之佐，括囊守禄；或疏远之臣，言以贱废；是以王纲纵弛于上，智士郁伊于下。悲夫！自汉兴以来，三百五十余岁矣，政令垢玩，上下怠懈，风俗雕敝，民庶巧伪，百姓嚣然，咸复思中兴之救矣。且济时拯世之术，岂必体尧蹈舜，然后乃理哉？期于补隙决坏，譬犹枝柱邪倾，随形裁割，要措斯世于安宁之域而已！夫为天下者，自非上德，严之则治，宽之则乱。何以知其然也？近观孝宣皇帝，明于君人之道，审于为政之理，故严刑峻法，破奸宄之胆，海内清肃，天下密如，荐勋祖庙，享号中宗。及元帝即位，多行宽政，卒以堕损，威权始夺，遂为汉室基祸之主。政道得失，于斯可鉴！盖为国之法，有似理身，平则养疾，疾则功焉。夫刑罚者，治乱之药石也，德政者，兴平之粱肉也，以德教除残，是以粱肉治疾也，以刑罚治平，是以药石供养也。方今承百王之敝，值厄运之会，自数世以来，政多恩贷，驭委其辔，马骀其衔，四牡横奔，皇路险倾，方将钳勒鞬辀以救之，以木衔口，曰钳；鞬，犹束也，辀，为车辖。岂暇鸣和銮，清节奏哉？昔高祖令萧何作九章之律，有夷三族之令，黥劓斩趾断舌枭首，故谓之具五刑。文帝虽除肉刑，当劓者笞三百，当斩左趾者笞五百，当斩右趾者弃市，右趾者既殒其命，笞挞者往往至死，虽有轻刑之名，

其实杀也。当此之时，民皆思复肉刑。至景帝元年，乃下诏曰："加笞与重罪无异，幸而不死，不可为民。"乃定律减笞轻捶，自是之后，笞者得全。以此言之，文帝乃重刑，非轻之也，以严致平，非以宽致平也。必欲行若言，当大定其本，使人主师五帝而式三王，荡亡秦之俗，振先圣之风，弃苟全之政，蹈稽古之踪，复五等之爵，立井田之制，然后选稷契为佐，伊吕为辅，乐作而凤皇仪，击石而百兽舞，若不然，则多为累而已。

这篇政论，并非劝朝廷尚刑，不过因权幸犯法，有罪不坐，贪吏溺职，有过不诛，所以矫时立说，主张用严。看官若视为常道，便变成刻薄寡恩了。揭出宗旨，免为暴主借口。高平人仲长统，得读寔政论，喟然叹道："人主宜照录一通，置诸座右！"这也是规戒庸主的意思。惟儒生清议，怎能遽格君心？梁冀是当道豺狼，顺帝还当他麟凤相待，意欲再加褒崇，特令公卿议礼。时赵戒袁汤胡广，迭为太尉，光禄勋吴雄为司徒，太常黄琼为司空。胡广本模棱两端，因见梁氏势盛，遂称冀功德过人，应比周公，锡以山川土田。独司空黄琼进议道："可比邓禹，合食四县！"这八字，亦硬逼出来。于是有司折衷申议，奏定加冀殊礼，入朝不趋，履剑上殿，谒赞不名，礼比萧何，增封四县，礼比邓禹，赏赐金帛奴婢彩帛车服甲第，礼比霍光，每朝会与三公异席，十日一评尚书事。梁冀得此荣宠，还是贪心不足，心下怏怏。会桓帝生母匽氏病终，即孝崇皇后。桓帝至洛阳西乡举哀，命母弟平原王石为丧主，王侯以下，悉皆会葬，礼仪制度，比诸恭怀皇后。即顺帝生母梁贵人，事见前文。惟匽氏子弟，无一在位，这全由梁冀擅权，心怀妒忌，因此不令匽氏一门，得参政席。至元嘉三年五月，复改元永兴，黄河水涨，经秋愈大，冀州一带，河堤溃决，洪水泛滥，田庐尽成泽国，百姓流亡，至数万户。有诏令侍御史朱穆，为冀州刺史。穆奉命即行，才经渡河，县令邑长，只恐穆举劾隐慝，解印去官，约有四十余人。及穆到郡后，果然纠弹污吏，铁面无私，有几个惶急自杀，有几个锢死狱中。宦官赵忠，丧父归葬，僭用玉匣，穆因他籍隶安平，属己管辖，特遣郡吏按验情实。吏畏穆严明，不敢违慢，竟发墓剖棺，出尸勘视，果有玉匣佩着，乃将赵忠家属逮捕下狱。谁知赵忠不肯认错，反向桓帝前逞刁，奏称穆擅发父棺，私系家眷；再加梁冀恨穆进规，也为从旁诬蔑，顿致桓帝大怒，立遣朝使拘穆入都，交付廷尉，输作左校。左校署名属将作大匠管理，凡官吏有罪，令入左校工作，亦汉朝刑罚之一种。当时激动太学生数千人，共抱不平，推刘陶为领袖，诣阙上书，代讼穆冤，学生干政自此始。略云：

伏见前冀州刺史朱穆，处公忧国，拜州之日，志清奸恶。诚以常侍贵宠，父兄子弟，布在州郡，竞为虎狼，噬食小人，故穆张理天纲，补缀漏目，罗取残贼，以塞天意。由是内官咸共恚疾，谤讟烦兴，谗隙仍作，极其刑谴，输作左校。天下有识，皆以穆同勤禹稷，而被共鲧之戾，若死者有知，则唐帝怒于崇山，重华忿于苍墓矣！舜葬于苍梧之野，故曰苍墓。当今中官近习，窃持国柄，手握王爵，口含天宪，运赏则使饿隶富于季孙，呼吸则令伊颜化为桀跖；而穆独抗然不顾身害，非恶荣而好辱，恶生而好死也，徒感王纲之不振，惧天网之久失，故竭心怀忧，为上深计。臣等愿黥首系趾，代穆校作，不愿使忠臣之抱屈蒙冤也！谨此上闻，无任翘切。

桓帝得书，方将穆赦出，放归南阳故里。穆即故尚书令朱辉孙，表字公叔，年五岁，便以孝闻，后由孝廉应举，入为议郎，再迁侍御史，廉直有声，尝作崇厚论以儆世，称诵一时。至是罢归乡里，太学生刘陶等，又奏称朱穆李膺，履正清平，贞高绝俗，实是中兴良佐，国家柱臣，应召使入朝，夹辅王室，必有效绩可征云云。原来颍川人李膺，为故太尉李修孙，在安帝时，见前回。操守清廉，与朱穆齐名，也是由孝廉进阶，累迁至青州刺史，嗣复转调渔阳蜀郡诸太守，更任乌桓校尉。鲜卑屡兴兵犯塞，膺率步骑，临阵出击，亲冒矢石，裹创迭战，得破强虏万余，斩首至二千级，鲜卑始不敢窥边。寻因事免官，退居纶氏县中，教授生徒，及门常不下千人。刘陶等素重膺名，故与朱穆一同举荐，偏桓帝不肯听从，遂致名贤屈抑，沉滞至好几年。惟是君子道消，小人道长，上干天怒，灾异相寻，下丛民怨，盗贼四起。陈留贼李坚，自称皇帝；长平贼陈景，自号黄帝子；南顿贼管伯，自称真人；扶风人裴扰，亦自称皇帝。尚幸徒众乌合，不足有为，一经郡县发兵围捕，先后伏诛。只泰山琅琊贼公孙举东郭窦等，聚众较多，叛官戕吏，连年不平。到了永兴三年正月，复改号为永寿元年，大赦天下，与民更新。公孙举等顽抗如故，还有南匈奴左奥鞬台耆，及且渠伯德，左奥鞬且渠，皆匈奴官名。纠合虏骑，入寇美稷，东羌亦举种相应，亏得安定属国都尉张奂，东抚北征，收群寇，破奥鞬，降伯德，羌胡始定。过了一载，鲜卑都酋檀石槐，率同虏骑三千名，入寇云中。相传檀石槐生时，很是奇异，父为投鹿侯，尝从匈奴军，三年始归，妻竟生下一子，就是檀石槐。投鹿侯向妻诘责，妻谓昼行闻雷，仰视天空，有雹入口，吞而成孕，乃生此男。投鹿侯似信非信，决意将婴儿弃去，因即投掷野中。我亦不信，有此异闻。妻私语家令，仍然收养。年至十四五岁，勇健有智略，别部酋长，抄取檀石槐母家牛羊，檀石槐单骑追击，所向无前，尽将牛羊夺回，由是各部畏服。待至壮年，越加智勇，施法禁，平曲直，莫敢违犯，遂共推为大人。檀石槐乃立庭弹汗山，招兵买马，逐渐强盛。及寇掠云中，警报似雪片一般，传达京师，桓帝乃再起李膺为度辽将军，使他防御鲜卑。鲜卑素惮膺威，望风震慑，当将所掠男女牲畜，尽行弃置，出塞自去。膺也不复穷追，安民设障，塞下自安。

独公孙举等骚扰青徐，尚未平靖，嬴县地当要冲，贼踪出没，大为民害。朝廷闻警，由诸尚书简选能员，得了一个颍川人韩韶，使为嬴长。韶贤名卓著，一经到任，贼皆远徙，相戒不敢入境；流民万余户，仍得安然还乡，只是庐舍已空，一时无从得食，免不得待哺嗷嗷。韶即开仓赈饥，主吏谓未得上命，力争不可，韶慨然道：“能起沟壑中人，复得生活，就使因此伏罪，也足含笑九泉了！”为民忘身，是谓好官。流民得粟疗饥，生全无算，郡守亦素知韶贤，并不加罪。时称颍川四长，一是荀淑，一是陈寔，见前回。一是钟皓，还有一人就是韩韶。皓初为本郡功曹，后迁任林虑长，不久即去。李膺尝将皓比诸荀淑，往往语人道：“荀君清识难尚，钟君至德可师，两贤原无分轩轾呢！”

皓兄子瑾，亦好学慕古，有退让风。瑾母就是膺姑，膺祖修累言瑾有志操，邦有道不废，邦无道得免刑戮，因复将膺妹配瑾为妻。瑾迭被州郡辟召，始终不起。膺谓瑾太无皂白，瑾转告诸皓。皓叹息道：“昔齐国武子好招人过，终为怨本；诚欲保身全家，原不如守真抱璞，何必就征？”嗣是叔侄并皆隐处，不复出山，终得抱道自重，高尚终身。惟韩韶为嬴县长，只能保全县境，不能顾及他县，贼众飘逸山东，往来莫测，良民辄被劫掠，怨苦异常，地方长官，不得已申奏朝廷，请派大员督剿。是时太尉胡广，因日食免官，进司徒黄琼为太尉，光禄勋尹颂为司徒。颂因东方多盗，特举议郎段颎，拜为中郎将，引兵东讨。颎本故西域都护段会宗从曾孙，前汉元帝时，会宗为西域都护。世传武略，技击称长，又能洞明兵法，善抚士卒，此次出剿群贼，正如虎入羊群，连战皆捷，先毙东郭窦，继斩公孙举，累年逋寇，一鼓荡平。颎得受封列侯，长子亦进拜郎中。光阴易过，倏又为永寿四年，仲夏日食，太史令陈授，上言日食变异，咎在大将军梁冀。冀不禁大愤，立将陈授下狱，搒死杖下。已而飞蝗为灾，遍及京师，桓帝不知返省，但务改元，到了夏尽秋来，还要改年号为延熹元年，真是多事。且将太尉黄琼策免，再起胡广为太尉。已而南匈奴及乌桓鲜卑，连同入寇，度辽将军李膺，已调入为河南尹，乃使京兆尹陈龟为度辽将军，出镇朔方。龟临行时，曾上疏白事道：

臣龟蒙恩累世，驰骋边陲，虽展鹰犬之用，顿毙胡虏之庭，魂骸不返，荐享狐狸，犹无以塞厚责，答万分也！臣闻三辰不轨，擢士为相；蛮夷不恭，拔卒为将。臣无文武之才，而忝鹰扬之任，上惭圣明，下惧素餐，虽没躯体，无所云补。今西州边鄙，土地塉埆，鞍马为居，射猎为业，男寡耕稼之利，女乏机杼之饶，守塞候望，悬命锋镝，闻急长驱，去不图返。自顷年以来，匈奴数攻营郡，残杀长吏，侮略良细，战夫身膏沙漠，居民首系马鞍，或举国掩户，尽种灰灭，孤儿寡妇，号哭空城，野无青草，室如悬磬，虽含生气，实同枯朽。往岁并州水雨，灾螟互生，老者虑不终年，少壮惧于困厄。陛下以百姓为子，百姓以陛下为父，焉可不日昃劳神，垂抚循之恩哉？唐尧亲舍其子，以禅虞舜者，是欲民遭圣君，不令遇恶主也！故古公杖策，其民五倍；文王西伯，天下归之，岂复舆金辇宝，以为民惠乎？近孝文皇帝感一女子之言，除肉刑之法，体德行仁，为汉贤主。陛下继中兴之统，承光武之业，临朝听政，而未留圣意。且牧守不良，或出中官，惧逆上旨，取过目前。呼嗟之声，招致灾害，胡虏凶悍，因衰缘隙；而令仓库殚于豺狼之口，功业无铢两之效，皆由将帅不忠，聚奸所致！前凉州刺史祝良，初除到州，多所纠罚，太守令长，贬黜将半，政未逾时，功效卓然，实应赏异以劝功能；改任牧守，去斥奸残；又宜更选匈奴乌桓护羌中郎将校尉，简练文武，授之法令；除并凉二州今年赋役，宽赦罪隶，扫除更始；则善吏知奉公之福，恶者觉营私之祸，胡马可不窥长城，塞下自无候望之患矣！

这疏呈入，桓帝倒也有些省悟，改选幽并二州刺史，并自营郡太守都尉以下，亦多所变更；蠲除并凉一年租赋，俾民少苏。及陈龟到任，州郡震栗，鲜卑也不敢犯塞，节省费用，岁约亿万。偏大将军梁冀与龟有隙，说他沮毁国威，沽取功誉，不为胡虏所畏，龟因坐罪征还，免官回里。嗣复征为尚书，累劾梁冀罪状，请即加诛，也是个倔强汉。桓帝始终不报。龟自知忤冀，必为所害，索性绝粒不食，七日乃殁。西域胡夷并凉民庶，统为举哀，吊祭龟墓。那匈奴乌桓等虏兵，闻得陈龟去职，复来寇边，朝廷乃调属国都尉张奂，为北中郎将，往御匈奴乌桓。奂至塞下，正值虏众焚掠各堡，烽火连天，戍兵无不惊惶，独奂安坐帐中，谈笑自若，暗中却派人离间乌桓，使他掩击匈奴，捣破营帐，斩得匈奴别部屠各渠帅。再由奂统兵进讨，匈奴大恐，悔罪请降。奂因南单于车居儿即兜楼储子。叛服无常，将他拘住，奏请改立左谷蠡王。桓帝不许，仍使放还车居儿，征归张奂，命种暠为度辽将军。暠招携怀远，赏罚分明，羌胡相率效命，四境帖然。暠乃去烽燧，除候望，绥静中外，化光天日，连年抢攘的朔方，至此始得扫尘氛了。小子有诗叹道：

防边尚易用人难，要仗臣心一片丹。
果有忠贤司阃外，华夷何患不同安！

欲知后事如何，且看下回分解。

崔寔政论，为桓帝失刑而设，然或误会其意，则为祸愈烈。桓帝之误，非不知用刑，误在当刑不刑，不当刑而刑耳。试观朱穆掘尸，见忤中官，立被逮归，输作左校，微刘陶等之上疏申救，则直臣蒙垢，常为刑徒，虽欲免归而不可得矣。然则桓帝之犹有一得者，在用刑之尚未过暴耳，若误会崔寔之言，几何而不为桀纣耶？李膺段颎陈龟张奂种寔诸人，皆文武兼才，相继任用，无不奏功，可见桓帝当日尚有一隙之明；陈龟临行上疏，而桓帝亦颇采用，是未始不可与为善。惜为权戚宦官所把持，以致忠贤之不得久任耳。桓帝固失之优柔，而欲以严刑救之，毋乃慎欤？

第五十回

定密谋族诛梁氏　嫉忠谏冤杀李云

却说桓帝皇后梁氏，专宠后庭，靠了姊兄荫庇，恣极奢华，所有帷帐服饰，统是光怪陆离，为前代皇后所未备。及乃姊顺烈皇后告崩，帝眷渐衰，后既无子嗣，复好妒忌，每闻宫人怀孕，往往设法陷害，鲜得保全。桓帝不免衔恨，只因心惮梁冀，未敢发作，不过足迹罕至中宫，惹得梁后郁郁成疾，至延熹二年七月，一命归阴，当依后礼殡殓，出葬懿陵。惟梁氏一门，前后七人封侯，三女得为皇后，六女得为贵人，父子俱为大将军，夫人女食邑称君又有七人，子尚公主又有三人，外如卿将尹校，共五十七人，真是一时无两，备极尊荣。盛极必衰。梁冀专擅威柄，独断独行，无论大小政治，统归他一人裁决，宫卫近侍，都是梁家走狗，莫不希旨承颜。凡遇百官迁召，必先进谒冀门，上笺谢恩，然后敢转诣尚书，受命赴任。下邳人吴树，得除宛令，向冀辞行。冀宾戚多在宛县，因即向树嘱托，树答说道："小人奸蠹，比屋可诛，明将军为椒房懿戚，位居上将，应该首崇贤善，借补朝阙，宛邑夙号大都，名士甚众，今树进谒明将军，得蒙侍坐，承诲多时，未闻称一名士，乃徒以私人相托，树不敢闻！"逆耳之言，独不畏死么？冀默然不答，面有愠色，树即辞去。既至宛邑，便调查梁氏宾戚，好几个贻害民间，竟饬属吏收捕下狱，按法处治，百姓统皆戴德，独梁冀怀恨益深。后来迁补荆州刺史，又复向冀谒辞，冀佯为设宴，暗地里置毒酒中，树饮罢出门，须臾毒发，竟致倒毙车中。又有辽东太守侯猛，不去谒冀，冀诬以他罪，腰斩市曹。郎中袁著，年甫十九，见冀凶横日甚，不胜愤闷，乃诣阙上书道：

> 臣闻仲尼叹凤鸟不至，河不出图，自伤卑贱，不能致也。今陛下居得致之位，又有能致之资，而和气未应，贤愚失序者，势分权臣，上下壅隔之故也！夫四时之运，功成则退，高爵厚宠，鲜不致灾。今大将军位极功成，可为至戒；宜遵悬车之礼，高枕颐神。《传》曰："木实繁者披枝害心。"若不抑损权盛，将无以全其身矣！左右闻臣言，将侧目切齿；臣特以童蒙见拔，故敢忘忌讳。昔舜禹相戒，无若丹朱，周公戒成王，无如殷王纣，愿除诽谤之罪，以开天下之口，则臣等幸甚！天下幸甚！

梁冀得悉此书，气冲牛斗，即遣属吏捕著。著托病伪死，结蒲象人，买棺出葬，偏被冀察破诈谋，嘱吏四处侦缉，竟被拿获，立即笞死。太原人郝絜胡武，与著友善，冀竟屠武家，枉死至六十余人，絜自知不免，仰药毙命。安帝嫡母耿贵人殁后，从子耿承，得封林虑侯，冀向承求贵人遗珍，不得如愿，即杀死承家族十余人。涿郡崔琦，善属文，为冀所重，因作外戚箴讽冀，冀召琦入责，琦奋然道："琦闻管仲相齐，乐闻谤言，萧何佐汉，令吏书过。今将军累世台辅，位比伊周，乃德政未闻，黎民涂炭，尚不思结纳忠良，自救祸败，还要钳塞士口，杜蔽主聪，难道必欲使玄黄改色，鹿马易形么？"说得冀无言可对，但遣琦归里。琦匆匆就道，中途为骑士所捕，杀死了事。

这骑士的来历，不必细猜，便可知梁冀所遣了。不如是何致赤族？桓帝闻冀累杀无辜，也为惋惜；再加冀声色过人，每经朝会，只有冀可以发言，天子且不好抗议，因此桓帝积畏生忿，常抱不平。和熹皇后从子邓香，生女名猛，秀丽动人，香中年病殁，妻宣再嫁梁纪。纪系冀妻孙寿母舅，寿见猛色美，引入掖庭，得封贵人。冀欲认猛为己女，使她改姓为梁，又恐猛姊夫邴尊，方为议郎，或有漏泄情事，因使门客刺死邴尊，且欲将猛母宣一并刺死，才好灭口。真是无法无天。宣家在延熹里，与中常侍袁赦毗邻，冀遣刺客夜登赦屋，越入宣家，赦闻屋上有声，疑是盗至，立即鸣鼓会众，围捕刺客，好容易拿住一人，面加讯问，方知由梁冀差来，意在刺宣。赦急往宣家报明宣因己女得为贵人，便入宫与语。贵人即转告桓帝，桓帝怒不可遏，起身如厕，有小黄门唐衡相随，因顾问道："宫中左右，何人与梁氏不和？"衡答说道："中常侍单超，小黄门左悺，前至河南尹梁不疑家，稍稍失礼，便被不疑拘他兄弟，收入洛阳狱中，超与悺踵门谢罪，才得释放。中常侍徐璜，黄门令贝瑗，亦与梁氏有嫌，不过口未敢言，容忍至今。"桓帝不待说毕，便摇手道："我知道了！"写出慌张情状。当下由厕还宫，即召超悺入室，低声与语道："梁将军兄弟，专柄多年，胁迫内外，公卿以下，无人敢抗，朕意欲将他除去，常侍等意下如何？"要除即除，奈何向阉人问计？超悺齐声道："祸国奸贼，当诛已久，臣等才皆庸劣，还乞圣裁！"桓帝又道："常侍等以为可诛，与朕同意，但须秘密定谋，方无他患！"超悺又答说道："果欲除奸，亦非真是难事，但恐陛下不免狐疑！"桓帝道："奸臣胁国，理应伏辜，还有何疑？"乃更召徐璜贝瑗入内，与定密议，且由桓帝亲啮超臂，出血为盟。超复申说道："陛下既已决计，幸勿再言，梁氏耳目甚多，一或败露，祸且不测！"说罢，便即退去。为此一番密议，果有人报知梁冀，惟所谋情事，尚未宣露。冀已心疑超等，亟使中黄门张恽入省宿卫，预备不虞。贝瑗饬吏收恽，说他无故入省，欲图不轨，当即拥帝御殿，召诸尚书入谕密谋，即使尚书令尹勋，持节出勒丞郎以下，使皆执械守住省阁，尽收符节，缴入省中。一面由黄门令贝瑗，招集左右厩驺，及虎贲羽林剑戟士，合得一千余人，会同司隶校尉张彪，往围冀第。并令光禄勋袁盱，收冀大将军印绶，降封冀为都乡侯。冀仓皇失措，仰药自杀；实是无用。妻孙寿，亦无路逃生，也即将鸩酒饮下，一同毙命，愁眉啼妆，悉成幻影，只可惜丢下秦宫。冀子河南尹梁胤，与叔父屯骑校尉梁让、亲从卫尉梁淑、越骑校尉梁忠、长水校尉梁戟等，尽被拘入；还有孙寿内外宗亲，亦皆连坐，无论老幼，全体诛戮，弃尸市曹。冀弟不疑及蒙，先已病死，幸免追究，余如公卿列校刺史二千石，坐死数十人。太尉胡广，司徒韩缜，尹颂病殁，由缜继任。司空孙朗，并因阿附梁冀，一并坐罪，减死一等，免为庶人。四府故吏宾客，黜免至三百余人，朝廷为空。这事起自仓促，中使交驰，官府市里，鼎沸数日，才得安定，百姓莫不称庆。有司隶冀家产，变卖充公，合得三十余万万缗。诏减天下税租半数，所有梁冀私园，悉令开放，给与贫民耕植，普及隆恩。就是安葬懿陵的梁皇后，亦追加贬废，降称贵人冢。封单超为新丰侯，食邑二万户；徐璜为武原侯，贝瑗为东武阳侯，各万五千户；左悺为上蔡侯，唐衡为汝阳侯，各万三千户，这便叫作五侯。尚书令尹勋以下，计有功臣七人，皆封亭侯，勋为都乡亭侯，霍谞为邺都亭侯，张敬为西乡亭侯，欧阳参为仁亭侯，李玮为金门亭侯，虞放为吕都亭侯，周永为高迁乡亭侯。策文有云：

梁冀奸暴，浊乱王室，孝质皇帝聪明早茂，冀心怀忌畏，私行弑毒；永乐太和即匽皇后。亲尊莫二，冀又遏绝，禁还京师，使朕离母子之爱，隔顾复之恩，祸深害大，罪衅日滋。赖宗庙之灵，及中常侍单超徐璜贝瑗左悺唐衡尚书令尹勋等，激愤建策，内外协同，漏刻之间，桀逆枭夷，斯诚社稷之祐，臣下之力。宜班庆赏，以酬忠勋，其封超等五人为县侯，勋等七人为亭侯；其有余功足录，尚未邀赏者，令有司核实以闻。

这诏下后，单超复奏称小黄门刘普赵忠等，亦并力诛奸，应加封赏，乃复封刘赵以下八阉人为乡侯，与十九侯相去未远。从此宦官权力，日盛一日，势且不可收拾了。贵人邓猛，因色得宠，一跃为桓帝继后；后母宣得受封长安君。桓帝尚未知邓后本姓，还道她是梁家女儿，只因梁氏得罪，特令她改姓为薄；后来有司奏称后父邓香，曾为郎中，不宜改易他姓，于是使皇后复姓邓氏，追赠香为车骑将军，封安阳侯，香子缜为南顿侯。缜受封即殁，子康袭爵，徙封沘阳侯；长安君宣，亦徙封昆阳侯，食邑较多，赏赐以巨万计。进大司农黄琼为太尉，光禄大夫祝恬为司徒，大鸿胪盛允为司空；初置秘书监官。黄琼首举公位，志在惩贪，特劾去州郡赃吏，约十余人；独辟召汝南人范滂，使为掾吏。滂有清节，尝举孝廉，得受命为清诏使，按察冀州。滂登车揽辔，有志澄清，行入州郡，墨吏不待举劾，便已辞去。滂还都复命，迁官光禄勋主事。时陈蕃为光禄勋，由滂入府参谒，蕃不令免礼，滂怀愤投版，笏也。弃官径归。黄琼嘉他有守，故既登首辅，当即辟召。适有诏令三府掾属，举奏里谣，借核长吏臧否。滂即劾奏刺史二千石，及豪党二十余人，尚书嫌滂纠劾太多，疑有私故，滂答说道："农夫去草，嘉禾乃茂；忠臣除奸，王道乃清。若举劾不当，愿受显戮！"尚书见他理直气壮，也不能再诘，只所劾诸人，未尽黜免。滂知时未可为，仍然辞去。光禄勋陈蕃，转任尚书令，荐引处士徐稚姜肱韦著袁闳李昙五人，有诏用安车玄纁，征令入朝，五人皆辞不就征。说起五人品行，俱有贞操，名重一时。徐稚字孺子，南昌人氏，家素寒微，稚力田自赡，义不苟取，持身恭俭，待人礼让，乡民统皆翕服。屡辟不起，陈蕃为豫章太守，聘稚入幕，使为功曹，稚一谒即退，不愿署官。蕃越加敬礼，与他结交，每邀稚入府叙谈，至暮未散，特设一榻留宿，待稚去后，便将榻悬起，他客不得再眠，及朝廷礼聘人至，声价益高。姜肱为广戚人，表字伯淮，平居以孝友闻，尝与二弟仲海季江，同被共寝。一日与季弟偕赴郡县，途中遇盗，持刃相遇，肱与语道："我弟年幼，父母所怜，又未聘娶，若杀我弟，宁可杀我！"季江亦急说道："我兄齿德在前，驰誉国家，怎可轻死？我愿受戮，聊代兄命！"真是难兄难弟。盗见他兄弟争死，不由得发起善心，收刀入鞘，但将两人衣服褫去。两人到了郡中，郡守见肱无衣服，当然惊问，肱托言他故，终不及盗。盗闻风感悟，俟肱归家，即踵前谢罪，送还衣服。肱却用酒食相待，好言遣去。郡县举肱有道方正，并皆不就。韦著字休明，籍隶平陵，隐居讲授，不闻世事。袁闳系故司徒袁安玄孙，家世贵盛，惟闳洁身修行，耕读自安。李昙世居阳翟，少年丧父，继母酷烈，服事益恭，常躬耕奉母，所得四时珍味，必先进母前，母亦化悍为慈，乡里共称为孝子，惟不求仕进，高隐以终。还有安阳人魏桓，亦以狷洁著名，由桓帝下诏特征，友人多劝他入都。桓反诘问道："士子出膺仕版，必须致君泽民，今试问后宫千数，可遽损否？厩马万匹，可遽灭否？左右权豪，可遽去否？"友人徐徐答道："这却未必！"桓嚣然道："使桓生行死归，与诸君有何益处呢？"遂却还征车，终不就官。阐发幽元。桓帝征求名士，本没有什么诚意，来与不来，由他自便，只对着故旧恩私，却是不吝爵赏，广逮恩施。中常侍侯览，献缣五千匹，便赐爵关内侯，又将他列入诛冀案内，进封高乡侯。览本无功，尚且借端影射，得受荣封，何况单超贝瑗等五侯，自然格外贵显，因宠生骄，倾动中外。白马令李云，露布上书，移副三府，内有数语最为激切，略云：

> 梁冀虽恃权专擅，流毒天下，今以罪行诛，犹召家臣搤杀之耳，而猥封谋臣至万户以上，高祖闻之，得毋见非？西北列将，得毋懈体？古者有云："帝者谛也。"今官位错乱，小人谄进，财货公行，政化日损；尺一拜用，尺一，指诏书。不经御省，是帝欲不谛乎？

桓帝看到帝欲不谛四字，震怒异常，立命有司逮云下狱，使中常侍管霸，与御史廷尉，共同审讯，将处严刑。弘农掾杜众，闻云因忠谏获罪，也不禁鼓动侠肠，即向朝廷请愿，与云同死。桓帝愈怒，并饬将众拘送廷尉。陈蕃已改官大鸿胪，与太常杨秉，洛阳市长沐茂，郎中上官资，并上疏乞赦云罪，有诏切责，免蕃秉官，降茂资官秩二等。管霸见人心未顺，也在桓帝前跪请道："李云草泽愚儒，杜众郡中小吏，情词狂戆，不足加罪。"桓帝呵叱道："帝欲不谛，是何等语？常侍乃欲曲恕彼罪么？"说至此，复顾令小黄门传谕狱吏，将李云杜众处死，于是嬖宠益横。太尉黄琼，自思力不能制，乃称疾不起，桓帝尚未许休致，越二年始令免官，进太常刘矩为太尉。司徒祝恬已殁，代以司空盛允，不久复罢，可巧度辽将军种暠，召入为大司农，遂令暠继为司徒。司空一职，由太常虞放继任，又擢中常侍单超为车骑将军。超得握兵权，势焰益盛。前大鸿胪陈蕃，免归逾年，又由朝廷征为光禄勋。蕃见桓帝封赏逾制，内宠日多，更不禁愤然欲言，因上疏进谏道：

> 臣闻有事社稷者，社稷是为，有事人君者，容悦是为。今臣蒙恩圣朝，备位九卿，见非不谏，则容悦也。夫诸侯上象四七，谓二十八宿。垂耀在天，下应分土，藩屏上国；高祖之约，非功臣不侯。乃左右以无功博赏，至乃一门之内，侯者数人，故纬象失度，阴阳谬序，稼用不成，民用不康。臣知封事已行，言之无及，诚欲陛下如是而止！又近年收敛，十伤五六，民不聊生；而采女数千，食肉衣绮，脂油粉黛，不可资计。鄙谚云："盗不过五女门。"以女足贫家也；今后宫之女，岂不足贫国乎？是以倾宫嫁而天下化，纣作倾宫，藏纳美女，武王克殷，乃归倾宫之女于诸侯。楚女悲而西宫灾；鲁僖公废楚女，居西宫，因兆火灾。且聚而不御，必生忧悲之感，以致水旱之困。夫狱以禁止奸违，官以称才理物；若法亏于平，官失其人，则王道有缺，天下人民，皆将谓狱由怨起，爵以贿成。伏思不有臭秽，则苍蝇不飞。陛下果采求得失，择从忠贤，尺一选举，悉委尚书三公，使褒责诛赏，各有所归，岂不幸甚？

这篇奏疏，总算蒙桓帝采用一二条，放出宫女五百余人，降邑侯邓万世黄携为乡侯，仍旧是无关轻重。复起前太常杨秉为河南尹。秉莅任未几，又与权阉单超相忤，竟致得罪。先是超弟匡为济阴太守，受赃枉法，为兖州刺史第五种所闻，种即第五伦曾孙。使从事卫羽案验，查出赃五六十万缗，因即上书劾匡兄弟。匡未免惊惶，阴嘱刺客任方刺羽。羽早已防着，把方捕获，囚系洛阳。匡复恐杨秉出头，再加穷究，乃密令方突狱逃亡。尚书召秉责问，秉直答道："方本无罪，罪在单匡，但教逮匡入都，下狱考治，自然水落石出，无从逃隐了！"这一番议论，本来是公正无私，偏单超在内把持，反诬秉私放任方，嫁祸单匡，竟将秉免官坐罪，输作左校，且将第五种构成他罪，充徙朔方。会值天气久旱，秉得遇赦，独第五种奉诏流徙，险些儿死于非命，不得生还。小子有诗叹道：

直臣报国敢偷生，被害阉人太不平。
留得一丝残命在，好教忠义两成名！末句为下文伏案。

欲知第五种何故濒死，下回自当叙明。

梁冀之恶，比窦宪为尤甚，而其受祸也亦最烈。窦宪伏法，未及全家，阎显受诛，尚存太后；若梁冀一门骈戮，即妻族亦无一孑遗，甚至三公连坐，朝右一空，设非平时稔恶，何由致此？天道喜谦而恶盈，福善而祸淫，观诸梁冀夫妇，而为恶者当知所猛省矣！惟前有十九侯，后有五侯，权戚之伏辜，必假诸阉人之手，汉廷其尚有人乎？桓帝经此大变，犹不自悟，复滥逮恩私，厌闻谠论，李云语稍激切，即置之死地；杜众吁请代死，又加毒刑，有帝如此，宁非帝欲不谛耶？虽有善者，其如帝之不谛何哉？